# 送神记

寒武承纪／著

敦煌文艺出版社

**图书在版编目（CIP）数据**

送神记 / 寒武承纪著. -- 兰州 ：敦煌文艺出版社，2018. 5

ISBN 978-7-5468-1570-1

Ⅰ. ①送… Ⅱ. ①寒… Ⅲ. ①长篇小说－中国－当代 Ⅳ. ①I247. 5

中国版本图书馆CIP数据核字（2018）第114902号

**送神记**

寒武承纪 著

责任编辑：赵润瑜 李 佳

装帧设计：李关栋

敦煌文艺出版社出版、发行

地址：（730030）兰州市城关区读者大道568号

邮箱：dunhuangwenyi1958@163.com

0931-8773259（编辑部）

0931-8773112 8773235（发行部）

甘肃新华印刷厂印刷

开本 787 毫米×1092 毫米 1/16 印张 26. 75 插页 2 字数 527 千

2018 年 7 月第 1 版 2018 年 7 月第 1 次印刷

印数：1～3 000

ISBN 978-7-5468-1570-1

定价：56. 00 元

# 自 序

我写这本书，一方面是为了回应国家“一带一路”倡议，将“一带一路”沿线城市的历史人物和民俗故事连成一线；另一方面，是为了在以往宣传“一带一路”厚重基调中注入一些清新之风，让青年读者朋友们喜欢。

《送神记》中除了描述云冈石窟、龙门石窟、麦积山石窟和莫高窟之外，还涵盖了诸多传统文化的精髓，如河图洛书、八卦等；囊括了诸多传统的神话传说，如女娲补天、抟土造人、精卫填海等；出现了诸多传统神话中的神兽和妖魔，如饕餮、喷冰龙、三足鸟、混沌兽、精卫、九尾灵狐、四不像等；涉及了诸多神器，如混沌元鼎、封神鞭、江山社稷图、宝莲灯、回魂丹、神目刀、定沙珠等；演绎了诸多历史人物和神话故事，如女娲、伏羲、共公、姜子牙、白素贞、秦桧、韩信、商鞅、杨玉环、李广等。内容丰富多彩，想象绚丽多姿，充分展现了本土神话的魅力，顺应了青年人回归传统文化的期待。

故事主人公与“一带一路”沿线城市中的历史人物发生玄幻与穿越的故事碰撞，在幻境与现实中穿插发展，完成了由平凡到伟大、由普通到奇迹的逆袭路线，既各自成说，又贯为整体；既有历史积淀之厚重，又不失文学创作之浪漫；既弘扬和彰显正能量，又凸显清新朴实之意蕴。

另外，在写作过程中，我尽量呈现诙谐幽默的语言，努力增加阅读的趣味性，又围绕历史人物、名胜古迹、壁画内容等，进行了一些诗词创作，希望一并得到读者朋友们的认可和欣赏。

《送神记》通篇围绕三兔藻井图展开，它可以说是敦煌壁画中的一颗璀璨明珠，不仅构图精美，而且是一个世界未解之谜。它的神奇之处就在于，虽然最早出自莫高窟，绘制于公元6世纪的隋代，但在德国、法国、英国中世纪的基督教堂屋顶浮雕中也出现过，在蒙古游牧人的金属器皿和埃及瓷器上也被使用过。为什么在时间和空间相距这么遥远的佛教、基督教和伊斯兰教中都有出现？最普遍的说法是它象征着前世、今世与来世。轮回之力生生不息，送神之旅正式开启……

莫笑我梦疏轻狂，
我只为梦中敦煌。
黄沙下千年时光，
写尽了繁华凄凉。
多少帝王将相，
多少忠肝流芳，
多少旗帜高扬，
多少白骨国殇。
任岁月于指间流淌，
穿越时空倾诉衷肠。
层层壁画，在黄沙中绽放，
悠悠驼铃，在跌宕中回响，
佛陀莲花，在梦境中徜徉。
琵琶飞天，在尘烟中沧桑。
那一场惊艳的辉煌，

勾勒历史交错的迷障。
那一段厚重的过往，
跪地膜拜不足以释放。
泪湿了眼眶，
情在胸中奔放。
哪怕世人骂我痴狂，
也要掷地铿锵，
让梦想在蹒跚中飞翔。
……
罢了，罢了，
皆是胡言乱语、满纸荒唐，
且看这《送神记》一场！

寒武承纪
2018年4月于兰州

# 楔　子

我叫夏小涛，在北京某个知名集团的下属分公司里当小职员。

名义上，我已经上班快半年了，而实际上，今天才是上班的第二天，之前每天在人前晃来晃去的其实不是我，而是我的兔妖替身。

既然有人替我上班，那么这段时间我在干吗？如果我说是在拯救人类，或是在拯救人类的路上，你们信吗？反正我信了。

像我这种从小县城里出来，既没背景，又没学识，更没长相的“矮矬穷”，高考时突然从学渣逆袭成学霸，考进了北京的一流学府；还没毕业又因为品学兼优，被全国知名企业“引进人才”直接录用；工作刚半年，虽然没房没车，却有一个美丽炫酷、超级厉害的女朋友……好事儿全让我摊上了，凭什么？

就凭两天以前，我还是个半神！上天入地无所不能……而如今，却变成公司里混得最背的那一个，但凡是个小领导，都能指着鼻子骂我一通。这不，又来了：

“夏小涛，你到我办公室来一趟。”打电话叫我的这个人是我的部门主管，一个典型的中年油腻大婶，因为是公司老员工，年龄又大，大家都热情地称呼她为“田姐”。也不知道是不是更年期的缘故，田姐脾气特别暴躁，再加上快40岁才混了个项目主管，很有些怨言，好像怀才不遇一样，其实能力就那么回事。公司高层她不敢得罪，中层也不敢怠慢……说来说去，就只能在我们这些刚大学毕业的年轻人身上撒撒气。

明知田姐有意刁难，我还是非常客气地敲开了她的门，“田姐，您叫我？”

“夏小涛，亏我一直认为你才高八斗，没想到竟是滥竽充数！看看你交的这份文案是什么玩意儿，错字满篇，前言不搭后语……重新写一份明早交来，若还是这个水平，你就给我走人！”说完，她一把将文案摔在我脸上，砸得我向后一个趔趄，差点摔倒。

虽然我知道自己水平不高，这几年该读的书都让小兔妖帮我读了，写的文案自然不能和两天前的“我”相比，但我也是怀着无比端正的态度在工作，我就不信认认真真写出来的文案会像田姐说得那么低级与不堪……本想发火，但想来想去是我理亏，田姐要适应现在的我还得有个过程……于是，我强压下心中的怒火，从地上捡起七零八落的文案，“我这就回去重写一份，明早按时交来。”

田姐见我如此忍气吞声，聒噪的尖嗓音低沉下来，看似十分语重心长地说：“像你们这种小县城里出来的‘北漂’，既没有家势，又没有背景，更没有颜值，如果想在北京立住脚，就得比别人多付出，否则，在北京是混不下去的。而我作为你的主管领导，能充分体恤你的难处，也有责任和能力帮你，但是你得好好想想，用什么态度来对待和回报我。”

啥意思？这是要我出卖色相，还是变相跟我索要贿赂，要钱没有，要色，我宁愿去睡一头猪，也绝不从她……

“田姐，你知道的，我父母过世得早，家里已经没什么人能帮衬我了，在北京立足不容易，我的工资就那么点儿，别说买房了，连房租都快付不起了，手头实在不宽裕。”

田姐冷笑一声：“哼，等你宽裕的时候，黄花菜都凉了。年轻人，别说领导不给你机会，有时候机会给你了，就看你会不会把握。你的外部条件很好，是集团直接召进来的高才生，半年来你的表现也很不错，接下来，只要你我一起使劲，做出几个像样的项目，很快就能上去。到时候，别说是你的房租了，就算买房也不成问题。”

原来文案的事根本不是重点，向我索要贿赂才是关键。

“田姐，你这么做，就不怕我曝光你？”

田姐脸色一沉，轻蔑地说：“就凭你？哼！我倒要看看，是你曝光我的速度快，还是你滚蛋的速度快！”

正在这时，她的办公电话响了，听语气应该是总经理秘书：“喂，张秘书。”

张秘书在电话那头说：“通知你们部门所有人，九点半会议室开会。”

“好的。什么会？”

“咱们公司的王总调到集团总部去了，集团又给咱们派了一位新的总经理。一会儿先是宣布任命，然后是与新领导的见面会。”

“好的，我们部门所有人九点半准时参会。”

挂了电话，田姐气焰嚣张地说：“总部派来一位新的总经理，一会儿见面会上，我就提议，把你这个能力低下，漏洞百出的新员工开掉！这份狗屁不通的文案就是证据！”

是可忍孰不可忍！话都说到这份儿上，我也豁出去了，“你以为总经理会因为一份文案就开除我吗？还能由你一手遮天了？”

田姐自信地一笑，“那咱们走着瞧！”

九点半，会议室。

公司副总经理张轩说：“人都到齐了，现在开始开会！首先，请集团人事部马成功部长宣读人事任命。”

集团人事部部长马成功拿着一纸文件宣读：“下面我代表集团董事会宣布，马文才先生调离××公司，不再担任公司总经理一职，另有任用。莫如月女士任××公司总经理。自宣布之日起生效。下面，请莫如月女士给大家讲话。大家欢迎！”

小月给我们当总经理了？我的脸红一阵白一阵，听大家在底下议论纷纷。

“莫总真是又年轻又漂亮！”

“她男朋友肯定是‘高富帅’，等闲之人哪能入得了她的法眼。”

……

八卦听得太投入，以至于莫如月讲了什么全然不知，直到田姐刺耳的声音再度响起，“莫总，您来得太是时候了，前段时间，由于主要领导工作变动，公司里群龙无首，个别年轻人不谋工作、不务正业，把我们这些部门主管完全不放眼里，安排的工作要么不落实，要么拖沓应付，一份文案写半个月，结果交上来就是这个水平，大家看看，这样的文案能拿得出手吗？这件事在我们部门的同事之间造成了极坏影响，建议莫总将这些能力素质低下、不思进取的个别年轻人，清除出我们的员工队伍。”

莫如月轻声问道：“田姐，你口中的个别年轻人可是已有所指？”

田姐看了看我，趾高气扬地说：“没错，就是我们部门的夏小涛！”

我低头、低头、低得不能再低……恨不得立马消失掉。

莫如月沉默了一下，又清了清嗓子，用她一贯清高冰冷的态度说：“我才刚到公司主持工作，对具体情况还不太熟悉，人事变动的事不好急于下定论。按照集团的人事规定，半年以后再讨论夏小涛的去留问题。如果没有别的事，今天就先到这儿，散会。”

回到办公室，田姐阴谋得逞似的奸笑，我没理她，低头干活。

我的手机响了，是莫如月，“夏小涛，到我办公室来一下。”

来到总经理办公室，莫如月一改公事公办的口气，埋怨地说：“你这家伙，才工作第二天，怎么就捅了这么大的娄子，我都不知道该怎么替你收场了！”

我委屈地说：“其实也没那么糟，她看我无权无势，又垂涎我的美色，逮住个机会向我劫财劫色罢了，我不从，她就借机发挥，逼我就犯。唉，长得帅真是罪过，我又伤了一位中年油腻大婶的心……”

莫如月咯咯咯地笑，“若说她向你索贿，我还有几分相信。劫色？你有吗？”

“难道我不帅吗？”

“帅，帅，就是眼睛小了点，像绿豆；牙齿暴了点，像兔子；穿衣服的品位Low了点……”

“停停停，你这是形容老公的词吗？”

莫如月俏皮地一眨眼，“谁说你是我老公了？”

知道她在逗我，我故意腻到她身上，“休想反悔！这辈子我就赖上你了，你去哪，我就去哪！”

莫如月将我推到一边，“正经点，这里是办公室，那些话留着晚上回家再说。”

“好好好，都听你的，晚上再说。对了，晚上想吃什么？我给你做。”

莫如月想了一下，说：“想吃饺子了。”

“好嘞，晚上包饺子吃。”我边说边高兴地往门外走。

莫如月站起身，追着我说：“你还得用心再写一份文案，明天一早交给田姐。这回别再捅娄子了！”

“遵命，老婆大人！”我摆了摆手，潇洒地走出总经理办公室。

消息传得真快，我才刚出莫如月的办公室，全公司的人好像都知道了我是莫总的男朋友，纷纷投来各种眼光。

“莫总眼瞎了吧，怎么看上了他？”

“真没看出来，夏小涛居然还有这么一手，试问一个‘矮矬穷’是怎么做到的？”

“夏小涛这回算是傍着大腿了！”

……

回到我们部门，田姐大概也已经听说了这个消息，用堆满横肉的脸挤出一个油腻的笑，“你，是莫总的男朋友？”

“嗯。”我不冷不热地轻轻带过。

田姐一改往日嚣张跋扈的语气，无比和蔼可亲地说：“刚才，我又仔细看了一下你的文案，其实问题也不是很大，若以此开除你，对你的惩罚太过严厉，我也于心不忍，这样吧，你拿回去改改，什么时候改好，什么时候交来。”

这变化也太大了吧！我轻笑一声，“没关系，我重写一份，明天一早就给你。”

田姐颇为拘谨地说：“好，好，你对工作精益求精的态度值得我们大家学习。”

精益求精？刚才不是还说我不谋工作、不务正业、不思进取……一转眼就成了精益求精？果然有人撑腰不一样啊。内心一阵狂喜，扬眉吐气的感觉。

要说莫如月这么一个美丽炫酷、超级厉害的大美女，我是怎么追到手的？其实秘诀就四个字：死、缠、烂、打。

我用了近五年的时间死缠烂打，终于改变了她对我的态度，让她死心塌地地爱上了我。

如果说我做半神的时间都和她在一起，那她以前也是半神吗？答案是：是的，她两天以前和我一样，也是半神。现在也和我一样，刚刚做回凡人。

除了她，还有一个帅到没天理、暖到没边际的男神风里希，我们三个半神聚在一起，一路助神出劫，开启三兔法阵，将姜子牙西岐封神之后，人间三千年来陆续修炼的众神送往神界。

为什么送神要用三兔法阵，而不用三猫法阵、三狗法阵或是三……法阵？因为这个法阵的图腾是一幅三兔共耳藻井图，三只兔子围绕着莲花式井心，共用三只连在一起的耳朵，往同一个方向奔跑，彼此追随着，却又追不到对方，象征着人的三世轮回……

开启三兔法阵需要灵力达到神道九级。这又是个什么概念？修灵共分三道，即人道、仙道、神道，每一道又分三级，即先修缘，再修脉，后修气，也就是说，第一层要修人道，分三级，人缘、人脉、人气；第二层要修仙道，分三级，仙缘、仙脉、仙气；第三层要修神道，还是分三级，神缘、神脉、神气。神道九级也就是最高级——神气。

在修灵的道路上，我们也是从普通人一点一点做起，一级一级修炼，三道九级，一级都少不了。这其中有多少辛酸无奈、物是人非，又有多少叱咤风云、铁胆英雄，要慢慢说给大家听。

该从哪说起呢？还是从头说吧。

# 一、死里逃生

我是一个非常倒霉的人，也是一个非常幸运的人。

倒霉的是，我从娘胎里就带出来一种怪病，左胳膊上会出红斑，平时和正常人一样，但只要红斑一起，我就像着魔似的胡言乱语、行为失控，如果不及时喝药，待病毒攻心，我就没命了……对于老爸老妈的这一套言辞表述，我一直理解为，我得的是升级版的神经病。

幸运的是，我刚一出生，就有位仙人看出了我的病，专门为我炼了一小瓶仙药，只要一犯病，及时喝一口就会没事。

可能因为我的药太名贵了，所以爸妈总是带着我四处躲藏，不停地搬家，而且从不在大城市里逗留，专挑小山村农家院，既偏僻隐蔽，又平凡普通，让那些恣意寻衅的人想找我们也不容易。

我上小学那一年，我们家住在湖南。也就在那一年，家里发生了很多事。先是刚翻过年，家里来了一伙歹徒，莫名其妙地大喊着让我老爸偿命，全家人奋起抵抗，那是我记事以来第一次看到老爸出手，太厉害了，简直比武打片上的特技还要帅，一个人打走了他们十来个。那帮丧心病狂的家伙一看好处没捞到，还让老爸痛扁一顿，不甘心，临走前趁人不注意狠狠推了爷爷一把，毕竟爷爷上了年纪，被人用力一推，不小心跌倒了，头刚好碰在了房前台阶的棱角上，当时就昏迷了。

我们都吓坏了，赶紧找来架子车把爷爷往医院送，可因为住得太远太偏，等拉到医院，大半天都过去了，已经抢救不过来了，就这样，爷爷离开了我们。

老爸本来想带着我们搬家的，但爷爷的离世对奶奶的打击太大，奶奶一病不起，老爸老妈担心奶奶的身体经不住搬家的折腾，就继续留在湖南。全家的重心都放在了照顾病危的奶奶身上，没人注意到，我左胳膊上已经长出了浅浅的红斑。

夏天，连降暴雨，本就闷得人心发慌，偏偏我又犯起了疯病。不知道胡说了些什么，老妈抓住我的胳膊撸起袖子一看，吓坏了，赶紧找来灵药让我喝下，我立刻昏迷过去。

第二天等我清醒的时候，雨还在下，我和奶奶躺在架子车里，车上搭着塑料布，勉强护着我和奶奶不被雨淋到，老爸在前面拉着车，老妈在后面推，两个人浑身糊满了泥。我迷迷糊糊地问："老爸老妈，咱们家呢？"

老爸说："昨天晚上山洪暴发，咱们家的房子已经被洪水冲垮了，幸亏奶奶发现得早，咱们还算走得及时，不然这会儿肯定全都淹在洪水里了。"

"是奶奶发现了要发洪水？奶奶的病好了吗？"

"没有，只是昨晚你犯病的时候，奶奶刚好清醒了一阵。"

……

这一年，是1998年，也就是长江、嫩江、松花江发生特大洪水的那一年。

我们之后搬到了广东，奶奶只熬了两个月就油尽灯枯，离开了我们。

我在广东重读了小学，但还没读到毕业，老爸的仇家又找到了我们，可能顾及老爸的身手厉害，不敢擅自行动，回去吆喝人去了。

老爸趁机赶回家，打算带着我们坐飞机逃离广东，但又考虑飞行途中我们不容易脱身，相比之下火车更安全。于是，我们临时弃了飞机票，打算乘火车逃往西藏。

正准备上车，我的疯病又犯了，不知道胡说了些什么，老妈撸起我的袖子一看，胳膊上果然又长出了红斑，立马让我喝药昏迷。

等我再醒来的时候，我们已经在四川了，是老爸老妈临时决定不上火车，包了一辆出租车，按原计划，我们本来想逃往西藏，但因为钱不够，出租车只把我们送到了四川。

此时，新闻铺天盖地而来，我们原打算要坐的那辆火车上，有一位旅客出现了高烧、呼吸困难等症状，经查，这是一种由SARS冠状病毒引起的重症急性呼吸道传染病，简称"非典型肺炎"，我们那节车厢的旅客全部被感染，因为当时还没有研制出抵抗这种病毒的疫苗，所以感染人员均被送往医院隔离治疗，其中包括要追杀我们的那几位贼人。据说，这些人中只有极个别康复出院，大多数人都命丧于这种新型病毒。

为这事，我暗自庆幸了好久，老爸老妈真是英明神武啊，怎么就那么果断地放弃火车票，包了辆出租车跑到四川来呢。如果他们当时没有放弃火车票，说不定，我们也得被隔离，生死难料呢！这种侥幸的概率太小了，简直比买了彩票中大奖还难得！

之后的一段时间，非典型肺炎在广东爆发，迅速又在全国肆虐，全国上下掀起了一片抗“非典”疫情的热潮……

这一年是2003年。

为了安全起见，我们的新家选在了地处偏远、人员相对较少的四川阿坝藏族羌族自治州汶川县的一个小镇上，这个地方本来名不见经传，可是五年后，这里又出名了。

时间到了公元2008年5月，我胳膊上又有浅浅的红斑出现，但这次发现得早，还没等我胡言乱语，老妈就早早把药灌给了我，他们好似摸出了规律。

他们说，天下哪有那么多天灾人祸，全部都是神力乱为造成的。我们的世界已有三千年不曾送神了，人和神的比例早已超出了平衡值，人类世界承载不了这么多的神力，开始出现垮塌的迹象。而我的疯病好似对这些神力格外敏感，凡是神力爆发之前，我就容易长红斑。

我觉得老爸老妈说得好像有道理，从1998年洪水到2003年“非典”，这种大灾大难之前，我的胳膊都会提前长出红斑。

此时我又长出了红斑，说明这里极可能会有大量的神力爆发，造成大规模的灾难。

当然我们只是猜测，不能直接下论断告诉乡邻，以免引发恐慌。老爸老妈抱着宁可信其有，不可信其无的心态，带着我回到了河南老家。

果不其然，我们回到老家的第二天，也就是5月12日，发生了震惊世界的“5·12”汶川大地震，近7万同胞遇难，近38万人受伤，近1.8万人失踪……汶川县正是此次地震的震中，而我们家住的那个村子，几乎被夷为平地……

此时，我已经上中学了，有非常清晰的记忆。我悲痛不已，我的同学和老师几乎全部遇难，虽然我又活了下来，但我不相信我是侥幸活下来的，直觉告诉我，老妈老爸一定提前预测出了这场天灾人祸，或许和我的病有关。

他们说我犯病时会胡言乱语，那我胡言乱语时到底说了些什么？我自己没有印象，为何他们也从不告诉我？

终于有一天，我忍不住问老妈：“你们以前是不是完全误会了我的病，其实我根本没有病，只是具备一种超能力，能够预测未来，或是拯救人类啥的……”

话还没说完，老妈就给我后脑勺一巴掌，然后非常鄙视地说：“别一天总想着自己能当救世英雄，你啥也当不了，就是个普普通通的熊孩子。你能拯救人类，你咋不上天呢？咋不想美国总统也跟你扯上关系呢？你的病就是病，只会要了你的性命，再没别的。一天少胡思乱想，多想些实际的东西！”

小时候听到这些，我就不吭声了，但随着年龄的增长，我对他们的想法越来越不认同，“为啥以前的灾害不多，这几年灾害格外多呢？如果真是神力乱为，把多余的那些神仙送走不就行了，别留在人间祸害我们！”

我还以为老妈又会用力拍我后脑勺，骂我异想天开，没想到，她却出奇地认同，“多余的神仙必须得送走，但现在还不是时候，再过80年送走也不迟。”

“为什么要再过80年？”

“因为80年后，妈妈就舍得让你走了。”

“这跟我有什么关系？难道神仙需要我送？我会像姜子牙一样把人间的神仙都送往神界吗？”

“啪！”老妈终于一巴掌拍我后脑勺上，“你想多了，洗洗睡吧，梦里啥都有！”

## 二、古怪成长

我老爸老妈都是顶厉害的人，别的不说，就论拳脚功夫，当个武术教练一点问题都没有，可他们偏偏要隐藏自己，假装成老实巴交、啥也不懂的农民。老爸到处给人当司机，老妈到处当保洁员，真不明白这到底是为什么。不光如此，他们还努力把我培养成一无是处的大吃货。

小时候，我们家经常搬家，但像我们这种全国各地到处搬家的人多了去了，动不动就转学的孩子也多了去了，可为什么别人都能学习好，而我一直排名倒数呢？自身懒惰当然是一个很重要的原因，可惰性是人的本性，谁都会犯懒，关键是，当你犯懒的时候，你的家庭环境是推了你一把，还是扯了你的后腿。学习好的那些孩子，我想都是被家庭推了一把的，而我的家庭环境，就是不停地扯我后腿。

谁能相信，我的亲生父母最担心的竟然是万一我有出息了怎么办？我的成长史简直就是一部活生生的“矮矬穷”养成记。但凡我取得一点成绩，他们都要担惊受怕一番。会不会被人发现我是个异于常人的优秀孩子？万一被人发现我根本不是个大吃货怎么办？万一有一天我玉树临风，变成了“高富帅”怎么办……然后未来几天，肯定会有诸多讯问，“没见你平时好好学习，怎么考得这么好?”

每当此时，我都会暗暗问自己：这是我亲爹妈吗?

为了防止他们继续疑神疑鬼，我只能万般无奈地说：“其实我一道题都不会做，考得好完全因为作弊了。”

“真的?”

“真的，下次不作弊，肯定不及格，你们放心!”

“哦，那就好。”

逼着孩子不学无术的父母，除了他们，这世上估计也没谁了。我只能眼泪哗哗往心里流，此处心情描写省略一万字。

同学们在家里埋头苦学时，我在院子里疯玩疯闹；同学们在一个接一个地上补习班、辅导班、兴趣班，而我在家里逍遥地吃零食、看电视、打游戏……

我老爸老妈不仅从不在意我的学习，也从不准我讲究穿着。

记得刚上中学时，看到别的同学会把自己特别帅的衣服穿在校服里面，一进校门或是一出校门，就把校服脱了，露出自己很帅的衣服，十分惹眼。我也想如法炮制，把自己收拾得帅一点。可结果却是，每当我想打扮自己的时候，老爸老妈就会跳出来横加指责，“收拾得那么帅，你去学校是为了学习，还是为了招惹人？赶紧把你这一身衣服换了，穿上校服再出门……”

我要是不换衣服，他们就会喋喋不休，直到我穿上又肥又大的校服，邋邋遢遢去上学，他们才心满意足加无比欣慰地看我离开。

以至于到现在，我对衣服也没什么审美要求，只要能扯到身上穿就行，什么品牌不品牌，完全不懂。

从小到大，老爸老妈问我最多的话就是“有没有陌生人跟你说话?”“有没有人想带你走?”小时候，我总是据实回答：“没有，没有。”

越长大，越觉得莫名其妙，他们以为他家儿子是朵花，谁都想摘去闻闻，其实他们把我当成猪一样的培养，别人不嫌弃就已经万幸了，哪还会有人待见我。

在父母的放任自流下，我爱咋地咋地，想干吗干吗。就这样，我理所应当、毫无悬念地成长为一名极平凡的人，掉在人堆里找不出来，任谁看一眼都记不住，也不愿再看第二眼。

尽管生活如此平淡，我却总有一颗不安分的心，总幻想着我的人生一定还有波澜壮阔的另一面。

每当此时，老妈总是在我后脑勺上狠拍一巴掌，及时拍醒我，“别做梦了，平凡有什么不好，普普通通、平平淡淡的生活才是最幸福的。咱们家就是个普通人家，你既没背景、没靠山、没颜值……又学习不好，就不要再想着出去打拼了，赶紧娶个媳妇回来，让我早日抱上孙子才是正经事。”

一听这话，我惊得下巴都快掉到地上了，“老妈，你想太多了，我才高三而已，还要考大学呢。”

“就你那全班倒数第一的成绩，还想考大学？……”

我立马打断她，这件事必须得说清楚，“你说错啦，我是倒数第二，不是倒数第一，我们班倒数第一是白延庆。”

老妈嘲笑道：“管他倒数第一，还是倒数第二，那么差的成绩还想考大学？笑掉我的大牙了。你就老老实实找份工作，在咱们县城待着吧！”

这是我亲妈吗？是我亲妈吗？……心里默念一万遍。

想想也是啊，在老爸老妈十八年的精心培养下，我终于成为他们希望的那种既没背景、没靠山、没颜值，又学习不好的“矮矬穷”，要是能在小县城里学门手艺，找个工作，早早娶媳妇生孩子，就真顺了他们的意，安稳平淡地过一辈子。

这就是我的父母，很爱我，很有本事，却包裹着层层伪装，把自己藏匿在最偏远的角落，生怕被人发现……这就是我的家，极力扮演着一个普通家庭，却好像藏了无数个秘密，连我都看不透的秘密……

我不甘心，真的不甘心，世界那么大，我都没有出去闯过，谁说我不行！再不挣扎，就真会掉进父母为我安排的人生轨迹中，再也活不出真实的自我了。谁说我非得窝在这个小县城，未来是个未知数，等我去闯，等我去创造……

若想摆脱老爸老妈给我安排的这种混吃等死的人生轨迹，目前，高考是我唯一的机会。

想我在1998年特大洪水中差点淹死，在2003年“非典”中差点感染，在“5·12”大地震中又差点被砸死……这么多大风大浪都挺过来了，难道会湮没在高考的大军之中吗？

鉴于我全班倒数第二、门门功课不及格的现状，老爸老妈对我参加高考的事也没多作评论，随我玩玩也好，我一定会在铁一般的事实面前低下头的……

## 三、红斑再现

我的18岁生日刚好在高考前三天。正在备战高考，也没心思折腾，我就和我们班倒数第一的白延庆去夜市撸串，打算撸饱了通宵复习。

我们边撸边聊，不经意间，瞥见马路对面一位身材火辣的性感美女，十分吸引我的注意，想多瞅两眼，却突然看到从美女身后冲出来一个男的，二话不说，直接挥拳打向美女，而且招招要害，不是打头，就是踢肚子，美女丝毫没有还手之力，几拳下去就趴在地上起不来了……许多吃瓜群众都围过来摄像、拍照，但就是没人上前阻止。

我实在看不下去了，掏出手机，“喂，我要报警，这里有人打架闹事……”

挂了电话，我和白延庆过去劝驾，“这位哥们儿，别打了，有话好说，在大街上打女人太不像话……”

我话还没说完，“禽兽男”对我一通咆哮，“我教训我老婆，关你什么事！滚一边儿去！”

“两口子也不能打人呀，你再这么打下去，她就没命了！”

“禽兽男”更加嚣张，“你跟她什么关系？你这么护着她，难道是她养的小白脸？”

这是啥人嘛，我的火暴脾气快要爆发了，心里暗暗合计，我和白延庆两个人打他一个，还是有胜算的，我腰杆一挺，“把你的嘴放干净点，我今天还偏就护她了，怎么着！”

正在这时，又有四五个人一边嚷嚷着“让一让，让一让”，一边强势地拨开人群，走到我们跟前，对“禽兽男”说，“哥，就是这小子给你戴的绿帽子吗？”

怎，怎么又多出这么些人，我们两个人，他们六个人，看来今天这个闲事不该管，得赶紧想法抽身自保。

我咧开嘴强颜欢笑，“呵呵呵，误会误会，几位哥，我是路过的，打个酱油而已，绝对没有给谁戴过绿帽子。像我这种四有五讲三热爱的好青年，怎么可能做道德败坏的事情呢？你们要是觉得家务事在家处理不过瘾，非得在大街上解决，我无所谓啦，你们继续，继续。我还有事，得先走一步……”

此时，被打的那位美女从地上挣扎着坐起来，已看不出本来面目了，披头散发，一只眼睛肿得像个核桃，嘴角还渗着血，“跟他们无关，你个丧心病狂的禽兽……”

话还没说完，“禽兽男”直接冲过去朝她肚子猛踢一脚，美女惨叫一声，重新又躺回地上。他转过头来对其余五人说：“就是他。打死他，看这个贱人能把我怎样！”

动真格了，跟我无关，我真的只是个打酱油的。

眼看情况不妙，我撒腿就跑，已经来不及了，不知被谁一把揪住，冲我后背狠狠一拳。机智如我，丝毫不管被捶的后背，立马蹲下护脸。

我已经很多年没挨过打了，像我这种掉在人堆里找不出的平凡人，又不爱惹是生非，除了被父母揍过，确实没怎么挨过打，要不是今天被欺负的是位美女，要不是错估了对方实力，我死也不会见义勇为、英雄救美。现在可好，美没救成，自己成狗熊了。

要知道，今天可是我的生日！我好端端的18岁生日，竟蹲在大街上被莫名其妙地暴打……

愤怒、委屈、窝火……我的小宇宙在燃烧！

就在情绪激动的巅峰时刻，我的小小绿豆眼突然“唰”地变大了，我居然，居然看到了高考卷子……

这是上天对我的补偿吗？也许是兴奋过个头，脑子格外好使，几门课的大题都记得差不多了，填空选择还没记住，正打算好好再看几眼时，眼睛“唰”地变回了原来的大小。

“唉，怎么停了？”我慌忙对那几个打我的人说，“接着打，接着打，我还没看清楚呢，就差那么一点！”

白延庆见我这样，扯了我一下，“兔子，你被打傻了吧，警察来了。”

“管他谁来了呢，谁能再打我几下，拜托快点，我这儿正急着呢！”我像魔怔了一般，稀里糊涂地说着。

“警察同志，他好像受了点刺激，你们别介意。”白延庆边赔笑脸，边转头对我说，“兔子，你清醒一点。”

“刚才是你们报的警？”警察问。

“对，就是我们。我俩只是劝个架，没想到这帮人不知好歹，连我俩一起打。”说完，老白还用舌头舔着牙，似乎是在看有没有少牙。

警察面无表情地说：“一起到派出所做个笔录。”

“好的。”

此时，我觉得天塌下来都不能把刚看见的高考题忘了，从上警车、进派出所，到出派出所，我两耳不闻身边事，两眼不看身边人，就连警察问话，我都是一副半仙的状态，微闭着双眼，嘴里念念叨叨。警察以为我受了刺激，精神障碍了，还嘱咐白延庆及时带我就医治疗。

回到学校，我顾不得洗把脸、换身干净衣服，就鼻青脸肿地冲进教室，把几门课的大题差不多都写了下来，才敢出口大气，“老白，你就等着跟我吃香喝辣吧!”

“啥情况?”

瞧着白延庆一脸蒙，我豪气十足地把我看到高考试卷的事跟他讲了一遍。

白延庆趴在课桌上笑了半天，“高考题? 你别搞笑了，怎么可能! 你那是被打花了眼。”

“甭管我是不是被打花了眼，反正高考题我看见了，都写在这儿呢，信不信由你!”

白延庆看了看我写出来的那些题，嘴里咕哝着，“凭咱俩的成绩，打死也考不出啥名堂，死马全当活马医，我就信你了。”

我正在得意，他突然冲着我大喊，“兔子，你的胳膊刚才是被谁咬了一口吗? 咋留下这么大一个牙印?”

我低头一看，可不是么，左胳膊上一个血红的月牙图案，像被咬过的牙印一般。我的天，难道我又犯病了?

内心的狂喜与对死亡的恐惧交织在一起。难道刚才看到的高考题，完全是因为我犯病了?

我突然想到些什么……难道，我们十年内平安躲掉了三场灾难，不是因为运气好，而是因为我的“病”?

我有了一个大胆的假设，也许我根本就没有病，而是一种预测未来的超能力。老爸老妈所谓的那些我犯病时的胡言乱语，其实就是我预见到的未来……

如果这个假设成立，那么，我的人生将随之改变，开启我向往已久的波澜壮阔的另一种可能。

我决定赌一把，不让父母看到我的印记，不喝那个奇怪的药水。我要看看，刚才在幻境中看到的高考题，到底是疯病发作的幻觉，还是预见未来的超能力。还有，这个月牙印记不消除，到底会不会要了我的命。

我刻意隐藏了胳膊上的红色印记，天再热，还是坚持穿长袖衬衫，不让老爸老妈看到我的胳膊。

出现红斑的这几天，我小心翼翼地感受着身体的变化，果然没有任何异样，我越来越坚信，我胳膊上的红斑根本不是病毒，根本不会要了我的命。

高考终于来了，我越考越兴奋，我预见到的题，一道不差，就连出题顺序都一模一样！

由此足以证明，我之前的假设完全成立，我根本就没有病，每次红斑出现时我说的那些胡话，也根本不是胡言乱语，而是我预见的未来。

看来，我父母早就知道这件事，他们多年来给我喝的药水，根本不是为了抑制疯病，而是为了抑制我的超能力！

他们为什么要这么做？难道真是见不得自己儿子好吗？在我没查得水落石出之前，要跟老爸老妈保持距离。

高考成绩出来了，我和白延庆以老师和同学们跌破眼镜的成绩，考上了北京的重点大学。我们瞬间风光无限，是老师口中的神话，学渣逆袭学霸的成功典范，同学眼中的传奇人物……

正当我在学校风光无限地接受大家羡慕崇拜的时候，我老妈不知从哪里获知我是全县高考状元的消息，慌慌张张跑到学校。她平时穿衣很讲究，那天却穿着一件短袖衬衣，可能因为紧张，衬衣扣子都系错了，一边长一边短，鞋都来不及提起来，趿在脚上，头发随便扎成一把，一路疯跑过来，被风吹得乱七八糟……

虽然她此时的形象很邋遢，神情很慌乱，根本不像高考状元母亲的样子，但我还是在人群中得意地向她招了下手，“妈，我在这儿呢，不要太激动哦！”

她失魂落魄地冲过来，我以为她会喜极而泣，抱住我痛哭一场，却没想到，她没有拥抱，没有赞美，而是直接抓起我的胳膊，撸起我的袖子。当她看到我胳膊上红红的月牙印记之后，愣了一下，然后一个大嘴巴子扇在我脸上，将我直直打蒙了。

周围那些赞美我的人一看情形不对，纷纷散去，只是远远地观望着，不敢再靠近。

我冲老妈大吼道：“妈，你这是干什么？”

老妈气急败坏地说：“你个不孝子，全家都要被你害死了！赶紧给我回家！”

我也豁出去了，现在证据确凿，他们一直都在骗我，我哪有什么病！所谓的红斑，就是一个红色的月牙印记；所谓的病，就是我有预见未来的超能力；所谓的胡言乱语，就是我预见到的未来……他们从小到大骗我吃药，不过是为了抑制我的超能力而已。

我不顾三七二十一地对老妈大喊，“你们都是骗子，就是见不得我好，你们还是我的亲爹亲妈吗？”

老妈一听这话，愣了一下，眼泪哗哗地流了出来。

老爸不知何时出现，一拳捣我在肩膀上，将我打倒，摁在地上美美地打了一顿。

把我打服了，老爸狠狠地说：“再敢跟你妈犟嘴，我就打死你。还敢不敢犟了？”

“不敢，不敢犟了。”我嘴上虽这么说，心里却不服。

老爸说：“先回家，把药吃了再说。”

我是被他们硬揪回家的。我打定主意，死都不会再吃那个药，我要保护我的超能力！保护我的未来！

## 四、痛失家人

回到家，老妈准备好药，端过来给我。我端着碗，像端着毒药似的，就是不往嘴边送，我不服气地问：“事已至此，你们老老实实告诉我，我到底是不是真的有病？”

老妈说：“你当然有病，打一出生就带着疯病……”

话还没说完，老爸制止了她，十分郑重地对我说：“你已经满18岁了，有些事不用再瞒你，也瞒不住你，正如你所想，你没有病，而是一种与生俱来的超能力，不过这个药，你还是喝了吧，只剩这么多，再也没有了。”

我把碗重重放在桌上，“既然没有病，为什么要喝药？我觉得有超能力是件挺好的事，我不打算抑制它，这个药，我坚决不喝！”

老妈紧张地趴在窗口看了一眼，说：“他们快到了，快走，再不走就来不及了。”

老爸也有些着急了，“你以为有超能力是件好事吗？若不是十几年来我们一直抑制你的灵力，恐怕你早都死了。至于这药，你若喝了，咱们全家可能还能活，你若不喝，咱们今天就都得死。”

“为什么？”

老爸说：“来不及解释。你要是还信得过你老爸老妈，就先把药喝了，上车再慢慢说！”

情况紧急，他们说得诚恳，我心一软，一仰头，把药都灌在了嘴里，但没往下咽。

老妈一看碗空了，慌忙说：“快走！”

我们慌慌张张钻进我家那辆又旧又小的二手车，毫无目的地上路了，只是知道要逃命。

我既然已经打定主意不喝药了，便在上车之前，趁他们不注意，把含在嘴里的那口药悄悄吐在了一团卫生纸上，没来得及扔，装在兜里。

上了车，老爸疾速飞车一般猛开，我往后看了看，确实有一辆黑车在跟着我们，老爸三绕两绕，在县城打了好几个转，才飙上高速公路。

等上了高速公路，他才舒了一口气，“安全了。”

一看甩掉了那辆黑车，我的心也放了下来，“他们是谁？为什么要追我们？”

老妈说：“是你爸以前的仇家，来寻仇的。”

老爸边开车，边制止老妈，“跟他说实话吧，他已经长大了，能承受得起。”

老妈顿了一下，“好吧，既然你想知道，今天就全都告诉你。他们来追杀咱们，都是因为你。”

我惊恐道：“为什么？”

“因为你不是个普通的孩子，你一生下来就具备灵力。”

我心跳加速，脑容量不够用了，“你们的意思是，从我出生起，你们就知道这件事？”

“没错。”

“你们一直给我喝药，就是为了抑制我的超能力？”

“没错。”

“你们为什么要这么做？我明明可以很优秀，明明可以出人头地……为什么？”

老妈没有吭声，老爸说：“凡事都有两面性，天底下哪有光占便宜不吃亏的事情！你的确是有超能力，但它给你带来荣誉的同时，也能为你带来灾难。你以为咱们家这么多年一直东躲西藏，到底在躲什么？”

“难道是因为我？”我一直很好奇，为什么每次我们受了欺负，从来都不敢报警，不管有多大委屈都是自己硬扛下来。

老妈说：“没错，都是因为你。”

老爸接着说：“上天赐予你灵力，自然是为了让你对付一些人，你引以为豪的灵力，同时，也是一些人的心头大患。如果不是这些年我和你妈把你隐藏起来，早就让他们发现了，你也不会逍遥自在地活到现在。你以为真实的世界难道就是真实的吗？真相到底是什么，需要有勇气一层一层剥开表象，才能看到血淋淋的事实。你只看到超能力让你得到全县高考状元，好似风光无限，但同时，又会有多少人盯上你，等着取你性命。我们之所以一直压制你的能力，是因为我们敌不过他们，没有能力保护你，为了让你活命，只能把你变成一个普普通通的孩子，只有让你各个方面都引不起别人的注意，才能保你性命无忧，平安健康地成长。这也就是我和你妈从不在意你的学习成绩，从不在意你的日常养成，放任你自由自在的原因。在我们看来，你的平安健康比一切都重要。”

“到底什么人总盯着我的超能力，非要置我于死地。”

老妈说：“这个就说来话长了，不过我今天都会告诉你。你要接受你的超能力，除了要接受它带给你的荣耀，还要接受它带给你的灾难，你真的准备好了吗？”

“我……”关于荣耀，我看得很清楚，我想要，可关于灾难，我确实还没想过。

老爸边开车边插话，“我之所以强迫你喝了那碗药，是因为我觉得你目前还没有准备好，不只是你，我和你妈也都没有准备好，我们目前还不是面对它的时候，现在最重要的是保命。那药能暂时压制住你的灵力，让他们没这么容易找到我们，如果你没喝，他们就能搜寻到你的灵力，咱们今天恐怕难逃一劫。那药你喝了吗？”

“啊，药！”在生死一线之际，我真的不该如此任性，把那口药吐到卫生纸上，所幸卫生纸还没扔，不知道现在还能不能挤出水来。

我着急地说：“老爸，先停一下车，我想尿尿。”

老妈翻我一记白眼，“这么紧张的时刻居然还想尿尿？憋着！”

我装作尿急的样子看着老妈，“真憋不住了，快爆炸了。”我心里急啊，照老爸老妈这么说，如果药力没发生作用，他们很快就能顺着我的灵力找到我们。我又不好说因为刚才的误会，把药全吐了，只能装作尿急，离开他们的视线后，再想办法把药从卫生纸里挤出来喝掉。

见我嚷嚷得厉害，老爸把车停在了路边的紧急停车带上。

我夹着腿装作很憋的样子走到路边，从兜里摸出那团湿乎乎的、被揉成稀巴烂的卫生纸，拿到嘴边用力挤捏着，着实挺反胃的，但为了全家能活命，豁出去了……

突然，老妈在车里大叫，“小涛，你胳膊上的印记怎么还在？刚才的药到底喝没喝？……”

话还没说完，只听一阵急风呼啸而来，我转过头，一辆大车风驰电掣般冲向我家小车，我还没反应过来是怎么回事，大车已经把我家小车硬生生撞出了护栏，翻下了路面，就连大车的车头也已经出去一半才停下。

我的脑子“嗡”的一声，我老爸老妈还在车上。

不！我疯了一般冲到车跟前，看到的是底朝天、已经严重变形了的小车。我的心揪痛着，声嘶力竭地喊：“老爸！老妈！”

就在这情绪起伏的巅峰时刻，我的眼睛又“唰”地变大了，我看到一部电梯，里面有好多人，还有一个穿红裙子的女人抱着孩子，电梯好像失控了，里面的人全死了……

这一幕很快过去，我的眼睛“唰”地又变回原来的大小。

由于车身严重变形，车门根本打不开，我趴在地上，从破碎的车窗里看老爸老妈，他们头朝下窝在座位中间，紧闭着双眼，没有动静，有血从他们头顶流下，滴滴答答地滴在车顶上，很快又顺着车顶流到外面的地面上……

我喊哑了嗓子，终于等到救援的人来，车被打开，救护人员把老爸老妈抬出来。他们浑身是血，我冲过去握了握他们的手，冰凉冰凉的。救护车一路呼啸着开到医院，等到了医院，医生说他们已经没有生命体征，不用再抢救了，直接联系火葬场。而交警给出的结论是大车刹车失灵，属于交通意外。

我在这个世界上最亲的两个人同时走了，从此，再不会有人打我、骂我、逼我吃药，也再不会有人护我、爱我、为我着想……今天早上老妈慌慌张张来学校找我的情景历历在目，老爸还在大街上打我，打得我肩膀到现在还是痛的，这么活生生的两个人怎么说没就没了，连一句告别都没有……

如果是因为我胳膊上的月牙印记，为什么死的人不是我！我宁愿我死，换我最爱的亲人们活着……

“兔子，都三天了，你也稍微吃点饭、喝点水，不然你这个样子，估计也熬不了几天。”是白延庆，自从我家出了事，他一直陪着我。

“熬不了几天最好，刚好跟着老爸老妈一起走。他们在时，我没尽上孝，那就去阴曹地府孝敬他们。”

白延庆恨铁不成钢似地说：“你要是就这么把自己折腾死，叔叔阿姨的仇谁来报?”

“仇？啥仇?”

白延庆一本正经地说：“我看你是难过糊涂了，旁观者清，你不觉得这次车祸有蹊跷吗？难道你真信是交通意外?”

“老白，你是说真的，还是为了刺激我，让我找回点精神气儿，才故意这么说。”我的心一抽，一口气上不来的感觉。

“当然是说真的。你想，那辆大车明显是全速撞向你家车的，你家车停在紧急停车带上，我就不信司机看不见。”

老白这么一说，我不禁想起来，出事那天老爸说过，如果我胳膊上的印记没了，我们全家可能会躲过这一劫；如果我胳膊上的印记还在，他们就能顺着我的灵力找到我，我们全家都得死。

那么说来，这场车祸根本就不是意外，而是一次蓄意地谋杀。

我胳膊上的月牙印记到底什么意思，老爸老妈指的“他们”又到底是谁，为什么要一而再，再而三地追杀我?

为什么每当它显现的时候，我身边总会有奇奇怪怪的天灾人祸？要杀我的人和这块印记之间到底有什么关系？为什么非要置我于死地?

……

无数个疑问在心中打成了千万结……

现在老爸老妈被害死了，所有的谜底都只能靠我自己去解开，我一定要查清楚，“老白，你说得好像挺有道理。我已经三天没吃没喝了吗？快给我拿吃的，我要吃，我要喝，我要恢复体力。既然我天生就带有这个印记，我定要查个清楚明白，它到底预示着什么！到底是谁非要置我于死地！”

## 五、一身血债

老爸说是因为他们没有能力保护我，所以才想办法抑制住我的超能力，让我像个普通孩子般成长，又说只要我胳膊上有这个月牙图案，害我的人就能顺着这股灵力找到我。

如果要害我的人得知我没死，一定会继续出手，我先等等看。

我胳膊上的月牙印记到底是什么意思？为什么会带给我超能力？它是在召唤我，还是在指引我。

在网上泡了十几天，一无所获。

一天，老爸所在的公司叫我去领丧葬补贴，他们公司在一个写字楼的十二楼。

这个写字楼人多电梯少，门口站了许多和我一样等电梯的人，看着这个电梯慢腾腾得像老牛拉破车，每一层都停，真是相当磨人脾气。当电梯落到第二层的时候，进来一位抱小孩的女人，穿着红裙子。我觉得这个女人好像在哪里见过，一时想不起来，也就没再刻意去想。

电梯终于来了，大家挤来挤去地往电梯上拥。突然，我脑海中闪现父母出车祸的那天，我看到车祸惨景时预见的那个镜头：一部电梯，里面有好多人，还有一个穿红裙子的女人抱着孩子，电梯好像失控了，里面的人全死了。

就在电梯门将要关闭的瞬间，我伸手挡住即将关闭的门，一个箭步冲出去，回头对电梯里的人说："大家快下来，这个电梯不安全，可能要出事。"但没人把我的话当回事，还有人说了句"神经病"，然后迫不及待地按着"关闭"键。

我紧张地屏住呼吸，看着电梯缓缓上升，心都快提到嗓子眼儿了。当楼层显示"11"的时候，突然就没了显示，电梯坠落而下。

"轰！"随着一声巨响，应该是落在了负一楼，还在门口等电梯的人们惊叫着逃开。

果然发生了，我预见的事情果然丝毫不差地发生了。我觉得浑身的血都在往头上涌，抬不起腿，迈不开步，连呼吸都困难，一个踉跄跪在地上，大口大口地

喘着粗气，他们终于又出手了，

如果我没有在最后一刻跳出电梯，现在是不是也和他们一样，摔得血肉模糊，横七竖八地惨死在这里。

我失魂落魄地回到家，赶紧掏出手机看新闻，果然，算上那个不满周岁的孩子，共9条人命，事故的原因是电梯老化失修。

正在这时，门铃响了，肯定是老白。

我打开门，白延庆慌慌张张地问："兔子，你没事儿吧？"

"没事儿。"

白延庆说："我早就料到你要出事，没想到这么快。"

我非常沮丧地问："你是怎么料到的？"

"太明显了，每件事都被巧妙地安排成意外，其实都是蓄意的。什么车祸、电梯，根本都是陪衬，目的压根儿就是要你的命！"

"连你都看出来了，他们在暗，我在明，看来真的防不胜防，我离死不远了。"

白延庆安慰我道："你不是有预见未来的超能力吗？已经死里逃生了两次，就再预见一下，看看他们下一步会怎么办，咱们也好提前预防。"

不提还好，一提我更加沮丧了，"关键是我现在根本控制不了我的超能力，不知道它什么时候才会冒出来那么一丁点。"

"这可就难办了，不过他们肯定也还不知道，以为你的超能力有多强大，能提前预测出他们下一步的行动，估计短时间内不会再动手，你应该还能多活一段时间。"

"但愿吧。"但愿老白分析的是对的，他们还不知道我控制不住自己的超能力，短时间内别动手。我还年轻，还没活够，还不想死。

## 六、终于见面

连续经历了两次事故，果真让老白说中了，他们没再动手，我竟平安地度过了假期，活到了开学。

既然每天都在生死边缘晃悠，每天都像是生命的最后一天，与其小心翼翼地等意外，还不如坦然面对，把每天都过得精彩。

调整好了心态，我觉得心情豁然开朗，十八年来，第一次变得积极好学，努力上进，仿佛一夜之间跟过去那个无所事事、吊儿郎当的“矮矬穷”划清了界线。

我带着无数的疑问，选择了历史学。而白延庆，选择了医学。我俩住同一个宿舍。

每天清晨醒来，我都觉得好幸福，终于活着看到了日出；每天晚上睡觉前，我还是觉得好幸福，终于又活过了一天。把每天都当成末日一样对待，生活变得积极而充实，学习之外，就是努力丰富自己的生活，越多姿多彩越好，越多一种尝试越好。

我都18岁了，是大学生了，还没谈过恋爱。趁没死之前，我一定要试试，如果真的轰轰烈烈爱一场，也不枉来这人世走了一趟。

这天周末，我去图书馆，看见前面有个美女，长发及腰，身姿婀娜，仅背影就够令人春心荡漾了。

要是以前，我会犹豫、会难为情、会扭捏……但是现在，我下一秒说不定就会死，管他的呢，喜欢了就去追，再犹豫也许就真没机会了。

我悄悄跟在她身后，构思了很多种搭讪的方案，正暗自挑选哪种方案最自然。

忽然，她转过身来，我的心脏像小鹿一样乱跳，快要窒息了……

我去！“如花”啊，一张比“如花”还丑的脸。香肠嘴、酒糟鼻、眯缝眼，巧夺天工般的镶嵌在一张大饼脸上，一笑露出一口大黄牙，还粘着菜叶子，吓死宝宝了！

一个跟男人一样粗犷的声音响起：“夏小涛，我叫王诗雅，我在这里等你很久了，我们一起去图书馆吧。”

她是在跟我说话吗？我叫夏小涛吗？真恨不得立马消失掉。

我的情绪从沸腾到冻结，再到沸腾。瞬间，我的眼睛“唰”地变大了，恍惚看到我和一位长发古典美男和一位短发美女在一起，我们似乎要去很远的地方……还有一个奇怪的图案：三只兔子围绕着莲花式井心，共用三只连在一起的耳朵，往同一个方向奔跑，彼此追随着，却又追不到对方。

这一瞬很快过去了，我的眼睛又变回了原来的大小。

看着眼前这张让人绝食的脸，我撒腿就跑。身后粗犷的声音再次响起，“你别跑呀，咱们还没加微信呢。”

“我忘拿手机啦。”我头也不回接着跑。加微信，加个“毛线”。

王诗雅，名字很好听，背影很迷人，正面也太惨了。有些人还是别看清，看清了伤人，更伤己。

算起来，这是我第三次预见未来即将发生的事，分析这几次超能力迸发时我的状态，大概也能摸出那么一点规律，好像当我受到刺激，情绪起伏较大的时候，我的眼睛就会变大，随即就能看到未来发生的事。

回想着幻境中的情景，那三只兔子的图案是什么意思？我凭着记忆草草画了张图，试着搜索了一下，网上还真有，但总的来说，就是一个字：谜。还是世界未解之谜。

这幅图叫三兔藻井图，出自敦煌莫高窟第407窟，绘制于公元6世纪的隋代，但在德国、法国、英国的基督教堂屋顶浮雕中，也出现过相同或相似图案，另外，在蒙古游牧人的金属器皿上、埃及瓷器上这个图案也被使用过。此图为什么会在时间和空间相距这么遥远的佛教、基督教和伊斯兰教中都出现？至今仍是未解之谜。

我越看越迷惑，世界未解之谜难道也跟我有关？会不会就此解开我胳膊上的月牙印记之谜？还有，幻象中现出的那一男一女何时会来找我？我们将去哪里呢？……

第二天一早，感觉有人在拍我的脸，一个极好听的男声：“喂，醒醒，醒醒。”

“风哥，你确定是他吗？这个人也太Low了，睡觉居然还流口水！”

我睡觉流口水怎么了？又没流到你家，眼还没睁开，火先冒了起来。

努力睁开我炯炯有神的绿豆眼，正打算开骂，刚喷出一半的脏字生生给憋了回去。

这不是幻境中看到的那一男一女吗？我的天哪，幻境中没看清，现实中竟然有这么美的人。

且看这帅哥，目测身高一米八以上，长发披肩，眉似英剑，目若朗星，举手投足优雅若仙，虽身着一件及膝的黑风衣，却不带半点冷酷之色，反而让人觉得温暖如春，活脱脱一个不染纤尘的古典男神。

再说这美女，目测身高至少也有一米七，酷酷的齐耳短发，干练非凡。皮肤白皙，眉如远黛，眼若流波，眉目一转，自有一股风流与飒爽。也是一身及膝的黑风衣……这两位是商量好要撞衫的吗？只见她红唇微启："叫半天叫不醒，好不容易叫醒了，还得愣半天，你一直都是这么古怪的吗？"

看在她长得这么美的份上，就算把我说成是猪，我都不会跟她计较，"你们终于来了。"

"你知道我们要来？"短发美女惊诧地问。

"刚知道没多久。"我懒洋洋地说着，然后伸了个懒腰。

古典男神丝毫都不感到惊讶，"他代表着来世，应该能看到未来即将发生的事。"

什么代表来世？"你在说我吗？"

"你应该有预知未来的能力，说说吧，到什么程度了？"古典男神看似胸有成竹。

"你怎么知道我的能力？再说了，我凭什么告诉你？"其实我内心巴不得像放鞭炮似的一口气都告诉他们，压抑了这么久，又有这么多疑问，终于来了一个好像能解答的人，怎能不兴奋？但此时还不能全兜底，我还不确定他们的目的，万一他们是来取我性命的怎么办？

"我们的目的刚才都说过了，要开启三兔法阵，打开神界大门，送神归位，懂了吗？"短发美女已经有些按捺不住急性子了，说完还不忘高傲地翻个白眼。

"哈哈哈，啥法阵？三兔？是三只兔子的三兔吗？这么Low的名字，一听就没什么名堂！有没有三猫法阵、三狗法阵、三鸟法阵什么的，对了，要出名还不如叫个三虎法阵，至少听上去能稍微牛掰些……"

"信不信我抽你！"短发美女边说边投过来一道凌厉的目光。

我下意识地缩了下脖子。不得不承认，这小妮子气场挺强大。

"小月，冷静。"古典男神立马挡在我们中间，"咱们要共同开启法阵，还有一段很长的路要走，不要伤了和气。"

古典男神接着说："这个三兔法阵是俗称，它的全名叫'三世涅槃般若泓道泽天忍耶弥赛亚'法阵，又长又拗口，因为它的图腾里有三只兔子，所以大家就简称为三兔法阵了。"

"哦，原来是这样。那个三，三，三亚……"我三了半天，掐头去尾，念出来的名字连我自己都吓了一跳，还是乖乖地叫三兔法阵吧，"三兔法阵的图腾是这个吗？"

我拿出昨晚画的三兔共耳藻井图给他们看。

“你画的是兔子？”

“这是我见过的最抽象的兔子。”

好吧，我承认我画得有些抽象，不太像是兔子。

古典男神说：“言归正传，我叫风里希，代表着今生。她叫莫如月，代表着前世。而你，代表着来世。我们三个要一起开启三兔法阵，打开神界大门，送神归位。而三兔藻井图，就是你画的这幅，是三兔法阵的图腾，藏于敦煌莫高窟……”

风里希热情澎湃地足足讲了两个小时，我听得云里雾里，弄了个大概清楚。

## 七、原来如此

话说，盘古开天辟地之后，世界上是没有人的，只有原始神族。女娲以泥土仿照自己抟土造人，并构建了人类社会。此时的世界，原始神族与人族共存。

根据《史记·补三皇本纪》记载，水神共工造反，与火神祝融交战。共工被祝融打败，气得用头去撞世界支柱不周山，导致天塌地陷，天河之水注入人间，生灵涂炭，人类将亡。女娲为救众生于灾祸，炼出五彩灵石补天，又斩神鳌之足撑四极，天地定位，洪水归道，四海宁静，万灵复得以安居。

女娲补天后，所炼的五彩灵石剩下一块。

为了保护人类不再受神怒牵连，无端受祸，女娲缔造了神界，将共工、祝融等原始神族迁至神界。从此，神族与人族分开，神居住在神界，人居住在现在的世界，唯有用这块补天所剩的五彩灵石启动三兔法阵，方能打开神界大门。

除了原始神族之外，生灵皆能慢慢修炼成神，但神与人有一个平衡值，在平衡值之内，神能够留在人界；当神的数量打破平衡值时，就要用五彩灵石启动三兔法阵，送神回神界。

上一次送神是在三千多年前的西周初期，地点在西岐，也就是我们现在所说的《封神榜》《封神演义》等等。姜子牙封神之后，启动了三兔法阵，将众多好神坏神一股脑都送往神界，各归其位。

三千多年过去了，神的数量又超过了平衡值，人间已失去平衡，最近这些年地震、海啸、火山爆发层出不穷，就是神力乱为所至，所以要重启三兔法阵，送神归位。

至于三兔法阵，其图腾就是敦煌壁画中的三兔藻井图，需要我们三个将自身灵力修成神道九级之后，方能用女娲灵石启动。

风里希，来自甘肃天水，世世代代守护着女娲灵石，是女娲祠第三百七十二代守护人，能在梦境中得到女娲大神的指引。要重新开启法阵，也是他受命于女娲大神。

至于莫如月，问啥她都会说“关你何事?”，正好配她这个酷酷的外形。

“原来我这么厉害，那我到底是神还是人?”听完风里希的讲解，我似懂非懂，自恋指数爆棚。

莫如月冷冷地说：“连风哥都是人，咱们肯定也是人。”

风里希却说：“其实说咱们是人也不完全正确。咱们虽然是人类的身体，却有着神的力量。众所周知，修灵要修人、仙、神三道，每一道又分缘、脉、气三级，凡人修炼，只能修到仙道，修不了神道，所以他们体内的是法力，开启不了三兔法阵，而人界中，只有咱们三个可以和原始神族一样，修神道，得灵力，等达到神道九级时，就可以开启三兔法阵了。所以确切地说，咱们应该是半神。”

好烧脑，半神，顾名思义就是一半是神一半是人，“难道我父母中有一个是神吗?”

风里希解释道：“半神并不是神和人结合的后代，而是拥有神的力量，却以人的方式在轮回。”

“哦。”我似懂非懂。

莫如月好像也是第一次听到半神这个概念，跟着问：“如果世间只有我们三个是拥有神的力量，却以人的方式轮回的半神，那三千多年前在西岐开启法阵、送神归位的也是我们三个?”

“没错，只不过是咱们前世的前世的前世……”

原来如此，“可为什么三千多年才开启一次三兔法阵?”我很好奇，中间这么长的时间都在干吗。

莫如月白我一眼，冷冷地说：“不修炼个几千年能成神吗？千年以下道行的都是妖。”

她一说话就能把我活活呛死，但不知怎的，我不但不生气，反而还有种幸福感。

“这么说来，这个月牙印记就是半神的象征吗？可为什么现在印记已经很稳定了，我的灵力却不稳定，时有时无的。你们也这样吗？”我把左胳膊伸到他们面前，露出了血红的月牙印记。

风里希和莫如月看了一眼后，都说：“我身上没有这个印记。”

“不会吧，这个印记就是我灵力的象征啊，从小到大，只要这个印记一出现，我的灵力就会迸发，怎么能没关系呢？”我把我如何逃过1998年洪水、2003年“非典”、“5·12”大地震，还有父母如何出的车祸、电梯谋杀等事情，通通给他们讲了一遍。

风里希中肯地说：“小涛，你身为半神，灵力是与生俱来的，和这个月牙印记没有关系。凡界只有咱们三个带有灵力，因为咱们生来便是要开启三兔法阵的。宿命如此，任谁都无法改变。哪怕今生没能完成，来世也还是要做这件事的。”

“怎么会这样！那这个印记是什么意思？为什么我父母一直抑制它的出现？”本以为自己的超能力来自胳膊上的月牙印记，找到了力量来源，就能解开所有谜团，可没想到，我之前的推断完全错误，线索一下子中断了。

风里希又仔细看了看我的胳膊，“这个月牙印记看似普通，实则蕴含着巨大的力量，这股力量是什么，为什么与你的灵力息息相关，我也不是很清楚。”

既然线索中断，那么问题又来了，要杀我的人是因为我的超能力，还是因为这个印记，还有，我老爸老妈到底是什么人。为什么在我一出生时就能看破我的身份？为什么能找到抑制我灵力的方法？……原来他们一直把自己层层包裹、层层伪装，就是为了保守这些秘密！

没想到我好端端的人生，竟隐藏了这么多秘密！我觉得脑子快不够使了，白延庆在哪，我需要智囊团。

风里希看出了我心里的波动，安慰道：“你也别太心急，我和小月都会帮助你的。等你真正踏足这个圈子，所有的谜底都会一层一层慢慢解开。”

莫如月心不在焉地听我们说话，若有所思地自言自语道：“怪不得他们一直没有找到你，原来是因为你父母早就识破了这一切，在你一出生时就想办法抑制住了你的灵力。”

“你说的他们是谁？”我和风里希都很莫名其妙。

“没有谁，你们听错了。”莫如月连忙岔开话题，“风哥，既然咱们三个已经聚齐，是不是可以开启法阵了？”

“现在还不是时候，咱们还有很多事情要做。首先是要提高灵力，开启法阵需要修炼到神道九级，以咱们目前的修行，强行开启法阵必遭反噬，等于自杀。至于开启法阵的地点，按照神谕所示，应该是在敦煌。”风里希说话很是正统，带有强烈的责任感和使命感。

“敦煌？莫高窟就在敦煌，我虽然没去过，但据说是文化圣地，有很多壁画。应该是在……甘肃。”

“就你这水平居然还是学历史的大学生？真该回炉重造了。”莫如月又差点把我呛死。

我委屈地看向风里希。风里希无奈地说：“别看我，我和小月想法一样，敦煌在甘肃还用想半天，你真得好好补课才行！”

风里希接着说：“我这里有三个灵符，不仅能感应到我们的灵力到了哪个阶段，关键时刻，还有护身功用。等这上面的空管满了，我们就能开启三兔法阵了。”风里希边说边递给我们三个灵符，是个兔子模样的可爱的吊坠，在兔子的肚子上有一条空管，分为三段九格，不用说，那三段肯定就是人、仙、神三道，而那九格，自然就是每一道的缘、脉、气三级了。

因为灵符上穿了根红绳，我们都很自觉地挂在了脖子上。我一看莫如月的灵符，人道，气级，也就是人道三级，哇，好厉害。再看风里希的灵符，仙道，缘级，哇，仙道四级，更厉害。

我自信满满地低头看了看自己的灵符，只在人道一级处有一条若隐若现的红线，基本等于空管。我只能不好意思地“呵呵，呵呵”了。

“我有一个疑问。”我说，“我为什么要和你们一起去开启三兔法阵？现在有个不明团伙正处心积虑要杀我，接二连三制造‘意外’，我连自己能活到哪天都不知道，哪有心思和精力跟你们一起去修灵呢？哪天我死了事小，说不定还会连累你们呢，你们还是趁早离我远点吧！”

莫如月有些气愤地说：“居然能说出这种话，你的脑子是摆设吗？开启三兔法阵和你活命根本就是一回事！你有什么好谋害的，一个要啥没啥的“矮矬穷”而已，正因为有了开启三兔法阵的使命，才会有人谋害你，他们的目的是要阻止我们开启法阵，阻止我们送神回神界，你懂了吗？”

# 八、瞬间穿越

“你怎么知道要杀我的人是要阻止开启三兔法阵?”我一句话还没问完，宿舍门响了，只见风里希和莫如月立刻一副戒备状态。

我好笑地说：“说曹操，曹操就到，肯定是我的智囊团——白延庆回来了，介绍你们认……识……”

话还没说完，只觉浑身酸软，舌头发麻，连说话的力气都没有了，我像只蔫茄子似的慢慢瘫倒下去，倒在一个香香的怀里。然后有人给我嘴里塞了一小粒药丸，才慢慢恢复了知觉。

我果然躺在莫如月的怀里，好丰满的胸，好香的怀抱，我是世上最幸福的男人。

“啪!”一记响亮的耳光响起，“往哪摸呢，下流!”

再看风里希，他正努力地撑起一个结界，把我们护在结界内。而我们周围，一下子多了七八个黑衣人，一个为首的正双手交叉作诀，看样子是在努力破风里希的结界。还有两个人像蜘蛛一样趴在房顶上，一副要大干一场的样子。

原本惊慌失措的我，一想到风里希已经修到仙道四级，莫如月也是人道三级，心里多少有了几分底。

就在双方对峙的紧张时刻，我弱弱地插播感慨：“我说，各路英雄好汉，咱能不能换个宽敞点的地方？这宿舍太小，施展不开，委屈了大家多不好。再说了，别看这架子床和旧书桌，也挺值钱的，万一损坏了，赔了我的生活费是小，各位大侠也得破财是不是……”

“你叨叨叨，叨够了没有?”莫如月不知何时已在帮风里希撑结界了。她一边费力地撑结界，一边咬牙切齿地骂我。

在两股力量的交错之下，我宿舍里的家具一应都成了渣渣，我真是哭的心都有了。

就在这时，结界破了，风里希和莫如月都一个趔趄。顿时，前后左右包括屋顶的人，都像饿狗扑肉包子一样扑向我们。

眼看无数双手就要抓到我们了，千钧一发之际，莫如月一把抓住风里希，一把抓住我……瞬间，我感到强大的力量撕扯着我，让我不得不闭上眼睛……

很快，撕扯的力量停止了，我好奇地睁开眼，香雾渺渺，热气腾腾，好像仙境一般……这是哪里？

“啊！”随着一声尖叫，一个裸体女人出现在香雾之中。

“啊！”我也跟着尖叫，这个裸体女人竟然是王诗雅。

“天哪，怎么穿越到女生澡堂里了？”莫如月不可思议地自言自语着。

“再、再穿！”风里希一脸惊悚，话都快说不清了。

“灵力用完了，没法穿越了。”

“咋，咋办？”

“还能咋办，跑啊！”莫如月很同情地看着我们。

风里希像被点醒了一般，一个箭步冲出去。

“反啦！门在后面！”莫如月焦急地喊着。

紧接着，澡堂里“啊”声一片，房顶都快掀翻了。

风一样的男子又冲回来，满脸“黑线”。

我和风里希相继跑出女生澡堂，不敢停；跑出学校大门，不敢停；跑出大门外至少五公里，风里希还在前面跑，我实在跑不动了，一下趴在路边的草地上，大口大口喘着粗气。

过了一会儿，莫如月走过来，看到我们，喷发式的大笑。看她笑得如此豪放，想起刚才狼狈的那一幕，我俩也觉得好笑。我们三个人聚在一起狂笑不止，也不管路人啥眼光看我们。

这种畅怀与释然，让我第一次找到归属感，终于有自己的队伍了，终于不再孤单了……

笑够了，风里希说：“小月，你怎么会带着我们穿移到小涛学校的女生澡堂啊？”

“我瞬间穿移的能力，是只能穿移到我去过的地方，没去过的地方穿移不了。我想，这大概跟我代表前世有关吧。昨天咱俩踩完点，我就顺便去洗了个澡。刚才实在因为情急，没时间考虑地点，随便想起一个就穿了，没想到居然穿到了女生澡堂里，让你们受惊了。”

我没听错吧，这个冷酷的小妮子在认错？我赶忙表态，“没事没事，你救我一命，要不是你机智，我现在估计连渣都不剩了，这点小麻烦不用道歉的。”

“谁道歉了？你想多了。”我又被呛到了，不过我就是喜欢听她说话。

趁现在他俩兴致都挺高，赶紧说个现实的话题，“二位大侠，我宿舍的家具都被毁完了，得照价赔偿，你们也是肇事者之一，就算你们保护了我，但一码归一码，咱们先把家具钱A了吧，一人一千块，我也不讹人，你们二位一共给我两千块，转账和现金支付都行……”

“支你个‘毛线’啊！”莫如月边说边抡起一巴掌拍我后脑勺上，我标准地缩了下脖子。她还要动手……

“小月，冷静。”风里希挡在我们中间，此情景今天好像回放了很多遍。“小涛宿舍里的家具是得赔的，就他那点生活费，估计赔不起，咱们得帮他。”

莫如月不可思议地大声说：“开什么玩笑！钱是小事，他们已经知道夏小涛的灵力不稳定了，他还能回去住吗？那跟送死有什么区别？除非你愿意陪他住，我是不会留下来保护他的。”

我有些紧张地问：“刚才那些人和反复制造‘意外’要杀我的人，是不是同一伙？”

莫如月轻蔑地瞥我一眼，“哼！不是同一伙，难道还是两伙？”

风里希说：“我虽不知道他们的来历，但看样子不是针对夏小涛一个人，而是要杀了我们三个，就像小月所说，他们的目的是阻止我们开启三兔法阵，应该和杀你父母、反复给你制造‘意外’的人是同一伙。如果真是这样，你的确不能再回学校了。”

一听他们不让我回学校，我急眼了，“我必须回去，宿舍被你们打得一团糟，我得好好收拾，再说了，明天还要上课，就算跟你们走，我也得先请假，不然会被学校开除的。”

“都啥时候了，命都快没了，你还惦记着学校里的那些破事？”莫如月的火暴脾气又躁起来了。

“不管咋的，也不能被学校开除啊，你们不懂，上大学是我改变命运的梦想，无论如何，也得坚持把学上完。”说完，我倔强地转头朝学校方向跑去。

只听身后莫如月的声音响起，“风哥，别追他，让他走。他能活过今晚算怪。”

## 九、三人成行

回到宿舍，白延庆正满脸“黑线”地发呆，见我进来，他无比惊异地说：“兔子，你的超能力又晋级啦，快来讲讲，这满地的渣渣，你是咋做到的？”

我把风里希和莫如月来找我的事一五一十讲给他听。

“越来越夸张了，看来你父母说得没错，那个月牙印记真的会把人搞疯，它已经影响到你的脑神经了。你扯奥特曼、蜘蛛侠，都比扯女娲娘娘实际些，你要再这样胡言乱语，我就给你用镇静剂了。”

这回换我满脸“黑线”。

我俩把现场稍作处理，使这里看上去像是被打架斗殴损坏的一般，然后到宿舍管理处，赔完钱、办完手续，搬来新家具，已折腾到了晚上。

正在庆幸一切平安无事，晚上可以美美地睡一大觉了。突然看到白延庆拿了把水果刀朝我刺过来。

幸亏我眼疾手快，侧身一闪，躲了过去。“老白，你这是怎么了？醒醒，醒醒啊！”

只见他目光呆滞，四肢僵硬，一看就是被人控制了心智，他拿着刀又刺了过来，我接着闪。刚换的新被褥就这么被他刺了一刀。刺就刺了，他还挑，生生把被子挑成了稀巴烂，棉絮满屋子飞，仿佛我的钱在飞……

“老白，放过我的新被子，有什么冲我来，被子是无辜的。你要再用刀挑我的被子，我就对你不客气了。”

“哈哈哈，这小子真有意思，都死到临头了，居然还操心被子。”一个红发女孩不知何时坐在了我的书桌上，跷着二郎腿，饶有兴致地看着我。

我边闪来躲去，边愤怒地问：“是你控制了他？”

“是啊，小小的傀儡术都破不了，我看你就是个普通的穷学生，他们非说你是半神，认错人了吧。”她手里拿着一片巴掌大小的白色羽毛，边说边把玩，让羽毛在绝美的脸上轻盈地绕来绕去，看上去妖娆无比。

“快让他停下来，咱们有话好说。”

“你乖乖受死，一切就都好说，怎么样？”她透过羽毛妩媚地看着我。

这丫头，也算是个美女，怎么张口闭口就是杀人……

“啊！”趁我走神，老白刺伤了我的肩膀。在疼痛的刺激下，我的眼睛“唰”地变大了，看到早上杀我们的那伙人，正在往这个地方赶，而其中，居然有撞死我父母的那个大车司机。

这充分证明，制造那场车祸、电梯事故的人与早上劫杀我们的人，真的都是同一伙。

红发美女察觉到了我的变化，目光从柔媚一下变成了犀利，手上的羽毛也瞬间僵硬，每一根毛都变成锋利的钢针。

我来不及在幻境中逗留，赶紧让眼睛恢复正常，迅速往门口冲去，企图开门逃跑。

她手一挥，无数根钢针齐刷刷朝我飞了过来。

越急越出错，门还没打开，我却因为冲得太猛，一下子贴在了门上，大叫着“啊！啊！啊……”

叫唤了半天，好像没觉得有针扎到我身上。我试着微微睁开眼，朝身后悄悄一瞄，看到的却是风里希和莫如月。

他俩正抱着手臂，无比戏谑地看着我。风里希的手里还提着一只死野鸡。

真受不了他们这种看傻子似的眼神，“干吗这么看着我，我的造型很帅吗？”

“哇，兔子，原来你说的都是真的。”不知何时清醒过来的白延庆，正两眼冒着光，“这世上真的有神，而且我亲眼见到了两个，活的。”

风里希很淡定地说：“这世上的神很多，我们三个只是半神而已。”

白延庆吃惊道：“你说兔子是……是半神？”

我傲骄地说：“是啊！赶紧崇拜我吧！”

“我居然能跟半神当哥们儿，简直酷毙了……你还有啥超能力，都给我表演表演呗。”

“目前，没啥超能力了，等以后炼好了一定表演给你看。”

白延庆一脸憧憬，“兔子，全指望你了，希望有一天你能带我嚣张，带我飞！对了，我刚才是咋的了？印象中好像拿刀在刺你？”

“你刚才是被这只野鸡控制了。”说着，风里希一把将死鸡扔在地上。

“你是说，刚才那个女孩是只野鸡？”我蒙了，老白比我更蒙。

莫如月一脸无所谓，“是啊，就是这只，原生态无污染的野鸡。谁厨艺好，把它炖了，肯定肉美汤鲜，正好给本姑娘补补身子。”

我和老白都忍不住想吐，“莫如月，你能不这么恶心吗？”

莫如月一脸无辜，“难道你们平时不吃鸡？”

“吃，但没吃过能变成人形的。”想象着刚才妩媚动人的女孩会被炖成鸡汤，又忍不住恶心反胃。

“差点忘了件大事，风哥，咱们快走，我刚看到早上的那伙人正往这赶呢。”

风里希一听这话，也有些急，“早上的那伙人比较难对付，咱们快走。”

莫如月扯了一下风里希，“风哥，某个人不是要留在学校上课吗？咱们就顺他的意，把他留下好了。”

我赶紧认错：“是我认识浅薄，没听你们的劝。莫女侠，你大人不记小人过，别跟我一般见识，这个情我记着，以后还你。”转头又对白延庆说，“老白，我父母的血案已经有眉目了，我得顺藤摸瓜查下去，否则，我的命也活不长。你帮我给学校请几天假，有事电话联系。还有，千万保密啊。”

老白体贴地说：“你放心地去吧，一切有我。记住，活着回来！”

## 十、初展实力

我跟着风里希和莫如月匆匆跑出宿舍楼，跑出校园，还是早上休息的地方，还是那块草坪，我往地上一趴，“实在跑不动了，休息一会儿。”

“再跑一会儿，等人少点就能飞了。”莫如月着急地看着我。

“啥？你们会飞？”他们飞了，我咋办？

“太小看我们了，你以为我这三级的功力是白修炼的？”

突然，风里希冲到我们跟前，用掌力推出一道结界把我们护住。我一个蹦子跳起来，听着有东西噼里啪啦地掉在地上，仔细一看，天哪，都是子弹，幸亏风里希及时发现，否则，我们此刻已经成蜂窝煤了。

早上的那伙人出现了，慢慢朝我们走来。这回看清楚了，一共七个人，都穿着黑衣服。一个奇丑的女人拿着把枪，不时朝我们射击；走在中间的是个身材魁梧的男人，一脸凶相；最边上的一个就是撞死我父母的大车司机，一见他，我恨得牙痒痒……

看来莫如月分析得不错，给我设计种种“意外”，要杀我的人，是冲着三兔法阵来的，根本目的就是要阻止我们开启三兔法阵……他们为了一己之私，竟让我的父母无辜牺牲，这笔血债必须血偿！

走在中间那个一脸凶相的男人说：“你以为撑个结界就能没事吗？看你能撑多久。”这正是今天早上破了风里希结界的那个人。

风里希扭头对莫如月说：“你保护好夏小涛，我去会会他们。”

风里希刚收了结界飞出去应战，就听我们这边三声枪响，莫如月机敏地伸出手，接住了三颗子弹。

只见这三颗子弹正悬空在她手掌之上。莫如月做了个反转的手势，子弹立刻调转方向，朝着开枪的那个丑女人飞去，丑女人从身后抽出一把伞，用伞一撑，接下了三颗子弹，阴阳怪气地说：“莫如月，许久不见，看样子，你又长进不少。今天咱们就分个高低，看看谁才是幽水最得意的弟子。”

莫如月冷哼一声，“废话少说，要打便打。”

丑女人随手把枪一扔，腾空飞起，开始转伞，她的伞下坠着许多铃铛一样的东西，发出清脆悦耳的声音，我瞬间感到意识有些模糊，看东西都成了重影，手脚不听使唤地舞蹈起来，想追随清脆的铃声而去……但恍惚间，又听到另一阵铃声响起，仿佛在强拽着我的意识……两种铃声拉扯得我快要崩溃。

我使劲晃了一下脑袋，总算清醒了，是莫如月在晃她的手链。

我着急那大车司机的状况，赶紧看风里希那边，他正和六个黑衣人战成一团，动作太快，看不清招式，我干着急没办法。

再看莫如月这边，她和丑女人展开了近身肉搏，动作也很快，我还是看不清招式，但凭感觉，应该是莫如月占了上风。

我内心祈祷着，风里希能活捉大车司机，我要好好问个清楚，到底是谁派他暗杀我们的。

突然，从风里希那边飞出一个人，正是我要找的大车司机，只见他落在地上痛苦地呻吟了两声，就不动了。随之，风里希这边停战了，双方都有受伤，风里希的后背和肩膀有好几道爪印，衣服也破了。

那个一脸凶相的男人看了看躺在地上的大车司机，气喘吁吁地说：“女娲灵石的守护人，果然名不虚传。今天不是你的对手，咱们改日再战。”

说完，他双手作决，一道红光射向躺在地上的大车司机，从大车司机身上引出一个小光球，估计是内丹之类的东西，顺着红光飞到为首的黑衣人手里，然后，他冲着我和莫如月这边大喊一声：“幽姬，撤！”

这个叫幽姬的丑女人立马停手，后退了几步，一转身，朝天上飞去。再看那几个男的，也纷纷飞上天，很快便消失在了茫茫的夜色中。这还是我第一次在现实生活中看到有人飞，跟电视剧里演得一模一样。

我冲到大车司机的尸体旁，想搜出点情报或是线索，没想到，这具尸体居然变成了一只狼，然后化作一缕烟，消失了。

“他们是故意让他死的。”风里希说，“不过就算他们不出手，这只狼精因为用法术杀了人，天雷反噬在身，也活不了多久，他们只不过是防夜长梦多，提前让它闭嘴而已。”

我好奇地问：“天雷反噬是什么？”

风里希解释道：“凡修神炼仙的人或妖，都不能用法术影响凡人，否则，你用多少法术去影响凡人，就会有多少法术反噬到自己身上。这只狼精用法术取了你父母的性命，它得到的就是最强的反噬，天打五雷轰，任谁都活不了的。”

我有些懊恼地说：“噢，原来如此。看来这只狼精不过是枚死士，要查幕后主使，得从其他地方入手。”

风里希看了看莫如月，“小月，你受伤了？”

我这才注意到，莫如月的嘴角渗着血丝，心疼地说：“都是我没用，你是为了保护我才受伤的，要紧不？”

莫如月转过头不搭理我，一副很瞧不起我的样子。我一时很有些无地自容。

风里希及时化解尴尬，“看样子，小月是受了些内伤，得好好调养几天才行。对了，小月，你跟那伙人认识吗？刚才那个幽姬好像跟你挺熟。”

“我……”莫如月没料到风里希会突然这么问，想了一下说，“我和她以前交过手，所以也有一些了解，他们都来自幽冥门。幽冥门是一个习武修灵的组织，龙蛇混杂，共有三个分舵，分别是幽水、冥火和暗灵。刚才为首的那个一脸凶相的男人叫张魁，是冥火分舵的四大护法之一。那个女的叫幽姬，是幽水分舵的弟子，也算是幽冥门中比较出色的弟子了。”

“哦，原来这样。”风里希若有所思地径自说着。

我急切地问：“那他们的幕后主使是幽冥门吗？”

莫如月说：“幽冥门支系旁杂，有数十万弟子，若说幕后主使是幽冥门，未免太笼统了，不过看那狼精跟着张魁，应该是冥火分舵的人。我想，要查出幕后主使，从冥火分舵查起应该没错。”

“幽冥门为什么要阻止我们开启三兔法阵？如果咱们不开启三兔法阵了，他们会不会放过咱们……”

莫如月在我后脑勺上狠狠拍了一巴掌，“这种话你也说得出口？遇到难题不是想着怎么解决，而是想着怎么逃避。你逃得了一时，逃得了一世吗？”

我也生气了，“我本来就斗不过他们，逃也是人之常情！我跟你们不一样，你们能打能飞，我呢？什么都不会，我想活命，难道错了吗？”

莫如月狠狠瞪我一眼，“真没想到，你是这么没骨气的人！”

“我没骨气？”没想到在她眼里我是这种人，“那你们干吗还要找我？散伙算了。”

莫如月高傲地说：“散就散，离开我们，你能活过一分钟算怪。”

我刚迈出两步，又停了下来。冲动是魔鬼，她说得对，我离开他们估计一分钟都活不过去，目前不能和他们怄气，还指望他们当我的保护伞呢。

风里希见我们吵得不可开交，也生气了，“你们两个别吵了，大敌当前，我们自己先内讧了！你们两个都回来！”

以风里希为中心，我们两个纷纷靠了过来。

莫如月继续说：“自己一点自保能力都没有，还在这里跟我们张狂，若不是懒得再等你18年，真恨不得一掌拍死你，让你重新投一次胎。”

“你……”我气得一时失语，竟不知道该说什么了。

风里希大声喝道：“好啦！都少说两句！小月说话刻薄，很伤情面，以后要改。但小涛，你也要反省一下，身为半神，我们的职责和使命就是开启三兔法阵，你以为你能躲得掉吗？躲掉了今生，躲不掉来世，不信你试试！再说了，你既想报仇又想活命，可你没有战斗能力，难道就不能自立自强，努力提高自身修为吗？”

我冷静地想一下风里希和莫如月的话，确实有些道理，幽冥门势力强大，为了杀我，连续制造“意外”，我已经连累了我父母，还有那一电梯的人，我再躲，又能躲到哪里？又会连累多少无辜的人？还不如跟他们一起，试着与幽冥门对抗一下，反正对抗也是死，不对抗也是死。

“我想了一下，你们说得对，要想活命，躲避不是办法，只有提高修为，把敌人彻底铲除干净了，我才能堂堂正正地活！”

莫如月没有吭声，风里希适时给了我一个台阶下，“所以，当务之急就是，你抓紧修炼，早点变成和我们一样能打能战斗的战士。”

我赶紧接着风里希的话，“嗯，只要你们肯教，我一定努力，以积极的态度、有为的决心、务实的举措，凝聚奋发图强正能量、攻坚克难精气神，努力提高自身修为，尽早铲除幽冥门……”

话还没说完，只觉后脑勺又被拍了一巴掌，“再这样叨叨叨，信不信我抽死你。”

风里希笑了笑说：“好啦，都是自己人，你们两个就别总是斗嘴了。不光夏小涛要修炼，咱们每个人都得抓紧修炼，必须尽快修到神道九级。”

## 十一、苦等神谕

莫如月说：“我苦修了十几年，才修到人道三级，而且越往后修炼，难度越大，进展越慢，按这个速度，正常情况下要修到神道九级，至少还得七八十年？我们尚且如此，夏小涛怎么办？他不得修炼个一两百年？”

一听这个时间，我郁闷了，修炼一两百年？估计灵力管没修满，我都已经老朽轮回了。

“你说的这个事情我也在考虑。”风里希说，“我在女娲祠承蒙多位长老悉心教导，又去过崆峒山、青城山、武当山、嵩山等多地学习，苦修二十年，才修到仙道四级，要修到神道九级，至少还需要六十年的时间。可就算我到八十岁修到了神道九级，还得再等夏小涛一百年。这估计不是女娲大神的意思吧？”

莫如月灵机一动，“风哥，你不是能在睡梦中得到女娲大神的指引吗？这世间应该有办法能迅速提高灵力，既然是女娲大神让咱们开启三兔法阵，那她也应该传授此法，对吧？”

我也颇为认同，“是呀，风哥，快去睡觉吧。咱们三个已经聚齐，说不定今晚女娲大神就能给你指引，一觉醒来，一切就都能清楚了。”

“好，咱们先找个酒店住下，我睡一觉试试。”

我们找了个普通酒店住下，我和风里希住一间，莫如月住一间。我又累又困，一挨着床就睡着了。

第二天一大早，莫如月就来门口狂按门铃，风里希去开的门，我痛苦万分地爬起来，坐在床上直打盹。

莫如月提着早餐走进来，问：“风哥，女娲娘娘有指示吗？”

“还没有。”

“哦，那你们接着睡。”

一听这话，我真是谢过各路神仙了，倒头就睡。

等我睡醒，已是下午五点多，看了看旁边的风里希，也还在睡。我有点饿了，想出去弄点吃的，一开门，正好碰到莫如月提着晚饭进来，真是太贴心了，没想到她还有这么温暖的一面。

我们叫醒风里希，边吃晚饭边聊天。

“风哥，你睡了一天，女娲娘娘可在梦中指示？”

“还没有。”

“哦，那吃完你们接着睡。”

吃完饭，风里希果然又睡了。我心想，好几天没睡过安稳觉，有他们在身边，心里踏实，吃了睡，睡了吃，过几天猪一样的日子也挺美。

我打算翻翻手机，看朋友们都在干什么。刚打开朋友圈，莫如月突然出现在我床前，吓得我魂儿都快出窍了……

“你想吓死宝宝吗？隔壁而已，用得着穿越吗？难道你在偷窥我？……”

莫如月冷冷地看了我一眼，“如果不想被幽冥门的人找到，手机最好别用。”

“你能追到手机信号？”我有些不可思议。

莫如月却很不屑地说：“拜托，能飞、能追手机信号这些小儿科的问题，以后不许再问了，我都懒得回答。”

“好吧，我这就关机。”她说得挺有道理。“风哥怎么一直在睡？”我顺嘴嘀咕着。

没想到莫如月说：“我给她吃了些安眠药。”

“他这么厉害的人，安眠药能有用？”这话刚在心里飘过，还没来得及说出口，莫如月已经酷酷地开门走了。

真无聊啊，不能玩手机，又不敢独自出门溜达，索性睡觉吧。

第七天早晨，莫如月一如既往地提着早饭进来，“风哥，你在睡梦中可得到女娲娘娘指示？”

“还没有。”

这是录像回放吗？一遍又一遍，一天又一天的。

莫如月还没说话，我先忍不住了，大吼道：“实在受不了了，好歹让人吃饱之后散散步再睡呀，天天吃了睡，睡了吃，连路都不让走，养猪都不能这么养，这是赤裸裸地虐待……”话刚说完，后脑勺就是一巴掌。我乖乖闭嘴，不敢再吭声。

“看来得回去一趟了。”风里希若有所思地说着。

“回哪？”

“甘肃天水女娲祠。长老们用古老的阵法可以请女娲大神显圣。”

“原来有这个阵法，你咋不早说？也不用咱们白白浪费七天时间。”

风里希说：“这个阵法需要注入大量的念力，非常复杂，女娲祠的长老们年事已高，不到万不得已是不会用这个阵法的。”然后他看了看莫如月，笑着说：“小月，我知道你给我用了安眠药，其实我也很心急，想早点得到女娲大神的启示，不过，我实在等不住了，要再这么躺几天，身子骨都该酥了。”风里希太帅了，这个笑也太温柔了，作为一个男人，我都差点迷倒在他的笑里。

莫如月羞红了脸，“对不起，风哥。”

我以为我听错了，这么温柔，这么难为情，这么害羞，这是莫如月吗？为什么对风里希和对我的态度完全不同？

风里希还是暖暖地微笑，“没关系，你们都快去收拾一下，10分钟后出发。”

## 十二、进女娲祠

我终于有了第一次飞行的经历。风里希带着我飞，莫如月在我们后面跟着。

若说飞的感觉，我只能说：理想很美好，现实很残酷，一点都不像电视剧里演得那样仙气十足、帅到掉渣。大家想象一下不带安全头盔，骑摩托车飙车的感觉，跟那差不多，而且在天上风更大，我的脸都快被风吹变形了，眼睛根本睁不开。

“慢点飞！”不说话还好，一说话，嘴巴立马被吹成了大喇叭，风呼呼地直往里灌，感觉嘴角都快扯到耳朵根了，简单的三个字也变成了“慢点灰（飞）！”我连忙用手捂住嘴，勉强把嘴扯回原位，不敢再说话。要是有钱坐飞机，打死我也不裸飞了，真心受罪。

在我的一路吆喝嚷嚷下，从北京飞到甘肃的天水，飞了三天多才到，比开车还慢些。风里希说如果他一个人的话，一天就能飞到。

我们来到甘肃省天水市秦安县陇城南。《水经注·渭水篇》首次指出了女娲祠的具体位置，云："略阳川水又西北流入瓦亭水。瓦亭水又西南出显亲峡，石宕水注之。水出北山，山上有女娲祠。庖羲之后有女娲焉，与神农为三皇矣。其水南流注瓦亭水。"指的就是这里。

"不是到了吗？怎么没看到女娲祠呢？"

风里希解释道："还有十公里就到了。在这十公里之内，任何灵力、法力都不管用。而且要前往女娲祠，必须步行，古时候的王者都得下辇，以示对女娲大神的尊敬。"

"风哥，这就是你的家乡吗？真美，灵气十足！"难得见莫如月如此兴奋。

环顾四周，也不由得被美景所染，沉浸其中。只见：

层峦幽谷，青洲一隅。
山色空蒙，松柏郁郁。
山花烂漫，灵石密密。
奇峰嶙峋，险峰屹屹。
潺潺深处，龙泉汩汩。
神水清甘，灵动恣意。
水光潋滟，映红漾绿。
女娲造物，在此一隅。

我浑然忘了此行的目的，像旅游一般，东转西走，上蹿下跳。

"哇，这就是女娲娘娘造人的神水啊，赶紧尝尝。"我掬起一捧水，一口气喝光，清甘冷冽，神清气爽，激动得滔滔不绝起来。

"神水果然名不虚传，轻啜一口，满嘴流香，比啥饮料都好喝。一口，只要一口，腰也不酸了，腿也不困了，多年的老便秘也好了……"

同样在喝水的风里希和莫如月差点呛到。

"夏小涛，你不说话，没人拿你当哑巴。"不知道是不是错觉，莫如月自从来到这里，突然变得温柔了。

风里希坐在溪旁看着我俩斗嘴，温柔地笑着，风吹起一缕长发，轻轻拂过他的脸庞，帅到爆表。

“风哥，不要动！”我大喊一声。

风里希和莫如月立马警觉起来，“怎么了？”

“太美了，我要把这个安静的美男子拍下来，给我当头像，一定迷死一群人。”后脑勺结结实实挨了一巴掌，我确定，那个又冷又酷的莫如月一点都没有变温柔。

我们歇了一会儿，继续上路。走了十公里，来到女娲祠。只见正门上飞檐翘脊，雕梁画栋，门匾上写着“女娲祠”三个大字，格外醒目，明柱挂有楹联：

炼彩石补苍天日月星辰照千秋，

造福泽裕后世炎黄子孙传万代。

一些穿青紫色道袍的人出来相迎。我们跟着风里希一一打过招呼，他们都姓风，看样子应该是风姓族里比较有地位的人。风里希让我和莫如月先休息喝茶，他去梳洗一下。

但见女娲祠内金碧辉煌、肃穆庄严，轩楹宏敞、流丹飞碧，风铃清脆、香火鼎盛。大殿的楹梁上悬有“开天辟地”、“炼石补天”的匾额，明柱上挂有楹联：

毋经抟土意造良师细塑精雕自有英才清玉宇，

须重补天功任硕鼠明吞暗啮何来美政济苍生。

另有一副楹联：

天开蒙昧纲常始奠，

地辟洪荒人文肇基。

相传女娲在这里抟土造人，炼石补天，至今仍有女娲洞、女娲潭、女娲台等许多传说和遗迹。

女娲去神界之时，嘱命这里的风姓族人世代在此守护灵石。风姓族人得神谕，在此地修建女娲祠，并世代居住于此。

不一会儿，风里希出来了，飘飘长发已束成发髻，用玉簪别住，也穿了一件青紫色道袍。这一身古香古色的装扮，我差点以为自己穿越了。转头看看莫如月，找到了一点现代的感觉。

这一转头，我看到莫如月的眼神里居然流露着柔情和激动。我看花眼了吧，莫如月的眼神应该是冷冰冰的才对。我再转头看一眼，正巧碰上她看我的目光，一如既往的犀利、清高、冷傲，还是一副女神的姿态。

被发现偷窥了，我不好意思地傻笑两声，低下了头。

我们一行人进入大殿，但见在“华夏先祖”的匾额下，女娲娘娘手捧五彩灵石，目光闪烁，灵气袭人，祥坐在鲜花簇拥的龛位之中，露出无穷的智慧和遐思。香烟袅袅、磬声悠悠，分外肃穆。

我和莫如月学着风里希的样子，在女娲圣像前三跪九叩，然后敬香。

不得不说，一进女娲祠，人便不由得虔诚起来，感到自己卑微得好似一粒沙尘，用所有的虔诚都不够仰视女娲圣容，恨不得匍匐在她脚下痛哭流涕，忏悔祷告。

祭拜完毕，我们来到议事堂，大长老在这里等我们。

这位大长老鹤发童颜、面色红润，真正的仙风道骨，让人凛然生敬。风里希向大长老介绍了我们，并说明了此次回来的目的。

大长老听后沉寂片刻，说：“既然世间人与神已失去平衡，又到了不得不开启神门、送神归位的时候。女娲娘娘观天机，要你们三人重聚，开启三兔法阵，必不会让你们再等一百多年。依我看，此事不能拖延，拖则生变。我这就去安排，下个月初一请其他八位长老一起来，恭请女娲大神显圣。”

这等神奇的事都能让我遇见，太兴奋了，“下个月初一，还有八天呢，我能好好玩一下了。”

莫如月冷冷地说：“记住，你只有在女娲祠是安全的，女娲祠方圆十公里以外，幽冥门的人随时都在准备要你性命。”

风里希却温柔地宽慰道：“适当玩玩也是可以的，但小月要负责教小涛功法。八天后，我要看到小涛能驭空而飞。所以，你们的任务还是挺重的。”

八天学会飞，这是要命的节奏吗？

莫如月抬眼问道：“为什么要我教他？”

“因为你功力扎实，还因为，我信你。”说完，风里希拍了拍莫如月的肩膀，便转身和大长老一起走了。

风里希都走半天了，莫如月的脸还是红扑扑的，像个熟透了的红苹果，真好看，我就喜欢看她如此娇羞的模样。

风里希指名要让莫如月教我功法，那不是明摆着让我和女神单独相处八天，我心里乐开了花。

莫如月看了看一脸贼笑的我，说：“早点休息，明早五点半大门口见，我们正式开始训练。”

## 十三、开始修行

第二天一早，我无比激动地来到女娲祠门口。不一会儿莫如月也来了。我还没来得及打招呼，她直接开口，“咱们昨天来的时候，降落在哪里还记得吗?”

“记得。”

“你今天第一次训练，给你半个小时的时间，跑过去，咱们在那见，迟一分钟加跑一趟。”

我掰着手指一算，“那里距女娲祠有10公里，半个小时根本跑不完。按照人类极限速度来算，就是刘翔也得跑50多分钟，你开玩笑呢吧!”

“有废话的这会儿工夫，还是省省在路上吧。”她边说边跑，已在树林里不见了踪影。

真是秀才遇见兵，有理说不清。抓紧时间跑吧，不能让女神再看我笑话了，我要在她面前努力展现出我雄壮的美。

等我狼狈不堪地跑到莫如月身边，她看了我一眼，冷冷地说：“我让你半个小时跑来，你却足足用了一个半小时。按照规则，你还得跑60趟，但估计打死你，今天也完不成，我就仁慈点，打个5折，再跑30趟吧。开始!”

我抽搐着脸，“30趟，女神，那是300公里，我是吃饭的，又不是喝汽油的，你放过我吧!”

莫如月难得俏皮地一笑，“你若还想晚上睡觉，就抓紧时间跑。实在太累了的话，可以喝点神泉水，对恢复体力很有帮助。我已经开始计数了哦。”

300公里就300公里，我暗下决心，就算跑死，也要在努力的路上，不能让女神再小瞧我。

刚下好决心，但才跑了不到3分钟，我又气喘吁吁，快虚脱了。没办法，连滚带爬地来到神泉边，也顾不得形象了，直接趴在岸边一通牛饮。

喝饱后站起身，神奇了，体力立马恢复，好像比跑之前还精神，不愧是女娲娘娘抟土造人时用过的神水。

我每跑一趟，都喝一次神泉水补充体能，说也奇怪，越跑越快，居然找到了一种身轻如燕、健步如飞的感觉。我这状态，参加奥运会稳夺金牌。

就这样，没顾上吃口饭，也没上一次厕所，跑到了子夜一点，紧紧张张总算跑完了30趟。

回到女娲祠，看到亲切的床，刚想倒头就睡，可莫如月的指示又来了，“这里灵力充沛，睡觉太可惜，我教你打坐调息。”

10分钟后，我们来到一棵古柏树下，面对面盘腿而坐。她教我一套口诀，我试着练了一下，感到身体与外界好像突然有了某种联系，每个毛孔都吸纳着自然的精华，通体舒畅。我惊喜地睁开眼，正准备把我的心得告诉她，却看到她也正在打坐，双眼微闭，长长的睫毛上还沾着露珠，面色红润，吐气如兰。太美了，我真想，真想吻她一下，哪怕只吻一下她的脸……

“再看信不信我抽你！抓紧修炼，别胡思乱想。”

我迅速拉回荡漾的春心，不敢再胡思乱想，按照莫如月教的心法，认真打坐调息。

清晨，我睁开眼，感到从未有过的神清气爽，试着伸了伸胳膊和腿，丝毫没有酸痛的感觉，太神奇了。

吃过早饭，莫如月对我说：“今天试试，看半个小时能不能跑到，老规矩，迟一分钟加跑一趟。”

“好嘞。”我嗖地冲了出去。

这个奔跑的少年是我吗？比高速路上时速120公里的车跑得快，我简直都要怀疑人生了。

跑到莫如月身边，她帅气地甩了一下头发，“还不错，按时完成。接下来，咱们开始学驭物。”

莫如月又教了我一套口诀，然后示范讲解让树枝飞。

只见她随手一指，树枝便飞了起来，指哪飞哪。

“你试试。”

我学着莫如月的样子，默念口诀，然后用手一指，树枝纹丝不动。

莫如月说：“不够快，再来。要让你的灵力随着口诀瞬间爆发。”

我又默念口诀，努力找瞬间爆发的感觉，然后用力挥手一指，只听“噗”的一声。

我凌乱了……

这不是我爆发了什么神力，而是一个巨响的屁。

我竟然没忍住，在女神面前放了一个这么响的屁，天啊，让我消失吧，我没脸见人了。

就在这情绪剧烈的变化之中，我的眼睛“唰”的一下变大了，我看到莫如月躺在地上，嘴角流着血。她，死了……

这一瞬很快过去，我的眼睛又回到了原来的大小。

我回想着幻象中的画面，那个躺在地上死了的人，分明就是莫如月。

“不!”我惊恐地喊出声。

莫如月却狡黠地笑了一下，“怎么，放了个屁还要再回味一下?”

我手足无措，慌乱地看着她，脑子里全是她躺在地上，嘴角流血的一幕。一种难以言语的疼痛涌上心头，痛得我喘不过气。我突然抱住她，用力地紧抱着，好像只要把她揉进身体里，她就不会死了似的。“你不会有事的，谁都不能让你出事。”

莫如月没有推开我，“你又看到幻象了对不对？可是预见到了什么?”

“没什么!”我怎么能告诉她，我看到她死了，我说不出口。而且，就算拼了我的命，也要阻止那样的事发生。她不能死，绝对不能。

可能是抱得太紧，莫如月有些不适，稍微推了推我，我微微松开她一点，依旧抱着她，低头看着她，想将她看得更真切一些，却刚好碰到她关切的目光，“你怎么了？慌得这么厉害?”

她是在担心我吗？就像我担心她一样的在担心我吗？这是不是说明，她心里其实也是有我的，想跟我在一起，想听我说话，想看我犯傻……

“有吗？我不觉得我很慌……”我看着她，看着看着，仿佛掉进了她的眼眸，深陷其中，不能自拔……

我竟情不自禁地吻上了她的唇，在那个温柔的、湿润的唇里，将我的深情、我的担忧、我的心痛、我一切的情绪都淹没其中，仿佛世间一切都不存在，只有我们两个……

正在动情处，只觉得舌头一痛，被她一把推开，紧接着，“啪!”一记响亮的耳光。

“你太过分了。”莫如月撂下这句话，转身便往女娲祠的方向跑去，看样子真的很生气。

我捂着嘴，被舌头的疼痛拉回了意识，刚才确实过分了，我怎么没控制住呢，竟然吻了她，难怪她要咬我。

“小月，对不起!”没什么好解释的，赤裸裸的错，赶紧追，拼命道歉求原谅。

# 十四、树晃眼花

晚上，大柏树下，我坐在老位置上打坐，期待着莫如月也来。时间在期盼中流逝。终于，莫如月来了，还是在老位置坐下。

那个吻，她可以无视、可以忽略、可以忘记，但对于我来说，却是刻骨铭心的。我知道，我已经不可救药地爱上她了，不管她爱不爱我，我都想尽我的全力去保护她，我宁可自己死，也不愿看到她死……

我忐忑地看着她，想观察她是不是还在生气，又不敢看她太长时间，希望她能开口说句话。如果她主动跟我说话了，就证明她原谅我了。

“你下午看到幻象了对不对？看到了什么？”她终于开口说话了。

我怯怯地问：“你不生我的气了吗？”

她十分平静地说：“生气又能怎样？咱们三个是被生生世世绑在一起的，再生气，也还得一起完成使命。在使命面前，这点小事我还是能放下的，只是，能放下并不代表能接受，以后不许你再这样了。”

我满口答应，“好好好，只要你不生我的气，我保证，以后在你不允许的情况下，我不会再亲你了。不过，万一你爱上了我，那就不好说了。”

“傻瓜，”莫如月无奈地笑了笑，“咱们三个象征着轮回，注定彼此追逐，却也注定永远追不到对方。这就是宿命，没有谁能拗得过宿命。”

“不可能。宿命是可以改变的，一定可以。”我有些激动地大声说着。如果命运无法改变，那莫如月岂不是要死了？我不要幻象中的那一幕成真。

“你下午到底看到了什么？是关于我的吗？很不好的未来吗？”

我信口胡编道：“不是。我下午的确看到了未来的幻象，不过我看到的应该是幽冥门，他们的人又要来杀我们了。”

“哦，原来如此，他们要来就来吧，兵来将挡，水来土掩，迟早的事。”莫如月好像相信了，没再追问。

我必须要救莫如月，绝不能让她死。

趁着莫如月打坐的时机，我去找风里希，他在跟长老们准备阵法的事情，也还没有休息，看到我，便朝我走了过来。

“小涛，有什么事吗？”

我把看到幻象的事一五一十全告诉了风里希。

“我们必须保护小月，不能让她死。但是要救她，首先得查出是谁要杀她。”风里希俨然一副大哥的样子，让人心里很有安全感。

“除了幽冥门，她还有其他仇家吗？”

风里希说：“幽冥门是得好好查一下。至于小月有没有其他仇家，我还不太清楚。”

我奇怪地问：“你们不是一直在一起吗？”

“没有。自从得到女娲神谕之后，我便对你们两个有了感应，我一直觉得她在云南，本想先去寻她，没想到却在西安碰到了，她说她正好也要来找我。然后，我们就一起去北京找你了。”

“也就是说，你和小月认识的时间也不长，对她也不是很了解？”

风里希若有所思地说：“嗯，她对过去只字不提，让人无从了解。不过接触了这么长时间，我觉得她是可以信赖的伙伴。要调查清楚整件事，还得理个头绪出来，也不急于这一时，依我看，咱们先忙过这几天再慢慢去查吧，至少在女娲祠的这几天肯定是安全的。”

想想也对，任谁在女娲祠内都不敢造次。

我悻悻地回到大柏树下，莫如月还在，我们一起继续打坐。

接下来的几天，我一直都在莫如月的指导监督下刻苦地修炼，已经可以摇摇晃晃地腾空了，虽然总是撞在树上，或是从半空跌落下来，摔得鼻青脸肿，但这种进步后的喜悦感逐渐冲淡了我对幻象的紧张情绪。

明天就是初一，可以看到女娲大神显圣了，好激动。为了养精蓄锐，莫如月让我今晚不修炼，好好睡一觉。突然放松下来，还有些不知所措，躺在久违了的床上翻来覆去睡不着。

越是睡不着，就越想尿尿，到底尿不尿呢，纠结中……算了，起来尿一趟吧。

迷迷糊糊往厕所走，隐约看到大柏树下有个人。奇怪了，平时只有我和莫如月在那里修炼，这么晚了，会是谁在那，莫如月吗？

一想到会是莫如月，我立马来了精神，往柏树下走去。

柏树下的那个人一听到有动静，慌慌张张就往门口跑，看背影怎么这么像小月，我仔细一看，没错，绝对是我的女神莫如月。

我刚要去追……

“小涛，这么晚了，你要出去吗？”是莫如月的声音，却是从身后传来。

“小月？”我惊愕了，丈二和尚摸不着头脑，“你怎么会在这？”

她明明往门口跑去了，怎么突然又从身后出现？难道穿越了？不可能，这里是女娲祠，任何灵力都起不了作用，那是怎么回事？

莫如月显得很淡定，看不出有任何异常，“我还正要问你呢，这么晚了，你在这干吗？”

“我是出来尿……”尿尿这个词在女神面前说太低俗，影响我的形象，换个词来表达，“我是出来上洗手间的。对了，刚才看到你往门口跑，怎么突然又从我背后出现了呢？”

莫如月想也没想就矢口否认，“我没往门口跑啊，我也是刚从房间出来，去洗手间的。可能你最近修炼太辛苦，容易产生幻觉，刚好风吹树影动，你看花眼了吧。”

“哦，树晃眼花，也可能吧。”

回到房间，越想越觉得不对，跑出大门的那个人分明就是莫如月，我不可能认错的。都怪我当时没追出去，不然一切就都分晓了。

欲盖弥彰，越是想掩饰，就越说明有问题。莫如月一定有什么事情瞒着我们，难道这世上有两个莫如月？

## 十五、女娲显圣

一大清早，请神的仪式便开始了。风里希和九位长老都着金丝银线的道袍，格外正式。我和莫如月虽然没有受戒，未穿道袍，但也穿得比较庄重，以示对女娲大神的尊敬。

女娲祠前旗幡飘飘，钟鼓巍巍，气势恢宏；女娲祠内翠柏掩映，雅乐悠扬，庄严肃穆。

九位长老携风姓族人在大殿外以九九为列，肃穆站好。大长老开始念请神咒。

念罢，我们和众人一起焚香祭拜。三跪九叩之后，我们三个和九位长老一同进入殿内。

红烛分列，供果满案。我们三个跪在圣像前，正前方摆着一个极其古老的铜鼎，里面盛满神泉水，鼎旁边摆着九根柳条。九位长老围着我们三个，开始边念请神咒，边踏步罡。

诵了好一阵，他们停下来，风里希用刀割破食指，滴了滴血在鼎里，长老们分别拿着柳条，边沾鼎里的水，边念请神咒、踏步罡。怪不得一般情况下不用这个法阵，不仅复杂，还太费体力，普通老头肯定踏不动。

许久，鼎里的水差不多剩下一半，女娲神像开始发光，五彩光由内及外，波光流转，甚是美丽。这正是五彩灵石发出的光。原来，风姓的先祖们将五彩灵石塑在了女娲神像里。

长老们停止诵经，在我们身后跪下。

随着流转的五彩光，一个慈祥、浑厚的声音从神像里发出："尔等请我何事？"这是女娲的声音，听到了女娲大神的声音，好激动。

风里希回答："按照开启三兔法阵的神谕，我分别找到了莫如月和夏小涛，但我们现在灵力尚浅，若正常修炼到神道九级，初步估算了一下，至少还需要一百年的时间，不知这世上有没有迅速提高灵力的方法，还请大神明示。"

女娲说道："你们要送神归位，便要先助神出劫。出了劫的神自会帮你们提高修为。"

"我有一个问题想问。"这个问题困扰我好几天了，刚好趁机问问女娲大神。

谁知还没问出口，女娲便道："宿命不可违，命数可改。去吧，去吧。"声音渐远，五彩光也渐淡。看来女娲大神已经走了。

"没听懂。"我呆萌地看向风里希，"你听懂了吗？啥意思？"

"正在消化，还得琢磨琢磨。"风里希看我准备起身，立马伸手将我摁下去，"仪式还没完，跪好。"

九位长老站起身，接着用柳条沾水，念起送神咒，也是边念经，边踏步罡，直到把水都洒完，带着我们一起三跪九叩上香之后，缓缓退出，仪式才算完成。等我们退出大殿，长老们都累得脸色苍白。

此时，大殿外已是锣鼓喧天、炮响动地，大家一起载歌载舞，恭送女娲大神，场面十分热闹。

风里希说："大长老在议事堂等咱们。"

我和莫如月跟着风里希穿过热闹的人群，来到议事堂。

“大长老，依您之见，助神出劫是什么意思？”一到议事堂，风里希就迫不及待地问。

大长老眉头深锁，“据我分析，凡界众神在得知神界大门即将开启之际，都会纷纷赶去敦煌，等待升天。但还有一些神，千百年来始终困在自己的劫数里，就算神门大开，他们若出不了自己的劫数，依然不能前往神界。女娲大神是要你们帮助这些困在劫数里的神出劫。”

“帮助困在劫数里的神出劫？”我们三个都很迷惑，“哪些神还困在自己的劫数里？”

大长老说：“这世间的人、牲、灵皆能修成神，以人修神，劫数不大，一般自身就能化解；以牲修神，必遭天劫，有些便会困在劫数里，千年都不见得能化解；以灵修神，能久恋凡间不愿轮回的，多有曲折悲怨，此翻劫数更难化解。”

风里希如有所悟地说：“心中无怨亦无劫，助神出劫就是帮助诸神走出自己的执念。”

“神能有啥执念？”我不解地问。

风里希说：“有些神生前虽惨死，百姓却将他视为神，立庙祭祀，他们的灵魂修成神之后，没有劫数，不用度劫，比如岳飞，只要神门大开，顺理成章就可以去神界了。而有些神，惨死后因执念很深不愿转世投胎，又没有得到百姓供奉，灵魂修炼成神之后，难免怨气深重，会影响凡人气运，比如商鞅，为大秦帝国的崛起立下汗马功劳，最后却落得五马分尸的下场，惨死后更是无人再提，他心中必有执念，肯定将是我们助神出劫的正神之一。”

大长老听了风里希的分析，说：“你这么理解还不够全面，助神出劫不能只帮助以灵修神的诸神，还有那些以牲修神的诸神，比如，雷峰塔下的白娘子，等等。你们要帮助他们走出自己的劫数，让他们一同前往敦煌，等待升天。”

绕了这么半天，说了这么多绕口令似的逻辑关系，我听得头都晕了，“其实说直白些，就是让我们帮助那些老妖精和老鬼们出劫呗……”此话一出，我立刻觉得周围这四个人都满脸“黑线”。

莫如月咬牙切齿地说：“出门之前，你不许再说话。”

我下意识地缩了下脖子，好像后脑勺挨了一巴掌似的，“容我再问一个问题。大长老，啥叫‘宿命不可违，命数可改’？”这个问题才是我最关心的。

“以我之愚见，大概就是命不可改，而运可改。”

我嘴里默默念叨着，“命不可改，而运可改？还是不懂，风哥，你懂了吗？”

“天机哪能一下就懂，咱们都得好好琢磨参悟呢。”

我又急匆匆地插了一句，“大长老，你可认得我胳膊上的这个月牙印记？”

大长老握着我的胳膊，仔细端详了半天，“这个月牙印记像是一个封印，其背后蕴藏了巨大的力量，但这个封印还不全，只是其中的一部分，目前来说并不能发挥什么作用，应该还有其他几个印记，当封印凑齐，方能释放这背后的巨大力量。至于其他印记都是什么，分别藏在哪里，我却不知道。”

“哦，那这股力量是正是邪？”

大长老说：“力量不分正与邪，完全在于使用他的人是正还是邪，就像武器一样，好人用了能捍卫一方，坏人用了就能祸乱一方。”

“我明白了，多谢大长老。”看来，要解开胳膊上的月牙印记之谜，必须找齐其他几个封印才行。

风里希转头对我们说：“若再没别的事，大家去准备一下，咱们午饭后就出发。”随后，他又对大长老说，“我们走后，麻烦您让人查一下幽冥门，看看到底是谁在掌控这个机构。”

一听“幽冥门”，莫如月的身子僵硬了一下。虽然只是一个微小的动作，但我和风里希都看在眼里。

## 十六、暗箭难防

吃饭的时候，大家还在讨论神谕的事。风里希问：“咱们商量一下，既然要助神出劫，该从哪里助起？”

莫如月说：“以牲修神和以灵修神，这样的神还真不多。既然最终的目的地是敦煌，我建议咱们的路线从东南往西北走，一条线横贯全国。”

我一听东南方向，灵机一动，“东南好，咱们就从杭州开始，文化古城，老妖精和老鬼应该都很多，刚才大长老不是说了嘛，白娘子还在雷峰塔下呢……”这下后脑勺结结实实挨了一巴掌。

“夏小涛，我忍你很久了，再胡说八道，信不信我抽你。”

风里希温柔地笑着，“话糙理不糙，小涛说得对，咱们就先去杭州，延着古丝绸之路，一路向西，直至敦煌。”

吃完饭，我们和风族众人告了别，走出女娲祠。

这十公里山路，我早已烂熟于心，几天下来跑了几百趟，哪个地方长了什么花什么草，我都记得一清二楚。没一会儿，我们便走完了十公里。渐渐感到身上有灵力了，风里希说：“小月，交代给你的任务完成了吗？小涛飞的怎么样了？”

莫如月先腾空飞起，对我喊道：“夏小涛，飞起来。”

“遵命!”我摇摇摆摆地飞起来，左拐一下，右晃一下。

风里希高兴地说：“不错，短短八天时间能有这样的进展，已经很不容易了。向杭州，出发!”

风里希在前面带路，我这个菜鸟飞在中间，莫如月飞在后面，我们三个在空中慢悠悠地飞。

现在感觉好多了，脸上的皮肤适应了高空大风，已经可以摆各种造型装酷了。

在云雾缭绕中，我一会儿双手合十、面带微笑，临风站直了飞，好似自己是一尊天神；一会儿盘腿而坐，好像佛祖降临；一会儿微蹙双眉，手臂伸直举过头顶，俯视下方平着飞，感觉自己成了忧国忧民的超人；一会儿学孙悟空翻筋斗云；一会儿学反弹琵琶的飞天……三个人的队伍里就我一人忙得不亦乐乎。

突然，我感到一股力量射穿我的肩膀，低头一看，我中枪了，肩膀上正在汩汩地流着血，“哎呀，我去!”

疼痛再加上慌乱，我的身体不受控制地落下云端。

完了，这下没被打死估计也得摔死。

恰巧有人接住了我，我一看，正是我的女神。莫如月点住了我身上的穴位，又给我嘴里喂了粒药丸，疼痛立马缓解了。我转头看了看风里希，他正跟七八个人在空中交战，自顾不暇。

莫如月抱着我缓缓下落。我看着她警觉而又刚毅的眼神，仿佛感到有春风吹着桃花瓣撒在我脸上，很陶醉地抱紧了她。

刚落地，还没喘口气，七八个蒙面人迅速扑向我们。看这架势，应该是早就计划好了的，准备要我们的命。

如果此时是莫如月一个人，她可能还有机会打败他们。但如今拖着个受伤的我，基本等于没胜算。不过，若能死在女神怀里，也值了。我索性闭起眼睛等死。

突然，感到有股强大的力量在撕扯我，好熟悉的感觉，难道莫如月带着我又穿越了？我好奇地睁开眼，果然不一样了。

香雾渺渺、热气腾腾……好像仙境一般……

"啊!"随着一声尖叫，王诗雅赤裸地出现在香雾中。

"啊!"我也跟着尖叫。莫如月，我跟你有仇吗？怎么又穿到我们学校的女生澡堂里了。

我捂着肩膀爬起来，晕晕乎乎地闷头跑，只听后面莫如月大喊一声，"反啦，门在后面。"耳边响起一片尖叫声……

我和莫如月跌跌撞撞地跑出女生澡堂。我这才注意到，莫如月脸色惨白，额头冒着汗珠，极度虚弱的样子，原来瞬间穿移对她损耗这么大。"你怎么样了？"我关切地问她。

"没事，先回你宿舍再说。"

刚好白延庆在宿舍。见到他，我好像见到救命稻草一样，"老白，我中枪了，命就交给你了。"

还好白延庆是学医的，他查看了一下伤势，"得先取出子弹。"他试探性地动了一下伤口，"嗷!"我扯着嗓子一声吼，发出杀猪般的惨叫。

白延庆紧张地说："我是个新手，又没有麻药，怎么办？"

莫如月睁开眼，虚弱地对白延庆说："我来帮他。不过你得动作快点，我坚持不了多久。"然后走到我身边，右手放在我头顶上，我顿时感到一股力量自头顶传到四肢百骸，舒服多了。我知道，这是莫如月在给我渡送灵力。

老白迅速动手，帮我取子弹，果真没那么疼了，一咬牙就能坚持住。等他为我取完子弹、上完药、包扎好后，我转头对莫如月说："谢谢。"

只见莫如月脸色惨白，晕了过去。

我慌忙去摇她，"小月，你怎么了？你要是有个什么三长两短，让我怎么活啊……"

白延庆学着莫如月的动作，朝我后脑勺拍了一巴掌，"别在这矫情，我可受不了。她只是太累了而已，好好休息休息就没事了。"

一听这话，我放心了。

晚上，莫如月睡在我的床上，我和白延庆睡在他的床上，我把最近发生的事都跟他讲了一遍。

脑子里构想了很多种他会说的崇拜我的话，正信心十足地准备接受赞美，没想到他完全不按套路出牌，“哦，我说怎么电话联系不到你，原来手机不能开机。你回来的正是时候，刚好赶上明天期末考试。”

期末考试？老白，你这是诚心给我添堵啊。

第二天，我大脑一片空白地来到考场。看到试卷，蒙了，正在惆怅，我猛然感到视力和听力都无比敏锐。别人唰唰地答卷子，我稍微一集中精力就能看到。这样作弊虽然很不地道，但总算应付过去了。

考了两天试，莫如月已经恢复，我肩上的伤也好多了。我问她：“那伙人来势汹汹，不知道风哥怎么样了？”

“放心，风哥没事，他们虽然人多，但都不是风哥的对手。”

“你怎么知道那伙人不是风哥的对手？你对他们很了解？”其实我是随口问的，并没有其他意思。

但莫如月一听这话，好似很紧张，眼神一转，严肃地说：“我对那伙人不了解，但对风哥很了解，他的超能力就是战斗。以他的身手，一般人绝对伤不了他。”

“怪不得风哥这么牛，原来他的超能力是战斗，那我就放心了。咱们什么时候出发去杭州？”

“不急，等你的伤完全好了再走。”

“好吧。”我嘴上答应着，但心里总觉得哪个地方不对劲。

## 十七、见白娘子

期末考完试，在学校里无所事事，每天跟着莫如月一起打坐修炼。可能是修炼初见成效的缘故，我恢复得比常人快得多。没两天，伤口就已经长好，基本不影响飞行了。

虽然身在学校，但我心里总惦记着去杭州与风里希会合的事。看小月的身体，三天前就已经全好了，再缓两天，今天也该催促着让我动身了，怎么一直不见她吭声？

正纳闷，就见白延庆拿着手机过来，“兔子，风哥找你，打我手机上了，你接一下。”

“喂，风哥。”

“小涛，那天见你中枪，然后就没了消息，从白延庆那里才得知，小月带你穿越回学校了。你俩伤势怎么样？”

“我俩都没事了。不是我吹，自从修炼以后，我觉得自己超级厉害，才几天时间，已经好得差不多，可以飞行了。对了，风哥，你怎么样？偷袭咱们的是什么人？”

“那天偷袭咱们的，还是上次交手的张魁和幽姬他们一伙，我受了些轻伤，但他们也没占到便宜。他们撤退后，我找了个地方养伤，现在也已经全好了。”

“哦，那就好。”

寒暄了一番之后，风里希说：“我两天前就到杭州了，在杭州城内大概摸了个底，你们既然也好了，就抓紧时间过来吧，有些事还得见面商量。”

“我也有些事要跟你说，我们这就动身，见面聊。”

这回换我催莫如月，“赶紧走，风哥已经到杭州等咱们了。”

真奇怪，以前都是莫如月火急火燎，怎么这次反倒不温不火，沉得住气，好像不想去杭州一样。

我们连夜飞，一天就到了杭州，在西湖与风里希会合，边转边聊。

风里希说：“这几天，我已经把杭州摸了个大概。困在劫数里的神除了白娘子，还有秦桧。”

“白娘子真的还压在雷峰塔下？”

“秦桧的塑像不是跪在岳王庙吗？他的灵还困在塑像里？”

我和莫如月叽叽喳喳地问着，无数个问号在头顶飘过。

风里希说：“雷峰塔就是白娘子的劫数，除非塔倒，否则她将一直被压在塔下。至于秦桧，元神被拘在岳王庙，百姓的怨气逼他不能轮回，他以灵修神，经过八百多年的修炼，也已经成神了。”

我拍了一下脑门，有些沮丧地说：“这回整大了，白娘子在雷峰塔下压了千年，秦桧在岳飞面前跪了千年，怎么度这两位神啊，想想都头疼。”

“好不容易来到西湖，都说西湖美景美如画，先养养眼再说。”莫如月陶醉地说，“看，断桥，白娘子和许仙相遇的地方。”

夜幕下的西湖，彩灯勾勒出一座古香古色的石拱桥，湖边垂柳依依，桥下流水潺潺，而桥上彩灯正好倒映在湖面，仿佛水上一座桥，水下一座桥，美不胜收。在粼粼波光中，真实与倒影时而清晰，时而交错，真让人有种想置身于水下仙境一探究竟的冲动……再加上这里有那么多的美人和有关美人的传说，西施、白娘子、祝英台，等等，更是增添了这里的诗情画意。

“啊，美，真美，太美了！咋看咋美，越看越美，想想都美……”

莫如月双手抱臂，萝莉范十足地说：“你能换个词不？颠来倒去就这么一句，太煞风景了。”

“古有美人乱心神，
今有明月洗纤尘。
白堤柳帘轻摇曳，
莫问妖娆几年轮！”

风里希悠悠地吟着诗，好似沉浸在美景当中。

我和莫如月都看呆了。这么一个古典美男，与西湖美景相互映衬，真是赏心悦目，光看着就能醉……

莫如月的声音突然响起，“夏小涛，收好你的口水。”

我一惊，赶紧摸摸下巴，“啊？我流口水了吗？”好丢人，“干吗只说我？明明你也在流！”我只是随便一说，逗逗她而已。

“你！……”

没想到莫如月竟然脸红起来，难道被我说中了？什么情况？

“你们两个别闹了。趁现在天黑，雷峰塔没有游客，咱们先去找白娘子，办正事要紧。”

夜晚的雷峰塔，和我想像的一样，庄严肃穆，却因为有那样一段凄美的爱情故事，朦胧月色下，在清幽的风铃声中，竟显得有些浪漫和清婉。

风里希带着我和莫如月在雷峰塔前行过跪拜之礼。

“晚辈风里希、莫如月、夏小涛求见白娘子，请白娘子现身一叙。”

半晌，没啥动静，我悄悄环顾四周，正打算劝大家离开的时候，一个极好听的女声从塔里传出，温柔清幽，“是谁扰我清修？”

这是白娘子的声音？我的天，太激动了，马上就要见到大名鼎鼎的白素贞了。

风里希有理有节地说：“晚辈风里希、莫如月、夏小涛，前来叨扰。”

“风里希？莫不是守护女娲祠的风族人？”

“正是在下。”

“请进塔一叙。”语毕，雷峰塔大门缓缓打开。

走进大门，我们脚下是一条金光闪闪的路，蜿蜒而下，其余地方一片漆黑。沿着这条路不知走了多久，终于，在远处看到了亮光，我们来到一扇红漆大门前。

推门而入，是一个古朴的禅房。一位穿着白色禅衣的女子正在烛光中闭目打坐。家具不多，她面前只摆着一张几，几前放了三张垫子。

她微微睁开眼，幽幽地说："三位请坐。"

我们三人规规矩矩跪坐在垫子上。

"喝点茶吧。"几上应声出现了一个茶壶和四个茶杯。白娘子亲自给我们斟茶。

我喝了口茶，稍稍平稳了一下激动的心，这才仔细打量起来。只见白娘子不施半点粉黛，美得不染纤尘，一举一动都透着空灵。看着她，便会让人有一种心神安宁的感觉。

我们四周很空旷，再往远处看，是一副又一副、一层又一层，多得望不到边的书架。书架上摆满了古香古色的书，凭感觉，那些应该都是佛经。

我们把此行的原委给白娘子详细说了一遍，白娘子听后，娓娓道来："我此生修行近三千年，不为修神，一切因情而起，一切以情为终。当初，我与许仙情投意合，感情甚笃，却遭法海离间，许仙逃到金山寺，法海用法术困住他，我寻夫不得，水漫金山，造成一方生灵涂炭，我也因此被压雷峰塔下。许仙得知真相，后悔晚矣，想要救我，却一塔之隔，终难相见。他便与苍天立誓，若轮回十世都会爱上我，就放我出塔。如今，已经是第十世了。之前的九世，他都会来到雷峰塔，虽不曾相见，却终身不娶，只为等我。若我能出塔，这千年的深情，十世的守护，我定不负他。近日，他的气息日渐浓厚，我感到他快出现了。"

得知白娘子出塔在即，我们很是欣慰，仿佛看到了第一个任务已经完成。

从雷峰塔出来后，心里满满都是感动，许仙用十世的守护，千年的孤独，完成一个深情的承诺，只为救爱人自由。

一千年哪，他已经坚持了九生九世，只差这最后一世，就可以功德圆满，让爱人重获自由了。若有人这么对我，不管他是男是女，是人是妖，我也一定黏住不放。

我们找了个酒店住下，还是我和风里希一间，莫如月一间。

"好像哪个地方不对。"我躺在床上若有所思地念叨着。

"哪里不对？"风里希边打坐边问。

“白娘子说她不为修神，一切因情而起，一切以情为终。又说若出塔，定不负许仙，言下之意是不想去神界，她要和许仙再续夫妻情缘，那我们的任务该怎么办?”

“去不去神界都无所谓，难道你还想学法海再拆散他们一次?”

我忙说：“这倒不是，他们都相爱千年了，能在一起当然是最好的结局，只是咱们算不算完成任务?”

风里希说：“雷峰塔就是她的劫，只要帮她出了这个劫数，不管她愿不愿意去神界，都算咱们任务完成。”

想想也对，“那就让第十世的许仙快点爱上白娘子，助白娘子早日出劫。”

## 十八、许仙出现

美美地睡了一觉，精神倍儿爽，一大早，我们便来到雷峰塔转悠，等许仙。难得有时间在美景如画的江南转悠：

世外山村古道，
隐隐流水小桥。
幽幽暗香缠绕，
又见竹林芳草。
晨风轻摇树梢，
暮雨细打芭蕉。
江岸雨过天晓，
静沐暖阳远眺。
老舟新客多少，
远离人间尘嚣。
江山如此多娇，
且付山水一笑。

这一转悠就是五天，看着一拨又一拨的游客，来了又走了，我们也跟着一遍又一遍地转，上上下下几十趟，奇怪的是，再也找不到那天晚上前往地下禅房的路。

下午四点多，本就阴沉的天慢慢下起雨来，游客们纷纷躲雨。我看到风里希和莫如月一直望着雨中，“看什么呢？我也凑个热闹。”

“嘘！”莫如月给了我一个手势，让我别吭声，往外看，生怕吵到谁似的。

只见有个穿西装戴眼镜的男人，举着一把油纸伞，在雷峰塔前久久伫立。他浑身流露出一种斯文而又古典的气质，十分与众不同。而且，他看雷峰塔的眼神无比温柔、无比深情，就好像他看的不是一座塔，而是分别已久的爱人。

一名导游不合时宜地摇着一面小黄旗，对他大喊：“某某团该集合了，出门上车，我们去下一个景点。”

这个男的猛然惊醒一般，匆匆跟着导游走了。

“我敢打赌，他明天还会再来雷峰塔。”莫如月自信满满地说着。

“我也觉得目标人物已经出现，感觉像是他。”我摸着下巴，装作神探的样子思索着。

风里希说：“那我们明天一早就来等他，若他真来了，百分之八十可以判定他就是许仙转世。”

商量好之后，我们找了一家小饭馆，打算为眼看即将完成的任务庆祝一番。

“女娲大神说助神出劫后，灵力会有提升，没想到还挺容易的。”我高兴地说着。

“我去一趟洗手间。”莫如月好像有些心事，慌慌张张、心神不宁的样子。

我跟风里希也没在意，边聊边吃。吃了大半天，还不见莫如月来，我打趣着说：“小月估计掉厕所里了，我去捞她，顺便也方便一下。”

我来到洗手间，正打算往左拐进“男士专用”，却看到莫如月从右边“女士专用”走了出来，我打趣地说：“咋去了这么长时间，还以为你掉进厕所里了呢。”

“啊？嗯，是时间长了些，我，我先回去了。”说话间，莫如月明显很慌张，却又强装镇定。

我边上厕所边想，这个莫如月好像哪里不对劲，她的眼神何时如此飘忽过？好似流露出一丝怯懦，糟了！

我生生憋住半泡尿，冲出厕所，这一次一定要抓住那个假的莫如月，让她给我解释清楚。

慌慌张张没看路，刚好撞上一个人，一抬头，居然是莫如月。我倒抽一口冷气。

莫如月若无其事一般，“干吗这副表情？见着鬼了？”

“你，你不是刚从厕所出来，怎么又出来了一遍？”

她笑着冲我说：“哦，刚才忘洗手了，所以又回来洗。上完厕所勤洗手，记住了吗？”

不对，这个莫如月才是我们平时见到的莫如月，而刚才从厕所里出来的那个，虽然长得跟莫如月一样，但一个眼神刚毅，一个眼神怯懦，应该不是同一个人。如果眼前这个是真的莫如月，那刚才走掉的是谁，还是说莫如月有双重人格。

我边琢磨边拐回厕所，把剩下的半泡尿尿完。

晚上躺在床上，风里希说：“小涛，你觉得小月有没有什么异常的地方？”

见他这么问，我便把今天上厕所时的怪事说了出来，把之前在女娲祠时看到两个莫如月的事，也一并说了。

风里希听完之后说：“你今天上厕所的时候，我看到小月从饭馆的后门走了，我以为她去买东西，没想到过了一会儿，她又和你一起从厕所过来。我很奇怪，这么短的时间内先出饭馆后门，又出厕所的门，除非用灵力，否则根本做不到，但在那个小饭馆里，周围又没什么紧急情况发生，小月不可能用灵力，而且，她即使要买东西，为什么选择后门？明显就是为了避开我。我想，这世上可能真有两个莫如月，一个跟咱们在一起，另一个偶尔出现，却是在极力避开咱们。”

“小月一定有秘密！”我心里开始怀疑她，虽然相处了有一段时间，但总觉得她像一个谜，怎么猜都猜不透，“风哥，你觉得呢？”

风里希没有应答。

“风哥？”我又叫了一声，难道一转眼的工夫他就睡着了？不像风里希的风格呀。

心里正纳闷，只见风里希猛然站起来，“快走，许仙有危险，咱们得去救他。”

我一脸蒙，“啥情况？”

“白娘子刚托话给我，说许仙有危险，让咱们快去救他。”

我们叫上莫如月，匆匆来到风里希说的那个小巷子里，只见青石板街，黑瓦老房，家家户户门窗紧闭，狭窄的古巷中静悄悄一片，听得到雨顺着屋檐滴落的声音，却不见半个人影。

“风哥，搞错了吧，大晚上的，许仙怎么会跑到这种地方来？”

“这是白娘子和许仙曾经住过的地方。”风里希说，“许仙来到这里应该是受潜意识影响，寻找前世的记忆。”

突然一声尖叫划破夜空，然后是求救的声音。

“糟了，快走。”

我们循声迅速赶到，一伙人慌慌张张地往巷口跑去，远处，一个女人躺在地上，好像受伤了，一个男人正把她往起扶。看来刚才跑出巷口的那伙人应该就是歹徒。

我刚要去追歹徒，那男的大喊：“快救救她，救人要紧！”

喊救人的这个男的，正是下午在雷峰塔前，打着油纸伞伫立的人。看来他就是许仙转世了。

奇怪，不是说有人要害许仙吗？怎么弄了半天，许仙好好的，倒是一个女人受伤了？

“别愣着了，救人要紧。”风里希捣了我一下。

因为是个年轻女人，我们动手不方便，莫如月负责查看伤口，作紧急处理，许仙见我们来帮忙，赶紧打电话报警，叫救护车。

一会儿工夫，警车也来了，救护车也来了。处理好现场后，我们跟着许仙一起坐救护车去医院。

路上聊起来，才知道他叫许世贤，在新疆一所中学教历史，这是第一次来杭州。

我心想，法海可真够狠的，硬是把许世贤弄到了新疆，可就算再远，缘分的力量也是挡不住的，他还是来到了杭州，来到了雷峰塔。

“我本来打算晚上去雷峰塔的，可路不熟，转来转去不知怎的就到了那个小巷子，突然跑出来一伙歹徒，围着我要抢钱，正巧这个女孩经过，她拿出手机要报警，被其中一个歹徒发现了，抢了她的手机和包，还捅了她一刀，你们就在这时出现了，那伙歹徒可能是见你们人多，慌慌张张地逃跑了，我的东西一样没少，而她却又是受伤，又是失财的，真可怜。她都是为了要救我才被人捅伤的，现在她没手机、没钱包，连身份证都没有，人还昏迷着，太可怜了，我得好好照顾她。”

“哦，原来这样。”听完许世贤的讲述，我们也觉得这个女孩是个大好人，现在一无所有，处境很可怜，很是同情她。

办好住院手续，许世贤说他留在医院陪护，让我们先回去休息。

折腾了一夜，确实挺累的，可我躺在床上怎么也睡不着，总觉得哪个地方不对劲。

## 十九、相似的脸

“风哥，白娘子不是说许仙有危险吗？这是啥情况？美人救英雄？许仙被那个美人给救了？”

风里希也没睡，“这个事情确实有些蹊跷，许世贤现在对她已经有了愧疚和感激，自觉自愿担负起照顾她的责任了。”

“然后日久生情，由愧疚和感激慢慢变成爱情，再到如胶似漆、难舍难分……天哪，如果咱们推算得没错，这个局设得也太狠了，这是要勾引许仙出轨，破坏白娘子出雷峰塔呀。”我恍然大悟。

“谁设的这个局？许仙的身份是昨天下午才刚有暴露的苗头，除了白娘子本人，就只有咱们三个人知道了。”

我倒抽一口冷气，“难道会是莫如月？”

风里希也在怀疑，“她一直跟咱们在一起，应该没有时间去布这么复杂的局，但难说跟她没关系。咱们得留个心眼儿。”

莫如月会是内鬼吗？不会的，莫如月是我的女神，她优雅、高贵，虽然有时会显得冷漠，但内心善良，我不信她会害我们。

这一夜好难熬，翻来覆去睡不着，脑子里全是莫如月的好。我们在女娲祠，她教我修炼，在宿舍，她为救我耗尽灵力，还有那个吻，虽然她不情愿，但我对她是认真的，我爱她，如果她是幽冥门的人，我还能相信谁，我该情寄何处？

天总算麻麻亮了。

“风哥，咱们去医院吧，看看啥情况了？”我一分钟也躺不住了。

“走。”风里希又顿了一下，说，“别叫小月，让她再休息一会儿。”

说是让小月再休息一会儿，其实是找借口避开她，我们两个已经不是很信任她了。

我和风里希走出酒店，莫如月也正在酒店门口，见我们下来，笑着说："车已经叫好了，出发吧。"

她笑得这么坦然，这么心无旁骛，就好像什么都知道，又好像什么都不知道。她的笑让我迷惑，我竟看不清，这如花的笑靥背后，究竟隐藏了一副怎样的面目。

走进病房，我们都被眼前的一幕惊呆了。

许世贤正在喂那个女人喝粥，而那个女人，居然，居然跟白娘子长得一模一样。除了没有她那清秀脱俗的气质外，简直就是一个人。

若说连相貌都是巧合，打死我也不相信。

已经很明显了，这一切肯定是个局，目的就是破坏白娘子出雷峰塔。

见我们愣在门口，许世贤忙说："快进来坐，刚好晴瑶醒了，给你们介绍一下，她叫许晴瑶，跟我一个姓，言午许，这个姓不多见，真是缘分呢。"

"原来叫许晴瑶啊，"我特意押重了这个"许"字，"你一口一个晴瑶地叫着，我还以为她姓晴呢。"我没好气地说着。

许世贤也太不争气了，明显一个赝品，他怎么就没看出来呢？

许世贤不好意思地憨笑两声，岔开话题，对许晴瑶说："他们三个都是爱心人士，昨天你晕倒后，刚好他们经过，吓走了那伙歹徒，还一起送你来的医院，大家都是朋友。"

风里希问许世贤："你打算什么时候回新疆？"

"我不急着回，等晴瑶病好了再说。"他好像意识到叫晴瑶这两个字太过亲昵，有些尴尬地看了看我，又接着说，"许小姐是昨天为救我才受伤的，如果她还没康复，我怎能安心离开。再说，现在学校里学生都放寒假了，我有的是时间。"

言下之意是要两两相处一个假期的节奏？不行，这样发展下去还了得。我赶紧接话，"你不是说要去雷峰塔吗？"

许世贤不急不缓地说："现在许小姐正在住院，游玩的事就先放一放，等她好了，我们可以一起去雷峰塔玩。"

"断桥你去过了吗？那可是许仙跟白娘子相遇的地方。我们前两天去的，特别美。"我努力提起白娘子和许仙前世经历过的地方，想勾起他潜意识中的记忆。

没等许世贤开口，许晴瑶矫揉造作地插话，"世贤，感谢这三位朋友来看我。不过我现在有些累了，想休息一下，你不用管我，陪他们说说话吧。"打从我们进门，许晴瑶始终是一副柔弱无骨的娇态。

许世贤又是铺床又是整理被褥，“好，你先休息，我陪他们出去说话。”

我们才刚来，她就要赶人走？刚要还击她，风里希将我扯出病房，我很不甘心地问许世贤：“您是教历史的，我是学历史的，咱俩肯定有很多共同语言。您觉得历史当中的人物与现在的我们有关联吗？换句话说，您相信轮回转世吗？”

“小涛，我们先走，之后再来看他们。”风里希打断了我的话，硬把我拉走。

出了医院，我一脸不高兴，“干吗不让我把话说完，我要唤醒他前世的记忆，让他知道自己是谁，要去找谁，别像个大傻子似的被人骗了，还替人数钱！”

风里希说：“欲速则不达，你那么心急，肯定会坏事。许世贤毕竟不是许仙，不能那么做！”

我着急地说：“那个许晴瑶长得跟白娘子一模一样，难道只有我一个看出来了，你们都没看出来吗？这么明显的布局，就是针对咱们来的，咱们不去迎敌，反而躲来闪去，我能不着急嘛！”

风里希拍了拍我的肩，“你也知道对手布了一个很复杂的局，如果咱们不做好充分准备，傻头傻脑就往里面硬闯，那跟送死有什么分别？对手既然敢用跟白娘子一样的脸，就不怕你在这张脸上做文章。”

“嗯，也对。”听完风里希的这番话，我冷静多了，“那你说咱们该怎么办？”

“要智取，不能硬闯，知己知彼才能百战百胜。首先，我们得查清楚究竟是谁设的这个局，用意何在？而且，光凭咱们几个的力量肯定是不够的，这世上最了解许仙的人莫过于白娘子，她心中必有良策，咱们得联合她一起破局。”

我和风里希讨论得热火朝天，自始至终，莫如月都像个旁观者，没说一句话。

## 二十、秘密暴露

我们来到雷峰塔，天已昏暗，景区里已经没有游客了。我们站在景区门口等关门，如果现在进去，肯定会被工作人员清场，不如等他们都下班了再进去。

等待关门的这会儿工夫，风里希一直在打电话，看样子应该是和女娲祠的大长老在通话，好像在说幽冥门的事。离开女娲祠的时候风里希曾让大长老去查幽冥门，现在应该是有些眉目了。

雷峰塔终于闭门谢客了，风里希一挥手，在摄像监控上施了个法，我们轻轻一跃，跃过大门，径直站在雷峰塔的门外。

塔门缓缓打开，和上次一样，我们走进塔内，只有脚下一条金光闪闪的路，其余地方一片漆黑，我们轻车熟路地来到地下禅房。

白娘子早已倒好茶在等我们，“见到许仙了？他这一世应该叫许世贤吧。”

我着急地说：“是的，可是他遭奸人设计，有个跟您长得一模一样的女人用了招美人救英雄，把他给缠住了，我怕他经不住诱惑，让小三儿捷足先登，辜负十世相守的誓言，负了您的期望啊。”

白娘子笑着说：“那个女人长得再像我，终究不是我，他一定能分得清。我们相守千年，我信他。”

我接着问：“那您可知道究竟是谁设的这个局？”

白娘子说：“如果我没算错，应该是幽冥门的人。”

“幽冥门？又是幽冥门！他们再三设计害我，现在又在杭州盯上许仙了，这到底是个什么样的组织，为什么一直跟我们作对？更奇怪的是，他们为什么对我们的行踪了如指掌？”

风里希也接着我的话说：“我让女娲祠的大长老查过这个组织，只能查到些很浅层的信息，核心内容根本查不出来，不知白娘娘了解这个组织吗？”

白娘子说：“我被压在雷峰塔下一千年，一直静心清修，不问世事，外面的世界究竟发生了什么，我一点都不清楚，如果不是他们此次涉足许仙与我的事，我也不会插手，可如今，他们既然侵害到了我，我就不能坐视不理、任人欺负。我推算了一下，幽冥门是个非常古老的组织，具体什么时候建立的，我还说不上，但至少应该在战国初期，甚至更早。他们的人遍布全国，以习武为名历朝历代都隐忍自修，近几年不知为何，颇为活跃。但我怎么算，也算不出他们的头目是谁，目的是什么。我想，这位莫如月小姐应该比我要清楚得多。”

“莫如月？”

我和风里希同时看向莫如月，只见她紧抿双唇，神情紧张。

“对了，莫如月，”白娘子接着说，“你妹妹的情况好像不太好，你要多留意呀。”

“小月，你还有个妹妹？咋从没听你说起过？”我一头雾水，甚至比莫如月还紧张。

白娘子笑了一下说：“有些事情我不便说，还是莫如月亲自对你们说比较好。”

莫如月心里到底藏着多大的秘密？难道她和幽冥门有关？她到底是正是邪？……我们三个各怀心思地走出雷峰塔，一下没了往日的惬意和轻松。

“小月，都这个时候了，实话实说吧。你和幽冥门究竟是什么关系？你们有什么目的？”风里希一改往日温柔，严厉地问着莫如月。

莫如月看向风里希，满脸的委屈，但没有说话。

风里希接着怒斥，“你以为我真的什么都没有查出来吗？刚才只不过没有点破而已，幽冥门最有潜质的弟子，幽水分舵接班人！”风里希边说话，边两手汇聚灵力，汇成一个篮球大小的灵力球。这要是朝莫如月打过去，她不死也得重伤。

“风哥，你冷静点，听小月解释。肯定不是这样的。”我急了，莫如月躺在地上死去的画面无数次在我脑海中浮现，我不能看着莫如月死，哪怕风里希说的都是真的，莫如月真是幽冥门的人，她也一定有苦衷。

“小涛，你忘了你父母是怎么死的了吗？他们可都是被幽冥门的人杀害的，你还来替她说话？”

风里希的这句话戳到了我的痛处，“小月，你告诉我，我父母被害的事你知情吗？”

莫如月紧咬着嘴唇，倔强得不让眼泪流出来，“我确实是在幽水分舵长大，是幽冥门的弟子。可是，小涛，你父母被害的事，我真的不知道。我和你们一样，都是半神，我们的职责和使命就是开启三兔法阵，送神归位……”

“住口！”风里希怒吼道，“少在这里说大话，你是幽冥门的人，还敢说和我们一样？”

我看了看风里希，他怒不可遏的样子真可怕，紧锁双眉，瞪着眼睛，眼光都好似带着利刃，就连平素里温柔的长发，此刻也张扬地飞舞着，像是熊熊燃烧的火焰……

我绝对不能火上浇油，先保住莫如月的命再说。“小月，我信你，我父母被害的事你不知情，也相信一路追杀我们的人都与你无关。”

风里希用同样凶狠的眼神看向我，“小涛，你昏头了吗？她说什么你信什么，她可是幽冥门的人。”

我一下挡在莫如月身前，“我相信她是善良的，谁都不能伤害她，风哥，你要想杀她，就先杀了我吧！”

“你！”风里希气得一度想把灵力球砸向我们，但终没下得去手。

莫如月终于还是没忍住，眼泪夺眶而出，“风哥，在女娲祠时，你曾说你信我，现在呢？不信了吗？”

“好，你解释，我听。若有半句假话，定不饶你！”风里希收起了灵气球，我悬起的心也放下了。

莫如月吸了吸鼻子，平缓了一下情绪，“我的确还有一个妹妹，和我是双胞胎，叫莫如夜，我们出生在云南的一个小村庄，是户非常普通的农民家庭。但咱们这种半神，一出生便是携带灵力的。刚开始，我的灵力很弱，我们还算能平安成长，但到了3岁时，幽冥门感觉到了这股灵力，很快找到了我家，那时的我刚开始记事，清楚地记得是张魁到我家的，就是冥火分舵的大护法，在小涛学校追杀咱们的那个人。因为我年纪太小，灵力还不稳定，他没法确定这个灵力到底是我的，还是我妹妹的，就要把我和妹妹都带走，我父母哪里肯将我们交给陌生人，于是极力阻止，可一介凡人哪是张魁的对手，他们双双都被杀害了，当着我们的面。我眼睁睁看着父母倒在血泊中，却无能为力。我和妹妹被张魁带到幽冥门，安排在幽水分舵修习法术，他们想把我们培养成幽水的杀人武器。”

说到这儿，莫如月的眼泪又流了下来，但她迅速擦掉，“幸亏第一任师傅对我好，教了我很多法术，还教了我法术之外的道德和文化，但三年前，师傅因为始终护我，也被他们杀害了，没有了师父的保护，我看似锋芒大盛，同批弟子中几乎无人能敌，就连舵主都要忌惮我三分，但同时，他们也采取了控制我的方法，那就是给我妹妹下毒，只有定期服用他们的解药才能活命。毒发时，妹妹会有蚀骨噬肉般的痛苦，若不及时服用解药，不出一个小时，她就会活活疼死。双胞胎的彼此感应很强，每当我看到妹妹这么痛苦，真恨不得中毒的人是我。虽然我身上背负着父母的血海深仇，恨不得将幽冥门碾碎踏平，但没办法，我妹妹在他们手中，得靠他们的解药活命。为了救妹妹，我只能给他们效力。至于这个组织的最高统领，我从没见过，也不知道是谁，甚至连是男是女都打听不出来，只知道他的目的是阻止开启三兔法阵，阻止打开神界大门，至于为什么，我也不知道。”

风里希听完后，说：“所以，你恨透了幽冥门，既想完成历史使命，开启三兔法阵，又想为父母报仇雪恨，彻底捣毁幽冥门，但与此相比，你更想救你妹妹性命，无奈之下，你不得不做两边间谍，一边出卖我们的情报信息给他们，一边出卖他们的情报信息给我们，两边拖延抹稀泥，是吗？”

莫如月哭着说：“你猜得没错，在小涛学校和刚出女娲祠的那两次劫杀，包括白娘子和许世贤的信息，都是我通风报信的。可决策都是幽冥门总部做的，我根本参与不了，再说，冥火分舵的张魁杀害了我父母，我跟他们誓死不往来，怎么可能知道他们的行动？”

莫如月从没哭过，看到她的眼泪，我心痛无比。

“你有没有想过，要不是小涛命大，那一枪再往下偏一拳，可能小涛已经不在了。”风里希有些失控地朝莫如月大声吼着。

“小涛中的那一枪是个意外，我也很自责，所以拼尽全力去救他。可如果不出卖你们的信息，我妹妹就得死，我又能怎么办！”莫如月声泪俱下地哭诉着，情绪已经失控。

我完全能想象到她那种矛盾纠结的心理，被恨的人掌控，被爱的人牵绊，一边是使命，一边是亲人，既不想出卖朋友，又不想让亲人痛苦，其实，她才是最可怜的，受伤最深、最受折磨的都是她，“小月，你实在太可怜了，从小就没了父母，被仇家当工具一样养大，对你好的师父被杀了，唯一的妹妹还被毒害，仇家拿她的命要挟你。那一枪，我不怪你，只要你好，我怎样都行。”

听我这么一说，风里希的怒气也好像泄了大半，“你的苦衷为什么不早说，咱们既然是一个整体，有事就应该共同承担，一起想办法。”

“我若说我来自幽冥门，仅这三个字，你们还会信任我吗？若我不参与，以他们的手段，还会派别人来对付你们。幽冥门想办的事，没有办不成的，你们两个也根本活不到现在。”

“你是说，但凡被你出卖的情报，都是经过你精心设计和考虑的，让他们做出错误判断，既能伤到我们，又不至于要我们性命，是这样吗？”我就知道，我的女神是善良的，我没有信错她。

风里希拍了拍我，很无奈地说：“好了，小涛，你别再煽情了，怎么好像比小月还委屈似的。”然后瞥了一眼莫如月，冷冰冰地说，“既然如此，让你妹妹莫如夜来见我。”

莫如月瞪大眼睛问：“风哥，你还是不信我吗？”

“我只相信事实。”风里希边说，边搭着我的肩往酒店方向走。

莫如月在我们身后大喊：“风哥，这么长时间，我对你怎样，我不信你感觉不到！”

莫如月对风里希？这又是啥情况？我刚要回头问个明白，却被风里希搭着肩膀带走了。

## 二十一、孪生姐妹

我和风里希回到酒店，刚坐下，就有人敲门。我开的门，两个莫如月走了进来。

虽然留着一样的发型，都是齐耳短发，穿着一样的衣服，干练的牛仔裤配一件机车夹克，但脸上的表情明显不同，一个自信历练，带着女神的清高和冷傲；一个唯唯诺诺，带着仰人鼻息的怯懦和软弱。

莫如月介绍说："这就是我妹妹，莫如夜。"

"哇，果然长得一模一样！在女娲祠的时候，我就觉得有两个小月，身前一个往门口跑，身后又一个叫住我，你们还骗我，说是树晃眼花了，现在看来，我一开始就没看错。"

莫如夜有些尴尬地说："这一招对很多人都管用的，没想到会被你拆穿，看来你也不像姐姐形容的那样草包。"

原来我在莫如月心里是草包，此刻我满脸"黑线"。不过莫如夜说话真实在，有啥说啥，一点都不虚伪，我对她顿时好感飙升。

莫如夜竟然把她们姐俩私底下骂我的话当众说了出来，让莫如月颇为难堪，她狠扯了一下妹妹的袖子，提醒她说话注意点。反倒是我，替她解了围，"没关系，本来就是草包一个，也不在意别人拿我当一个草包了。呵呵。"

莫如夜放下了刚进来时的拘谨，大方地说："草包是分不清我和姐姐的，你能分清，起码比草包要强一些。"

这个评价真是让我哭笑不得，"我怎么会分不清你们姐妹俩呢，萝莉范的是莫如月，淑女范的莫如夜……"

话还没说完，莫如月就在我后脑勺上标准地拍了一巴掌，"你说谁是萝莉？"

"我说……我是萝莉。"我嘴里磨磨叽叽地咕哝着。

"噗！"莫如夜没忍住笑出了声，"姐，他真好笑。"

风里希风度翩翩地伸出手，“小夜，坐到这边来，把你的手给我。”

莫如夜刚刚放松的神情又变得怯懦起来，她紧张地看了一眼莫如月，似在征求她的意见。

莫如月坐在她身边，手搭在她背上，轻轻地安抚了一下，“没事的，手给风哥。”

莫如夜这才听话地伸出手。

原来风里希抓着莫如夜的手，是要给她号脉。他静静地号了半晌，大家都紧张得不敢出声。“她脉象不稳，时强时弱，强时如莽汉般刚劲有力，弱时又如游丝般仅存一息，果然身中剧毒，此毒甚是罕见，感觉不像凡间所有，应该出自神界。”

“出自神界？神都是不死之身，炼毒有啥用？”我疑惑不解。

风里希解释道：“神界跟人界一样，都是人性，只不过换了个世界而已。人界有好人与坏人，好坏没有界线分明，神界也一样，好神坏神都在一起，也没有界线分明。只是凡人习惯于把好神称为神，把恶神称为魔，这只是对于凡人而言，其实对于神本身，是神是魔又有什么区别呢？就像好人与坏人都是人，本质是一样的。所以不要把神界想得那么冰清玉洁，不食人间烟火，人界有的，神界一样都不少。人界有制毒的，神界就有毒神，而且毒神之毒，除了毒神自己，无人能解。”

“哦，原来这样。”我好似明白了，“那这个毒神还真是无聊，把炼毒当健身，神仙害不了，专门害凡人。”

“姐，夏小涛真有意思。”莫如夜掩嘴浅笑，看起来放松多了。

莫如月附和着妹妹说：“他这人就是少根筋，习惯就好了。”然后转头对风里希说，“风哥，我妹妹以前都是一个月才发作一次，只要按时吃解药就会没事。不知为什么，最近发作得格外频繁，变成一个星期一次了，现在每周都得吃解药，所以我每周都得提供情报，稍一滞后妹妹就痛苦不堪，我实在不愿再看妹妹痛苦了。”

莫如夜一听这话，眼泪珠子哗哗往下掉，“姐，对不起，都是我不好，拖累你了！”

莫如月也红了眼眶，但就是忍着没有哭，一边给莫如夜擦眼泪，一边说：“这不是你的错，要怪也只能怪我，是我没有保护好你。”

我能感受到莫如月此时的心境，就算再痛，也不能在妹妹面前表现出来，她是妹妹全部的希望与支撑，如果她不坚强，那么第一个倒下的不是她自己，而是她最爱的亲人。所以她只能把眼泪往肚子里咽，永远把最坚强的一面留给别人。

我不禁想问，你内心是否也有柔弱的一面，这一面留给我可好？我想温暖你、安慰你，想做那个你可以依靠的人……

想着想着，我竟情不自禁地红了眼眶。莫如月见我这样赶紧说："打住打住，你抒起情来我可受不了，别我们没咋的，你先在这儿哭晕了。"

莫如夜一听这话，"呵呵呵"地笑了起来，总算把画风从煽情处拉了回来。

风里希若有所思地说："也许，小夜的毒还有得救。"

莫如月一听这话，眼睛一亮，"风哥，你可是有了什么主意？"

风里希说得有些犹豫，"我只是揣测，不敢确定，你们不要寄予太大希望。"

莫如月赶紧说："风哥但说无妨，妹妹中毒许久，多荒诞的法子我都听过，即使你说的这个法子不可靠，我也不会失落的，最差的结果都已经这样，又还能差到哪里去？但只要有一线希望，我都尽百分百的努力。"

风里希见她如此执着而坚定，便去了顾虑，"众所周知，白娘子是蛇身修炼，百毒不侵，自身又精通医道，千年前就悬壶济世，此次送神，她是正神之一，咱们去问问她，或许她会有办法。"

莫如月激动地说："风哥说的是，我之前怎么没想到呢，若白娘子肯出手，小夜的毒一定有希望解开。"

莫如夜一听自己的毒还有望解开，高兴地直拍手，"其实解不解毒无所谓，只要不再拖累姐姐，我就高兴。"

莫如月捧住妹妹的脸蛋亲了一口，"小傻瓜，咱俩是双胞胎，哪有谁拖累谁一说，你好我才能好。若白娘子能救你，也不枉我千辛万苦度她出劫了。"

见莫如月如此高兴，我也高兴，"那明晚咱们就一起去见白娘子，求她为小夜解毒。"

大家又兴致勃勃地聊了许久，才各自散去，仿佛在黑暗中前行时又看到了一线曙光。

# 二十二、从中作梗

一大早，风里希就叫我起床。我郁闷地说："不是说一起去找白娘子吗？离天黑还早，再睡一会儿。"

风里希说："谁叫你去雷峰塔啦，我是叫你去医院，看看许世贤那边怎么样了。"

差点把这事给忘了，赶紧爬起来，收拾收拾去医院。我们没叫莫如月，专门留她照顾莫如夜。

进了病房的门，看见许世贤正在给许晴瑶喂饭，我气不打一处来，"吃饭跟伤口没关系吧，看许小姐恢复得不错，应该已经能自己吃饭了。"

许世贤不慌不忙地说："尽量还是少动，免得伤口再撕裂。"

我没好气地说："吃饭都吃不了，还得让人喂，那上厕所咋办，别说许小姐吃喝拉撒都在床上解决。"

"噗！"风里希一下没忍住，笑出了半声，另外半声生生憋了回去。

许晴瑶脸通红，不好意思地说："我没在床上解决，是许老师扶我进厕所，我方便后再扶我出来。"

"哦，许老师真是辛苦了，伺候病人吃，还得伺候病人拉，忙了这么多天，都没顾上洗个澡，身上都有味了。我看不如这样，今天我和风哥在医院陪护，许老师就先回去洗个澡，休息休息吧。"

许世贤憨笑着对许晴瑶说："他们不说，我倒还没觉得，这一说，我好像确实身上都有味了。要不让他们先陪着你，我回去洗个澡再来？"

许晴瑶娇滴滴地说："可是……"

我立马打断她，"别可是了，有我们两个泥腿子供你使唤，肯定比许老师一个人好使。"

许世贤终于走了，风里希朝我竖了个大拇指。

"许小姐，你住院这么几天了，家人朋友怎么都没来医院看看你呢？"

"我家在外地，我在杭州上大学，这次住院的事，我没给别人说，一方面，因为手机被抢，我联系不上别人；另一方面，这毕竟不是多光彩的事，我也不想让同学们为我担心，反正伤不重，过几天就能出院了。”

“哦，伤不重就好。你受伤那天晕得不省人世，还真以为受了多重的伤呢。”

许晴瑶的脸青一阵紫一阵，“那天晕，是因为我……我有些晕血。”

风里希强忍着笑，没吭声，这种耍嘴皮子扮黑脸的角色就交给我好了，拿手绝活儿。

“许老师看样子也年近三十，不知道结婚了没有，要是结婚了，他这么一直陪着你，于情于理都说不过去，不如这样，你出院前都由我们俩照顾，你看咋样？我腿脚麻利，是个粗使的好劳力。”

一听我要留下，许晴瑶慌忙说：“不用了，我打算明天就出院。”

生怕她反悔，我赶紧接话，“明天就能出院了？太好了，那我们就陪你到明天。”

许晴瑶一口水没咽下去，差点呛到。

在言语上占了便宜，我正扬扬自得，许世贤推门进来，“我回来了。”

“许老师，你怎么这么快就回来了？”

“我就回去洗了个澡，照顾晴瑶是我的责任，我哪好意思把你们都耗在这，你们要有事，就先去忙吧。”

这是要打发我们走啊，哪那么容易！我赶忙说：“我们没事，跟许小姐聊得正高兴，她恢复得很好，打算明天就出院呢！”

许世贤有些吃惊地说：“明天就出院？怎么没听你说过呢？”

许晴瑶娇滴滴地说：“嗯，这几天花了你不少钱吧，我都不好意思了，我感觉已经恢复得差不多了，不想再待医院里浪费钱，回去休养一样的。”

许世贤哪经得住美女楚楚可怜地撒娇，立马说：“早跟你说过，钱的事不用你考虑，全部由我来承担，你只管安心养病就行了。”

许晴瑶装作很懂事的样子，“在医院住着也不方便，好几天没出门了，想到外面走走。”

“既然你决定了，出院也好，你要是觉得回宿舍住不方便，我就在外面租个房子，你安心住下，等伤彻底好了再回学校，你觉得呢？”

不等我们再插嘴，许晴瑶满口答应，“嗯，这样也好。”

这是要同居的节奏吗？我和风里希的脸一阵青一阵紫，“那个，你们俩孤男寡女的单独租房子恐怕不合适吧。莫如月的妹妹也病着，干脆许小姐和她们一起住，莫如月照顾一个也是照顾，照顾两个也是照顾，多一口饭的事。她们三个年龄差不多，在一起还能聊聊天，不会无聊的。”幸亏莫如月不在场，不然我肯定免不了后脑勺一巴掌。

我偷偷捣了一下风里希，他赶忙附和着说：“对对对，莫如月很会做饭的，刚好三个女人一台戏，许小姐，你觉得呢?”

“三个女人一台戏”是这个场合说的吗？我满脸“黑线”。

许晴瑶考虑了半天，极不乐意地说：“既然如此，我就和小月她们姐妹俩一起住吧。”

许世贤憨厚地说：“那就麻烦你们了。”然后又转头对许晴瑶说，“我会每天去看你的，等你好了，一起去雷峰塔。”

这眼神，温柔无限、含情脉脉，他不会真动情了吧。

## 二十三、毒入骨髓

我们出了医院，立刻去给三位大小姐找房子。

找了半天，所幸在雷峰塔附近租了两套，刚好是隔壁，莫如月、莫如夜、许晴瑶三个女人住一套，我和风里希、许世贤三个男人住一套。让许世贤抬头低头都能看见雷峰塔，同时把许晴瑶放在眼皮子底下，我们也放心。

晚上，我们带着莫如夜去找白娘子。

“白娘娘，我妹妹莫如夜身中剧毒多年，备受折磨，还望娘娘慈悲，出手相救。”莫如月跪坐在白娘子的对面，诚恳地说着。

白娘子缓缓地说：“小夜，你一进来我就感到你身中剧毒。你且近前来，我号一下你的脉。”

莫如夜走到白娘子身边坐下，伸出手腕，白娘子细细地号起脉。

我偷偷看了一眼莫如月，她紧张的眼神中透着兴奋，仿佛在久违的压抑中看到了希望。只要她高兴，我就高兴。

白娘子号完脉，面露遗憾。

莫如月慌忙问：“娘娘，我妹妹怎么样？可还有救?”

白娘子顿了一下，说：“小夜中的是万年蝎神的毒。蝎神已在三千年前去往神界，凡间留有这种毒实属罕见。这蝎神之毒，若是刚中，我使尽浑身解数，或许还有救，但小夜如今已毒入骨髓，世间除了蝎神自己，恐怕再无人能解。除非……”白娘子没再往下说。

“除非什么？请娘娘明示。”莫如月着急地说，“不管用什么方法，只要能救我妹妹性命，哪怕要我的命，我都愿意。”

“姐姐，你别这样，我是不会让你出事的……”

莫如月捏了一下她的手，示意她先不要说话，让白娘子把话说完，然后期盼地看着白娘子。

白娘子接着说：“除非，用血亲之人的心间血饮下千年灵芝。只是，千年灵芝好找，我这里便有，但是血亲之人的心间血，就……”

我一听这话着急了，“心间血，那不是要人命嘛，小夜的血亲之人只有小月，坚决不行！”

“没什么不行的，与其看着妹妹受苦，我生不如死，不如救了妹妹，我也死而无憾了。”莫如月一副视死如归的神情。

“姐姐，我不会让你死的，你护我如命，我也一样。”莫如夜伏在莫如月的肩上哭了起来。瞬间，她们姐妹哭作一团。

我最见不得莫如月哭了，她一哭我就心乱，“小月，你别难过，咱们大家一起想办法，肯定还有希望。”

白娘子见状，摇了摇头，“你们可曾想过，世上的毒千万种，要人命的也有几百种，蝎神之毒这么珍贵，且不说他们是怎么得到的，为什么偏偏要用到小夜身上？”

“为什么？”

白娘子接着说：“因为只有蝎神之毒，必须一命换一命，方可解。他们是料定了小月会舍命救小夜。”

风里希恍然大悟，“也就是说，在幽冥门的布局里，小月必须得死。在他们觉得局面没法控制的时候，就会中断小夜的解药，再放出一命换一命的消息，让小月心甘情愿地自杀。所以，小夜就是他们手中的王牌，只要一出，我们必败。”

莫如夜哭着说：“幽冥门的目的就是阻止你们开启三兔法阵，你们三个缺一不可，我是姐姐的威胁，也是你们的威胁。”

“别这么说，你是姐姐的宝，我不会让你有事的。如果我的命能救你，我不会在乎的。”

“可是姐姐，你有没有想过，如果真的用你的命换了我的命，我就算勉强活着，怎么面对自己？再说了，我本来就是他们手中的一枚棋子，专门用来制约你的，如果你死了，他们还会让我好好活着吗？”

莫如月一怔，不再说话，只是一味地抱着莫如夜哭。

是啊，她们姐妹俩都只是幽冥门的棋子，就连生死都在他们的算计之内。没在一开始杀莫如月，只是因为再重新寻找她的转世更麻烦。但如果局面失去控制，那也不在乎莫如月的生死了。

幽冥门，太狠毒了，旧账新账算一起，我们势不两立。

白娘子说：“小夜的毒已深入骨髓，幽冥门是没法化解的，他们给小夜服用的，不是什么解药，只是续命丹而已，但续命丹的效力会越来越弱，现在是一周服用一粒，然后是三天服用一粒，接着一天服用一粒，不出半年，就算一天服几十粒都会没用，只能以命换命了。”

莫如夜泪水噙满眼眶，“也就是说，我最多只能再活半年了，是吗？”

白娘子没有直接回答，只是说：“我这里也有些续命丹，你们拿去，至少短期不会再受制于他们。”

## 二十四、晴瑶遇刺

从雷峰塔出来，大家都悻悻地回到房间。

一推门，许晴瑶正在我们这边陪着许世贤看电视，见我们回来了，也没有要走的意思，稳如泰山地窝在沙发里。到是许世贤有些尴尬地说：“晴瑶，要不你先过去吧，他们跑了一天也累了，回来得洗个澡早点休息，毕竟你在这里不太方便。”

“好的，我先过去了，晚上我们微信聊。”

我说许晴瑶，你还能再矫情些不？一个大姑娘家都不害臊吗？

许晴瑶走后，我搭着许世贤的肩，八婆兮兮地问，“许哥，你和许晴瑶什么情况？恋爱了？”

风里希装作没事人一样，趿着拖鞋洗澡去了，其实我知道，他肯定在用灵力偷听呢。

许世贤有些懊恼地说："我也说不清啥情况。说实话，晴瑶对我很依赖，我觉得，她应该喜欢我。我对她是有一种很熟悉的感觉，就好像已经认识很久了，又好像是一件丢了很长时间的东西，终于找到了，总之，和她在一起，我觉得很舒服。"

我小眼睛一翻，受到惊吓似地说："大哥，你不会真对她动情了吧？"

他倒不以为意，"她这么好的女孩，对她动情也很正常，你干吗一副惊悚的表情。"

"她哪里好？我咋没看出来？"

"像她这么漂亮的女孩，不都想着要嫁"高富帅"吗？即使嫁不了"高富帅"，最起码得富吧。可我呢，一个穷教师，还远在新疆，一个月的工资还了房贷就不剩啥钱了。她要是真想好了跟我走，我就带她回新疆。"

真是气死我了，他怎么和许仙一样傻，千年前像个呆子，千年后还像个呆子，轻而易举就掏心掏肺地相信人，"如果说许晴瑶是骗你的，你信吗？"

"不信！我有什么值得她骗的？要钱没钱，要权没权，就算有点颜值，也没她高，她不可能骗我。"

"如果说她一开始就在骗你，她和打劫你的那伙劫匪一起算计你，目的就是让你动情，让你彻底爱上她，你信吗？"

"噗！"许世贤笑出声来，"不信！我的爱哪有那么值钱，像我这样的穷教师，至于嘛！"

我继续炮轰他，"那你相信这个世界上有神魔鬼怪吗？"

许世贤坚定地摇头，"不信。"

"你相信雷峰塔下压着白娘子吗？"

"不信。"

"你相信你的前世是许仙吗？"

他大笑，"别逗了，怎么可能！我是唯物主义无神论者，你跟我说说辩证法还差不多！"

现在体会到莫如月每次想揍我的感受了，"那你相信我现在很想拍你一巴掌吗？"

"啊？"

就在我打算动之以情、晓之以理的时候，突然，隔壁传来打斗声。

只见风里希急匆匆地从卫生间里冲出来，比我们俩还早到对门，用力地拍着门，“开门，开门！”

没人理我们，里面继续传来叮叮哐哐的撕打声。

风里希趁许世贤不注意，使了个法术把门打开，映入眼帘的是，三个颜值爆表的美女粗鲁地躺在地上，六条腿没有任何逻辑地拧到一起，她们正在互撕。

莫如夜和许晴瑶各拿着一把刀，看似要互相砍了对方，而莫如月正努力控制局面，不让她们两个受伤。

真是三个女人一台戏啊，让风里希说中了。

我们三个赶紧跑过去，各拉一人。我拉莫如月，风里希拉莫如夜，许世贤拉许晴瑶。

许世贤生气地说：“你们这是干什么？有话不能好好说吗？非要动刀子？”

莫如夜气愤地吼道：“她是一只妖精，你肉眼凡胎看不出来，我这就割破她的皮，让你看清楚，这一切都是个骗局。”

“你说谁是妖精，信不信我撕烂你的嘴。”许晴瑶也气愤地吼着。

许世贤大声喝道：“你们两个别闹了，让街坊邻居都听见，把警察闹来才安心吗？”

风里希看了眼莫如夜，用一贯温文尔雅的语气说：“小夜，把你的匕首拿来我看看。”

莫如夜把手中的匕首递给风里希，这是一把非常精美，也非常古典的匕首。

看完匕首，风里希对许晴瑶说：“许小姐，你若让小夜刺你一刀，我们就相信你不是妖。”

许世贤不可思议地说：“太荒唐了！在科技发达、文明进步的今天，居然还有人拿妖说事，你们要敢刺她，我就敢报警，别怪我不顾朋友情谊。”

许晴瑶依旧一副无比委屈的娇样，“我若让你刺一刀，你是不是就不阻止我和许老师在一起了？”

莫如夜说：“想得美，别人不清楚你，我还不清楚你吗？你就是替幽冥门卖命的……”

许晴瑶立马打断莫如夜的话，“别说了，你刺吧。”然后闭上了眼睛。

“晴瑶，你怎么这么傻，他们看不惯你，咱们走就是了，干吗任他们摆布！”

许晴瑶眼含热泪，楚楚可怜地看着许世贤，“没关系，这一刀下去，一切就都分明了。”

风里希能让莫如夜刺许晴瑶一刀，说明莫如夜手中不是一把普通的匕首，肯定有让妖怪现形的功用，但许晴瑶能这么坦然，她心里肯定有底，说不定这把匕首对她没用。我大喊着：“小夜，别刺，小心有诈。”

来不及了，莫如夜已经握着匕首刺了过去，在快刺到许晴瑶心脏的时候，许世贤一手护许晴瑶，一手去推莫如夜，这一刀刺空了。但莫如夜是何许人也，久经幽冥门调教，一个反身继续攻击，匕首在许晴瑶胳膊上划过。

“啊！”许晴瑶一声惊喝，倒在地上。

“晴瑶……”许世贤惊呼着赶紧蹲下来察看许晴瑶的伤口，轻轻拉开她的衣服，仔细看了又看，见伤口不深，这才回过头来怒吼，“你们太过分了！”

我们哪有精力听他说话，四个人眼都不眨地盯着许晴瑶的伤，看着血汩汩地流出来，许晴瑶却没有任何变化，只是一个劲儿娇滴滴地喊着疼。

## 二十五、三大巨头

许世贤扶着许晴瑶极为不满地要离开，我们这才如梦初醒。

“许老师，你别走啊，听我们解释。”拉下脸皮认错这种事，还是得由我来干，谁让他们一个比一个脸皮儿薄。

许世贤头也不回，“事到如今，还有什么可说的，你们欺人太甚！”说完，他一甩门，扶着许晴瑶走了。

我刚要去追，风里希在我身后喊道：“别追了，咱们自己先弄清楚了再说。”

我们四个坐在沙发上，自知事情到了今天这个地步，已经无法挽回了，都很沉默。

风里希先开口，“说吧，今天到底怎么回事？”

莫如夜充满愧疚地说：“都怪我，我想着反正也活不过半年，白娘子把续命丹给了我，就不用再为幽冥门卖命了，索性跟他们闹翻，用我手中的这把映月刀让许晴瑶现原形，让许世贤认清她的真面目，帮你们早日完成任务，没想到，映月刀居然对她没用，反而弄巧成拙了。”

原来，之前都是莫如月把我们的消息告诉莫如夜，再由莫如夜把消息传达到幽冥门的幽水分舵。简单的事分舵主处理，重大事务由幽冥门的总舵处理。

幽冥门机构庞杂、等级森严，一切靠资质和实力说话。有资质的可修习法术，并在各种比赛和完成任务中提高阶品，莫如月天生带有灵力，再加上后天的努力，阶品很高，幽冥门中普遍流传她将成为幽水分舵的接班人。而像莫如夜这种资质不够的普通人，就只能练些武术，干些跑腿之类的杂役活。

那天莫如月在饭馆把白娘子和许世贤的信息告诉莫如夜之后，幽水分舵便决定编演美人救英雄的戏码，让许世贤情定他人，然后负了白娘子，但是这“美人”由谁来演，幽水分舵却做不了主，是幽冥门总舵定的，所以，莫如夜只知道许晴瑶是只妖，但至于是什么妖，她就不知道了。

她手中拿的这把匕首叫“映月刀”，是莫如月的师傅死前留给她的，她又送给莫如夜防身。此刀带有极强的法力，只要刺破妖精的皮，沾了妖精的血，就会让妖精显出原形。

“许晴瑶明明是只妖，可为什么没有显出原形呢？”莫如夜懊恼地自言自语着。

风里希说：“许晴瑶能同时逃过我的眼力和映月刀，一定极不简单，我想，只有两种可能，要么，她真的是人，只是长得很像白娘子……”

“她绝对不是人！”莫如夜急切地辩解着。

风里希接着说：“如果她真的不是人，那就只有一种可能了，她是只九尾灵狐。”

霎时，房间里的灯全灭了，空中传来许晴瑶的声音：“我的确是九尾灵狐。我知道你们想救白素贞出雷峰塔，可我是真的爱上了许世贤，要和他相守一世，就算白素贞从雷峰塔里出来，我也不怕，所以，你们最好别再插手这件事了，否则，性命不保。”

说完，房间里的灯又全亮了。

“九尾灵狐，名字很炫，是干吗的？”我这个问题好像问得很白痴。

莫如月淡淡地说：“狐妖每修炼一千年就会多长一条尾巴，你说她是干吗的？”

“我去，一千年才多长一条尾巴，那她岂不修炼了九千年？”

这时，房间里的灯又全灭了。

我冲着房间空吼：“狐狸祖宗，你有话能不能一口气儿说完？一会儿来一趟，一会儿来一趟，屋里的灯闪坏了你赔吗？”

这次不是九尾灵狐的声音上，而是一个男声，“我是秦桧，想请几位帮我个忙。”

秦桧？不就是那个陷害了岳飞，跪在岳王庙里让人唾骂的奸臣么，他来凑什么热闹？

“你说吧，什么事？”风里希问着。

“听说三兔法阵即将开启，我也想趁此良机离开人间，前往神界。只是我的元神被困在岳王庙，不得脱身，想请几位去寻一株彼岸花，将我的元神从塑像中引出来。”

我是岳飞的铁粉，对秦桧实在拿不出好态度，“全国人民都在骂你，骂了一千年，巴不得再骂一千年，永远骂下去，我们凭什么帮你？”

“你胳膊上不是有个月牙印记吗？你一直想解开这个谜，但是又苦于没有任何线索，我刚好知道这是怎么回事，你们若帮我，作为回报，我会解答你心中的疑惑。”

秦桧刚好说到了我的心坎儿上，我心心念念的月牙印记终于有了线索，不管可不可靠，总算有迹可循了。可我怎么好意思让风里希和莫如月陪我去寻找彼岸花呢？

风里希看出了我的顾虑，“秦桧，我们答应你，帮你去寻一株彼岸花，引出你的元神，你莫要食言。事成之后，要解答月牙印记之谜，否则，我们定不饶你。”

风哥一说这话，听得我心里暖暖的。我们不愧是一个团队，我感动地朝风里希笑了笑。

秦桧大笑道：“哈哈哈，好，那就说定了，等你们寻来彼岸花，我就告诉你们月牙印记的事。”

说完，房间里的灯又全亮了。

“不知秦桧的话可不可信，像他这种人，最不靠谱的就是他的嘴，天马行空胡说八道。”我心里确实犯嘀咕，可又没有别的线索去调查。

这时，房间里的灯又全灭了。

我冲着房间空吼：“这回又是谁啊？我说闪灯的能不能一起来，非要你闪一下，他闪一下？商量好要跟这个灯过不去吗？”

“是我，白素贞。我没想到幽冥门竟然能请出九尾灵狐，就算是我，也不见得是她的对手，更何况你们三个，而且，她似乎对许世贤动了真情，救我出塔将是一件非常凶险的事，说不定性命难保，你们要想清楚，是否愿意继续助我？可以选择放弃。”

我说："我们不放弃，既然决定要做，就做到底，半途而废可不是我的风格。"

白娘子却说："不要急着回答，考虑清楚了再做决定。明晚子时，请来雷峰塔一叙。"

## 二十六、得承法力

我们四人如约在子时来到雷峰塔，一如既往，大门打开着，其余地方一片漆黑，脚下有条金光闪闪的路通往地下禅房。

我们见到白娘子，她面前的茶几上摆了五个茶杯，等我们坐好，她一挥手，茶杯满了。

她还是一副空灵的表情，"你们可想好了？这条路异常凶险，放弃吗？"

风里希回答："想好了，我们一定要救你出塔。"

"不畏艰辛？"

"不畏艰辛！"

"不畏牺牲？"

"不畏牺牲！"

白娘子很是感动，"好吧，你们三个既然心意已决，且随我来。"

我和莫如月、风里希站起来跟白娘子走，走了两步，莫如月回头看了眼莫如夜，给了她鼓励的一笑，然后，我们三个跟着白娘子往书架那边走去。

我们边走，书架边移动，来来回回，左左右右，速度很快，随着我们的脚步，给我们让出一条通道，又在我们身后迅速把通道封住。走了很久，等我们停下脚步时，书架也停止了移动，一个很大的平台显现在眼前。

白娘子走到平台中间，盘腿打坐，"你们三个也过来。"

我们三个走到白娘子身边，盘腿坐下，风里希坐中间，我和莫如月一人坐一边。

白娘子说："你们既已决定要帮我，不畏艰辛、不畏牺牲，我便将毕生的法力渡给你们，若真与九尾灵狐交起手来，你们联手，虽不制胜，但至少可以保命。”

“把法力渡给我们了，你怎么办？”

“我困在雷峰塔中出不去，要法力也没用，若哪天真出去了，也算功德圆满。你们得神谕要开启三兔法阵，送神归位，我渡法力给你们，也算是为天地正道立命，何况你们还是为了帮我，于情于理，我都得这么做，你们莫要推辞。这里有三粒丹药，你们服下，可促进将我的法力炼化吸收。”

“可是……”

“无须多言，你们打坐调息即可。”

我们没再推辞，满怀感恩地吃了丹药，按照白娘子所说，开始打坐调息。突然感到一股力量从头顶贯穿至四肢百骸，好像每一个细胞都被激发出了活力，连心脏都好像跳得快了些。我抑制着周身想要跳起的冲动，努力控制呼吸，保持着打坐的姿势。

不知过了多久，感觉这股力量的灌输停止了，我慢慢睁开眼睛。或许是灵力充沛的缘故，我的眼睛“唰”的一下变大了，我看到了下一次期末考试的卷子，就好像亲临现场一样，可以前后左右地翻看，哈哈，好开心，看来我预知未来的能力可以控制了。考试对我来说已经不是挑战，即便看不到卷子，凭我现在的灵力，可以在考场随心所欲地抄，没人能发现。我还想看点别的，尤其是想看看莫如月，心里总惦记着她死的那个画面，却感到有些力不从心，眼睛“唰”的一下恢复了正常。刚才精力充沛的感觉瞬间没了，反而感到有些疲惫。

再看看周围，白娘子和我一样显得有些疲惫，风里希和莫如月却显得红光满面、精神饱满。

白娘子说：“我将法力分成三份，分别渡给你们三人。虽然你们吃过丹药，但要与自身灵力完全融合，还得再炼化吸收一段时间。夏小涛和莫如月你们两个，虽然一个能预知未来，一个能瞬间穿移，但这极其耗损灵力，每天最多只能用一次，且用过之后，会短暂丧失灵力，所以，不到万不得已，最好还是别用。”

白娘子喘气休息了一下，接着说：“要对付九尾灵狐，你们还得去轩辕坟，找到上古神器‘招妖幡’。此神器由上古神兽饕餮看守，风里希的血对它有抑制作用，得此神器方有胜算。还有，要想办法让许世贤把这个丹药吃了，此丹可保他不被狐妖迷惑。”

风里希接下丹药，作了个揖，“多谢娘娘馈赠，我等既受了娘娘如此大恩，刀山火海，定不负所托。”

白娘子受了这个揖，“你们先回吧，我有些乏了，要闭关修炼。”然后手一挥，书架开始快速移动。

我们起身与白娘子道了别，往书架方向走去，书架似长了眼睛一般，随着我们的步速，在前面让出一条路，我们一边走，身后的路一边被来回移动的书架遮挡起来。

很快，我们见到了莫如夜，她还坐在茶几旁喝茶。看到我们，她高兴地说：“终于出来了，你们已经进去三天了。”

“有三天？居然一点都没感觉到。”我迫不及待地看了一眼我们的灵符，我一下飙升到了仙道四级，莫如月是仙道五级，风里希是仙道六级，收获好大，内心无比兴奋。

出了雷峰塔，我们几个胡吃海喝了一通，边吃边商量下一步的行动。

莫如月说：“咱们最近有三件急事要办，一是让许世贤吃丹药，二是去轩辕坟拿招妖幡，三是去找彼岸花。”

我弱弱地插了一句，“是四件事，四是我们开学了，我得回学校去报到。”本来理直气壮的事，我却好像理亏似的，我猛吃着饭，头都不敢抬。

没想到莫如月居然说：“哪天报到？我带你穿回去，这样来得快，风哥和小夜可以继续完成任务，也不影响。”

“明天就报到了，我自己飞回去就好，瞬间穿移可是很费灵力的。”想起她上次带我穿移，又为了救我累晕的情景，我哪舍得让她再冒险。

“没关系，休息一天就能恢复，节省两天的时间，这点损耗不算什么。”

想想这样未尝不好，把她带在身边我反而放心。我本想再重新看看小月的未来，那个幻象中倒在血泊中的人到底是不是她，但今天的灵力用完了，明天还得回学校报到，若小月用灵力带我穿移，我的灵力就得留着，以防幽冥门的人出现。

等报到完再向学校请好假，我一定要抽出一天的时间，好好看看莫如月的未来。

莫如夜念叨着最近要干的事，边念叨边说：“去轩辕坟找招妖幡，这个还好说，可彼岸花要到哪里去找呢？”

风里希说：“相传彼岸花又叫曼珠沙华，开在黄泉路上，花香浓郁，鲜红似血，指引着灵魂要去的方向。若要摘此花，我们得去一趟黄泉之路。”

我一口饭差点喷出来，“黄泉之路，不死咋去？这是要我们死的节奏啊。”

“那倒未必。”莫如月自信地说，“幽冥门实力庞大、支系复杂，其中有一处私刑叫幽冥之狱，狱中有一处黄泉桥，可以到达黄泉之路，而幽冥之狱就在幽冥门三个分舵之一的暗灵分舵。但只有分舵舵主以上级别的人才能出入。若是以前，我以幽水分舵接班人的身份，可能还有机会蹭进去，但现在已与幽冥门决裂了，要进去恐怕还得费番功夫。”

听完莫如月的介绍，我嘟囔着：“没有一件事是容易的！都这么复杂，先办哪件？后办哪件？真够烧脑的。”

风里希说：“先办简单的，办完一件少一件。你和小月回学校报到，我和小夜找许世贤，劝他吃丹药，明天开始，分头行动。”

## 二十七、分头行动

我千不该，万不该，不该不打招呼就穿越。老白啊老白，你泡谁不好，怎么偏偏泡了王诗雅。

我一穿越，又看见了一丝不挂的王诗雅，还是一幅与白延庆共同上演的春宫图。

“啊！”王诗雅惊叫着。

“啊！”我也惊叫着。怎么每次穿越都能看见一丝不挂的她……

虽然这是我的宿舍，但撞见这么热烈的场景，着实令人尴尬。我拉着莫如月赶紧躲进厕所。

我得缓缓，这个世界太疯狂，连老白居然都有妞泡，错，应该是连王诗雅这种妞，居然都有人泡！

王诗雅推开厕所的门，万分伤感地说：“夏小涛，我知道我这样做对你伤害很大，但我还是要说，我和白延庆是真爱，你我之间都已经过去了，不要因为我影响了你们兄弟之间的感情，不值得，你旁边的这位姑娘也挺好，你就忘了我吧。”说完，她竟然挥着泪跑出了我的宿舍。

啥情况，我完全蒙了，什么叫“你我之间已经过去了”，好像从没开始过吧，什么叫“忘了我吧”，我好像从来就没有想起过你……

弄了半天，她是自作多情地以为我喜欢她。

我说王诗雅，你哪来的自信，认为我喜欢你，我追着她大喊：“唉，你等会儿，把话说清楚。”

老白打断了我，“兔子，你回来咋也不提前说一声？这场面，整得有点小尴尬。”老白一脸憨笑。

这回换我语无伦次，“她，她以为我喜欢她？可你知道的，她绝对不是我的菜……你，你们真的在一起了？”

老白还是憨笑着，“对啊，正所谓日久生情嘛。”

“你还真是……眼光独到啊，没啥说的，大爱无疆，颜值不是距离，祝福你们。”

“诗雅一直以为你喜欢她，我怎么说她都不信，明明你和莫如月才是一对，形影不离的，她咋就没看出来呢？”

莫如月赶紧说：“打住，我跟他才不是一对呢，你们俩该干吗干吗去，本姑娘刚费了一番灵力，得休息一会儿。”

我和老白边往教室走，边叽叽咕咕地扯是非。说实话，报到对我来说其实就是走个过场，混个脸熟而已，实在没什么特别的意义，等我的灵力再精进一步，一定要找个替身替我上课，我就可以心无旁骛地干大事了。

我在班主任面前露了个脸，碍于情面又上了两天的课，心里记挂着杭州那边的事，赶紧找了个借口请好假。我跟风里希联系了一下，风里希说他们在医院，让我们尽快过去。

莫如月只说“马上到”，带着我便瞬间穿移了，真的是马上，我们就到了医院。

“风哥，小夜，你们怎么还在医院？这回又是谁受伤了？”

莫如夜有些不好意思地说：“姐，都怪我太心急了，那许世贤气性还挺大，好不容易约他出来，他却故意在我们面前秀恩爱，把许晴瑶当宝似的宠着，我一生气，趁他上厕所的时候，就把他打晕了，强行把丹药灌给了他。本想着他十来分钟就能醒，没想到两个小时了还没醒，这不，才送到医院来。”

风里希说：“也不能怪小夜，照我说，幸亏小夜出其不意地在男厕所下手，否则，我都不知道该怎么哄他吃药了。”

“管他在哪吃的药呢，只要吃了就行。也就是说，给许世贤吃丹药这项任务完成了？”

风里希说：“应该算是吧，等他醒来，确定他没事，咱们就可以走了。”

只听空中传来许晴瑶的声音，“哼，想走，没那么容易。”

她的话音刚落，我就觉得头晕，瞬间失去了知觉。

等我迷迷糊糊地睁开眼，咦，居然坐在我家那辆又旧又小的二手车上。老爸在开车，老妈坐副驾驶，我们行驶在高速公路上。

老妈转过头来温柔地问：“睡醒了？”

我一脸蒙，“我们这是在哪？”

老妈好笑地说：“你睡迷糊了吧，当然是回老家给你爷爷奶奶上坟，你好不容易考上大学了，都是得祖先保佑，一会儿给你爷爷奶奶多烧点纸钱！”

老爸老妈还活着？我现在是在梦里，还是我之前经历的都是梦？

我东张西望地观察着，希望找出点蛛丝马迹，来证明我现在到底是在梦里，还是在现实中。

我看了看时间，下午3点多，正是出车祸的时间，得找个理由让车停下来，是梦是现实一测便知。

“爸，停一下车，我想尿尿。”

“马上就是大学生了，咋还想随地大小便？憋着，到服务区了再尿。”

“实在憋不住了，再憋就炸了。”

老妈在一旁帮腔，“你看你，孩子想尿个尿，咋这么麻烦，憋坏了咋办！”老妈一瞪眼，老爸乖乖把车停在了紧急停车带上。

我下了车，恍恍惚惚地站在路边，周围的一切都那么熟悉，记忆中的护栏，护栏下一个大陡坡，我家的小车曾几何时，就在这个大陡坡下翻车，老爸老妈头冲下窝在车座中……想到这一幕，我脑子嗡嗡的。

我回头大喊着：“老爸老妈，快下车！”

“怎么了？急急慌慌的，啥事？”

“先下车，快，不然来不及了。”

我连拉带扯，把老爸老妈催下车。就在此时，一辆大车风驰电掣般冲向我家小车，把我家小车硬生生撞出护栏，翻下路面，然后，这大车车头出去了一半才停下。

老爸老妈惊叫着冲过去，看到我家小车底朝天、车身已经严重变形。他们冲到大车司机跟前破口大骂，我却激动地哈哈大笑起来。

我知道了，之前的种种都是梦境，现在才是真实的，我只不过是在梦中预见到了这场车祸，而现在，我已经成功地改变了这个未来，老爸老妈在现实中依然活着，我太幸福了。

我们等来交警，又找来保险公司，折腾到大半夜，终于回到家。过了几天，我们拿着赔偿金重新买了辆车，开着新车，回乡祭祖，在亲戚们面前，爸妈笑得合不拢嘴。

然后，他们俩一起送我到学校报到，一起在学校参观……一切完美。

“小涛，你醒醒，这都是梦。”

谁？谁在说话？管他呢，只要我们全家在一起就好。

“小涛，这是九尾灵狐的迷魂术，你快醒过来，否则，你将困在梦境中，再也醒不过来了。”

九尾灵狐？在哪一段梦境中好像听说过。在那个很长很长的梦中，有个女孩叫莫如月，我喜欢她，还吻过她，不过，我好像看到她死时的景象了……

不要，莫如月不能死。

“小涛，快醒醒。”这是莫如月的声音。

我犹豫了，如果现在是梦，那现实是什么？我爸妈都死了吗？

我低头看了一下左胳膊，居然没有那个月牙印记，明白了，我被困在梦里了。

我冲着自己的胳膊狠狠咬了一口，啊，好疼！

再睁开眼，我坐在医院病房外的椅子上。风里希、莫如月和莫如夜都焦急地看着我。

“你终于醒了，给。”莫如月边说边递给我一张纸巾。

“为啥给我纸巾？”

莫如月瞥了我一眼，不屑地说：“是让你擦下口水啦，睡觉流了一摊口水，真服你了。”

我摸了摸下巴，果然一手的口水，又在女神面前出丑了，让我情何以堪……

许晴瑶扭着纤腰走过来，停在我们跟前，“这只是个警告，离我和许世贤远点，否则，下次就没这么简单了。”说完，她转身进了病房。

“牛啊，不愧是九尾灵狐，我差点就困在梦里出不来了，你们呢？也进入梦境了吗？”要是只有我一个人被困在梦境里，那多丢脸。

风里希说：“我们也都困在梦境里了，只是比你醒得早一点。九尾灵狐的迷魂术就是利用人内心最软弱的地方，让你在梦中改变最伤心的往事，幸福得不愿清醒过来。”

“你们都梦到了什么？醒得这么快。”

“才不告诉你。”莫如月俏皮地笑着，像个小女孩一般，很少见到她清纯的一面，我想，这才是她这个年龄该有的状态吧，真美。

风里希说：“每个人内心都有个角落，藏着最伤心的往事和最脆弱的自己，能正视内心、面对现实，就是战胜心魔。咱们几个都清醒了，说与不说，其实只是个过场而已。对了，咱们被困了多久？许世贤醒了没？”

我掏出手机看了下时间，梦里感觉过了好几个月，怎么才十几分钟？我又仔细看了看日期，不对，这是差了一天啊，我们被困了整整24个小时，又零了十几分钟。

“这是什么医院，几个人睡在椅子上一天一夜，都没人管吗？”我气愤地大声嚷嚷着。

一名护士赶紧跑过来，紧张地询问：“怎么了？有哪里不舒服吗？”

我一副理直气壮的样子，大声训斥，“我们在这儿坐了一天一夜，你们医院没人发现吗？”

护士委屈地说：“你们刚进来才一会儿，最多不过十几分钟，不信可以看监控录像。”

风里希、莫如月和莫如夜纷纷赔笑脸劝解，“不好意思，他今天发高烧，脑子烧糊涂了，净胡说八道，给你们添麻烦了，我们会照顾好他，不会让他再发疯。”

护士翻了个白眼，转身走了。

莫如月绷着一张脸，甚为无奈地说：“明知道许晴瑶做了法障，还来这么一出，怎么，嫌不够丢人？”

我自知理亏，没敢再吭声。

莫如夜突然惊喝道：“天哪，我们被困了一天一夜？那许世贤呢？不会还没醒吧？”

# 二十八、去轩辕坟

我们去病房看到了依然昏迷的许世贤，急忙呼救，“护士，那24床的许世贤啥情况，咋还没醒？”

医生、护士来了一大帮，东量量、西测测，折腾了半天，主治医生不可思议地说：“只是轻微的脑震荡，按理说早该醒了。他之所以还昏迷着，我想是因为他自己不愿意醒，可能生活当中遇到了让他困惑的事。如果这个状态超过一周，我们就判定他的大脑已经死亡，可能永远都醒不过来了。”

“意思是超过一周还不醒，他就有可能成植物人了？”我们几个都惊讶不已。

医生甚为惋惜地说：“差不多就是这样，不过，多让他亲近的人跟他说说话，多放他喜欢的音乐，有助于尽快叫醒他。”

怎么会这样，我感觉大脑嗡嗡作响。

我们这是干的什么事啊，本来要促成姻缘的，结果姻缘没促成，促没了主角半条命……早知如此，打死都不接这个活儿！

病房中，许世贤像是被重症监护一样，浑身插满了管子。许晴瑶坐在旁边守着他，“你们以为白素贞的丹药能救他？断然让他想起前世种种，只能是害了他，他现在昏迷就是最好的力证，他纠结、他痛苦、他没法取舍，所以不愿醒来，足以证明他心里有我，其实何必那么难，前世的已经过去了，今生的才能握在手中，我对他倾情相付，照样能一生陪伴，真爱不弃。你们用他前世之故纠缠于此，拆散有情人，不觉得是在造孽吗？”

许晴瑶一席话，说得我们三个人都哑口无言。

好像也对，白娘子对他是真情，许晴瑶也是；许晴瑶是妖精，白娘子也是。

出了病房，莫如夜气愤地嚷嚷着，“对什么对！她是幽冥门的人，抱着怎样的目的你们都忘了吗？白娘子和许世贤有十世情缘，那是千年前就定好了的，许晴瑶就是一个破坏别人感情的小三儿，亏你们还受了白娘子毕生法力，才几天工夫，竟忘了当初的承诺，亏心不亏心啊？”



风里希沉默片刻，“小夜说得对，咱们再纠缠于此，恐怕连自己都要迷失了。这九尾灵狐着实难对付，咱们几个加起来恐怕都不是她的对手，必须按白娘子所说，寻得招妖幡后，再来对付她。”

我掰着指头数了一下，“也就是说，咱们只有一周的时间去寻招妖幡？”

莫如月一巴掌拍我后脑勺上，“你的数学是体育老师教的吗？除去咱们被困在梦境中的一天，是六天，咱们只有六天时间了。”

那还磨叽啥，出发！

“小夜留下来盯着许世贤和许晴瑶，一有紧急情况立马通知我们。小月、小涛，咱们出发。”

我跟着风里希和莫如月跃上云头，急匆匆地往前飞。

弱弱插播一句，我是随大溜的。轩辕坟在哪，我根本不知道，所以，老老实实飞在最后。

可是飞着飞着，我看出了端倪，莫如月干吗老是看风里希？怎么不见她回头看我一眼？心里有点酸酸的，“小月，你咋不担心我中弹呢？万一再有人偷袭我怎么办？”

“你的灵力已经到了仙道四级，普通修炼之人都不是你的对手，若还能中弹，只能说你活该了。”

“那你干吗老是看风哥？”

只见莫如月的脸立马通红，“有吗？”

风里希回头看了我们一眼，面无表情地说：“别斗嘴了，抓紧赶路。”

飞了约半天的时间，风里希和莫如月落下云头，我也跟着落下去。“这是哪啊？”

“轩辕坟。”

“在哪啊？”

“陕西桥山。”

只见这里山环水抱，林木葱郁，我们却越走越觉得灵力弱，当走到桥山山顶时，看见一块石碑，上刻“文武百官到此下马”。接着往前走，陵前有一座祭亭，亭中央立一高大石碑，上刻“黄帝陵”三个大字。

原来轩辕坟就是黄帝陵，干吗不早说。

风里希说：“轩辕庙内也是任何灵力法力都不起作用的。白娘子说招妖幡由饕餮看管，看来此幡应该不在轩辕庙内，咱们去后山找找。”

既然到了轩辕庙门口，我们虔诚地焚香跪拜，然后，朝着黄帝陵的后山跑去。

后山是一片原始森林，沾了黄帝陵的光，几千年来无人砍伐。郁郁葱葱，异常茂密。这么大的原始森林，到哪里去找招妖幡，一点线索都没有。

瞧我们现在的一身装扮，每人头上系着个白毛巾吸汗，扛着锄头满山挖，活脱脱三个陕北老农的形象。

我说：“三天了，咱们这是挖人参呢，还是在找招妖幡，再继续啃三天土，许世贤就该挂了。”

莫如月扯下头上的毛巾，标准老农动作擦了擦汗，又系回头上，“你有好办法吗?”

我一脸自信地说：“我刚想到一个铤而走险的办法。”

“说来听听。”

“咱们把来找招妖幡的事大肆宣扬一番，知情的小妖小仙应该就会透漏些消息，不管是真是假，总会得到些线索，比这样盲目地找要好些，你们不觉得，咱们这样鬼鬼祟祟很像偷地雷的吗?”

风里希听后表示认同，“小涛说得不错，咱们可以尝试一下，搞出点动静总比一潭死水要好。”

莫如月赶忙说：“如果大肆宣扬，你们就不怕把饕餮招来吗?”

“饕餮是守护招妖幡的神兽，咱们要取招妖幡，跟它免不了一战，要来不如趁早。”

莫如月松开锄头，又解下头上的毛巾，“既然你们俩都这么说，那就如此办吧。”

“此事好办，交给我，五秒钟搞定。”我扎好马步，气沉丹田，用灵力催动狮吼功，大声吼道，“谁知道招妖幡在哪？借来用用!”

这一吼，吼得群山震荡，枝叶乱飞。

等了半晌，不见小妖小仙的影子，“可能是刚才那一吼时间短，小妖小仙反应不过来，重要的事情得说三遍，待我再吼上几嗓子。”

正要发功，一个眉清目秀的俊郎少年缓缓走来，只见他穿着一身素色运动衣，背一个双肩包，俨然一个游山玩水的大学生，浑身透着一股灵气，“你们要找招妖幡?”

来者是什么人？我丝毫察觉不到他的妖气，难道是个凡人？我看了看风里希和莫如月，他俩也一脸诧异，看来也没察觉到他的妖气。

风里希警觉地问：“你是什么人？你知道招妖幡在哪？”

翩翩少年说：“我就是这附近的居民，平时爱研究些道法仙术，你们放心，哪有妖精会长成我这样，再说了，你们既然敢大肆宣扬要找招妖幡，想必普通妖精也不是你们几个的对手。”

我觉得这个小伙子说话很中听，尤其是最后一句，我这菜鸟被当成了高手，虚荣心得到了极大满足，还故意得意地看了莫如月一眼。

谁知莫如月并没在意我得意的眼神，也没听进去翩翩少年的夸赞，只是冷冷地说：“你既知道招妖幡，可知道饕餮在哪？”

翩翩少年接着说：“饕餮当然是寸步不离地守着招妖幡，它们都在一个山洞里，我刚好知道这个山洞在哪，我给你们带路，但是，我只能把你们带到那个山洞旁边，至于你们进不进去，怎么进去，我就不管了。”

我们相互看了一眼，这小伙子外表慈眉善目，说话逻辑清楚，看样子也甚为诚恳，不像是满嘴诳语的人，应该能信任。风里希说：“好，那就太谢谢你了。”

“不客气，走吧。”

我们跟着他在丛林里绕来绕去，警戒的心也慢慢卸下了防备。

突然，我重心一失，感觉整个身子都在下坠，糟了，我掉进了地下一个大洞穴里，我一回头，风里希和莫如月也掉了下来，“啥情况？”

“咱们好像中计了。”

此时，俊郎少年一边缓缓往洞底飘，一边说：“不是中计，而是你们得死在这儿。”

“你到底是什么人？”我们三人边问他，边合力布下一个结界护身。

俊郎少年根本没把我们的结界放在眼里，一脚踏入我们的结界中，悠悠地说：“你们不是要找饕餮吗？我就是喽！”

## 二十九、恶战饕餮

饕餮？怎么会长成这样？我脑洞大开。

是哪个坑爹的说饕餮虎齿龙爪、大头大嘴、凶神恶煞……简直误人子弟啊！

俊郎少年接着说："你们看到我这个样子很吃惊吗？既然不习惯，那就换个你们习惯的样子好了。是不是更喜欢看到我这个样子！"随着最后几个字被加重吼出来，他转身变成了恶兽饕餮的样子，虎齿龙爪、大头大嘴、凶神恶煞，眼睛长在腋下，足足有半个篮球场那么大。

它冲我们一声咆哮，这一声，真正是地动山摇，普通人肯定被吓得魂飞魄散，我也被吓得够呛。

"小涛，振作点。"风里希扶了一下我的肩，我心里顿时感到莫大的温暖和安慰。

我看了看莫如月，她纤瘦的身躯站在巨大的饕餮跟前，显得格外娇小，却仍倔强地摆出一副勇敢格斗的样子，让我为之一振，跟她相比，我怎么这么怂呢！不行，不能在女神面前丢脸，即使我还不能保护他，也要和她并肩作战。

我往前挪了挪，挪到莫如月的前面，更靠近饕餮的地方，也摆出了一副准备格斗的架势。

饕餮眼睛发着绿光，冲我们又是愤怒一吼，瞬间，黑暗处伸来无数粗壮的藤条，直接刺破结界缠上我们。风里希和莫如月都随身带着匕首，用法力去砍藤条，虽然效用微薄，但总好过我赤手空拳。

我没有武器，只能躲、闪、跳，当即暗下决心，等回去了也要给自己弄把像样的匕首，当然，前提是如果还能回得去。

没跳两下，我就被一枝藤条缠住了腿，然后迅速又来了几枝藤条，纷纷缠上我的胳膊和脖子，把我缠得死死的，动也动不了，眼看藤条越缠越紧，就快窒息的时候，风里希冲过来，一下砍断了缠着我脖子的藤条，我猛吸了一口气，还没缓过神，没想到刚被砍断的藤条，横切面上竟然变成一张血盆大口，露出两排锋利的牙齿，冲着我的脑袋咬了过来，每一颗牙齿都好像一把锋利的匕首，它的大嘴简直比鲨鱼嘴还可怕。

我躲无可躲，危急时刻，风里希用匕首划开大嘴的嘴角，它虽一口含住了我的脑袋，却因为豁了嘴，没法用力咬。

突然，我感到缠着我的这些藤条不动了，我赶紧抽出手，把头上这个血盆大口拿开，满头都是黏糊糊的口水，好恶心。

再看风里希，他的胳膊可能是被大嘴巴里的牙齿划破了，流着血。

饕餮大惊，"你是女娲灵石的守护人？"

风里希面色刚毅，"没错，我就是女娲灵石第三百七十二代守护人风里希，今遇难事，需借招妖幡一用，一天之后必归还，望饕餮大神成全！”

饕餮说：“三千年前，女娲大神曾用过此幡，按理，你是女娲灵石的守护人，我应该借给你用，但是当年此幡招来的千年狐狸精、九头雉鸡精和玉石琵琶精，助纣为虐，坏了天地运数，女娲大神遂命我看守此幡，谁都不能动用此幡，以免再坏天地运数。”

风里希说：“正因为此幡乃妖精的克星，我们才想借来一用，我们这次要对付的，就是一只九尾灵狐。”

饕餮义正词严地说：“你们莫要骗我，这世上，除了苏妲己，竟还有狐狸能修成九尾？容我算算。”

片刻，饕餮说：“不错，世间确有一只狐狸，躲过层层天劫，修到了九尾，可当初女娲命我看守此幡，谁都不能再动用，我若借你，岂不有违女娲神谕？要不这样，你们若打败我，便可借走此幡一天；若你们输了，就乖乖给我滚回去，休要再提此事！”

风里希回头看了看我们，我和莫如月都对他点头示意，他大声对饕餮说：“一言为定，那就开战吧！”

饕餮看了我一眼，冲我说：“那小子，赤手空拳不公平，我送你一把武器。”

接着，从饕餮眼睛里射出一把短刀，“咻”的一下插在我面前的地上，只见刀把镶满宝石，刀锋闪着绿色的光，就好像饕餮的眼睛一般。我拔出来一看，刀口锋利无比，应该是把吹毛即断、削铁如泥的宝刀，我还没来得及说“谢谢”呢，一阵刀风剑雨从饕餮眼睛中射出，我们三个连躲带挡，勉强顾命，根本没有还击之力。

这饕餮，不愧是上古神兽，太强大了。不一会儿，我们纷纷受伤，但只有我和莫如月新伤覆旧伤，风里希只要受过伤的地方，刀剑都会避而远之。

风里希很快察觉到了这一点，他一刀挥下，在自己胳膊上划下一条长长的口子，用力一甩，将血甩向空中，空中的刀风剑雨像刚才的藤条一般，迅速定格不动。

饕餮见状，晃了晃大大的脑袋，又抖了抖庞大的身躯，然后，张开它那无比大的嘴巴，一股强风从四面八方吹来，藤条、刀剑，包括地上巨大的山石，都纷纷被他吸进嘴里。太狠了，放大招了，据说它这一招能吞天噬地。

我们三个手拉手，靠灵力艰难地站着，饕餮得意的声音响起，“我这一招能吞天噬地，看你们还能撑多久，哈哈哈。”

突然，风里希松开我们的手，就着这股风力向饕餮飞去，就在快要进饕餮大嘴的时候，他用力一挥胳膊，将血洒在饕餮身上，饕餮瞬间不动了。

饕餮传声出来，“你的血定不了我多长时间，除非你让血不停地流，看你的血多，还是我的时间多!”

风里希冲着我和莫如月大喊：“快去找招妖幡，我来拖住它。”

莫如月着急得慌了神，拉着我就要往洞顶飞，我一挥，将她的手挥落。

莫如月不解地问：“你干什么?”

“我试试能不能看见招妖幡。”

我盘腿而坐，运转灵力，努力搜寻着招妖幡，可没有任何回应。我恍然大悟，我只能看见接触过的东西或人，没有接触过的，我预见不了。我虽没接触过招妖幡，但饕餮一直守着它，只要能预见饕餮，就一定能找到招妖幡。

我走到饕餮跟前，摸了摸它，冰凉刺骨，来不及细细回想这触感，赶紧就地盘腿而坐，调转周身的灵力搜索着饕餮的信息。

我发现，我不仅能看见未来：这个饕餮神兽会一如既往地守着招妖幡，我竟然还看见了饕餮的过去……

它是远古神祇缙云氏和龙所生的孩子。因凶恶成性、噬天吞地，被女娲收服，看守招妖幡，曾跟许多妄图盗取招妖幡的妖精交过手，最终通通都被它吃了。平时一直卧在招妖幡旁边，偶尔也幻化成俊秀少年在山上溜达，听到我们来寻招妖幡的消息，它正卧在招妖幡旁边睡觉，起身变成俊秀少年，走出山洞，穿过一个瀑布，又向西飞过三座山找到我们。

“我知道招妖幡在哪了。”

一听这话，饕餮浑身一震，似要冲破风里希的控制，风里希不得不多流些血在饕餮身上，脸色顿时苍白了许多。

莫如月急得眼泪“唰”地流了下来。我心里纳闷，刚才的刀光剑影不见她流泪，这会儿怎么了？莫不是心疼我灵力耗尽？

莫如月拉着我就要往洞顶飞，我却因为灵力耗尽，跳一下都费劲。她这才意识到我的虚弱，扶着我飞出洞外。

我们向东飞了三座山，果然看到一条瀑布。“就是这里了！招妖幡在瀑布后面的水帘洞中。”

莫如月扶我穿过瀑布，细心地为我挡了一下水，只是这一个细微的动作，我便觉得很温暖。

瀑布后果然是一个水帘洞，里面两伙人正在打架，都是一群修仙的人，估计都想趁着饕餮不在，来抢招妖幡。毕竟谁拿到了招妖幡，谁就有号令群妖的能力。看到我们进来，他们似有意合起伙来先灭掉我们。

风里希用血为我们争取来的时间，哪能在这群人身上浪费，莫如月没有一句废话，手起刀落，干净利索，瞬间就让这群人往生去了。

洞内越走越大，在一个石台之上空悬着的，应该就是招妖幡了，金色三角状，写满古老的蝌蚪文，配有金色流苏，周身散发着温和的金光，能感觉到一股强大的灵力从幡中涌出。

莫如月双手握住招妖幡，卷起插在衣服里，扶着我飞出洞外，朝着饕餮和风里希的山洞飞去。

## 三十、失莫如夜

回到跟饕餮大战的洞穴，风里希因失血过多面色惨白、摇摇欲坠，连嘴唇都成了白色。他焦急地问："招妖幡拿到了吗？"

莫如月一下飞到风里希身边，扶着他，"拿到了，风哥，你怎么样？"

风里希虚弱地说："我还好，不过你们若是再晚些回来，我就算想硬撑，也没血再撑了。算时间，咱们还有两个小时赶回医院收服许晴瑶，救醒许世贤，飞回去肯定来不及了，小月，只能靠你瞬间穿移了。"

莫如月点了点头，"没问题。"

风里希刚把流血的胳膊从饕餮身上拿开，饕餮就动了，它张开血盆大口，正酝酿着准备再来一次吞天噬地，莫如月一手拉着我，一手拉着风里希，在它眼皮子底下瞬间穿移了。

我都能想象得到饕餮张大嘴巴一脸蒙的呆样。心中暗暗叫爽！

我们直接穿回了许世贤的病房。

没想到刚穿越回来，脚还没落地，就被一股强大的力量定在墙上，动弹不得。定睛一看，原来是许晴瑶在作法。

"许晴瑶，你把我们三个齐齐地定在墙上当照片吗？要不放我们下来，我给你换张真人大小的海报，见图如见人，效果一样一样的……”

“少啰唆！真是小看你们了，居然能拿到招妖幡，怎么没被饕餮吃了呢？”

我还想接着跟她贫嘴，猛然飞来一个东西，直接糊在了我嘴上，让我张不开嘴。

这是什么？臭乎乎、黏糊糊的，不会是屎吧？我努力地噘起嘴，眼睛使劲朝下瞧，我去，好像真是一坨屎……许晴瑶，你太狠了，居然用一坨屎堵住我的嘴！恶心的臭味窜到胃里，几度差点臭晕过去……

许晴瑶缓缓走到莫如月身旁，一把抽出小月身上的招妖幡，得意中透着轻蔑，“真是可惜了，招妖幡如果不展开，和普通的旗子没什么两样。没想到吧，辛辛苦苦恶斗了一场饕餮，竟然白忙活一场。既然你们还剩了半条命，非要赶回来送死，我若不成全你们，倒显得不厚道了。”说着，在她背后露出三条毛茸茸的尾巴，越伸越长，尾尖变成尖刀，慢慢伸向我们三个。

她终于露出狐狸尾巴了，只是凭我们的灵力，此时根本招架不住。眼睁睁地看着狐狸尾巴刺破衣服，刺入皮肤……就在快要插进胸口的时候，莫如夜趁她不备，手握映月刀，一下捅在她后背的心脏处。

“啊!”

随着这突如其来的一击，招妖幡从许晴瑶手中掉落，也让她放松了对我们三个的控制。

许晴瑶愤恨地说：“贱人，怎么把你忘了，去死吧!”她索性放出了九条尾巴，用其中的一条尾巴一把拔出映月刀，毫不留情地插进了莫如夜胸口。

“不!”看到妹妹遇刺，莫如月惨叫着挣脱控制，从墙壁上重重摔了下来，扑向莫如夜。

只见莫如夜躺在地上，心口插着映月刀，嘴角流着血……

看到莫如夜的惨状，我倒抽一口冷气，这一幕太熟悉了，正是我曾经预见的画面，我曾无数次的担惊受怕，生怕有一天莫如月会在这样的场景下死去，没想到，倒在血泊中死了的人，不是莫如月，而然是莫如夜。

我幻想过种种可能，计划过种种营救，结局竟然是这样！莫如夜为了救我们，心口中刀，死了……虽然死的不是莫如月，但我心中依然难过不已。

与此同时，风里希趁许晴瑶分神之际，也挣脱控制，迅速捡起招妖幡，奋力展开掷于空中。

顿时，招妖幡金光大现。

"不!"在招妖幡的强大震慑之下，许晴瑶极不情愿地现出了原形：一只红色的九尾狐狸，皮毛油光锃亮，甚是漂亮。

没了许晴瑶的妖力控制，我一下从墙壁坠落，赶紧清理嘴上的屎。也不知道是谁的屎，真是比饕餮的口水还要恶心一百倍。

九尾狐在招妖幡的震慑下动弹不得，我们三个狼狈不堪地爬到莫如夜身边，还好，她还有一口气在，"姐姐，你为我做了这么多，我终于也能为你做件事了。"

"小夜，坚持住，姐姐想办法救你。"说着，莫如月拼尽全力运转周身灵力，给莫如夜渡送，只是这灵力一送进她的身体就散了，她已经不能吸收了。莫如月见状仍不死心，接着渡送……

"姐姐，别再白费力气了，没用的。"

莫如月抱着她，"你别说话，留着真气……"

莫如夜虚弱地说："我本来就活不过半年，与其被剧毒折磨死，还不如让我的死有点价值，反倒痛快，现在的我是最幸福的，终于可以解脱了，终于不用再拖累你了，这样真的，挺好!"坚持说完最后一个字，她缓缓地闭上了眼睛。

"小夜，醒醒，你不能放弃，不能丢下我啊！求求你，别丢我一个人……"莫如月歇斯底里地哭喊着，哭得泣不成声。

想想莫如夜这一生真是可怜，父母双双都在眼前毙命，被仇家当工具一样养大，只能与姐姐相依为命，没过上一天好日子。好不容易长大了，又被仇家下毒，长年被剧毒侵害，动不动就饱尝蚀骨噬肉般的痛苦，生不如死，还拖累姐姐不得不出卖同伴。终于，当姐姐危在旦夕的时候，她用自己残存的性命救了姐姐一命……

脑子里浮现出莫如夜的音容笑貌，她说话坦率不加修饰，她时常是一副怯懦的神情，她笑起来很甜，骂起人来也挺厉害……这么一个率真的生命就要没了吗？我和风里希也不禁泪流满面。

我一把将莫如月拉进怀里，尽力安慰她，我很想告诉她，不管发生什么，我都会一直陪着她……但不知怎的，此刻除了陪她流泪，什么也说不出口。

没有了许晴瑶的强大妖力从中作祟，许世贤很快清醒了。

千算万算也没算到，许世贤一醒过来，迷迷糊糊路还走不稳，第一件事竟然是跌跌撞撞收了招妖幡。

没有了招妖幡的金光，九尾灵狐立马化成人形，却是另外的模样。

许世贤看着眼前这个陌生的女人，平静地问：“这才是你本来面目吗？”

“是，这是我的本来面目。”她也一动不动地看着许世贤。

莫如月看到这一幕，一下挣脱我的怀抱，“你这个妖狐杀了我妹妹，我要杀了你偿命！”说着，便要运转灵力，一副要拼命的架势。

风里希一把拉住莫如月，“小月，冷静一点，招妖幡不在咱们手里，斗不过她，你这样只能白白送命。”

许晴瑶此刻根本不把我们放在眼里，只一抬胳膊，我们便动弹不得。她还是静静地看着许世贤，好像在等着什么。

许世贤抱着招妖幡，没有要松手的迹象。他说：“前尘种种，我都想起来了，我的前世是许仙。”然后，他看了看我们，接着说，“莫如夜已经为此事丧命，说起来，她的死也与我脱不了干系，我收起招妖幡，就是不想再有伤害，你们四个不要再打了。人活着不容易，妖修炼成人，活在这个世上更不容易，我若不收了招妖幡，你们肯定会杀了她，可我不想再有人因我而死，你们不能死，她也不能死，真的不能再有人牺牲了！”

没想到许世贤会这么说，我们全怔住了。

许世贤转身要走。

“你要去哪？”许晴瑶凄声问道。

“我要去雷峰塔救我娘子，我爱她，除了她，我谁也不要，别说是等她千年、守她十世，就算再有千年，我还是会只守着她，如果今生我依然等不到她出塔，那我便在塔外陪她一世。”

话音一落，窗外雷声乍现。

许晴瑶望了望窗外，仍不死心地追问道：“那我呢？你敢说你从没爱过我？”

许世贤转过身看着她，“我知道你对我好，也许一开始是假的，但后来你是真心的。我也曾疑惑过，以为自己爱上了你，可接触的时间长了，我才发现对你的感情不是爱，我最初被你迷惑仅仅是因为你的外表，因为你当时变的那个样子很像我娘子。我很感激你没有害过我，你放我走吧，我心里真的没有你。”

轰隆隆几声干雷过后，天又放晴。

许晴瑶吼道：“我不甘心，就差最后几分钟，我就能让你忘了前尘往事，和我在一起，都怪他们几个多管闲事，我要杀了他们！”说着，她放出九条狐狸尾巴，每条尾尖都变成尖刀，统统伸向我们。

## 三十一、疑团重重

本来就剩半条命的我们，哪里还是许晴瑶的对手，躲来闪去无比狼狈，还没三招，已浑身挂彩。

就在这时，许世贤一个闪身挡在我们前面，被其中的一条尾巴刺穿肩膀。

一看自己误伤了许世贤，许晴瑶立即停止了攻击，“让开，我要杀的人，你以为你能挡得住吗?”

许世贤一界凡人，又昏迷了一个星期，哪受得了九尾灵狐尾巴的力量，一口血喷了出来，踉踉跄跄站不住，“求你，不要再打了，情债也好，血债也罢，我都不想再背负了。你放过我，也放过他们吧！真的不能再有人因我而牺牲了!”

我们辛辛苦苦找到的招妖幡被他抱在怀里，发挥不了作用，任这个九尾灵狐占尽了上风，还差点要了我们的性命，我又急又气，大骂道：“你个呆子，赶快把招妖幡给我，老子今天就算拼了命，也要替天行道，灭了这个妖畜!”

没想到许世贤身受重伤，站都站不稳，居然还把招妖幡紧紧抱在怀里，“我不给！只要我还有一口气在，你们谁也别想伤害她!”

“你是猪吗？她都要杀你了，你还护着她？快把招妖幡给我，我要把她抽筋扒皮了!”气得我直想冲过去抢走招妖幡，再顺道踢他一脚，踢醒这个呆子。

“小涛，别这样!”风里希拉住了我。

许世贤死死护住招妖幡，“一切都是因我而起，你们有什么就冲我来吧，要打要骂、要杀要剐都行，只是你们别再互相打了，真的不能再有任何牺牲了!”

听到这话，我们都愣了，从没见过这种人，宁愿豁出自己性命，也要阻止我们双方继续殴斗，宁愿他人伤己千刀，也不愿己伤他人一毫，这才是许仙的真性情。

片刻，许晴瑶收了尾巴。

许世贤没有了狐狸尾巴的支撑，一下失去重心，跪在了地上，任肩上的血一个劲地流，但双手仍死死抱着招妖幡，打死不松手。

许晴瑶见状，没有继续伤他，也没有过去扶他，若有所思地说：“就是你这股子呆样最惹人爱。罢了罢了，我活这么大年纪也不是白活的，经历了九千年的风浪，若依然心存执念纠缠于此，和他们拼个你死我活，也着实没有意义。你要走便走吧，不属于我的终究要散去，我也该走了。”

她又对着我们几个说：“凡界已没什么可让我留恋的了，咱们敦煌再见！”

刚要走，好像又想起了什么，转头对我说：“夏小涛，到时你手握大权，莫不要因为今日你我的恩怨，公报私仇，委屈了我，若我心中不服，也是不会奉命的，你千万不要步了他的后尘。”

说罢，她转身不见了。

这一段话信息量好大，我得捋捋。我到时会手握大权？握啥权？她九尾灵狐也会奉我的命？还有“不要步了他的后尘”，“他”又是谁？“他的后尘”是什么样？

我的人生越来越匪夷所思，我想预测一下，却怎么都看不到自己的未来。

许世贤走了，九尾灵狐也走了，我们几个瘫了一般跌坐在地上。这件事总算告一段落，不管结局是否遂人心愿，我们真的已经尽力了。

处理完莫如夜的后事，我的伤势最轻，归还招妖幡的事自然就落到了我头上。

再次来到黄帝陵后山，穿过瀑布，进入水帘洞，饕餮正懒洋洋地卧在洞里。说实话，我心里还是有些怯怯的。

我双手托起招妖幡，恭恭敬敬地跪下说：“饕餮大神，十分感谢您将招妖幡借给我们，如今完璧归赵。另外，您赐了把宝刀给我，我也得谢谢您。”

招妖幡从我手中飞起，落在饕餮旁边的石台之上，空悬着，发出温和的金光。

饕餮半睁着眼睛，好像快要睡着了似的，“俗礼太多，谢就不必了，那把刀是从我眼睛中炼出来的，无论神魔，只要被刺，三分钟之内法力减半，你善用之。”

原来这刀这么厉害，早知道在大战九尾灵狐的时候，就应该用一下，给它开个封。

“敢问饕餮大神，这刀有名字吗？”

“还没有。”

我想了想，说：“它既然是从您眼睛中炼出来的，不如就叫它‘神目刀’，您看如何？”

饕餮打了个哈欠，“此刀既送给了你，你爱叫啥就叫啥，以后别再来烦我，快走吧。”

我心里怯喜，饕餮没有为难我，“好，我这就走。”据说神兽通常都喜怒无常，说变就变，我赶紧站起身，趁它还没变脸，抓紧时间开溜。

刚转身，身后突然响起饕餮愤怒的咆哮声，吼得我头发根都竖了起来。

我发誓，我啥也没干，只是转了个身而已，难道它是嫌我转身的动作不够帅？

“夏小涛。”

我哆哆嗦嗦地答：“到！”这一声答得特别没底气，比蚊子的嗡嗡声大不了多少。

饕餮低沉的声音响彻整个山洞，“虽然我此生使命是守护招妖幡，无法去敦煌升至神界，但我警告你，当你手握大权之时，别动什么歪心思，若是步了他的后尘，不管你在哪，我都会找到你、吃了你。记住了吗？”

“记，记住了。”

“那就好，赶快离开！”说完，又是一声咆哮。

我脚底抹油，两腿开溜，逃命似的冲出水帘洞，生怕速度慢些再生变故。

飞出好远了，心情才慢慢平复。

回想着饕餮的话，为什么和九尾灵狐说得一模一样？它警告我手握大权之时别动歪心思，我能握什么大权？别步了他的后尘，“他”到底是谁？“他的后尘”又是什么样？

难道跟我胳膊上的月牙印记有关？都说这印记封印了巨大的力量，这力量是不是我要握的大权？……越想越觉得挠心。

秦桧说他能解开我的疑惑，但他那样的奸佞，说话不一定靠谱，得再问个仔细，不能拉着风里希和莫如月白白辛苦。这么想着，我便将云头落在了岳王庙。

岳飞英武的塑像前，秦桧猥琐地跪在地上。

“秦桧，出来。”

秦桧懒洋洋地说：“我要是能出来，还用得着你去寻彼岸花吗？”

好像也对，看他的样子，的确是封在塑像里动不了。

我直奔主题，“你说你知道我胳膊上的月牙印记，能解我的疑惑，是真的吗？”

秦桧不屑地说：“当然是真的，不过，你得把我的元神引出塑像，否则，什么都别想知道!”

“口说无凭，我得确定你没有骗人才行，你要跟我谈交易，总得有个诚心的态度吧。”

秦桧大笑两声，“看来你还不算笨，比我想象得聪明了一点。好，我先告诉你一部分，等事成之后，我再告诉你另一部分，你觉得这样公平吗?”

“还算公平，你说吧。”

秦桧说：“这世上一共有（　　）个月牙印记，共同封印着（　　）之力，这个（　　）之力能有（　　）的作用，只有将藏在（　　）处的（　　）个月牙印记凑齐，这股力量才能解封。解封之后，你会成为（　　）……括号部分，等我出来再填。”

他还真狡诈啊！除了有意隐瞒的部分，其他都说对了。看来他确实知道月牙印记的事情，我们还真得去一趟黄泉之路，寻一朵彼岸花回来引出他的元神。

## 三十二、终成眷属

回到家，风里希和莫如月正在等我。我拿出神目刀，一边仔细观赏，一边把见饕餮和见秦桧的事说给他们。

风里希恍然大悟，“九尾灵狐和饕餮说的手握大权，会不会就是封神之权?如果是，那么月牙印记背后的力量，就是封神鞭的力量。”

“封神鞭?那不是姜子牙在封神台上用的吗?威力巨大，无论神佛，打起来杠杠的……”

莫如月一巴掌拍我后脑勺上，“废话怎么那么多，听风哥把话说完。”

风里希接着说：“相传当年封神之后，封神鞭已毁，但其巨大的力量被元始天尊封印。我一直以为封神鞭的力量既然是被元始天尊封印的，那么可能不会再现世了，只要开启三兔法阵、打开神界大门，自然而然就能送神归位。但现在看来，事情远没有当初想象得那么简单。如果小涛胳膊上的月牙印记真与封神鞭相关，就说明这个力量要现世了，咱们必须一并解开封神鞭的封印，否则，即使神界大门打开，咱们也是送不走一个神的。此事必须稳中求进，绝对不能让幽冥门占了先机。”

我若有所思地说：“好像听明白了，这个封神鞭的力量其实就是打神的，神界大门打开，若是有神还想留在人间，不愿去神界的，就用这个力量抽他，丫的，让你走你不走，找抽，抽得你乖乖走……”我边比画着抽人，边说，“是这样抽吗？动作标准吗？”

风里希和莫如月满脸“黑线”。

莫如月说：“若真如此，看来幽冥门这一趟是非去不可了，不仅因为秦桧占了神的指数，必须送走，还因为他有可能知道封神鞭的事情。”

我傻傻地问：“那咱们啥时候出发？”

风里希没有回答，而是看向莫如月，意思是幽冥门是你的地盘，你说了算。

莫如月心领神会地说：“我还得做些准备，凡幽冥门的地盘都危险诡异，虽然我曾去过暗灵分舵，对那里有一些了解，但我从没去过幽冥之狱，此番行动还得下些功夫，不能贸然行事。”

风里希微微一笑，“既然如此，一切听你安排。不过走之前，咱们得再去一趟雷峰塔，虽然许世贤的伤还没好，但毕竟此事已经完结，得去给白娘子一个交代。”

第二天，我们来到雷峰塔，看到雷峰塔裂开了，正在维修中。

一位维修工说：“就在前几天，原本大好的晴天，突然乌云密布，打了几声干雷，一道闪电劈中雷峰塔，将塔身劈开了，然后，乌云散开，天又放晴，你说奇怪不奇怪？我们都觉得这是白娘子的天劫已满，天雷劈开了雷峰塔，白娘子出塔了……”

按维修工说的时间，应该就是我们大战九尾灵狐的那天，许世贤表白之后的几声干雷。

白娘子和许仙十世情劫，终于功德圆满，虽然中间多有坎坷，但许仙最终还是没有负了白娘子。

十世的孤独、千年的守候，总算得偿所愿，换来心上人自由。我们心中满满都是感动……

我问：“白娘子不在雷峰塔了，会去哪里？”

莫如月说：“这还用问，自然是去找许世贤了。”

“她真的不去神界了？”

风里希说：“她将毕生修为渡给我们以后，已经不是神了，而是一名普通的女子，再也去不了神界了。记得初见白娘子时，她就说，此生不为修神，一切因情而起，一切以情为终。看来，她早就料到会有这个结局。”

“那咱们还去找她复命吗？”

莫如月无奈地说：“一切都在白娘子的预料之内，如今她和许世贤已经甜甜蜜蜜双宿双飞了，还复什么命，你好意思当灯泡，我还不好意思呢。”

风里希想了想，说：“现在已经是最好的结局了，正应了白娘子的期待，若再去找他们，反而有些刻意邀功之嫌，他们现在过着平凡人的生活，估计也不想前尘往事再被提起，不如就这样吧，不要再去打扰他们了，咱们现在先去吃点东西，然后合计合计去黄泉之路寻彼岸花的事。”

达成一致，我们沿着西湖溜达找饭馆，走到了断桥边。只见人来人往的断桥上，一个文绉绉戴眼镜的男人慢慢回头，唱出了两个字，“娘子……”

桥那头，一个戴墨镜的时尚女郎也慢慢回头，唱出了另两个字，“相公……”然后，两个人雀跃地奔向桥中央，动作活似“丢，丢，丢手绢”……

此情此景，真是亮瞎我的眼！都什么年代了，他们居然还玩这个，“风哥，小月，趁他俩还没看见咱们，赶快走，我可丢不起这人！”

我们三个匆匆消失在人海中……

找了家相对清静的饭馆边吃边聊。风里希问：“小月，说说幽冥门吧，这个暗灵分舵在什么地方？”

莫如月恍惚了一下，“在广州。”

这一趟要去幽冥门，虽然只是去暗灵分舵，但幽冥门是她的仇家，同时也是她成长的地方，这其中的情感纠结怎一个“激烈”了得。我想安慰她，却憋了半天没憋出一个字。

风里希说：“幽冥门既是你仇家，又是你成长的地方，你可要做好思想准备。”

莫如月说：“风哥，放心，我会调整心态，不管是什么，总要去面对，不会影响任务的。”

风里希拍了拍她，“那就好。这一趟，咱们要潜入幽冥之狱，从幽冥之狱到达黄泉之路，然后摘得彼岸花，肯定危险重重，以咱们的修为，只能巧取，不可硬夺，说白了就是去偷，明白了吗？”

我和莫如月同时回答：“明白！”

# 三十三、初到暗灵

莫如月拿出一个笔记本电脑，边演示边说："幽冥门存在的历史相当久远，上有总舵，下有幽水、冥火、暗灵三个分舵，再往下，还有各站各点，相互交织、遍布全国。我至今都不知道总舵在哪，但三个分舵我还是比较清楚的。幽水分舵在西安，冥火分舵在北京，暗灵分舵在广州，三个分舵都为总舵服务，分工各有侧重，幽水以搜集情报为主，冥火以执行任务为主，暗灵则是以刑罚惩戒为主。这是我凭记忆画的暗灵分舵三维地图，你们来看一下。"

我崇拜地看着莫如月说："小月，你好厉害哦，连三维地图都会画，想得这么周到，人家好佩服你呢……"

"打住，别在这矫情了，有精力多研究一下地图，这一趟稍不小心可能就送命了。"

莫如月边滑动屏幕边讲解，"咱们进了暗灵分舵之后，首先要经过一个训练场，训练场里有刀林、箭雨和血池，径直出去，就到了冰狱、火狱和幽冥之狱，那幽冥之狱有一处叫黄泉桥的地方，能通往黄泉之路。

我一伸脖子咽了下口水，"这么复杂!"

"更复杂的还在后面。"莫如月接着说，"训练场有专人把守，两人为一班，四小时轮一岗，再往后，冰狱有魔兽喷冰龙，火狱有神兽三足鸟，幽冥之狱更是有上古凶兽混沌，这三关牵一发而动全身，非常危险。我有一个好友，叫钱花花，刚好是后天十二点到凌晨四点的岗，她能打个马虎眼，把咱们放进去，也就是说，咱们只有四个小时的时间去取彼岸花。"

"你的朋友可靠吗?"风里希担心地问。

"风哥放心，她是从幽水分舵调过去的，自幼就与我在一起，相当可靠。"

"那就好，一切按你说的办，咱们这就出发。"

暗灵分舵说是在广州，其实是在广州的最南边，与海相邻。

我们随着莫如月，在一处荒僻的小山丘落下云头，山丘上有个非常不起眼的小门，简陋得就像是个小煤窑。

进了门，里面的路黑漆漆、曲里拐弯。莫如月在前面走，我和风里希在后面跟着。突然，我和风里希被一个强大的结界弹到数米之外，好奇怪，莫如月怎么随意就进去了？我俩爬起来再试一次，还是被弹开了。

莫如月见状，走出结界，双手作诀，画出一个印记，将结界撕开一道缝，“忘了这里有结界了，外人一般进不来，只有幽冥门的人才能进出。”

我和风里希从莫如月撕开的小缝中，费力地挤进去，一座金碧辉煌的宫殿赫然呈现在眼前，虽是大半夜，这里却灯火如昼。

“小月，这里一直这么亮堂吗？”

莫如月边东张西望，边紧张地回答：“是啊，怎么了？”

“那得多浪费电啊！”

莫如月冲我翻了个白眼，“都什么时候了，还操这心，废话少说，跟我来！”

我和风里希跟在莫如月身后，躲躲藏藏，避过了三拨巡逻的人，在一棵大树下停了下来。我仰头细看这棵树，居然是泥塑的，只不过是道装饰风景罢了，再看周围的花花草草，也全都是假的。我心中不免疑惑，这是什么鬼地方，竟然寸草不生。

莫如月在地上摸来摸去，然后迅速刨土，很快，刨出一个包袱，她边拆包袱边说：“这里有三套幽冥门弟子的衣服，快换上。”

风里希接过衣服，背过身去换。

我接过衣服，心里却无比纠结，我到底是转过身去，还是不转身。小月也要换衣服，这么好的机会，好想看看，她脱了衣服会是怎样的风情？……

正在流着口水暗自遐想，后脑勺挨了一巴掌，“表情这么猥琐，一看就没想正经事！赶快换衣服！”

“哦。”我边答应着，边磨磨蹭蹭地等她换。谁知她根本就没有脱衣服，只是把幽冥门弟子的这身衣服套在了本来衣服的上面，一饱眼福的美梦破灭了。

换好衣服，还是莫如月走在前面，我和风里希跟在后面。

很快，一片刀林立在眼前，在密密麻麻的刀刃中间，竖着屈指可数的几根木桩，看来我们已经到达暗灵分舵的训练场了。

刀刃上残留着一些干涸的血迹，木桩上也是血迹斑斑，空气中飘来一股血腥的味道。

莫如月和风里希跃上木桩，小心翼翼地走。我心想，他俩好傻，干吗不直接飞过去。

我提起真气向上一跃，没想到，居然没飞起来，一个狗吃屎正好落在刀刃中间，其中一把刀就在我两腿之间，再往前偏一厘米，我这辈子就断子绝孙了！

看到我四仰八叉的造型，风里希和莫如月“噗”地笑出了声。

我十分狼狈地爬起来，莫如月好笑地说：“忘了告诉你，这里是刑罚惩戒的地方，对法力和灵力都有抑制，你现在的灵力就是以前的十分之一。别想偷懒了，还是老老实实地走吧。”

虽然是深夜，训练场上还是有一些刻苦的弟子在训练。走在这里，我总觉得心虚，好像无数双眼睛盯着我，随时都有可能会暴露。莫如月使劲提醒我，“理直气壮一些，穿着这身衣服，就是这里的弟子，只要自己不心虚，没人知道咱们是外面来的。”

我努力让自己镇静、坦然，事实证明莫如月说得对，大家都各忙各的事，我们有如空气飘过一般，确实没人在意。

刚穿过刀林，莫如月突然大喊：“快趴下。”

我和风里希迅速卧倒。好险，身体上方无数子弹和箭“嗖嗖”地飞，都能感觉到它们擦着我的后背和后脑勺，幸亏动作快，不然此刻已经成蜂窝煤了。

我们跟着莫如月匍匐前进，越往前爬越深刻地体会到，这个“箭雨阵”练的哪里是反应速度，分明就是练体力，匍匐了大概三公里才到头，还没出训练场，我已经累成了狗。

出了箭雨阵，是一条跑道，跑道左边是一个血池，散发着恶心的腥臭味，右边也是一个池子，里面爬满了蛇、蝎、蜘蛛等毒物。

我们径直从跑道经过，尽头有一个高大的石门。石门顶端雕刻着一只喷冰龙的龙头，目光如炬，凶神恶煞，好像活着一般；门柱上雕刻着龙爪，给人一种进门就是龙潭虎穴般的震慑感。

门口站着两名守卫，其中一位厉声喝道：“站住，审批单。”

另一名守卫说：“这位是幽水分舵的莫如月师姐，要去幽冥之狱提审一个罪犯。你也知道，咱们行政腐化低效，审批单没有两天时间是批不下来的，所以上面给我打了个招呼，说是尽量简化程序，让放行。”

看来帮忙说话的守卫就是钱花花——莫如月的发小。我们的衣服应该都是她帮忙找的。

我仔细打量着她，虽然名字有些俗，但人长得还算清秀，尤其是她的小眼睛，比绿豆稍大些，让我看着格外亲切。她穿着和我们一样的幽冥门弟子服装，显得有些中性，干练的短发，唯有从高挺的胸部判定她是女的。

钱花花接着对那个守卫说："赶紧放他们进去吧，幽水要查的向来都是机密，别耽误了事，否则，上面怪罪下来，你我可担待不起。"

莫如月拱手作揖，一本正经地说："幽水分舵莫如月奉秦佑天舵主之命提审一个罪犯，还请二位放行，这是我的身份牌。"

那个守卫接过身份牌，前后左右仔仔细细地看了又看，"原来你就是莫如月师姐，久闻其名，今天终于见到真人了。既然如此，虽没有审批单，还是放你们进去吧。这是通过结界的丹药，你们服下，四个小时之内管用。"

## 三十四、通过冰狱

进了这个雕刻着喷冰龙头像的大门，便是冰狱。

莫如月说："从现在开始，咱们只有四个小时的时间，拿到彼岸花固然重要，但保命更重要，一定要按时出来，明白了吗?"

我和风里希哆哆嗦嗦地答应着，"明，明白了。"

冰狱果然名不虚传，一片冰天雪地。

我的脚每挨一下地面，都感觉会被冻住。假如能从这里混出去，估计大东北的三九天我也敢穿泳装嘚瑟了。

没走多远，便看到有许多被冻住的人，至少也有上百号，他们都是面朝大门，呈奔跑状。

莫如月说："他们都是被关在冰狱的罪犯，因为想要逃跑，被喷冰龙冻在这里的。"

看这些人的神情，皆是惊恐地瞪大双眼、张大嘴巴，想要呐喊或是求救，好瘆人，心理素质差些的，估计早就腿软得走不动路了。

在他们如冰雕般僵硬的身体间穿行，一不小心，我碰到了一位中年大叔的胳膊，"咔嚓"一声，断了，小半截胳膊掉在地上，像玻璃一样碎成渣渣……

我一惊，往后一退，又碰到一位身躯佝偻的老奶奶的头，"咔嚓"一声，头掉了，摔在地上也碎了，这里一只眼睛，那里半张嘴……

我的心理防线已经快崩溃了，本能的又要往后退，风里希拍了拍我的肩，“你再多退几步，这里的人可能很快就没有全尸了。”

我不好意思地“呵呵”两声。连莫如月都这么淡定，我要是再慌张，就又在女神面前丢人了。

我强装镇定地往前走，走过这一片冰雕区，便是像铁笼子一般的监狱，一个接一个，每个笼子里关二到八个人不等，他们都面如死灰、目光呆滞，估计是被冻得半死不活，看到我们经过，偶尔发出“冷，好冷啊”“救救我们”之类的呻吟。

我心中好奇，便问：“小月，这里关的都是些什么人？为什么要受这个罪呢？”

莫如月一边匆匆往前走，一边淡漠地回答：“这里关的都是幽冥门的罪犯，视情节轻重而定。最轻的关在冰狱，如果态度好，表现积极，还有出去戴罪立功、恢复自由的可能，当然绝大多数都是出不去的。情节较重的关在火狱，基本上就是给三足鸟当食物或是出气筒了，三足鸟一个不高兴就把他们全部烧死，不过这也算是死得痛快。情节最严重的被关在幽冥之狱，幽冥之狱介于阴阳两界之间，被关的都是重刑犯的魂魄，既要承受酷刑，又无法转世投胎，永远得不到解脱……活人进去超过一个小时，阳气就会被耗尽，即使回到阳间，也会成为没有阳气的活僵尸，所以，咱们必须赶在一个小时之内从幽冥之狱出来，如果没能拿到彼岸花，以后再找机会。总之，时间是最关键的！”

忽然，一个小女孩在背后嗲嗲地问：“你们在这里干吗？”

小女孩一出现，周围立马没了声响，笼子里的罪犯都惊恐地往后躲。

我回头一看，是个六七岁模样的小姑娘，还穿着花裙子，小脸蛋肉嘟嘟的，两只圆溜溜的大眼睛忽闪忽闪，可爱极了，内心不免生出怜悯，“冰天雪地的，你怎么一个人在这里？你爸爸妈妈呢？”

小女孩刚要说话，莫如月就打断她，“喷冰龙，别闹了，我们还有要紧事要办，就不陪你玩了，你自己乖乖地去玩吧！”

莫如月说这个水灵灵的小姑娘是喷冰龙，我的大脑又要短路了。

小女孩说：“你既然认识我，看来你以前来过这儿，好吧，我就不为难你们了，你们走吧。”

说完，她摇身一变，变成八眼四耳、獠牙如柱、身形庞大的喷冰龙，径自走开。

莫如月说："这头喷冰龙已经三千岁了，但在魔兽中还算是幼童。它在这里看守罪犯，着实无聊，有人经过就爱缠着陪她玩，基本还算是好对付的。可一旦惹恼她就麻烦了，她吹口气都能把你冻成雕塑，就像门口的那些人一样。"

现在魔兽也流行美颜吗？明明一副凶神恶煞的样子，非要变成一个又萌又可爱的人形。

不过管它啥形呢，没有为难我们就是好形，再往后便是火狱。

真是冰火两重天。

没走两步，在冰狱里积攒的寒气通通被驱逐干净，热得我们大汗淋漓，真是快要被烤熟的节奏。

火狱里有三足鸟。这个三足鸟，我可是知道点来历的，它属于神鸟，象征着太阳。可为什么会沦落到给幽冥门看监狱的地步呢？

在火狱里走了好久，一个人影都没看到，估计是三足鸟刚发过脾气，把这里的人都烧死了。

三足鸟正在打盹，卧在地上像座小山。

我悄悄地说："好奇怪，三足鸟没有变成人形。"

莫如月也悄悄地答："三足鸟是远古神鸟，非常高傲，一般不屑于变成人形。"

"这么高傲的神鸟，干吗要给幽冥门看监狱？"

可能是我这句话戳到了三足鸟的痛处，它一下站起来，朝我们愤怒地咆哮。

不愧是象征着太阳的神鸟，一嗓子下去，我们三个就像是被烧煳了一样，纷纷呈爆炸式发型，除了牙是白的，其余地方都是炭黑色……

我去！这还是男神风里希和女神莫如月吗？分明就是头上顶了个扫把的大黑炭……我敢保证，我后半生一想起这幅画面，都会笑掉大牙。

没想到的是，我豪放的大笑，使三足鸟惊呆了，它完全被我搞蒙了，眨巴着不大的鸟眼睛，莫名其妙地说："你居然不怕我，还笑了这么久，笑啥呢？说出来让我也高兴高兴，如果你能把我逗笑，我就放你们走。"

我的笑瞬间僵在脸上，我傻眼了，风里希和莫如月也傻眼了。

逗它笑，谈何容易？它可是三足神鸟啊！

## 三十五、搏它一笑

我伸出左手，边托腮边说“叶子”，又伸出右手，边托腮边说“叶子”，原本很呆萌的表情像变脸一样，瞬间变成灿烂的微笑，说了声“花”。这是我的搞笑绝技，瞬间变脸，逢出必笑。

风里希和莫如月笑得前仰后合，不知道是真的好笑，还是为了配合表演，故意煽动情绪，关键是，他俩笑了半天，三足鸟压根儿没有表情。

再来，“太阳当空照，花儿对我笑，小鸟说，早早早，你为什么背上小书包……”我边唱边跳边表演，至贱无敌。这份卖力，连我自己都被感动了，风里希和莫如月笑得前仰后合，三足鸟还是没有表情。

接着来，讲个笑话，“长颈鹿对兔子说，真希望你能知道有一个长脖子是多么好，无论什么好吃的东西，都会慢慢通过我的长脖子，那美味可以长时间地享受。兔子听后慢悠悠地说，你吐过吗？”风里希和莫如月笑得东倒西歪，现在可以肯定了，他们俩是在配合表演，煽动情绪，可这么卖力的配合，三足鸟依然没有表情。

再接再厉，笑话攻击，“一只狗熊和一只兔子在树林里拉便便，狗熊突然问兔子，你掉毛吗？兔子想也没想就说，不掉毛，狗熊高兴得一把抓起兔子，擦了擦屁股扬长而去。”风里希和莫如月更为卖力地笑，可三足鸟依然没有任何表情。

歌也唱了，舞也跳了，笑话都讲了一箩筐，丫的，它到底有没有笑神经！简直就是个面瘫！

再看风里希和莫如月，脸也僵了，嗓子也哑了，职业化的笑，简直比哭还难看。

黔驴技穷，实在没招了，我低着头，颓废地坐在地上，突然想到一个撒手锏。我强打精神站起来，最后一搏了，“下面这个节目叫魔术。看我的双手，手里有东西吗？”

三足鸟面瘫地说：“没有。”

我仔细想了想，浑身上下除了把神目刀，啥也没有，看来只能委屈神目刀当道具了。它要是再不笑，那也只能打道回府，学上些段子再来应战。

“变！”随着我一声令下，神目刀应声出现在我手中，我和风里希、莫如月紧张地屏住呼吸，小心翼翼地观察着三足鸟的神情。

三足鸟愣了一下，问：“这是饕餮的东西？”

我说：“是啊。”看样子这次又没戏了，它还是一副面瘫的神情。正当我们打算打道回府的时候，三足鸟爆发式的大笑起来，“啊哈哈哈哈……饕餮送了你一把刀？”

“是啊。”

“啊哈哈哈哈……它为什么送你一把刀？”

我说：“它在看守招妖幡，我们想借招妖幡用一用，不打不相识，它见我没有一件像样的武器防身，就送了这把神目刀给我。”

“啊哈哈哈哈……你说它在看守招妖幡？啊哈哈哈哈……”

它笑得小眼泪直飙，这回换我们三个傻眼了。三足鸟的笑点着实让人琢磨不透。

三足鸟边笑边说：“我被困在这里三千多年，没想到，饕餮这家伙居然跟我一样，也混成了个看守，实在太好笑了。你们说好笑不，啊哈哈哈哈……”

“好笑，太好笑了，哈哈，哈！”我们三个皮笑肉不笑地勉强挤了点笑声出来。

三足鸟笑罢，接着说：“早看出你们不是一般人了，饕餮竟然能把它眼睛里炼出来的刀送你，看来它是看好你的，我也送你一样东西吧。”

幸福来得太突然，像被金砖砸了头。我赶紧跪下磕头，“谢谢三足鸟大神！”

顿时感觉有一道温热的光射在我身上，然后，好像有一根针扎在我头顶，还拼命往我头里钻，有些疼，又有些兴奋……

等这根针完全钻到我头里时，我感到有一股强大的力量在身体里蹿行……

随着这股力量的到来，我隐约看到了三足鸟的过去：

一个蒙面人要抓它，但它岂是好对付的，三两下便将蒙面人打败，正当它要吃了蒙面人之际，蒙面人唤出一根长鞭，一下将它打伤，它天生傲慢，从没受过此等屈辱，拼尽全身力量，将蒙面人手中的长鞭撞断，自己也因此身受重伤，晕了过去……等再醒来时，它功力减半，被困在这个十分厉害的阵法里了。这一困，就是三千多年来，偶尔会有些人进来，心情好时，就让这些人多活两天；心情不好，就一口气把他们烧成灰烬……还有一个镜头，它身边充盈着五彩流光，这应该是它不远的将来……

我想再看得仔细点，被三足鸟打断，它吃惊地问：“你能看到我的过去？”

我说：“我能看到过去和未来，不过只能看到跟我接触过的事物，按理说，灵力在这里被抑制，我应该是看不到的。刚才感觉有一股强大的力量输送进我身体，我才稍微看见了一点。”

三足鸟说：“原来如此。我送给你的，便是我冠上的一根羽毛，它能给你三昧真火的技能。”

看来刚才拼命钻进我脑袋里的针，就是三足鸟的冠上之羽。

虽然没见识过三昧真火的厉害，但总听人提起，如今自己莫名其妙拥有了，真的是相当幸运。我连忙双手作揖，“谢谢三足鸟大神。”

三足鸟没有理会我的谢意，而是问道：“你看到我的未来是怎样？”

我老实回答：“因为用不了太多灵力，没看真切，大概就是你身边充盈着五彩流光。”

“啊哈哈哈哈，若果真如此，我就高兴死了。”它接着说，“小子，你既然看到了，我也没什么可隐瞒的，当初打伤我的那根长鞭，就是封神鞭，不过他也没讨到便宜，封神鞭就是被我毁掉的！”

风里希一听这话，神情为之一震，“封神鞭虽然被毁，但其巨大的力量被封印，大神可知封印在何处？”

三足鸟惊诧地问：“封神鞭的力量被封印了？被谁封印的？”

看来封神鞭被毁以后的事，它都不知道。

风里希答：“是被原始天尊封印的。”

“哦，原来如此。”

“我还有一个疑问，那个拿封神鞭打伤你的蒙面人是谁？”

三足鸟沉默了一下，说：“这里是他的地盘，我在这里没法说，不过，你迟早会知道的。你们今天给我带来这么多消息，我不会为难你们的，快走吧。”

# 三十六、寻彼岸花

离开火狱，我们来到了幽冥之狱。这里不愧是混沌兽的地盘，周围一片混沌昏暗，辨不清东南西北。

灵魂被关在这里，就意味着要永远遭受幽冥门的酷刑。

“小月，你对这里熟吗？该往哪里走？”

“我也不知道，这里完全没有方向，先走着瞧吧，说不定能碰到些线索，找到黄泉桥。”

走了好一阵，风里希停下脚步，“我刚才从衣服上扯下一片衣角扔在这，走了这么久，又看到了这片衣角，咱们一直在转圈。”

莫如月说：“我也发现了，咱们一直在原地打转，没有见到一个亡灵。”

我突然想起三足乌给了我一根冠上之羽，“既然能用三昧真火，那么不妨试试，看管用不。”

我挥动胳膊运转灵力，用力挥出一掌，妄想着一条火龙冲出去，没想到，别说是火龙了，连一点火星都没见到，只是“噗”的一声冒了股黑烟，像放了个屁。

我尴尬地说：“第一次，没启动起来，让大家见笑了，我再试试。”

这回低调了，提升灵力后轻轻伸开手掌。只见一个像打火机似的小火苗在掌心出现。

虽然火不大，但是能看出跳跃的火苗在往一个方向偏。

风里希说：“看，火苗被风吹斜了，这里的风应该来自地府，是从黄泉桥吹过来的。咱们迎着风走，一定能找到黄泉桥。”

我用十成灵力呵护着打火机般大小的火苗，跟着火苗找风口。不一会儿，听到了亡灵们的哭喊声。

上万个亡灵被小吏们分成几个区域，有受凌迟之刑的，有受炮烙之刑的，有受插针之刑的，还有受烹煮之刑的，五花八门，恶心致极，让人的肠胃直想往外翻。

我们没心思看，也不敢看，眼睛紧紧盯着火苗。

由于顶着公差的名头，我们一路通行，倒也没受阻拦，快速通过了亡灵区。

前方，已经能看到黄泉桥了。在黄泉桥前面卧着一头巨大的凶兽，正在睡觉。这不就是混沌兽嘛，果然和书中描写的一样，模样好像一只大狗。

莫如月警惕地伸出手食指，比了个“嘘”的手势，意思是别说话，跟她来。

我们蹑手蹑脚地从混沌兽鼻子跟前走过，它吸了吸鼻子，想打喷嚏，我们顿时紧张地原地定格，心都快跳出来了。还好，它喷嚏没打出来，只打个哈欠又接着睡了。

我们顺利通过混沌兽，上了黄泉桥，才敢出了口大气。

莫如月看了看表，“咱们还剩二十分钟的时间了，得快。”

过了黄泉桥，便是传说中的黄泉之路。

只见黄泉之路上开着许多的红花，这些应该就是彼岸花了，远远看上去，像是血铺成的地毯，甚为娇艳，这也是黄泉路上唯一的风景与色彩。

彼岸花又称曼珠沙华，是引魂之花。据《佛光大辞典》载，此花本乃天界之花，其花鲜红柔软，美丽异常，诸天神佛在开坛讲经说法之前，都要降落此花，以庄严道场。传说它自愿投入地狱，甘心为亡灵引路，众神被它的怜悯之心感动，想请它回神界，晋为神花，但它仍徘徊于黄泉路上，不忍抛弃亡灵离去，众神见状，便成全了它超度亡灵之心，同意它开在黄泉之路上，给离开人界的灵魂们一个指引与安慰，从此，亡灵就踏着彼岸花的指引，通向冥界地府。

我们来到黄泉之路，正好碰到一队亡灵走在花丛之中，看样子正在赶路。带队的一黑一白两个官吏，应该就是传说中的黑白无常了。

黑白无常看到我们，可能以为我们是劫亡灵的，立刻剑拔弩张，摆出一副战斗的架势，准备大战一场。

没料到我们完全无视他们的存在，径直从他俩和亡灵们身边走过，当他们是空气一样，看都没看一眼，只是忙着蹲在地上摘花。

难得来一趟地府，多摘点，一人摘了一大把。

刚打算离开。

“站住！你们是什么人？”“地府岂是尔等说来就来，说走就走的地方？”说话者正是黑白无常。

果然吧，来一趟地府都不跟他俩打招呼，也太不把他们放在眼里了。地府可是他们的地盘，不找点存在感怎么行！

本来时间就紧张，黑白无常这种小鬼还来跳腾，莫如月的火暴脾气快要爆发了。

她上前一步，怒目圆瞪，刚要发作，风里希拉住她，“小月，冷静。若跟他们打起来，纠缠的时间就长了，能忍则忍，争取时间赶快出去要紧。”

我觉得风里希说得对，当务之急是争取时间，立马对黑白无常赔上一副笑脸，“二位大神，今天实在不巧得很，我们有点急事，赶个时间，刚好你们也正在赶路，咱们就互相不打扰了，如果你们实在想与我们发生点交集，不如这样，你们是想打架，还是想喝酒，都先存着，改天到阳界了双倍奉还，咋样？”

黑无常诧异地说：“你们摘彼岸花干吗？这花离开地府最多一个小时就会枯萎，派不上用场的……”

白无常打断他，“干吗跟他们啰唆这么多，既然不是来劫亡灵的，爱咋地咋地，彼岸花又不归咱们管！”

我赶紧接话，“白无常大神说得太到位了，我们就恭敬不如从命，‘爱咋地咋地’去了。告辞！别送！”边说边后退，一溜烟地跑回黄泉桥。

还好，他们没有追来，不然又少不了一番麻烦。

我们每人拿了一大把彼岸花，回到幽冥之狱，混沌兽还在睡觉，太走运了，我高兴得手舞足蹈，走过混沌兽身边还不忘比个胜利的手势。

但好事哪能都让我们碰上，我们手里拿的可是指引亡灵的彼岸花啊。

我们再走过亡灵区的时候，成千上万的亡灵都被血红的彼岸花吸引，从行刑的小吏，到受刑的亡灵，除了被铁链锁住动不了的，统统都往我们这里涌，感觉就像是一群僵尸看到了一个大活人，激动得眼里直冒光……

说实话，这乌泱泱一大片亡灵，有的还被折磨得惨绝人寰，少半个脑袋的、缺胳膊断腿的比比皆是，都齐刷刷伸着胳膊要抢我们手中的彼岸花，这架势真的吓到我了。

我扯了扯身边的莫如月，“能……能穿越吗？”

“穿不了。”

“那怎么办？”

“跑啊！”

## 三十七、惊见双亲

我们拼尽全力往前跑，但亡灵是从四面八方涌来的。

我抬头看了一眼，人山人海，我们打倒一层，还有一层，无穷无尽……还剩不到十分钟的时间离开幽冥之狱，否则，也将变成他们的同类……可是照这情形来看，我们面前堵满了密密麻麻的亡灵，杀也杀不完，躲也躲不过，想要按时出去几乎成了不可能。

只是刚才抬头匆匆看了一眼，我的灵魂好似瞬间被掏空，我看见被铁链锁住、吊在半空的人当中，竟然有两个我再熟悉不过的人影，他们在涌来涌去的人潮中格外显眼……

没错！那两个人就是我的父母！我不会认错的，天底下哪有子女会认错自己的父母！没有语言能形容我此刻的震惊，甚至有几秒都忘了呼吸。

一直以为他们死了很长时间，应该早已投胎转世，可是为什么会在这里？幽冥之狱是关押幽冥门极刑犯的地方，跟我父母有什么关系？

手里的彼岸花被亡灵们抢夺一空，我浑然不知……我们这里巨大的动静惊动了混沌兽，它咆哮着冲过来，我还依然傻傻望着我的父母，他们着急地冲我喊着话，我能看见他们的神情，却根本听不清他们在喊些什么……

直到莫如月冲过来，抱着我倒在一旁，我才从震惊中清醒。

躲过了混沌兽的一轮攻击，莫如月忧心地问："小涛,你可是看到了什么人?"

我望着被铁链锁住、吊在半空中的两个人说："他们就是我的老爸老妈。"

现在听清楚了，我老爸老妈在冲我喊着："快走，快走啊！"

混沌兽正愤怒地收拾着亡灵，我们刚好可以趁机溜走。

我刚要往我父母身边冲，被莫如月一把拉住，"来不及了，先出去,保命要紧!"

我多想跑过去问清楚：你们跟幽冥门到底是什么关系？为什么会被关在幽冥之狱？这世上可有办法能救你们？……

如果有办法能救他们，哪怕是上刀山、下火海，哪怕是要我性命，我都义无反顾！可时间紧迫，莫如月说得对，当务之急是先出去。

我们只剩不到一分钟的时间，我不能拖累了风里希和莫如月，再说，只有我自己先出去了才能想办法救他们。我一定要把他们带出幽冥之狱，让他们重新转世投胎！

我抬起头，对他们大声喊着："老爸老妈，我一定会回来救你们的！"

他们对我笑了一下，还是喊着："快走，快走啊！"

我立刻收拾好情绪，跟着风里希和莫如月往大门的方向跑。

相传混沌兽虽然凶猛无比，但比较笨，还反应迟钝。我们已经快跑到大门口了，它才发现有人要逃，赶紧追过来。风里希和莫如月已经穿过幽冥之狱与火狱之间的结界，我是最后一个。混沌兽跃起巨大的身躯，张大嘴巴狠狠朝我咬过来，我都能感觉到它嘴里的臭气和满嘴拉着丝的黏稠唾液……

就在它快要咬到我的一瞬间，我刚好悬乎地越过结界，衣服被咬去一大块，后背还残留着它凉冰冰、黏糊糊的唾液，散发着恶心的臭味……

我在火狱都能听到混沌兽被结界弹回去时，倒在地上巨大的声响。不过总算是有惊无险，再晚一秒，我要么变成混沌兽的小点心，要么变成僵尸。

想想混沌兽也挺可怜的，地位如此崇高的上古凶兽，就是笨了些，居然沦落到替人看门的惨境，还被三个年轻人给耍了。可是一秒之后，我就不再觉得它可怜了。

它愤怒的咆哮声震耳欲聋，响彻整个暗灵分舵。

三足鸟赶紧跑过来说："看来你们真把混沌惹怒了，它启动了联动机制，从这里到外面，层层关卡都不会放过你们，你们赶快逃吧！"

我们一路跑到连接冰狱的结界处，正要与三足鸟道谢告别，它却急匆匆地说："都这个节骨眼了，别废话，赶紧走。出了冰狱之后，更要格外小心，外面比这里还危险！"

我边跑边说："您的大恩我们记下了，来日一定重报。"

穿过结界，我们又回到了冰狱。喷冰龙以她庞大的龙形来对付我们。它二话不说，直接对我们吹了口气，连空气中的水分子都被冻成了冰。

我们各显神通，纷纷翻身躲了过去。

风里希割破自己的胳膊，像对付饕餮一样，把血洒在喷冰龙身上……但是等了半晌也没什么用，它依然发动着凶猛攻击。

原来，风里希的血只对那些被女娲大神收服过的猛兽有用，若女娲不曾收服过，风里希的血也发挥不了抑制作用。

我拔出神目刀，朝他们俩使了个眼色，他俩立刻心领神会地帮我打掩护，拼命吸引着喷冰龙的注意。

我一个翻身，悄悄拐到喷冰龙的身后，趁它吸气酝酿的空档，一刀插在它的尾巴上，神目刀在喷冰龙的尾巴上发出幽幽绿光，然后，我拔了刀就往门口跑。

喷冰龙又一口气吹过来，刚好吹到我们身上。我们三个立马变成了冰棍人，从头到脚都覆上了厚厚的一层冰，难道真的要被冻成塑像了吗？我不要！

我试着抬了一下胳膊，身上的冰层被扯得“咔嚓咔嚓”响，不过还能动，看来神目刀发挥效用了，喷冰龙在三分钟之内功力减半，没法把我们冻成冰雕。

虽然三个冰人动作慢了些，浑身都是冰霜，但仍能继续往门口跑。

喷冰龙傻眼了，它的法力何时弱到如此地步？它接着吹了一口气，我们身上又覆了一层冰，这回冻得更透，试了一下，还能动，只是速度又慢了些，接着跑，马上就到门口了。

喷冰龙彻底蒙了，它不甘心地咆哮了一声，又吹了一口气，我们心里有了底，接着往门口跑，径直跑出了大门。

出了结界，气都没来得及大声喘，赶紧看看彼岸花，它可是我们此行的心血。

只见风里希手中的花已经成了一把冰花，可惜了，这一把全浪费了。莫如月从她怀里掏出一把花，也几乎冻成了冰。我们心都快提嗓子眼了，一朵一朵地仔细查看着。

太好了，在一把冰花的中间，藏着一朵还没被冻成冰的娇红的彼岸花，不过也正在迅速地枯萎。三大把花还没出暗灵分舵就只剩下这一朵了，我们三个像呵护自己孩子似的，小心翼翼地把花捧在手心里。

正想舒展一下情绪，没想到一抬头，竟是这样……

## 三十八、神秘搭救

上百号人拿着各式武器，打算撸起袖子大干一场。不远处，钱花花和另一个放我们进去的守卫都躺在地上，脖子下面一大摊血，看样子已经死了。

“花花，花花……”莫如月悲伤地哭着，要扑到钱花花身边去，被风里希一把拉住，“当心有陷阱。”

领头的人嚣张地说：“莫如月，你个叛徒，还好意思到暗灵分舵来？今天就先杀了你们，再打入幽冥之狱，让你们永远也出不去。”然后，他转头对周围的人说，“不用留活口，通通杀了。”

这些人得到命令后，看我们就像恶狼看小白兔，满眼发着红光，恨不得把我们生吞活剥了。

刚经历过一场死里逃生，来不及喘口大气儿，立马又强打起精神，疲惫应战。

本来灵力就被压制，再加上敌我双方人数的极大悬殊，就算我们动作再快，也会有人从背后、从侧面偷袭成功。

上百号人对付我们三个，哪还有一点悬念可言，死不死就是时间问题而已。没几回合，我们已经遍体鳞伤，尤其是我，被打得倒在地上爬不起来，浑身不知道被捅了多少个血窟窿，连护脸的力气都没有了。风里希和莫如月也浑身是伤，勉强应战。

此时，一个长得尖嘴猴腮的小个子男人，高高举起一把刀，打算这一刀下去就了结我的性命。我眼睁睁地看着这把发着锃锃寒光的刀落下，心想着这回肯定完了……

就在这把刀离我喉咙不到一厘米的时候突然不动了，这个尖嘴猴腮的男人还保持着一脸狰狞的邪笑，笑容凝在脸上也不动了，时间好像停止了……

我试着往旁边挪了挪身体，奇怪，我还能动。几番蠕动，我离开了那个锋利的刀刃，再看莫如月和风里希，他们也能动。

莫如月一把挥掉对手砍来的尖刀，赶紧扑到钱花花身边，用手试了试她的脉搏和呼吸，确认她已经死了。莫如月抱着钱花花，边痛哭，边合上了钱花花尚未瞑目的双眼……

我喘了两口气，恢复了点力气，试了一下，还是站不起来。

正在此时，一个身穿红裙的长发女子翩然走来，红唇娇艳欲滴，明眸流转间带着勾魂的媚，妖娆无比。有道是：

杏眼红唇浅带笑，
长发拂面自风骚。
婀娜胜似风扶柳，
堪比罂粟还招摇。

她在一群被定格的、面容暴戾的众人面前穿过，显得格外耀眼……那长相、那气质，只有两个字能形容：女神！

看着这个妖娆的倩影走到我们跟前，我感觉立马来了精神，想翻身而起要个帅，但是身翻了，却没起得来。最终还是极没形象连滚带爬地站了起来。

女神姐姐红唇微启，“跟我走。”

风里希警觉地问：“你是什么人？”

女神说：“我是来救你们的，先出去再说。”

风里希看了看我和莫如月，莫如月点头表示相信。而我，表情似乎有点小猥琐，想偷看女神姐姐，又怕被她发现，所以每成功偷看一眼，都好像占了极大便宜，脸上掩不住的高兴。

我的表情已经表明了态度，风里希只叹了口气表示无奈。

风里希还是有些不放心，女神姐姐高傲地说：“你若不信，可以不跟我走，但他们很快就能解封了，到时候，你们活着出去的概率又能有多少？”

我已流着口水站到了女神姐姐身后，我相信长得好看的人，一般心都不坏。

女神姐姐冷酷而高傲地说：“跟好了！”说完，速度超级快地朝训练场方向跑去，我紧随其后，风里希和莫如月也跟了过来。

我们迅速跑过血池，来到箭雨阵，一想到要匍匐前进三公里，我就头皮发麻，但看到女神姐姐像条美女蛇一般滑行，我又来了精神。

不知道我表现得这样花痴，莫如月会不会吃醋？其实我心里爱着的女人，始终只有莫如月一个，女神姐姐就算再漂亮，我也只是欣赏一下而已，没有心动的感觉。

这么想着，我回头看了眼莫如月，她看上去的确不太高兴，莫非真吃醋了？

“小月，你怎么了？心里难受吗？”我故意矫情地问着。

谁知，她根本就没把我的话听进去，而是爬到女神姐姐旁边，问道：“姐姐，这里对灵力和法力都极为压制，为什么对你没用？”

女神姐姐继续往前爬，看都没看她一眼，高傲地说：“谁说对我没用，只不过，我确实用了将近十分之一的灵力。”

一句话让我对她佩服得五体投地，将近十分之一的灵力就这么牛？能把几百号人都定住？那她得有多强大？……

莫如月也被怔住了，不再吭声。

风里希一路都没说话，只是紧紧跟在女神姐姐的身后，不知道在想些什么。

我们刚跃上刀林，乌泱泱的一大片人就追上来了。

我们在刀刃上跳来跳去、玩命地跑，他们在后面紧跟不放、拼命地追。他们中间突围、两翼包抄，很快，便把我们层层围住。

眼看就要扑过来把我们撕成肉片，女神姐姐双手作诀，在胸前汇出一个灵力波，一下打了出去。

什么叫强大，我今天算是见识到了。女神姐姐的灵力波就像一个炸弹似的，把包围住我们的人统统炸得飞出几十米，躺在地上爬不起来。

她冲我们大喊一声：“还发什么愣呢？快跑啊！”

## 三十九、引出秦桧

我们赶紧往出口跑，不仅因为后有追兵，还因为彼岸花凋零的速度实在太快。

刚到出口，后面的追兵就又来了，情形万分紧急，莫如月想拉着我们穿越，又有些担心女神姐姐，毕竟她不辞劳苦地来救了我们一场，若是连招呼都不打，会显得很没有礼貌。

可是我们到处找，也没有找到那个娇艳的红裙倩影。

眼看彼岸花就快凋零，时间耽误不得，风里希说：“既然没找到，估计她已经走了，凭她的修为，要从这里脱身根本不是问题，咱们赶紧走吧，彼岸花坚持不了多久了。”

莫如月点了点，一手拉着我，一手拉着风里希，直接穿回了岳王庙。

此时，彼岸花还有最后的一抹红色。

莫如月虚弱地把花递给风里希。风里希手握彼岸花，在秦桧的额头上连敲三下，当第三次把花从塑像上抬起的时候，秦桧的额头突然被花粘住，接下来的一幕，是我见过最恶心的一幕。

风里希用彼岸花把秦桧的元神往外引，但元神本身又被牢牢地固定在塑像里，在两股力量的拉扯之下，秦桧刚被扯出来的头，像是扯拉条子一样变了形，原本圆圆的脑袋，硬是扯得像胳膊一般粗细，眼睛、鼻子、嘴，无一例外都被挤扁、拉长，眼睛珠子“嘭”的一声挤出眼眶，半掉在擀面杖一样的脸上，还骨碌碌乱转……

眼看彼岸花马上就要枯萎了，风里希加大了力度，一使劲将秦桧彻底拉了出来，他那被拉扯得像棒子一样细长的元神，又像皮筋似的弹了回去，恢复了本来面目。

与此同时，彼岸花消失了最后一抹红色，完全枯萎，被风一吹，化成粉末消散了。

“唉呀呀，终于出来了！跪了将近千年，总算能舒展一下筋骨了。”秦桧又是伸胳膊，又是伸腿地活动着。

风里希说：“我们如约取来彼岸花，引出了你的元神，你也该如约告诉我们，小涛胳膊上的月牙印记到底是怎么来的!”

秦桧装作没听见，继续做伸展运动。

莫如月的火暴脾气发作了，“快说！我们千辛万苦寻得彼岸花救你出来，不是看你伸胳膊伸腿的，等我们走了，你爱怎么伸展就怎么伸展，没人管你。但现在，你给我老老实实地交代，再磨蹭，信不信我弄死你!”

秦桧瞥了她一眼，甚为不屑，不慌不忙地说：“小姑娘，你也不看看我是干吗的！我在岳飞跟前跪了上千年，听了多少骂，挨了多少唾沫，不是我吹，我身上的唾沫存起来，都够你游泳了，就凭你这三言两语还想吓唬我？来来来，让我看看，你想怎么弄死我。来吧，弄死我吧，弄死我!”短短几句话，至贱无敌，把无耻演绎得淋漓尽致。

莫如月气得浑身发抖，无奈刚穿越回来，灵力耗尽，收拾不了他。

本来暗灵分舵这一趟就有些心不甘情不愿，现在已经完成了他的托付，他不仅不守承诺耍死皮，还敢调戏我的小月，简直欺人太甚了。小月收拾不了他，但我能啊！不狠狠收拾收拾他，不足以平息我心中的愤怒!

我二话不说，运转灵力一掌挥出，这下牛了，一条火龙向他袭去。瞬间，他浑身上下都着起火来，痛得哇哇直叫：“我最怕三昧真火了，快灭火，快灭火，我一定知无不言，言无不尽!”

鬼魂最怕三昧真火，秦桧虽已成神，但仍逃不了鬼魂的本质。

风里希捣了我一下，悄悄说：“让他吃点苦头就行了，别真烧死他。”

我收了三昧真火，也拿出几分气势，“老老实实地交代，再敢耍花样，绝对烧死你!”

“不敢了，再不敢了。若早知道你们有三昧真火，打死我也不敢跟几位爷开玩笑。”

“还贫嘴，看我不烧你。”说着，我伸出手掌，将一个火球置于掌心。

秦桧吓得赶紧说：“你胳膊上的月牙印记其实是个封印，它封印了封神鞭的力量。”

我暗自思忖，果然是封神鞭的力量，“如何解封？”

秦桧说：“得找齐所有月牙封印才行。”

“一共几个？到哪找？别像挤牙膏似的，把你知道的一气儿说完！”

秦桧有些自豪地说：“虽然从没有人跟我说过一共有几个月牙封印，不过我也算是一界文官，上知天文、下通地理、博学多识、精于阵法……”

“打住，谁有空听你吹牛！说重点！”

秦桧翻了个白眼，还想再卖关子，但看了看我手上的火球，继续说：“据我分析，一共有七个封印，但我只猜到了四个，分别藏在莫高窟、麦积山石窟、龙门石窟，以及云冈石窟之内，算上你胳膊上的这个，加起来也就是五个，还有两个，我实在不知道了。”

这家伙问一句答一句，我也有些不耐烦了，“你还知道什么？快说！”

“我就知道这些，其他的我真不知道了。”

风里希问：“关于幽冥门，你知道些什么？”

“幽冥门？”他眼珠子转了一下，似有话说，又突然打住，“我不知道。”

我将火球投到他身上，他痛得哇哇乱叫，“放过我吧，我知道的已经全说了，其他的我真不知道！”

风里希说：“看样子，咱们能从他这里得到的消息就这么多了，放他走吧。”

我收了火球，气势汹汹地冲他吼了一句：“滚！”

秦桧立马招来一朵云，跳上云头，瞬间不知所踪。

秦桧走后，我很想用灵力看看我父母的经历，看看我究竟是何身世……

风里希似看穿了我的心思，拍了拍我的肩，“我知道你心里急，等小月稍微缓过来些，我们给你护法，你再去看个究竟。”

风里希说得对，要看我的身世，今天还不是时候。

我们深一脚浅一脚地往门口走，刚出岳王庙，忽然来了四个穿西装戴墨镜的男人，身材差不多，发型也一样，好似某大款的保镖队，“我们老板想请三位吃顿饭。”

## 四十、极尽奢华

“你们老板是谁?”

其中一位墨镜男说：“我们老板说，等见了面，自然就知道他是谁了。”

莫名其妙的饭局让人心里不踏实，“你们老板连自己是谁都不说，这么蹊跷的饭，我们还是不去吃了。”

刚才说话的墨镜男又说：“我们老板还说，如果你们不去，就告诉你们，饭可以不吃，但你们得赔他一条新的红裙子。”

红裙子？莫非是只身来暗灵分舵救我们的女神姐姐？她来救我们时穿的就是一条红裙子。

我的小心脏激动地怦怦直跳。肯定是女神姐姐，除了她，谁还会提出这样的要求？我充满期待地看了看风里希和莫如月。

风里希也在考虑，女神姐姐来救我们，不可能师出无名，一定有什么要交代的前因后果，当时战况紧张，没来得及细说，此时要见我们，完全合情合理，而且我们欠她一个大大的救命之情，她的请求，我们无论如何都是不能推脱的，“既然你们老板盛情难却，我们一定会去赴宴，不过你们也看到了，我们这身行头着实狼狈，请允我们回去换身衣服，梳洗一下，再跟你们走。”

墨镜男不给我们退让的机会，有些强势地说：“这些方面三位就不用考虑了，你们跟我们来就是，我们老板已经为三位准备妥当。”

墨镜男的话相当缜密，挑不出半点毛病，我们心里虽然还有几分忐忑，但依然半推半就地跟着墨镜男们走了。

他们恭恭敬敬地把我们请到车上，一共三辆车，清一色都是顶级豪车，我们一人乘一辆。

车上，我忍不住打探，“这位帅哥，你们老板是不是个很年轻、很漂亮的美女?”

“先生，你既然要去赴宴，见了面自然就知道我们老板是谁了，恕我此时不便多说。”

我不死心，接着问：“你们老板很有钱吗？”

墨镜男嗤笑一声，“我们集团的业务涉及酒店、运输、房地产等多个领域。咱们现在要去的酒店，就是我们集团旗下的酒店品牌之一，在全国各大城市都有连锁。你问的这个问题让我很难回答，钱对于我们老板来说，不是多少的问题，只是一串数字而已。”

这个回答太霸气了，直接让我无言以对，他老板不是有钱没钱的问题，而是想怎么任性的问题……

车把我们带到了杭州市最豪华的酒店。我们下了车，又有专门的服务生带我们进电梯、进房间，给我们一人安排了一间总统套房。这是我有生以来第一次在超级豪华的酒店里住总统套房。

我像土包子进城一般，在房间里东看看、西摸摸。没别的词可以形容，就一个“豪”字。奢侈，太奢侈了。

大落地窗，能鸟瞰半个杭州城，奢华的窗帘走金串银，精美的地毯让我每走一步都觉得是种罪孽……一个按钮，电视就能上下左右移动，各式红酒饮料像魔术一般呈现，琳琅满目……让我不禁感叹，法术能改变生活，科技能变成法术！

我边转悠边感慨，真不敢相信，我还能有这样的待遇。

瞧瞧人家的床，看着都舒服，不自觉就想躺上去。床头上有个控制面板，上面有“按摩”“减肥”“激情”等好多键，其他都好理解，只是这个“激情”键，我不免有些好奇，伸手按了一下，立马，床垫在我的腰部有韵律地上下起伏，带动着我的腰也上下剧烈起伏，而且床垫还能感应到我腰部的紧张程度，自动调节快慢频率……明白了，这是半自动的“啪啪啪”，太劲爆了！

床头柜上摆了一套很时尚的新衣服，连标签都没取，我一看，大小正好是我的码，刚想换上，又看了一下标价，都在四位数以上。天哪，这么贵的衣服，我是穿还是不穿，万一要我付钱怎么办？想来想去还是穿吧，总统套房都住了，还差这几件衣服钱？

洗了个澡，换上了价格昂贵的新衣服，躺在床上等待女神姐姐召见。

此时，我已饿得前胸贴后背了，正好门铃响。

我问：“谁？”

“服务员。”

我打开门，服务员推着一桌饭进来，“先生，我们老板说，请你们先随便吃点东西，然后好好休息一下，下午六点准时在顶楼的中华苑赴宴。”

“好的，知道了。”

呵呵，想什么来什么，女神姐姐真是贴心。

服务员走后，我打开餐盘一看，鲍鱼海参大龙虾，就连茶壶里泡的茶都不是普通茶，而是冬虫夏草……太奢侈了！我这一人份的餐，少说也得千把块钱。反正没人看，一个人甩开腮帮子使劲吃。

好一副风卷残云、狼吞虎咽的吃相，嘴到吃时方恨小……

吃饱了嘴一抹，服务员又及时进来将餐具收走。

我躺在床上，瞌睡得两个眼皮直打架，实在想睡一会，但脑海里总浮现出我父母在幽冥之狱被铁链锁住、吊挂在半空中的惨景……他们为什么会被关在幽冥之狱？怎样才能救他们？想到此，我睡意全无。

既然是在女神姐姐的地盘上，应该很安全，不如试着看一下我父母的过去，解开我心里的疑惑。

这么想着，我拿起电话拨到风里希的房间，大致说了我的想法。风里希知道我心急，尽管此时莫如月刚耗尽灵力还没有恢复，但他也没有阻止我，而是专门到我的房间，为我护法。

在风里希的守护下，我盘腿而坐，运转灵力。父母的身影渐渐清晰，他们的故事像看电影一样，慢慢展开……

## 四十一、我的身世

“狗娃，你饭量这么大，家里养活不了你了，听说县里有个武馆要招弟子，管吃管住还能发点生活费，我和你娘商量了一下，你就去武馆学武吧，可能辛苦些，但只要肯努力，吃饱肚子没问题，总比在家挨饿强。”我爸的小名叫狗娃，说话的人正是我爷爷，虽然在我很小的时候爷爷就过世了，但我仍然清楚记得他的样子。

爷爷送老爸去了县城的武馆，这家武馆其实是幽冥门下设的一个站点，但农村人哪里知道。老爸为了吃饱饭，便在这家武馆当了学徒，因为天赋异禀，很快就从学武的跑腿杂役，升格做了学法术的弟子，后来又通过层层选拔和考核，最终来到了幽冥门的冥火分舵，当了分舵舵主的关门弟子。

老爸是个老实人，舵主让他干什么他就干什么，很快，双手沾满了鲜血。其实每次杀人之后，他的内心都很挣扎、很矛盾，甚至想脱离幽冥门的掌控，回归成一个纯朴简单的农民，但是，既然踏足了幽冥门，再想回去谈何容易。幽冥门一边给他诱惑，不停地升职，一边拿爷爷奶奶的性命相要挟，如果不听他们差遣，就要让爷爷奶奶生不如死……没办法，老爸只能忍气吞声地留在冥火分舵。没几年，他就从一名法师升为冥火分舵的四大护法之一。但他心里始终惦记着离开幽冥门，离开打打杀杀，过简单平凡的生活。

此时，幽冥门总舵发出了搜索令，搜索三个天生自带灵力的半神和一个胳膊上带有月牙印记的人。在幽冥门，只要搜索令一出，所有门中之人，无论是舵主还是弟子，也无论是学法术的还是跑腿杂役，都必须无条件地执行搜索令。

老爸身为冥火分舵舵主的关门弟子，深得舵主信任，舵主无意间告诉他，搜索令中三个天生自带灵力的半神，就是三兔法阵的开启人，这意味着神界大门即将打开，人间又要有一次大规模的送神了。而胳膊上带有月牙印记的人，就是执掌封神鞭力量的人。

这个搜索令的原委，在冥火分舵就只有舵主和我老爸两个人知道。老爸暗自思忖，开启三兔法阵的三个半神，必有一位是女娲灵石的守护者，他必定生长在女娲祠。而女娲祠传承千年不败，力量不容小觑，只能先从寻找另外两个半神入手……

在一次执行搜寻任务的过程中，他结识了下设站一位资质低下的女弟子。这名女弟子因从没见过护法级别的高管，本来就笨手笨脚总惹祸，在老爸跟前更显得脑子不够用，几天下来，把我老爸气了个半死。但正因为这个笨女人身上的简单和纯朴，一下子便打开了老爸紧锁的心扉。他亲自去查了这名女弟子的履历，原来，她还是个月娃子的时候就被亲生父母丢弃了，是幽冥门收养的弃婴，在冥火分舵下设的站点长大。混了二十多年，干啥啥不成，吃啥啥不剩，典型的“傻白甜”一个。

接下来的剧情就十分狗血了。冷酷霸道的高管爱上了“傻白甜”，然后这个“傻白甜”就成了我妈……

在我刚出生时，老爸老妈欢天喜地地抱着我，本以为一切都很完美，但一个戏剧性的转变犹如晴天霹雳。

老爸忽然察觉到了我天生携带的灵力，虽然还很微弱，但瞒不过他的眼力，更可怕的是，他还在我左胳膊上看到了那个相当刺眼的红色月牙印记。那一刻，他们惊愕得浑身颤抖……

总舵下的搜索令，让全员搜寻多年的半神，竟然就是自己刚出生的儿子！这个肉嘟嘟的小家伙不仅是三兔法阵的开启人之一，而且将执掌封神鞭的力量，双重身份集于我一身。

他再震惊，也不得不面对这个事实。

在执行幽冥门的搜索令和保护儿子之间，他们毫不犹豫地选择了我。老爸老妈开始为我的将来做打算，我出生在幽冥门，如何才能躲过众人的察觉，像寻常孩子一样平安长大？

他们找来奇珍异草制成灵药，并将毕生修为注入灵药，喂我吃下，暂时压制住我还微弱的灵力，同时，也封印了我左胳膊上血红的月牙印记……

然后，他们伪造出种种假象：我老妈难产，为了生我而死；老爸为了让老妈起死回生，耗尽毕生修为，终于救醒了老妈。这才躲过了幽冥门的重重法眼……

我的灵力只是被暂时压制，它还会随着年龄的增长而越来越强，什么时候会突破封印也无法预测。要保我平安，他们就必须离开幽冥门，而且越早越好。

他们法力散尽，成了两个普通人。对于从不养闲人的幽冥门来说，已失去了利用价值。老爸早有隐退之意，正好以此为借口，犯了几次错，顺理成章地退出了幽冥门，如此一来，既保护了我的身份不被识破，又成全了他们隐退江湖的愿望。

虽已隐退，但毕竟曾经是幽冥门的核心人物，双手沾满了鲜血，想隐居起来过安生日子哪有那么容易。老爸老妈抱着我，带着剩下的半瓶灵药，开始了我们全家的漂泊之旅。

神力较为集中的地方，我的灵力就会突破封印冒出来，这也就是为什么在1998年洪水、2003年“非典”、汶川地震等天灾之前，我胳膊上的月牙印记都会显现出来的原因，而幽冥门也是根据这一丁点灵力找到我们，屡屡劫杀……

老爸老妈把我的灵力封印之后，我就是个普通的孩子，基因里遗传的都是老妈“傻白甜”的成分，老爸睿智、果敢、高智商的成分一点都没遗传上。再加上他们刻意的“平凡化”培养，最终把我成功塑造成一名纯正的“矮锉穷”。

这便是我打娘胎里带出红斑病的由来，只要一出红斑，就会胡言乱语，老爸老妈立马喂我喝下灵药……

我现在才知道，这世上根本没有救世主，哪有什么仙人在我一出生就看出我有病，为我制出了灵药，那个“仙人”就是我的老爸老妈！我喝的灵药都是他们的毕生修为……

眼泪一下夺眶而出，自我出生以后，老爸老妈做的每一件事都是为了我，每一次被人欺负之后的隐忍也都是为了我。我现在全懂了，为什么老爸老妈说我自打出生起，身上就带了疯病；为什么我一胡言乱语，他们就紧张地要给我喝药；为什么在得知我用灵力偷窥到高考题，考出全县状元之后，老妈吓得失手打了我……他们是怕我被幽冥门发现！一切都是为了我！

想再看他们的未来，是否能成功得救，重新转世投胎，才发现，我只能看到实体的未来，看不到灵魂的未来。

收了灵力，我泪流满面。

若没有这样的父母，或父母没有封印我的灵力，我或许会和莫如月一样，早早被幽冥门抓走，当成工具一样被养大，又或许，我根本就活不到现在……

一直以为我和幽冥门之间界线清晰，我就是我，它就是它，彼此没有交集，而实际却是，我和莫如月一样，与幽冥门搅成一团，分不清彼此；一直觉得我的成长很快乐，而实际却是，我的快乐是建立在父母的牺牲之上；一直以为我父母只是一介普通的凡人，而实际却是，他们曾嚣张地混迹于江湖，全因对我的爱才归于平淡……

小时候，曾一度认为父母没能让我成为官二代、富二代，是他们没本事，现在才感到，他们对我最大的付出、最大的保护，就是让我成为一名普通人，健康平安地成长……

原来，你以为的世界不过是“你以为”的，最平凡的也许是最传奇的，最平淡的也许是最珍贵的，最向往的也许最扯淡的……而真实往往被一层一层的假象所包裹，需要勇气才能一层层地剥开，付出血泪之后才能一层一层地看清……

## 四十二、万分尴尬

往常使用窥探术，只要一个瞬间，便足以让我灵力耗尽、浑身无力，这一场耗时几个小时的窥探，几乎要了我半条命。

我浑身是汗，脸色惨白，大口大口地喘着粗气，往起来站的时候，头一晕，便失去了知觉。

等我再醒来的时候，已躺在总统套房中偌大的双人床上，风里希给我渡送着灵力。

见我睁开眼，他收起灵力，“醒了？以后再用窥探术的时候可要悠着些，若再强行透支灵力，你的小命怕是不长了！”

我不好意思地说：“多谢风哥。”并把我窥探到的事情如实都告诉了他。

风里希听后没有评论，毕竟是我的身世，又关系到我父母，尽管跟幽冥门相关，但他也不便多加评论，只是就事论事地说：“你父母被关在幽冥之狱受刑，幽冥之狱属于私设刑堂，是天地不容的，早该被取缔，可为什么几千年来它能游离于人界和神界之间？到底是因为没人管，还是因为没人能管，看来咱们遇到了异常强大的敌人。到目前为止，咱们还没有摸清对手的底细，对手却把咱们了如指掌。如果想救你父母，让他们能重新转世投胎，唯一的办法就是彻底摧毁幽冥门。只有幽冥门毁了，幽冥之狱不复存在了，你父母才能得救。虽然这条路万分凶险，但我和小月肯定会在你身边的，咱们要一条心走到底……”

这一番话说得我心里暖暖的。风里希就像是我的大哥，自从遇见他，他就一直照顾我、保护我、指引我。

风里希接着说：“现在是五点，离晚宴还有一个小时，你先休息一会儿吧。还有啥要帮忙的吗？”

我说：“刚才灵力透支得厉害，我现在浑身跟散了架似的，正好享受一下这张高级床，这么多功能不能浪费了。麻烦风哥帮我按一下‘按摩’键。”

他笑着说：“好。”

然后，悲剧的一幕发生了。

其实事情是这样的。风里希是站在床边为我渡送灵力，站在床边跟我说话，要帮我按“按摩”键的时候，因为床太大了，他单腿跪在床上，另外一条腿站在地上，然后伸手去按床头上的控制板。本来是件很正常的事，谁知就在这个时候，门居然开了……

两个酒店服务员推着保洁车走了进来，风里希一个走神，手偏了一点，刚好按到了“激情”键上，床垫非常不合时宜地开始在我腰下律动，我一紧张，腰不自觉地就使劲，恨不得把床垫压下去别再动了，可越是用力，床垫上下律动得越快，风里希见状也慌了，赶紧去按停止键……

可有些事，越想掩饰，越像是在编故事。

刚进门的两个服务员看到这一幕，惊得下巴都快掉到了地上，好尴尬，她们连手都不知道该往哪放了，一个劲地拧着裤边……我躺在床上使劲往被子里缩，祈祷着她们千万别看清我的脸。

床好不容易停止了晃动。

经历了那么多大风大浪的风里希，竟然为这事紧张得出了一头汗。

服务员忙解释："我们本来是要打扫房间的，刚才按了好几遍门铃都没有动静，以为房间里没人，就擅自进来了，打扰了二位的雅兴，实在不好意思，我们这就出去，你们继续、继续……"说着，拉着另外一个服务员转身就要离去。

她们这是什么意思，以为我们两个大男人在"啪啪啪"，还用高科技的床玩"激情"新花招？这话要是传出去，传到女神姐姐那里，传到莫如月那里……天哪，不敢想象！

原来，我在使用窥探术的时候，风里希为防止我走火入魔，用灵力撑起了一个结界，隔绝了外界的一切干扰，我醒来之后，他才收了结界。所以，服务员按门铃的声音刚好被结界隔住了，我们都没听到。

服务员走后，风里希满脸"黑线"地出去了。这事儿整的，我也没心思再按摩了，老老实实躺一会儿吧。

晚宴的时间到了，我们三个如约来到酒店顶楼的中华苑餐厅。

见识了总统套房的奢华，再见识这个中华苑，还是不免惊叹，太奢侈了，古香古色的中式风格，随便一幅字画都是名家精品，随便一个花瓶都是古董。

我们在贵宾休息室等待主人的到来，心情有些忐忑和激动。马上就要见到女神姐姐了，她不仅救了我们的命，还这么盛情款待我们，一定得当面好好感谢她。

不一会儿，早上去岳王庙接我们的那四个保镖来了，还是穿着西装戴着墨镜。但四个保镖护送的竟然不是女神姐姐，而是一位三十岁左右的男人，他穿着规规矩矩的中山装，每一个扣子都严严实实地系着，戴一副眼镜，很显斯文。

其中一位保镖说："三位，这就是我们老板。"

我们三个都很吃惊，一直以为他们口中的老板，是那个只身冲入暗灵分舵救我们的女神姐姐，结果竟然是个男的，我们三个全蒙了。

眼前的这个男人故意用"红裙子"让我们误会，引我们前来，他的目的是什么？他和女神姐姐是什么关系？如果没关系，又怎么会知道救我们的女神姐姐穿着红裙子？……无数个问题在心中飘过。

老板完全忽视我们的惊愕，径自说着：“让三位贵客久等了，来来来，咱们入席，边吃边聊。”然后做了个“请”的手势，请我们到餐厅落座。

这顿饭越来越蹊跷了，我们到底该不该来？怎么有种骑虎难下的感觉。

## 四十三、黑色印记

餐厅里，八个凉菜已经摆上餐桌。

我们四个落座之后，老板清退了保镖，开始主持饭局。

“欢迎三位。我叫姜默，是中润财团的董事长。我也知道这次请三位吃饭有些唐突，非常抱歉，在这里先向三位道歉了。”说着，他站起来鞠了个躬。

这么礼貌的态度，心中虽然还是有些疑惑，但对他的好感度飙升。

姜默接着说：“我请三位来也是情非得已。关于解封封神鞭的力量，你们知道多少？进展到什么程度了？”

原来是为了封神之力，我看了一眼风里希和莫如月，他俩一副面瘫的神情。我犹豫了，是实话实说呢，还是装疯卖傻，“什么是疯神鞭？我不知道啊，让人疯疯癫癫的鞭子吗？”

姜默优雅地笑了笑：“夏小涛，你还真是幽默。防人之心不可无，我完全理解，不过，你可以完完全全地相信我，因为我和你，是同一种人。”

“同一种人是哪种人？”

我脑子里立马浮现出两个服务员进房间时看到的尴尬场景，完全没经过大脑思考，脱口而出：“难道你们酒店的服务员已经议论开了？这么快就传到你这儿了？那都是误会，我和风哥绝对是清白的！”

莫如月听得云里雾里，瞪大双眼疑惑地看着我，“服务员议论了些什么？怎么又扯上风哥了？”

风里希气得脸都绿了，咬牙切齿地说：“小涛，先听姜总把话说完再吭声！”

我自知装疯卖傻过了头，眨巴着小眼睛，不再说话。

姜默说：“同一种人的意思是，咱俩应该都是执掌封神之力的人。”

见我们一个比一个惊愕，他接着说："我知道夏小涛的左胳膊上有个月牙印记，不知形状是否与我的一样？"

他撸起袖子，在他左胳膊上果真有一个月牙印记，和我胳膊上的几乎一模一样，只不过我的是红色的，他的是黑色的。

好多疑惑在脑海中翻滚，搜集了这么多关于月牙封印的消息，从没有人跟我们提起过，月牙印记还有颜色之分，难道颜色与颜色之间还有区别和讲究吗？

还是风里希比较镇定，对姜默说："既然你也有月牙印记，而且跟夏小涛胳膊上的几乎一样，我们也不妨开诚布公地告诉你，据我们目前所知，这世上一共有七个月牙印记，共同封印着封神之力，除了夏小涛胳膊上的，还有四个分别藏在莫高窟、麦积山石窟、龙门石窟，以及云冈石窟之内，如果算上你胳膊上的这一个，我们就掌握了六个月牙印记的消息，还差一个不知所踪。"

姜默说："有四个印记分别藏在四大石窟之内？你们是怎么得到这个消息的？来源可靠吗？"

莫如月说："是秦桧告诉我们的，至于可不可靠，我们也说不准。"接着，她把我们为什么要救秦桧，以及助神出劫的事，大概给姜默讲了一下。

姜默说："秦桧虽然是个千古奸佞，但还是有些真本事的。他说得没错，有四个封印分别藏于四大石窟，还有两个不知所踪，其实我和夏小涛胳膊上的印记只能算是一个，黑色为主，红色为辅，我若死了，他便能接替我的位置，完成封神的使命。"

我恍然大悟，"原来我是个备胎啊！那我该干吗干吗去，一切交给你好了。"

姜默露出很无奈的表情，"夏小涛，你想得太简单了，咱俩的命运因为这个月牙印记，已经紧密连在了一起。如果封神之力不解封，三兔法阵就算开启了也送不走几个神，想继续留在人间的肯定大有人在，再说了，你不是想捣毁幽冥门吗？只有封神之力才能办到。"

一听幽冥门，风里希警觉道："你怎么知道我们与幽冥门之间的瓜葛？还有，你怎么知道用'红裙子'就能引我们过来？"

姜默颇为不屑地说："这年头，有钱能使磨推鬼，只要有钱，什么信息买不来？别看他幽冥门厉害，照样有我的内线。"

风里希接着问："既然如此，你今天叫我们来是什么目的？不会仅仅为了款待我们一顿饭吧？"

姜默笑了笑，"款待你们是一个方面，你们这么辛苦，自然需要慰劳一下，但更主要的是，我既然主动亮明我的身份，就是要和你们合作，尽快找齐月牙封印，解封封神鞭。”

“你要和我们合作？是要跟我们一起走吗？”

姜默说：“我要管理这么大一个财团，把这里完全抛开亲自去，肯定不现实，再说了，我除了会挣钱，其余什么都不会，去了也是给你们添麻烦。各施所长吧，有钱出钱，有力出力，我出钱就是了。另外，我让我的两个贴身保镖跟你们同行，也算是帮我出这一份力了。你们觉得呢？”

一听有人出钱，我顿时觉得他说的话都好有道理，跟声附和着，“姜总说得太对了！”

姜默拍了拍手，进来了一男一女，男的有些帅吧，没注意，反正女的很有姿色，披肩发，大长腿，眉目清秀，只是一副面瘫的表情给颜值打了些折扣。

男的一脸严肃地说：“我叫黑影”。

女的也是一脸严肃：“我叫高影”。

忽然感到有谁踢了我一脚，回神一看，是莫如月，她正铁青着一张脸。

好吧，我承认，看到高影的时候，表情可能有些小猥琐，但爱美之心人皆有之。小月这么生气，难道是吃我的醋了？

姜默说：“他们两个从小就跟在我身边，都是顶级高手，而且绝对可靠，黑影能定格时间，高影能隐身。”

说着，黑影端起一杯水，向上一扬，水立马从杯中泼出，我下意识地躲了一下。那可是一杯开水，泼在脸上不是开玩笑的。

谁知水在空中定住了，水珠在灯光下折射出晶莹的光，剔透无比，太神奇了。我们伸手摸了摸定格在空中的水珠，还有点烫。

黑影拿起杯子，在空中完美地画着弧线，把水又重新装回杯子，喝了一口。

正要表达对黑影的崇敬之情，一双无人掌控的筷子，径自夹起一片牛肉，牛肉少了一口，又少了一口，慢慢地，一个人影模模糊糊地出现，色彩越变越重，原来是高影。

风里希高兴地说：“黑影，高影，欢迎你们加入，咱们的力量越来越强大了。”

姜默也很高兴，“我虽然不能和你们一起寻找封印，但我的关心会随你们一起同行，从今天起，你们不仅有他们两位高手的鼎力相助，还有中润财团的全力支持。出门在外不必太委屈自己，吃好住好，有什么花销尽管说，只要是钱能办到的事，都不成问题。”

这一番话说得太霸气了，只恨我没早点认识他，当了近二十年的穷鬼，今天终于能当土豪了。

“我们现在要助神出劫修灵力，还要解封封神之力，更要防着幽冥门，想方设法搞垮它……这么多事搅在一起，到底先办哪一件呢？”

姜默说：“这么多事看似复杂，其实完全可以统筹安排，找月牙封印和助神出劫同时进行。你们先去山西云冈石窟，找到月牙封印之后，按原计划不变，经河南，陕西，甘肃，到达敦煌，先找到四大石窟内的月牙封印再说，到时应该能从中得到其他两枚封印的线索。”

不愧是大财团的董事长，安排起事情来脉络清晰、井井有条，让人不服都不行。

风里希说：“姜总说得有道理，我们就按这个计划行事。”然后顿了一下，接着又说，“既然姜总情报这么灵通，不知道对救我们的那名红裙女子可有了解？受人之恩，当思回报，她救了我们，我们得当面感谢。”

姜默说：“对那红裙女子，我也一直在查，但无奈她隐藏很深，怎么查都查不到她的来历，不过我会继续调查的，一有消息就会及时联系你们。”

不知女神姐姐现在可好？她就像一个美丽的谜团，总也解不开。

吃过晚饭，先给房东打了个电话，房子不租了，里面的东西统统不要了，押金也不用退了，理由就是：有钱，任性！房东激动得痛哭流涕。

然后，大家决定明天一早出发，去山西的云冈石窟，事不宜迟，迟则生变。

## 四十四、三战张魁

现在有钱了，我们坐的是飞机，还是头等舱。说实话，我长这么大，这是第一次坐飞机。

虽然自己也能飞，但坐飞机跟自己飞的感觉就是不一样，不说别的，只是空姐服务这一点，就让我觉得很舒心。从小到大，我一直都是被人吆五喝六的，从来没人把我太当回事儿，突然被人这么尊重，还真有点不习惯，美美地满足了一下我的虚荣心。

腰板坐正，保持微笑，双手置于膝上，这个造型像大款吗？好像太中规中矩了。换一个，大款应该是跷个二郎腿，斜靠在椅背上，一手抱胸，一手摸下巴……这个造型虽然有了点大款的感觉，但还不是很满意，要是有个道具，我能演得更逼真一点。对了，财经报，绝对是身份的象征……

我正在装模作样地看财经报，空姐走来，恭恭敬敬地问："先生，您需要饮品吗？"

我回她一个目空一切的眼神，"有红酒吗？82年的拉菲。"

坐在一旁的黑影实在看不下去了，"小涛，大款不是这么装的！"

一句话戳中要害……正要与他理论，飞机突然剧烈地摇晃起来。

空姐很镇定地安慰大家："飞机遇到了强气流，请系好您的安全带，不要离开座位。"

可我总觉得飞机摇晃得很不正常，看了眼风里希，他一脸警觉，再看莫如月，也是一副戒备的模样。

飞机越晃越厉害，好像是被一股力量强行拉扯着，机舱里开始骚动，有人哭、有人闹，甚至有人要纸笔写遗书……

黑影站起来，匆匆往后走。空姐急得大喊："先生，请不要离开您的座位。"

黑影头都没回，酷酷地说了句："我去趟洗手间。"

高影也跟着站了起来，"我去趟洗手间。"

莫如月也站了起来，没说话，跟着高影就往后走。

风里希对我使了个眼色，意思是赶紧到洗手间，然后也往后走。

我心领神会地站起身，刚要走，空姐问："你们五个人一起去上洗手间？"

我神回复："是的，挤挤热闹。"

走到卫生间门口刚想敲门，被莫如月一把拽进去，大家都在，齐刷刷的五个人。

我说："你们能不能演得像一点，男的进一间，女的进一间，别扎堆……"

话还没说完，只觉得后脑勺一巴掌，想都不用想，肯定是莫如月，"我看到张魁了，就在那片云里，飞机晃得这么厉害，肯定是他搞的鬼。"

黑影说："我看清楚了，他们一共九个人，来势不小，那个张魁是幽冥门冥火分舵的护法之一，我们以前交过手，此人有几分本事，他敢打飞机的主意，肯定是布好了陷阱等我们。"

风里希说：“不管有没有陷阱，咱们都得出去应战，不能让一飞机的人平白无故受牵连。”

大家商量了一下，决定由风里希把窗户打破，黑影把窗户的碎片定住、收好，然后所有人都从窗户里跳出去。

跳飞机的感觉太酷了，我是说除我之外的其他四个人，因为我是被莫如月踹出去的。

果然，我们一出去，飞机就停止摇晃，平稳前行了。

张魁现身，“风里希，黑影，多日不见，没想到你们两拨人竟然走到了一起，真是小看你们了。不过正好，今天就一起收拾了，省得动两次手，麻烦。”

莫如月先忍不住了，毕竟张魁与她有血海深仇。她抽出映月刀攻向张魁……

战斗就是这样，只要一有人动手，就一发不可收拾，九人对五人，云中立马掀起一场混战，万幸的是，我再不是当初那个只会看热闹的傻小子了。

先来一通火攻，让他们尝尝三昧真火的厉害。随着我的出掌，一条条小火龙飞出，让对方措手不及，正在得意，只见张魁飞到我跟前，他张大嘴巴一口吞了我的小火龙，我心中惊愕，再打出一条火龙，又被他一口吞掉，紧接着，随着他的一声咆哮，两条小火龙从他嘴里喷出，径直向我扑来。我没反应过来是怎么回事，风里希朝我打来一掌，把我推到一旁，躲过了张魁的攻击。

张魁能吞下我的三昧真火，就证明，他能吞了别人的技能，再化为自己的攻击，只要我不再打出三昧真火，他就用不了这个技能。

再看莫如月，嘴角挂着血丝，正在跟其他人交战，显然是刚才交手时，在张魁这里吃了亏。

张魁功力精进速度之快让我大吃一惊，不知他吸了多少妖精的法力……想到此，我后脑勺发麻，这个人太可怕了。

黑影放大招了，随着一个光球扩散出去，把张魁这九个人全部定住。但还不到两秒，张魁就破了黑影的招数，自己解封能动了，不过其他人都还定着没动。

就在张魁打算还手的时候，我拔出神目刀，对准他的心脏刺了下去，他一个转身躲开，我这一刀只割破了他的衣服。他正为躲过了我的攻击而得意，我却比他笑得还大声、还放肆，因为我看到了神目刀上的一丝血迹。

“小样，三分钟之内，看我不灭了你。”

就在我和张魁交手的这一个回合中，黑影因为刚放过大招，正在休息，风里希和莫如月、高影三人，手起刀落，已经干净利索地把张魁那边八个人全部解决了。

张魁的笑声戛然而止，可能感觉到了自身的不对劲，再加上眼前这形势，九个人只剩下他一个，已不是我们的对手，转身一溜烟地跑了。

莫如月气不过，正要去追，被风里希拦下，“小月，当心他们设下埋伏。他们有备而来，咱们无备应战，没有损伤已是万幸，就不要节外生枝了。”

## 四十五、云冈石窟

我们纷纷从厕所的窗户里跳回飞机，听到一位大爷正在门外使劲地敲着门，“谁在里面？干吗呢？都半个小时了，赶紧出来，外面人等得着急。”

大爷，您再多等一会儿，咱还得修窗户。

我们先把碎片拼好，然后由我的三昧真火把碎片高温融合，最后封到窗户上高温整合一次就好了。可大爷的敲门声实在令人心烦意乱，“再不开门就报警了啊，太过分了！”

手工活不好掌握，听着大爷骂骂咧咧，我一失神，火候大了些，最后一关搞砸了。窗户虽然封上了，但焦了一大块，怎么看，怎么像在窗户上糊了一坨屎。

大爷还在边敲门边骂，顾不了那么多了，开门出去吧，再不开门，估计大爷就要破门而入了。

黑影硬着头皮先出去，大爷不满地说：“这么长时间，外面的人嗓子都喊哑了，太不道德了。”

他刚要往门里迈，高影从他身边挤过，然后是莫如月，风里希，还有我，一个一个鱼贯而出，从大爷跟前擦身而过，“靠，五个人，同时上厕所，怪不得这么长时间！”

待大爷进入厕所关上门后，更大的谩骂声从厕所传出，“靠，居然还把屎拉到窗户上了，谁能告诉我，这是咋拉上去的啊？”

我们头都不敢抬，灰溜溜地回到座位上坐好。我暗下决心，以后再也不坐飞机了，还是自己飞自在。

我们在山西省大同市下了飞机，姜默安排了豪车来接我们，一路送我们来到云冈石窟，看来大同市也有中润财团的投资，突然有种傍上大腿的感觉。

我虽然不是个称职的大学生，但毕竟挂了个学历史的名头，进入云冈石窟无比兴奋。

只见绵延一公里的石雕群中，大的石雕有十几米那么高，小的只有几厘米那么大，巨石横亘，石雕满目，蔚为壮观。有的居中正坐，栩栩如生；有的或击鼓，或敲钟，或手捧短笛，或载歌载舞，或怀抱琵琶……在这些佛像与乐伎刻像中，还流露着明显的波斯韵味。

我决定显摆一下，“大家都往这边看了啊，哎，说你呢，那个穿黄衣服的同学，都看过来。”别说，我这么一喊，还真喊来不少游客，都围过来等我讲解。

我学着导游的口气说：“云冈石窟始凿于北魏时代，是当初为了供奉佛教创建的，造像气势宏伟，内容丰富多彩，堪称公元5世纪中国石刻艺术之冠。按照开凿的时间可分为早、中、晚三期，不同时期的石窟造像风格也各有特色，年代最久远的要属昙曜五窟……”

我卖力地讲，却不见有人反应。半晌，忽然响起了掌声，我还在纳闷，这些游客怎么反应慢半拍，我都讲完一阵子了，才知道鼓掌。这时一名游客说：“那边有人现场作诗呢，还有那么点意思。”

“谁啊？居然敢踢我的场！”我气愤地一看，原来是风里希：

袅袅绫罗胜仙葩，
琵琶声里论天涯。
婀娜无关佛祖事，
曼妙岂为帝王家。
千年岁月付流沙，
万种风情藏诗画。
任他王朝频迭起，
我自逍遥舞云霞。

很多游客都在叫好，就连莫如月都面露温情。她的这个眼神我见过，在女娲祠的时候，她也用这样的神情看风里希……

我郑重的宣布：我吃醋了。

“小月，瞧你那色眯眯的眼神，你不会喜欢上风哥了吧？”我绝对是无心问的，如果知道她后面的回答会是这样，打死我也不会问出这句话。

莫如月瞬间脸红了，憋了半天，回了一句：“我就是喜欢，怎么样?”

心碎、心痛……我仿佛感到头顶上风雷乍作。

“风哥，你听听，小月说她喜欢你。”我焦急地望着风里希。

风里希看了眼莫如月，很淡定地转身往前走，边走边说：“人和人之间的缘分有很多种，有些人，是注定没有姻缘的。”

啥意思，说出这么不清不楚的话，你对莫如月到底是喜欢，还是不喜欢。

莫如月比我还着急，“咱们三个注定是要相互追逐的，你不喜欢我，我可以理解，但你就非要认了这个宿命，喜欢夏小涛吗？”

风里希停下脚步，“我拿小涛当兄弟。”

只这不疼不痒的一句，你怎么不多说两句呢？让莫如月又逮住了话柄，“你既然不喜欢他，又和他在酒店房间里做什么？让那些服务员在背后指指点点。”

我急了，“我和风哥在酒店房间里什么也没干！服务员看到的是场误会。怎么又扯上宿命了？”

等等，让我捋捋，我们三个的宿命就像是三兔藻井图，共用三只连在一起的耳朵，彼此追随着，却又追不到对方，所以，我喜欢莫如月，而莫如月又喜欢风里希，那么转一圈，风里希喜欢的人理应就是……我……

“不会吧，风哥，你不会真那个什么我吧？我可对你没想法，大家都知道的，我只喜欢小月！”

风里希停下脚步，没有回头，只是淡淡地说了句：“你们都想多了，没有的事。”

莫如月不甘心地继续追问：“到底是我想多了，还是你欲盖弥彰。”

天哪，太惊爆了，风里希居然喜欢的人是我？

风里希转过身，“别胡闹了，咱们三个人之间是不可能有姻缘的，抓紧时间办正事，别在这些儿女情长的事情上浪费时间。”

说来说去也没有正面回答他喜欢的人到底是不是我，这个事情得说清楚，不然我哪有心思找封印啊，“风哥，你喜欢的人，真的是我吗？”

这回风里希严肃了，他转过头，非常认真地说：“我对你和小月是一样的，就像是我的弟弟和妹妹，除此之外，别无其他。”

“哦，那就好，吓死我了。”不对，我们之间不可能有姻缘？那我和小月呢？也不会有姻缘吗？我要看看小月未来的老公是谁，如果不是我，丫的，早早弄死他。

我心里像小猫在挠一样，根本没心思去找封印，必须得看看莫如月将来的老公是谁，我才放心。但如果以这个名义使用窥探术，非得被他们几个打死不可。

“我去上个厕所。”

进了厕所把门一关，先探查一下周围是否安全，好像没发现幽冥门的痕迹，就用那么一点点窥探术，只看一眼小月的老公，应该不会被发现吧。

我像做贼一般，调动着周身的灵力，眼睛“唰”地变大了，我看到了莫如月的未来：她正窝在沙发里看电视，一个男人围着围裙，走到她身边，“老婆，饭做好了，起来吃吧，吃饱了才有精力看电视，么么哒。”这么贱，谁啊，快转过身来，让我看清楚。心里正着急，这个男人慢吞吞地转过身，看清楚了，这个男人居然是，我！

我心满意足地收了灵力，放声大笑。“啊哈哈哈……”莫如月终究是我的。

突然传来敲门声，“哥们，你是有多久没顺畅了？笑得这么豪放。顺畅了就赶快出来，让外面的人也进去顺畅一下。”

出了厕所，我神采奕奕地出现在他们面前，还不忘给莫如月抛个媚眼儿。

黑影说：“小涛，你去厕所这么长时间，以为你掉粪坑里了，现在看来，你是掉到桃花源里了。”

懒得跟他们解释，此时阳光明媚，我仰起脸，迎着风，好像感到有桃花瓣撒在脸上，不由自主地又笑出了声……

## 四十六、得到线索

来云冈石窟已经五天了，在大大小小的洞窟中反反复复地看，一点痕迹也没有，就好像大海捞针一样。

我说：“咱们这么走马观花地找也不是个办法，这里有二百多个龛，大小五万多尊造像，就算咱们不吃不睡，找一年估计也找不出个所以然。”

高影附和着说：“我也觉得不能再这样盲目地找了，至少得有个范围。”

大家都默默地思索着，只有黑影，一直盯着云冈大佛看。这尊大佛高十七米，大耳垂肩，是云冈的标志佛像，已祥和地屹立在风雨中一千多年了。

风里希问黑影：“你一直盯着云冈大佛，可是有什么发现？”

黑影说：“你们注意到没，这尊佛像的眼睛，每天早上五点左右，都会发光。”

这一点确实没人注意到，黑影果然不是一般人，观察得好仔细。

黑影接着说："我连续观察了四天，每天早上五点左右，当第一缕阳光照在石佛眼睛上的时候，这双眼睛都会发出耀眼的光，不过持续时间不长，也就几秒钟而已，而且很容易被当成反射的阳光忽略。"

风里希说："说不定，这就是寻找封印的线索，明早五点，咱们大家一起注意一下，看看能有什么发现。"

我们在云冈大佛前守了一夜，清晨五点，当第一缕阳光照在大佛眼睛上的时候，它的眼睛果然发光了。与其说是阳光的反射，倒不如说是由内而外发出的光。

它的眼睛像一道机关，而清晨的阳光就是机关的钥匙，只要钥匙碰到了机关，机关就会有所反应。佛像眼睛发出的光正是对第一缕阳光做出的反应。

我们五个纷纷飞到云冈大佛的眼睛处，东摸一下，西碰一下，一无所获。眼看阳光越来越强，石佛眼睛里的光却越来越暗淡了，我心里干着急。

正在苦恼，无意间顺着石佛的目光看去，远处的山上，仿佛也有一个光亮与石佛的眼睛遥相呼应，也正在慢慢变淡。

"大家快看那里！"我激动地大喊。

黑影立马使出绝招，把远处山上的那点光亮定住，然后，我们像离了弦的箭一样，"嗖"地飞了过去。

在密林当中，有一个小小的只能一个人爬着进去的洞口，好似是野兽的巢穴，光就是从这个小洞口里发出来的。

我们相互使了个眼色，纷纷爬了进去。爬了大约两公里，到了一处断崖，上不见天，下不见底，前不见彼岸，仿佛这里藏着另外一个巨大的世界，没有光明，只有无穷无尽的漆黑，我们置身其中，一种强烈的压迫感油然而生。

这么黑，会是什么发出的光，与云冈大佛的眼睛遥相呼应呢？

我手里燃起一团三昧真火照亮，我们腾空而起，慢慢下落，落了不知几千米，才到底。底下是一片汪洋，感觉有东西朝我们游过来。

风里希说："这东西没有魔性，只是一只普通的生物而已，放它一命，不要坏了这里的生态平衡。"

谁知这东西偏偏不识好歹，一下从水面跃起，张着血盆大口就朝我们咬了过来。我和风里希、莫如月飞身闪过，而黑影和高影手起刀落，利索地斩下了那东西的头，是条巨大的怪鱼，看起来长得有点像鲇鱼，却有着一嘴锋利的牙齿，还长了四条腿。

虽然相貌丑陋了点，可毕竟只是条无辜的鱼，我们躲过就是了，实在没必要杀了它，真不知道黑影和高影怎么想的，可能是嫌躲来躲去麻烦，不如杀了它利索。

这条大鱼的血引来无数小鱼，原本平静的水面泛起波纹，慢慢地，像是沸腾一般，那是小鱼在撕咬着大鱼的肉……这些小鱼居然也长着四条腿。

黑影说："这里的鱼都长着腿，证明这里一定有陆地，我们走。"

说罢，径直向前飞去。

我们又飞了不知几百公里，终于见到陆地了，其实只是一个湖心岛而已，岛的正中心有一尊石佛，与云冈大佛一模一样，只是没有破损，看上去就像刚雕刻好的一样，毕竟这里没有风吹日晒雨淋，也没有人为破坏。

这就说得过去了，两尊大佛遥相呼应。那么这尊石佛的眼睛也一定能发光，只是此时还没到时机。

我们把石佛上上下下找了好几遍，也没什么发现，但我总觉得哪个地方不对劲，浑身别扭，好像谁的目光在盯着我们，暗中观察我们的一举一动。

就在这时，石佛的眼睛放光了，这光由眼睛扩散至石佛的周身，使整尊佛像好像是个小太阳，把整个地下世界照得犹如白昼一般，看来，此时又到了早上五点，果然是两尊佛像遥相呼应。

原本平静的水面瞬间沸腾起来，各种各样、大大小小的鱼纷纷翻滚着跃出水面，好像兴奋地吸收着阳光的恩赐，溅起噼里啪啦的水花。放眼望去，一片汪洋，鱼的天地，水的世界，热闹非凡……还有一些长了腿的鱼，争先恐后地往岸上爬，像潮水一样涌来……

短暂的几秒之后，随着光渐渐变暗，不再有鱼跃出水面，爬上岸的鱼又像退潮一般退回水中，水面慢慢恢复平静。这里又是无穷无尽的漆黑，死一样的寂静。

就在最后一抹光消失之前，我看到石佛的眼睛好像在转动。

我惊呼："这个石佛的眼睛能动，它在看我们！"虽然我也算经历了一些磨难，见过了一些世面，但看到这个石佛的眼睛盯着我们，我们走到哪，它看到哪，还是觉得后背直发怵。

我燃起一个大火球置于空中，好像一盏大灯一样，把周围照得亮堂堂。

这回看仔细了，有人往上飞，它就往上看；有人往左飞，它就往左看；有人往后飞，它就往后看……

我们相互使了眼色，同时往四面八方飞，看它往哪看，这回，它没有盯着某个人，而是往下看。

这是什么意思？莫非它想给我们暗示些什么？

我们顺着它的目光往下找，是它的肚脐，难道这里藏了玄机？使劲一推，能推动，果然是道机关。瞬间，不知道从哪里射来千万支箭，我们各使招数闪躲着，被打下去的箭落在地上就消失了。

一阵箭雨没能伤到我们，箭雨过后，再看石佛的肚脐，是个小暗格，里面放了一幅画卷，古香古色。

风里希伸手将画取出，大家纷纷议论："打开看看吧。""打开看看，说不定是找到封印的线索。"

风里希缓缓打开画卷，是一幅山水图，画风古朴、画工精湛，从没见过如此逼真的国画，不知出自谁之手："这下发达了，你们说，这幅画值多少钱？咱们五个人平分，下半辈子吃喝不愁了……"话还没说完，感觉后脑勺被拍了一巴掌。

我撇了撇嘴，赶紧跟他们保持一样的动作，一头扎在画上研究，看能有什么发现。

忽然听到有人在悠悠地唱山歌，是个男的，嗓音极其清亮。随着歌声越来越近，一位男子边唱歌边往我们这里走，他穿着一身粗布衣裳，长发在头顶束成一个髻，扛着一捆柴，典型的古代樵夫。

啥情况，怎么像是穿越了。到底是他穿到现代了，还是我们穿回古代了？

## 四十七、画中世界

他看到我们吓了一跳，"竟然有人？"抢我们台词，这句话正是我们想说的。

风里希问："这位大哥，你从哪里来？怎么会到这里？"

男子说："我在山上打柴，看到一个山洞，就进来了，本来想找点值钱的东西，结果越走越深，唱唱山歌壮个胆，没想到竟然遇见了你们。"

我们刚才探查了半天，这里分明就是个湖心岛，怎么可能连着外面的山洞呢？可是这位大哥，看上去纯朴老实，不像是在说谎，而且从气息上来说，绝对是个凡人。

我们相互看了一眼，沟通了一下各自的想法。我说：“这里没什么值钱的东西，我们在这儿迷路好几天了，还请大哥带我们出去。”

“好啊，跟我来吧。刚好我家就在这山里，请几位到家中喝杯清茶。”

风里希边收画卷边说：“感谢大哥的盛情。”

其实我内心特别想问他，今年是哪年？这里是哪里？……怕这位大哥觉得我是神经病，没好意思问出口，但总觉得哪里不对劲。

边走边聊，这位大哥叫阎青山，家里之前是做煤矿生意的，虽然挣了不少钱，但周围眼红他的人也不少，后来遭人陷害，吃了官司，把家底都赔光了，一气之下，便带着家人来到深山隐居，过起了遁世逍遥的日子。

跟着阎青山左转右转，没转两下就看到阳光了。

“这么容易就出来了？”我们都觉得不可思议。

阎青山却不以为意，“容易吗？咱们走了足足半个多小时呢。”

才半个多小时，比起我们进山洞，当真是容易多了。

出了山洞，阳光明媚、鸟语花香，我深吸了一口气，感觉好久没见太阳了，暖暖的阳光照在身上真舒服。

阎青山笑着对大家说：“累了吧，我家就在前面，如果你们不嫌弃，今晚就住我家，地方虽不大，住你们五个还是够的。”

世上真是好人多，满满都是正能量。

听到有流水的声音，是一条清澈的小溪，潺潺流水，石卧溪底，溪水时深时浅。深处有五彩的小鱼游动，恍若水中精灵；浅处波光粼粼，好似无数金币躺于水底，甚是耀眼……

阎青山蹲在溪旁，用手掬起一捧水，喝了几口，边喝边说：“这里的水纯天然无污染，放心喝。”

我们也蹲在溪边喝起水来，果真甘甜可口。

阎青山喝完水，用袖子擦了擦嘴，“沿着这条小溪再走两公里就到我家了。”

来到阎青山的家，只有两个字形容：土豪。这哪里是一个农家小院，简直就是一座超级豪华的中式庄园，电子安全设备一应俱全，院子里还停了四辆豪车。我再也不怀疑我们穿越了，人家阎大哥明显就是走在时代前沿的潮人，只是打扮得古朴了些，有个性，回归传统文化。

“阎大哥，你为什么要打这些柴呢?”我好奇地问。

“做饭啊，用柴做出来的饭特别香，你们不信就一会儿尝尝，肯定跟城市里用天然气做的不一样。”

我顿时觉得，归隐的土豪还是土豪，有着花不完的钱和时间。

我们被安排到了两间客房里，男的一间，女的一间。稍作梳洗后，拿出在山洞石佛中找到的那幅古画，又仔细观察起来，山水壮阔、意境深远，不管怎么看，它都只是一幅普通的山水画，确实没看出来哪个地方能跟月牙封印扯上关系。

“开饭喽，下楼吃饭啊。”阎青山热情地招呼着。

风里希边收画边对我们说：“看来这条线索不对，咱们得重回云冈石窟找其他线索。”

高影说：“好，吃完饭咱们就出发。”

我瞥了高影一眼，她哪里像个女孩子，分明就是个女汉子，大家都好几天没合眼了，就算是机器也得停下来休息休息。再说阎青山这么盛情地款待我们，怎好辜负。

风里希非常善解人意地说：“磨刀不误砍柴工，咱们休息一晚，明天再走也不迟。”

见我们一个个都人困马乏的样子，高影只好作罢。

来到饭厅，好一桌丰盛的菜肴，我的口水都快掉地上了。

“吃吧，别客气，”

那我就真不客气了，感觉好久都没吃顿像样的饭，“真是香，用柴做出来的饭果然跟天然气做的不一样，有股树木的清香味，好吃!”

阎青山笑了笑，目光变得深远，“经历了世间的浮华，看够了人情的冷暖，越来越觉得，返璞归真才能找到真正的自我。”

太深奥了，没听懂，聊天的事情交给你们，我只负责吃。

晚上躺在床上，听风吹树叶沙沙作响，看窗外明月夕夕成玦，困意袭来……这轮弯月与我胳膊上的月牙封印好像啊!

第二天一早，吃过早饭，谢过阎青山，我们就匆匆出发了。走出一段距离后，见旁边没人，我们腾空飞起。

“风哥，往哪飞?”

“不知道。”

不知道也敢乱飞，真服了，关键时刻还得用科技。我拿出手机打开GPS定位，结果不管怎么按，手机就是没信号，跟砖头一样。

飞了三个多小时，按这个速度，平时足可以跨省了，但还不见云冈石窟的踪影。

刚好云头下有个小镇。我们找了个隐蔽的地方落下云头，然后往镇中心走。原来这个小镇叫“山河镇”，镇中心车水马龙，颇为热闹。

一帮小孩子正追逐打闹着从我们身边跑过，其中一个三四岁模样的小男孩撞了我一下，摔倒后坐在地上哭，他抬起胳膊抹眼泪，左胳膊上居然有一个月牙印记。

我激动得浑身紧张，一把抓住他的小胳膊，在月牙印记上用力擦了一下，还真擦掉了一大块。

小孩子哭得更大声：“坏哥哥，你赔我的小月亮，你赔我的小月亮……”

莫如月见状，白了我一眼，摸着小男孩的头说：“好宝宝不哭，哥哥刚才擦掉你的小月亮，是因为这个小月亮印歪了，一点都不漂亮。”

小男孩立马不哭了，认真地看着自己的胳膊，“印歪了吗？我都没注意到。”他眨了眨水汪汪的大眼睛，“那……谢谢哥哥帮我擦掉不漂亮的小月亮。”

我尴尬地挤出三个字：“不客气。”

牛啊，小月哄孩子真有一套，我朝她竖了个大拇指。

莫如月故意不看我，高傲地一扬下巴，接着说：“姐姐给你重新买个小月亮，端端正正地印上去，好吗？”

“好，谢谢姐姐。”

“那我们走吧。”

跟着小男孩，来到了不远处的一家小商店，店里卖的全是日常用的小物件，手提袋、杯子垫、花瓶、脸盆……但每个物件上居然都印着月牙图案。

莫如月给小男孩买了个文身花，又给小男孩贴在胳膊上，把他高高兴兴打发走。

我们找来老板，客气地询问着月牙图案的来历。

没想到老板一副不耐烦的样子，“做个小本生意，哪来那么多为什么。货很普通啊，义乌多得是，你们既然喜欢这个花样，就去找设计公司，想怎么印就怎么印，没人管得着。如果不买东西，别在这耽误我做生意了。”说完，他扭头就走了。

一番话堵得我一肚子火，正想发作，被风里希拦下了，“看来，这个小商店也不是线索，咱们还是得回到云冈石窟。”

我们找了个大车司机问路，司机说：“云冈石窟？很近啊，再走5公里就到了。”

只有5公里了？怎么我们来时不记得路过“山河镇”？难道我们五个同时健忘了？

走了5公里，果然到了云冈石窟。此时，天已经黑了，一轮弯月挂在天边，把一切都照得朦朦胧胧，似真似幻……这个月牙好眼熟啊，就像是我胳膊上的封印。

## 四十八、找到封印

在云冈石窟一待就是半个月，一无所获。

“小涛，你刚才看了第几窟？”

“我刚才看了第7窟，窟前建有三层木构窟檐，窟内分前后两室，东、西、南三面壁布满雕刻的佛龛造像，南壁门拱上的六个供养菩萨，形象优美逼真。窟顶浮雕飞天，生动活泼，各以莲花为中心，盘旋飞舞，舞姿动人……但没有发现月牙封印的线索。报告完毕。”

不得不炫耀一番，我对自己的报告还是很满意的，在石窟里窝了近一个月，说一无所获也不全对，至少我成了云冈石窟的半个专家，对现存的45个主要洞窟烂熟于心，对大小252个窟龛也能数出一大半。

“我们也没发现任何有关封印的线索，怎么办？”

“到云冈大佛前等日出吧！”

“又快天亮了吗？”

“还没有，大家也都很累了，边等日出边休息吧。”

大家七嘴八舌地聊着，来到第5窟，在云冈大佛前一躺，离天亮应该还有5个小时。

迷迷糊糊中，看到一轮弯月挂在天际，皎洁的月光让深山平添一份静谧之美。

好奇怪，半个多月了，为什么月亮始终都是弯的？“月有阴晴圆缺”，新月如钩，满月如盘，可最近怎么不见月亮有任何变化？到底是月亮变了，还是我们的世界变了？

“不对！”我一下子坐起来，紧张地对他们几个喊着：“咱们的这个世界不对，大家快起来。”

其余四人纷纷坐起身，“怎么了，小涛，哪里不对？”

我惊愕地大声说着：“那天咱们在阎青山家住的时候，我看到的月亮就是弯的，都半个月了，月亮没有任何变化，这不合常理啊！”

一听我这么说，大家都在议论纷纷，回想着近段时间以来月亮的变化。

莫如月说：“我也觉得不对劲。咱们进入山洞之后，从洞口到洞底有几千米深，而且，洞底明明是一个大型地下湖，咱们在湖心岛上着陆，怎么可能半个小时就从湖心岛直接走到洞口？这几千米的高度，还有一大片汪洋的湖水，都到哪里去了？”

黑影也跟着说：“我这个人记路一向记得很准，来云冈石窟前，我不记得路过“山河镇”。那个小镇看似平常，但给我的感觉却很奇怪，尤其是那个卖月牙图案的商店，里面的任何商品都印着月牙图案，不管好看不好看，这也不符合常理啊。”

听到这，风里希脸一沉，“糟了，咱们恐怕遇到大麻烦了。”

“什么大麻烦？”

风里希一脸严肃地说：“女娲祠的长老们曾告诉过我，女娲大神有件法宝叫山河社稷图，图内有天地，滋养天人，可化生万物。”

他拿出在山洞石佛肚脐里找到的那幅古画，“如果真是这样，那么这幅古画的原身应该就是山河社稷图！”

我有些迷惑地问：“这幅画的原身是什么意思？”

“意思就是说，我手里拿的这幅画只不过是一个意象，而真正的画，就是我们现在的世界。咱们可能已经在画里了。”

我们真的穿越了？还是从现实世界穿越到了画中世界……

黑影问：“已经确定咱们是在山河社稷图中了吗？”

风里希接着说：“还不完全确定。山河社稷图能感应到我们的想法，然后以看似合理的方式呈现出来。咱们现在想一件事，如果一会儿实现了，就证明咱们真的是在山河社稷图里。”

我说：“这个有意思，不着调的事我最擅长。我希望天上掉金子。”

“这个主意好，如果是在现实世界中，根本不可能发生这种事。”

于是，就有了五位时尚潮流的帅哥美女，抱着胳膊望着天，等着天上掉金子的荒唐画面。

有几位虔诚的朝拜者早早赶来，看到我们在云冈大佛前看天，也学着我们的样子抬头看，看了半天什么也没看到，便来问我们：“年轻人，你们在看什么？”

“看天。”

“天上有什么？”

“有金子。”

“神经病……”

这一刻，我甚至开始怀疑，自己到底是不是在画里，如果不是，那得有多尴尬。

就在这时，飞来了一架直升机，一个男人提着一个大包，坐在机舱门口，一边哭，一边从袋子里掏东西往外洒……

洒的居然全是金币。

我脑子“嗡”的一声，完了，我们真的是在画里。

什么时候进到画里的，我们居然一点都不知道。难道是从阎青山那一段开始的？那阎青山到底是真人还是画中之人……

还没想明白，旁边那几个人蜂拥而上捡金子，激动得眼睛都能射出火花来。

别再演了，这一切都是假的，这个世界都是假的，只不过是一幅画而已。

风里希捣了我一下，“小涛，别发呆了，快去捡金币。”

“明明是假的，为什么还要捡？咱们得想办法从画里逃出去……”

话还没说完，风里希一把捂住我的嘴，小声说：“如果山河社稷图感应到咱们已经识破假象，就会崩盘，到时天崩地裂，再想脱身就麻烦了。”

原来山河社稷图也有底线，它逗你玩可以，你一旦想逗它，它就崩盘。我立马换上笑脸，和一群大爷大妈一起，激动地抢着捡金子，捡到了还不忘吹口气，再放耳边听个响。

一位大妈一边捡，一边神叨叨地说：“扔金币的那个男的，不就是富豪陈家栋嘛！”

另外一位大爷附和着：“听说他牵扯了一桩腐败案，腐败的领导刚刚被抓，估计他也不会有什么好下场，所以要赶紧散尽家财。”

编得好逼真啊，一位叫陈家栋的富豪，因为涉及了一桩腐败案，自己心知肚明逃不掉了，被抓之前赶紧散尽家财，所以坐着飞机到处洒金子，合情合理、天衣无缝、堪称完美！

要不是我们已经知道这一切是怎么回事，还真以为自己心想事成撞大运了，碰着天上掉金子。我们明明很痛苦、很担心、很害怕，还得装出一脸的兴奋和激动。

再看他们四个，只有风里希、莫如月和我一样，演技逼真、表情到位，表现出了由内而外的傻高兴，而黑影和高影还是一副不冷不热的表情。

我发现，自从认识他们，他俩就一直是这副表情，不见激动、不见伤心、不见欢喜、不见惆怅，绝对是个合格的忍者。

飞机终于带着陈家栋飞走了，远远的，看见他从飞机上跳了下来……

周围人“啊，啊！他自杀了！”惊呼着，我也跟着像傻子一样惊呼，“啊，他自杀了！”

捡了一大把金子，实在没心思拿着，刚好洒金子的人也跳飞机了，所幸就把这些金子投到功德箱里，权当是为死者记功德。见我这么做，他们四个也都把金子投到了功德箱里。

“风哥，看来咱们确实是在女娲大神的山河社稷图里，也不知道被困了多久，该怎么出去？”

“出去的事稍后再说，既然和女娲大神有关，我的血应该能起些作用，当务之急是怎么才能拿到封印？”

高影问：“封印？真是天上的月亮吗？”

我有些懊恼地望着天，“这里的一切都在变，想什么来什么，要什么有什么，只有天上的月亮从没变过，始终都是一个月牙，所以我推测，天上的这轮弯月应该就是封印。”

高影说：“这还真是个难题，怎么才能拿到月亮，而且要显得既合逻辑又合常理。”

莫如月说：“既合逻辑又合常理的事，还是交给山河社稷图吧，咱们只想着要天上的月亮就行了。”

也对，山河社稷图是根据我们的心愿来设计环境和情节，我们只要天上的月亮，其余的事情就交给它来完成吧。

## 四十九、逃出画境

现在是黎明，太阳和月亮同时挂于天际。我们五位时尚潮流的师哥美女，继续抱着胳膊望着天，等着天上掉月亮。

刚才捡了金子的大爷大妈们，看到我们还是在云冈大佛前看天，又过来问："年轻人，天上还会掉金子吗?"

"不会。"

"那你们等什么呢?"

"等着掉月亮。"

"神经病……"

不一会儿，一颗燃烧的流星，拖着长长的尾巴划过天际，好像把漆黑的夜幕撕开了一道口子，虽然明知道是假的，但依然被它的璀璨夺目吸引了，感到心灵有了片刻的安宁。如果此时是在现实世界该有多好，我一定双手合十，对着流星许下心愿……

紧接着，流星雨来了，流星的数量越来越多，带着红红的火焰纷纷落下。每一颗流星砸到地面上都好似一颗炸弹，砸得地面震裂，群山震荡，树木、房屋都在流星的火焰下燃烧起来。瞬间，火光冲天，鸟兽惊散，人也在四处奔跑躲藏……就好像世界末日一般。

山河社稷图是要导演一出世界末日啊！我们五个赶紧腾空飞起。

流星就像雨点般密密麻麻地落下，山河断裂、火山爆发、岩浆在大地上恣意流淌，吞没了世间万物……整个世界都是火茫茫一片。

既然山河社稷图专门为我们导演了一出日月陨落的大戏，我们就得坚持到底。

"风哥，你说现在这样的情形，是山河社稷图为了完成我们的心愿而设计的情节，还是咱们触动了它的底线，它正在崩盘。"

说这句话的时候，我没注意到一颗巨大的流星正对准我的头砸了下来，黑影刚好看到，朝我击来一掌，帮我躲过了这致命的一击。而就在他朝我击掌的同时，一颗流星刚好击中他的胸口，他“哇”的一口血喷了出来。

“黑影，你怎么样了？”我赶紧冲过去扶他。都是因为护我，害得黑影被流星击中。

说实话，之前还存在一些小心思，觉得黑影和高影太过冷酷，现在看来，全然不是这样，患难时刻见真情。

我架着他，动作慢了很多，很快就被一些小流星砸到。高影见状赶紧过来帮我，我俩一起扶着黑影，躲避着流星的撞击。没一会儿工夫，我们已浑身是伤，快招架不住了。

终于，天边的月亮开始摇晃。

风里希看了看我们，转头对莫如月说：“小月，准备好了吗？和我一起去接月亮。”

莫如月坚定地点了一下头。

风里希运足了十成的灵力，托起一个篮球大小的灵力球，莫如月也将自己十成的灵力注入这个灵力球当中，灵力球变大了一圈。

月亮开始落下，速度极快，拖着红红的火焰，越燃烧越小，像一颗超级流星一般，眼看就要砸向我们了，风里希大喝一声：“走！”他和莫如月举起灵力球冲向月亮。但他们的力量哪能抵得过月亮，没见月亮的速度慢下多少，他俩反倒跟着月亮一同砸向地面。

黑影醒得正是时候。我见他醒了，忙松开手，将自己十成的灵力汇成一个灵力球，也飞向月亮。

当我的灵力球与风里希和莫如月的灵力球汇合时，我感受到了月亮冲击的力量，强大而浑厚，我浑身一震，一口血喷了出来。同时，黑影和高影也纷纷将自己全部法力化成光球，赶来与我们汇合，我一下感到压力少了些许。

“啊！”我们五个呐喊着，使出浑身力量，脸上、脖子上青筋暴起，终于感到月亮下落的速度慢了些，但依然压迫着我们飞快砸向地面，坚持，坚持，再坚持……速度越来越慢了，终于，在我们的脚快踩到熔岩的时候，月亮停止了下落。

在我们五个人托起的餐桌一样大的灵力球当中，躺着一枚小小的月牙，和我左胳膊上的月牙印记一般大小，我伸手将它握在手里，还有些烫，内心涌起一阵莫名的感动。紧接着，我胳膊上的月牙印记和手中的月牙同时亮了一下。

“哎哟，烫死我了。”我叫唤着。刚才太紧张了没注意到，我的脚居然踩到了熔岩，此刻鞋底已经着火了。

大家本想笑，但还没笑出声，太阳也已经开始摇晃了。

“糟了，太阳也要坠落了。”

“不光如此，山河社稷图恐怕已经感觉到咱们要逃走，开始崩盘了。”

“赶快离开画中世界！”

风里希拔出随身携带的匕首，在自己手臂上狠狠一刀，血一下子流了出来，滴落在岩浆上，周围火红的岩浆立马变成黑白相间的墨色丹青，甚至还能看到宣纸的纹理。看来，我们不仅进入了画中世界，而且身体也变得很小很小。

风里希大喊着：“赶紧踩在画纸上，双脚不能同时离开，否则就又会迷失在画中世界。”

风里希的血一直不停地流，脚下的熔岩不断变成画纸，但随着我们越跑越远，身后的画纸又渐渐变成了熔岩。

只见身后大地开裂，火山和熔岩一并坠入裂缝，又都被深渊吞没……天塌地陷！

太阳不像月亮那样整个坠落，而是一块一块地掉落，就像是一张纸，被一条一条地撕去……

我们跟着风里希，在画纸上飞奔，还要躲避纷纷迭至的流星和太阳残片。流星和太阳残片落在画纸上，便化为乌有，砸在身上却是实实在在的伤痛！

前面立有一物，圆形弧度，表面光滑，木质结构，看样子，应该到了山河社稷图的卷轴处。

“只要翻过卷轴，就能回到现实世界了。”此时，风里希已是面色惨白，灵力耗尽，血也快流干了，我们再耽误不得。

可是，卷轴是个圆的，如果两脚不能同时离地，就只能爬上去。可大家爬一步，滑一步。我着急了，“大家踩着我上去吧。”不能总让别人保护我，我也要站出来护大家一回。

大家倒是没有谦让，纷纷踩着我的背爬了上去。莫如月是最后一个上去的，她回头对我说：“小涛，把手给我，拉你上来。”

莫如月何时对我这么温柔过？难道，她已经开始喜欢上我了？虽然此时灵力耗尽、浑身是伤、精疲力竭，但依然感到有春风吹着桃花瓣撒在我脸上，好幸福。

“生死关头了还胡思乱想，信不信我抽你！赶紧把手递给我，拉你上来。”

我好不容易一步三滑地爬到最高处，一不留神滑了一跤，然后就像坐滑滑梯一样滑向了卷轴的另一面，速度极快，超过了前面的风里希他们。

一落地，我定睛一看，原来我还是坐在山洞里的湖心岛上，大石佛正低头看着我……周围的一切都没有变。

我回头看画，山河社稷图展开铺于地面，而卷轴上，有四个比指甲盖还小的小人，这不正是风里希、莫如月、黑影和高影他们四个吗？还在从卷轴上往下滑，随着一阵阵“啊”声，他们四个纷纷出现在我周围。

再看山河社稷图，已自动慢慢卷起。

石佛说话了，“你们居然能出来？山河社稷图三千多年来困过不下百人，从来没有人出来过，除非，你们有女娲娘娘的血脉。”

风里希说：“在下不才，乃女娲灵石第三百七十二代守护人。”

“原来如此。此图乃元始天尊亲封于此，务必原物奉还。你们既然已经得到了需要的东西，赶快离开这里吧，从此以后，不必再回来了。”

这么危险的地方，就算求我，我都不会再回来。

我们把山河社稷图放回石佛的肚脐暗格里，原路返回。

当我们爬出那个小小的山洞，回头再看时，山洞已不见了踪影。

## 五十、神中奇葩

好险，差点就困在山河社稷图里出不来了。

再见到真正的阳光，亲切无比，我深吸一口气，向后一倒，躺在地上。

“小涛，你干吗呢？”

“刚经历了一场死里逃生，现在什么都不想干，就想躺下来休息一会儿。”

见我这么说，他们四个也都纷纷躺下来休息。暖暖的阳光洒在身上，好舒服。刚有睡意，忽然感到阴风阵阵，阳光好像一下子被挡在了另一个世界。阴风吹过，绿叶和青草瞬间枯萎，青草间鲜嫩的小野花也瞬间凋零……别说植物了，就连我都感到心中些许酸涩，想要落泪……看来此人颇有来头，带着极大的冤屈，他心中的苦楚能这么轻易地影响外界，说不定来者不善。

“谁呀？挡着哥们儿我晒太阳了，麻烦让一让。”我边说，边强打起精神，进入戒备状态。

乌云后显出一尊神像，低头看了我们一眼，一闪又不见了，再一看，真身已站到了我们眼前。他的装扮好似汉代，身材魁梧，腰间佩戴一把宝剑，眉宇间自带英气，肩宽背厚，好似有力拔山兮的气魄。

此人两千年来不愿转世，以灵修身，终于成神，可见他执念有多深。汉朝时的人，会是谁呢，霍去病吗？不像，霍去病死时才24岁，此人比霍去病年纪大些，看上去30多岁的样子。项羽吗？项羽被围垓下，十面埋伏、四面楚歌，极为凄惨，但他是自刎于乌江边的，应该不会有如此深的执念……

大脑正在飞快运转，来者说话了，“听说你们三个要开启三兔法阵，还要解封封神之力，可有此事？”

我心中好笑，此人看样子虽派头挺足，但一说话就露馅了，“这位大神，睁开您的眼睛仔细数数，我们是五个人，不是三个。”

他果然蒙了，一脸疑惑，“是呀，怎么会是五个人呢？秦桧明明说是三个人，难道不是他们？难道我找错人了？”他自言自语了一会儿，居然驾起一朵云，走了。

这回换我们蒙了，“咋回事，怎么走了？他出场是来搞笑的吗？混个脸熟而已？”

本想着这么神经质的人，最好不要有瓜葛，风里希却说：“此人以灵修身，现又在打探三兔法阵和封神之力的事，估计是困在自己的劫数里出不来，想让咱们帮他度劫。”

莫如月附和着说：“若能帮他，也算大功一件，灵力肯定能大幅提升。”

既然他俩都这么说，帮就帮吧，不过帮他之前，先吃好睡好再说。

姜默派了豪车来接我们。上了车，我顺便问司机：“师傅，今天是几月几号？”

司机很莫名其妙地回答：“9月5号。”

我和风里希相视一看，强装镇定。我们被困在山河社稷图里足足35天。假期已经结束了，不知学校那边什么情况……

正在琢磨着自己的小心思，突然，晴空劈来一道闪电，把我和风里希坐的车劈成了两截，顺便给我俩做了个洗剪吹，整成了爆炸头……

我的火暴脾气瞬间爆棚，“谁呀？找碴还是打劫？”

“哼，废话这么多，比他还能说。”原来是刚才匆匆露脸的大神，“要开启三兔法阵、解封封神之力的人，明明就是你们，居然敢骗我，找死！”

“你讲点道理好不好！你问我们是不是要开启三兔法阵、解封封神之力，我什么时候否认过？既然没有否认，怎么能说骗你，我们五个人，你非要说是三个，也不给机会解释，自己驾起云就走了，搞得我们一头雾水，现在反而还赖我们骗你，你说，我们哪句话是骗你的？”

他果然又蒙了，“你说得好像也对，你们的确没有否认过，但也没承认啊，这到底算不算骗？”他完全陷入自我纠结的状态，不能自拔。

“我们没有说假话，当然不算骗你。”

“好吧，就算你们没骗，但你们的态度显然对我不尊重。反正我不管，我要挑战你们，让你们见识见识我的威力，看以后还敢不敢轻视我！”

什么逻辑！他到底是谁，我想破头也想不出历史上哪有这么一朵奇葩！

风里希直戳重点，“你几次三番地问我们开启三兔法阵和解封封神之力，可是有事相托？”

那朵奇葩接着说：“我找你们自然有事相托，不过，得先解决尊重我的问题，其他事情容后再议。你们谁来应战？”

我伸了伸脖子，咽了下口水，什么叫二货，今天总算见识到了。

“快点，一帮懦夫，不敢应战吗？”

“我来。”风里希飞到空中，两人随即战到一处。

别看此人脑子不好使，功夫却相当了得，几个回合，风里希已明显败下阵来。与风里希并肩作战这么久，从没见他如此狼狈，可见对手确实厉害。

莫如月见状，飞去帮他，甚至拿出了映月刀，刀刀致命，但他俩依然不敌这个神中奇葩，我和黑影、高影也纷纷飞去……

他到底是什么人，有力拔千钧之势，一掌挥出，我竟招架不住，险些跌下云头。

他打得很是尽兴，打痛快了，终于停下手，“没想到你们几个修为这么深，几千年来从没有人敢惹我，很久都没动过手了，今天打得很高兴，你们看到我的实力了吧，以后要以我为尊，后会有期。”说完，又驾着云走了。

他不是来找我们帮忙的吗？居然打了一架就走，正事一字没提！这思维，绝了。

来到太原，姜默在最豪华的酒店里等我们，见到他，我仿佛见到了一桌满汉全席，激动得口水直流。

“小涛，你学校那边的事，我已经安排人帮你办好了，只要你考试的时候回去，有个成绩就行，你放心。”

“谢谢姜哥。”这下安心了。

我们把遇到神中奇葩的事说给姜默，想听听他的看法。

“此人如此厉害，按理说，在历史上应该有所记载，但是纵观汉代历史人物的性格特点，找不出与他匹配的，这就有些不合常理了。再者，如果他心智不高，又怎么会有如此深的执念，宁愿徘徊人间数千年，也不愿轮回转世。那么只有一种可能，他的心智其实很高，只是被人强行剥夺了，你们看到的并不是真正的人物本身。”

风里希也颇为认同，“姜哥分析得有道理，说不定他真是被人剥夺了心智，也许这就是执念所在，所以请咱们帮忙。”

越来越匪夷所思了。这个看似傻了吧唧的神中奇葩，也许还真有一段惊天地、泣鬼神的往事，让他有着解不开的劫数、化不开的执念，宁愿做孤魂野鬼，在人间徘徊数千年……

既如此，他肯定还会找我们，等着就是了。

## 五十一、他是韩信

吃饱喝足之后，我们回到房间，还是一人一间总统套房。我要拿出最好的状态昏睡过去，才能不浪费这么美的床！

我正在一边吹着口哨，一边洗着澡，猛然看到镜子里除了自己，还有一个人影。镜子上有水蒸气，看不清楚是谁，我一回头，吓得我浑身汗毛都竖了起来。

汉代装扮，身材魁梧，腰间佩戴一把宝剑……这不正是刚跟我们打过一架的神中奇葩吗？他要干吗？

我手捂着关键部位，慌张地说：“偷看我洗澡，你想干吗？虽然法力比我高，但也休想对我怎样，我是不会屈从的……”

“你想多了，我估计你洗完澡出去，一挨床就会立马昏睡过去，所以趁你没睡之前聊两句。都是男人，看你洗澡也无妨，大不了，我也洗给你看。”

“不用了，不用了，我对男人洗澡没兴趣。”我边说边火速穿上衣服，走出卫生间。

奇怪，他好像比白天的时候聪明些，也沉稳些。

“你见到我丝毫没有陌生的恐惧感，是因为你早料到了我要来，还是因为你见到过一个跟我长得一模一样的人。”

现在我确定了，他跟下午找我们打架的二货绝对不是一个人。那个逻辑混乱、思维简单、草率鲁莽，这个善于观察、沉稳缜密、工于心计。他们要么是双胞胎，要么就是一个人有着双重人格，白天一个样，晚上另一个样。

“今天的确有个跟你长得很像的人找过我们，因为探讨了一些比较高深的哲学问题，我们在理解上有些差异，所以用武艺进行了更深一步的切磋。结果，他武艺极其高强，胜过我们一筹，不过，大家都本着友谊第一、比赛第二的原则，很友好地点到为止……”

我话还没说完，对方有些急躁地说：“他居然真的跟你们交手了，果然是个不长脑子的家伙。”

我弱弱地问一句：“难道白天跟我们进行武艺切磋的人不是你吗？”

他斩钉截铁地说：“不是。”然后又顿了一下，“确切地说，我和他合起来才算是一个完整的人，我是头，他是身体。”

哥们儿，你讲的是中国话吗？为什么我都听不懂。“我能冒昧地问一句，你们到底是谁啊？”

对方没有立刻回答我，而是陷入了沉寂……

他一沉寂，房间里阴风骤起，灯开始乱闪，整个氛围变得诡异、压抑，我的心似乎也跟着疚痛和难过起来，想起了父母的车祸，想起了我的身世……眼泪哗哗地奔涌而出。

“抱歉，影响了你的情绪，我不是故意的。”他说完，房间里的阴风散了，灯也不闪了，我的情绪也恢复了正常。

我擦了擦满脸的鼻涕眼泪，深吸一口气。我如今也算有些道行的人了，他却能轻易影响我的情绪。他到底是谁，究竟有着多大的悲伤。

“你们白天见到的那个人，其实和我是同一个人，我现在的原形，只是一颗人头而已。”说着，他变成了一颗人头，置于餐桌之上。

人头有些腐烂，头发凌乱地散落在黑紫色的脸上，皮肉间满是发黑的血迹，脖子下哆哆嗦嗦坠着没有砍齐的血管和内丝，眼睛空洞地睁着，死不瞑目一般，嘴巴微张，舌头无力地掉出半截，也已经变成了黑紫色。嘴里、眼眶里、鼻子里、耳朵里还有蛆在蠕动，散发着一股刺鼻的恶臭味……

我是闯过幽冥之狱的人啊，看到这一幕，还是感到打心底里的恐怖，同时，还有打心底里的同情……

人头机械地张合着嘴巴："我为大汉王朝出生入死，没想到最后竟落得个鸟尽弓藏、兔死狗烹的下场，死后不仅诛杀了我的三族，还将我的头砍下来，身体葬在陕西，头却葬在山西。两千多年了，我的身首不能相聚……"

我的天哪！照这么说，眼前的这颗人头，是韩信的头，大名鼎鼎、千古一将的韩信，就在此！

没错，如果他是韩信，这一切就都能说通了。细数历朝历代的开国功臣，像韩信这么惨的人还真不多，难怪他的怨气千年不散。想他：

胸有大志，不拘小节，胯下之辱显肚量。

背水一战，井陉之战，功名邂逅称奇将。

四面楚歌，垓下之战，叱咤疆场败项王。

战绩卓著，兵法三篇，王侯将相一人当。

名声远播，功高震主，兵仙战神世无双。

妇人心计，钟室仓皇，千秋青史止于殇。

成也萧何，败也萧何，马革裹尸成奢望。

鸟尽弓藏，兔死狗烹，身首三冢话凄凉！

他的人生大起大落，堪称传奇。能受胯下之辱，能享王侯之尊，精于兵法，攻于谋略，是汉朝开国的最大功臣，与刘邦曾有"五不死"的约定：见天不死，见地不死，见君不死，没有捆他的绳，没有杀他的刀。这样一位战无不胜、攻无不克的千古名将，最终却被吕后和萧何用计骗到了长乐宫，吊于大钟之内，用竹签活活插死，并诛灭了父、母、妻三族……可谓死得凄惨至极。

当时刘邦正在山西，行至灵石城南高壁岭。吕后派人将韩信的头砍下来，送往山西晋见刘邦。刘邦看到韩信的头，甚为悲痛，表演也罢，真心也罢，命人将韩信头颅葬于岭上，随从军士每人捧土一掬即堆成墓……所以，韩信身体葬在陕西，头却葬在山西。

有明朝万历二十九年《灵石县志》为证："韩信岭在县南二十里。汉高帝远征，吕后杀信未央，乃遣人函首而送帝，值帝还兵此处，葬其首级于岭上，后人即其墓庙祀之。"庙门有楹联：西望关中，百战十年空鸟兔；北临绵上，千秋一剑感龙蛇。墓前有青石刻：汉淮阴侯墓。

只有韩信才能这么厉害，我们五个人联合起来都打不过他；只有韩信才有着这么深的悲哀与凄凉，阴风吹过，草木皆枯，轻易间便能感人肺腑，勾起伤心无数；也只有韩信这样的心智，才会徘徊于人间数千年，依然放不下心中的执念，走不出自己的劫数……

韩信恢复人形，接着说："我的头和身体分葬在两个不同的地方，相隔万里，但谁不渴望死有全尸。我一直期盼身首能够合体，无奈我三族尽灭，一直都没能如愿。所以，我的头和身体只能分开修炼，经过了2200多年，我的头修炼出了一个新的身体，我的身体也修炼出了一个新的头。但这并不是件好事，只是另一桩祸事的开始。"

## 五十二、韩信所托

我好像有点明白了，"也就是说，白天跟我们交手的人，其实只是你的身体部分?"

"没错。你能明显感到他又鲁莽又狂妄，还偏偏自以为是，谁的话都不听，天地间唯有对我还有几分忌惮。我来找你们，就是想让你们帮我完成夙愿，让我的头和身体可以复合。"

我恍然大悟，"怪不得你的身体几次三番来找我们，总问起开启三兔法阵和解封封神之力的事，原来其中原委竟是这样，他想与你复合之后去神界啊。"

"你说错了，他来找你们的目的与我不同，他根本就不想与我复合。其实他有这样的想法完全可以理解，好不容易修炼出了一个新的头，有了自己的意识，怎么可能轻易放弃自我。所以我说，头和身体分别修炼只是另一桩祸事的开始。我虽然修炼出了一个新的身体，但力量远不及原始的身体那么强大，而身体修炼出了一个新的头，虽然傻，却非常享受现在的状态，为所欲为，法力高强，无人能敌。但他很清楚我的目的，所以他找你们，就是要阻止你们帮我。只要我和他不能复合，他就还是一个单独的个体，这世间无人能管束于他。"

"既然他要阻止我们，为什么打架的时候不直接杀了我们？他完全有这个实力呀？”

韩信苦笑着，“因为他傻，没长脑子就想不到这一步。”

好复杂，幸亏我有深厚的哲学理论根基，否则还真理不清他们之间的关系。“只要我们完成了你的夙愿，让你的头和身体复合，你就能心甘情愿地前往神界了吗？”

韩信叹了口气，周围又陷入一阵沉寂，感觉有阵阴风吹过，灯又开始乱闪……

他似乎看出了我的紧张情绪，挥散阴风接着说：“我死得凄惨至极，当年确实有着滔天的仇恨，恨不得从坟墓里爬出去吃了吕雉，但当时没这个能力。没几年，吕雉就死了，我又恨不得大汉王朝覆灭，没过几百年，大汉王朝果然覆灭了。等我有能力报仇的时候，我恨的一切都不复存在了，我还能恨什么？说实话，我一开始修炼就是为了报仇，可经历了两千多年的风云变化，别说是刘邦和吕雉早已归于尘土了，就连大汉王朝也早已湮没在历史的尘烟之中，我要报仇，又该找谁去报，我所有的仇恨，都在这漫长的岁月中荡平了。比起仇恨，我更迫切的是让头和身体复合，两千多年了，我只有这个想法从没改变过，我想做一个完整的人。”

他一席话，说得我心里泛起酸涩。历史中赫赫有名的战神，被最好的朋友所骗，安了个谋反的罪名，死无全尸，诛杀三族。被命运玩弄成这样，是谁都会有化不开的结，解不开的怨……

“问一句题外话，当年，你真的谋反了吗？”

韩信冷笑一声，“说我谋反的人，难道都蒙蔽了双眼？蒙昧了良心？我韩信如果要反，国家动荡、民不聊生时不反；大权在握、号令千军时不反；怎会等到国定民安之后才来多此一举？逆势而为的行径，我岂能为之？鸟尽弓藏、兔死狗烹，他们无非是想要我的命，安了个莫须有的罪名罢了。我若罪有应得，何来的冤屈？又何以流浪千年不愿转世！”

韩信太委屈了，他的愿望仅仅是想要个全尸而已，这么卑微的心愿，我一定帮他完成，给英雄一个交代，给历史一个交代。

“放心，我一定给你办了，不就是身首合一嘛，交给我吧！”

可能是我答应得太痛快了，韩信有些意外，“兄弟，这看似容易，实则非常艰难，要不然我早就办了，也不会拖到现在，拖成这么大一个麻烦。”

“把你的身体抓来，把他新长出来的那个头砍了，再接到你自己的头上不就行了嘛，要是嫌不结实，再找个外科医生给你缝两针，保证怎么晃都掉不下来。”

韩信听得两眼直瞪，“当然不行。我们分开修炼了两千多年，已经是两个人了，具有两个完全不同的意识，就算强行缝合在一起，他是他，我是我，我也支配不了他。只有把我们两个的意识炼合到一起，才算真正合体。”

让两个意识合成一个意识，这还确实很难办。韩信讲了半天，我弄了个大概清楚。

话说天地还是混沌之时，混沌中的一丝灵息化成了一个宝鼎，叫混沌元鼎，能炼化出绝世兵器，同时也能炼合万物，盘古开天辟地时用的斧子，就是在混沌元鼎中炼出来的。只有找到此鼎，将他的头和身体一起投入鼎中，淬以三昧真火七七四十九天，他的头和身体就能被炼合，拥有一个意识，真正的合二为一。

他既然能解释得如此清楚，应该知道混沌元鼎在哪里。

韩信说：“你知道幽冥门吗？此鼎被收藏在幽冥门的冥火分舵之中，是幽冥门的至宝。”

怎么又跟幽冥门扯上关系了！才闯过暗灵分舵，要不是有女神姐姐搭救，早都不知道死几回了，难道这次又要闯冥火分舵吗？刚才确实答应得太爽快，这阵子想反悔也来不及了。

我暗自打着小算盘：去幽冥门找混沌元鼎本来就是件极不容易的事，再加上韩信的身体部分还要从中作梗，他的身体虽然傻了点，却厉害非凡，我们就算千辛万苦避开了他身体的围追堵截，闯过了幽冥门的重重关卡，成功偷到了混沌元鼎，敢问这天地间，我们又能把混沌元鼎藏在哪，才能安稳淬火七七四十九天，不被幽冥门的人找到……

天哪，好难啊！

“不要气馁，你们为了帮我，身赴险境，我肯定不会坐视不理的，至少我能拖住我的身体，让他少去给你们添乱。”

要真能解决这个麻烦，也算是谢天谢地了。

韩信走后，我赶紧找来他们四个再加上姜默，一起商讨对策。

高影说：“既然混沌元鼎在冥火分舵，干脆我们这就出发，把混沌元鼎给偷回来。”

风里希说：“幽冥门的分舵都不是那么好闯的，我们之前闯过暗灵分舵，若不是遇有高人搭救，早就死在里面出不来了，这次要闯冥火分舵，必须做好万全的计划，否则等于送死。”

姜默慢慢地开口道：“凡事不要总想着硬碰硬，看看其他办法能不能解决。

我们在幽冥门也有些势力，要是能从中斡旋，把混沌元鼎借出来，用完再还回去，哪怕多费点时间和精力也是值得的。”

对啊，商人不愧是商人，果然比我们精明多了。

姜默摸着下巴，边思考边说：“咱们既然要用这个混沌元鼎，就想一想用它还能干点什么，把它充分利用，把能解决的事情一并都解决了，这个买卖才算不白做。”

“什么意思？”

姜默说：“封神之力一旦解封，必须要有个载体来承载，普通的物件肯定承载不住这么强大的力量，我想，混沌元鼎既然能炼出盘古开天辟地的斧子，就一定能再炼出一个封神鞭。所以，你们找混沌元鼎的事先不急，让我来试试，你们不妨先去找万年玄铁，据说此物乃万年前神界坠落之物，要刚则刚，要柔则柔。刚能塑刃，削铁如泥；柔能化水，随波而流，最适合锻造封神鞭。”

黑影和高影立刻表态：“我同意，先找万年玄铁，可以和韩信一起投入混沌元鼎。”

我和风里希、莫如月面面相觑，姜默说得句句在理，既然要度韩信出劫数，就必须用混沌元鼎，要锻造新的封神鞭，还得用混沌元鼎，与其三番两次地折腾，不如一次性把该办的事都办妥。“我们也同意。”

姜默说：“那就分开行动，你们五个去找万年玄铁，我来想办法看能不能借出混沌元鼎。”

会议还没结束，房里一声炸雷，桌子被劈得粉碎，我们六个人都成了爆炸头。

谁能出来把这个二货管管？实在受不了了！

韩信的身体说：“就知道他来找你们了，让你们去找混沌元鼎了是不是？你们都被他忽悠了。我就纳闷，他又打不过我，你们干吗要听他的？我这么厉害，你们为什么不听我的？”

我说：“韩信，”叫他韩信怎么这么窝心呢，简直叫低了韩信的档次，“你口口声声说我们被他忽悠了，你可知，你和他合体，乃天地正道，众望所归，合体后，你便能名正言顺地前往神界了。”

“我才不稀罕去什么神界呢，哪有我现在逍遥，想去哪就去哪，天上地下都遂我心意。我奉劝你们，别管闲事，否则性命不保。我早就知道混沌元鼎在幽冥门的那个什么分舵，我若想取，早就取出来了，但我就是不去，不只是我不去，别人谁都别想去。谁要想消灭我，我就先消灭谁！”

说着，他摆出一副开战的姿势。这二货，要真打起来，我们联手都不是他的对手，怎么办？

韩信的头及时出现了，“我确实让他们去找混沌元鼎，不过，他们都没同意。”

韩信的身体转过来问我们说：“你们没同意吗？”

我们立刻异口同声地说：“没同意，没同意。”边说还边摇头。

“那你们说的行动，是要去干吗？”

我们都看着韩信的头，没想到他却说：“去找万年玄铁。”

“找万年玄铁干吗？”

我们接着看韩信的头，“重炼封神鞭。”

他俩一问一答，根本没我们插嘴的份儿。

“哦，原来是这样。既然不去找混沌元鼎，那就算了。告辞。”说完，韩信的身体一转身，又不见了。

就这么走了？这种程度的忽悠也可以搞定他？果真是个没长脑子的家伙。

两个韩信走后，我们接着说。

“去哪里才能找到万年玄铁？”

姜默说：“昆仑山乃万山之宗、龙脉之祖，只有那里的龙气能涵养住万年玄铁。你们就去昆仑山找找吧！”

## 五十三、前往昆仑

巍巍昆仑，傲然耸立，茫茫白雪，寒彻天地。

我们从青海布伦台入昆仑山的死亡谷。之所以选择从死亡谷进昆仑山，姜默是这么分析的：死亡谷号称昆仑山的“地狱之门”，是一个生命禁区，相传在昆仑山生活的牧羊人宁愿让牛羊因没有肥草吃而饿死，也不敢让其进入牧草繁茂、古老而沉寂的深谷。对于凡人来说，这里是一个生命禁区，对于修道之人来说，这里倒像是天神为了守护某个至关重要的东西而设立的某种阵法，即使这东西不是万年玄铁，也一定会是个其他威力无穷的法宝。

来到死亡谷，谷里四处布满了狼的皮毛、熊的骨骸、猎人的钢枪及荒丘孤坟，向世人传递着一股阴森慑人的死亡气息。

我们五个人轻车熟路地展开地毯式搜索……这一幕好熟悉，从黄帝陵后山到云冈石窟，再到昆仑山，我觉得我们越来越有警犬的特质了。

五天过后，五个土人感到了生命的绝望。死亡谷面积有3500平方公里，如果找不到法门之类的东西，就算把这3500平方公里都舔一遍，也未必能找到万年玄铁的影子。

就在束手无策之时，远处山坡上出现了一个人影，金色铠甲，红色披风，手握一柄长剑，阳光洒在身上，好似浑身散发着金光，有如天神降临一般……此人正是韩信。

莫非他来帮我们了？“救星，你终于来了。”

他看都没看我，高傲地站立着，露出轮廓刚毅、堪称完美的侧脸，“你们可知，这死亡谷是名副其实的地狱之门、生命禁区，因为这里布下的不是别的，而是昆仑七绝古阵。”

昆仑七绝古阵？光听名字就觉得不好对付。不过韩信既然能说得出来，证明他应该对这个阵法了解过。

他接着说：“咱们现在正处于昆仑七绝古阵中的第一阵——天绝阵。此阵的致命要害，就在于天雷攻击。你们这几天遇到天雷了吗？”

我们异口同声地回答：“没有。”

“那就说明，你们还在天绝阵的边缘地带。我们要想办法引出天雷，天雷所在，即法门所在。”

“怎么才能引出天雷？”

他果然不负众望，做足了充分准备来帮我们，“天雷能感应到法力所在，用法力或灵力都能引出来。”

我们五个纷纷把自身的灵力和法力聚成一个七彩的大光球，韩信大喝一声：“散！”

大光球应声散成无数个小光点，四面八方向这3500平方公里的山谷射去。

果然，在远处的谷底，一道天雷劈下。

我们二话不说，纵身飞起，眼看马上就到天雷劈下的地方了，又有几道天雷厉声而下，韩信和风里希、莫如月、黑影、高影他们纷纷躲了过去，只有我一人被雷劈中。顿时四肢和身上所有毛发都向外伸展，像个雕塑一样径直掉到了地上，幸亏地面有些草，不然我的脸非得摔成了平板。

“小涛，你怎么样了？”

“呀，舌头都吐出来了，不会有事吧？”

我的舌头吐出来了吗？我收，可怎么努力都收不回去，浑身上下没一点知觉，只好先把舌头寄放在外面。

“明明看到这里有天雷劈下，还不长个心眼防着，不劈他劈谁？”这句话我听出来了，是韩信说的。

“哇，原来你们真的都在这里。啊哈哈哈……这个大黑炭是谁？”

说话这么二，不用看都能猜到，此人定是韩信的身体部分。

韩信的头问：“这么快就想到答案了？”

韩信的身体骄傲地说：“一天前就想到了，所以到处找你，我觉得吧，找万年玄铁和找混沌元鼎确实不是一回事。你既然想帮他们，那咱们就一起帮吧……”

话还没说完，又一阵天雷劈下。大家纷纷四散躲开，风里希抱着我躲开了雷劈。

我慢慢恢复了些知觉，先把舌头收回来。真是郁闷啊，我这个形象应该丑到家了，不知道莫如月会不会嫌弃我……想到这，真是哭的心都有了，都怪自己太大意，昆仑七绝古阵，第一阵就失利，往后得扮多少帅，才能把今天出的丑补回来。

天雷紧锣密鼓地劈下，劈碎石头无数，击起尘烟滚滚……

韩信边躲天雷边对我们几个大喊：“看到东南方两公里处的那块巨石了吗？天雷劈了这么久，不见劈过那块石头，法门一定就在那。”

话音刚落，只见韩信的身体三下五除二冲了过去，一掌就把两层楼高的巨石劈碎。

冲动是魔鬼，我现在充分体会到这句话的深刻内涵了。

只见被韩信身体劈碎的巨石瞬间又聚合到一起，随之而来的是，原本被天雷炸起的碎石和尘土，一下子都快速落到地上。接着，我就感到风里希慢慢往下落，大家好像都飞不动了，挣扎着慢慢落到地上。我看到风里希脸上有汗珠沁了出来，就连刚沁出的汗珠都是重重摔落在地上。

看这情形，应该是重力增加了，按照碎石和尘土落下的速度计算，物体的重量应该至少增加了十倍，但天雷劈下的频率一点没减。

“风哥，放我下来吧，我可以动了。”看到他脖子上的青筋都暴起来了，我真有些过意不去。

风里希没有放开我，依然咬紧牙关抱着我躲天雷。

韩信的身体大喝一声：“他奶奶的，一块大石头也敢耍我，再吃我一掌！”

韩信的头着急地大喊：“别劈碎，把它推开就可以了。”

韩信的身体一脸茫然，“为什么？”

如此紧张的时刻，只有这个二货还有精力去问为什么，我们五个早已冲过去，用力推这块巨石了。

刚才二货打碎巨石的时候，我们都看得清清楚楚，巨石下面是个大洞，不管是不是法门，总归能避开天雷。

谁知往常一人就能推动的石头，今天五个推起来都费劲，韩信的头和身体也过来帮忙了。

我们七人合力，把巨石推开一条缝，一股强大的吸力从缝中窜出，把周围的石头都往缝里吸，很快又把缝填住了。看来这样不行，动作得快。

“一二，三”，随着大家一声吆喝，巨石猛地被推开，洞口露了出来。还没看清楚，我们已被巨大的力量吸入洞中，巨石也像被吸力所引，又迅速封住了洞口。

洞内漆黑一片，不见任何声响，安静极了，天雷算是躲过去了。我回过神来，才感觉到脚下好像踩了一摊水。

我在手掌上燃起一团三昧真火照亮，发现脚下踩的水居然看不见底。好奇怪，既然看不见底，水是怎么承载我们重量的，难道我们的重量现在又变轻了好几倍吗？

事实很快证明，我的想法错了。我试图飞起来，但根本飞不起来。不仅如此，我们越是用力，身体越是往下沉，水很快淹到了我的胸口。太奇怪了，任我们在水中怎样费力地扑腾，别说游了，连个水花都溅不起来，水面依旧波澜不惊。

韩信的头大喝一声：“都别动！”随着他的喊声，他又往水下沉了沉，“此水名为弱水。这里应该是昆仑七绝古阵当中的第二阵——地绝阵。”

# 五十四、闯七绝阵

韩信边说边往下沉，“弱水鸿毛不浮，唯一的办法就是静心，什么都别想，与水融为一体，否则，任谁都救不了。”说完，水淹到了他的下巴，他闭嘴、闭眼，不再说话。

据《山海经》记载，“昆仑之北有水，其力不能胜芥，故名弱水。”

现在终于体会到什么叫鸿毛不浮了，无论我们怎么扑腾，水面上连个波纹都没有，而且挣扎得越厉害，沉得也越快。照这速度，我很快就能沉底了。“静心”，说得容易，平常人哪能轻易做到。

韩信的身体莫名其妙站在水面上，一脸的不明所以然，“你们咋都进水了，为啥我进不去?”看来没长脑子还是有好处的，至少在弱水中沉不下去。

接下来是黑影和高影，刚开始不明真相的时候，跟我一起瞎扑腾，往水下沉了沉，但这会儿不知道用了什么方法，竟然又慢慢浮了起来，很快就和韩信的头一样，站在了水面。

只有我和莫如月，水都淹过嘴巴了，一点上升的趋势都没有。我俩努力地仰着头，把鼻孔张到最大，恨不得多吸两口气，水却丝毫不体会我们的辛苦，继续往上淹。

风里希淡然地站在水中，水淹在他的脚踝处，本来应该很安全，但看到我们这样，着急地说：“小涛，小月，你们别再挣扎了，越挣扎越往下沉。静心，什么都别想，忘记所有的一切，包括恐惧，包括生死，包括前尘、后世，统统都忘了，才有机会活下来。”说完这些，水已淹到了嘴巴上，他立马闭嘴、闭眼，不再说话。

水已经淹过了我的鼻子，我本能的两手划动了一下，这下可好，彻底把我淹没了。我感觉到水进入了我的鼻腔，淹没我的眼睛、眉毛、额头直至头顶……

我已经完完全全淹在水中了，不知道自己是不是还在下沉，真的要死了吗?我还有那么多事没完成……

我睁开眼看了看周围，四周都是水，头上看不见光，脚下看不见底，看来我还在往下沉，完了，估计是要死在这了。

既然马上就要死了，再操那么多心也是闲的，放下吧，一切都无所谓了……想到这，我把叉开的腿收起合拢，把双手合十，调整了一个轻松的表情，自认为已经很帅了，然后闭上眼睛，等死……

说来奇怪，我安安静静等死，却找到了不一样的感觉，仿佛水就是我，我就是水。我的心思从没这么空灵过，我的思想从没这么通透过，我的灵魂也从没这么轻盈过……我想，这就是心静如水吧，什么都不想，忘了所有的一切，包括恐惧，包括生死，包括前尘、后世，统统都忘了……

我仿佛能听到遥远繁华的城市中，哪个小孩的玩具掉在了地上，小孩哇哇哭泣的声音；能听到某个公园里，老两口坐在长条椅子上看落叶，风吹叶落，一片叶子落在了老太太的头发上，老头儿替她拂去落叶的声音……还有哪片树林中，一只鸟儿抢了另一只鸟儿的虫子，两只鸟儿叽叽喳喳吵架的声音……

我估计我已经死了，灵魂此时正在哪里游荡，不知我游荡的灵魂是否保持了死时的安详，睁眼看看吧。

我轻轻地睁开眼睛，一、二、三、四、五、六，六个大脑袋，齐刷刷地看着我。

“终于醒了，好慢。人员到齐，出发。”

节奏别太快，我得先缓一缓神。这才注意到，我躺在一处沙滩上，这里有光，却看不到日月星辰，这是哪里啊？是外面的世界，还是洞中天地。

只听韩信一声大喝：“不好，退回水面。”

啥情况，我还没来得及站起来，不知被谁踹了一脚，又滚下水里，不免惨叫道：“哎呀，我去！”

有了第一次的经验，这次在水中很快便达到了静心、忘我的境界。我感觉自己好像已经站在水面上了，慢慢睁眼一看，我们七个都完好地站在水面上，再看岸边，密密麻麻的一大片怪鸟，形状好像马蜂，大小类似鸳鸯，没有几百万只，也得有几十万只，绵延几十公里，一眼望不到头。

它们扑扇着翅膀，对弱水很是忌惮，着急地在岸边“嗷嗷”直叫，由于数量庞大，看起来甚为恐怖。

韩信露出严肃的表情，“此鸟名为钦原，咱们已到昆仑七绝古阵当中的第三阵——化血阵。钦原带有剧毒，如果蜇了树木，树木便会枯死；如果蜇了人，人就会化为脓血，连骨头都不剩。瞧这数量，咱们一旦上岸，就算功力再强，也难免会被蜇上几口，看来是凶多吉少了。”

莫如月从身上摸出一支小瓶，问韩信：“不知钦原之毒比起蝎神之毒，哪个更毒?”

韩信说：“蝎神之毒无与伦比，是天下至毒，钦原自然不能与之相比。”

莫如月接着说：“当初我妹妹莫如夜身中蝎神之毒，这是白娘子给的万灵解药，说是如果刚中此毒，一次服3粒，连服两次便可得解，只可惜当时中毒已久，服下也只能起到减缓痛苦的作用，妹妹感觉生存无望，一粒都没舍得吃，留给我以防不时之需。不知这些丹药可否有用?”

韩信接过瓶子，放到鼻尖一闻，又把瓶子还给莫如月，“你们竟然有白娘子所炼的万灵解药? 那可是天下至宝，一粒便可百毒不侵。有了它，我们便能成功通过化血阵。”

莫如月把瓶子里的丹药倒出来数了数，一共6粒。可我们总共有7个人，谁吃谁不吃。

韩信高兴地说：“6粒，刚好每人1粒。”

我说：“将军，你可数仔细喽，这里一共有7个人……”

我话还没说完，韩信打断我，“我知道，你不用吃。”

“为什么?”

“钦原最怕三昧真火，所以你不用吃丹药。”

我看到莫如月在吃丹药的时候，眼睛是湿润的，她肯定又想起了妹妹莫如夜，我能感受到她的伤心。莫如夜在绝望的时候，都想着留给姐姐一些有用的东西，我们若能平安闯过化血阵，说白了，还是托了莫如夜的福。但是如今这情形，没有时间让我们暗自神伤。

“出发!”随着韩信的一声令下，我们朝着密密麻麻的钦原走去。

为了防止被钦原偷袭成功，我将周身布满了小火球，果然，钦原对我十分忌惮，围着我“嗷嗷”乱叫，惊恐地瞪大眼睛，就是不敢靠近，几只笨点的没刹住，冲到了小火球上，一声惨叫便化为灰烬。看来我是安全的，一颗悬着的心终于有了底儿。

再看他们，虽然吃过解药，但没我那么幸运。钦原看到6个大活人，蜂拥而上，他们各自使出招数防卫，把靠近过来的钦原通通打死，但无奈数量太庞大，死几千几万只对这个群体来说根本没有任何影响。无论他们怎么用力发功，身上总有几十只钦原在蜇咬，一批又一批，很快，他们每人身上都挂了彩，所幸除了皮肉之伤，不曾有中毒的迹象。

我们一路死撑着往前跑，丝毫不敢放慢速度。这是一片荒漠，除了钦原，就是几棵枯死的树，再没有其他任何生命。

不知跑了多少公里，终于看到了远处有一片黑色，与这里的黄沙界限分明，看来终于快要通过化血阵了。

离黄黑界限还有一段距离的时候，钦原突然刹住不追了，停在空中继续扑腾扑腾地扇翅膀，好像害怕似的不敢再往前飞。接下来不管是什么阵，都得继续闯，好不容易闯过了化血阵，怎么可能再回头。

离黑色地域越来越近，现在看清楚了，在黑色的土地上，长满了白花花的人手，有的露出肩膀，有的只露出手腕。原本每只手都低垂着休息，我们一走近，好像突然感觉到了活人的气息，一只只都立了起来，在空中盲目地乱抓着。这黑色的土地，与其说是黑色，不如说是血干后的黑褐色，空气中充满了尸体腐烂的腥臭味……

韩信说："到了昆仑七绝古阵当中的第四阵，此阵名曰失魂阵。"

## 五十五、艰难闯关

"我们该不会是要从那些人手当中穿过去吧？"太恐怖了，这是对心理的极大挑战和摧残，我感觉有些招架不住。

韩信说："没错，这些手都是从地狱伸出来的，带有迷幻的魔力，一旦意志不坚定，心有动摇，他们就会抓走一魂，当三魂全被抓走，就会沦为这里的其中一只手，丧失了自己的思维和意识。咱们七人当中，我们两人本就是魂魄，它们抓不走，而黑影和高影……"

话没说完，韩信却顿住了，停了一会儿接着说："黑影和高影也不存在被抓走的问题，所以，此阵凶险，你们三人要当心。"

我疑惑地问："为啥黑影和高影也不存在被抓走的问题？"

韩信没有正面回答我，而是有些冷冷地说："操好自己的心，能从这里成功出去了再说。出发！"随着韩信一声令下，大家纷纷飞起。

这里有着强大的吸力，飞不到两秒就得落下，只能看准方位之后跳着走。其实所谓跳，就是趁手指头伸开还没握住的时候，我们迅速跳到手掌上，在手指合拢抓住我们之前再跳走，迅速跳到下一个手掌上，如此往复。

这些手张合得很有规律，基本都是一个速度。我们习惯了臭气熏天，掌握了动作要领，前进的速度越来越快，就在这一起一落之间，几公里已经过去。

越熟练就越容易麻痹大意，我明明看准的是一只大手，快要落下时才看清，居然是一只婴儿的手，粗短粗短的小胳膊，胖乎乎的小手，柔弱地在空中胡乱抓着，心头一软，要不要踩上去？

就在这迟疑的一瞬间，胖乎乎的小手抓住了我的脚，力量之大，一点也不像看上去的那般柔弱，我竟无从反抗，紧接着，我感到周围的手都伸向了我，边撕扯我的衣服，边抓我的肉。

说来奇怪，我好像听到很多人在说话，男女老少的声音混在一起，纷纷轻柔地说："来呀，别走了，这里衣食无忧、四季如春，可好了，咱们做个伴吧……"

这些抓在我身上的手，像是在给我按摩一般，让我浑身酥酥软软特别舒服，我甚至觉得，留下来其实也不错，每天有这么多人奉承着我，为我服务，给我按摩……

我正闭着眼睛享受，"呵呵呵"一阵稚嫩的笑声传来，笑得甚是开心，感染力极强，我听着那笑声都觉得心情豁然开朗。我睁眼一看，是个胖娃娃，光着屁股，只穿了个红肚兜，看上去就像人参娃娃一样可爱。他爬在我身上，用天真又无邪的大眼睛看着我，奶声奶气地说："大哥哥，不走了，留下来陪我玩儿好不好？"

一句话酥到我的骨子里，我笑眯眯地看着胖娃娃，无比宠溺地想说"好"，字到嘴边没出口，却看到一道亮光闪下，胖娃娃被劈成了两半，萌萌的笑还凝在脸上，带血的小身体便分别向两边倒去……

我如梦惊醒一般，赶紧站起身，眼前景物飞转，原来刚才是着了道，我还在失魂阵当中……

黑影面无表情地说："你差点就被他们勾走了，下次小心。"

我平喘一口气，压了压差点被勾走的魂，这才注意到，我周围的手，包括那只胖乎乎的小手，都被黑影齐齐砍断，纷纷像被连根拔起的萝卜一样，白花花地躺在地上，却仍不死心地在地上奋力地胡乱抓着……

"谢谢，兄弟。"黑影连救了我两次，内心真的无比感激。

“不客气。”

虽然黑影和高影说话总是面无表情，但为人善良，修为甚高，总在危难时刻救我们。

再看看我自己，穿着被撕成一缕一缕的衣服和裤子，幸亏裤裆还健在，不然怎么有脸去见莫如月！

对了，风里希和莫如月怎么样？想到此，我跳起身，边继续往前赶路，边找风里希和莫如月，结果，看到了和我一样破衣烂衫的两个人。看来他们刚才也是着了道，差点被困在失魂阵。

又往前跳了不知道几公里，终于看到前方有片绿色了，好像还能闻到隐隐花香，心中不甚欢喜，失魂阵总算到头了，下一个阵看环境还不错，像是一片乐土。

正想往前冲，韩信却大喊一声：“先别过去！”

大家应声停了下来，在几只手掌上来来回回地跳，边跳边听韩信说：“过了失魂阵，前方就是第五阵——落魄阵，此阵如其名，阵中花草树木皆会发出奇香，迷乱人的心志，让人昏昏欲睡，可一旦入睡，便再也醒不过来，沦为阵中草木的养料。风里希、莫如月、夏小涛，你们三个做好准备，如果你们想要入睡，我们就会刺你一刀，因为只有疼痛才能让你们保持清醒。过此阵可能会有些血腥，你们准备好了吗？”

“准备好了。”

按照分工，我们两人一组，韩信的头和风里希一组，高影和莫如月一组，黑影和我一组。至于韩信的身体，只要他不捣乱就谢天谢地了。

进入落魄阵，草木繁盛，环境舒适，奇花异草美不胜收，每一寸土地都像是被精心打造的风景，让人不由得滋生出安逸的感觉，空气中弥漫着阵阵奇香，我打了个哈欠，好瞌睡，眼皮足有一千斤重，抬也抬不起来。说实话，如果不是提前了解这个阵的功能，我肯定直接倒在地上睡了。

我耷拉着头，一只眼闭着，另一只眼睁开一条缝，证明我还醒着，实在没有多余的力气把眼睛睁得再大一点了。睁开一条缝的眼，上下两个眼皮也越挨越近，就在马上快要合上之际，“哎呀，我去！”

黑影及时给了我一刀，太仁慈了，一刀插在我屁股上，没插在我脸上，这绝对是真爱啊。

在疼痛的刺激下，我一抖擞，立马清醒了。我赶紧快步往前跑，能多跑一步是一步。但还没跑出五步，节奏就慢了，胳膊也摆不起来了，无力地垂着，都快垂到了地面上。不知道有没有走出十步，腿也抬不动了，像灌了铅似的弯曲着往前挪，马上就要栽倒和地面亲密接触，“哎呀，我去！”

黑影又及时给了我一刀，还是在屁股上……

我又一抖擞，快速往前跑两步，然后，又是还没跑五步，节奏就又慢了，身体也佝偻了……

天哪，这罪受得真叫一个惨绝人寰！

屁股上已经无处可刺，开始刺腿了，回头看一眼，我居然走了还不到100米！

黑影本来想背着我往前跑，但是发现，我一趴在他背上，立马就要睡，哪怕刚刺过一刀也不行，为此，我还多挨了两刀，还不如让我自己慢慢走，至少也算是在前进。

我暗暗发誓，走出这个落魄阵之后，一定要睡个天昏地暗，以解今日之恨。

很快，腿上也已经无处可刺了，我双手捂着脸，朝黑影摇了摇头，实在没力气说话了。

黑影心领神会地说：“兄弟，放心，我明白的，绝不刺脸。”

我感激地点了点头。

接下来就是我的惨叫，“哎呀，我去！”

是后背，不是脸，果然是兄弟，十分了解我。

……

终于快出落魄阵了，我除了脸是完好的，连脚趾头都被刺破了，正如韩信所言，确实非常血腥。冲出落魄阵的那一刹那，我一头倒在地上，想赶紧睡一会儿，却觉得浑身上下哪都疼，疼得根本睡不着。看了看自己的样子，用“失魂落魄”这四字形容，真的是太贴切了。

风里希和莫如月也坐在地上休息，浑身是血，比我好不到哪去。

韩信趁大家休息之际，赶紧介绍下一个阵，“前方第六阵——失却阵。虽然也是草木繁盛，但与落魄阵的区别就在于，没有迷人心志的奇香，却生长着一种名唤土蝼的魔物，此物最喜欢吃人。”

已经过了五阵，多半条命都搭进去了。按韩信所说，还有两阵就能闯过七绝古阵，只有成功闯过七绝古阵，才有可能得到阵中之宝。可此时此刻我想的，并不是得到阵中之宝，而是我们每个人都能平安地活着出去。

韩信说：“土蝼生有四只角，安静时像只大山羊，觅食时极为凶残。看，它们来了。”

可能因为我们身上的血腥味太重，它们过来了一群又一群，在前方吹鼻子蹬腿等我们。

韩信说：“你们三人现在可以缓缓，土蝼我们来解决。”这是我听到本年度最感动的话。

只见刀光四起，血气飞腾。两个韩信，还有黑影和高影，为我们杀出了一条血路。我边走边恶心，被杀掉的土蝼转眼之间就被其他土蝼分食干净……它们居然吃同类！

有韩信他们四个超级厉害的人为我们开路，区区土蝼何在话下，相比较其他阵法而言，过失却阵是最轻松的。尤其是韩信的身体部分，简直一个赛仨，生猛无比。

过了失却阵，便是最后一阵——天煞阵。

## 五十六、吃到仙果

天煞阵与失却阵没有明显划分，只是一边地势较缓、草木繁盛、较有景致，一边地势较陡、草木稀疏、怪石嶙峋。

在天煞阵中走了半晌，除了见到些土蝼的角和碎骨，没有其他特别的东西，但就是这种死一般的沉寂，才让人觉得格外压抑。

我们一行人边小心谨慎地走，边问：“韩信将军，天煞阵里安静得如此诡异，是不是有什么魔物镇守？”

韩信说：“天煞阵中的魔物可不是一般的魔物，名唤六首蛟。”

以前在电视电影中，双头蛇的形象出现得比较多，当时就觉得它很酷，身躯庞大，刚中带柔有韧劲，柔中带刚力无穷……现在可好，酷到底了，六个头的蛟，让人心里怎能不发怵？

我们随着山势越走越高，来到了雪山脚下。

六首蛟正在睡觉，六个大脑袋错综交缠在一起，果然身形庞大，像座屹立的小山一样，我站在它跟前，顶多有它一只眼睛那么大。

幸亏没有惊醒它，天助我也。我朝他们打了个前进的手势，却看到他们也手舞足蹈地对我比画着，意思是头顶有危险，让我赶紧躲。我感到了一阵阴森寒冷的气息从头顶吹来，一丝不祥的预感，慢慢抬头一看，六首蛟的其他头都睡着，只有一只头，瞪着圆溜溜的大眼睛，贪婪地望着我，好像一只饿狗在看肉包子。完了，它要是一口咬到我，都不用嚼，我可以直接进它肚子里当点心。

目前的状况，躲已经来不及了，唯今之计，只能拼了！

我拔出神目刀朝它刺去，它好像对神目刀有感应，迅速躲开，然后，其他五个大脑袋纷纷摇头晃脑地直起来，怒目圆瞪。

风里希和韩信他们六个齐齐飞来，一人对付一个头。风里希挡在我身前，朝我使了个眼色，我立即明白，偷偷摸摸想转到六首蛟身后，打算趁其不备给它一刀，谁知这六个大脑袋不是那么好对付的，一个能喷火，一个能喷冰，一个能放电，一个能喷毒雾，还有一个能迷幻和催眠，只有一个没有特异功能，却力大无穷、牙尖嘴利。

我们吃了不少亏，尤其是在催眠的蛟头那里，谁去应战，谁就会被迷得颠三倒四，眼珠子直打转，差点被吃掉。

大战了三百回合，也没找出六首蛟的破绽，韩信（身体部分）一下冲到喷毒的脑袋跟前，刚要提剑去砍，一阵毒雾向他喷来，他不仅没躲，反而还向前挺身，然后左摇右晃地从空中跌落，韩信（头部分）赶忙过去把他扶回来，他还一脸莫名其妙，“我不是吃了白娘子炼的丹药了吗？咋不管用？”

韩信（头部分）无奈地说：“谁说吃一粒丹药就能永不中毒啊，过了这么久，药效早该散了，真是个不长脑子的家伙！现在唯有六首蛟的舌尖血才能救你。”随后，他转过身对我们说，“观察了半天，要对付它，现在唯一的破绽就在喷火的那个蛟头上。小涛，靠你了。”

六首蛟虽然能喷火，但只是一般的火，不及我的三昧真火厉害，我若用三昧真火护体，它应该伤不了我。

我点头道：“明白！”然后在周身布满小火球，朝六首蛟飞去，六首蛟愤怒地咆哮一声，脖子上鼓起一个大包，蓄足了势朝我猛力喷火，它与我的火势形成了强烈对比，就好像一个喷火钻头喷向一根小火柴。虽然它的火势凶猛，但我没有任何感觉。我安了安心，顶着巨大的冲击力，咬紧牙关，硬是在火焰当中辟出一条生路，艰难地朝它嘴边飞……

当火势停下的时候，我刚好飞到六首蛟的嘴边，它本来以为胜券在握，我会被它烧成灰烬。没想到我居然毫发无损地出现在它眼前，一时没反应过来，张大的嘴还没来得及合上，我便毫不犹豫地拔出神目刀，在它蒙圈的表情中，对准舌头就是一刀。

随着神目刀闪烁的绿光，每闪一下，它巨大的身躯就缩小一截，闪了五下之后，它庞大的身躯只剩原先一半。

黑影和高影冲上来，手起刀落，干净利索，将六首蛟喷火的头砍了去。

六首蛟痛得五个脑袋齐声大吼，吼声此起彼伏，感觉整个雪山都在颤抖。它好像怕了我们，开始退缩，并不住地朝我们点头乞怜。

黑影和高影还欲再战，打算乘胜追击彻底灭了它，风里希却拦住了他们，"放它一条生路吧，它伤我们也是职责所系，与它本性无关，我们又何必赶尽杀绝呢?"

我也觉得风里希说得有道理，"它既然已经示弱投降了，不如放了它吧。"

此时三分钟已过，六首蛟一边咆哮，身体一边慢慢变大，黑影和高影见状，相互看了一眼，"留它总是个祸患，迟早还会威胁到我们，一不做，二不休，所幸宰了它!"

说罢，他们提刀飞身，一阵刀光剑影，血光闪烁，还未恢复法力的六首蛟怆然倒地，砸得地面都震了好几下，圆溜溜的大眼睛空洞地睁着，只剩下死不瞑目的悲哀与凄凉。

虽然觉得六首蛟凶猛无比，但正如风里希所说，它伤我们是职责所系。我们有要争取的东西，它也有要守护的东西，它既然已经知道畏惧，不再攻击我们了，实在没有必要取它性命。

黑影和高影面无情地回来，看不出喜怒，擦了擦长刃上的血，若无其事地插回刀鞘。

有时真不知道黑影和高影是怎么想的，说他们心狠手辣吧，在危难时刻却总能奋不顾身地救我们；说他们本性善良吧，对势弱的东西却毫无怜悯之心……真是奇怪。

韩信（头部分）看了看我们，没有表态。他好像对一切都心知肚明，就是不去说破。然后将神目刀上所沾的舌尖血，滴在了昏迷的韩信（身体部分）嘴里，他很快清醒了。

事已至此，我们也不便再多说什么，大家都沉默着往前走。

昆仑七绝古阵应该算是闯过了，我们开始爬雪山，边爬边祈祷，希望雪山上藏的是万年玄铁，也不枉我们拼死巴活这么辛苦。

到了山顶，只见神树成林，有珠树、玉树、璇树、不死树、沙棠、琅玕、绛树、碧树和瑶树，与雪山交相辉映，一片晶莹剔透，美不胜收。凤凰和鸾鸟在林间觅食嬉戏，一派吉祥喜庆的景象，让人之前过阵时所有的心理阴霾都一扫而空，只感身心舒畅。

有《淮南子·坠形训》为证："上有木禾，其修五寻，珠树、玉树、璇树、不死树在其西，沙棠、琅玕在其东，绛树在其南，碧树、瑶树在其北。"

凤凰和鸾鸟都能吃的仙果，人应该也能吃。对于许久没有吃过东西的我们来说，真是美事一桩。

先看这琅玕树，树上的果子形同美玉，圆润剔透，摘下一颗放手里，透心儿凉，咬一口下去，清脆、甘甜、味美、多汁……虽然口感清凉，却有一股暖流从丹田升起，之前闯阵时身上受过的伤，一瞬间奇迹般的全好了。

所有形容美食的词，都不足以形容此刻的感受……顾不上细品了，甩开腮帮子吃吧！

每一种树上都结有果子，每种果子都有不同的功效，别说是为了提高灵力，只是这世间绝无仅有的美味，就让人直呼过瘾，简直到了吃货的天堂！

随着一声饱嗝，我摸着圆滚滚的肚子，心满意足了。我低头看了看自己灵符上的灵力条，不知道是因为最近太忙，一直没顾上看，还是这一顿仙果吃得太给力，总之，灵力显示，我已经到了仙道五级，莫如月是仙道六级，而风里希，已经突破了仙道，到了神道七级。

咦，不对，在林子里翻腾了半天，吃了一肚子的仙果，怎么连万年玄铁的影子都没见到？不会辛苦了这么久，丢了大半条命，几个果子就把我们打发了吧。

## 五十七、三大神阵

我赶紧去找风里希、莫如月他们，大家一碰头，果真没有找到万年玄铁的影子。

世上最残酷的事莫过于此。为了一个目标而来，险些丧命，却发现目标根本不在这儿，一切辛苦都白费，上天真的用几个果子就打发了我们。

我就纳闷了，不过是守几个果子而已，至于用昆仑七绝古阵吗？也太兴师动众了。

牢骚发得再多也没用，万般无奈之下，只能打道回府，重新再找线索。

往山下走的路上，大家一声不吭，都没心思说话，只有韩信（身体部分）叨叨叨个没完，“刚才那些果子甚为好吃，我觉得多多益善，这不，我多带了些，一共七种，一种都不少，诸位如想再吃，尽管找我来要，我韩某绝不吝啬。”

果真是个没长脑子的家伙，我睨了他一眼，无精打采地说：“是九种果子，不是七种。”

“九种吗？我再仔细数数。咦，果子怎么都烂了，看来是带不出那片雪山……”

韩信（头部分）突然站住不走了，手摸着下巴思索了一会，“差点就被糊弄了，那一片神木林，应该是第八阵——玉珠阵。”

啥情况？不是昆仑七绝古阵吗？怎么又冒出个第八阵？

韩信（头部分）接着说：“古籍上多有昆仑七绝古阵的记载，也有记成昆仑十绝阵的，之前一直以为是记录出了问题，如今看来，可能十绝阵才是它真正的名字。写成七绝阵的，应该都跟咱们一样，以为过了天煞阵，到达神木林，就算闯到头了，其实，前七阵为七大凶阵，后三阵为三大神阵。如果我没记错，后面的三大神阵依次为玉珠阵、玉虚阵和陆吾阵。”

听到此，心又安了安，真是“山重水复疑无路，柳暗花明又一村。”

风里希恍然大悟，似又想到了什么，补充着说：“我记得林子里有一棵绛树，因为绛树乃轩辕黄帝所命名，所以我认识，也刻意留意了一下，那棵绛树的树干颇为蹊跷，有些类似图案的凹槽。”

韩信（头部分）说：“这就对了，相传在轩辕黄帝行宫的南面，长着一棵巨大的绛树，若找到此树法门，便可短暂往返于神域，如果你在玉珠阵里也发现了一棵绛树，这棵绛树一定就是此阵的法门所在。”

一众人马又折回雪山顶，在玉珠阵的南面果然找到了那棵绛树。只见此树有如一棵巨大的红珊瑚，通体红润，四人合围都抱不拢的树干上，隐约能看到几个类似图案的凹槽。细细分辨这些凹槽，竟是玉珠阵中生长的九种果子的图案。

我们将采摘的九种果子依次放入凹槽，绛树的树干处朦胧出现一个镜面，愈见清晰。只见镜中笼罩着一层云烟，正在慢慢飘散，一条蜿蜒而上的石阶路在云烟深处显现。

果然如韩信所言，绛树是玉珠阵的法门，镜子中出现的这条路，应该是通往神域的路。

我和风里希、莫如月激动万分，兴奋地招呼大家："走吧！"

却不见两个韩信有何动静，也不见黑影和高影任何动作。

我催促道："快走啊！穿过镜面应该就是玉虚阵了。"

黑影显得有些吃惊，"往哪走？"

我手指镜面，"当然是镜子里的这条路啊。"

高影有些匪夷所思地说："镜子里明明是一道深渊，哪里有路？"

什么？我真真切切看到的是一条石阶路，为什么在他们眼中却是深渊？难道每个人看到的都不一样吗？

韩信开口了："你们三个去吧，玉虚阵属于昆仑神域，只有心神健全的人看到的是路，不健全的人看到的便是深渊，我们四个都去不了。"

两个韩信不健全，我们是知道的，难道黑影和高影也不健全吗？

韩信见我们还在等，催促道："凡人的身体承受不住神界的气运，你们只有两个时辰，若出不来，便将在神界暴毙而亡。时间紧迫，你们赶紧走吧！"

来不及多想，一脚踏入镜面，慢慢往镜子里面钻，似是钻进一个大气泡，等身体完全钻进来时，我们已经站在了石阶之上。

这里应该就是玉虚阵了，周围没什么景色，就是单调的石阶。

我们上了11114个台阶，以为到顶了，没想到，圜转又一峰；又上了11114个台阶，以为到顶了，没想到，圜转又一峰……上了第五座峰之后，我快崩溃了，要不是有莫如月在，要不是莫如月还在坚持，我早就心一狠，滚下山去了……闯玉虚阵绝对是体力活，绝对考验人的耐受力和虔诚度。

我不知道是咋坚持下来的，到了第九峰，终于看到了希望，只见山顶一道天门，上面写着三个大字：昆仑虚。

我连滚带爬，爬进昆仑虚，气还没捋顺，只见一个人面、虎身、虎爪、九条尾巴的天神出现，看样子，此神应该就是天神陆吾。

陆吾怒目圆睁，大吼一声："凡人，你可知此处乃昆仑神域！来此何事？"声音如洪钟一般，几座山头都在回响。

风里希上前作揖，毕恭毕敬地说："我们三个是三兔法阵的开启人，奉女娲大神神谕，将人界诸神送回神界。但三千年前封神时，封神鞭被神兽三足乌所毁，封神之力被元始天尊封印，我们要送神，就必须解开封印、重塑封神鞭。得知万年玄铁乃重塑封神鞭的上好塑材，所以千辛万苦来到昆仑神域，还望陆吾天神恩赐万年玄铁。”

陆吾审视了我们一番，“我看到尔等当中有执掌封神鞭之人，封神鞭世间仅一人可执，证明尔等所言不虚。我这便将万年玄铁赐予你们。”

说罢，风里希面前“铛”的一声坠下一个黑色铁球。这黑球就是万年玄铁，终于拿到了，功夫不负有心人！

正打算叩首谢恩，我突然想起一事，“等等，陆吾天神，您说世间只有一人可执掌封神鞭，什么意思？”

陆吾说：“就是只有你一人能执，我说得还不够清楚吗？”

我急切地问：“没有主执和副执之说吗？”

陆吾不耐烦了，“什么主执、副执，此凡人好生啰唆，还不赶快谢恩离去，更待何时？”

我脑子“嗡”的一声，执掌封神鞭没有主执与副执一说，可姜默明明说他是主执，我是副执；他是正式，我是备胎……陆吾天神不可能骗我们，难道是姜默在骗我们？他为什么要骗我们？他掩盖着一个怎样的真相……我看到风里希和莫如月也异常震惊。

此时，我已感到体内血管开始膨胀，看来四个小时的时间用完了。

我们像陆吾叩首谢恩，退出了昆仑虚的神门。然后，莫如月带着我和风里希穿越了，直接穿回了玉珠阵的绛树旁。

## 五十八、学校风波

“拿到万年玄铁了吗？”黑影和高影急切地问着。

“拿到了。”

虽然圆满完成了任务，但情绪反倒低落。我们曾完全信任的姜默竟然成了一个谜，原本以为看清的人，现在又像蒙了一层玻璃纸。到底什么才是真相，我看到就是真相，还是我自以为是的真相。

出了昆仑山，联系了姜默，他在北京，已将混沌元鼎借到手。既然到了北京，就让风里希他们先行去找姜默，我独自一人回到学校。

开学快一个月了，我还没回过学校，多少也有一些愧疚感。

回到教室，同学们看到我，顿时响起一阵热烈的掌声。我回头一看，身后没人啊，难道是给我鼓的掌？

正好班主任进教室，看到大家在鼓掌，也跟着鼓了两下，然后示意大家安静，“夏小涛同学见义勇为的行为感动了很多人，在咱们学校的师生当中引起了强烈反响，让我们以热烈的掌声欢迎夏小涛返校。”

又一阵热烈的掌声响起。

班主任挥了挥手，再次示意掌声停下，“本来想和同学们去看你的，但听说你在杭州住院，路程太远所以没有去。身上的伤都好彻底了吗？”

谁能告诉我，这演的是哪一出？

我彻底蒙了，又不敢表现得太明显，强装镇定地说：“伤，都、都好了，谢谢老师和同学们挂念。”

班主任说：“那就好，我们大家也就放心了。你能给大家分享一下见义勇为的经历吗？”

“啊？见义勇为？其实也，也没啥好说的，我只是做了我应该做的，我想任何一个有良知的年轻人都会这么做……呵呵呵。”短短两句半话，说了我一头汗。

班主任微笑着说：“夏小涛同学为人低调，据说在杭州住院的时候，就有很多记者想采访他，但都没有联系到他，既然不愿多说，我们也就不勉强了，希望他继续保持好的精神状态，戒骄戒躁，不断鼓舞我们，给我们带来正能量！”

又是一阵掌声。

我恨不得钻到地缝里去，低着头，憋红了脸，快速走回座位，希望被无视。

好不容易熬到中午，我赶紧把白延庆叫出来，给我讲述一下，最近这是怎么了。

好久不见，白延庆甚为热情，“兔子，你现在可火了，见义勇为的大英雄。”

“别花哨我了，赶紧给我说说，我怎么见义勇为了？谁帮我导演的这一出？”

“姜默姜总呗，你牛啊，能让中润财团帮你办事。就是你在杭州的时候，大战九尾灵狐那次，差点把人家医院的病房拆了，姜总所幸以此大做文章，说你见义勇为，被歹徒捅成重伤，需要住院治疗。给你看看当时的新闻。”

他拿出手机捣了一阵子，然后把手机递给我：《某大学生见义勇为后低调离开》

近日，杭州某医院病房内，一起入室抢劫案险些夺去了一位新疆籍男子的性命，这一幕，正巧被路过的某大学生见到，该学生冲入病房，与歹徒展开殊死搏斗……

据该名男子介绍，他来杭州看病时，携带了全家的所有积蓄，以及向亲朋好友借的救命钱，共40余万，若是被偷，自己的病情不但没了着落，往后生活也成困难……

待警察赶到案发现场后，该名学生已悄然离去。另据目击者称，该名学生离去时已身中数刀……

……

看不下去了，这么优秀的青少年，是我吗？有钱能使鬼推磨，何止啊，有钱能使磨推鬼！

白延庆一副调侃的表情，“看到了吧？不然你以为医院不找你麻烦，学校也不找你麻烦，凭啥？”

我瞪了他一眼，虽然不想以这种方式出名，但有钱的感觉真好，“喏，这个给你。”我阔气地递给他一张卡，“里面的钱随便花。”

按常理来说，既然我已经病愈返校，再以此为借口请假好像有些说不过去，还得想点别的招数。

想当初刚遇到风里希和莫如月的时候，我灵力还很弱，被一只小小的野鸡精就给欺负了，如今灵力强了，是不是也轮到我去欺负欺负别人，说走咱就走，逮一只小妖精玩玩。

我驾起一朵云慢慢溜达，在一处山上看到一只化为人形的小野兔，鬼鬼祟祟地正在挖萝卜。

我落下云头，走到他身后，他挖得太投入，居然没发现我，我拍了一下他的肩膀，“唉，干吗呢？”

他回头看了我一眼，倒抽一口气，啪，倒地上了。

不会吧，死了？

“喂，醒醒，醒醒……”我拍打着他的脸，没动静，用手试了一下脉搏，还真死了。

都说兔子胆小，这也夸张了，一句话就能吓死？

咦？不对，动物修成人形之后，一死就应该恢复原形的，他怎么还是人形？这家伙，肯定是在装死。

“哇，谁在土里埋了这么多萝卜？估计没人要了，我就不客气，全部笑纳了。”

我看到他咬了咬牙，仍是一副死相。看来，这小子果然是在装死。不使出点本事来修理你，我岂不白炼了这么多灵力。

我召唤出一只老鹰，在天空长唳两声，这家伙吓得脚抽了一下，强忍着没动，还是一副死相。我决定放大招了，给他点三昧真火。

我在食指上燃起一根小火苗，自言自语道："今天运气真好，不仅捡到一堆萝卜，还吓死了一只兔子，正好烤着吃，不知道用三昧真火烤，火力会不会太猛，万一烤焦了咋办？"

小兔子一听三昧真火，立马坐了起来，"大侠饶命，别烤了我，只要大侠今日饶我性命，让我做什么都行。"

我来了兴致："真的让你做什么都行？"

他说："只要不烧杀掳掠，还有嫖，其余做什么都行。"

"来来来，咱俩谈谈。你叫什么？"

小兔子说："干麻。"

你个小兔子，不知道自己的地位吗，问个名字还敢不说，我对他翻了个白眼，一字一顿地问："我，问，你，叫什么？"

他也一字一顿，"干，麻。"

他还来劲了，我一巴掌打他后脑勺上，就像莫如月打我一样，"我问你叫什么名字，老老实实回答就行了，哪来那么多问题，干吗干吗的，今天起我就是你的主人，我说让你干吗就干吗，不许那么多废话。"

他一边躲我，一边很委屈地说："对呀，你问我叫什么，我回答你了，我就叫干麻，回答了那么多遍，你还要打人，到底讲不讲理！"

干麻是他的名字，笑死了我，居然还有人叫干麻的，哦，不对，他是妖，也没听过有妖叫这个名字的。

笑了一阵之后，我说："好吧，原谅你，咱们接着来，性别？"

干麻说："男。"

"嗯，正好，我就是要找个男妖。"

他立马护住胸前，"你想干吗？别以为你法力高，就想对我怎么样，我，我……"话还没说完，啪，又倒地上装死了。

我踢了他一脚，"喂，别装了，赶紧起来，还没问完呢。"

不见他有动静，我蹲下对他说："你要是再不起来，我就先非礼你，然后再用三昧真火烤了你！"

他一个蹦子跳起来，“算你狠，算你狠。”

我接着问：“修炼多久了？”

干麻利索地回答：“300年。”

“有啥特长？”

“装死算不算？如果不算，就没特长。”

我白了他一眼，接着问：“每天都能吃饱饭吗？”他能偷农民地里的萝卜，肯定经常饿肚子。

“一年中有半年能吃饱就不错了，我一顿要吃3根萝卜，一天吃9根，一年就要吃……”

“打住打住，谁有空管你一年吃多少萝卜！如果给你个机会，让你每天都能吃饱饭，你愿意吗？”

他怯怯地说：“不愿意。”看我面露不悦，摸了摸后脑勺，立马改口，“愿、愿意。”

“嗯，这还不错，孺子可教也。看你长得跟我有几分相像，这也是缘分，你，现在就变成我的样子，去我们学校，替我上课。”

他十分没底气地问：“真的只是变成你的样子，替你上学而已吗？”

我一副老大的样子，“是啊，包吃包住，只要全勤，还能加薪。”咱有中润财团作后盾，养只小兔子还是不成问题的。

“太好了，以后可以天天吃饱饭咯，谢谢主人。”说完，他一转身，变成了我的模样。

看了看他，我真怀疑自己上辈子是只兔子，小兔妖只是换了个发型，换了身衣服，俨然就变成了“我”。

## 五十九、混沌元鼎

给小兔妖详细介绍了我在学校的情况，包括座位在哪、平时爱吃什么、最喜欢欺负谁，等等。

介绍完之后，我告诉他：“要是有急事，可以给我打电话，如果我没接，就是在没有信号的地方，不过我通常都在没有手机信号的地方……”

小兔妖一脸无辜地说：“主人，你的手机相当于一个摆设，还有其他联系方式吗?”

他这么一说，我仔细想了想，还真是，我的手机确实相当于一个摆设。自从踏上了送神之路，我基本就没用过手机，刚开始是不敢用，怕幽冥门追着信号找到我们，后来是没法用，动不动就陷入灵幻世界，哪里来得手机信号，现在已经习惯不用手机了。

我拉起他的手，割破他的无名指，同时也割破自己的无名指，伤口对准伤口，让血融在一起。

小兔妖莫名其妙地问：“你这是在干吗?”

我阴险地笑了笑，“这个作用可大了，让咱俩的血液相融，心灵便可相通，一是你要有急事找我，我可以感应得到；二是你休想偷懒，若趁我不在，你不好好给我签到，或是想趁机逃跑，我都会知道，无论你跑到哪，我都能找到你，然后用三昧真火烤了你。”

小兔妖抽搐着嘴角说：“主人，你太，太狠了。”

“废话少说，赶紧给我回学校!”然后，我留给他一个邪恶的淫笑，飞上云头去找姜默和风里希他们了。

姜默把混沌元鼎安放在一个地下密室，这个密室以前在战时是防空洞，后来被中润财团买下，改造成了一个地下密室，共有18层，据说专门用来放国宝级古董。我在一个西装墨镜男的带领下，来到地下第18层，又进了18道安全门，在一间类似于会议室的地方，见到了大家：风里希、莫如月、姜默、黑影、高影，还有两个韩信。

这间会议室极其宽敞，里面的家具全被清空，只在中间摆了一个似是白玉雕成的大圆鼎，估计此鼎就是混沌元鼎了，通体白润，雕刻着古朴的纹饰和蝌蚪文，周身散发着淡淡金光，让人心神安宁。

看见我进来，韩信（身体部分）问：“你来干吗?”

我说：“我有三昧真火，当然是来炼鼎的。”

韩信（身体部分）问：“炼哪个鼎?”

我指了指前方，“混沌元鼎啊，喏，就是这个。”

韩信（身体部分）说：“混沌元鼎不是在幽冥门的那个什么分舵吗？怎么会在这里？难道这里就是幽冥门的那个什么分舵?”

我去，跟没脑子的人说话怎么这么费劲，谁能让他别吭声。

韩信（头部分）说："跟你说了多少遍，混沌元鼎是从幽冥门的冥火分舵借来的，怎么还是转不过这个弯呢？我们还有事，你自己到隔壁房子里去想，给你一个月的时间，一个月以后，不管想通没想通，再过来找我。"

韩信（身体部分）满口答应："好，你们等我，我就不信一个月的时间还想不明白，我去想了，告辞。"

这个没长脑子的家伙还是很好打发的，他一走，感觉世界一下子清静了。

我问："万年玄铁呢？"

莫如月说："已经放在鼎里了。"莫如月已经很久没有打过我的后脑勺了，也不知道是我变聪明，不再惹她生气了，还是她变温柔了。

姜默说："既然大家都已经到齐，咱们就抓紧时间开始。重塑封神鞭需要九九八一天，将韩信的头和身体炼合到一起，需要七七四十九天，所以，咱们就先炼封神鞭，等炼到第32天时，韩信再入鼎，与封神鞭同炼49天之后，同时出鼎。大家觉得怎么样？"

大家纷纷表示赞同，只有韩信沉默不语。

按理说，他很快就可以身首合一，几千年来的梦想眼看就快实现了，应该数他最高兴，可为什么竟看不出他有丝毫喜悦？

姜默没有理会韩信的情绪，接着说："既然大家都已认可，那就这么进行。风里希、莫如月、黑影、高影，你们四个，分别守住混沌元鼎的东、南、西、北四个方位，为夏小涛护法。"

说完，风里希他们四个纷纷就位。我也盘腿坐在鼎的正前方，调动灵力，准备三昧真火。

姜默拿了一幅画放在我面前，"小涛，这幅画就是封神鞭的画像，长三尺六寸五分，有二十一节，每一节都有四道符印，共八十四道符印。虽然这八十四道符印炼不上去，需要凑齐元始天尊的七道封印才能解封，但你在炼的时候，一定要清除杂念，就像是在昆仑七绝古阵当中的弱水一样，心中只想着画像上封神鞭的样子，便可炼出与之前一模一样的封神鞭。"

我心里纳闷，为什么要炼一个和以前一模一样的封神鞭？以前的就一定最好吗？还不是让三足鸟给毁了。现在都啥年代了，谁还用棍子抽人？不听话直接上枪，有赖在人间不走的，老子就给他一枪……

姜默见我心不在焉，有些着急，"小涛，你发什么愣呢？刚才给你说的都记住了吗?”

我心虚地回答:“记住了,记住了。”

姜默这才放心地对大家说:“好,一切就位,东南西北,升起结界!”

好霸气,四道不同颜色的光分别从风里希、莫如月、黑影和高影处射来,射到混沌元鼎的正上方,然后迅速扩散成一个五颜六色的大光罩,把我们几个全都罩在其中。

姜默接着喊:“起火!”

我挥出两掌,蓄势待发的三昧真火径直喷到了混沌元鼎的底部。只见,混沌元鼎由润白转为火红,飘离地面,在半空中慢慢旋转。

不知道是结界隔绝了我们与外界的联系,还是姜默提供的这个地方好,我们炼封神鞭时,竟没有受到一点影响,一切都出奇的顺利。就连大忙人姜默,也是推掉了所有工作,全程在这里陪同,负责时不时地提醒我,“小涛,想着画里的封神鞭,别想错了,到时候炼成四不像就麻烦了。”

说实话,我心里对画中的封神鞭怎么这么抵触呢,笨笨的一根铁棍,有什么好稀罕,炼成其他样子就成四不像了吗?它爹是万年玄铁,它妈是混沌元鼎,不管炼成啥,肯定都是厉害非凡的神器……可无奈姜默总是在旁边不停叨叨,我也没法再去设计其他样子,只是内心还有不甘,总想着要是在旁边不起眼的地方,能有个小按钮,一按就能秒变成一把神枪,那该多好。

于是,在炼封神鞭的时候,我总想着给封神鞭一次变身的机会。正因为有了这样的想法,往后封神枪才派上了大用场,当然,这都是后话。

抬头看了看对面的倒计时表,还剩49天,说明已经过了32天。韩信的身体部分按时进来,听不见他们对他说了些什么,不过以韩信和姜默这两个绝顶聪明的人,应该很容易就能哄住他。果然,没一会儿工夫,两个韩信同时飞入鼎中,我又加大了些火候,接着闭目调息。

又过了一个多月,的确有些吃不消了,就在快精疲力竭的时候,姜默非常贴心地为我们每人送上一粒丹药,服下后,立马感到精力充沛。

看着倒计时表一天一天变少,当它变成1的时候,我内心一阵雀跃,终于快熬到头了。

就在一切顺理成章,准备熄火灭鼎的时候,一股强大的吸力从鼎中传出。

## 六十、以灵祭鞭

这股强大的吸力不仅让三昧真火瞬间熄灭，而且一阵强过一阵地吸噬我的灵力，仿佛要把我整个掏空。

姜默说：“坚持住，现在是最后的冲刺阶段，马上就能启鼎了。”

我感到混沌元鼎开始颤抖，而且越抖越厉害，这种颤抖很不正常，是封神鞭出了状况吗？我能感觉到它在召唤我，好像要把我的元神吸进混沌元鼎。

如此大的异动，姜默却四平八稳地等着，似一切都在他掌握之中，流露出掩饰不住的渴望与兴奋。

封神鞭的吸力越来越大，我拼命抵抗，身体不由自主地往前挪了1米多，感觉元神快要被吸出来了，整个胸口都在剧烈地疼痛，实在坚持不住，一口血喷了出来……就在这喷血的刹那，元神抵制不住强大的吸力，出窍了。

元神不由自主地被拉向混沌元鼎，又被身体这边的一股力量勉强拉住。我回头一看，是风里希、莫如月、黑影和高影，他们四个在给我渡送灵力，帮我勉强坚持。

大家和我一样，在这里耗了81天，肯定也都精疲力竭。我绝对不能放弃，为了我自己，也为了大家对我的付出和信任。我朝他们坚定地点了一下头，咬紧牙关，与混沌元鼎中的封神鞭展开拉锯战。

突然，混沌元鼎停止了颤抖，“铛”的一声，骤然落地，然后金光大现。

没有了强大的吸力，我的元神一下子回到体内。还没等我们回过神来，姜默兴奋地喊到：“大功告成！”

我们五个收了灵力，气喘吁吁地看着混沌元鼎。

半晌，韩信手握封神鞭，从鼎中跃出，神采飞扬，浑身散发着金光。看来，他的身首已经成功合一了，现在是当之无愧的战神。

姜默眼睛紧盯着封神鞭，无比激动地说：“太好了，等了这么久，终于炼成了。”说着，便要伸手去拿韩信手中的封神鞭。

韩信毫不客气地一把挥开他的手，看都没看他一眼，径直走到我面前，将封神鞭交到我手中，同时还交给我一个锦囊。

封神鞭，耗了我九九八十一天的三昧真火，还差点抽空我的灵力，吸走我的元神……如今终于握在我手中了，真真切切，实实在在。

这封神鞭看似与图纸上画得一模一样，长三尺六寸五分，有二十一节，但图纸中每一节都有四道符印，共八十四道符印，而我手中的封神鞭却没有符印。正如姜默所说，我们要解封的封神之力，应该就是这八十四道符印。

有了符印，才能上打神佛、下打妖魔，若没有符印，它充其量就是个威力大些的神器，对妖魔还有几分震慑，对神佛就构不成威胁了。

封神鞭给我一种厚重的踏实感，我一节一节认真端详着、细细抚摸着，只见在第二节和第三节的接口处，居然多了一个小按钮，如绿豆般大小，不仔细摸都发现不了。

我的脑子“嗡”的一声，糟了，真是想啥来啥，别人不知道这个小按钮的功用，我可清楚地知道，只要一按它，封神鞭肯定会变成一把枪。

我太想按下去了，想看看封神鞭会变成一把什么样的枪，想向姜默证明，封神鞭变的枪绝对不是四不像。但想来想去，冲动是魔鬼，我要是现在按下去，把封神鞭变成一把枪，姜默估计能把我生吞活剥了。

我强压着好奇心，将封神鞭收好，正要打开锦囊，韩信却一把捂住，“此时勿拆，等遇有生死关头时，再拆此囊，其中一计能保你们性命。”

生死关头？莫非韩信预料到了什么，既然他现在不让拆，我便先收好，“韩信将军，怎么就你一个人出来了，他呢？”实在不知道该如何称呼，但大家应该都知道我说的“他”是在指谁。

“他……”

韩信顿了顿，又看了眼姜默，接着说：“但凡威力巨大的神器，炼成时必须要有一个强大的元神去祭祀，否则，神器戾气太重，会向炼它之人索取元神，轻则走火入魔，重则元神出窍、性命不保。像封神鞭这么厉害的神器，必须要有一个神的元神去祭祀，才能平息它的戾气。”

怪不得刚才混沌元鼎出现异动，我的元神差点被吸噬，原来炼成封神鞭必须要有一个神的元神来祭祀，而“他”竟然选择了牺牲自己！

没想到他居然在关键时刻豁出性命救我，我的心抽痛不已。

风里希和莫如月也挺难过，只有黑影和高影，始终一副面瘫表情，看不出是喜是悲。

韩信说："大家都别太难过了，也许祭祀封神鞭对他来说，是最好的结局。"

姜默附和着："是啊，封神鞭要出世，总得有人牺牲，你们都重任在身，不能去祭祀，他这么做，对他自己和我们大家来说，都是最好的结局。"

虽然理智告诉我，姜默说得对，但总觉得哪个地方不合适，就好像一步一步被人牵着鼻子走。

姜默既然知道这件事，他为什么不说？难道早就把那个傻韩信的命算计进去了？

韩信也肯定一早就知道，所以大家讨论方案的时候，他表现得那么不冷不热。这么算来，在取万年玄铁之前，他就已经与姜默达成了默契，舍一个多余的韩信，换一个完整的韩信……他对这件事的每一步都心知肚明，所以留给我们一个锦囊，也算是对我们的回报了。

"小涛，"韩信对我说，"这个封神鞭你收好，切记，不要轻信任何人，到生死关头时再拆锦囊，咱们敦煌再见。"说罢，化作一缕光消失了。

韩信这句话是在提醒我什么？他指的这个"任何人"到底是谁？

## 六十一、痛失黑影

一名墨镜西装男匆匆进来，对姜默一阵耳语。只见姜默的脸色立刻阴沉下来，对我们说："两个多月没参与集团工作，出了些状况，我得赶紧回去处理一下。"

我忙回复他："姜哥，既然这里已经大功告成，后续的事情我们来处理就行了，您赶紧去忙吧。"

"你们辛苦了这么久，肯定也累了，送混沌元鼎的事我已经安排好，就不劳烦各位了。另外，我安排了车在上面，返回地面之后你们可以直接去酒店休息，我先失陪了……"说完，他急匆匆地出门。

我们气定神闲地收拾着各自的东西，念叨着赶紧收拾完了回到地面，美美吃一顿、睡一觉，好好补一补这消耗了81天的元气。

还没收拾完，只见张魁气焰嚣张地走了进来，"夏小涛，你是想把命留下，还是想把封神鞭留下?”

没想到幽冥门的人来得这么快，姜默前脚刚走，他们后脚就到了。

风里希冷笑道：“张魁，就凭你也想拿走封神鞭吗？太高估自己了吧。”

张魁跋扈地叫嚣着：“风里希，到底是我高估了自己，还是你们低估了我，哼，你以为今天只有我一个人来吗？别高兴得太早了，啊哈哈哈……”他发出难听的怪笑声，笑得人毛骨悚然。

他的笑声还没结束，就冲进来了二三十个喽啰兵，把我们团团围住。

我十分鄙视地说：“张魁，你是来搞笑的吧！咱们交手这么多次，你啥时候把我们打败过?”

“一个张魁的确不够，如果再加上我们呢?”说着，又进来三个人。这三人气势沉稳、戾气内敛，给人一种强烈的压迫感。

莫如月脸色一沉，神情紧张地说：“糟了，他们三个都是冥火分舵的护法，高的那个叫苏诚，低的那个叫尹子豪，胖点的那个叫杜津。今天冥火分舵四大护法都来了，看来咱们在劫难逃。”

张魁说：“莫如月，你不是一直都很想念你的爹妈和妹妹吗？我今天就送你去跟他们团聚!”

张魁一说这话，莫如月气得浑身发抖，一双漂亮的杏眸瞪得大大的，恨不得从眼睛里射出刀来。

在这样紧张的时刻，我有一个疑问，幽冥门冥火分舵四大护法到齐，对付我们五个筋疲力尽之人，这种情况算不算到了生死关头？韩信给的锦囊妙计此时应该能拆了吧？真没想到这么快就应验了。

我悄悄用手摸身后的背包，想趁其不备把锦囊掏出来看看。

谁知手还没摸着背包，就被那个叫尹子豪的一枪打来。“啊!”我惨叫一声，子弹直接打穿了我的手掌，我压不住心中怒火，向他们挥出一条三昧真火的火龙。

没想到刚挥出一掌，张魁立马跳到我面前，将火龙生生吞下，胀得眼睛珠子都鼓了出来，晃了一下脑袋才恢复正常，然后意犹未尽地说：“这火带着人血的味儿，还真不错，再来几掌。”

我刚才真是被气昏了头，居然忘了张魁能吞掉我的三昧真火，让他白捡了个大便宜。果不其然，他回头对准风里希就挥出了一条火龙，还好，风里希迅速躲去。

大战一触即发，黑影双手作诀，使出绝技，把他们全部定住，四大护法功力深厚，可能定不了太长时间，但是对付其他那些喽啰兵，我们还是很有把握的。

高影速度最快，手起刀落，一个一个解决喽啰兵。我和风里希、莫如月冲向四大护法。

莫如月最恨的就是张魁，父母之仇、妹妹之仇，张魁都是罪魁祸首，她毫不犹豫地将映月刀猛地插入张魁心口。只见张魁拼死冲破黑影的封印，一掌将莫如月打飞，然后一个趔趄跪在了地上，喷出一口血来，他顾不得擦嘴角的血，赶紧掏出了一粒黑色小药丸吃上，努力平复着呼吸，看来莫如月伤他不轻。

再看莫如月，耗了81天的灵力，此时已是精疲力竭，就算勉强作战，也不是张魁的对手，被张魁一掌打飞到墙上，又重重滑落在地，嘴角已带血丝。

风里希向苏诚和杜津同时攻击，一人一掌。他们俩硬生生挨下风里希的一掌，浑身一震，看样子也是吃了不少亏，然后猛力冲破黑影的封印，三人瞬间打成一团。

我手握神目刀，先找向我开枪的尹子豪报复，打算一刀刺向他的心脏，可刀还没落下，他已冲破束缚，抬起手臂挡住了神目刀，虽然没有刺中他的心，却划破了他的手臂，我心中暗暗叫好。

尹子豪似被神目刀的功能搞蒙了，正在纳闷自己的法力怎么突然变弱，我已一记三昧真火毫不留情地打在他身上。他浑身上下迅速着起了火，我见状有些得意，却见已成火人的尹子豪迅速掏出一个蓝色小瓶，从中倒了些蓝色液体在手上，抹到哪，哪里的三昧真火就熄灭了。据说天下只有鲛人的眼泪能灭三昧真火，看来那蓝色液体便是鲛人眼泪了，他们果真有备而来。

我欲再发起进攻，抡起一拳狠狠朝他打来，谁知他竟不躲不闪，硬生生挨下我这一拳，然后声东击西，佯装要打我，接着猛然转身，一枪打在了黑影的心口。

黑影刚放过大招，防备最弱，子弹从他的胸前穿过，又从后背穿出……

我们几个看到这一幕，都吓呆了，心中暗叫：糟了，黑影怕是凶多吉少了。我们豁出命来跟对手打，想制住对方后赶紧抽身去掩护黑影。

然而，黑影并没有像预料当中的那样倒地，虽然心口被打穿，但他只是低头看了看自己的伤，又摸了摸从心口流出的血，像没事人一样，继续朝尹子豪猛烈攻击。

尹子豪一脸蒙，我们也感到很不可思议，黑影居然能在子弹穿心而过的情况下，若无其事地继续作战，他的心呢？

以前听说有的人心脏长在右边，莫非黑影就是这样的个例？虽然有些匪夷所思，但只要活着就好。

我和黑影联合起来攻击这个法力减半的尹子豪，可能因为我们太过疲惫的缘故，总感到力不从心。此时，又有七八个喽啰兵也慢慢冲破了束缚，高影一人应接不暇，场面极其混乱，我们狼狈至极，节节败退。

尹子豪趁黑影猝不及防之际，又向他连射三枪，枪枪都打在心脏处，将他的心口打出一个拳头大小的血窟窿，甚至都能清楚地看到他的心室。

这下看清楚了，他的心室很正常地长在左边，然而心室里面却是空的……

他的心呢？难道被人拿走了？

怪不得他对什么都不悲不喜，怪不得昆仑山的失魂落魄阵对他不起作用，怪不得他看不到玉虚神域……原来，他缺少一颗人心！

那高影呢？也和他一样是个无心之人？

就在黑影惊愕的一瞬间，苏诚向他一刀劈下，将他的头差点砍掉……

这一次，黑影终于无力地倒在了地上。

我大叫一声“黑影”，赶紧冲过去护他，高影和风里希、莫如月也纷纷赶来。

只见黑影的头和脖子之间连了一层薄薄的皮，脖子里的筋脉和血管尽断，大量的血从脖子和嘴里一股一股涌出，进的气少，出的气多，极为惨烈。

黑影看了看自己的心口，抬起手费力地摸着空空的心室，甚至还将手伸进血窟窿中仔细摸索着心脏，但除了掏出成把成把的血，什么都没有……

第一次看到黑影面带神情，却是极为恐怖和失落的神情……

他用沾满鲜血的手握住我，好像有很多话要说，却因为脖子断了，嘴里不停地向外冒血，听起来呼噜呼噜的。

他一字一顿，无比费力地说：“帮，我，找到，我的，心！”说完，手一撒，闭上了眼睛！

“黑影，黑影！”我们悲伤地呼喊着……

## 六十二、失鞭自保

黑影死了，就死在我们面前，被幽冥门冥火分舵的苏诚护法砍断脖子死的！

一开始是姜默安排黑影到我们身边，和我们一起寻找月牙封印的。一路走来，我曾埋怨过他心肠过硬，好似没有七情六欲，不食人间烟火，如今想来，那些冷漠都不能怨他，因为他没有心。那个取走他心的人，无非是想控制他！

他曾经救过我许多次，可仔细一想，我却不曾为他做过什么。他死前嘱咐我，帮他找到心，我记住了，一定帮他完成遗愿！

为了继续战斗，也为了黑影的遗体不落入幽冥门之手，我十分揪心地向黑影挥出一掌，用三昧真火将他点燃。

看着黑影的尸体在燃烧，“啊！”高影情绪失控般地咆哮一声，眼神中尽是绝望与愤怒，她用绝招隐身，对手看不见她的招式，一度措手不及，我们也因此稍得喘息。

我看了眼风里希和莫如月，他俩非常默契地帮我打掩护，配合着高影展开反攻。我迅速取出韩信留下的锦囊，打开一看，只见锦囊中有一字条，上面写着：鼎中自有天地，欲保命，先舍鞭。

我恍然大悟，韩信是要我把封神鞭扔进混沌元鼎里。

封神鞭固然重要，但活着出去更重要，如果连命都没了，要封神鞭又有何用？

韩信算得真准，我们确实到了生死关头，这生死关头又确实因封神鞭而起，看来要想保命，只能用此计了。

我咬咬牙，心中虽有万般舍不得，但依然取出封神鞭，对着张魁他们喊道：“你们不是想要封神鞭吗？我给你就是。拿去！”说完，便将封神鞭扔向混沌元鼎。

张魁他们着实没料到我会来这一手，惊愕地瞪大眼睛，说了声“你……”，话都顾不得说完，便接二连三急匆匆跳进混沌元鼎。

韩信说鼎中自有天地，看来这个天地一定不小，不然张魁他们四大护法也不会急得全跳进去，估计他们得有一番好找了。

我们稍稍舒了口气，小命暂时保住了。

外面仅剩的七八个喽啰兵，看到四大护法齐齐飞进混沌元鼎，丢盔卸甲，纷纷求饶。我和风里希、莫如月互视一眼，本没想要这些喽啰的性命，刚打算离去时，却见他们的脖子瞬间被人劈断，纷纷倒在地上。

他们的脖子和嘴里汹涌地冒着血，听起来呼噜呼噜的，然后一个接一个地死去，死法和黑影一模一样，场面极其血腥。

肯定是高影干的，她依然还在隐身。

风里希喊道：“高影，别这样，他们都是无辜的，何必非要赶尽杀绝！”

却没有得到任何回音。

我们等了一会儿，依然不见高影显身，实在不敢再等，便对着空气说：“高影，我们知道你现在心里难过，但黑影也是我们的兄弟，我们和你一样难过。不管怎样，你还是我们队伍中的一员，希望你尽快归队，所有的事，我们都会和你共同承担。”

也不知道高影还在不在这里，更不知道她听到这些话没有，反正我们的心意表达到了，得赶紧离开此地。

我们强打精神往外走，十八道安全门，每一处都尸体成堆，应该都是高影干的。

终于活着回到地面了，我们一行五个人进去，却只有我、风里希和莫如月三个人出来。黑影死了，高影不知所踪……

我们出了地下仓库的大门，门口停着一辆车，应该是姜默为我们准备的那辆。姜默让我们去酒店休息，可我们哪有脸再去见他。

姜默走时一切都是完美的，成功炼出了封神鞭，地下仓库完好无损，但他一走，我们把一切都搞砸了，不仅把他的仓库毁了大半，牵涉了那么多条无辜人命，他的黑影死了，高影丢了，就连封神鞭也扔进了混沌元鼎……

可越想，越觉得整件事情蹊跷，就是说不清哪里被人算计了，得静下心来仔细捋捋，但现在是没精力捋了，得赶紧找个地方饱餐一顿，饱睡一觉。至于其他，和饥饿比起来，都能先往后放放。

饿得发抖的我们实在飞不动了，狼狈地爬上车，边开边找饭馆。

没走多远就看到有家小餐馆，像个农家乐似的坐落在山坳里。饥不择食，先填饱肚子再说。

也不知道是我们饿得太狠了，还是这家小餐馆的东西做得实在太香，总之，我们的吃相那叫一个狼吞虎咽、风卷残云，也顾不得保持帅哥形象了，我甚至都能听到自己边吃边发出“哼哼”的声音，就像猪一样。

吃饱之后抹了抹嘴，困意袭来。餐馆老板看到我们这副半死不活的样子，非常善解人意地说：“我们农家乐都是提供客房的，三位要是累了，可以去房间里休息，疲劳驾驶不安全。吃住一条龙的话，价格还可以打八折。”

“那就开两间房。”好困啊，这感觉，快赶上在昆仑落魄阵了。

“不好意思，只有一间房了，三位又不长住，休息一下而已，不用那么多讲究吧，一间房也可以凑合的，怎样，要不要？”这老板不愧是做生意的，太会看人下菜了。

我晕晕乎乎地看向莫如月，“好，一间房就一间房吧，我们定下。”莫如月晕晕乎乎地回答。

我们三个东倒西歪地来到房间，横七竖八地倒在床上，连过渡都没有，直接进入深度睡眠。

## 六十三、又见朱焱

阳光照在脸上好刺眼，是谁这么不长眼色，睡得正香，干吗要拉开窗帘，肯定是农家乐的老板在折腾人。

我非常不满地睁开眼睛，正想对老板发飙，却看到微风习习，青草依依，一只小麻雀正悠闲地站在我头顶上，我一动，它扑棱扑棱飞走了……

什么情况？哪里有房间和窗帘，哪里有农家乐，我们不是躺在客房的床上，而是躺在大荒野上，风里希和莫如月此时还躺在地上没有醒呢。

我们明明睡在农家乐的客房里，怎么会是在荒郊野外呢？

“风哥，小月，快醒醒。”我用力晃着他俩。

他们迷迷糊糊地睁开眼，看到周围的景象，瞬间坐了起来，非常警觉地观察着四周。

“醒了？你们三个能在这荒郊野外睡两周，也真不容易。上一周连续下了七天暴雨，把你们淋了个透，这一周又连续高温，正好把你们晒干，还能除一除身上的潮气，怎么样，有没有觉得神清气爽？”说话者着一袭红裙，美艳无比。

这不正是只身前往暗灵分舵救我们的女神姐姐嘛。上次平安脱险之后，想对她道声谢，她却无声无息地走了，而且没有留下任何线索。时隔几个月，终于又见面了，只是见面的时机好像不太美好，我们的形像也不是很帅。

我赶紧用手理了理像极了鸟巢的发型，有些尴尬地憨笑两声。

莫如月问：“是你把我们从农家乐里带出来的吗？”

“农家乐？呵呵，”女神姐姐冷笑道，“你们的灵力竟然差到连障眼法都识不破的地步了吗？还是你们被迷魂药迷坏了脑子？实话实说，我没动过你们，这里就是你们所谓的农家乐。”

农家乐居然是荒郊野外的障眼法？看来我们被人设计了。可是什么时候中的计？又是谁给我们使的计？

我不可思议地问：“女神姐姐，你的意思是我们被人下了迷魂药，农家乐的老板是专门来害我们的，他极有可能是幽冥门的人，是吗？”

女神姐姐说：“不错，农家乐老板的确是幽冥门的人，专门来偷你们的东西，得逞后再要你们的命，但你们中的迷魂药应该是在农家乐之前，按时间推算，应该是在一上车时就中下了。”

按理说，以我们如今的修为，就算再精疲力竭，也不可能看不出障眼法，一定因为我们提前就中了迷魂药。

“我郁闷了，如果农家乐的老板是幽冥门派来的……谁能告诉我，我们在农家乐吃的那顿饭是什么？不会是一桌子的屎吧？”想起那天我吃饭时的猪样，还边吃边哼唧……怎么这么想抽自己两嘴巴呢。

我后脑勺挨了一巴掌，是莫如月，她黑着一张脸，“再敢提那顿饭，信不信我削你！”

我无比乞怜地看着女神姐姐，希望她能给出一个令我舒服的答案。她却难得俏皮地掩嘴一笑，“幽冥门既然想要你们的命，能安好心请你们吃大餐吗？别去深究了，难得糊涂，深究下去说不定会很恶心哦。”

“哎呀，我去，让我先吐一会儿。”看来那天吃的真不是饭，至于是不是屎，还是比屎更恶心的东西，不求真相，但求心态……这段记忆能不能删除。

风里希问：“姑娘是何时赶来这里的？”

女神姐姐依然俏皮地说：“不早不晚，正好在你们昏睡后，他们想动手杀你们的时候。”

风里希上前点头致意，“再次感谢姑娘相救，敢问姑娘芳名。”

风里希这话听起来有点味道，“感谢救命之恩”与“芳名”之间有逻辑关系吗？莫非他是想，撩妹？

女神姐姐脸稍微红了一下，眉目一转间，风情万种，“我叫朱焱。”

朱焱，好好听的名字，就如同她的外表一般，火辣而又妖娆。

朱焱接着说：“那天我来时，你们都在昏迷，农家乐老板把你们里里外外搜了个遍，正打算要杀你们，我便毫不留情出手解决了他，并从他身上搜出了这个，应该是夏小涛的，还给你。”

说着，朱焱递给我一个小月牙，我一看，居然是我们从山河社稷图中得到的月牙封印，赶紧小心翼翼地收好。

幽冥门果然是做了详尽的计划，用姜默的车消除我们的戒备，在车里设下迷魂药，让我们神不知鬼不觉地中毒，再兴高采烈地来到“农家乐”，自觉自愿地吃下一桌不知什么东西，极有可能是屎，只是我内心不愿承认，检测了一下确实中毒已深，然后在我们昏睡时，趁机偷走封印，再杀了我们……

只可惜，他算盘打错了，千算万算没算到，会有个朱焱来救我们。

朱焱说：“你们既然已经醒了，我也该走了。”

只见风里希上前一把抓住她的手，着急地说：“干吗又要走，你几次救我们，都没好好答谢你。”

朱焱垂下眼帘，风情无限地说：“不必谢我，你们早日开启三兔法阵，就是对我最大的报答。”

风里希说：“既如此，凭姑娘的修为，为什么不和我们一起同行？”从没见过风里希这般失态，莫非，他对朱焱动了心？

我偷偷看了眼莫如月，她果然铁青着一张脸，脸上写着大大的一个字：醋。

而我心里却美得很，风里希没打我的歪主意，也没对莫如月动心，他喜欢上了别的女人，这对我来说，是最好的消息，我和莫如月越来越有戏了。想到此，我忍不住低下头偷笑了两声。

朱焱说：“现在还没有查到幽冥门的大Boss是谁，在不清楚他们底细之前，我还不能露面。他在暗中害你们，我就在暗中保护你们，若我提前露面，他便清楚了我的底细，全盘计划就会毁于一旦。”

我弱弱地说了句：“我表示没听懂。”

朱焱莞尔一笑，“没关系，迟早都会懂，不必急在这一时。”

风里希难舍地追问：“真不能留下来吗？”好肉麻呀，风里希，原来你是这样撩妹的，今天算是见识到了。

朱焱留给他一个勾魂的媚笑，然后消失不见，过了半晌，从远处传音过来，“你们的对手都已经上路了，与其在这里儿女情长、悲春伤秋，不如赶紧去寻找封印。”

看来朱焱是真走了，也许她说得对，在暗中帮助我们比直接参与更有胜算，也更能出其不意地打击对手。

我们睡了足足两周时间，这两周，发生了很多变化，张魁他们已经拿到了封神鞭，而且此时应该正在洛阳的龙门石窟寻找封印。

从目前敌我资源的占有率来看，他们手中有封神鞭，我们手中只有一个封印，他们占了优势，所以接下来，无论如何都不能再让他们抢先了。

风里希望着朱焱消失的方向，深吸了一口气，独自喃喃道："但愿如你所说，我们在明，你在暗，你会一直保护我们。"

风里希毫不掩饰对朱焱的喜欢，这份深情，连我都被感动了。我现在可以确定，他对朱焱是真的动情了。

莫如月看上去非常落寞，不想让风里希继续煽情，又不知该怎么阻止，只能强装镇定地说了一句，"出发，去河南。"

## 六十四、初见商鞅

既然到了河南，我就想回家看看，虽然家里已没有了亲人，只剩一幢空荡荡的房子，但这里有我的回忆。不管怎样，我觉得充满回忆和承载情感的地方就是家。

来到家门口，我掏出钥匙，酝酿好情绪准备感慨一番，却听到门后传来吸溜、吸溜的声音，像是有人在很香地喝茶，还时不时发出陶醉般的"啊"声……家里有人，而且还不是个凡人。是谁？怎么会在我家？

"砰"的开门而入，只见一位年近六旬、老帅老帅的男人，穿着休闲夹克，正坐在我家沙发上优哉游哉地品着茶。看气质，像极了明星版的钻石王老五，看修为，他以灵修神，法力应该不下2000年。

"你是谁？干吗在我家？"

那老者慢悠悠地答："我在你家，自然是你的客。我在此等你，免去了你寻我之劳顿，你应该感谢我才是。"

他还真拿自已当盘菜，我有些不悦地说："少废话，这里是我家，你是敌是友，报上名来。"

帅老头看上去心情不错，眉飞色舞地说："在下公孙鞅是也。"

公孙鞅，我脑子里飞快搜索着关于这个名字的人物信息。

"原来是大名鼎鼎的商鞅，风里希在此拜过。"说着，风里希朝帅老头恭恭敬敬作了一揖。

商鞅啊，就是通过著名的商鞅变法，使秦国从一个贫穷落后的弱秦变为富裕强大的强秦，最终成为一统天下的帝国。虽然商鞅变法劳苦功高，但他最后的下场却很惨，被秦惠文王"五马分尸"了，成为死得最惨的历史人物之一。

"商鞅此名莫须再提，秦地我是不愿再回去的，所以才回到了我的出生地河南，一晃竟已在此游荡了2300多年。"

"那你来我家干吗?"

商鞅不悦地看了我一眼，眼神中大有嫌弃之意，"夏小涛，你长点脑子好不好，你要是我徒弟，问出这么蠢的话，先抽你一顿戒尺没商量。"

他不愧是严刑重罚的鼻祖，说话间就带着严苛。我忍，原谅他的不友好，毕竟五马分尸这种罪也不是谁都能"享受"的，他有点怨气情有可原。我调整了一下语气和表情，无限尊敬加呆萌地对他说："请问商君，您在我家里干什么?"

商鞅脸色一变，手里不知何时多了把戒尺，对着我的屁股狠狠抽了一下。

我痛苦得大叫："哎呀，你干吗打人?"

商鞅接着打，丝毫没有停止的意思，边打边说："我有没有说过，商鞅一名不可再提，你明知而故犯，不该重罚吗？打你50戒尺，看你还敢不敢再犯?"

"哎呀，不敢再犯了；商……不对，公孙鞅，请手下留情。"

商鞅眼睛一瞪，"还敢冒出这个字，看来罚之过轻，再罚100尺。"说罢，空中多出一条绳子，三下五除二就把我像捆粽子一样捆了起来，戒尺也像分身一般，分出几十把，立在空中蠢蠢欲动，只等一声令下。

"喂，你讲点道理好不，这里可是我家……"话还没说完，一个什么东西塞进我嘴里，堵住了我的声音。

经历过之前九尾灵狐的损招，凡是对手用来堵我嘴的东西，我都有点怕，赶紧噘起嘴来看看是什么，还好，是个白毛巾，正在庆幸，空中几十把戒尺齐齐挥下，狠狠地打在我屁股、后背、胳膊，甚至是脸上……

一通叽里哇啦乱叫之后。

商鞅神情淡漠地说："刚好150下，停。"随着他的一声令下，绳子和戒尺都不见了，只剩下鼻青脸肿的我，万般无奈地趴在地上……

我斜眼看着风里希和莫如月，居然袖手旁观，见死不救，还是不是兄弟？

风里希显然是被商鞅突如其来的这一出整蒙了，见到我的惨样，撇了撇嘴表示同情，然后说：“公孙鞅果然执法严厉，名不虚传，在下受教了，只是您既然在夏小涛家里等我们，肯定有事相托，请问何事？”

商鞅还是神情淡漠地说：“嗯，问到点子上了，确有一事。想我这一生，只为一件事而活，那就是变法。我要让我的思想影响更多人、教化更多人。大秦帝国虽然深受其益，但在我看来还远远不够，如何让我的思想影响到神界，是我现在新的历史使命。但这个使命之艰辛、责任之重大，光靠我一个人的力量是远远不够的，神界的那些神仙，一个比一个清高自傲，想在神界召集诸神听我讲义，恐怕比登天还难。所以我想，收你们三人中的其中一人为徒……”

听到这里，我突然好怀念我的那只装死兔，如果我也有它装死的那般功夫，此时一定“死”给他看。

商鞅没有理会我们三个惊愕的神情，无比陶醉地径自说着：“只有三兔法阵开启时，凡间诸神才是最齐全的时候。严把入口关，让所有通过神界大门的诸神，都能够感受到我公孙鞅的思想光芒，受我指引，严格自律，规范神格，努力构建一个法度严明、神神自律、井然有序的新神界……这就是我的使命，我将为此不懈奋斗！我来找你们的目的，就是为收你们其中一人为徒。”

听不下去了，他神经，我可不想陪他一起神经。

趁商鞅滔滔不绝之际，我趴在地上慢慢往门口蹭，希望爬出他的视线，让他淡忘我……

商鞅继续说：“没想到夏小涛这么愚钝，真是朽木不可雕也，就这资质，怎么执掌封神之力，倒是风里希和莫如月，你们两个还有些慧根……”

太好了，就让这两个有慧根的拜你为师吧，愚钝的我适合自生自灭。

正在暗自庆幸，商鞅接着说：“可风里希和莫如月都师出有门，我再强行收入门下，于法难容、于理不通，再说了，我这个人偏要为天下难为之事，越是没希望的，我越是要把他扭正，小涛，你有没有信心改过自新？”

刚才不是一直在夸风里希和莫如月的慧根高，贬低我愚钝吗？怎么画风一转，竟转到我身上了。吐血，我造了什么孽，竟惹上这尊神了。

“夏小涛，以后我问话，话音落3秒之内必须回答我，晚一秒就打你50戒尺，记住了吗？”

我以迅雷不及掩耳的速度回答：“是，记住了。”

“很好，对于放弃自己灰暗的人生，投靠到我的光明之路上来，有没有信心？”

我能说没有吗？我不愿意拜商鞅为师，我是被强迫的……

“晚了1秒，2秒，3秒……”

“有，有信心……”

“很可惜，超过了3秒，共计150戒尺。”

绳子凭空出现，又将我五花大绑了起来，毛巾继续塞住我的嘴，戒尺继续毫不留情地抽我……

眼泪哗哗地在心里流。风里希、莫如月，你们读不懂我的眼神吗？快来救我呀！

“公孙鞅，”风里希终于说话了，“您和夏小涛毕竟还没有正式拜师，这样打他有些不妥，他若已经是您徒弟了，那一切无可厚非，但关键是他得心甘情愿地拜您才行啊。”

戒尺停住了，商鞅想了想，“你说得有些道理，刚打了12尺，剩下的138尺就等拜师之后再打吧。”说罢，我身上的刑具都不见了。

嘴一松开，我便扯着嗓门大喊：“我不拜他为师！还没拜呢，就把人往死里打，要是真拜了，我非被他打死不可。”拜师这种事，得两相情愿，只要我不愿意，谁都不能来硬的，哪怕他法力再高，我也不会屈从的。

商鞅有些不可思议，“你居然不愿意，你可知道，有多少人挤破头想拜我为师，我都不收，现在我要收你，你应该感到荣幸才是，居然还敢拒绝？”

“没错，我拒绝。”拜他为师，纯粹是在找虐。刚才还没怎么着呢，就先打了我162戒尺，要真成他徒弟，还不得打死我。快算了吧，我还要娶莫如月，生一堆孩子呢……

本以为我此话一出，商鞅会怒不可遏，没想到他不但没生气，反而表现出了几分兴致，“有个性，我喜欢。拜我为师也不是白拜的，我会让你心服口服。不如这样，我解答你三个难题，若答案你满意，你便拜我，若有一个不满意，你便不拜，如何？”

这个好，商鞅的智慧可不是一般人能比的，若得他点拨，肯定能省去很多弯路。等解答完前两个问题，我就把幽冥门抛给他，幽冥门的底细到目前来说都是个谜，他若解答不了，就不能怪我不讲信用了，呵呵，还真是包赚不赔的买卖。我满口答应，“好，我同意。”

“那就请风里希和莫如月一同见证，我解答出夏小涛的三道难题之后，他便要拜我为师，这138戒尺就先欠下，等他正式拜师之后再实施。”

我回他一句，“不用见证，不会赖账的。”

商鞅笑着说：“有事打我电话，这是我的号码，相信咱们很快就会再见的，拜拜。”说完，他化作一道光，走了。

## 六十五、龙门石窟

看来商鞅早就料到我们会回到我家，所以专程在这里等我们，果真料事如神!

风里希语重心长地说：“小涛，虽然你的灵力已经到了仙道五级，也有了一定见识，但修习毕竟不成系统，如果没有名师指点，确实很难再精进了。商鞅虽然为人苛刻，你若成为他的弟子，日后免不了多受皮肉之苦，但他法力高深，精于谋略，得他指点，你的修为肯定能突飞猛进，你还是考虑清楚啊。”

我赶紧接话：“快算了吧，他那么苛刻的人，我可受不了，我还想多活两年呢。”

莫如月难得向着我说话：“虽然商鞅是我们此次要送走的正神之一，我们必须帮他度劫。不过既然现在小涛这么排斥他，说明他们的师徒缘分还没到，依我看，拜不拜他为师，做决定也不必急在这一时三刻。咱们还是赶快去龙门石窟吧，张魁他们都在那里找了半个多月了，万一让他们抢了先机，咱们可就被动了。”

这一页终于翻过，我们立刻启程，赶往洛阳。

来到龙门石窟，香山和龙门山两山对望，伊河从山间北流，石窟就密布于伊水两岸长达一公里的崖壁上，风景如此迷人，令人身心舒畅，真是个旅游胜地啊。

只是在迷人的风景中，看到了张魁、尹子豪和苏诚，顿时感到大煞风景。四大护法来了三个，与我们三人实力相当，还是颇有压力的。

再看他们三人，像学者一般，趴在窟龛上仔细研究，拿着纸笔写写画画，甚至还用放大镜在观察，看来在这半个月里，他们一无所获。

有了在云冈石窟寻找封印的经验，这次心里有底多了，先找最大的佛像，卢舍那佛，然后老套路，等日出，看佛像的眼睛，毫无变化；接着等日落，再看佛像的眼睛，依然毫无变化。眼睛看完看鼻子，鼻子看完看嘴巴，再看耳朵、手、肚脐……甚至看到了每一根脚趾头，依然没有任何发现。看来封印的线索不在卢舍那佛中。

用老套路再看最小的佛、最美的佛……统统看了个遍，还是一无所获。

没过几天，我们便和张魁他们一样了，像个学者一般，拿着放大镜在窟龛间游走，指指点点、写写画画……

这么找下去也不是办法，龙门石窟南北长达1公里，今存有窟龛2345个，造像10万余尊，要是都拿放大镜来研究，估计几十年也研究不完。当初在云冈石窟，还是黑影发现的封印线索，他最擅长观察了，要是他还在就好了……怀念黑影和高影，只可惜他们一个死了，一个失踪了。

在偌大的石窟内找一丁点线索，还真是个难题，我有点动摇了，脑子不断出现商鞅临走时说过的话，他能帮我解答三道难题，要不要用掉一个呢？“不管了，先用一个再说，反正还有两次机会呢……”

风里希和莫如月早就巴不得我请出商鞅，一听我动摇了，还不等我把话说完，就以迅雷不及掩耳的速度掏出手机，给商鞅打电话。

手机中传出“您呼叫的用户不存在……”，3秒之后，随着一道金光，商鞅出现在我面前，得意扬扬地说：“我说咱们很快就会见面的，怎么样？终于还是来找我了，说吧，你遇到什么难题需要为师解答？”

我内心十分不情愿，“您不是答应过要帮我解答三道难题吗？现在机会来了，第一道难题就是龙门石窟内封神鞭的封印藏在哪？”

“这个好说，既然封印在龙门石窟，肯定就在这方圆一公里，待为师细细察过。”商鞅既不推辞，也不故意卖弄，爽快地答应了。

商鞅在石窟中细细地察看了一番，胸有成竹地说：“四大石窟中，仅龙门石窟有水穿流而过，这正是它与众不同之处，所以，寻找封印应该从伊河入手……此时已是深夜，一切待明日再说。”

我忙问：“明天再说应该还算是一道难题吧，我的问题是如何寻找封印，又不是如何进入伊河，没找到封印前都不算完成的，你别跟我要赖啊，我可不干。”

商鞅边笑边说：“你个臭小子，账算得真够细的，就依你，只算一道题，我也不跟你争辩，凭你这猪脑子，以后碰到的难题多着呢，咱们慢慢磨，你迟早都得拜我为师。”

不知为何，商鞅一来，心就变得特别踏实，一觉睡到了日头高照。正舒畅地做着美梦，“快起床，进入伊河就在此时。”耳边响起了商鞅的声音。

我们来到龙门石窟的伊河边，商鞅说：“今日阳光正好，你们看水面，倒影多逼真，好像水上一个世界，水下一个世界。”

水中的倒影确实美，尤其是卢舍那佛，就连他的微笑都逼真地呈现在倒影中。可是，这跟寻找封印有什么关系？

商鞅似看透了我的疑惑，接着说：“你们仔细看，水中倒影与现实窟龛有何不同，那不同之处，便是水中世界的入口。你们只有两分钟的时间，两分钟之后，水中大门就会消失。”

我一脸无所谓的表情，“消失就消失，干吗这么紧张，现在是早上十点，大不了明早十点再来一趟。”

一把戒尺凭空出现，朝我后脑勺狠抽了一下，“说你笨，你还真是笨得不透气。倒影与现实世界不同，现实中的窟龛不会变，而水中倒影则会受太阳的方位、云彩位置、风力风速等诸多因素的影响，每天都会有所不同。我测算了许久，才算到今日大门打开的时间大约是10点13分11秒，两分钟稍纵即逝，你们今天若是没找到，后果自负。”

我有些不好意思，“原来这么复杂，那还真是麻烦您了，感谢啊。”

商鞅也不跟我计较，接着说：“倒影中的世界我不方便进去，你们只有6个小时的时间出来，待太阳落下，倒影模糊时，你们就会被困在水中，变成一个真正的影子，再也回不到现实世界了。话已至此，你们一切小心。”说完，他便化作一缕光，消失了。

一阵微风吹过，感觉时机到了，我看了下表，正好10点13分11秒。

以前在电视中看过类似“找碴”的节目，就是寻找两幅图的不同，今天算是碰上了。一座山有几百个窟龛造像，大的有十几米高，小的只有几厘米那么大，两分钟之内找出实景与倒影的一点不同，这对常人来说，根本不可能完成。我努力睁着小小绿豆眼，希望能多装下些窟龛造像。

倒计时表毫不留情地“滴答滴答”走，就在时间剩下最后15秒的时候，莫如月激动地大喊：“找到了，在那里。”

“在哪？”我和风里希都顺着莫如月手指的方向看，风里希激动地说，“我也看到了，那里确实不同，入口一定就是那里。”

“哪里？哪里？”我还没有找到，急得嚷嚷着，“到底是哪里啊？”

“走。”风里希和莫如月已跃身飞起。

我越是着急，越是看不出来。没办法，只能跟在他们身后飞，边飞边找。谁知风里希和莫如月一人抓住我的一只胳膊，使劲往水下扯，“扑通”一声蹿入水中。太突然了，我一口水呛住，赶紧闭住了嘴……

入水之后，只见水中漂浮着一道门，我们毫不犹豫地推门而入，却是从房顶掉在了地上。

“咳，咳，咳……”我猛烈咳嗽着。

咦？怎么一个女人咳嗽的声音？

“咳，咳……”我又咳了两声，还是一个女人的声音。

“谁？”我警觉地大声问道，却发现好像是我自己在说话，这才反应过来，大喊道，“妈呀，我怎么变成了女声？”

## 六十六、倒影世界

我有些惊慌地赶紧看风里希和莫如月，看到他们时，我瞬间笑喷。

风里希变成了一个女人，高挺的双胸，迷人的红唇，勾魂的杏眼……十分妩媚动人。而莫如月傲人的双胸变成了飞机场，娇嫩的玉颈上多了一个喉结，白皙的脸上突兀地长着两撇胡子……一身娘娘腔的气质！

“啊哈哈哈……”我笑得气都快上不来了。

莫如月很无奈地说：“别光顾着笑我们了，看看你自己吧。”

我用手摸了摸脸，还好变化不太大，正想得意，妈呀，我胸上长了两个篮球吗？居然这么大。我用手戳了戳，像是装着水的气球，软软的，充满弹性；我抖了抖身子，两个篮球大小的胸迟钝地左摇右晃；我又用手往上托了托，这分量，一个得有5斤重……

莫如月大笑道：“看你还嘲笑我们不，这么大的胸，有你累赘的时候，慢慢适应吧。”

我平时是比较喜欢看大胸美女，可从没想过会长在自己身上，报应啊！

风里希难以适应自己的女人嗓音，清了一下嗓子，十分不自然地说：“咱们进入了倒影世界，男人变成女人，女人变成男人，看来一切都与现实世界相反，怪不得商鞅说他不便进来，以他那样板正的性子，绝对受不了自己变成女人。”

莫如月朝我后脑勺拍了一巴掌，“小涛，能不能别再抖你的那两大坨肉了。”

我缩了一下脖子，赶紧把两个晃动不止的大胸扶住，有些不好意思地干笑两声，然后说：“风哥说得对，这里一切都是反的，也不知道是谁想出来的狠招，把封印藏在这种地方，太损了。”

莫如月说：“别发牢骚了，咱们只有6个小时的时间，赶紧去找封印吧，我可不想永远被困在这里。”

我们所在的房间是纯白色的，房顶一扇门，墙上一扇门，我们是从房顶的门里掉下来的，所以很自然地去开墙上那扇门。从门里走出去，便到了另一个房间，可是这间与我们刚才所在房间的一模一样，纯白色，房顶一扇门，墙上一扇门……心中袭来一丝不祥的预感。

我们加快速度，打开门，进房间，再打开门，再进房间……每一个房间都一模一样，好似录像回放一般。

半个小时过去了，我气喘吁吁地说：“停停停，累死了，你们没发现咱们是在循环着干同一件事吗？再这样跑下去，估计就算累死也出不了这个房间。”

风里希说：“我也发现，咱们进进出出几十趟，其实都只是在这一个房间，从来就没有离开过。”

莫如月从手上解下手链扔在地上，“咱们再走一次，如果还能看到这条手链，就说明咱们跑了这么久，始终都在同一个房间里。”

我们相互一视，点了个头，打开房门，走出房间，在刚步入的这个房间里，果然又看到了莫如月的手链，原封不动地躺在地上。

这回清楚了，跑了半个小时，流了满头大汗，白折腾了。“咱们得捋捋，不能莽撞行事了。”风里希说，“这里是倒影世界，男人变女人，女人变男人，一切都是反的，那么天地之间是不是也反了？天就是地，地就是天，如果这个推理成立，那么咱们房顶上的这个门，才是出去的门。”

我着急地说：“咱们是从房顶的这个门里掉下来的，这个门应该连接着倒影世界与现实世界，如果咱们从房顶的门出去，极有可能就回到现实世界了。”

莫如月说：“我觉得风哥分析得有道理，这里是倒影世界，一切都不能按常理思考。既然这个房间再无别的出路，不如试一试，万一成功了呢？”

风里希说："为了保险起见，你们两个先留在这里，我上去看看，如果我平安出去了，你们再跟过来，如果两分钟内我没回话，你们就再想别的出路。"

我和莫如月异口同声地说："明白。风哥，你要多加小心。"

风里希拍了拍我们的肩，飞到房顶，打开房门，只见一片漆黑。风里希毅然飞入了漆黑当中……

过了一会儿，传来风里希的声音："一切安全，出来吧。"

我和莫如月相继飞出房顶，飞入一片漆黑，只在头顶有微弱亮光，朝着那亮光处飞，很快便冲出黑暗，然后站在伊河的水面上。

风里希正在卢舍那佛的脚下等我们。

我说："看吧，你们还不信，咱们已经回到现实世界了，一切都得从头再来。"

莫如月不假思索地说："咱们没有回到现实世界，看看你的大胸就知道了。"

我低头看了看自己的大胸，它们果然还傲然挺立着。

我向莫如月挺了一下胸，用挑衅的口吻说："不用那么垂涎我的性感，你若喜欢，干脆来摸摸吧，别客气，来摸我吧……"

莫如月一巴掌打在我的后脑勺上，"夏小涛，我警告你，正经一点，别以为你现在变成女人了，我就不敢把你怎么样！"

风里希着急地打断我们，"你们两个别闹了，抬头看看咱们所处的环境。"

这不抬头还好，一抬头，吓了一跳。

我们头顶的天空越来越小，最后成了三角形的一个角，就在这一角蓝色天空的旁边，紧挨着的却是无数个倒着的龙门石窟，有山、有水、有佛像……

我简直太惊愕了，"怎，怎么会这样？我们的世界是个三角形？另外那些倒着的龙门石窟又是什么？"

风里希望着天空说："与其说咱们在一个三角形里，不如说咱们是在一滴水里，上面呈锥形，下面呈圆形，正好是一个水滴的形状。你们再看天空上倒着的那些龙门石窟，应该是另外的水滴。每一滴水都是一个完整的龙门石窟，我们只不过是在其中的一滴水里。"

显然莫如月也吃惊不小，"如果伊河中有多少滴水就有多少个倒影世界，那咱们完了，别说6个小时，就算60年，也找不完所有的水滴。"

如果一条河要按水滴来计算，别说是我了，加上我的子子孙孙都算不清楚，我有些气馁了，"依我看，咱们还是先找回去的地方吧，别到最后封印没找到，还错过了回现实世界的时间，留在这里当不男不女的人妖，那可就真的太惨了。”

正说着，从天上飞来一个人，落到我们面前，“你们是刚进来的?”

“是，刚进来的。”

看他那身打扮，像古代人，说话又娘娘腔，现实中应该是个男的。

来者接着问：“你们进来是哪年?”见我们三个都有些蒙圈，他笑了笑，缓和了一下尴尬的气氛，“先自我介绍一下，我叫赵刚，是洪武十二年进来的，你们呢?”

洪武?那可是明太祖朱元璋的年号。洪武十二年，也就是1379年。赵刚在这里被困了将近640年，太可怕了，我可不要成为第二个赵刚。

“我们比你晚了600多年。”风里希说得还比较含蓄。

“哦，那太祖皇帝可好?”

“噗!”我没忍住笑了出来，“好啊，在坟里睡得应该挺好。”

“什么?太祖皇帝驾崩了?不可能，他让我来此处寻找某种神秘力量的源泉，我已经找到了，他怎么不等我出去就先走了呢?”本来痛苦的表情转瞬凌厉，“不可能，你骗我，你们根本就不是来自600年后。说，你们来此处目的是什么?”说着，从腰间拔出佩剑，直指我的咽喉。

风里希立马出手，用掌气打飞赵刚的佩剑，“你冷静一点，你说的太祖皇帝朱元璋，早在600年前就过世了，你已经被困在这里600多年了。”

赵刚自言自语着：“我已经被困在这里600多年了?”

## 六十七、识破奸计

虽然这个消息很残酷，但这是事实。他所熟悉的世界已经成为历史，尘封在久远的记忆中，再也不会回来……

见他这般低迷，我心中不免生起怜悯，想劝他两句，可又不知道怎么劝，憋了半天，憋出几句话，“赵刚，你也不要太难过了，依我看，待在这里未尝不是件好事，别人都饱受生老病死之苦，你却独享这里的青山秀水，不老不死，岂不美哉?”

赵刚神情不见好转，“不老不死是挺好的，就是，太孤独……”

想想也是，若没人做伴，没人分享快乐和伤悲，长生不老又有什么乐趣，不过是永无止境的孤单和寂寞……还不如热热闹闹、风风火火地过几十年，就算死，也不白活一场。

赵刚落寞的神情一闪而过，随即双手抱拳，“刚才以剑相向，实在抱歉，还请这位小兄弟原谅。”

我憨笑两声，摸着后脑勺说：“没关系，我皮厚着呢，一般伤不了。”

风里希听我半天说不到正题，有点急，“赵刚，你在这里待了600多年，可有找到太祖皇帝所说的神秘力量源泉？”

赵刚说：“应该找到了，是个形状像月牙一样的东西，可是我研究了这么久，也不知道它到底蕴含了什么力量，如何释放这股力量。”

我眼睛放光，“月牙呢？你把它放在哪里了？”

赵刚说：“当时为了寻找出口，我就把它放在卢舍那佛的嘴里了。”

我高兴得直拍手，“太好了，我这就去取。”

赵刚上前扯住我，“小兄弟莫急，不是在这滴水里，而是在我刚进入倒影世界的那滴水里。”

“一滴水跟一滴水还有不同吗？”

赵刚欲言又止，顿了一下接着说：“你们跟我来吧，我带你们去找封印。”

“太好了，真是遇见贵人了。”

我和莫如月跟着赵刚迅速往天上飞，风里希却飞得有些迟疑。

赵刚回头看了眼风里希，见他一直不作声，没话找话说：“敢问现在谁是皇帝？”

这个问题好难回答，跟600年前的人解释现代的事情，说了他也听不懂，所幸不说，“反正大明王朝已经灭亡好几百年了，你认识的那些人肯定早都不在了。”

赵刚忧郁地低下头，“是啊，你们来自600年后，外面的世界肯定发生了天翻地覆的变化，我出不出去又有什么意义呢？”

我想起商鞅说的话，如果6个小时出不去，就会永生被困在此，看来他当年是错过了出去的时机，所以注定要永生被困于此了。

突破水滴之间的界限，就像戳破一个水泡一样，柔柔的，痒痒的，很过瘾，很好玩。

待我们穿过了几滴水，又在卢舍那佛前站定的时候，我激动地说："赵刚，这就是你刚来到倒影世界的那滴水吗？我现在就去卢舍那佛嘴里取封印。"

赵刚看我们三人都已站定，露出狰狞的笑容，"知道我为什么会在这里困600多年吗？因为我根本找不到我是从哪滴水里来的。哈哈哈……600多年了，我一直在找，游荡在这些水滴之间，我有多寂寞，多孤独，你们知道吗？不过现在好了，有你们来给我做伴了，我将不再孤独，这是件多么令人高兴的事啊！"

天哪，他疯了，被600年的孤独折磨疯了，居然想把我们留下来陪他。

"疯子，修想留下我们！"

"你以为你们还回得去吗？除非能找到你们来时的那个水滴世界，回到当初进来时的房间，倒着走出墙上的那扇门，才能找到出去的路。可是在这里，一滴水就是一个世界，你们永生永世也不可能找到来时的那滴水，我就是你们的前车之鉴。小兄弟，你不是说被困在这里挺好吗？别人都饱受生老病死之苦，咱们却独享青山秀水，不老不死，岂不美哉？现在你也美梦成真了，啊哈哈哈……和我一起享受这青山秀水，不老不死吧！"

我好想朝他的脸上打一拳，忍了几忍，没忍住，一拳挥了下去。

"痛的感觉真好，600年都没有人打过我了，来，再打我几下。"

看他闭着眼睛，一副陶醉的神情，真恨不得暴打他一顿。

"想找打就成全你。"是莫如月，她一脚踢在赵刚肚子上，将他直直踢飞出去。

赵刚一个侧旋身，单腿跪地，右手用佩剑拄地，"你叫莫如月是吧，现实世界中应该是个女的。现场唯一的女士，你觉得我这个造型帅吗？心动了吗？"

哎呀，我去，没看出来，他竟敢打我小月的主意。

"帅你奶奶个腿！"我用足力气，对准他的屁股就是一脚。

刚好把他踢到风里希跟前，风里希对他也是一脸嫌弃，又一脚将他踢回我这里。我刚生出一副致命武器，不能浪费，正好拿他开封。

看准他落下来的方向，我一挺胸，赵刚直勾勾一头扎在我胸上，由于力道太猛，他的头刚好挤进我的乳沟。我感到胸前丰满的两大坨肉正在用力挤压着他的脸，揉搓着他的鼻孔和嘴……冲力太大，我往后退了一步，扎稳马步，再用力一挺，直接把他弹了出去……

随后，我翘起兰花指，娘气十足地说："姑娘我篮球般大的胸可不是白长的，这是教训你，以后少打女儿家的主意。"

赵刚从地上爬起来，第一个动作是呕，边呕边说："你们走吧，道不同不相为谋，我还是一个人清静的好。"

"我们去哪？"

"一条河的水那么多，你们爱去哪去哪，只要在我面前消失。"

莫如月说："跟我来。我把手链留在了那滴水的房间里，手链是我师傅送的，自小便带着，从不离身，与我早有感应，找到它，我们就能回到原来的那滴水里。"

我们跟着莫如月，穿过几滴水，站在卢舍那佛的脚下，莫如月说："我的手链就在这里，这就是咱们来时的那个水滴世界，准备出去吧。"

风里希说："还有时间，够我们去拿封印了。"

"可赵刚不是说封印在他来时的那滴水里吗？"

风里希说："他当时是为了把咱们引出去才那样说的，他的话听一半信一半就可以了。这里既是倒影世界，每一滴水都是一样的，也就没有原形与分身之说，赵刚之所以600多年都找不到出路，就是因为每滴水都一样，一变俱变，毫无特点，如果只有一个封印，凭气息他完全可以找到出路，所以我分析，每滴水里都有一个封印，而且气息完全相同，如果真如他所说，封印就在卢舍那佛的嘴里，咱们取走这滴水里的封印便是了。"

说得好像挺有道理。如果只有一个封印，赵刚不可能找不到他来时的那滴水，就是因为每滴水里都有一个一模一样的封印，他才会迷失在水滴世界中。如果这个假设成立，我们一旦取走一滴水里的封印，所有的水滴世界中都将不会再有封印。

我们跟着风里希飞近卢舍那佛的嘴，果然嘴里安放着一枚月牙封印。我小心翼翼地将封印收好。

莫如月说："跟我来，我们去来时的那个房间找出口。"

我们跟着莫如月跳入伊河，往河底游，越游越黑，在一片漆黑之中，出现了一点光亮，是一道悬浮在水中的门。我们拉开门跳进去，还是从房顶掉下来的，莫如月的手链完好地放在房间的地上。莫如月捡起手链戴上，"按赵刚所说，倒着出墙上的门，应该就能到出口了。"

# 六十八、逃出倒影

"这个好办!"我打了个倒立，用手往门口走，边走边催，"快点啊，你们怎么还站着不动?"

莫如月无奈地对风里希说："原来他理解的倒着出门，就是倒立啊！用这么麻烦吗?"

风里希也颇为无奈地摇了摇头，然后他俩优雅地转了个身，背对着门，倒着走了过来。

"我去，这样也可以，干吗不早给我说……"牢骚还没发完，我已从墙上的门里穿了出去，来到了一个黑漆漆的山洞，只有洞口有些光亮，能看到一座古老的红漆大门。

我仔细端详着这座红漆大门，只见两扇木门上分别都有好些黑点和白点，像围棋的棋子……是让我们破这个棋局吗？但看棋子的摆布，又好似不是棋局，完全看不懂。

此时，风里希和莫如月优雅地从黑暗中显现。看到他俩，我才想起来自己此时还在倒立。

我一个鹞子翻身站了起来，再仔细看看四周，除了这座古门，其余地方都是岩石，拍了拍岩壁，都是实心的，看来这座红漆大门就是通往现实世界的出口。

我摸着那些黑白棋，问："风哥，小月，你们谁会下棋？我不懂围棋，靠你们了。"

风里希说："这不是围棋，看排列，应该是打乱了的河图洛书。"

《易·系辞上》说"河出图，洛出书，圣人则之"。传说伏羲氏时，有龙马从黄河出现，背负"河图"；有神龟从洛水出现，背负"洛书"。伏羲根据这种"图""书"画成八卦，后来周文王又依据伏羲八卦研究出后天八卦，并分别写了卦辞。

此等神秘的图案，太烧脑了，我无比惆怅地说："咱们还有希望出去吗?"

莫如月看了一眼风里希，"伏羲与女娲颇有渊源，都发祥于古成纪，风哥应该能解开这个图。"

风里希边看图边说："我的确研习过河图洛书，但此图非彼图，虽然这两个图看似河图洛书，却又有些区别，颇为蹊跷，我只能先试试，不敢保证能解开。小月，咱们还有多长时间？"

"还有15分钟。"

只见风里希紧蹙眉头，犹豫不决，"把河图中左侧第二个黑棋顺时针旋转到3点方向。"

莫如月按照风里希所说转动着黑棋。当她完成转动，手刚抬起的瞬间，无数支箭从四面八方向我们射来。

我们猝不及防，第一箭就射穿了我的肩膀。糟了，箭中带毒，我感到意识渐渐模糊，强咬着舌头保持清醒，千万不敢迷糊，若再中一箭，我的小命就完了。

箭雨足足射了10分钟。等箭雨停下时，我已遍体鳞伤，连舌头都快咬断了。

莫如月见状赶紧扶住我，给我喂了粒药，然后查看了一下伤势，猛力拔出箭。

"啊！"我像杀猪一般号叫着。也不知道是丹药的作用，还是拔箭时疼痛的作用，我一下清醒了，"小月，你这是要谋杀亲夫啊？"

风里希非常愧疚地说："小涛，抱歉，害你受伤了。你没事吧？"

我捂着伤口，"没事儿，我皮厚着呢！"

风里希疑惑地盯着图，"初看此图时，的确像打乱了的河图洛书，但仔细推敲，却又大不相同，我甚至都不敢肯定这到底是不是河图洛书了。"

我也仔细看着门上的黑白棋，"奇怪，我刚才倒立着进来看到的黑白棋，怎么跟现在看到的位置不一样？"

风里希一听此话，立马打了个倒立，激动地说："对了，就是这样。小涛说得没错，这里是倒影世界，一切都得反着看。你们两个现在按我说的再去旋转那些棋子。把河图中右侧第二个黑棋逆时针旋转到九点方向。"

莫如月依风里希所说，转动着黑棋，转动完轻轻把手拿开，我们高度警惕，等了一阵不见动静，看来这次是做对了。

风里希接着说："把洛书中第四个白棋顺时针旋转到六点方向……"

我和莫如月一人守河图，一人守洛书，等我们一阵手忙脚乱，把最后一个棋子挪动好之后，古老的大门缓缓打开，伴着吱吱哑哑声，仿佛在倾诉着它历经千古的岁月……

我们屏住呼吸，目不转睛地等着，但门只开到三分之一处时，突然停止，然后又吱吱哑哑地慢慢关闭。

“什么情况？咋才开了一半就关了？”

莫如月脸色一沉，急得大喊：“快走，时间到了。”

我们三个迅速飞身而出。风里希是最后一个出门的，大门险些把他夹住。幸亏多次逃命有经验，虽然十分惊险，但还是刚刚好逃了出来。

跑出大门之后，一片刺眼的光灼得人睁不开眼，只能静静等着，任身体自由伸展……

终于等到外面的光柔和了，还不等睁开眼，就听到有人大喊：“快来救人啊，有人落水啦！”

情况不妙，赶紧睁眼。

他们说的落水之人，正是我们三个，像死尸一样在伊河上漂着……

“哎哟，太可怜了，动都不动，估计没救了。”“快救人，快救人……”

人声鼎沸，吓得我们神经一百八十度紧张，赶紧扑腾了两下，以示我们不是死尸，然后拼命往岸边游。

“看到了吗，他们还活着。”“太好了，还活着……”

在众目睽睽之下，我们三个极其狼狈地游上岸。景区的救援人员、工作人员，还有游客，站了一大群……

工作人员一脸凶悍地说：“你们三个是不慎落水，还是有意寻死，还是为了制造新闻想出名……”

管他唠唠叨叨说什么，我上岸第一件事是先摸自己的胸，平了，啊哈哈哈……回来了，终于回到现实世界了。

见我们三个兴高采烈地大笑，工作人员丈二和尚摸不着头脑，依然公事公办的样子，“如果你们不慎落水，一切正常，就在这里签个字，日后出现任何状况，我们景区概不负责……”说罢，递给我们一纸景区意外责任说明。

好不容易回到现实世界，没想却碰到这等狗血的事。我们万般无奈地签着字，却看到人群中一个转身离去的背景，看样子，像是张魁……

工作人员喋喋不休地继续唠叨：“以后出来玩可千万要小心，你们一个个都这么年轻，可不敢再拿生命开玩笑……”

“是是是”“是是是”“是是是是是……”

一顿笑脸赔不是，总算打发了啰嗦的工作人员，周围的人群也都散了。我们正打算离去，商鞅出现，似笑非笑地说：“徒弟，你们这是打算去哪啊？”

我无精打采地说：“还能去哪，先找个地方吃一顿、睡一觉，犒劳犒劳自己再说。”

商鞅立马严厉地训斥：“拿了宝贝还敢如此招摇，你们已经犯下大忌惹了祸事，就要大难临头了，居然还有心思犒劳自己？”

我白了他一眼，“老头儿，说话不要这么危言耸听好不好。从倒影世界回来，我哪知道会出现在伊河里，就算出现得有些轰动，也不过是让几个凡人看了看热闹，最多就是张魁他们几个幽冥门的护法而已，没什么大不了的。辛苦一场，难道还不让人吃饭睡觉了？”

商鞅脸气得脸通红，“死到临头不自知，我一再耐心指点你，你不仅不听劝，还犟嘴……气死老夫了。老夫这就走，以后，非请不到！”说罢，化作一缕金光，走了。

风里希劝我道：“小涛，商鞅的智慧在历史上可是出了名的，虽然脾气暴戾，但对你是真诚的，你别总跟他犟嘴，虚心听听准没错。”

莫如月也说：“是啊，商鞅是真心帮咱们，有他出谋划策，能省去不少麻烦。”

他俩都这么说，我也觉得刚才对商鞅的态度不好，但他也有不对，两句话就能气走，这脾气，能受住的人实在不多，怪不得秦王把他五马分尸了。

不过他既然已经走了，就让我们都冷静冷静吧，现在去追他回来，肯定会被打死。

## 六十九、高影回归

自从黑影死后，高影就隐了身，再不见她的踪迹，真的有点想她了。

半夜，被一阵急促的敲门声惊醒。我懒得没动，风里希起来开门，一看，竟是高影。

只见她嘴角溢着血，心口处也有血流出，十分落魄的样子……

风里希关切地问：“高影，是谁把你伤成这样？”

高影没有直接回答，而是跌跌撞撞冲进房内，“夏小涛，求你找找我的心，求你了！”

看到她这样，我一下清醒了，“咋，咋回事?”

高影说：“那天逃出地下仓库，我脑子里全是黑影死前的那句话，让咱们帮他找心……你们可知，我和黑影从小一起长大，从有记忆时，我们就在一起，从没分开过，可我万万没想到，他居然没有心。他死的那天我看得清清楚楚，他的心室里是空的。他的心到底是怎么没的，我会不会和他一样，也是个没有心的人？我想了很久，为了弄清答案，只能在自己心上捅一刀。我看到了自己的心室，里面也是空的，就和黑影一模一样……原来，我也是个没有心的人……小涛，我只能来求你了。请你用灵力看看，我的心在什么地方，到底是怎么没的……”

当时看黑影没有心，我就已经怀疑高影可能和他一样，也是个无心之人，但当血腥的真相呈现在眼前时，还是为他们心痛不已，“高影，你放心，黑影死前嘱托我们，一定要帮他找到心，就算你此番不来找我，我也会帮你们找心的。”

自认识高影，她就始终是一副不悲不喜的表情，第一次见她哭，哭得这般惊慌、无助，就像只受伤的小鹿，让人怜惜。

我看了眼风里希，“风哥，择日不如撞日，我现在就用灵力，看看高影的心到底在哪里。”

风里希点点头，找来莫如月，两人一起替我护法。

我调动周身灵力，去看高影的过去……

那是一个高温的夏天，温度高得能烤熟地上的蚂蚁，在熙熙攘攘的火车站，一个两岁多的小女孩哭闹着要吃冰淇淋……这个小女孩就是高影。

“我要吃冰淇淋嘛，我要吃冰淇淋……”

孩子的母亲对一旁孩子的父亲说：“要不你去给她买一个冰淇淋吧。”

孩子的父亲看了看表，“火车马上就要进站了，上车再说!”

孩子的母亲不甘心地劝他，“这不还有一会儿嘛，来得及。”

孩子的父亲看了看哭闹不休的女儿，无奈地说：“好吧，你看好女儿和行李，我去买。”

片刻之后，车站广场上喧哗起来，大家议论纷纷，“有人被车撞了，是个男人，手里好像还拿着一支冰淇淋……”

孩子的母亲脚下一软，领着小女孩深一脚浅一脚地往马路上跑。马路中间停着一辆公交车，车前躺着一个男人，头下流了一大摊血，把手中的冰淇淋都染红了……这个男人，正是她的丈夫。

孩子母亲松开小女孩的手，冲到丈夫跟前，几近晕厥……

小女孩挤不进人群，在一旁号啕大哭，“爸爸，你怎么了？……”

正在这时，来了一个陌生的女人，抱起了小女孩，“你爸爸是为了给你买冰淇淋才被车撞的？”

小女孩边哭边点头。

女人接着说：“是你害了你爸爸，你想救他吗？”

小女孩一听爸爸还有救，立马不哭了，怯生生地看着这个陌生女人。

女人说：“阿姨带你去救爸爸，好吗？”

“好。”

女人抱着小女孩走远了。她看着躺在血泊中的爸爸，妈妈趴在爸爸的身上哭晕了过去……她暗下决心，一定要找到救爸爸的办法。

女人带着小女孩上了一辆车，将她交到一个男人手里，“今天只到手一个，虽然量少了点，但她骨骼清奇，很有潜质，一个算三个。”

男人摸了摸小女孩，“算三个就算三个，这样的潜质可遇不可求。”然后拿出一包钱递给女人。

“阿姨，你不是要带我去救爸爸吗？”小女孩扯着女人问。

“你爸爸已经死了，没的救了。”女人说完，挥开她的小手，转身离去。

“骗子，阿姨是个大骗子……”小女孩趴在车窗上哭喊着。男人嫌小女孩太吵，给她嘴里塞了粒药，小女孩随即睡了过去……

漆黑的雨夜，一个身穿黑色长袍的男人抱她在古庙中穿行。走了许久，在一个类似祭坛的地方停下，这里还有六个像他一样打扮的男人，“已经准备好了，现在开始吗？”

男人说：“开始。”将她放在祭台上，问，“你叫什么名字？”

小女孩怯怯地说：“我叫刘茉。”然后不安地打量着这个祭台。只见祭台上还有些未干的血迹，散发着一股股腥味，祭台旁边摆着一把匕首和一个满是蝌蚪文的罐子。

“刘茉，好名字，忘了吧！从今以后，你就叫高影，像影子一样，活在主人的身后，为主人效命！”

在一阵迷幻的烟雾中，刘茉渐渐闭上了眼睛，一个男人拿起祭台上的匕首，一下插在她心口处，熟练地剜出心脏，将怦怦跳动着的心装进一旁的罐子里，封好，然后把罐子抱走了。

其余的人，有的给她缝伤口，有的给她上药……然后又把她抱走。

两天后，刘茉慢慢睁开眼。一个陌生的女人问她：“你叫什么名字？”

刘茉面无表情地回答：“我叫高影，像影子一样，活在主人的身后，为主人效命。”

女人说：“很好，跟我出去吧。”

高影跟着女人来到一个院子，“常影，又带来一个。”

这个叫常影的男人正在训练一群孩子，他们个个面无表情，最大的有八九岁，最小的可能就要数高影了。

常影说：“十岁以前，我是你的主人，十岁以后，再给你安排新的主人，记住了吗？”

“记住了，主人。”

高影在这个院子里生活了近八年，这里的所有人都是以“影”命名，黑影就在其中。大家除了长相不同之外，性格都差不多，面无表情、不哭不笑，像执行命令的机器。

一天，常影对黑影和高影说：“新的主人来认领你们了，往后，你们万事都要听从新主人的，记住了吗？”

两人齐齐回答：“是，记住了。”

他们的新主人正是姜默，从此，他们真的就像影子一样，时刻守护着姜默，万事都听从姜默安排。

至于他们的心，我只能看到在一个山洞里，摆放了很多柜子，每个柜子上下有八层，每一层摆着四个印有蝌蚪文的罐子，一个罐子里装有一颗人心。多数黯淡无光，极少数泛着血红色的光。写着高影名字的罐子是血红色的，而写着黑影名字的罐子呈黑色。估计红色代表还活着，黑色代表已经死了。放眼望去，这里几百个柜子，放了成百上千个罐子，黑影和高影的罐子在这里平平无奇……

太残忍了！究竟是谁对他们下的狠手？

想顺着这条线索继续看，查出幕后的主使是谁，却突然感到一掌袭来，生生打在我的胸口，一种撕裂的痛感强行将我从窥探的幻境中拉回……

有人偷袭我们？

## 七十、狼狈逃窜

我的头剧烈地疼痛，辨不清方向……随着一口血的喷出，才算恢复了些意识。

我们没有在酒店，而是在一处山野。我正趴在风里希的背上，他一边背着我，一边艰难地应战，莫如月和高影紧随其后。

偷袭我们的，正是张魁、苏诚、尹子豪，还有幽姬。听说幽姬已经升成幽水分舵的护法了，她突然参战，看来事情远不止这么简单。

按理，我用灵力窥探的时候，是绝对不能强行招回的，很容易走火入魔，而刚才那一掌，似乎是风里希打的，他看我灵力已经回落，才敢冒险打出那一掌，强行将我召回，看来，他们已经招架不住了。

“小涛，你怎么样了？好些了没？”风里希关切地问。

我虽然恢复了些意识，但四肢麻木，身体还没法动，“好，好瞎了……”

其实我是想说“好些了”，但无奈舌头不听使唤。

风里希似正在犹豫，莫如月却回头大喊：“走，来不及了。”

说完，她一手抓着风里希，一手抓着高影，带着我们穿越了……

好难受，像死了一回一样，好想吐。

“哈哈哈，你们快看，夏小涛的眼睛在转圈，好搞笑……”

这是谁？说话声音很像我，但我此时眼花得厉害，看到的都是马赛克。

“老白，他已经吐了快一天了，真没事儿吗？”

“没事儿，他就是体力透支，再加上穿越时可能有点晕船的反应，吐一吐就好了。”这个声音我听出来了，是白延庆。

原来莫如月带我们穿回学校了。这样也好，我能安心地养几天。“老白，有没有办法让我别再吐了，再吐就该把肠子吐出来了。”

“还真没办法，再忍忍，熬过这个劲好了。”

搞清楚了，刚才嘲笑我的，正是我的替身，那只可爱的装死兔，怎么没听见风里希、莫如月还有高影的声音呢？“风哥、小月、高影，你们在吗？”

白延庆捣了我一下，“别叫了，他们都身受重伤，正调息着呢，你以为就你受伤了？其实依我看，你们当中伤势最轻的就属你了，还就你吆喝得最惨。”

我急忙问：“他们都怎么了？”

白延庆说：“风哥伤得最重，为了护你，被捅了好几刀，肠子都流出来了，我刚给塞进肚子里缝上。小月除了和你一样体力透支，身上还有些皮外伤。高影就比较惨了，如花似玉的姑娘家，被毁容了，不知是谁，怎么下得去狠手，一刀劈在她脸上，皮开肉绽的，我也是刚刚才把伤口缝好。我说的只是我能看到的皮外伤，至于你们说的内伤，我就不好说了。”

当时一定很惨烈，不然风里希也不会冒险将我强行召回，而且还不等我恢复意识，就穿越逃命……

“啧啧，你们果然都在这儿。”是幽姬，我模模糊糊看到幽姬和张魁他们出现了。怎么会这么快就找到我们呢？

幽姬别有深意地说：“高影，干得不错，让我们第一时间就知道了你们的下落。”

是高影泄露了我们的行踪？高影与幽冥门是死敌，再加上黑影是被幽冥门所杀，她不可能出卖我们投靠幽冥门。

“幽姬，挑拨离间的话少说些，你以为我们会信吗？”风里希强装镇定地说着。别人听不出来，但我听得清楚，他浑厚的嗓音都是强提内力假装的，只为了掩饰虚弱至极的身体。

高影想要动手，却被莫如月一把拦住，“高影，是你出卖了我们？”边说，边给高影使眼色。

高影立刻心领神会地走到我床前，一把将我捞起来，拿刀抵住我的喉咙，有些愤怒地说：“咱们大家在一起这么长时间，就为幽姬的一句话，你们竟不信我？”边说，边扯着我往莫如月身边走。

莫如月一副咄咄逼人的神情，“让我们相信，总得拿出证据，不是你出卖的我们，幽冥门怎会这么快就找来？”

莫如月和高影一唱一和演得太像，别说幽冥门了，连我都被蒙在鼓里，强打着精神说：“小月，你不能这样冤枉高影，大家一路走来，高影是个什么样的人难道你还不清楚？”

高影继续用刀抵着我的喉咙往莫如月身边走，“你们竟然怀疑我，枉我对你们一片赤诚！信不信我将计就计，现在就杀了你们，然后投靠幽冥门？”此时，高影已架着我走到了莫如月身边。

莫如月冷笑一声，“既然你说没出卖我们，那就，走!”说完，她一手抓着风里希，一手抓着高影，带着我们又穿越了。

我费力睁开眼睛一看，雷峰塔……真是闪电般的速度。

也好，天下这么大，张魁他们做梦也想不到，我们会在杭州，这下可以安安心心养伤了。

我闭着眼睛休息了一会儿，待视觉慢慢恢复，才勉强睁开眼仔细看了看大家。只见风里希的腰间缠着绷带，因为刚才穿越的缘故，绷带上又有血渗出。莫如月脸色惨白，头上冒着虚汗，本来就有内伤，再加上连续两天的穿越，已极度虚弱。而高影，右脸上一道疤，很明显的缝针痕迹，直接从眉毛缝到了下巴上，因为伤口刚缝住，血痂还没脱落，显得这道疤又长又黑，甚为恐怖。女孩子最在意的就是自己的脸，不知道这道疤会不会好，看着真让人心疼……

我想试着站起来，但腿一软，倒了下去。

我和风里希相互搀扶，莫如月和高影相互搀扶，找了家酒店住下，打算好好养伤。

谁知我们东倒西歪地刚躺下，就听见门外响起张魁和幽姬的声音，“应该就是这间房。”“那就破门进去，把他们一网打尽。”

吓得我们赶紧起身，打算逃跑。以我们现在的状态，根本没法和他们硬碰硬，他们绝对会像捻蚂蚁一样捻死我们。

打开窗户，我和风里希颤颤巍巍走了出去。后悔啊，刚才怎么选了19楼，这下可好，要是一不小心掉下去，非得摔成肉饼不可。我往旁边一看，莫如月和高影也躲到了窗外。

张魁他们破门而入，“夏小涛，快出来受死，我知道你在，听听这是谁的声音?”

是我的替身装死兔，我感觉到了他的气息，他正非常惊恐地抽泣着。

张魁继续说：“夏小涛，你竟然找了只妖精当替身，我们修仙者不敢随便碰凡人，怕会影响气运，但妖精可是随便可以杀的，偏偏这只妖与你关系匪浅，你若再不出来，我就折磨死他。”

接着，我听到装死兔“啊”的惨叫一声，我的胳膊上同时传来电击般的痛，他们用法术伤了他，这是我与他之间的感应。

要是我此时恢复灵力，一定冲出去跟他们拼了……

我听到装死兔在心里说：主人，别出来，快跑。我捏起的拳头又不得不放下，现在不是强出头的时候，想法保命才是最重要的。

幽姬得意扬扬地大声喊着：“高影，多亏你带的路，又让我这么轻易就找到了你们。”

怎么又是高影？幽姬反复强调高影背叛我们，到底什么意思，如果没有人出卖信息，幽姬怎么可能这么快就找到我们。

我看向高影，只见她面色惨白，但面容坚定地说：“我没有出卖大家……”话还没说完，张魁他们已胸有成竹地朝窗户这边走来，眼看就要打开窗户。

突然，莫如月飞出窗檐，朝我们扑了过来，一阵眩晕，我们又穿越了。

睁眼一看，卢舍那佛，我们又穿回了龙门石窟。

莫如月本就身受重伤，又带着我们连续三次穿越，对她的损伤可想而知。只见她闭着眼睛，慢慢向后倒去。

“小月，你怎么样？别吓我啊！”我晕头转向地扑向莫如月。

高影二话不说，给莫如月渡送法力，好一阵，才见莫如月睁开眼睛，但仍很虚弱。见她并无大碍，我总算舒了一口气。

自从窥探高影儿时经历以来，我一直没机会把详情告诉她，趁这个机会，我把高影身世的前因后果都跟她讲了一遍。

高影听完后，已是泪流满面，“原来我叫刘茉，不叫高影，原来我的心真是被人剜走的……这么说来，一切就都清楚了。”

“清楚啥了？”我疑惑地问着。

高影说：“你之所以看不到我心脏的位置，肯定是有人在那里设了法障，专门用来防你，你想，谁会对你这么熟悉？而幽姬能这么快就找到咱们，充分说明，我的心脏极有可能藏在幽冥门的幽水分舵，而幽姬，正是通过解读我的心，才能如此快速地追查到咱们的下落！”

原来如此，怪不得幽姬反复说是高影带的路，怪不得已升成护法的幽姬会再度出现……说不定真如高影分析的那样，她的心藏在幽水分舵……早该想到，只有幽冥门才会这么阴狠！

高影说：“你们三个都身负重伤，为了你们的安全，我得离开，否则，幽姬肯定很快又会找来。”

“可是……”

“别可是了，我必须得走，不然幽姬找来，大家都得死。”

## 七十一、朱焱来救

尽管舍不得，但高影还是走了，又只剩下我们三个相互搀扶着往山林里走。以我们现在的状态，既然走不出龙门石窟，索性就在附近的山林里休息一夜。我们疲惫至极，虽然没有舒适的床，但是靠在树上依旧呼呼大睡。总算一夜无事。

睡梦中，我听到高影和装死兔的声音，“风哥，小月，你们快跑……”“主人快跑……”我慌乱地睁开眼。

“来不及了，幽水的追查是那么容易就能躲过的吗？呵呵，莫如月，你退化了不少嘛！”是幽姬，她又追来了，像鬼魅般神出鬼没。

莫如月背靠着我们耳语，“一定是他们在洛阳附近抓住了高影，然后又利用装死兔和你之间的感应，才找来这里的。”

高影双手被绑在身后，头发凌乱，身上尽是伤痕，而装死兔被打成原形，长长的耳朵无力地耷拉着，让幽姬提在手中，看着像死了一般，虽然是在装死，但我知道，他肯定受尽了折磨。

莫如月贝齿轻咬着嘴唇，似在下决心，准备再带我们穿越。

我给风里希使了个眼色，不能再让莫如月带我们穿越了，否则，她将灵力耗尽而死。我们此刻就算鸡蛋碰石头，也绝不输了气势。

“啊！”我边叫着，边冲向幽姬，老子今天跟你们拼了！

张魁看到我傻傻地冲过来，嘴角向上扬起，阴险地笑了一下，并朝我挥出一掌。他的手还没挨着我，仅掌风就将我打出十米开外，撞到树上又滑落下来，嘴里一腥，喷出一口血，再动弹不得。

风里希和莫如月见状，使出浑身力气发起攻势。功力虽不足往常的三分之一，却也一时牵动了张魁他们四人。幽姬松开高影，扔掉装死兔，和莫如月战到一处。

躺在地上的装死兔悄悄挪动身体，挪几步装一阵死，挪到高影身后，用两颗锋利无比的大兔牙使劲啃着高影手上的绳子。高影趁机把手掏出来，解下浑身绳索隐起身来。

小兔子赶紧往我身边跑，还没跑两步，又被幽姬一把揪住，它非常识时务地四腿一蹬，装死了。

风里希显然有些招架不住，绷带处已开始渗血，

尹子豪把握十足地拔枪射击，却在扣动扳机的瞬间，心口处被人捅了一刀。肯定是高影干的。

然而尹子豪也不是那么好对付的，他虽然看不见高影，心口还受了伤，却因为能感觉到她的力量，闭着眼仔细寻找着她。

只见他猛一转身捏住高影脖子，逼高影现出形来。

尹子豪将高影抵在一棵大树上，疯狂劈掌，几掌下去，高影嘴边又渗出了血。她拔出插在尹子豪心口的刀，还欲再次攻击，尹子豪却一枪打在她的心口。

高影微微一笑，尹子豪脸色一沉，自知大事不好，但一切已经晚了，高影已一刀挥向他的脖子，将他的气管割断，血不停地往外冒，呼噜呼噜的，头和身子只连了一层薄薄的皮，就像当初的黑影一样，死相极惨……

幽姬唤出法宝金刚伞，莫如月明显吃紧，高影刚冲到幽姬跟前，打算和莫如月一起战幽姬，却见，幽姬腾出一只手幻化出一个红色光圈，在光圈的正中心，是一颗怦怦跳动着的心脏。幽姬手入光圈捏住心脏，只轻轻一挤，却见高影手捂心口大叫一声，跪在了地上。

幽姬嘲讽地说："疼吗？疼就对了！你们分析得没错，你的心就是被幽冥门控制着，你高影注定是我们的同伙，不管你愿不愿意，都得听幽冥门的，这就是你的宿命，认命吧！哈哈哈……"

高影咬紧牙关，倔强地说："命是什么，我从不信命。你们以为挖了我的心就能控制住我吗？做梦去吧！"

幽姬听了这话有些气愤，用力挤捏着光圈中的心脏，高影大叫一声，晕死过去。

莫如月见状，急得用力打飞金刚伞，想去看高影，幽姬却顺势接住伞，抽出伞柄，化成一把剑，冲向莫如月。等莫如月察觉时，已经来不及了，剑已快到胸口。

看到这一幕，我的呼吸都快停止了。我绝不能让人伤害小月，谁都不能！也不知从哪来的力气，我一下扑向了莫如月。

我感到利剑刺破了我的皮肤，插进了我的肚子……

莫如月一把掷出映月刀，逼得幽姬向后躲，抽出了插在我肚子上的剑。

没有了剑的支撑，我感到浑身瘫软，缓缓倒了下去，倒在一个软软的、香香的怀里……有泪滴在我脸上，是小月的泪吗？好幸福！

“小涛，张嘴啊，把这个丹药吃了，快，快张嘴……”

我把嘴张得这么大，你怎么看不到呢？“啊……”我又把嘴张得更大些，往莫如月身边凑。

“兄弟，别张了，你的嘴已经够大的了。”“你不是要请我们喝酒吗？我们来了，走，喝酒去！”

我回头一看，居然是黑白无常！天哪，他们这个时候来，莫非是，我死了？此刻我应该躺在莫如月的怀里才对，怎么会飘在半空中？

低头一看，莫如月怀里还有一个我，她正抱着我，使劲拍打着我的脸，不见有动静，仍不死心，把丹药含入她的嘴，用舌头撬开我的唇齿，送入我嘴里……她在吻我，她终于吻我了……我高兴地摸了摸嘴。

只见幽姬躲过了映月刀，转而又攻向莫如月。莫如月十分费劲地抱着我躲闪。

风里希这边，大招用完了，腰上的绷带已被血浸透。

张魁见状，得意地说：“风里希，上次差点就弄死你了，又让你白受这么几天的罪，不过没关系，今天让你死透，黄泉路上也好和夏小涛做个伴，省得你们兄弟情深，难舍难分。”说完，便和苏诚一起攻去。

张魁的掌、苏诚的刀、幽姬的剑……眼看就要击中风里希和莫如月，突然被一股强大的力量弹开，将他们三人同时震翻在地。

所有人都一脸蒙，我却看清楚了，是朱焱。

女神姐姐来救我们了……她还是一袭性感红裙，只是用一块红纱掩了面，更显得神秘而妩媚。

“别看了，快走！”黑白无常催促着。

“走你奶奶个腿！哥连媳妇都还没娶，怎么可能死！”说完，便和黑白无常动起手来。要在平时，他们绝对不是我的对手，但现在我是魂魄，而他俩是专制魂魄的。一道符咒向我打来，我便什么灵力都使不出来了，让抬左腿抬左腿，让伸右手伸右手……

我万般着急地看着风里希他们，但任我怎么喊，他们似乎都听不到。难道真的要被黑白无常带走了吗？不要啊……

朱焱似乎听到了我的呼救，抬头看了看我，只一个眼神，黑白无常就有些害怕得想要后退，但又不死心，毕竟鬼魂是他们的管制范围。他们朝我扔出抓鬼的龙爪索，扣住我的肩膀，想抓我一起跑，却没想到朱焱仅一挥手，龙爪索就掉了，再击出一掌，黑白无常连同龙爪索，一起飞往九霄云外……

张魁、苏诚和幽姬摸不清状况，稍作喘息还欲再战，朱焱只挥出一掌，他们便纷纷吐血，相互看了一眼，立马飞天遁形，逃命去了……

我赶紧回到我的身体旁，想要附进身体里，却怎么也附不进去。

## 七十二、共用一魄

大家齐齐来到我身边，又是号脉，又是拍脸，仍不见有动静。

莫如月急得边流泪边说："小涛是替我挡的这一剑，只要能救他，让我做什么都行。"

朱焱把了一下我的脉，"情况不妙，他的灵魂已经出窍了，此刻正飘浮在空中。修灵之事，我懂得不多，但论这世间以灵修神的鼻祖，非商鞅莫数，夏小涛与他颇有渊源，你们快去找他，若他肯出手相救，兴许还有一线希望。"

"去求那个倔老头？我才不要，一定还有别的办法，换一个试试。"但是好像没人听见我的声音。

莫如月一听朱焱这么说，重燃了希望，"对，商鞅一心想收小涛为徒，一定会出手相救的，我这就联系他。"

手机中还是传出"您拨的号码不存在……"，但声音未落，商鞅就出现了。

莫如月有些激动地说："公孙鞅大神，求您救夏小涛一命。"

商鞅有些得意地说："我来这里，是因为你们求我来的，可不是我自己来的，你们若不求我，我才懒得理你们呢。"

这个倔老头，到现在还惦记着他的那句"非请不到"，真是服了，就连莫如月都被这句开场白惊到了，"是是是，我们求您来救命的。"

商鞅听后虚荣心爆棚，看了看我，一副幸灾乐祸的样子，"怎么？附不上身了？"

我有些尴尬地说："就是，不知怎的，无法附身。"

风里希问："您能看见小涛？他在这里吗？"

商鞅说："我们都是灵，自然能看见他，他不就杵在这儿，傻乎乎地站着。"

听了这话，心里那个堵啊，恨不得抽自己一巴掌。真的得求这个怪老头儿救我吗？好窝火。求他，磨不开面子；不求，就得等死……

作了半天思想斗争，挣扎了好久，最后决定，与生死相比，面子根本不算事儿。

我深吸了一口气，调整了一下表情和语气，"公孙鞅大神，还请您指点迷津，怎样才能回到我自己的身体里？"

商鞅仰着脸，一副落井下石的表情，"这算是三个问题中的第二个吗？"

瞧他那骄傲的态度，真恨不得我就是秦王，将他五马分尸了……但人在屋檐下，不得不低头，我咬咬牙，心一狠，"算！"

商鞅得到了满意的答复，这才娓娓道来："幽姬那把金刚伞可不是普通的武器，那是网下一千个厉鬼的魂魄提炼而成的，戾气极重，专噬魂魄。她刺你的那一剑，虽没刺中要害，但也打散了你的其中一魄，你现在只剩三魂六魄，自然无法附体。"

"可有办法重聚那一魄？"

"没法重聚。但是，要复活也不是没有办法。"商鞅接着说，"正巧你与那只小兔妖血液相融、心灵相通，只要那只小兔妖愿意，你们可以共用一魄，只有这样，你才能附体复活。"

只要能复活，管他跟谁共用一魄呢。

小兔子还在仰面装死。我过去踢了踢他的脚，"喂，别装了，说你呢，愿意让我和你共用一魄吗？"

小兔子睁开一只眼，看了看周围，确认安全后，翻了身趴在地上，"共用一魄对我可有伤害？"

商鞅说："伤害是没有，只是这样一来，你俩就结成了命运共同体，分不得、离不得，一方的幸福快乐、忧伤悲痛，另一方也感同身受，除非，毁去其中一方的三魂六魄，才能成全另一方。"

小兔子皱着鼻子，极不情愿地说："这么复杂？主人，你还是赶紧投胎去吧，我愿再等你十八年，等你重新做人后，咱们再续主仆情分。"

我气愤地拍了它一巴掌，"等你个头啊！跟着我才是你的福气。我可是开启三兔法阵的使者，到时候神界大门一打开，我第一个就送你过去，凭你三百年的小修行能直接破格成神，划不划算?”

商鞅一听这话，不屑地皱起眉头，直翻我白眼，但也没横加指责。

小兔子蹲在地上，掰着指头算账，“我只有三百多年的道行，如果这次真能送我成神，那我修成正果的时间至少提前了三千年。”算了半天，它高兴地说，“主人，跟了你是我的福气，只要能提前送我成神，我愿意与你共用一魄。”

果然，能达成共识的，只有利益……

商鞅说：“既然你们都同意，事不宜迟，我这就施法，给你们结魄。”

只见他念着法咒，双手合十，指尖处出现了一个蓝色光圈，两掌拉开，光圈也随之越来越大。光圈中出现了一个变幻着的阵法，内外分为十层，可能是代表着人的三魂七魄，我和小兔子被瞬间吸了进去。

一股强大的力量正在撕扯我的身体，然后又在重新组装……我感到脸和身体都变了形，一会儿被拉长，一会儿被挤扁，一会儿又被拧成麻花……就在这撕扯中，我看到了小兔妖的过去，有些大妖在欺负他，他无助地蹲在地上，任人践踏，每一脚，仿佛都踩在我身上……有年大旱，冬天没东西吃，他饿得想去农田偷萝卜，又怕被人发现，我仿佛也感觉到自己饿得发慌……看来，共享一魄的同时，我们的记忆也共享了。我看到他泪流满面，应该是感受到了我失去爸妈的痛苦……

不知过了多久，我们突然被甩出阵法，掉在了地上……

半晌，感觉有人在拍我的脸，应该是莫如月。我回想着刚才她用嘴喂我吃药的情景，不由得期待起来，噘着嘴静静地等，盼望着温软的红唇覆上来……

没想到等来的却是商鞅的一巴掌，“还没醒过来就这么猥琐！赶紧回去，再磨蹭你就死透了。”

我去！怎么是这张老脸……

我晕头转向地爬起来，看着地上躺着的身体就附了上去……迷迷糊糊坐起来一看，咦，怎么有胸?再仔细摸了摸，还真是女人的胸……什么情况?

商鞅大吼：“你个蠢货，让你回自己的身体里，你附到高影身上干吗，赶紧滚出来!”边吼，边拍来一巴掌，把我从高影身上拍了出来。

这回看准了，原来我还在莫如月怀里，赶紧屁颠屁颠地跑到莫如月身边，往她怀里一躺，这回感觉对了，应该是附体成功。我睁眼再摸自己，“太好了，终于回来了……啊，好痛!”

商鞅淡淡地说：“命是捡回来了，可伤还在，好好养着吧。”

装死兔三蹦两蹦地跳进我怀里，“主人，刚才说要提前送我成神的话，可要算数哦!”

我疼得龇牙咧嘴，“算数算数，只是，你踩到我的伤口了。”我宁愿疼死，也要在莫如月怀里多蹭一会儿。

莫如月两手一松，我立马仰翻在地，“既然回来了，就好好养伤吧。”然后从我身上抱起小兔子，满不在乎地起身去看高影了。

我都醒了，高影怎么还没醒?

商鞅说：“放心，他们还要靠高影来掌握情报，不会这么快就让她死的。”

张魁他们受伤撤退，我们也转危为安，朱焱转身便要走，却被风里希扯住裙角，“借一步说话。”

我八卦的好奇心爆棚，扯着脖子想偷听一下，正在照顾高影的莫如月，也转过身来看他们，眼神中写满了落寞……

商鞅蹲到我身边，“别看了，已经走远了。”

“你说朱焱到底是什么人啊？这么厉害！只一掌，就把张魁他们全都震伤。”

“这算第三个问题吗?”

我看了看他，十分鄙视地说：“不算!”

商鞅笑了，“这个问题你就是说算，我也回答不出来，我完全看不透她。不过，她应该是神，若论修为，她的阶品应该不会低，说不定还是九天之上的神。”

九天之上的神？我们总算傍到“大腿”了。

## 七十三、情感纠葛

朱焱边走边说：“你重伤在身，不要走太远了，我已经布下了一道法障，他们听不到的，你想对我说什么就说吧，我不能留太长时间，否则幽冥门会察觉到。”

风里希顿了顿，转身说：“每次我们遇到危险命在旦夕的时候，你都会赶来救我们，但每次我们刚一脱险，你就匆匆离开，除却那些感谢的客套话，我想问，你每次走得这般超脱，对我可有不舍？每次走后，又可会想起我?”

朱淼不惊不乱，淡淡地说：“没有。”

风里希说：“就知道你会说没有。但你可知，我有不舍，我有思念，我想的、念的都是你！自从第一次见到你开始，我就喜欢上了你，虽然不知道你的身份，也不知道你的来历，但喜欢就是喜欢，与身份和来历都无关，这种感觉很强烈……你呢？”

“我什么？”

“你对我可有喜欢？”

朱淼凤眸淡转，她的这份从容与淡定，好像在说别人的事，“我总是在你们最危难的时候出现，救你们性命，因为这么做也是我的使命，我是为了让你们成功开启三兔法阵，早日打开神界大门，至于你说的喜欢之类的，我从没这么想过。”

“为什么没想过？你可有难言之隐？”

朱淼立马斩钉截铁地说：“没有什么难言之隐！只是……只是我并非凡人，所以没有考虑过凡人的情感。”

风里希说：“如果让你现在考虑一下凡人的情感呢？我知道你不是凡人，可就算是神，也应该是有情感的，我们一直度神出劫，看得清清楚楚。前段时间度的蛇神白素贞，就是为了成全凡人的情感，将毕生修为渡给我们，放弃成神。如果不考虑其他因素，只讲凡人的情感，你可喜欢我？”风里希眼神中流露着紧张与忐忑，好似她的下一句话能决定他的生死一般。

朱淼却撇过脸，不看他的眼睛，“事情没你想得那么简单，你连我的身份都不知道，连我是谁都不清楚，怎么说喜欢我呢？”

“喜欢就是喜欢，这是一种感觉，与身份地位无关，与三兔法阵无关，与神界也无关……若同样单纯的只论喜欢，你，喜欢我吗？”

“我，”朱淼的目光有些躲闪，转而又变柔和，“如果不论身份，不论使命职责，只论情感，我想，我应该是喜欢你的。但是……”

话还没说完，风里希已经激动地将她一把揽入怀里，“这就够了，我只要你的这句话。你说喜欢，我便可以什么都不管不顾。”

风里希一手抵住她的腰，一手紧扣她的下巴，用唇封住了她的唇……

这深情的一吻，吻得毫不犹豫，吻得忘乎所以……也许他说得对，喜欢就是一种感觉，与身份无关，与使命无关，与什么都无关。

朱淼本就性感妩媚，被男神狂野地一挑逗，似是干涸的土地遇到了春泽，压抑许久的情感一下被点燃，热切地回应着他，仿佛所有的情感都在这一吻之中宣泄。

舌头纠缠着舌头，在对方唇齿之间探索着、吸吮着……双手也在热烈地揉搓着，恨不得把对方揉进自己的身体里……

哎呀，我去，好辣眼睛！我是看呢，还是不看。朱焱屏蔽了声音，却没屏蔽视线，我虽然不知道他们在说什么，但是能看到……

正流着口水大饱眼福之际，一个糟老头挡在我面前，我急得左摇右晃，伸长脖子，“谁这么不长眼色，快让开。”

只觉得后脑勺被猛拍了一巴掌，“你个臭小子，这种事还好意思看，不害臊吗?”

没错，这个不长眼色的糟老头就是商鞅。

我完全无视他的存在，“害什么臊啊，快让开，你个老头儿懂什么!”

朱焱似乎感觉到了我们的动静，终于用法障遮住了我们的视线……太扫兴了，“这下你满意了吧，都让你给搅黄了。”

商鞅忍了忍心中怒火，开始苦口婆心地唠叨：“要知道，你们身负开启三兔法阵的重大使命，诸神的命运都握在你们手中，任务重、时间紧、修为浅，大敌当前，不赶快静心修炼，居然还动着情欲的歪脑筋，我怎能不急?”

“话不能这么说，我们都是凡人，跟你不同，正所谓食色姓也……”

商鞅打断我：“说错了，是‘食色性也’。”

“对，就是这个意思，人不好色枉少年。”

商鞅没再接我的话，仰头望天，做了3次深呼吸，恨铁不成钢似的长叹，“哎，你个粗鄙莽夫，真是气死老夫了，在此地再待下去，我非忍不住又要教训你50戒尺，账先记着，等正式拜师之后一起补上，共188尺。我再留此地也只能是徒增恼火，不留也罢。老夫去也。”说完，化作一缕金光，不见了。

“去就去了吧，他一个2000多岁的老男人，恐怕早已成废柴了，哪里懂得什么叫暴发的荷尔蒙，是吧，小月?”

没听见莫如月回答。

我回头一看，莫如月正守在高影身边，心不在焉地摸着小兔子。

她虽看似若无其事，但我能感觉到，她摸着小兔子的手在颤抖。我想安慰她，但搜遍大脑也找不出合适的词，最后，竟鬼使神差地说了句：“看吧，风哥和朱焱姐两情相悦，你没戏了，呵呵。”

莫如月狠狠瞪了我一眼，“他们两情相悦，难道我看不出来吗？需要你提醒我！”

嘴笨成这样，也是没谁了，“小月，你别误会，我不是要嘲笑你的意思，其实我是想说，风哥已经名花有主，你就不要再自作多情，还是趁早死了这条心吧……”越说越离谱，恨不得咬掉自己舌头。

“你……！”莫如月气得话都没说完，就往林子里跑了。

“小月，小月……”我慌忙去追。唉！这事整的，越整越糟……按照最初的设想，应该是我真情地陪伴、温柔地劝慰，不经意刺痛她内心最柔软的地方，她必定会抑制不住地痛哭一场，我就借机给她个肩膀靠一靠，替她温柔地拭去泪水，再顺理成章地揽她入怀，视情节而定要不要吻她，就像电视剧里演得那样唯美……可事实证明，电视里都是骗人的，哪有那么多小鸟依人，你侬我侬……

我追上她，“小月，你别难过，不是还有我吗？我一直爱着你呀！”

莫如月看了看我，“你追我，我追他，就像三兔法阵的图腾一样，三只兔子共用三只连在一起的耳朵，彼此追随着，却永远追不到对方，这就是我们的宿命，没法改变的。”

我急了，“什么宿命没法改变，那都是扯淡的话！这世上哪有什么是不能改变的？如果有，就让我去改变它。小月，你是我的，你将来就是我老婆……”

莫如月杏眸一睆，没好气地说：“什么意思？难道你看过我的未来？”

“我……”完了，一激动说漏嘴了，“我的确看了，那又怎样，反正你迟早都会成为我老婆！”

莫如月一巴掌打在我脸上，附带一句，“卑鄙无耻！”骂完，又往回跑去。

我好冤枉，这跟卑鄙无耻有什么关系，但没办法，作为一个男人，只能跟着追，“小月，你听我解释啊！”

正好，这个时候高影醒了，化解了一切尴尬。

“高影，你怎么样了？”莫如月关心地问。

“我没事，幽冥门握着我的心，不会让我轻易死的，留着我，他们就能轻易掌握到你们的信息。”

显然这句话刺痛了莫如月，她像在高影身上看到了自己的影子，“你别这么说，一定会有办法解决的。就像我，曾经也是幽冥门的工具，现在不也自己做主了？”

我赶紧插话，“是啊，只要咱们同心协力，就一定能捣毁幽冥门，拿回你的心。”

这时，风里希款款走来，神采奕奕。看来该办的事情已经办了，朱燚也已经走了。

风里希说："先别考虑那么远，当务之急就是要找个地方，让大家好好疗伤。"

高影十分落寞地说："你们走吧，我不能和你们一起了，否则会连累大家的。"

高影说得对，如果她继续和我们在一起，幽冥门很快就能掌握到我们的信息。只是她也重伤，我们在这个节骨眼上让她一个人离开，于心何忍啊！

"你们走吧，真的不用管我！"说完，高影隐起身来。

"高影，高影！"我们喊了半晌，不见人回应。

风里希对着空中大声说："身虽不至，心却相随。高影，你不孤独，你永远都是我们中的一员，无论走到哪，咱们都会彼此照应的，我相信你。"

依然不见回应。

有些人注定孤独，就像高影，不融于敌，也不能融于友，随她去吧，信任就好。

## 七十四、姜默来询

刚走出树林，几辆豪车"唰唰"地在我们身后停下。车门打开，下来的人正是姜默。

别说，见了他还真有些不好意思，丢了封神鞭，死了黑影，伤了高影……

风里希先开口："姜哥，十分抱歉……"

话还没说完，姜默打断他，"没事，我都知道，一切等你们养好伤之后再说，上车吧。"

我们像犯了错的小孩子似的，低着头上了车，一路无话。车把我们带到洛阳市一家五星级酒店住下，过了一周吃了睡、睡了吃的日子。

由于吃得美、睡得香，再加上调息运功，一周时间，我们都已恢复了七八成，就连小兔子都恢复了人形。

因为他长得跟我实在太像，看到他就好像照镜子一般，令我十分不爽，我嫌弃地说："干麻，以后没经过我的允许，不准你变成人形。"

他一脸呆萌，非常不满地说："你也太霸道了，我好不容易修炼成人形，凭什么要变回兔子？"

"就凭我是你的主人，我说不准就不准。"

他瞪着小小的绿豆眼，"暴政、虐待……小心我推翻你！"

我嘲笑地说："推翻？你推一个试试，不怕我用三昧真火烤了你？"

"你，你欺负人……"

我强调："你不是人，是兔！"

"是人！"

"是兔！"……

十几遍之后，小兔子气愤地说："我说不过你，总能躲过你吧，信不信我跑了就再不理你。"说完就往门口跑去。

我幻出一条绳索套住他，很轻松地往回拽，"凭你能跑出我的手掌心吗？且不说咱俩的心灵感应，单论我的修为，这么高深莫测，这么精进神武，抓你个小兔子还不是轻而易举？认命吧，赶紧给我变回兔子！"

小兔子被我欺负得实在没办法，很不情愿地变回兔形，嘴里咕哝着："你这么欺负我，以后也会有人同样欺负你的。我盼着商鞅早日收你为徒，到时候我就给他拍手叫好！"

真是哪壶不开提哪壶，我狠拍了一下他的兔脑袋，"闭上你的三瓣嘴，我要是真被商鞅收成徒弟，一定不给你好日子过。"

一听这话，小兔子四腿一蹬，索性装死给我看了。

我提起一副死像的小兔子，摇晃着，"喂，又装死，快起来。"

道行深了，越装越像，它四腿蹬得笔直，两只长长的耳朵无力地耷拉着，包裹着胖嘟嘟的脸……

我戳了戳它毛茸茸的胖肚子，"瞧我怎么收拾你。"一肚子坏水正想往外倒，房间里的电话响了，"喂。"

"夏先生好，姜总请您到他房间去一趟。他的房间在1666。"

"好的，我这就去。"放下电话，我把装死的小兔子扔在床上，撂了一句，"回来再收拾你。"便匆匆走了。

我来到姜默的房间，房间还是那么阔气，古玩字画琳琅满目。

他正站在窗前，像王者一般俯瞰着窗外的风景，听到我进来，转身说：“小涛，来，这边坐。”

他坐进办公桌，让我坐在他对面，“封神鞭和黑影的事我都知道了，不怪你们。”

我有些尴尬地摸着后脑勺，不知道该说啥。

姜默接着说：“我没想到，幽冥门竟布了这么大的一盘棋，安插了黑影和高影两个没心的人在我身边，幸亏发现得早，否则就算他们两个对我再忠诚，也很难确保日后不会被蛊惑利用。”

“姜哥，黑影和高影绝对可以信任。现在黑影不在了，高影的心虽然被幽冥门控制着，但她与幽冥门势不两立，肯定会和我们站在一条战线上的。”

姜默笑了笑，这个笑与往常不同，极不自然，“那就好，既然你这么说，我就放心了。对了，你们和张魁他们大战之时，商鞅也来了？”

“是啊，那老头一心想收我为徒，可他性格怪异，跟了他准没好日子过，所以我还没同意。但这次幸亏有他，才把我从鬼门关上拉了回来，要不然，说不定此时我正在跟黑白无常喝酒呢。”

姜默看似不经意地问：“商鞅有这么厉害吗？他一介文官，居然也会打架动粗？”

“你说对了，他只会耍嘴皮子，哪里会打架啊，全靠朱焱姐及时赶来，救了我们。”

“朱焱？就是上次把你们从暗灵分舵救回来的那个红裙女郎？”

我一脸崇拜，“没错，就是她，长得美还法力高，你若见了，肯定也会心神荡漾的，只是你晚了一步，她已经被风里希拿下了。”

姜默露出兴奋的表情，“哦，还有此等趣事？快来讲讲。”

我把风里希和朱焱拥抱的火辣场面，添油加醋地给姜默描述了一番，应该没有错过任何细节。姜默听得眼睛直放光，“你小子看得真仔细。还有更劲爆的吗？”

我十分惋惜地说：“我也想有更劲爆的，关键时刻被朱焱姐用法障挡住了，就算有，也看不到。”

姜默显得意犹未尽，“没想到她和风里希居然有这层关系，查清楚没，她为人可靠吗？到底是什么来历？别做了引狼入室的傻事。”

我仔细回忆了一下，好像除了跟商鞅谈论过这个问题，还没有人问过她，她也从没跟我们谈起过，“她的来历确实不清楚，不过屡次救我们，为人应该可靠，而且据商鞅猜测，她应该是神，论修为，说不定还是九天之上的神呢。”

姜默若有所思地说：“哦，那太好了，有神相助，相信捣毁幽冥门也是指日可待的事了。”

我自豪地说：“那是自然。”

聊高兴了，我哼着小曲往回走，正好风里希和莫如月都在我房里。

莫如月问：“姜哥找你干什么？”

“什么也没干，只是闲聊了一会儿。”

莫如月却十分警惕地问：“他那么忙的人，怎么可能没事闲聊这么久，而且只找你闲聊？”

我高兴地眨着小眼睛，“怎么，吃醋了？放心，老婆，我们绝对是清白的，我心里只有你。”

莫如月一巴掌拍我在后脑勺上，“你个不长脑子的家伙，当初韩信走时是怎么说的？不要轻信任何人！”

“韩信是这么说过，可他是姜默啊，帮了咱们这么多，你们都忘了吗？而且他胳膊上有一个与我一模一样的印记。”

后脑勺又拍来一巴掌，“咱们在昆仑山玉虚境时，陆吾神说过，这世间只有你一人可执封神鞭，根本没有主执与副执之说，你忘了？”

“我没忘，可是，如果连姜默都不能信任，那高影呢？高影可是他的人。既然能信任高影，为什么不能信任姜默？”

莫如月没好气地说：“那是一回事吗？再强词夺理，信不信我抽你！”

我不服气，“你们要是信不过他，我现在就看看他的来龙去脉，看你们还有什么可说的。”说完，我盘腿坐下，调转灵力。

说来也奇怪，眼前一片空白，什么都看不到……

见我坐下还不到三秒就睁开了眼，莫如月问：“怎么，没看到？”

我一下没了气场，“就是，什么都看不到。为什么呢？”

她一副早就料到会如此的神情，“是因为你从来都没有触碰过他吧！”

我一愣，仔细想了想，认识姜默这么久，的确没有握过手，没有搭过肩……“你怎么知道？”

莫如月很无奈地说：“不是我怎么知道，而是你怎么还不知道。”

我看了看风里希，他说：“虽然姜默一直对我们很好，但有很多细节不得不让人起疑。所有的谜底，还需要时间来慢慢揭开。既然大家的伤都养得差不多了，防人之心不可无，此地不宜久留，咱们还是趁早离开吧。”

难道姜默真的不能信任吗？难道他表现给我们的都是假象吗？突然有点想念商鞅了，想听听他的看法，他肯定能一针见血地道破原委。可一旦我问出这个问题，就意味着我要拜他为师了，别的不说，先得挨他188戒尺，仅这一条，我还是压下了这个念头。

我们快速地收拾好行李，跟姜默道了别。这次道别跟往日不同，大家各怀心思，说着冠冕堂皇的客套话，虽然听着好听，但彼此心照不宣，我们和他已经没有坦诚了。

## 七十五、惊艳贵妃

从洛阳出发，我们向着西北方向飞，天色已暗。

心里一直回想着姜默的好与坏，难辨是非，正在困惑苦恼之时，却听到有人断断续续地哭，似有若无。

“谁啊？哭哭啼啼扰人心乱，烦不烦？”

莫如月说：“你也听到了？此哭声像是一个女人，用的传音之术，看来是为了引我们前去。”

风里希说：“又一个以灵修神的冤主，必是要我们度她出劫，走，会一会她。”说完，循声而去。

我们飞了两三个小时还没找到哭声的主人，本来心情就不爽，再加上听了两三个小时的女人哭，顿时气不打一处来，我说：“有话出来说，有屁出来放，再这么扭扭捏捏，老子不奉陪了。”

果然，哭声停了，我们面前升起一团云雾……云雾中，我见到了哭声的主人，刚到嘴边的一大堆脏话，生生给憋了回去，憋得太很，差点咬到自己舌头。

哎呀，我去，这个女人太美了，雍容华贵、资质丰艳、沉鱼落雁、闭月羞花……一举一动都是风景，世间怎么会有这么美的人！

初见莫如月时，我觉得她就是天下最美的人了，高傲清冷，就像女神一般，再见朱焱，比莫如月还美，成熟性感、妖娆妩媚……现在再看眼前这位，简直把莫如月和朱焱都比成了黑白片。

莫如月使劲捣我，“夏小涛，你的口水都能给凡间下雨了。”

我努力把眼神拉回来，想多看她两眼，又觉得不妥，躲躲闪闪，涨红了脸……

男人靠不住啊！莫如月无奈地叹了口气，上前作揖，“敢问仙子何许人也，将我等引来所为何事？”

此时云雾已散尽，仙子凄凄地说：“我的本名叫杨玉环，生前是唐玄宗的贵妃……”

怪不得她美得这么不像话，原来是赫赫有名的杨贵妃！白居易形容她“回眸一笑百媚生，六宫粉黛无颜色”，李白说她“云想衣裳花想容，春风拂槛露华浓。”关于她的诗句，千百年来数不胜数……记得当初读这些诗句的时候，就常想，杨贵妃到底美成什么样，看过电视电影里无数个演绎版本，自己也构想过无数个美女形象，没想到，所有描写她的诗句，都不足以形容她的美，她满足了男人对所有美女的幻想。

怪不得唐玄宗对她一见倾心，顶着乱伦的压力，从儿子身边夺走她，让她先入道，再封妃，费尽心思也要朝朝暮暮……若换我是唐玄宗，照样把她掳回身边宠着。

我竟然有幸见到了中国历史上最美的女人，幸福感飙升！

莫如月一听是杨贵妃，也惊得花容失色，“你，你找我们是有事相托吗？”

杨贵妃轻叹一口气，两行清泪从眼中流出，还没出声，已让人心碎，一说话，更是楚楚动人，“天下是男人的天下，作为一个女人，我为爱而活，有什么错？安史之乱，国破城倾，天下的男人却都说是我的错，是我杨玉环惑主蒙心、祸国殃民，最后将我缢死在马嵬坡。扪心自问，我生前没做过一件伤天害理的坏事，为什么要用我的命去平息天下众怒？”

看过种种关于杨贵妃的野史，有说她没死在马嵬坡，被人偷偷救活，最后出家了，在道观终老；还有说她去了日本，嫁了武士，最后死在日本……但今天看来，历史是真的，她是真的被缢死在马嵬坡了。

也难怪，当初安史之乱爆发，唐玄宗带着杨贵妃和随行禁军行至马嵬驿，禁军杀死了贵妃的族兄杨国忠，又齐齐等着要她的命，贵妃不死则六军不发。军情紧急，在国家与爱情之间，玄宗皇帝选择了国家，忍痛割爱将贵妃缢死，并将尸体抬出让将士察看，禁军得知贵妃已死，才得以整顿军队继续行进……在这种紧急的情况下，玄宗皇帝赌不起，六军将士也都不是傻子，她怎么可能不死？

正所谓：

华清池畔初承欢，
长生殿里夜笙弹。
霓裳羽衣家国倾，
马嵬坡前肝肠断。
琼花落尽晓梦残，
黄土坯下泪几番。
爱恨千年还纠缠，
是情是劫随缘看！

“太可怜了，太冤枉了，太委屈了。你说，我们怎样才能帮你？我愿为你赴汤蹈火！”

莫如月翻我一记白眼。在杨贵妃这样的大美人面前，男人根本没有抵抗力，小月，原谅我。

杨贵妃说：“我恨了千年，怨了千年，以怨灵之身修神，如今凡间再容我不得。听说神界大门将开，我也想就此解脱，离开人界。”

我说：“那不正好，你去敦煌等着就行。”

杨贵妃说：“要真如你说得这般简单，我又何苦把你们引来。虽都是以灵修神，但我与秦桧、韩信、商鞅他们不同，我是怨灵，怨便是我的劫数，若除不尽心中的怨与恨，我便离不开这马嵬坡。“

难怪她要用哭声把我们引来，从云雾中往下眺望，果然是马嵬镇。我们正下方便是贵妃墓。

“如何才能度你出劫？”

杨贵妃幽怨地说：“你们可知上古天神女娲娘娘有一神器，名唤宝莲灯，后传于三圣母。此灯高有九寸，通体洁白，宛如冰雪，其形似宝莲盛开，大有海碗，共有七片花瓣，所蕴乃是七宝妙火。宝莲灯所发出的七彩光芒，能让所有怨灵得以释然。若要度我出劫，唯有此灯。”

我吃惊地说：“宝莲灯？经常在电影电视里看到，要去哪里找？”

杨贵妃说：“相传三圣母之子刘沉香劈山救母之后，此灯便流落凡间，我也一直在寻找，但千年不见踪迹。此灯灵性极强，会认主人，且只有主人才能驱动使用它。我想，它千年来没有现世，一定是被人恶意收藏了。”

“既然是被人恶意收藏，天下这么大，该上哪里去找啊？”

贵妃又流泪了，“我离不开这马嵬坡，上天无路，下地无门，只有劳烦诸位了。”

一直没吭声的风里希边思索边说：“也许我有办法能找到。”

## 七十六、登上华山

离开了马嵬镇，心情久久不能平静。大唐王朝巅峰的毁灭，竟然要用一个女人来当替罪羊！她虽美得令人窒息，但也只是个为爱而活的女人，跟安史之乱有何关系，跟国破城倾有何关系，为什么要用她的命来平息天下众怒？难怪她会成为怨灵，在人间徘徊千年不愿转世。换作是谁，都不可能心平气和地接受这种死亡。

我带着沉重的心情，不知不觉来到西安。虽然西安早已是一座现代化的大都市，但仍透着盛唐的气韵，而盛唐，又让人不得不想起杨贵妃……

心里想的念的全是杨贵妃，完了，我不会爱上她了吧？不会的，不会的，我只是觉得她可怜，想帮她，莫如月才是我的菜。

我说：“两天了，咱们在西安市里瞎转悠，又逛又吃的，大家没有觉得亏心吗？”

莫如月一脸无所谓，“没有。”

我翻了莫如月一记白眼，这是我有生以来第一次翻她。

“你，”莫如月生气地说，“你是心疼贵妃娘娘还在马嵬坡受罪，巴不得立马找到宝莲灯，度她出劫，是吧？”

“没错，早一点度她，她就能早一点脱离苦海，有什么问题吗？”

莫如月表现得有些反常，“没问题，只是度她出劫之后，人家可就成神了，是要前往神界去的，你的色心趁早收着些。”

一听这话，我高兴了，莫非她在吃醋？“我的色心收不收，你这么在意吗？难道老婆大人吃醋啦？”

莫如月一巴掌拍在我后脑勺上，“醋你个大头鬼！我只是好久没回西安了，感到很亲切，想多转转而已。”

风里希说：“你们两个别斗嘴了，咱们在西安可不是瞎转悠的，是为了找到一丝宝莲灯的气息。”

终于切回主题了，我忙问：“风哥，在杨贵妃那儿你说有办法能找到宝莲灯，可有线索?”

风里希说：“宝莲灯是女娲大神所炼，后来又转赠给了三圣母，只要是跟女娲娘娘有关，我的血应该都能指引，要是能收集到宝莲灯的气息，滴上我的血，应该就能感应到它在什么地方。”

莫如月说：“众所周知，三圣母是华山圣母，宝莲灯曾经在华山出现过，咱们为什么不直接去华山?”

风里希说：“宝莲灯留在华山上气息是在汉朝，已有两千多年历史，实在太久远了，从那里查起，可能会耗费我们大量灵力，不到万不得已，最好不去。”

说的也是，就算宝莲灯当前不在西安，可西安是十三朝古都，宝莲灯既然是被人恶意收藏的，即使它现在不在西安，但在历史的某一个时段，肯定曾在西安出现过。与其像无头苍蝇一样全国各地乱找乱碰，不如在西安细细搜寻，说不定，还真能寻到宝莲灯的气息。

眼看转悠两天了，“这两天可有收获?”

风里希说：“还没有。”

“那怎么办?”

一直乖乖待在背包里的小兔子，此时冒出了兔脑袋，多事地插了一句，“去找商鞅吧，他一定会有办法的。”

我一回手拍了一下它的兔脑袋，“打住打住，把商鞅找来，还不够受气的呢，我可不想找虐。”

小兔子不服气地说：“有本事的人都会有些小脾气，他虽然有些怪，但是真心为你好，你自己脑子笨，还不虚心请教，吃屎都赶不上热的。”

我脸一绿，“让你多嘴，抽你丫的。”又朝它后脑勺上拍了一巴掌。

它一生气，四腿一蹬，装死了。

莫如月从我背包里抱走装死兔，“干麻说得也有道理，要不请商鞅出来问问，他肯定能给咱们指引，会省去很多麻烦。”

我着急地说：“千万别叫他，我宁愿咱们去华山上耗灵力，也不想拜他为师，饶了我吧。”

莫如月还想再劝我，风里希说："拜师是你自己的事，若你不愿意，证明你们的缘分还没到，谁都不能强迫你。"

我得逞似的对莫如月做了个鬼脸。

我们又在西安转了三天，古迹遗址、大街小巷，转了个遍，风里希还没有感应，"再这么耗下去也不是事，咱们上华山吧！"

莫如月有些担心地说："华山虽然留有宝莲灯的气息，但你也说过，那是汉朝时留下的，年月久远，你真能保证你的血能捕捉到它的气息？"

风里希说："保证不了，但为了争取时间，也只能铤而走险地试试了。"

我们直接将云头落在了西峰上。只见眼前有一块十余丈长的巨石，齐刷刷被截成了三节，传说这里就是当年刘沉香劈山救母的地方。

风里希说："一会儿，我要把血洒遍整个西峰，看看能不能找到宝莲灯的一丝气息，一旦这个气息成形，小涛，还要靠你用灵力来窥探这丝气息如今的方位，可能会消耗很多灵力，你量力而为，不要勉强自己。"

我说："明白。"

风里希接着交代，"小月，你负责护法，届时我和小涛都会失去战斗力，若此时幽冥门乘虚而入，就只能靠你了。"

莫如月说："明白。"

安排好之后，风里希抽出匕首，狠狠一刀割破手腕，慢慢飞起，让血滴滴答答地滴落在土地上、岩石上、草木上……

华山这么大，一个人的血怎么可能洒得遍？半个小时过去了，眼看风里希的脸色越来越惨白，土地依然是土地，岩石依然是岩石，没有任何征兆。

别说莫如月了，就连我都感到揪心似的疼，"风哥，要不算了，咱们再想别的办法，硬拿血去拼也不是个事儿，你有多少血能拼得过茫茫华山。"

"是啊，风哥，停下吧。"

风里希脸上的虚汗大滴大滴往下落，依然咬牙坚持着。就在大家感到绝望、快要收手之际，风里希的正下方幽幽升起一束紫光，若隐若现。

我们为之精神一振，立马落下云头。这是宝莲灯的七色光，但目前只显现出了一色。

风里希在紫光升起的地方继续滴着血，紫光愈发强烈，随后，慢慢出现了蓝光，然后是青光、绿光……

风里希失血过多，脚下一软，向后倒去，刚出现的四束光也一下子消失了。

我和莫如月赶紧扑上去将他扶起，他没有说话，接着伸手去滴血，光再度出现！

七色光已显出了四色，已经算是完成一大半了，也许只要我多用些灵力，凭这四色也能窥探到宝莲灯的下落。

我让自己置身于光束之中，运转周身灵力，先看光的来源，但眼前一片空白，什么也看不见。

凭着宝莲灯一缕不完全的气息，实在没法窥探到它现在的状况。可此时风里希已经性命堪忧，怎能忍心让他继续流血，我咬咬牙，又努力试了一次。

这次断断续续看到了宝莲灯的本相，而且越来越清晰。我知道，这不是我的灵力增强了，而是风里希在强撑着继续滴血，又唤出了赤、橙、黄三种颜色……

现在七色光俱全，凭着这一缕气息，我努力搜索着宝莲灯的现状。看到了宝莲灯自刘沉香劈山救母之后的所有经历……

## 七十七、惊天发现

刘沉香与三圣母化身凡人，一家团聚之后，便将宝莲灯沉入南海，百年来不曾被人启封。大约沉寂了数百年，忽于某天，一位仙风道骨的老者潜入深海，历经磨难将其取出，如获至宝、爱不释手，一路腾云至长安……从云端看当时的长安，虽看不清楚具体是哪年，但大致应该是在隋朝。

老者将自己与宝莲灯关在一个房间长达数年，一直在参悟如何才能让宝莲灯认自己为主人，如何才能驱动使用它，但数年下来，毫无所获。老者倍感遗憾，将宝莲灯藏至西安附近的某个山洞里，从此，再也没有出现在宝莲灯周围。

看来风里希分析得对，宝莲灯确实曾在西安，只是被深藏于山洞，从未现世过。

几十年之后，进来了一位少年，十几岁的模样，将宝莲灯拿起擦拭一番，然后试图驱动，但没有成功。

又过了几十年，又进来了一位少年，还是十几岁的模样，将灯拿起擦拭一番，试图驱动，还是没有成功。

……

如此往复，大概过了600年，宝莲灯第一次被拿出山洞，当初试图驱动它的少年如今已成一位老者，腾云将它带到北京，从云端看当时的建筑布局，应该已经到了明朝……

宝莲灯还是没有现世，就直接被藏到了一个山洞里，洞口有块豁口石头，颇为显眼。然后，跟之前一样，每隔几十年，便会进来一位少年，拿起宝莲灯擦拭一番，试图驱动，但依然没有一次是成功的……

宝莲灯的历史简单明了，就像复印机一样，被人拿起又放下，人虽不同，事却相同。但越是简单，越说明背后的事情复杂！

经历了1000多年，有27位少年拿起过宝莲灯，这是一段何其漫长的岁月，从隋朝到现在……虽然这27位少年样貌不同、服饰不同，我却丝毫没有新鲜的感觉，他们的神韵实在太像了，仿佛就是同一个人。

为什么宝莲灯的收藏这么具有延续性？就好像一代一代传下来的。不同的少年，做着同样的事情，甚至连动作都一模一样，左手拿灯，右手擦拭，然后右手举灯，试图驱动，失败之后，再把灯从右手递回到左手里，由左手放入暗格……

看到这里，我感觉灵力透支得厉害，有些吃不消了，估计再看下去也没什么变化，宝莲灯此刻应该是在北京。

正想收了灵力，第28位少年的身影出现在幻境中，这是一个无比熟悉的身影，我的心仿佛被狠狠地敲了一下……他居然是，姜默！

幻境中的姜默比现在看上去要稚嫩许多，也是十几岁的少年模样，和之前那27位少年做着同样的事情：左手拿灯，右手擦拭，然后右手举灯，试图驱动，失败之后，再把灯从右手递回到左手里，由左手放入暗格……

无数个问题在脑海中闪过。他和最初潜入南海得到宝莲灯的老者是什么关系？又和之前27位拿起过宝莲灯的少年是什么关系？……

实在坚持不住，收了灵力，感觉浑身被掏空一般倒了下去，不知道自己身在何处，也不知道自己是死是活，然后是一个接一个重复的梦境……

梦里，我和风里希、莫如月置身幽冥之狱，像我父母那样被铁链吊在半空中，底下是熊熊烈火，一个声音嘲笑着、叫嚣着，“你们不是要开启三兔法阵吗？这辈子是不可能了，看看下辈子能不能成功！哦，对了，你们在幽冥之狱，已经不可能有下辈子了，啊哈哈哈！”

莫如月抬起满是鲜血的脸，倔强地骂道：“姜默，你以为你把我们囚禁在这里就赢了吗？天道苍苍，你逆道而为，不会得逞的！”

姜默？莫如月骂的人是姜默吗？我迷迷糊糊抬起头，仔细看了看这个嚣张的恶魔，长得居然真的和姜默一模一样，只是一个温柔儒雅，一个焦躁暴戾；一个风度翩翩，一个嗜血成性……

莫如月冲我大吼："小涛，别再对他抱有幻想了，难道你还看不清吗？他就是姜默！这一世咱们都被他骗了，来世一定不要再上他的当！"

姜默嘲讽地说："来世？哼，知道我为什么要建这幽冥之狱吗？就是为了困住你们。上天让你们生生世世开启三兔法阵，此世完不成，等待来世，轮回永无止境……我偏要你们游离于三界之外，不在轮回之中。你们仔细看看这幽冥之狱吧，每一寸都是为你们量身打造，你们在此将永生永世不人不鬼，不死不灭！看看谁才是正道，谁才是天道，啊哈哈哈！"

听着姜默嚣张的言辞，我感到万分恐惧，不是因为被囚禁在幽冥之狱，而是为了这看不清的人心，"不可能，他不可能是姜大哥！"

一直低着头的风里希抬起头，气若游丝般地说："小涛，他，他真的是姜默。"天哪，那张颠倒众生的帅脸上，为何只留有一只眼睛，另一只眼睛处只剩一个拳头大小的血窟窿，满脸的血已经干成了黑色，看着甚为恐怖……

我不甘心，用力扯了扯手上的铁链，但身体在空中无力地摇摆着，我的腿呢？这才注意到，我的腿没了，两条腿在大腿处被齐齐砍断。

我发疯似的大吼着："腿呢？我的腿呢？"

姜默冷酷地说："你不是跑得快吗？砍了你的腿，看你还怎么跑！"

"不，不可能……"

有人再拍我的脸，"小涛，醒醒。"

我的噩梦还在继续，嘴里咕哝着："不可能，不可能……"

莫如月的声音再次响起，清晰地就在耳边，"小涛，醒醒，什么不可能？你到底窥探到了什么？"

终于辨别出了来自现实世界中莫如月的声音，我一下子从梦中惊醒。看到风里希和莫如月完好无损地坐在床边，我一把掀开身上的被子，腿还在，太好了，刚才的幻境只是一场噩梦。

我一下搂住他俩，"太好了，咱们都还活着，都还完好无损。"

莫如月被我抱得有些尴尬，扭了一下身子说："你和风哥刚从鬼门关上转了一圈，不过还好，都回来了。"

那天在华山上，风里希由于失血过多，先晕了，但我仍在窥探中，不能被打断。莫如月一边给风里希渡送灵力，一边为我护法，所幸小兔子还能派上用场，帮忙观察四周情形。据说那家伙颇为尽职尽责，东瞅瞅、西看看，眼睛都没眨一下。

我在准备收灵力之时，不知为什么又突然加强灵力，随后晕了过去。

莫如月担心此时幽冥门乘虚而入，干脆带着我们穿越了，这次没有高影在，幽冥门想要掌握我们的信息也没那么容易，才有了三天休整喘息的时机。

原来又穿越了，这是哪里啊，我伸头四处打量着，我去，居然是我家！别说幽冥门了，就连我自己都想不到会在我家。

随后，我把在幻境中窥探到的事情向大家讲了一遍。

风里希若有所思地说："看来，姜默这个人的确不简单。"

他到底什么来历？到底可信不可信？……无数个问题在眼前飘过，那个可怕的噩梦还历历在目，他不会真像梦里那样，其实是幽冥门的总头目，打造幽冥之狱就是要将我们困住，永生永世不得轮回吧？

小兔子把它毛茸茸的兔脑袋伸到我面前，一本正经地说："别再胡猜了，要真想弄明白，不如把商鞅请出来。"说完，大眼睛滴溜溜地乱转，时刻准备着我拍它一巴掌，然后装死……

但这一巴掌，我迟迟没有拍下去。

## 七十八、解密姜默

我实在困惑，好似眼前蒙了一层纱，很想把纱摘掉，让我把这个世界看仔细，把人心看透彻……我甚至开始期待商鞅，希望他来为我指点迷津，哪怕要受他挖苦，受他抽打……

也许小兔子说得对，我心中的迷惑这么多，真到了不得不请商鞅的地步了；也许莫如月说得对，该有人给我系统地传道授业解惑了；也许风里希说得对，我们的师徒缘分终于到了……

随着电话那头传来"您呼叫的用户不存在……"，一道金光闪现，商鞅来了……

他看起来心情颇为不错，笑眯眯地说："夏小涛，你可是有问题要问我？想好了吗，这可是你的第3个问题喽。"

我闷闷不乐地说："想好了。"知道要挨抽，谁还会表现得那么心甘情愿。

"好，你有什么问题就问吧。"

"我看到宝莲灯自刘沉香劈山救母之后的所有经历。1100年前，有人自南海海底解封了它，之后，共有28个人拿过，并试图驱动使用，但是没有一位成功。这28个人，为什么这么具有传承性？就好像是一个组织、一个系统似的，甚至连动作都一模一样？而且，第28位居然就是中润财团的总裁姜默，他和之前的27个人是什么关系？"

商鞅说："你能看到这一点，对我来说总算有些安慰，至少比我想象的稍微聪明了一些。姜默，我查了他2000多年，他一直在躲我，但千年来，哪能不露一点破绽？你问我算是问对人了。这个人说来话长，也许换个名字，你们对他会熟悉很多。如果我猜得不错，他其实就是姜尚的转世。"

"姜尚？那不就是姜子牙？"

我的天哪，姜默居然是姜子牙的转世！这个推论靠谱吗？我的心怦怦直跳……没有比这个更劲爆的消息了。

姜子牙，那可是3000年前封神榜里的重要角色，其刚正的秉性、善良的为人、心怀天下的气度，都是人神共知的，若当时封他为玉皇大帝也不为过！

但不知为什么，当年封神，那些功绩不如他的人都修成正果，只有他，被一句命里无福成神的荒唐理由留在了人间，虽一身功绩，却要永受轮回之苦，像是受到了神的遗弃……

抛开这些前尘不说，原来他和我们一样，都是自西岐封神之后，留在凡间坠入轮回的人。虽然在不停地轮回，但灵魂不变。他与我们唯一不同的，便是我们没有前世的记忆，而他有。他知道自己是谁，曾经做过什么，为什么而做。

怪不得28个人的神韵这么像，就连动作都一模一样，原来他们是同一个人！

怪不得他胳膊上也有一个月牙印记，他本就是封神鞭的上一任主人。封神鞭虽然被重新铸造了，不知道有没有主执与副执之说，但我想，我们两个也得有个先来后到，以他为主，我为副，绝对没有不妥，太合情合理了！

怪不得他一直在帮我们，无微不至地关心我们，原来早在3000年前西岐送神之时，我们便与他合作过，他是送神的鼻祖，关于度神、送神，没有人比他更在行了。

我一颗悬着的心总算放到了肚子里，“原来如此，那他还有什么不能信任的？风哥、小月，是你们多疑了。”

莫如月说：“在昆仑山玉虚神域，陆吾神说这世间仅有你一人可执封神鞭，没有主执与副执之说，他既然是姜子牙的转世，为什么要编谎骗我们？”

我替姜默解释道：“他没有骗我们啊，他是封神鞭上一任的主人，这一世，封神鞭肯定还会认它的，按理他的印记比我的要早3000年，他是主执，我是副执，没什么不妥……”

话还没说完，商鞅便打断我，“封神鞭若没被毁过，有可能会有两个主人，像你所言，有先来后到之分，但封神鞭不是被毁了吗？你们虽然已经重铸，但只要与之前有一丁点不同，他都无法使用。”

听到这话，我心里直打鼓，重铸封神鞭时，我给它搞出了一个小按钮，表面看上去虽与过去一模一样，但一按这个按钮，它便能变身成一把枪，看来姜默是用不了了。

我眨巴着眼睛，不敢再谈论这个话题，继续替姜默辩解，“他是姜子牙的转世，这么大的秘密怎么可能轻易告诉别人，他骗我们一定有不得已的苦衷，对了，肯定是幽冥门在追杀他，追了他几千年，为了避人耳目，他才有意骗我们的。”

商鞅无奈地叹了口气，“我这徒弟，傻得挺可爱，这世间唯有人心最是瞬息万变，善恶往往只在一念之间，他上一世是好人能说明什么问题？这一世也是好人吗？生生世世都会是好人吗？”

我说：“可他与别人不同，他带着前世的记忆，怎么可能变成坏人，那不等于否定了自己？“

商鞅说：“不与你理论，你悟性太差，时间自会证明一切。“

风里希一直没吭声，此时若所有思地说：“他若是姜子牙的转世，而且还带了前世的记忆，确实应该是我们此番送神最大的靠山，可韩信为什么不把封神鞭交给他，临走时还说了句‘不要轻信任何人’？”

我两手一摊，一脸无所谓地说：“韩信这个人本来就生性多疑，他的话随便听听便可，不必当真……”

话还没说完，只觉得头上挨了一戒尺，“干吗打我？”

商鞅义正词严地说：“韩信这句话说得不错，你背后议论好人，我当然要管教你。”

我不服气地说：“我还没拜你呢，你怎么就打我？”

"就是因为还没正式拜我，才打你一下，若已经礼成，可就不是一戒尺的问题了，你欠抽多少下，自己心里清楚。"

我撇了撇嘴，赶紧换话题，"既然宝莲灯在姜默手里，我们跟他借来用一下，等度了杨贵妃的劫再完璧归赵，他肯定会同意的。"

商鞅说："那都是后话，稍后再说。当前要说的是，我已经解答了你3个问题，你是不是也该办正事了？"说完，他在房间里幻化出一把太师椅，正襟危坐。

莫如月、风里希、小兔子，全都齐刷刷地看着我，"小涛，快去，快去呀。"

我咽了咽口水，该来的总归是要来的，有句话说得好，躲不过的才叫缘分。事已至此，硬着头皮上吧。

我恭恭敬敬地跪在商鞅膝前，"师父，请受徒儿3拜。"

磕了3个头之后，我端着一杯茶对商鞅说："师父，请喝茶。"

商鞅喝了口我敬的茶，满脸慈祥地说："礼成！从此以后，夏小涛便是我商鞅唯一的入室弟子。"

我刚要站起身，一把戒尺横空出世，在我腿上狠狠一抽，我又跪了下去。

商鞅说："188戒尺，不会多也不会少，开始！"

"嗷，哎呀，啊……"我被抽得嗷嗷乱叫。

风里希朝我挤了下眼，意思是说：忍着吧，人家现在是你师父，教训你天经地义、理所应当，旁人谁也管不着。

只有小兔子表现得极为难过，翻过来倒过去，"嗷，哎呀，啊……"就好像打在它身上一样。

188戒尺，果然一尺不多，一尺不少，其实多没多，少没少的，我心里压根儿没数，人为刀俎，我为鱼肉，又何必较这一尺两尺的真儿。

我趴在地上，舌头无力地耷拉在外面，感觉浑身抽筋。商鞅不但不心疼，反而像启动了开挂模式，"风里希，莫如月，我要带小涛闭关修行一段时日，你们按计划，可先行去找姜默借宝莲灯。"

"师父，实践即是修行，让我和他们一起去吧……"

话没说完，只觉得有什么东西糊住了我的嘴。我赶紧把嘴噘起来看，还好只是一片叶子。紧接着，又有一根绳子绑住了我……下一瞬，我们已经在云端之上了。

商鞅潇洒地在前面飞，我被绳索扯着狼狈地跟在后面，五花大绑，还被封了嘴……宝宝心里苦啊！

# 七十九、瑶池受道

回头看了看，背包还在，师父想得真周到，把我的贴身家当都一起打包了，他肯定以为封印在我背包里，其实这么重要的东西，我怎么可能放在背包里呢？

我小时候家里穷，最怕的就是丢钱，尤其是要出远门的时候，妈妈总在我的裤头上缝个口袋，把钱装进裤头里，最绝的是，口袋的拉链还是向内开的，所以从小到大，我已养成了重要的东西装裤头的好习惯。至于封印，我实在想不出比裤头更安全的地方。

正在为自己的“好习惯”沾沾自喜，突然感到背包动了一下，小兔子探出半个兔脑袋，看了看我，又缩了回去。太好了，它居然也跟来了。

我又是耸肩，又是扭腰，赶紧给它传递信息，让它帮我求个情，都飞这么久了，我的嘴还封着呢。

小兔子心领神会地对商鞅说：“师父，我家主人的嘴还封着，虽然他说话总是不着调，但封的时间长了，怕他以后会更不着调，您要不要考虑一下，把那片叶子拿下来？”

商鞅手一挥，我嘴上的叶子不见了。我赶紧活动一下快要僵硬的脸。

商鞅头也没回地说：“一个小兔妖也敢叫我师父，成何体统？做好自己分内的事，该干什么干什么去吧。”说完，一道劲风吹向干麻，把它从背包里吹了出来，“嗖”的一声吹向云的那头……

我急了，“师父，别赶它走。”

话没说完，只觉得屁股上挨了一尺。“咱们没时间耽误，每个人都要各司其职，师父就是师父，徒弟就是徒弟，替身就是替身，有法必依、执法必严、违法必究。再说，你都多久没去学校了，想被开除？”

我撇了撇嘴，“师父说的是。”

我们一路往西北飞，貌似已经飞过敦煌了，还不见停，“师父，咱们这是要去哪里？”

商鞅淡淡地说：“去瑶池。”

幸亏我是学历史的，不然还真整不明白瑶池在哪。所谓瑶池，就是天山天池，在新疆昌吉阜康市境内，离乌鲁木齐很近了。

“去瑶池干吗？”

商鞅说：“瑶池的水是天下至纯至净之水，你去那里净身三日。三日之后，我要授道于你。”

大约半日光景，我们便到了天山天池，果然胜似人间仙境。

只见：远处雪峰耸立，海天茫茫；近处水光潋滟，云杉环绕；山巅流云款款，山涧飞瀑潺潺，宛如一面晶莹的大宝镜，镶嵌在天地之间。

天池之水乃天山上流下的雪水，水如玉汁，清冽晶莹。传说是西王母梳洗的地方，灵气甚足。

我呼吸着大自然的灵气，陶醉在美景当中，正在美不自胜之时，耳边响起商鞅冷冰冰的声音，“脱衣服，下去，净身三日！”

“师父，现在可是三九天……”话还没说完，只觉得屁股上啪啪几戒尺，“别打了，我脱，脱就是了。”

我脱了衣服，抖抖瑟瑟地走进冰水里。太过瘾了，冰水刺激得浑身肉疼，为了取暖，我在水中使劲游，但六个小时以后，已经可以用“冻死狗”来形容了，体力耗尽反而更冷，站在水里抖个不停。

越冷越饿，恨不得吃下一头牛，我乞求地说：“师，师父，我好饿，能不能让我先吃点东西？”

商鞅斩钉截铁地说：“休想。授道这么神圣的事，沐浴、斋戒都是必须的。想当初，蔺相如捧和氏璧入秦，秦王斋戒五日才得一见，你一个修灵之人，斋戒三天都做不到吗？再说，这里灵气充裕，不用吃东西也可以补充能量。我教你一套心法，可以直接吸收自然当中的灵力。”

商鞅边演示边说：“入静，道之为物，惟恍惟惚。惚兮恍兮，其中有象；恍兮惚兮，其中有物。窈兮冥兮，其中有精，其精甚真，其中有信……”

听着商鞅的心诀，恍惚中，我听到了水中鱼儿摆尾的声音，岸边蝴蝶扇动翅膀的声音，一朵花儿悄悄绽放的声音……这些声音无比美妙，我甚至都能冥想出一幅幅生动的画面。慢慢地，我感到自己头上升起了一朵莲花，周围的灵气都通过这朵莲花进入我的体内，身心无比舒畅，不觉得冷，也不觉得饿……

“小涛，三天已满，出来吧！”商鞅难得温柔地说着。

时间过得好快。我睁开眼，神清气爽，好似眼睛都清亮了许多。

书上常说，古人们在祭祀、行大礼前都会斋戒、沐浴，以示虔诚，现在特别理解为什么斋戒要有时间规定了，因为三天以上，人是绝对干净的，别说屎尿了，连个屁都放不出来。

我穿戴整齐，来到商鞅面前，跪拜，“师父，徒儿已经斋戒、沐浴完毕，请您受道。”

商鞅非常郑重地将一本古籍交到我手中。

我满怀激动地接过一看，居然是一本《商君书》，而且只有薄薄的二三十页。

商鞅说：“此书乃我亲撰，记载了我两千多年的修行感悟和体会，限你三周时间背下来，若记错，定重罚之。”

“噢，知道了。”不就短短二三十页，师傅一定脑子抽筋了，才会给我三周时间去背。

翻开书一看，才发现脑子抽筋的人是我，这二三十页不是内容，而是目录。

这本《商君书》是用法术写成的，类似于电纸书，随便点一下目录，纸上便出现了该目录下的全部内容，每一篇都洋洋洒洒几千字，且全是文言文，连个标点符号都没有，别说背了，读起来都生硬拗口。

商鞅见我半天不动弹，说：“别发呆了，有这会儿工夫都能背两页了。瑶池乃人间圣地，灵气十足，我给你找了个人迹罕至的山洞，你去那里闭关，可保证事半功倍。”

## 八十、静心闭关

来到了商鞅所说的那个山洞，确实是好地方，既人迹罕至，又集成了天池的灵气，说实话，如果没有他“三周背会《商君书》”的指令，能轻轻松松在这里疗养几日，应该是个挺不错的选择。

“哦，师父，干吗又打我！”

“时间紧迫，哪有时间让你在这儿发闲呆！再偷懒，看我怎么收拾你！”

平均半小时挨一次打，要跟他在一起待三周，即使没被他的书折磨死，也得被他打死。不行，得想个办法把他弄走，“师父，连日来您一直照顾我，太辛苦了，徒儿心里实在过意不去，要不您先休息，我一个人背书就可以。您放心，我一定以头悬梁、锥刺股的精神，洗心革面、重新做人的态度，奋发有为、攻坚克难的决心，迎接三周后您的检查验收，这样行不?”

商鞅似是没听进去我的表态，微闭着双眼，慢悠悠地说：“我还能不清楚你的那点小心思吗？事情没你想得那么简单！我守着你，一方面是监督，但更重要的是保护你。上次在龙门石窟，张魁和幽姬他们差点就要了你们性命，幸亏朱焱及时赶到救下你们，还让张魁他们受了伤，但幽冥门会就此放过你们吗？依我看，风里希和莫如月此行去借宝莲灯，极有可能会出事。”

我一听这话急了，“宝莲灯在姜默手里，他俩直接去向姜默借，应该不会惊动幽冥门吧？“

商鞅说：“我虽然还不清楚姜默跟幽冥门到底有什么错综复杂的关系，但是，幽冥门如果要杀风里希和莫如月，他也护不住，说不定连他也会一起出事。”

“那还闭什么关、背什么书，赶紧出去救人啊！”我说着便急匆匆往山洞外冲，却感到脚下一悬空，被一束强光拎了起来，“师父，快放我下来！”

商鞅依旧不急不缓，好像所有的事情都如他所料，正在按期一步步上演，“好好闭你的关，我既然在这儿，其他事情就不用你瞎操心了。”

他手一挥，照在我身上的强光好似成了扯木偶的线，我被上下左右一通摆弄，固定成了盘腿打坐的姿势，手里捧着书。我勉强抬头，“师父，风哥和小月都要出事了，我哪能在这里坐住，求师父让我出去救人！”

商鞅怒道：“你这个不长脑子的货，都不听为师把话说完就想冒失行动。风里希和莫如月的确会出事，但据我推算，不会有性命之忧，只是受些皮肉之苦而已。你若此时出去，才正中幽冥门下怀！”

“求师父明示。”

“知己知彼方能百战不殆，每当在紧要关头，朱焱总会出手相救，已然成了幽冥门的最大障碍。你想，在没有查清朱焱底细之前，他们还会再贸然动手吗？只有先对付了朱焱，才能再对付你们。所以，他们这次的目标肯定是朱焱，想方设法把她引出来查清底细。至于风里希和莫如月，顶多是被恶意折磨几下，让他们叫唤得越惨越好。这种时候你能去吗？你别的本事没有，呼天抢地一流，若朱焱忍不住前去救你们，咱们岂不全盘皆输?”

商鞅一解释，好像挺有道理，但是信息量太大，我还得仔细捋捋。

商鞅见我不再冲动了，接着说：“至于姜默，你更不用担心，我有一种预感，幽冥门不会对他怎样的。”

我在心里捋着各种逻辑关系，一戒尺已经打来，“不许再胡思乱想，好好背你的书!”

无数个疑问被戒尺强行压住，在商鞅的暴力之下，我的眼中只剩一本《商君书》。现在特别理解“重罚之下必有畏者”这句话，我就是屈服于暴力的牺牲品。

勉强坐定、入静，把思维拉回到《商君书》上，一篇一篇挨着看，《更法》《去强》……越看越觉得商鞅是个非常了不起的人，这套书涉及了经济、政治、军事、法治等诸多方面，可谓洋洋大观，对他的感觉也由一开始的烦、怕、敬、畏，慢慢变成了尊、敬、信、服。

说来也奇怪，不知是因为天池灵气足，还是因为我头脑开窍变厉害了，反正在这里，我居然有了过目不忘的本事，再晦涩拗口的文字，只要读一遍，通通都能记住。

“哦，师父，怎么又打我。”

“再敢胡思乱想，信不信我打残你!”

怎么稍微一走神就能被发现，难道这老头儿能读心？如果真是这样，当初我设想他五马分尸的场景，他岂不全都知道！怪不得动不动就打我，原来也是有公报私仇、假公济私的成分在里面……

“敢怀疑我公报私仇、假公济私？说我什么都行，唯独这一点不行，我堂堂法家代表，岂会执法不公!”

“哦，啊，哎呀，师父，别打了，再不敢了。”如果刚才只是揣测，那么现在可以肯定了，我家师父真的可以读心，五十戒尺打完，我已经鼻青脸肿。

不知道这三周我是怎么熬过来的，确切地说是三周零两天外加七小时，因为内容太多，实在背不完，所以又额外加了两天半。

电视剧中出关的人都是一副元气满满、振奋激昂的状态，而我出关，却是青着眼、肿着脸、斜着嘴、瘸着腿……要不是灵力管显示我已经到了仙道六级，还真以为自己这一个月不是在闭关修行，而是在哪个集中营里受虐。

不知道此时风哥和小月他们怎么样了，我得去找他们。正打算跟商鞅商量此事，只听商鞅大喝一声，“还不出来，更待何时!”

小兔子露出半个脑袋瞧了瞧，然后怯生生地走进来，“师父、主人，大事不好，风里希、莫如月，还有姜默，都被幽冥门抓走了。”

我不慌不忙地说：“慢慢说，怎么回事。”

# 八十一、准备营救

小兔子眨巴着小小的绿豆眼，吃惊地说：“你居然这么淡定，不像我家主人。”他一脸怀疑地转向商鞅，“师父，你没调包吗？”

不等商鞅回话，我走过去拍了一下他的后脑勺，“调你个大头鬼！说过多少遍了，在我面前不许变人形，你还变，找打。”

小兔子边躲边说：“我确定了，这就是我家主人，如假包换的主人。”

我接着拍他，“哪儿那么多废话，快给我变回兔子！”

“别打了，我变，我变。”

被欺负压抑了三周，总算来了一个能让我欺负的，心情顿时大爽，“好了，言归正传，风哥和小月他们怎么样了？”

小兔子耷拉着两只长耳朵，假装没听见，扭过头去不搭理我。

我自信地说：“如果我算得不错，事情的经过应该是这样，风哥和小月去找姜默借宝莲灯，姜默推脱灯在幽冥门，三人一起去了冥火分舵，结果齐齐被困，酷刑至今。还有什么需要补充的？”

小兔子越听越激动，一下忘了生气，非常崇拜地说：“天哪，你闭关太有成效了，简直就像换了一个人似的。真的是没拜错师父，看来我跟着你也不亏，还是挺有前途的。”

“行了，别拍马屁，说重点。明知幽冥门是虎穴，他们为什么还要去？”

小兔子连讲带比画，详细经过是这样的：

我们与风里希和莫如月分开之后，他们便联系了姜默。姜默说宝莲灯确系他家祖传法宝，但当初为了跟幽冥门借混沌元鼎炼封神鞭和韩信，便将宝莲灯作为抵押，交给了冥火分舵的舵主陈千道，目前仍在陈千道手中，若我们要度杨贵妃出劫，刚好以此为借口，让陈千道归还宝莲灯。于是三人一起去了冥火分舵大本营。没想到陈千道翻脸不认人，双方争执起来，风里希和莫如月寡不敌众，三人纷纷被抓，至今还在冥火分舵关押，生死不知。

听到这里，我脑子里开始构思各种营救方案，但想来想去，每一种都几乎毫无胜算。

正在为难之际，商鞅开口道："小涛，你没有冒失地去救人，而是分析了这么多利害关系，为师甚感欣慰。"

"师父，咱们现在去也不是，不去更不是。该怎么办？"

商鞅说："去肯定是要去的，只是不能直接去救人。我们可以借力营救，正所谓四两拨千斤。"

四两拨千斤？我好像明白了，"以咱们的力量，去冥火分舵大本营救人肯定不现实，所以我们只要给朱焱姐姐打好掩护，帮她遮盖掉她的线索和痕迹，让她去救人就可以了，对吗？"

商鞅高兴地说："进步不小，孺子可教也。"

小兔子不可思议地看着我们，吃惊得下巴都快掉到了地上。

商鞅说："瑶池附近生长着不少琪花瑶草，其中有一种白色的优钵罗花，自带一股奇香，能掩盖任何气味，抹掉任何痕迹，你们多采些来，磨成粉末，定会派上用场，还有，再采三朵赤色雪莲，风里希他们受刑多日，灵力亏损得厉害，一朵赤色雪莲便足以恢复，多服也无益。"

"是，师父，我这就去办。"

商鞅所说的琪花瑶草，其实在我眼里都一样。花花草草的，我哪分得清什么是优钵罗花，什么是雪莲花，幸亏带了小兔子，它可是植物专家，东闻闻西嗅嗅，该吃的吃，该摘的摘，高兴得不亦乐乎。

"这个就是优钵罗花。"

"哦。"

"这个就是赤色雪莲。"

"哦。"

……

等我们采够了优钵罗花和赤色雪莲，小兔子把它的小肚子也吃得滚圆滚圆。看它神采奕奕，甚至身上还发出了淡淡的金光，它这一趟没白来，收益不小。

回到山洞，商鞅看了看我们采摘的仙花，没一个摘错的，甚为满意。

我和小兔子边磨粉边问："师父，你和我们一起去冥火分舵吗？"

商鞅说："我本不打算去的，但想了想，还是去看看姜默这位老朋友，总觉得他有哪些地方不对劲。按理，他是姜子牙的转世，此次神门大开，他应该也是前往神界的正神，但他前世的记忆未消，又和幽冥门有着千丝万缕的联系，对此种种，他却只字未提，其中必有缘由。要知道，幽冥门虽是个邪恶势力，却立于世间千年不倒，我就不信以姜子牙的能力，会混到仰人鼻息的地步。况且，他的中润财团产业这么大，也不是仅凭他这一代就做起来的，我就不信，他几世轮回，都只是从商这么简单。所以，此次见到姜默，小涛你要想办法接触到他。等拿到宝莲灯，度了杨玉环的劫，抽空窥探一下姜默的过去与未来，我总觉得事情没那么简单，姜默身上一定隐藏着很多秘密。”

“知道了，师父。”不就是摸一下姜默嘛，这个容易。

按照商鞅吩咐，我们做好了一切准备，起程赶往北京。

商鞅带着我们在北京郊区进入一个山洞，这个洞口好熟悉，尤其是一块豁口石头，好似在哪里见过，是童年记忆深处的影子，还是在某个幻境……

“主人，你发什么愣呢？这里可是幽冥门，快跟上。”小兔子提醒我。

“哦，来了来了。”时间紧迫，来不及细想，抓紧时间救出风里希和莫如月再说。

## 八十二、火速营救

冥火分舵果然给我们布下了天罗地网，一路上只安排了几个喽啰兵，像表演一般比画了两下拳脚，便纷纷倒地。

商鞅说：“这是请君入瓮，顺着喽啰兵出没的方向，准能找到关押风里希和莫如月的地牢。小涛，记着你的任务，想办法一定要接触到姜默，其他的事情交给我。”

“知道了，师父。”

没一会儿工夫就找到了风里希、莫如月，还有姜默。他们三人都被铁链拴着，分别绑在三根铁柱子上，耷拉着脑袋，浑身是血，奄奄一息。

看到这幅惨景，我奋不顾身地冲到莫如月身边，心疼地捧起她的脸，撩开她的发……

商鞅大喊：“小涛，有诈！”

来不及了，我撩开了莫如月的头发，发现这是一个假的莫如月，惊愕间，已有一根针从假莫如月的嘴里射出来，直接扎到了我的脑门上。

这是一根毒针，我顿时感到眩晕无比，四肢无力，瘫倒在了地上。

商鞅无奈地摇着头，“唉，我这徒弟啊，老实是老实，但偏偏好个‘色’字，一见到莫如月就失了魂魄！”

“老头儿，还是先操你自己的心吧，都自身难保了，你徒弟就交给我们照顾。”说话者正是张魁，他跟在一个四五十岁的中年男子身后，同时跟在这个男子身后的，还有苏诚和另外两名男子。

不用说，这名中年男子肯定就是冥火分舵的舵主陈千道，而另外两名男子，一名是资深护法陈枫，一名是接替了尹子豪，刚刚被提拔为护法的李玉良。

商鞅面不改色心不跳，非常淡定地说：“既然我徒弟已经中了你们的圈套，麻烦快点把他绑起来。”

陈千道说：“商君不愧是商君，暴戾绝情，徒弟中了毒都能视若无睹。既然你都不在乎他，我们又何必在乎。”

商鞅冷喝一声：“少来这套，跟我玩心眼儿，你们再活两千年看够不够格？不就是要绑他么，那就快点绑，我可没空听你们扯废话。只问你，宝莲灯在哪？”

陈千道也是冷冷地说：“商君既然毫不客气，那就开门见山。我可以给你宝莲灯，但有个条件，把你们手上的两枚封印给我，算作是交换，怎么样？”

“不怎么样！封印是我们辛辛苦苦拼了性命拿到的，而宝莲灯，不过就是给那唐朝的杨贵妃用一下而已，且不说宝莲灯在我们手上能不能启动，若不能启动，无非就是烂铁一堆，毫无价值。再说这个杨贵妃，像她那样的神，人畜无害，即使留在人间也无所谓。所以，你要我们拿封印去换宝莲灯，想都别想！”

陈千道和商鞅两个人在斗嘴，他手下的人可没闲着，已经用铁链把我捆了起来，绑在刚才那个假莫如月绑过的大铁柱上。

此时，我体内的毒劲稍微过去了点，虽然四肢还是无力，但眼睛已经能盯住东西了。我看到地上又慢慢升起一根柱子，柱子上绑着的正是莫如月。

这回看清楚了，她就是我的小月，状况依然不好，和风里希、姜默一样浑身是血，奄奄一息。

“小月，你怎么样了？哦！”一个喽啰兵用铁链使劲地抽我。

张魁嚣张地拍手叫好，“接着叫，叫得越大声越好，风里希和莫如月那两个闷葫芦不舍得叫，那就换个人来叫！”

小喽啰兵面部狰狞，极为疯狂地抽打着我，我吱哩哇啦地叫喊着。

商鞅继续斗嘴，“区区宝莲灯于我何用，你真以为我来此地是为了宝莲灯吗？这不过就是一个拖延时间、声东击西的借口罢了。我的目的是把我徒弟他们三个人带走。”

“哼，说来轻巧，你当我们是摆设吗？”

商鞅极为不屑地说：“我没当你们是摆设，我当你们是一坨屎。”说完，他突然扬手撒出一把优钵罗花的粉末。

白色的粉末带着奇香，洋洋洒洒向空中弥漫开来，头顶、脚下、空气中，都是优钵罗花粉，无孔不入……

姜默在奇香的花粉中睁开了眼睛，警觉地洞察着一切……

陈千道见此情景大惊失色，“这，这是什么东西？”

而就在此时，一道红影闪来，一阵掌风，我们四个人身上的铁链随之而断，纷纷瘫倒在地。

又一阵掌风，陈千道连同他的四大护法纷纷被震飞出去，倒地吐血。

风里希强打起精神爬起来，眷恋地看着这抹红色的身影，虽然她蒙着面纱，只留了一双魅惑的眼睛，但她毫不避讳地也看了风里希一眼，眼神温柔如水，仿佛千言万语都在这深情对望中倾诉……

朱焱终于来了，与商鞅里应外合打了一场漂亮的翻身仗，胜负仅在她两掌之间便已决定。随后，她又化作一道红影，匆匆不见。

朱焱和风里希只是匆匆看了彼此一眼，但只这一眼，便让风里希如沐春风，嘴角上扬。

姜默难得露出惊恐的表情，虽然只是一瞬就过去了，但这一切都逃不过商鞅的眼睛。

朱焱打得陈千道措手不及，他们五个人倒在地上气喘吁吁，有那么一瞬，陈千道竟然惊恐地看向姜默。

现在双方打成平手，我们倒在地上，他们也倒在地上。小兔子非常贴心地跳过来，给我和风里希、莫如月每人嘴里喂了一朵赤色雪莲。说也奇怪，这雪莲入口即化，随即由丹田处升起一股暖流，涌向四肢百骸，立刻感到灵力回升，精神饱满。

商鞅当初让我们采三朵赤色雪莲，早就料到我会有今天，提前为我也备下了一朵，当真是料事如神，不服都不行。

风里希暗暗对我们说：“我知道宝莲灯藏在哪，你们随我来。”

我刚起身欲随他而去，突然想起商鞅给我安排的任务，忙对风里希说：“风哥，你和小月去取宝莲灯吧，我还有其他事要办。”

风里希说：“好，你自己多加小心。小月，我们走。”

风里希和莫如月在这里关了将近一个月，以他们的能力肯定已经摸清楚宝莲灯藏在哪。现在陈千道和他的四大护法都已受伤，放眼整个冥火分舵，估计也没几个人能拦住风里希和莫如月，他俩去取宝莲灯足矣，而我，要想方设法摸到姜默。

“姜哥，你的伤怎么样了？”我装腔作势地走过去。

没想到陈千道突然向我发出一阵掌风，我生生受下这一击，没有反攻，继续往姜默身边走。

陈千道还欲再攻，却吐出一口血，想必是朱焱那一掌让他吃了不少亏，他赶紧调息，同时阴阳怪气地说：“夏小涛，你当年就出生在我冥火分舵，但你知不知道，你爸妈是被谁出卖的？你们家四处躲避，躲的是谁？你爷爷是被谁打死的？又是谁察觉了你的灵力，安排了那场夺命车祸……来，让我慢慢地告诉你。”

一听这话，前尘往事在我脑海中不停回放，是他把我老爸老妈赶出幽冥门，是他把我爷爷推倒在台阶上……这么说来，高速路上的那场车祸也是他安排的，还有失控的电梯……

心中怒火一下燃起，我像一头发了狂的狮子扑向陈千道，而陈千道左闪右躲，很轻易就躲过了我的攻击。他朝四个护法使了个眼色，张魁他们纷纷离去。

“小涛，静下心来做你该做的事，其他的都先搁置一旁。”商鞅声音洪亮地提醒我。

可我哪里忍得住这报仇的冲动，我们之间的血海深仇，定要有个了断。

几番交手，我已败下阵来，陈千道毕竟是冥火分舵的舵主，不得不承认他的功力比我高出许多。我被他打得爬在地上，但瞪着眼睛就是不认输，再这样下去，不出三招，估计我就得毙命于此。

性命攸关之际，商鞅大喊一声“朱焱”，随即撒出一把优钵罗花粉。在弥漫的花粉中，陈千道紧张地四处寻找，似是害怕那抹红影再度出现。

花粉落下，等他看清一切的时候，商鞅已经拎着我冲出山洞，跳上了云端。

## 八十三、贵妃出劫

商鞅拎着我找了个山洞疗伤。我自知此行的任务没有完成，待伤势微转，赶紧主动认错，“师父，对不起。”

商鞅叹了口气，“你啊，把情看得太重，幽冥门就是利用这一点牵制你，亲情也好，爱情也罢，两次都栽在这个‘情’字上。”

平时一犯错就挨打，这次商鞅没打我，我反而有些不自在，“我没有完成任务，您不罚我吗？”

“按理是该罚的，不过你已受重伤，为师就不再另罚了。”

难得见商鞅温柔地容忍我的过错，内心些许感动，“师父，虽然这次没有摸到姜默，没法查明他的底细，但我也有发现，他确实有问题。”

商鞅饶有兴致地问：“你看出了什么端倪？”

我说：“表面看上去，陈千道似嚣张跋扈，姜默似仰人鼻息，但分析细节，他们在计划败露时，陈千道竟然惊慌地看向姜默，他是怕姜默责备，还是在等新的指令。再者，我去摸姜默的时候，他顶着内伤的压力也要打我一掌，见我不为所动，慌乱下便说出我的身世，明显就是为了扰乱我，保护姜默，他和姜默应该是一条线上的。”

商鞅高兴地说：“不错，分析得挺透彻。姜默表面上是个文弱儒雅的商人，受制于幽冥门，这些都是表象，是他们希望我们看到的样子，但事情绝不是他们表现的这样，真相究竟是什么，我们现在所有的猜测，都只是妄下论断，还得寻找更多的证据，还得靠时间来证明。”

商鞅又教了我一套心法，灵力恢复得很快，才两天工夫，已经基本康复了。

我急着要去找莫如月和风里希，虽然商鞅说他们肯定逃出了冥火分舵，但没见到他们总是不放心，“师父，我已经恢复得差不多了，咱们这就出发，去找小月他们吧。”

商鞅微闭着双眼，“是你，不是我们。”

“师父，难道您不跟我同去吗？”

商鞅说："我生平最见不得女人的眼泪，你们要去度那唐朝的杨贵妃出劫，我就不掺和了，我要去找高影。"

"高影？"

"对，他跟了姜默十几年，又被幽冥门挖了心，她调查这件事这么久，一定掌握了不少信息。"

自龙门石窟那次重伤之后，高影便隐身离开，匆匆一别已有数月，凭高影的身手，一定能查出什么，"我离开以后，还请师父多加保重，我们帮杨贵妃度完劫就去与您会合。"

"不用叮嘱我了，我在这世间两千多年，谁曾伤过我分毫？"

老头儿又开始吹牛了，还说他不曾被伤过分毫呢，也不知道当初是谁被五马分尸了……

"哦……"一戒尺已经打来。

"你小子不孝啊，居然又拿秦惠文王说事儿，以后不许提了，提一次打一次。"

我向天发誓，"我没提啊！"

"想都不许想！"

怎么忘了师父有读心的本事，真有心哭死在角落。当务之急是赶紧开溜，"是是是，徒儿记下了。我这就去找小月他们。"

"嗯，去吧。"

我像得到大赦一般，高兴得脚下生风，跳上云端飚远了。

莫如月和风里希可比我潇洒多了，他们此刻正在西安大吃大喝，馋得我口水都快流到脚背上，"等我，这就来。"

莫如月笑着说："午饭你是赶不上了，我们等你来吃晚饭吧。"

自从跟了商鞅，就没怎么在人类活动的地方出现过，他身份特殊，凡人见不到，总不能让大家看到我自说自画、自问自答，所以我们待的地方，不是山洞，就是山洞，已经很久没有好好吃顿饭了。

我飞了三四个小时，来到西安，找到了莫如月和风里希，他们居然在五星级酒店里点了大大的一桌子菜等我，"鲍鱼、海参……这么丰盛的一大桌菜得多少钱？吃完谁买单？"

莫如月狡黠的一笑："姜默的卡，不花白不花。"

我一听是姜默的卡，来劲了，"服务员，再加两个菜。"

吃饱喝足嘴一抹，我满足地舒了口气，“宝莲灯拿到了吗？”

“当然。”风里希从他的包里取出一盏古灯，和我在幻境中看到得一模一样，灯高九寸，通体洁白，宛如冰雪，形似宝莲盛开，莲心即是灯芯。

一想到又能见到美得动人心魄的杨贵妃，不免有些心神荡漾，“走，度杨贵妃出劫。”

来到马嵬坡，只见一团雨雾，便知杨贵妃早已等在此地。

拨开雨雾，又见到了这副倾国倾城的容颜，她梨花带雨地说：“玉环在此恭候诸位多时了，各位恩人果然不负所望，前来度我。”

风里希说：“这灯已认了我为主人，但需以我的血为引，仙子做好准备，我这就启动它，度你出劫。”

风里希割破手指，将血滴入宝莲灯的莲芯，只一滴，七宝妙火便燃起，宝莲灯发出了七彩的光，同时，灯芯也在吸风里希的血，血像一根红线一般注入灯芯，宝莲灯随之光芒大盛。

只见杨贵妃虔诚地跪在七彩光芒中，周身慢慢散发着光，这光是由昏暗一点一点变为金黄。

随着杨贵妃身上金光乍现，她变得越发美丽，由之前的楚楚动人，变得容光焕发、神采飞扬。

莫如月抽出映月刀，一下挥断了风里希和宝莲灯之间的那条血线，风里希虚弱地瘫坐在地上，宝莲灯也渐渐熄了光芒。

此时再看杨贵妃，已如女神，“你们冒着生命危险去寻宝莲灯，又以血为引度我出劫。如今，我功德圆满，业已成神，为了感谢你们，我有一物相赠。”

她伸出手，手中是一粒洁白如玉的丹药。

## 八十四、重要情报

杨贵妃说：“这是回魂丹。当年机缘巧合下，玄宗皇帝结识了八仙之中的张果老，此丹便是从张果老那里得来的。丹如其名，即使命丧黄泉，只要魂魄还没转世投胎，服了它便还能活过来，如果自己的身体已经朽坏，也可以借尸还魂。

当年我死后，玄宗皇帝为了救我，便让我服下这粒回魂丹，但我当时心灰意冷，死意已决，硬是不肯咽下这粒丹药，才留到现在。普天之下，仅此一粒，如今，便送于你们吧。”

回魂丹，以前就听说过，没想到世间真有此物，“这么贵重的东西，我们怎么好意思收呢?”我边扭捏，边色迷迷地看杨贵妃，内心期待着她再跟我说两句话。

但莫如月毫不知趣，“那就多谢仙子了。”随后冷冷地接过回魂丹。

杨贵妃慈祥地笑了笑，“如此甚好。如今我已脱胎换骨，修成正果，我们就此别过，来日敦煌再见!”说罢，她化作一缕金光，飞远了。

莫如月朝我后脑勺拍了一巴掌，“都走半天了，还看呢!”

我意犹未尽地撇撇嘴，“杨贵妃真是美啊，女人中的尤物!”

此时，小兔子从我的背包里探出半个脑袋，“小月，杨贵妃虽然美，但我不动心，你才是我的女神。”

“冤枉啊，他抢我台词，那一句正是我想说的!”我一把揪出它，正打算发火，这家伙索性腿一蹬，又装死了。

正在打坐调息的风里希睁开眼，“你们别闹了，时间紧迫，咱们得赶紧去天水麦积山石窟寻找封印。”

我说：“现在还不行，咱们去麦积山之前得先去找高影。”我把我和商鞅分析的情况，跟莫如月和风里希讲了一遍。

风里希说：“也好，我早就怀疑姜默有问题。咱们就先从幽水分舵探探他的底。”

一听要探幽水分舵，莫如月忧心起来，“幽水不同于冥火和暗灵，它是个情报机构，里面暗道多，机关多，稍不注意就会丧命，能不去最好不去。”

我笑嘻嘻地说：“不是有你嘛，咱们已经做到了知己知彼，别那么悲观，先见到我师父和高影再说。”

商鞅和高影此刻都在岐山，这里是三千年前封神台的所在地。当年元始天尊命姜子牙在岐山修建封神台，上张挂封神榜，立命封神，册封商周大战阵亡的将士……当年也就在这个地方，我们三个前世的前世开启了三兔法阵，打开神界大门，与姜子牙一起送神归位……

当年这里何等风光。如今的封神台，早已不复当年盛况。

商鞅和高影正坐在封神台前商量着什么。

只听商鞅说："这么说来，如果我推测得不错，幽冥门的门主其实就是姜默。"

一直以为姜默最多就是幽冥门的参与者，从没想过他会是唯一的领导者，猛然间听到这句话，还是大吃一惊，"你们这么推断有依据吗？"

高影说："我追查了这么久，终于搞清楚了。我童年受训的那个地方，其实就在陕西，是幽水分舵的一个分支，在那里的孩子都是被挖了心的，他们会被训练成死士，绝对效忠幽冥门。而这一切，都是姜默幕后安排的，是他设立了这个机构，他才是取走我的心、训练死士的始作俑者。他之所以会帮你们，就是为了让你们去昆仑山取万年玄铁，替他重铸封神鞭。韩信应该早就看透了他，所以当时没将封神鞭交给他。其实我和黑影的任务只是保护你们铸成封神鞭，只要封神鞭一出鼎，我们的任务也就完成了。他派人去抢封神鞭的时候，应该也是要顺便杀了我和黑影，毕竟我们跟了他十几年，对他还是有几分了解。所幸韩信留下锦囊妙计，帮咱们逃了一命。为了继续追杀，他给你们安排了有毒的车，又安排了农家乐，本可以轻而易举就取你们性命，没想到突然冒出来一个朱焱救了你们，不过当时你们并没有怀疑他，所以他又接近你们，想摸清朱焱的底细之后再杀你们。"高影的分析逻辑缜密、条理清晰，让人挑不出毛病。

商鞅接着补充道："他建起人间炼狱的幽冥之狱，其实就是为了困住你们三个。你们轮回的目的是为了开启三兔法阵，打开神界大门，送神归位，如果今生今世没有完成，还有来生来世，以及来世的来世，永无休止，他要与天命相抗，只有困住你们，让你们生生世世不得轮回。"

我突然想起不久前的那个噩梦，我们三个被困在幽冥之狱，身受重伤，风里希少了一只眼，我少了一双腿，而那个叫嚣着不让我们转世的恶魔就是姜默。

"他为什么要阻止开启三兔法阵？他可是送神的鼻祖啊！"

商鞅说："鼻祖又能怎样？上一世是好人，能说明他生生世世都是好人吗？三千年前是好人，三千年后就一定还是好人吗？好人就没有坏的一面吗？三千年前，他受了多大的委屈，论功绩他第一，就算玉皇大帝的位置，他也能坐得，但论行赏，天地间唯独没有他的份，连申公豹那样的恶人都成了神，去往神界，而他却独留人间，这是怎样的一种屈辱和愤恨，偏偏他又记忆不灭。经历了三千年的轮回，三千年间的每一个日夜，他都在当年封神后的失落与挫败中度过，这种屈辱和愤慨，足可以把一个好人的心肠磨硬，把一颗悲悯苍生的心磨成利刃，所以，他用三千年的时间，把人间打造成了他想要的样子，暗中操纵着人间命运。

如今他的羽翼已丰，又岂会愿意离开人间前往神界？换位思考，如果我是他，也一定不愿意放弃三千年的心血，所以，他是定要全力阻止这场送神的。”

商鞅叹了口气，“如今想来，他到今天这样，每一步都是有缘由的，都能看到他前世因缘的影子，也算是被命运逼迫的吧。”

风里希说：“怪不得韩信执意不肯将封神鞭交给姜默，还嘱咐我们不要相信任何人，想必韩信早就怀疑这一切，只是苦于没有证据。”

莫如月也说：“怪不得我在幽冥门十几年，不曾见过门主，原来他把自己撇得这么干净，我还真差点以为他是个被幽冥门欺负的无辜商人。”

我一直对冥火分舵入口处的那块豁口石头感到很熟悉，现在想起来了，在窥探宝莲灯的幻境中，手执宝莲灯的老者就是进入了这个洞口。原来宝莲灯一直都藏在冥火分舵，原来包括姜默在内的那二十八位少年，统统都是姜子牙的转世，他生生世世都是幽冥门的门主。我似乎感到有什么东西在心底里摇晃，是信任，是欺骗，是怜悯，是愤恨……说不清楚。

既然事情已经到了今天这样的地步，不管他前世是谁，他现在就是幽冥门的门主，而我们要做的，就是想方设法打倒他……

我问高影：“找到你的心了吗？”

高影说：“还没找到，不过我确定藏在幽水分舵的某个地方，我曾试图闯入幽水分舵的大本营，但机关太多，险些丧命，等做好万全准备之后我再进去。”

莫如月说：“如果你确定你的心藏在幽水分舵，我大概能猜到在什么地方。”

## 八十五、幽水寻心

记得上次用窥探术看高影心的时候，因为幽姬他们偷袭，只看到一半，我便被风里希强行召回了，所以我灵力大伤，在幽姬连续三次的追杀中，我一直扮演着拖油瓶的角色，害得莫如月连续穿越了三次，差点耗尽灵力而死。

既然高影此番确定自己的心藏在幽水分舵，正好幽水分舵是莫如月的“娘家”，与上次相比，这回应该容易得多。

商鞅问莫如月：“小月，你说大概能猜到高影的心藏在什么地方，说来听听。”

莫如月说："在幽水分舵有一处禁地，大概就在封神台附近，听说有个古老的守护阵法，没有舵主亲授的口令是进不去的，即使冒险闯过了阵法结界，里面还有护阵神兽，必须有舵主的信物，否则也不可能活着出来。"

商鞅问："你可知那护阵神兽是什么？"

莫如月说："不知道，去过的弟子很少，也没怎么听大家谈论过。我虽然没进去过，但我曾找到过阵法的结界，我现在就带你们去。"

"等等。"商鞅掏出三枚铜钱，拿在手上晃了晃，扔在地上。

我表示非常惊诧，"我去，师父，您不是法家的代表嘛，怎么还搞占卜这一套。"

"法家就不通八卦了？就不学儒家、道家、墨家了？只要是好东西，都要拿来学，学了就是自己的，咱们法家才能壮大。"商鞅边说，边低头看铜钱的走势，"从今天这个卦象上看，你们此番寻心，恐有大难，西北方乃大吉，遇土则生，记下了吗？"

我赶忙说："谢谢师父，记下了。您不和我们一起去吗？"

商鞅说："守护死士心脏的那个阵法我大概了解一些，对灵有抑制，我是进不去的，我就在这里等你们。"然后拿出一个陶制的做得十分像高影的人偶小挂坠，对高影说，"把这个戴上。"

"这是什么？"高影不解地问。

商鞅说："这个人偶挂坠上有我的符咒，我会在这里做法等你们，你带上它就能保你重回这里。等咱们再见面时，我再告诉你缘由吧！"

我们向商鞅告辞之后，跟着莫如月腾云，在一片密林深处，莫如月向下一指，"看，就是那里！"只见郁郁葱葱一片，并无特色。

我们纷纷落下云端，在一块巨石前站定。

在我印象当中，入口至少应该是地洞、山洞之类的，最不济也应该是个漩涡。可这里不是树就是土，要么就是巨石，该不会是……

"就是这块石头了。"莫如月指着面前的一块巨石。

我摸了摸这个石头，坚硬无比，连个裂缝都没有。

莫如月说："幽水的密语由'甲乙丙丁戊己庚辛壬癸'这10个字中的任意6个字组成，这里是禁地，6字密语每天都会变换，而且每天只能进去一次。"

我心想，这和银行密码的道理一样，0~9，10个数字，任意6个组成密码。幽冥门千年前就有这样的理念，确实先进，不服不行，"你知道密码的规律吗？"

“当然不知道，所以我要一遍一遍地试，我每念完一遍，大家就一起往石头上冲，听明白了吗？”

大家一同说道：“听明白了。”

“好。那就开始……”莫如月刚要念第一组密语，被我打断。

“等等，等等，你的意思是，10个字中任意6字组合，你随便念，每念一遍，我们就得往石头上撞一次，是这样吗？”

莫如月一脸不以为意，“对，就是这样，有问题吗？”

我又看了看其他人，大家也都表现得很平常，丝毫没有觉得不妥。是他们没听懂，还是我理解错了，莫如月的意思是让大家一遍一遍地往石头上撞，估计撞个几百上千遍，还不一定能撞进去……

来不及多想，莫如月已经开始了，“甲乙丙丁戊己！”

大家齐刷刷往石头上冲，然后纷纷被弹了回来。

“乙丙丁戊己庚！”

大家又往石头上冲，又纷纷被弹了回来。

“丙丁戊己庚辛！”

接着往石头上冲，接着被弹回来。

小兔子看到我们一遍一遍往石头上撞，笑得前仰后合。

……

20遍以后。

“停停停，我们这是在练习撞石头吗？要是凡人都不知道被撞死多少遍了！”

大家看着我，“你有办法能破解密码吗？”

“没有！”

“没有就别捣乱，接着撞！”

我着急地说：“三个臭皮匠还顶一个诸葛亮呢，更何况咱们有4个人，都是绝顶聪明的，大家好好想想，一定能破解密码。”

正在这时，小兔子跳到莫如月怀里，对她一阵耳语。

莫如月大声念道：“甲乙戊庚辛癸！”

讲点道理好不好，女人倔强起来太没有理智了。眼看大家都往石头上冲，我也只能双手护脸闷头跑。

奇怪了，怎么跑了许久，还没撞上石头？睁眼一看，仿佛到了另一个世界。

居然进来了！我们4个绝顶聪明的人都没做到的事，小兔子是怎么做到的？

干麻格外得意地说：“没想到吧，是附近的兔子告诉我的。别看密语每天变，可它的变化都是有规律的，世世代代住在这里的兔子，听那些幽冥门弟子念密语听得多了，自然把握了其中的规律，推算好之后，便告诉了我今日的密语。”

我一拍它的兔脑袋，“行啊，变厉害啦。”

莫如月抛来狠辣的目光，“你们别在那废话了，当心有命进来，没命出去。”

只见这里阴森森一片，不见日月，只有两边的岩石发出微弱的光，地上累累白骨，有人的，也有动物的，脚踩在上面发出咯吱咯吱的声响，空气中飘来血腥的味道。

我想起来了，“我在幻境中见过这里，我知道高影的心藏在哪，大家跟我来。”

我在手上燃起一团三昧真火照明，按着记忆当中的地形，走在前面，却总感觉有个目光在盯着我，“你们觉不觉得有个目光在盯着咱们?”

风里希说：“正常啊，不然你以为护阵神兽是摆设吗?”

高影比较急，紧跟在我身后，“小心。”她一下将我扑倒。

定睛一看，只是从地上升起的一团鬼火，并没有什么攻击性。

“高影，你别太紧张了。”

高影依然紧蹙双眉，戒备十足的样子，“我之前去过幽水分舵，就是因为里面机关太多，我才退出来的，深知幽水机关的厉害，大家小心为上。”

莫如月也跟着高影说：“没错，小心为上。”

一路上，除了见到些鬼火，竟没有碰到任何机关，大家平安地跟着我来到一个偏洞，里面摆了很多柜子，每个柜子上下有8层，每一层摆放着4个印有蝌蚪文的罐子，一个罐子里装有一颗人心，多数黯淡无光，极少数泛着血红色的光。

虽然曾在幻境中看到过装着高影心的罐子，但那是因为在窥探的幻境中，此时再找，每个罐子都长得一模一样，只能大海捞针了。

小兔子为我们放哨，我们分了4个区域，一人负责一个区域，一个罐子一个罐子地翻看着，凡是泛着红光的罐子，一个都不放过。

突然，高影一声惨叫，手捂心口跪在了地上。

# 八十六、终于合体

一个声音响起，“高影，你是要找你的心吗？就在我这里，来取啊。”

莫如月脸色惨白，惊慌地说：“舵，舵主。”

半空中显出一个人形，穿着黑色长袍，披着连帽的斗篷，帽子低低地压住半张脸……这身打扮，再加上这个嗓音，他就是当年剜走高影心的那个人。

“莫如月，你个叛徒，原来还记得我是你的舵主啊。如今你若回心转意，我可以既往不咎，你还是我幽水最出色的弟子，还是我的接班人，怎么样？”

莫如月气愤地说：“我呸！你们丧尽天良、泯灭人性，做了那么多伤天害理的事，今天正好把话说清楚，我与你们幽冥门势不两立，就算天不诛你，我也要诛你！”

莫如月曾说幽水分舵的舵主叫秦佑天，心狠手辣至极，原来和剜走高影心的是同一个人。

秦佑天阴笑一声，“你敬酒不吃，偏要吃罚酒，那我今天就顺便清理一下门户，除了你们！”

他伸出手掌，万千个罐子中，有一个飞了出来，泛着红光，上面写着高影的名字。

“不！”高影大喊着。

我们三个不约而同地飞起身去夺罐子，却被秦佑天一掌打来，将我们打飞出去，撞在柜子上，一个柜子因承受不了我和风里希两个人的重量，倒了，柜子上几十个罐子噼里啪啦碎一地。

那些发黑的罐子里流出了黑色浓稠的黏液，发出难闻的恶臭味，而泛红光的罐子里，则是一颗颗跳动着的人心，但很快，这些人心就不跳了，然后迅速腐坏成黑色浓稠的黏液……

装着高影心的罐子已落入了秦佑天手中，他装腔作势地说：“忘了告诉你们，这些心若离开罐子，10秒之内不能回到自身的心房，你们也看到了，心就会腐坏，相应的人也会死，虽然死后会成为魂魄，但由于心还困在我幽冥门，不健全的魂魄也是没有资格投胎转世的，只能去幽冥之狱。啧啧啧，你们太狠毒了，竟然眨眼之间就杀了9个人，还不让他们投胎转世，自诩善良的人们呐，让我说你什么好呢？”

我心里顿时涌上一阵恶心。他居然说我们狠毒，居然有脸这么说！

不能再让这里的罐子碎掉了，那都是一条一条鲜活的生命，虽然被诅咒了，但也必须得到尊重。

秦佑天对着高影的罐子小声说：“高影，去杀了他们！”

只见高影跪在地上，紧咬着嘴唇，嘴都咬得出血了，但还是没能敌得过秦佑天的控制，身不由己地站了起来，拿着刀向我们砍来。

我们纷纷躲闪，她一刀一刀地砍空。就在这闪躲之间，又打碎了几个罐子。

秦佑天幸灾乐祸地嘲笑着：“还说自己不狠毒，一会儿工夫又让这么多人平白无故地死了，还打算让多少人为你们陪葬？”

我打出一条三昧真火的火龙扑向他，他撑起一个结界，火龙根本近不了他的身，但也因此，他放松了对高影的控制。

风里希抓住时机割破手指，祭出了宝莲灯。当血滴入宝莲灯时，七宝妙火发出了七彩光芒，照得秦佑天动弹不得，露出了惊恐的表情。

高影像一道闪电般冲过去，手起刀落，一下砍掉了秦佑天的头，他的眼睛睁得大大的，似不可思议、死不瞑目一般。

秦佑天的头和身子边喷着血，边掉落地上，高影又一个飞身，利落地伸手接住了自己的罐子。

莫如月割断风里希和宝莲灯之间的血线，宝莲灯瞬间熄了七色光芒。风里希因为连续两天失血，明显虚弱很多。

莫如月说：“既然拿到了心，咱们赶紧走，此地不宜久留。”

我们匆匆走出偏洞，却看到一双犹如红灯泡似的眼睛在瞪着我们。仔细一看，是个黑色的庞然大物守在洞口。这是什么东西，长得怪模怪样，它的角似鹿非鹿，头似马非马，蹄似牛非牛，尾似驴非驴，俨然一个“四不像”。

它一定就是神兽四不像，没想到这么阴森恐怖、充满血腥的地方，居然是神兽四不像在守护。

相传四不像很善良，难道和姜子牙一样，也因为上次封神时没有得封正果，心有不甘，堕入魔道？……

念在它本性纯良的份上，如果它肯放我们出去，也没必要非得拼个你死我活。

我上前一步，恭恭敬敬地说：“四不像神兽，其实我们今天来并没恶意，只是为了弥补你们多年前犯下的一个小差错……”

话还没说完，一通火已经向我们喷来，幸亏我不怕火，幸亏我站在第一个，幸亏这只是普通的火……我挡下大部分的火势之后，零星火点对莫如月他们也没有造成多大的伤害。

看来跟它没法谈了，我朝它狠狠打出一记三昧真火，它跳着躲了过去。

正式开打，大家纷纷拿出绝招。

谁知这四不像确实厉害，名副其实的高手，一会儿喷冰，一会儿闪电。喷冰还好说，不管谁被冻了，我一记火掌下去就能消融，但闪电着实没办法，没一会儿，我们纷纷变成了爆炸头和黑炭脸。

我想用神目刀在它身上划一下，但它似有意躲着我，我看了看风里希和莫如月，他们立刻心领神会，还是老计谋，努力吸引四不像的注意，给我争取时间。

高影为了保险起见，一直抱着她的罐子，打起来缩手缩脚。四不像看准了高影的弱点，佯装猛力攻击风里希，却突然回头，用角一下子戳穿了高影的胸口。

我趁机将神目刀插向它的脖子，它浑身一震，用力一甩，将高影狠狠甩在岩壁上。

高影重重地砸向岩壁，将岩壁砸出些许碎石头，又狠狠跌落在地上。“咣啷”一声，罐子碎了。

“高影！”莫如月大喊着冲向高影。

被四不像的角戳穿的人，不可能再有生还余地了。莫如月拿出杨贵妃给的回魂丹，但高影却摇着头，执意不肯吃。

她伸手够着自己的心，那颗红通通的心在她旁边两米远的地方，还在怦怦地跳动着，但明显越跳越慢，“小月，帮我把心放回来，我想做个完，完整的人。”

莫如月赶忙把心捧过来，闭着眼大喊一声，一刀割破高影的胸腔，把心放了进去。还好，心还没有腐坏，在高影的胸腔里跳动了最后一下，便停止了跳动。

莫如月流着泪，抱着血泊中的高影痛哭不已，高影低头看了看心口，笑着说了声“谢谢”，然后满脸幸福地闭上了眼睛……

在我印象中，这是高影第一次笑，笑得这么满足，这么灿烂……原来她的笑这么美。

高影胸前的人偶挂坠悄悄亮了一下，没人注意。

四不像的法力减半，我和风里希才能勉强抵挡，但眼看我们又快坚持不住了。

莫如月放下高影，帮她整理了一下衣服，取下她胸前的人偶挂坠套在自己手腕上，转头加入我们，一起大战四不像。

我们三个杀死四不像、逃出法阵的概率几乎为零，但它把我们杀死的概率很大，尤其是再熬一会儿，三分钟一过，它的法力一恢复，我们估计就离死不远了。记得进来之前，商鞅特意嘱咐我们，西北方乃大吉，遇土则生，可这里不见日月，怎么辨得清方向。

莫如月说："往四不像的身后跑，它一直守着的方向一定就是西北方。"

## 八十七、送走高影

既然四不像有意躲着神目刀，我就用神目刀逼它转身，让风里希和莫如月冲过去，我再趁机突围。

虽然成功转到了西北方，但四不像的法力渐渐恢复，我们三个明显弱下势来。打不过就跑，我边跑边不时打它一记三昧真火，跑了许久，就在四不像快追上我们的时候，终于看到有一片土地。

师父说"遇土则生"，我完美地来了一个海底捞月，抓起一把土，用力朝四不像洒了过去……大家都不动了，就连四不像都刹住了蹄子，以为我放了什么大招。

但等了半天，却发现我只是极帅地扬了一把土，除此之外什么都没有。

这出戏演得真幽默，四不像直接蒙圈了。等它反应过来，气愤地在地上磨着蹄子，低头将一对大角立在前面，打算像对付高影一般，一角戳穿我们。

什么遇土则生，商鞅这老头儿老糊涂了吧……难道我们拼死巴活地跑到这儿，就为了搞个笑？

在大家走投无路、想兵分三路逃跑的时候，小兔子从背包里伸出半个兔脑袋，快速念道："甲乙戊庚辛癸！"

我感觉身体突然往下一坠，慢慢陷进了土里。

拜托快一点，四不像快冲过来了，我有意识地往下蹲，加快下沉的速度。眼看它的角就要戳着我了，"啊！"我双手护脸大叫着，甚至感觉到它的角挑起了我的一撮头发……

直到小兔子扯我的耳朵，我才反应过来，原来我们已经出来了，我赶紧摸了摸脸，还好没有破相。

我们三个坐在巨石前，满怀心事地休息了片刻，看着头顶万般变幻着的白云，感叹世事无常。

你以为的善良不过是你以为的，哪有什么是一成不变？你觉得一个人好，也许是好在某一个方面，也许是好在某一个时段，也许只是对个别人好，而你，又恰好在这个别人之列……你觉得一个人坏，也许只是对某一个人坏，也许只是对某一类事坏，更也许，只是一个好人无奈的选择，在良心的谴责下展现了他坏的一面……

哪有纯粹的好与坏、善与恶、友与敌……一切都是相对的，一切又都是瞬息变幻着的，就像天上的云，时时都在变，捉摸不定。

休息了大约半个小时，我们腾云回到封神台，商鞅还在那里等着。

“师父，我们此次没有完成任务，虽然拿到了高影的心，但她却被四不像的角戳穿胸膛，死在了那个阵法里。”

商鞅淡淡地说：“一切都是最好的安排，让她完整地死，比让她残缺地活着更重要。她的挂坠呢?”

“在这里。”莫如月从她的手上取下挂坠，递给商鞅。

商鞅接过挂坠，用掌心在人偶的头顶处打了三个圈，再向空中一挥，高影出现了。

我们几个喜出望外，围着高影看，她也微笑着看我们。这是高影的魂魄，她居然有了一个完整的魂魄，而且还从那个法阵里出来了。

她虽然死了，但看得出她的灵魂很幸福，丝毫没有怨念。从没见过高影这般满足，笑得这么灿烂。

高影激动地向商鞅拜谢，“感谢大神施法救我，给了我一次投胎转世的机会，下辈子我终于可以完完整整地做人了，此恩此德，我只有来世再报。”

商鞅一本正经地摆谱，“我已在神界了，你此时说得天花乱坠我也感受不上，所以别扯这些有的没的，只要你好好做人就行，赶紧投胎去吧!”

此时，黑白无常已经出现，见到商鞅恭恭敬敬地作了个揖，站在一旁等高影。

莫如月拉着高影不舍地说：“我这里有回魂丹，你想活过来的话，咱们还可以借尸还魂……”

高影笑着打断她，“才不要借尸还魂。我的今生除了利用就是伤害，全都是痛苦，没什么值得留恋的，好不容易有了一次重新来过的机会，我可不想错过，千万别阻止，不然我可是会生气的。”

高影高兴地朝我们挥了挥手，“谢谢你们帮我做回完整的人，我要去投胎了，再见！”

说罢，便随着黑白无常走了。

师父说得对，让她完整地死，比让她残缺地活着更重要。

“师父，我们此番出发之前，您就已经算到了这样的结果，不然也不会送个带符咒的挂坠给高影，您是咋算的啊？我越来越崇拜您了，能拜您为师，真是我几世修来的福气……”

“打住打住，少给我戴高帽子，后面的麻烦还大着呢，别在这儿沾沾自喜了，赶紧绷紧弦出发吧。”

“这回该去麦积山石窟了吧？”

“没错。不过你们杀了幽水分舵的舵主秦佑天，姜默肯定已经知道你们清楚了他的底细，很快就会和你们撕破脸，正式开战了。现在封神之力还没有解封，你们还不是他的对手。所以抓紧时间寻找封印，解封封神之力才是正事！”

“可是，师父，封神鞭在姜默手里，如果我们找齐了封印，会不会白白便宜了姜默？”

商鞅说：“你炼封神鞭时不是给它悄悄炼了个变形的小按钮吗？它的外形只要与3000年前有一丁点不同，姜默就无法驾驭，放心，封神鞭迟早都是你的。”

我已经能想象到将来的某一天，我会手执封神枪冲到暗灵分舵，捣毁他的幽冥之狱，让我父母和所有困在那里的人都能投胎转世……

不知从何时起，我对商鞅不再反感，只有尊敬、崇拜和信任。

商鞅接着说：“你们此番去麦积山石窟寻找封印，幽冥门会做出两种反应：一种是他不出现，保存实力，等你们把封印全部找齐全了，他们再一举抢夺，毕竟封神鞭还在他们手上，单凭你们也不可能解封；第二种是集中高手先卸你胳膊，当然，他不会轻易杀你们，即使杀了这一世，20年后还得面对你们，所以他会想方设法把你们困在幽冥之狱，永生永世不得轮回。无论他们做出哪一种反应，你们的处境都会很危险，一定要多加小心。”

“师父，您不和我们同去吗？”

“刚才为了将高影的魂魄带出法阵，我费了不少法力，得闭关一段时日方可恢复。你们先去，待我恢复法力之后再去找你们。”

“好的，师父，您多保重！”

商鞅淡淡地说：“嗯，知道了。你们快走吧。”

我们向商鞅告别后，跳上云端，向甘肃天水麦积山出发。

天水是风里希的大本营，这次寻找封印应该能手到擒来了吧！

飞了一个小时，我们已快到天水。脚下明明是一个现代化的城市，怎么一阵云雾之后，城市突然不见了，出现了一个古时的战场，两队人马正在对峙。

我不是应该在云端吗？怎么突然到了马背上？而且我手里拿的也不是神目刀，是一把巨大的、沉重的弓……

小月呢？风哥呢？兔子呢？我身上穿的这是什么玩意儿？……无数个问题飘过。

一旁的一位将士说：“将军，敌军向您挑战，等了半天了，应战否？”

“应他奶奶个腿！”我一说话，吓了自己一跳，这是谁的声音？……

我去，穿越了，这绝对是赤裸裸的、千真万确的、光天化日的穿越。

先不论我是怎么穿越的，首先要搞清楚，我到底穿到哪个朝代，穿到了谁的身体里，还有，小月、风哥、兔子都穿到哪里去了。

我大喊一声：“鸣金收兵。”

收兵之后，我也不知道该去哪，贼眉鼠眼地跟着刚才跟我说话的那个将士走。走了半天，他莫名其妙地说：“将军，您走错了，您的营帐在那里。”随后用手指了指。

顺着他手指方向看去，果然有一个主帐。

“哦，我还在想战场之事，没注意竟然走错了营帐，兄弟莫要见怪。”

将士连忙作揖，“将军客气了，您日理万机，也要多注意休息，切莫累垮了身体。”

我心不在焉地回答：“知道了。”然后，我走向那个主帐。进门前，对门口的侍卫说，“去，给我打盆水。”

侍卫答：“诺。”

在营帐里，我仔细琢磨自己的这身衣服，大概是汉朝服饰。

不一会儿，侍卫端着一盆水进来。我走到水盆前一照，终于知道自己穿越成谁了。

# 八十八、飞将李广

水盆中的人影正是李广。没错，就是射石搏虎的李广、李广难封的李广、西汉的飞将军李广……

民间有太多太多关于李广的传说，司马迁曾用“桃李不言，下自成蹊”来比喻李广的人格魅力。他是军事天才，一生战功无数，然而汉武帝刘彻却嫌他运气不好，用这样的奇怪理由将他排斥在名利之外，让他一生都在付出与收获不相等的尴尬中受人挤对……此时，他的头发和胡子已经花白，差不多60岁的样子。

我摸了摸这张满是皱纹的脸，常年在大漠戈壁上风吹日晒，他的脸粗糙无比，摸上去就像砂纸一般，也幸亏他的手又厚又大、满是老茧，若换作我的手，估计摸一把他的脸都能搓掉我一层皮。

我得冷静一下，异时空穿越的事也不是没听说过，这种题材的小说和电视剧都很多，有整个人穿越的，也有身体不穿，仅是灵魂穿越的，就像我现在这样，灵魂进入另一个人的身体……但我们此番是三人一兔同行，没道理其他人不穿而只有我一个人穿越啊，我又没遭雷击，也没触碰机关，怎么会异时空灵魂穿越呢？再说了，难道风哥和小月他们没发现我灵魂出窍吗？为何不见有人来救我？……

我搓了下手指，没有预期的三昧真火；我想跃上云端，却也只是在原地跳了一下；我闭上眼睛，试着启用窥探术，却什么都看不到……天哪，我的灵力居然失效了！

难道我真的要在汉朝做一回飞将军李广？还是算了，这种封建王朝不适合我，这个人物也太悲惨，他就是汉武帝手中的“马前卒”，注定是要牺牲，注定是要悲剧，我还是当我的夏小涛自在……

脑子里把我看过的穿越小说通通回忆了一遍，最后得出结论，凡是穿越回古代的，要么遇见真爱，要么逆袭成风流王爷，但总的来说，他们老死了、病死了、作死了、被人害死了……死后才发现，原来自己还躺在自家床上，在古代峥嵘一世，只不过是做了一个很长很长的梦……综上所述，我要想再回现代，再回到我自己的身体里，只有死路一条。不死，不足以穿越。

看来，得让李广死一回。

我打定了主意，只听帐外来报，“报，卫青大将军遣长史传话。”

长史！幸亏我是学历史的，长史这家伙不是个好东西，李广的死与他捣是非、进谗言脱不了关系。他此时出现，看来，李广应该已经快要死了……

正好，我一心求死，不如先送他死，“让他进来。”

“诺。”

帐外响起士兵对话，“将军让你进去。”

来者应该就是长史，虽然作揖行礼，言语却颇为不屑，“李将军，卫青大将军让我问你，刚才为何不去迎战?”

我没心情陪他废话，直接放狠招，“来人，把这厮拖出去砍啦!”

“诺!”进来了四个侍卫，拖着长史就往帐外走。

长史挣扎着，“我不服，我是替卫青大将军前来传话的，你凭什么砍我?”

“哼，凭什么，你自己干的事自己不清楚吗？你没少在卫青大将军面前说本将的坏话，以为本将都不知道吗？少废话！拖出去，砍啦!”

长史一看我动真格了，破口大骂：“李广，你这个狂妄自大、不知好歹的家伙！你若砍了我，必不得好死，不得好死……”

长史被拖出帐外，谩骂的声音越来越远，最后没了声响……

不一会儿，侍卫端着长史的人头进来，我看了一眼，挥了挥手，让端下去。

我心里清楚，卫青估计会拿长史一事刁难于我，无所谓，我正求一死。

果不其然，没过一阵，卫青就宣我议事。我抱着必死的念头，骑马赶去卫青的营地，“大将军，您找我何事?”

卫青拿出大将军的威严，“李将军，听说你不问青红皂白就砍了长史。你这样做，没想过将士们和匈奴人的想法吗？他们会认为你我不合，早生嫌隙。”

我也没给他好脸色，“难道不是吗?”

卫青顿住了，强压怒火，“你我之间的嫌隙先放一边，就事论事，此刻大战在即，你涨敌人士气，灭自己威风，如此动摇军心，该当何罪!”

迟早都要死在他手里，择日不如撞日，我今天就没打算活着回去，“欲加之罪，何患无辞。反正皇上早看我不顺眼了，纵然我一生与匈奴为敌，大小战役七十多场，战功卓著，我的部将很多都因军功封侯了，而我还是一个普普通通的将军，皇上对我从来不提封赏之事，理由居然是嫌我的运气不好。我一生郁郁不得志，为了大汉江山拼尽心血，几起几伏，已经到了颐养天年的年纪了，却还在冲锋陷阵，如今，还被你们几个黄毛小儿玩弄于股掌之中。也罢，什么功名利禄，什么王侯将相，统统见鬼去吧，老夫今日就遂了你们心愿，先走一步！”

我激情澎湃地说完，剑一拔，往脖子上一抹，慢慢闭上了眼睛。

虽然李广死了，但我的意识还很清醒。我在等，等灵魂回到我自己的身体里。终于，一阵天旋地转……

我听到了一个声音，“将军，敌军向您挑战，等了半天了，应战否？”

什么情况？我睁眼一看，怎么还是战场，还是两军对峙，我还是在马上，手里握着弓，就和我第一次穿越到李广身体里的场景一模一样。我摸了摸脸，自己果然还是李广。

是不是灵魂在穿越的时候出了问题？我得再试一次，看看问题到底出在哪里。

我看了看身后的百来号人，又看了看敌军，大笑一声说道：“区区不足千人的匈奴残余部队也敢来挑战我，拿命来！”我手握弓箭，骑着马冲了出去。

虽然我从未射过箭，但毕竟此刻我是李广，只能硬着头皮学电视里射箭的样子，摆了一个很帅的姿势拉弓，我去，没拉开。

李广以射箭闻名，曾经在狩猎时，看到草丛中的一块石头，以为是老虎，张弓而射，一箭射去把整个箭头都射进了石头里。这么强大的力量，他的弓都是特制的，估计除了他，历史上没几个人能拉得开。

见我连弓都没拉开，敌军将领一片哗然。

我狠了狠心，连吃奶的劲都使出来了，虽然动作熊到极点，但总算把弓拉开了一点，一箭射出去，不知道箭飞去了哪里。敌军更是一番嘲笑，涨了气势。

我索性把弓一扔，拔剑去打。我曾经用过剑，顺手得多。不过既然一心求死，也没全力去战。打了几个回合，对手一个漂亮的马上空翻，将一柄匈奴刀插入我的胸膛，随之向上一挑。

我顺着这股力道摔落下马，身后的阵营里传来“将军，将军……”的喊声，马蹄纷乱。我感到呼吸越来越困难，好像快要死了，却不敢闭眼，我要看看我是怎么穿越的，又会穿越到哪里。

记得在龙门石窟大战幽姬的时候，幽姬抽出金刚伞的伞柄，化成一把利剑刺穿了我，当时我灵魂出窍，差点就死了。所以我清楚地知道灵魂出窍的感觉，是一种不由自主飘升的感觉，但这两次的死都没有那种飘升感。

还没想清楚是怎么回事，只是觉得眼前一花，待我看清身边一切的时候，彻底凌乱了，甚至下巴都快砸到了马背上。怎么还是在战场上，还是两军对峙，我还是在马上，手里还是握着弓……和最初醒来时的场景一模一样。

这哪里是灵魂穿越，根本就是一遍一遍的录像回放，起点都一样，两军对峙的战场，往后的发展却是随机的，但凡一死，一切就都会回到起点，重新来过。

我定了定神，再诧异也不能慌了阵脚，好歹我也在两军阵前，好歹我也是商鞅唯一的入室弟子。

“将军，敌军向您挑战，等了半天了，应战否？”

我斜看他一眼，还真是一个步骤都没少，“知道了，你叫什么名字？”

“末将叫李兴。”

我命令他，“李兴，收兵。”

“是。”

重生三遍之后终于明白，我根本就没有穿越，只是被李广悲伤的情绪所影响，不知不觉进入了他最悲伤的记忆而已。如果不按照他的轨迹来过，就会在起点上永无休止地轮回。

要从这段记忆中出来，只有还原历史。对于我来说，也就是只有真实地体验一次李广之死，才能结束这场永无休止地轮回。

## 八十九、悲剧重演

我轻车熟路地回到自己帐中，双手抱胸，坐等长史。

不一会儿，帐外来报，“报，卫青大将军遣长史传话。”

“让他进来。”

“诺。”

帐外响起士兵对话，“将军让你进去。”

长史依然作揖行礼，言语依然颇为不屑，“李将军，卫青大将军让我问你，刚才为何不去迎战？”

心里虽然百般不待见他，恨不得砍了他，但我必须按照历史的轨迹发展，我活的是李广，而不是夏小涛。我很恭敬地说：“俗话说，好钢要用在刀刃上，老夫是前将军，应该随卫青大将军去攻打单于的部队，而不是在后方，为了这些零散势力消磨兵力。”

“大将军早就料到你会这么说，这才让我传信，错过了今日战机不怪你，你既然一心想着当前锋打单于，那就明日起程，从东路出兵，与霍去病将军会合后，再与他一同围剿单于部队。”

我心里清楚，此次出征之前，汉武帝就曾暗中警告过卫青，认为李广年老，命运不好，不让他与单于对阵。当时公孙敖刚刚丢掉了侯爵身份，转任中将军随卫青出征，卫青也想让公孙敖跟自己一起与单于对敌，才出谋故意把李广调开。若此次听了卫青的计谋，从东路出兵，便是再无归期了。

“诺。”

长史走后，我召集将士们安排明日出兵之事，安排完已到了深夜。刚躺下打算睡觉，进来了两个士兵，我问：“你们是干什么的？”

一个士兵说：“将军的战袍前日破了，我们拿去补，明天就要出战，所以我们连夜补好了拿过来，以为将军睡着了，就没敢打扰。”

我一看，这两个士兵中有一个刚才议事时见过，便说：“放在榻前，下去吧。”说完，便闭着眼睛睡了。

边睡边听他们两个轻手轻脚地把战袍放在榻前，正在感叹，这两个士兵还挺贴心，生怕打扰我休息，却猛然涌上一丝不祥的预感，他们没有走出门口，反而走到了我的床前……我睁眼一看，一切已经晚了，只觉得一把冰凉的匕首割破了我的喉咙，我眼睁睁看着血如喷泉般涌出，呼吸越来越困难……

天哪！我又让李广死于意外了，还得重来一遍。李广是古时战场上的将军，战场上危机四伏，怎么可能没心没肺地睡死过去呢？下次轮回时一定要长教训了。

两军对峙的战场，我骑在马上，手握一把巨弓，对身旁刚要张嘴的将士说：“李兴，本将知道敌军将领挑战半天了，不应战，鸣金收兵。”

只见李兴一脸蒙，自言自语道：“跟了将军这么多年，将军安排任务从来不叫名字，今天这是怎么了，太阳打西边出来了？”

回到帐中，坐等长史。

只听帐外来报，“报，卫青大将军遣长史传话。”原来晚上偷袭我的贼人早已混在我身边，就是喊报的这个人。

我不动声色地说：“让他进来。”

“诺。”

一切都像程序一样，按部就班。长史行完礼后，言语颇为不屑，“李将军，卫青大将军让我问你，刚才为何不去迎战？”

我依然很恭敬地说：“老夫是前将军，应该随卫青大将军去攻打单于的部队，而不是在后方，为了这些零散势力消磨兵力。我认为，我此刻应从东路出兵，与霍去病将军的部队会合后，与卫青大将军形成呼应之势，再一同去围剿单于部队。”

长史一脸蒙，没想到我会抢了他的台词，揶揄了半天，“李将军竟有如此胆识，与大将军不谋而合，既如此，就请李将军率部队明日从东路起程。”

“诺。”

长史走后，我召集将士们安排出兵之事，行刺我的士兵此刻正在给大家添茶倒水。我安排完明日事宜，又到了深夜。

我躺在床上假睡，行刺者悄悄进来，还是端着战袍，我一句话也没说，假装熟睡。

感觉他们用手势比画了一下，便拿刀向我走来。我一把抽出悬挂在枕头上方的长剑，像串肉串一样，刺穿了一名刺客的脖子，然后问那个脸熟的士兵，“说，是谁派你们来的？”

士兵见到事情败露，一下泄了底气，“将军，我也是没办法，我全家都在大单于的手里，虽然我很敬重将军的为人，但若不杀了你，我全家老小七口人都得死。如今既然行动失败了，我自知愧对将军，也没脸再苟活于世。”

说完，他便自杀了。

这里毕竟是战场，尔虞我诈，阴谋和杀机无处不在。从现在起，我不敢再熟睡了，只能半睡半醒，始终保持警惕状态。

天终于亮了，一切工作就绪，准备出发。

李兴带着一个白白净净的小书生走到我面前，“将军，这是卫青大将军指派给咱们的向导。”

“好，辛苦了。”什么向导，我心里清楚，这个向导就是个纸上谈兵的吃货，根本没有沙漠行军的实战经验，卫青和公孙敖为了取我性命，真是煞费苦心了。

向导边行礼边说：“属下见过李将军。”

“免礼。再行几日能与霍去病将军会合？”

向导说：“从地图上看，再行两日便可。”

“好，出发！”

半日之后，向导说：“将军，我们好像偏南了一点，得折回三十公里，再向东行进。”

“好，听向导的，折回三十公里。”

又过半日，向导说：“将军，我们好像偏北了一点，得折回二十公里，再向东行进。”

“好，听向导的，折回二十公里。”

等我们折回二十公里后，天已擦黑，向导一脸蒙，“将军，方向还是不对，您说咱们该往哪里走？”

我心中的火“噌”的一下冒了起来，“到底你是向导，还是我是向导，居然来问我该往哪走，要你何用？”

向导“扑通”一声跪在马前，吓得直发抖，“属下第一次进沙漠，认错了路，请将军恕罪！”

丫的，我要是夏小涛，早把你弄死多少遍了，但我此刻是李广，向导毕竟是卫青派来的，我还得生生咽下这口气。“你身为向导，却让我军回来折腾，终至迷路。目前，大军赶路要紧，稍后再治你的罪。来人，把他押下去，严加看管。”

等随身的侍卫把向导押下去后，我对李兴说：“去把咱们以前的向导找来带路。”

快马加鞭赶了一天的路，正好遇见卫青的人马。我以为我们如期赴约了，兴致勃勃地走到卫青面前，边行礼边说：“末将李广，见过卫青大将军！”

谁知卫青铁青着一张脸，义正词严，“李将军，你怎么才来！我与单于大战之时，你在何处？单于兵败逃遁，你又在何处？你前不能与我并肩作战，后不能断了逃兵退路，你这个前将军还真是称职啊！”

好严厉的一番话，听得我面红耳赤，“我们昨天迷路了，耽误了些时间，所以此刻才赶到，是末将的失职，请大将军恕罪。”

卫青斜挑着眉毛，一副匪夷所思的样子，“迷路？你在沙漠里打了多少年仗，居然还能迷路？你以为我会信这个理由吗？依我看，你是以迷路为托词，故意置我于险地不顾，让我孤军奋战，等我战死，你刚好独大。”

太咄咄逼人了，我为什么会迷路，这个问题你不清楚吗？要不是你给我安排的那个白痴向导，说不定我比你还早立功……但这些话只是在脑海中闪过，一句都没敢说出口。因为我此刻是李广，能说出口的只有一句，“请大将军恕罪。”

卫青压根没看我，继续指责，“我们刚与单于打了一仗，由于你部没有及时赶来，错过了最佳战机，单于率领他们的残余部队逃跑了。你作为将军，要对你部迷路的事件做出说明，说不清楚，你的所有将领全部以延误战机罪论处！”

延误战机可是大罪，论军法，当处以斩首示众。我忙说：“迷路是我的失误，与我军中的校尉们无关，如果大将军非要追究这个责任，我作为统率，难辞其咎，李广愿一人承担所有后果，还望大将军放过我军中的校尉们。”

此时的情况已经很明了，延误战机是死罪，总得有人跳出来背这个黑锅，要么是我，要么是我率领的所有人。我转头对跟来的几名部下说：“不管什么原因，咱们终归是迷了路，而且因为迷路延误了战机，总得有人为这次错误负责，宁断一指，不伤九指，与其所有兄弟都受罚，不如我一个人全背了，换你们无罪。”

跟来的几名将士愤愤地说：“将军，明明不是你的错，卫青要是敢动你，先过我这关！”说着，便要拔刀拼命。

我赶忙拦下，“你们要是为此拼命，就是以下犯上，陷我于不忠不义，毁我名节！”

征战多年，能有这么多生死兄弟，也是值了，我泪流满面地说：“我死，大家活，我活，大家都获罪，我一个人的性命换全军无罪，何乐而不为。只是，我在大漠征战一生，大漠却容不下我，我死后，请把我葬在我的故乡。”

“将军，你不能死，不能死……”

“放手！”我用力挥开他们的胳膊，拔剑自刎了。临死前，我看到身边的将士无不为我痛哭……

想我这一生，为了国家征战南北，抛头颅、洒热血，在本该颐养天年的年纪，还在沙场上拼命，对上忠心耿耿，对下仁爱有加，不曾做过一件对不起良心的事。可命运为何要如此戏弄我？

周围的人在哭，我的心也在哭。

哭的声音太大，居然把自己吵醒了。原来，我正坐在李广墓前。

# 九十、寻天机镜

莫如月和风里希、小兔子都在我身旁，闭着眼睛似在熟睡。看样子，他们应该还在李广的记忆中没出来。

“没想到你这么快就出来了。”

“谁？谁说话呢？”我的思绪还沉浸在李广自杀的悲伤之中，没有回过神来。

李广隐隐约约现出形，“是我，咱们应该已经见过面了。”

当了四遍李广，又替他死了四遍，这个体形和声音我再熟悉不过，“李将军，能再见到您真是太好了……”没有语言能形容我此时的激动，恨不得抱着他大哭一场。

李广像拽一块嚼过的口香糖似的，一边拽着我，一边说：“兄弟，我虽然是鬼，但也需要有个喘气儿的空间，你要是实在控制不住自己的情绪，我可以等会儿再出现。”

我赶紧撒开手，“不用不用，我已经抒完情了，现在可以正常交流。”

抹了把鼻涕眼泪之后，我接着说：“你这么好的人，一片赤胆忠心，却处处受人排挤，皇上嫌弃你，周围的人也不待见你，前有死敌、后无靠山，上天对你真是太不公平了。”

李广却很淡然，“每个经历过我生死的人都会这么说。人的付出是命数，而回报就是运数，并不是每个付出都会有相应的回报，同一件事，不同的人去做也会有不同的结果，这就是人的运数各有不同。”

“嗯，将军说得对。”这段话我以前理解不了，但现在已能充分领悟了。记得刚认识风里希和莫如月的时候，我们到女娲祠等女娲神谕，女娲显圣时曾说“宿命不可违，命数可改”,我一直记在心里，大概也就是这个意思，命是天定的，不能改；运是后天修炼的，经过努力是可以更改的。这就是为什么有的人坏得掉渣，没人能收拾得了，却莫名其妙死于非命；有的人看似诸般不顺，平平庸庸，死后却被人们铭记，刻碑立撰，甚至立庙受祀……都是后天修炼更改运数的结果。

我看了看还在熟睡当中的莫如月和风里希，“将军，我非常理解你的感受，一生戎马，付出与获得不相匹配，咱俩应该能成知音了，要不你把心里话都告诉我，让小月和风哥他们醒过来，没必要每个人都经历一遍你的生死，都成为你的知音，是吧？”

李广颇为无奈地说：“你以为让每个人都进入我的记忆是我本意吗？其实我也不想这样。但可能是当时怨念太深，自我死后，每个想见我或是我想见的人，都会进入我的记忆，经历一遍我的生死，而且，若不按历史轨迹发展，不让悲剧重演一遍，任谁都叫不醒他，这就是上天安排给我的宿命，是我的劫数。”

此时，风里希醒了过来，看到李广后，他叹了口气：“将军命运如此悲惨，真是令人惋惜，活着的时候不能封王封侯，死后也不能成神，这个宿命今世恐怕难以改变了。”

李广有些沮丧地说：“的确是这样，我的命不好，注定不能修成正果，活着的时候如此，死后也没有半点转变。无论我再怎么努力，也无缘成神，正如当年的姜子牙一样，即使你们开启了三兔法阵，打开神界大门，我也是进不去的。命里该成神的，哪怕坏事做尽，也能当个恶神；命里不该成神的，正如我，哪怕全天下人都觉得对我不公，我还是得熬着，再熬三千年，到下一次封神时，才有可能步入神界。”

莫如月此时也醒了，她看着一脸沮丧的李广，义愤填膺地说：“此次神门大开，连秦桧那样的恶棍都能前往神界，若不送你走，天下哪还有公平可言，我们开启三兔法阵又有何意义？记得女娲大神曾说‘宿命不可违，命数可改’，这世间，除了修炼之外，一定还有什么能够改变人的命数！”

李广说：“运数好改，只要居善心、行善事便可更改，命数却是难改的，但也不是完全没可能。天地间有一样神器，叫天机镜，只要拿到它，经过它的认定，就可以进入镜中更改自己的命运，这便是我找你们来的目的。”

“天机镜？”风里希说，“我曾听说过，与宝莲灯齐名，是西王母的神器，经过它认定的人，会在镜中看到自己的命数，并能得到一次修改命数的机会。但要经过天机镜的认定却是件极困难的事。”

李广信心十足地说：“被天镜机认定虽然是件很难的事，但我想，再难也难不过当年腹背受敌的状况，我有信心能通过。其实两千年来，我不停地寻找天机镜的下落，但是，凡我想见之人，都会不自觉地经历一遍我的生死，并不是每个人都能猜中我的结局，顺利逃出我的记忆，前前后后已经有三十二人被困在那段记忆中出不来，最后被活活饿死，所以我没办法亲自去找，还得劳烦几位帮我去寻天机镜。”

“没什么可劳烦的，只要你有信心能通过天机镜的考核，我们便帮你度劫。但是，天机镜上一次露面还是在洪荒时代，神界、人界、冥界尚未分开之时，据说是在西王母的蟠桃盛会上被人所偷，从此一直下落不明。你既已追查了两千多年，可否知道它流落何方？”

“具体流落何方还不清楚，不过，我有些线索，或许你们能用得上。”

原来，在洪荒时代，炎帝神农氏的小女儿叫女娃，到东海游玩，不幸溺于水中。女娃死后，其灵魂化作一只花脑袋、白嘴壳、红色爪子的神鸟，以“精卫”为其名，誓要填平东海，报其溺亡之仇。每天太阳升起时便开始工作，从西山上衔来石头和草木，投入东海，太阳落山后才得以休息，虽然日复一日地填海，但东海却始终填不平。终于有一天，它再也受不了这种复印机似的生活，想要改变“精卫填海”的宿命，便谋划了一次偷镜行动，在王母娘娘的蟠桃宴上，偷了天机镜。可是在它返回东海的途中，恰逢日出，精卫神鸟抗拒不了宿命的安排，竟然将天机镜当成了石头草木投进海里。

按照《山海经·北山经》中记载，“精卫填海”填的是东海，所以天机镜也应该是在东海附近，但几千年来，许多人都去寻过天机镜，却始终没有任何消息。天机镜的下落已经成了神、人、冥三界的未解之谜。

我忽然开窍般地说：“精卫既然是从瑶池返回东海的途中，错把天机镜当成石头草木填入大海，也不一定会在东海附近啊，东南沿海都有可能。”

风里希说：“小涛说得对，搜索范围应该扩大到东南沿海。只是范围这么广，海底捞针恐怕不是办法，可有精确一点的线索？”

李广说：“精确的线索确有一个，我收集到了一根精卫神鸟的羽毛，不知是否有用？”

一听这话，我激动地两眼放光，“有用有用，只要有这根羽毛，一切就都好办了。”

只见李广伸出手，在掌心处生出一股青色旋风，越转越快，随即旋出一只青色发光的羽毛，甚为漂亮，发出的青光明亮却不刺眼，让人心中倍感温暖。

李广将羽毛交给我。我盘腿坐在地上开始运转灵力。

只要我摸到羽毛，便能窥探到精卫神鸟的前尘后世，看一看它当年到底把天机镜扔在了哪里，一解这万年之谜。

风里希、莫如月和李广都为我护法。

随着灵力的运转，我看到了一只青色巨鸟在海边醒来，如同那只青色羽毛一般，周身都散发着青光。它看到自己化身为鸟的身躯，发出“精卫精卫”的悲鸣，好像在呼唤着自己的名字，哀叹着自己年幼早逝的命运。精卫发誓要填平东海，以报被海水淹死之仇。为了坚定填海的信念，它向西王母去借天机镜。王母因怜悯它被东海淹死的厄运，又感动于它报仇雪恨的信念，便将天机镜借给它。经过天机镜的审定之后，它毅然决然地在天机镜上写下了四个大字——精卫填海，然后，一切按照宿命安排，太阳升起时，它便要去西山衔来石头与草木，填入东海，太阳落下后，它才得以休息，日复一日，永无止境……

七百年过去了，东海没有因为它的努力而改变分毫。它也终于慢慢明白，有些事情，正如杯水车薪一般，不是你努力去做，就会得到你想得到的结果。精卫的内心开始挣扎，开始置疑填海的意义。它想要改变这一切，改变当初亲自写下的“精卫填海”的宿命。

但当它再去向王母娘娘借天机镜的时候，王母却因为它的反复无常而震怒，不愿相借。此时正好蟠桃盛会召开在即，万般无奈之下，精卫趁天黑飞向天宫，在蟠桃宴会上偷了天机镜……

但它没有如传说一般返回东海，而是急匆匆地往南飞，在东南沿海的泉州，找到了一只大乌龟，撬开龟壳，将天机镜藏在了龟壳里。

估计是看时间紧迫，它怕来不及修改命运，想等到第二天夜里再来修改，却没想到在返回东海的途中，遇到了天兵天将。然后才是传说中的故事走向，正逢太阳升起，它的宿命开始发生效力，将提前准备的假天机镜投入海中，与天兵天将一番打斗，落下了无数根青色羽毛……

被擒之后，它被押往神界看管，从此再也没有开口说过话，天机镜的下落便成了神、人、冥三界之谜。

## 九十一、找到鳖王

收了灵力，我激动地说：“天机镜在泉州，当初精卫神鸟根本没有把它当成石头填入东海，而是转道飞往福建，在泉州找了一只大乌龟，把它藏在了乌龟的龟壳里!”

李广说：“怪不得，千年来寻找天机镜的人那么多，几乎快把东海翻了个遍，却都找不到天机镜的任何线索，原来它被藏在了泉州的大乌龟壳里。”

莫如月说：“如果精卫神鸟自洪荒时代就把天机镜藏在了大龟的龟壳中，那只大龟的年岁足有万年，加上天机镜的灵气滋养，恐怕早已成神。龟类不同于其他种族，虽然参悟天机的时间较长，可一旦成神，其灵力将是其他种族不能比拟的。你可看清了它的特征?”

“我只注意到它的眼睛两侧有两道白斑，哦，对了，精卫神鸟说，若它没有来取天机镜，不管千年万年，有缘人自会拿着它的羽毛来寻。”

李广感慨地说：“看来一切早有定数，我能得到这支羽毛也是命运使然。劳烦各位将羽毛拿去，替李某寻来天机镜，李某自当感激不尽。”

“将军放心，我们定会全力以赴度你出劫!”

话说回来，这么多天了，我的小兔子怎么还没醒，不会是默默醒来觉得无聊，又偷偷装死了吧。

“喂，醒醒，醒醒。”我踢了踢它的小脚丫，它没有装死，果然还被困在李广的记忆里。

我俩灵魂相通，我倒要看看这家伙死了几遍，居然死上瘾不愿回来了。

我闭上眼睛，感受着他的气息，进入了他的思想，只见他化身李广……

在一曲香艳的歌舞中，李广身上只挂着一件睡袍，露出结实的肌肉，左拥右抱在美女群里，还是匈奴美女，他们边喝酒，边调情，边欣赏艳舞……

“将军请喝酒……”“将军，喝呀……”美女半露酥胸，盈盈一握的细腰像水蛇一般，在粗犷的男人身上缠来缠去，任何一个血气方刚的男人都受不了这场景，恨不得在美女群中精尽人亡……

“我喝，我喝，半醉半醒最销魂，什么大汉江山，什么匈奴反贼，通通见鬼去吧！我的美人们，来，吃了我吧……”

死兔子居然把堂堂飞将军李广活成这样，真是前无古人，后无来者，丢尽了我的颜面。

看样子，他应该已经背叛汉朝，投降匈奴了。李广要是知道死兔子把他活成这样，估计能气到七窍生烟，剁了它包成兔肉饺子……

“你个死兔子，赶紧给我去死!”

“谁，谁说话呢？出来!”李广惊得两手一抖，两位美女失去重心，向后翻了个跟头。

“出你奶奶个腿！你以为你真是李广啊，赶紧醒醒，你就是一只爱装死的兔子，这一世你把李广活成这样已经没法救了，赶紧去死，下一世，记得要按照历史发展的轨迹走，成全李广命运不公的千古悲剧，不然，你永远都出不了这迷局。”

“我不是李广？我是一只爱装死的兔子？这是哪儿跟哪儿啊……”

就在他失神的刹那，一位美女从丰满的两胸之间抽出一把匕首，迅速割破了他的喉管，血呼呼地冒了出来，场面甚为血腥。

“美人儿，你为什么要杀我……”话还没说完，他就抱憾而终，瞪着一双死不瞑目的大眼睛。

活该，谁让他见色失信，匈奴大单于怎么可能像供祖宗一样供着一位投降的将军，这世上最不缺的就是祖宗。

看这情形，他不知道还得再死几次才能走出李广的记忆，不能因为小兔子耽误了大家行程。我对李广说：“将军，我们打算现在就出发，等兔子醒来，你就告诉它，虽然马上要毕业，学习任务不是很重，但是它要负责给我找个好工作，然后挣钱养我，等我此番送神结束，还是要回到社会上工作的，它要尽量给我打好基础，能多挣点钱就多挣点钱，要是让我送完神之后一无所有喝西北风，我就把它烤熟了吃。”

李广说：“知道了，把它交给我照顾，你们放心去吧，路上多加小心。”

我因刚才窥探天机镜下落，消耗了太多灵力，飞得比较慢，大半天光景才到泉州。

据说泉州坊间一直流传着关于承天寺放生池鳖王的传说，不管这只鳖王是不是与精卫有过契约，但它既然能称得上鳖王，没有万年也有千年，跟它打听准没错。

我们来到承天寺的放生池边，拿着精卫的羽毛对水中大喊：“鳖王，还记得当年的精卫神鸟吗？它寄放在你这里的东西，我们如今来取了，请现身一叙。”

果然奏效，只见水面沸腾一般，咕嘟咕嘟冒着水泡，随着水泡越冒越急，在水池中央升起了一个巨型漩涡，一只5米多长的大鳖慢慢腾腾出现在漩涡里。

我紧盯鳖王的眼睛，两侧没有白斑。

鳖王慢悠悠地说：“既然你们拿着精卫神鸟的羽毛前来索取东西，就得回答我一个问题。”

我对风里希和莫如月摇了摇头，示意他们天机镜不在这只鳖身上。风里希依然很客气地说："鳖王，我们知道当年并不是你与精卫神鸟定下的契约，但你既然识得这支羽毛，就一定知道那只神龟的下落，还请坦诚相告，作为报答，我们可以回答你一个问题。"

鳖王还是慢悠悠地说："既然你们已经知道东西不在我身上，我也就不跟你们绕弯子了。只一句话，你们若拿到天机镜，当年的承诺还作不作数？"

当年精卫神鸟将天机镜藏入大龟壳中时，曾许诺大龟，若有朝一日将天机镜取出来，定要让它也照上一照，将龟族的命数也改上一改。

俗话说"千年王八万年龟"，虽然龟族的寿命很长，足以令许多物种羡慕，但另一方面，寿命长代表着龟族参悟天机的时间也会比其他种族要长得多。

除了人以外，一般生命个体都要活到阳寿界限之后才能知天命，知了天命才有机会参天理、悟天机。比如，狗的寿命一般是20年，那么狗至少要活20年以后才能知天命，知了天命再慢慢修炼，才有可能得道升仙；再比如，大象的寿命比较长，一般要活60~80年，那么大象就要活80年以后才能知天命，然后慢慢修炼才能得道成仙……

以此类推，龟要活够万年才能知天命，对于别的物种来说，修炼万年足以成神了，但万年的龟才正式开始修行，太不公平。

当年精卫神鸟来找大龟，就是以此为由说服大龟，用天机镜修改龟族命数，把知天命的年岁改为300年。大龟才愿意冒天下之大不韪，将天机镜藏于自己壳中。

我个人觉得，这个要求太合情合理了，完全可以成全，"作数，当然作数，300年知天命，对于龟这个灵性极高、天赋异秉的族群来说，绝对堪当。"

鳖王高兴地说："既如此，我便告诉你们天机镜的下落，还望你们取出天机镜，助我龟族修改宿命。天机镜在我师傅身上，我师傅在清源山修行，你们快去吧。"

鳖王说话的速度那叫一个慢，正常人说十个字，它才能说一个字，听得我心里直着急。听了半天，总算听完了重点，"谢谢鳖王。"

"哦，对了，刚才还来了四个人，也拿了精卫神鸟的羽毛，但他们没回答上我的问题，一看就是与此事不相关的人，根本不知道我师傅与精卫神鸟之间的契约，我一不高兴就吃了一个人。不过，他们既然拿了羽毛，我师傅也一定会认的。你们拿着我的鳖珠，它能指引你们尽快找到我师傅。"

四个人？一定是幽冥门派来的。姜默立于世间三千多年，什么宝物得不到，估计垂涎天机镜已久，只是迫于始终没有线索。如今既然已经知道天机镜在泉州的大龟壳里，想必他志在必得。不知道此次他会不会亲自出马，若是我们在此相见，他会不会与我们彻底翻脸……

“这么重要的消息你怎么现在才说？”

鳖王还是慢吞吞地说：“你见过哪个龟速度快的？我能记得说就不错了。”

一句话怼得我无言以对，它说的也是，龟要是速度快，兔子都能飞上天了。

鳖王慢慢张开嘴，吐出一颗核桃大小的珠子，连珠子都飞得这么慢，真不知道它是怎么吃人的！

我伸手去接，珠子却临阵调头，飞向莫如月。莫如月伸出双手接住了珠子。

这就是传说中价值连城的鳖珠，看上去比珍珠还要光滑细腻，散发着皎洁的光芒。这一趟不错，白捞了一颗鳖珠，发达了。

我内心正喜不自胜，鳖王却说：“用完要还的，我修炼鳖珠不容易，可没说白送你们！”

“啊？哦，用完一定还你。”

我们谢过鳖王，朝清源山出发。

## 九十二、临时合作

我的灵力已经恢复，很快便来到了清源山，鳖王的鳖珠离清源山越近，光芒越盛。

在鳖珠的指引下，我们很快来到了一处泉水旁，可这里除了山就是水，不见大龟的踪影。

这种时候还是不能太讲究风度，得看我的。我拿出精卫神鸟的羽毛，边摇晃边大声喊：“往这边看，都往这边看，精卫神鸟的羽毛，精卫填海的精卫，天地间只此一支，这便是如假包换的精卫神鸟羽毛，一支羽毛换一面镜子，便宜了啊，跳楼大甩卖了啊，有意者赶快现身，机会难得，过期不候，五千年等一回了啊……”

在我的喋喋不休中，只觉得脚下开始晃动了，伴随着地面开裂、山石滚动、树木倾倒……就像地震一般。我们站也站不稳，警觉地腾空飞起。

奇怪，旁边的山怎么没动静，难道只有我们踩的这个山地震了，还是因为我们踩的不是山，而是……

在高空中看清了，没错，刚才我们脚下踩的根本就不是山，而是一只大龟……我的天哪！这座小山居然是一只龟。

它缩在龟壳中，没有伸出头，看不到它的脸，不知道它的眼睛两侧有没有两道白斑，但直觉告诉我，能长那么大的龟，天地间应该只此一只。

龟神在龟壳里慢悠悠地说："出来！"

"出哪？"我朝身后看了看，我们三个都在啊。

"陈千道、楚廉、幽姬，在此见过龟神。"

原来龟神的"出来"是对他们说的，他们来得可真够快。

陈千道是冥火分舵的舵主，楚廉是暗灵分舵的舵主，幽姬能跟他们一起出现，看来已经接任了秦佑天的职务，成了幽水分舵新一任的舵主。

不愧是幽冥门的最强力量组合，没有鳖珠指引，也能与我们前后脚找到龟神。

好棘手，本以为幽冥门会派个张魁之类的角色来，与我们还能斗上一斗，没想到居然派了三个舵主来。如果我们硬拼的话，一点胜算也没有，就算龟神把天机镜给了我们，迟早也会被陈千道他们抢走，看来姜默这次下了狠心，对天机镜势在必得。

莫如月捣了我一下，"别泄气，敌人再强，咱们也不能怯了场，未战先败。"

我拿出花一样灿烂的笑容，对风里希献媚一笑，"风哥，呵呵，这场仗能不能打得赢，关键时刻还得靠朱焱姐，你能不能让姐姐早点来，咱心里也先有个底儿……"

只觉得后脑勺一巴掌，是莫如月，"遇到困难不先从自身想办法，净想着靠这靠那、靠天上掉馅饼，你不拼上一拼，怎么知道咱们不行！"

风里希无奈地说："你们两个先别吵，无论如何得先拿到天机镜再说。"

龟神还是慢悠悠地说："既然你们两边都拿了精卫神鸟的羽毛，便都有资格取走天机镜，到底该由谁来取呢？"

我们六人异口同声地答："由我们来取。"

莫如月紧接着说："我们有鳖王的鳖珠，经过了鳖王的审核，理应由我们来取。"

幽姬嗤笑一声，“鳖王是龟神的徒弟，徒弟岂能做师父的主，还是由我们来取。”

龟神说：“精卫当年在我背上施加了封印，除非用它的羽毛解开封印，否则，任谁也取不走天机镜。依照当年的盟约，不该由我选择谁取天机镜，这样吧，你们双方各凭本事尽管来取，取走天机镜的一方，便和我履行盟约，而失败的一方，就要被我吃掉。”

“为，为什么要被你吃掉？”

龟神理直气壮地说：“因为他打扰了我的清修，这就是代价。”

“这个理由太奇葩了，能不能换一个？”

莫如月说：“别扯那些没用的，赶紧想办法解开精卫神鸟的封印！”

不记得精卫在龟壳上施加过封印呀，它当时的动作非常稀松平常，就是用喙取下龟壳正中心的甲片，把天机镜放进去，再把取下的甲片覆上，怕没覆结实，又用尖尖的喙啄了一下。难道，就是这轻轻一啄，便加了封印？

“我知道了，龟壳正中心的甲片上一定有个小眼儿，这个小眼儿就是封印。”

龟壳上郁郁葱葱长满了草木，我和莫如月、风里希迅速冲向龟背，拿出考古学家的精神，用手一点一点刨着土……

却见幽姬飞起身，祭出她的金刚伞。伞瞬间变大，对着龟背快速旋转，像一个大型风扇一般，带着猛烈的劲风吹向“小山”，我们赶紧腾空躲避。只见劲风把“小山”上的泥土树木一并吹飞，只留下了一个光洁的龟壳。

如此再看，龟神不愧为龟神，绝对世间第一大龟，仅龟壳就有四层楼那么高，泛着淡淡的金色。

我们六个人像离了弦的箭一般，冲向龟背。

只要把土木清理干净，中间的甲片其实很好找，再大的龟，它的壳上也只有十三个大甲片，中间的那块一眼便能看到。

在如半个篮球场一般大小的甲片下端，我看到了当初被精卫神鸟啄下的那个小眼儿，和羽毛根部一般粗细。我将羽毛轻轻插入小眼儿，正好合适。整个甲片一下松动了，泛着精卫羽毛般青色的光芒。

六个人全都惊呆了，谁也没有先出手去打对方，谁也没有先下手去抬龟甲。

我一看时机已到，赶紧提议，“各路英雄豪杰，这片龟甲这么大，如果咱们双方开打，任哪一方都不可能抬起龟甲，比如，我们三个打你们三个，你们势必会分出两个人来应战，余下的一个人怎么可能抬得起这么大的龟甲？同理，你们三个打我们三个也一样，我们也会分出两个人来应战，余下的一个人同样也抬不动这片龟甲。我有一个主意，不如我们先放下恩怨，共同抬起龟甲，取出天机镜，让龟神先进入天机镜去修改龟族宿命，然后咱们双方再一决雌雄，争夺天机镜，你们觉得这个方案怎么样？”

陈千道说：“我同意，这世上本来就没有永远的敌人和朋友，只有永远的利益，既然目标一致，那就先取出天机镜再说。”

见陈千道表了态，楚廉和幽姬也纷纷说：“好，就先这么办。”

我们六个人围着龟甲站成一个圆，大家听我吆喝，“一，二，三，起！”

这哪里是一片龟甲啊，分明就是一块坚硬无比的巨石，其坚硬程度堪比钻石，估计连洲际导弹都炸不碎它。

六个人使出了吃奶的劲，一个个憋得脸通红，用了三次力，第三次才总算把甲片抬了起来。

幽姬用金刚伞撑起她那一方，然后爬进甲片下，不一会儿，便拿着一面像脸盆那么大，椭圆形青灰色的古镜出来了，古镜周身雕刻着古朴的纹饰，镜面不见反光，依然是一片青灰色。

我接着喊：“一二三，放！”

放下甲片之后，龟壳剧烈地摇晃着，龟神好像动了，我们立马腾空，只见龟神缓缓伸出大脑袋。

这下我看清了，它的眼睛两侧有两道白斑。

龟神说：“既然你们一起取出了天机镜，就商量决定吧，哪一方要被我吃掉。”

我说：“吃我们事小，修改龟族宿命事大，我们商量了一下，决定先让您去天机镜中修改宿命，等修改完了再吃我们也不迟，您看怎样？”

说完，幽姬很配合地拿出天机镜，照向龟神。

在龟神抬头看天机镜的刹那，天机镜青灰色的镜面突然放出一束蓝光的光，将龟神整个罩住，随即，龟神便在蓝光中消失不见。

就在龟神消失的瞬间，我和莫如月一下扑向幽姬……

# 九十三、夺天机镜

多年的战斗，已让我和风里希、莫如月默契十足，心照不宣。就在刚才抬龟甲的时候，我们已经暗通款曲，用眼神沟通交流过了，等龟神进入天机镜之后，我和莫如月会在第一时间扑向幽姬，然后莫如月就用穿越术带我和幽姬迅速穿越，避开陈千道和楚廉，我一人去打幽姬和抢夺天机镜，应该很有胜算。而我们三人中功力最强的风里希独战陈千道和楚廉，虽然胜算不大，但伺机逃命的机会还是有的。

果然，计谋奏效了。莫如月带着我和幽姬穿越到了昆仑山，空旷无人。这下一切就好办多了。

幽姬显然没想到我们会用这招带她一起穿越，愣了两秒，等回过神来，怒吼一声，“莫如月，你这个贱人！我要先杀了你!”边吼边攻过来。

我岂能容她伤害莫如月，“离小月远一点，你这个丑八怪!”

打退了幽姬第一轮进攻之后，我连挥三掌，让她尝尝三昧真火的厉害。

虽说打女人让我多少有些罪恶感，但幽姬实在是个非常恶毒的女人，把高影折磨得人不人鬼不鬼，还捅了我一剑，这笔账今天一起算清，“没有男人喜欢过你吧？你说你，在如花似玉的年纪就丑成这样，要是老了，皮松肉掉了，还不定会丑成什么样。丑就丑点呗，只要善良心灵美，也会有男人勉强喜欢，可你又偏偏心狠手辣、坏事做尽，又丑又坏合到一起，当真是丑出新高度、丑出新境界、丑出新内涵，男人的毒药啊，想想都恶心，我要是你，早自杀了，活着也是浪费粮食……”

“你给我，闭，嘴!”幽姬咆哮着，气到了极点，盛怒之下，招数虽狠，却有些凌乱。

她用金刚伞挡住了我的三昧真火，没关系，商鞅教了我不少东西，今天时间多，我就在她身上一一尝试一遍，她曾经差点要了我的命，我可是记仇的。

“这一招，叫雄霸一方。”

“这一招，叫一扫七雄。”

“这一招，叫唯我独尊。”

连续三招霸道攻势之后，幽姬已经力竭，身上多处受伤，嘴角还渗出了血迹，连背在身后的天机镜也失手掉落。

鏖战正酣，我一鼓作气继续打，“对了，我师父商鞅不仅主张变法，同时还是个酷吏，发明了很多酷刑，有一招叫五马分尸，变态专用，很舒服的，你要不要试试?”

在我的连番进攻之下，幽姬应接不暇，根本顾不上去捡天机镜。

莫如月伺机赶紧将天机镜捡起。就在她将天机镜拿到手的那一刻，天机镜开始颤抖，释放出了一道蓝光射向天空，在蓝光中，龟神出现，然后犹如一座山体坠落一般，“轰”的一声砸落地面，砸得大地都在剧烈震动。

龟神伸出硕大的四肢和脑袋，非常舒服地伸了个懒腰，看来龟族的宿命已经修改完成，它心情颇好，浑身散发着淡淡金光。在它面前，我们都不敢造次。

它看了看莫如月手中的天机镜，对幽姬说：“我与精卫神鸟的盟约已经结束，该履行我与你们之间的盟约了，既然现在天机镜在他们手里，我就吃了你。”

龟神出马，量那幽姬也活不过三秒。我二话不说抱起莫如月就跑。

身后幽姬也朝我们这个方向狼狈逃窜，就在快要追上我们的时候，龟神只伸了下脖子，准确无误地一口便将幽姬生吞进肚，由于力道太猛，鼻子尖还撞到了我的背，将我们一下顶飞……

我还想回头看看，那个几次差点要我性命的幽姬是怎么被龟神生吞进肚里去的，莫如月却伸手把我的脸扳正，“看路！这种时候别是非了，万一龟神还想吃人怎么办，逃命要紧。快飞!”说完，她竟靠在了我怀里。

天哪，好运来得太突然。望着肩头乖巧的可人儿，我是世上最幸福的男人，仿佛有春风吹着桃花瓣撒在我脸上……

等我们飞出近百公里之后，回头再也看不见龟神，慌乱的心才算安稳下来。

莫如月此时已恢复了些灵力，用手机跟风里希联系，他不接电话，又用灵力跟他联系，他还是没有回应。

莫如月焦急地从我怀中挣脱，“陈千道和楚廉功力深厚，风哥不会出事吧?”

“不会的，危急时刻朱焱姐姐自会来救他，放心。”

莫如月一脸嫌弃，“什么人嘛，总把希望寄托在别人身上，失败了全是别人的错，是别人没有及时相救；成功了就是自己的功劳，是自己审时度势，是吧?”

这么温情时刻，不想因此破坏了情调，我赶紧附和她，“你说得有道理，如果朱焱姐姐没来救他的话，以陈千道和楚廉的功力，风哥确实有危险，联系多次又没回应，该不会已经凶多吉少了吧……”

莫如月更加不高兴，“你个乌鸦嘴，会不会说话！你才凶多吉少了呢！”

“说他平安也不行，说他有危险也不行，你究竟想让我怎么说？”

“闭上你的嘴，别说话了就行！”说完，她自顾自地快速向前飞去。

真搞不懂女孩子的心思，顺着她也不对，不顺更不对，总之就是忽冷忽热，忽左忽右，让你一阵在天堂，一阵在地狱，一阵在火上烤，一阵在冰上跳……

莫如月一路都没再跟我说话，只顾着极速飞往泉州，半日光景，就回到了清源山。

只见丛林深处有一道结界，那是风里希的灵力。他在此处升起结界，估计情况不容乐观。我们急匆匆地冲过去，透过结界，果然看到了风里希，他趴在地上一动不动，周围不见陈千道和楚廉的踪迹。

怎么回事？难道是他身受重伤，动弹不得？

来不及多想，心急之下，我们一下子冲破结界，冲向风里希，“风哥，你怎么样了？”

当我把风里希趴在地上的身体搬过来的时候，我们四个人瞬间石化了……对，是四个人。

风里希的身下居然还躺着一个人，正是我日思夜想的朱焱。

这下尴尬了，“呃，那个，那个，你们先继续。”边说，我的小眼睛还边往朱焱身上瞄，想看女神穿衣服了没，他们进展到哪一步了……

莫如月连拉带扯，推着我赶紧回避了。

莫如月坐在泉水边，一手托着腮，一手把玩着石头，若有所思的样子。我知道她心里还是有些放不下风里希，看到风里希和朱焱这般要好，她还是有些难受。该怎么安慰她呢？最常用的就是“想哭就哭吧，哭出来会好受些”，好像有些土，再换一种“我还在你身边啊，我会一直守护着你的”……

想了十几种开场白之后，我往她身边一坐，“看吧，我说朱焱姐会来，风哥会没事，你非不信，这下可好，扰了人家好事，尴尬了吧。”真恨不得咬掉自己的舌头，怎么说出了这句话。

莫如月没在意我的话，笑了笑，“我宁愿看到这一幕，也不想看到风哥受伤。祝福他们吧，风哥能逃出三兔的宿命，找到自己的幸福，应该祝福他们。”

“嗯，说的也是。男的帅，女的靓；男的威猛，女的性感；男的直白，女的直接，确实天生一对。”

莫如月扑哧一笑，“你的俏皮话怎么这么多？”

“我说的是实话啊，你看风哥，说爱就爱多直白，朱焱姐也是，说脱就脱多直接……”

“真脱了吗？你看到了？”没想到莫如月也会对这种事感兴趣。

“我虽没看到，但那还不是迟早的事。”

莫如月掩嘴而笑，“你真是厚脸皮，不害臊。”

笑罢之后，莫如月轻轻地说：“你这家伙，说话总是这样大大咧咧，让人产生误会。刚认识你的时候，还真以为你是个不靠谱的人呢。”

我也不逗她了，认真地看着她的眼睛问：“那现在呢？你还觉得我不靠谱吗？”

“现在嘛，挺靠谱的，而且靠起谱来，连命都不要……”她边说边笑着，笑容似春风吹着桃花，不，比桃花还娇；似弱柳轻点溪沙，不，比弱柳还娆；似清酒发着幽香，不，比清酒还妙……让人忍不住想凑上去尝一口。

我情不自禁地望着她，她也半带娇羞地望着我，就在一切快要水到渠成之时，风里希的声音在身后不合时宜地响起，“天机镜拿到了吗？”

风哥，你是故意的吗？我马上就要吻到了。

“拿到了。”莫如月若无其事地站起身，将天机镜拿给风里希，留我坐在原地“石化”了……

他还不解风情地问：“小涛，你干吗呢，脖子扭到了吗？”

“没有，脖子好着呢。”风哥啊风哥，我扰了你一回，你也扰我一回，咱们扯平了，“哦，对了，朱焱姐呢？又走了？”

“嗯，就算布了结界，她还是不能待太长时间，怕姜默会掌握她的底细。”

我好奇地问：“那她的底细到底是什么？”

风里希若有所思地说：“我也不知道，问了她多少遍，她只是说真心帮我们开启三兔法阵，打开神界大门。”

“只是打开神界大门吗？那送神归位呢？”

莫如月说：“送神归位是你的事，我们又没有封神鞭，哪能送得走那些个神仙。”

也对，若没有封神鞭，任谁也驱使不了一众神佛。

风里希说：“既然大家都平安无事，那就回天水。度李广出劫！”

# 九十四、得定沙珠

返回天水的途中，我们专程去了承天寺的放生池，将鳖珠还给鳖王。

鳖王异常高兴地对我们说：“快看看我，可有什么变化?”

只见它浑身散发着金光。看来，龟族命数一改，鳖王也成神了，“确实有变化，变化还不小呢。”

鳖王一听这话，兴致来了，“快说说，你都看到什么变化了?”

我前前后后仔细打量着它，边看边一本正经地说：“宏观上来讲，就是从一只黑王八变成了一只不黑不黄的王八；微观上来看，变化就不太大了，还是绿豆一般的小眼睛，猪一样的长鼻子，万年不刷牙的经典口臭……”

我是实话实说，没想到还没等我说完，风里希和莫如月已经架起我蹿上天，头也不回地飞了。

脚下响起鳖王的怒吼声，“夏小涛，你给我站住，我要吃了你。”

想吃我就来追，还妄想我站住给你吃吗？天下哪有那么好的事，我又不傻！

再回到李广墓，只见李广一人，小兔子已经回学校替我上课去了。

李广见我们带来了天机镜，非常激动，急切地想要进入天机镜去修改宿命，却又突然想起什么，转过身来对我们说：“感谢诸位替李某寻来天机镜，李某无以为报，唯有一物相赠。”

说着，李广伸出手，只见一颗发着绿光的珠子，和鳖王的鳖珠差不多大。我心想，我们这是跟珠子杠上了，刚还一颗，又来一颗……

李广继续说：“此物名唤定沙珠，乃文殊菩萨所赠。”

一听文殊菩萨，我赶紧凑过去看，细看之下才发现，这颗珠子本身不是绿色，而是像黄沙一般的枯黄色，只是在表面包裹了一层流动的绿意，时深时浅、时浓时淡，变幻不定，使整颗珠子看上去灵性十足，生机盎然。

飞将军李广可不是浪得虚名，那都是在大漠中一仗一仗打下来的，他能平平安安在疆场驰骋几十年，他的宝物必定不凡，看来这珠子大有来头：

有一年，李广带领部队在沙漠中转战，意外中了匈奴人的设计陷害，走入一片流沙区域。眼看李广越陷越深，周围来救他的将士也一并卷了进去，大家都以为他们再无生还可能，连李广自己都绝望了，弥留之际，只见一道金光落下，文殊菩萨在金光中降临，说他大忠大义、命不该绝，赐他一宝物，名唤定沙珠。

李广拜谢了文殊菩萨的恩赐，菩萨随即在金光中消失。刚刚恢复意识的李广发现自己仍在流沙中挣扎，细沙无情地钻入鼻孔、嘴巴……但神奇的是，他的手中真握着一颗珠子。

他拼尽最后的意识伸开手掌，定沙珠立刻发出柔和的绿光，瞬间，流沙不动了，然后竟像喷泉一般，将李广和他的随从们推出地面，大家得救了。

此次虽然身陷流沙，但有惊无险，没有任何伤亡。从此，定沙珠和李广弓便成了他不离身的两个宝物。

“我的弓箭堪称奇宝，但就算给你们，你们也用不了，思前想后，你们要在敦煌开启三兔法阵，那里地处沙漠深处，这颗定沙珠一定能派上用场，还请诸位收下。”

“文殊菩萨的宝物啊，那确实牛。既然将军有心相赠，我也就不客气地笑纳了，呵呵。”说完，我从李广手里拿了定沙珠，转而递给莫如月，“如数上交，请老婆大人保管。”

莫如月白了我一眼，“谁是你老婆，不害臊，自己拿着吧。”说完，转身要走。

我连忙追着她，“小月，你要去哪里?”

李广对风里希说：“他们两个很有情啊。”

风里希看了眼我的背影，意味深长地说：“这世间的一切都能定论，唯有情这个字定不了。哪怕没有一见钟情，也会日久生情，情感的闸门一旦打开，便会汹涌澎湃，什么都无法阻拦。”

“你们三个为开启三兔法阵，世代轮回守护这个宿命，但为天地立心，为生民立命，也不能成为个人爱情的羁绊呀。希望你们三个能摆脱命运的困扰，情有所偿。”

风里希说：“将军此番认识颇为深刻，感谢理解。”

“没什么好谢的，既然身为人，就应该有人性，更应该理解人性。对了，李某还有一事相托，天机镜乃王母娘娘的上古神器，此番现世，多方觊觎者必将蠢蠢欲动，待我进入天机镜之后，请你们一定要护天机镜周全，否则，万一有个闪失，即使我成功修改了命运，也难从天机镜中出来。”

风里希说：“这一点将军大可放心，像天机镜此等神物，若落入恶人之手，必将祸乱天地秩序，即便将军不说，我们也会护天机镜周全。我这就将天机镜送回女娲祠看护，保证不出问题。”

“如此甚好，我便放心去了。”李广在天机镜前照了一下，天机镜随即射出一道蓝光，他瞬间消失在蓝光中。

风里希本来想找我和莫如月，但转念想了想，独自驾起一朵云，回女娲祠了。

我和莫如月离开李广墓，在空中逍遥地飞着，“小月，像我这么英俊潇洒有内涵、善良勇敢有节操、风流倜傥不花心的男神，你怎么会不动心呢？承认吧，你喜欢我。”

莫如月猛地停住，转过身，“你说够了没有？”

我飞得太快，说得太投入，对她突如其来的急刹车没有防备，一下扑到她身上。

莫如月被我这么一扑，也惊住了，我俩竟齐刷刷从云端坠落。

从这么高的云端摔下去，不死也得重伤。我伤没关系，可就算摔死，也得护小月周全。

我边快速地下坠，边用力抱着莫如月翻身，由男上女下换为女上男下。当她明白我的用意之后，愣了一下，还是她反应快，自由落体的我们突然停住，她看了看身下的我，抱着我又往天上飞……

莫如月边飞边说：“在天上摔个跟头居然也能忘了自己会飞，真怀疑你是怎么打过幽姬的！如果我现在松手，你确定自己不会掉下去？”

我一脸坏笑，使劲往她身上凑，“如果我说会，你是不是就一直抱着我，再也不松手了？”

莫如月用力一推，“你想得美！”

我也用力抱她，让她一下没推开，“想就想得美一点，不做梦，哪来的动力？”

莫如月这次没有推我，表情却突然变得狡黠，这副表情是什么意思，管他呢，既然没推开我，就证明有戏。

我动情地闭上眼，噘着嘴打算亲她，感觉四周飘着桃花瓣，奏着动听的情歌，却听到有什么东西飞来，发出极不和谐的“嗖嗖”声，想了想还有几厘米就亲到了，关键时刻不能半途而废，忽略这个噪音，桃花瓣接着飘，音乐接着响，我接着去亲心爱的小月……

“啪!”什么东西狠狠地打在我头上。

又是谁啊，这么不长眼色！我一回头，燃起的怒火立马泄了一半。这是一把再熟悉不过的戒尺，商鞅来了。

我赶紧松开莫如月，老老实实地站好，低着头四处瞅。

只见商鞅在不远处现身，“你俩在天上来来回回、上上下下的，玩什么呢?”

“师，师父出关了?”

“你个臭小子，还记得有我这个师父啊，这么长时间也不问候我一声。”

我赶忙说：“在岐山时，师父为救高影消耗了大量法力，所以才闭关修养，我一直强压着内心的思念，不敢前去打扰，怕影响师父清修，其实我心里天天都想着师父呢。”

“行了，嘴比蜜还甜，信你才怪。”

在商鞅面前，其实我什么都不用说，他能读透我的心，说什么都是多余的，还是言归正传吧，“师父此番匆匆赶来，可是出了什么大事?”

商鞅一脸严肃，“我正是为了麦积山石窟的封印而来。”

“封印怎么了?”

## 九十五、神奇掌纹

商鞅说：“这里与别处不同，女娲祠和伏羲庙都在附近，灵气很重，万物在这里都极易修行，恐怕藏于麦积山石窟内的这道封印已经修炼出了灵性。若果真如此，麻烦就大了，要知道没有一个生灵愿意被人夺去生命。”

封印还能修炼出灵性?啥意思，成精了?也难怪，世间的万事万物皆能修炼出灵性，更何况封印还是元始天尊亲自布下的，又在灵气十足的羲里娲乡，修炼成精也在情理之中。

我脑子里立马浮现出封印成精的样子：一个长着翅膀的小月牙，像小鸟一样到处飞；或者是变成小嘴巴的小月牙，看着挺可爱，一咧嘴却露出一口狰狞的獠牙，上下牙一咬，嘎嘣嘎嘣乱响；或者是长出了头和四肢，像人参娃娃一样，胖嘟嘟地满地跑……

“啪。”随着戒尺清脆悦耳的一声响，我天马行空的思维一下停止了。

“夏小涛，都什么时候了，你还在胡思乱想，气死老夫了，先打你50戒尺再说！”

“哦，哎呀，啊……师父，别打了，我再也不敢胡思乱想了。”

叫唤了半天，50戒尺一下没少，我顿时鼻青脸肿。

商鞅丝毫不理会我的情绪，“小涛，你知错了没？”

“知错了！徒儿刚才糊涂，聆听师父教诲的时候居然还胡思乱想，师父教训的是，我以后再也不敢了。眼前最重要的是去麦积山石窟寻找封印，一切听从师父安排。”

“嗯，这还差不多。”

莫如月在一旁听着我们师徒俩的对话，强忍着不笑，最后还是没忍住，“扑哧”笑出声！

商鞅接着说：“为了安全起见，已经找到的两枚封印，最好也不要由你一个人保管，你们三个分别收藏。”

这一点确实没想到，万一我被幽冥门抓住，封印就被一窝端了，“师父说的是，我现在就把封印给小月一个。”说完，我背过身去，解裤带、翻裤裆……

莫如月被我的举动搞得面红耳赤，但碍于商鞅在这儿，也不好收拾我。

“唉！”商鞅朝着我的背影叹了口气，“天意啊，想我公孙鞅聪明一世、文雅一生，唯一的关门弟子，竟然是这么一个愚钝的粗人，当真是天在磨我的性子啊！”

当我从裤裆中掏出一个月牙封印交给莫如月时，只见她的脸一阵黑，一阵白，一阵红，一阵绿……就是不肯伸手去接封印，“真没想到你这么没节操，居然把封印放在那儿！”

女人的逻辑太可怕，这跟节操有什么关系，难道放在裤裆里的钱就不能买肉包子吃吗？

“小月姑娘还是收下吧，小涛放的地方确实不雅，但为了大局着想，就不要计较了。”

莫如月看了看商鞅，勉强把封印收下，脸却羞得通红，转过身去不愿跟我说话。

此时，风里希也从女娲祠赶了回来，拱手向商鞅打了个招呼，“风里希见过先生。”

商鞅看着风里希，非常惋惜地说：“你是我看上的好苗子，聪明绝顶，人品尚佳，仪表堂堂，要是能收你为徒，我必宏愿得偿，只可惜你我没有师徒缘分。”

风里希说：“先生过誉了，先生的策略天下闻名，小涛在先生的悉心教导下，无论谋略还是灵力都突飞猛进，相信再过不久，他的造化一定会在我之上。”

一听这话，我高兴地拍了一下风里希的肩，真不愧是好哥们儿，连我自己都没看出来的男神气质，竟被他慧眼识珠地看出来了。

说到灵力，我好久都没关注过我的灵符了，此时正好想起就顺便看看。我摸出挂在脖子上的灵符，仔细看了看上面的灵力管，“厉害啊，神道七级，有名师指点就是不一样，进步神速，你们的呢？都拿出来晒晒……”

只见莫如月已经到了神道八级，而风里希是神道九级，已经修满了。我的压力好大啊，始终都追不上他们的步伐。

商鞅看出了我的心思，点拨道：“修灵就好似登塔，越往上走，看到的景物越多，诱惑越多，所需的定力也就会越多，很多人都会因为定力不足，满足现状，而无法再有突破。这个定力，就是你对外部环境的反应。要想再有提升，必须有充分的外部环境烘托，但你需要什么样的外部环境，怎样的外部环境才能让你再上一层台阶，还得靠自己去营造和争取，所以，越往上修难度越大，修行永无止境。就像开启三兔法阵，即使风里希现在已经修到了神道九级，但只要你们两个灵力还没达到，封神之力还没解封，幽冥门还没铲除，三兔法阵也就无法开启。”

细细想来确实如此，你有这个能力，不一定就有相应的外部环境让你施展。世界上有本事的人多了，不是每个有本事的人都能成就一番事业。成功需要天时、地利、人和，少一样都不行。

也就是说，我们开启三兔法阵，不仅需要个人修为，天时和地利同样要修，差一样都不行，绕来绕去，又绕到这一点上来了。修好天时与地利，首先必须找齐封印、解封封神之力、铲除幽冥门！

“废话说了一大堆，言归正传，咱们现在赶紧去麦积山石窟寻找封印。”

跟着商鞅飞，不一会儿便到了麦积山石窟，这是小陇山中的一座孤峰，名如其形，果然像一个麦垛。

此时正是白天，旅游的人很多，我们也跟着游客一起在石窟里转悠，当然，凡人是看不见商鞅的，只能看见我们三个。

有商鞅在，我心里有底气多了，基本可以不用动脑子。

正在兴高采烈地观赏石窟，商鞅却神情严肃地说：“果然不出我所料，这里有一个八卦阵，而封印应该就在这个八卦阵的后面。”

听到有封印的消息，我一激动，大声问着：“八卦阵？在哪里？”

正在安静聆听导游讲解的游客们齐刷刷用嫌弃的目光看着我，“神经病吧，自言自语。”“公共场所大声喧哗，太没素质了……”

我哪有心思去跟凡人游客们辩驳，继续听商鞅说：“就在这万佛堂的接引佛手掌中。”

只见迎面处一尊三米多高的接引佛，双目微合，双手作接引之姿。我仔细盯着它的手掌看，却没看出哪里有八卦，便小声对商鞅说：“师父，我怎么没看出来接引佛的手掌中有个八卦呀？”

商鞅说：“一般人很难看出来，因为这个八卦阵只有三分之一，另外三分之二都不在这个石窟中，得另外再去寻找。”

我拿出找碴的态度看接引佛的掌纹，掌纹断断续续、若隐若现，再加之千年风雨的打磨，如果没有商鞅指点，打死我也看不出这里有三分之一个八卦阵。我情绪一激动，声音又大了，“太坑爹了，就凭这么几条细线，谁能看出是个八卦！”

游客们纷纷表示不满，就连导游也不高兴了，耷拉着脸说：“麦积山石窟里没有八卦阵，如果您对八卦感兴趣，可以去伏羲庙或是卦台山参观。请勿在此大声喧哗！”

我悻悻地离开人群，对商鞅说：“剩下三分之二个八卦阵到哪里去找啊？”

商鞅却眼睛放光，高兴地说：“真是踏破铁鞋无觅处，得来全不费工夫。小涛，你立大功了，就按刚才那个小导游说的地方找。”

我仔细回想着小导游的话，“伏羲庙和卦台山？”

“没错。就是这两个地方。”

## 九十六、寻找八卦

伏羲为上古三皇之一，伏羲庙在天水市中心临街而建，正中门楣上悬挂着一块“太昊宫”的巨匾，院落重重相套，宏阔幽深。

伏羲庙各院内遍布古柏，原有64株，象征64卦之数，但是留到现在的仅有37株了。古柏挺拔苍翠，浓荫蔽日。

正殿内伏羲圣像手托八卦，目光如炬，正襟危坐在神龛之中，灵气逼人。圣像右有龙马雕像，左置河图洛书石盘。顶棚上井口天花镶嵌着伏羲64卦卦象图，而藻井则画了河图和伏羲先天八卦图，将伏羲首创八卦的事迹凸显得淋漓尽致。

此时正逢正月十六伏羲诞辰日，周边群众扶老携幼，纷纷前来伏羲庙朝拜祭祀人文始祖。宝烛辉煌，香烟缭绕，钟鼓鸣天，庙内充满着一派庄严肃穆的景象。

我们随着人群，跪拜了伏羲，开始寻找另外三分之一个八卦图。

一开始，我们把重点放在了伏羲庙的正殿里，毕竟伏羲圣像手中托的是八卦，房顶绘的是八卦。但眼球都快瞪出来了，也没看出哪个地方能对上麦积山石窟接引佛手中那三分之一个八卦图。

莫如月说："我觉得咱们这么找不是办法，就算正殿中的八卦图再多，也是近几十年才修缮的，原封不动的图案并不多，那三分之一个八卦图不可能藏在这里。"

我赶紧附和，"小月说得对。这里虽然历史悠久，但现代修复的成分居多，八卦阵应该不会在庙宇之中。"

风里希说："若说这里未经后天修缮、原封不动的历史遗物，也许还得算是这些古柏。咱们在古柏上仔细找找，说不定会有发现。"

我们找了前院找后院，一株一株地细细看，虽然只有37株，但我们看了一天也没看出啥名堂，原因很简单，说是三分之一个八卦图，其实就是几道线，放在偌大的树干上，看哪哪像，但又都不像。

正感到一筹莫展之时，却听到一只蛐蛐儿有一声没一声地叫着。

"奇怪了，这个季节的北方怎么会有蛐蛐儿叫呢？莫非有玄机？先抓住再说！"

公共场所不能用灵力，只能实打实地抓。谁知这只小蛐蛐儿格外聪明，看着它卧在枯草丛中不动，我一扑，它却刚好跳起飞走，就像后背长了双眼睛似的，让我扑个空。

我们三人轮着扑，来来回回折腾了十几遍，都没有抓住它，这家伙居然得意得一下子跳到我的鼻尖上，大叫了一声，似在嘲笑我。

不过就是只小虫子，还翻天了不成。我屏住呼吸，看准鼻尖，用手狠狠一拍，“啪”，没想到在我手掌落下的瞬间，它又飞走了。我一巴掌竟把自己拍得流了鼻血。这下可好，不仅蛐蛐儿在笑我，就连风里希和莫如月也在笑。

风里希说：“这只蛐蛐儿果真不一般。”

我边擦着鼻血边宣布：“何止不一般，它刚才落在我鼻尖上的时候，我可把它看得一清二楚，那三分之一个八卦图就在它的翅膀上。”

蛐蛐儿似听懂了我们的谈话，卧在枯草中不动了，我正打算狠狠地扑过去逮它，被莫如月一把扯住，“你粗手粗脚会伤了它，还是让我来。”

说完，她蹲下轻轻地将蛐蛐儿捧在手心，这回它没跳走，任由莫如月把它护在手中。

这个小家伙，看似是只普通的蛐蛐儿，然而它的一对翅膀合起来，其上的纹路正是那三分之一的八卦阵。

莫如月将蛐蛐儿小心翼翼地放入一个小盒中，像小女孩一样对着蛐蛐儿说：“小家伙，你的使命传承了几千年，如今在你身上就快完成了，有没有很兴奋？”

蛐蛐儿欢快地叫了一声，似是回应莫如月的问话。

莫如月高兴地摸了摸蛐蛐儿的小身体，将小盒盖上，“下一站，卦台山，出发。”

卦台山离天水市区很近，因此我们坐车前往，下了车，卦台山上还是熙熙攘攘，一派旅游胜地的热闹景象。

别看卦台山不高不陡，也不秀，灵气却相当充足。伏羲当年就是在这里仰观天、俯察地，始画八卦。

我们怀着虔诚的心，踏着先祖的足迹，站在山顶俯瞰远眺，古老的渭河从东向西弯曲成一个“S”形，把椭圆形的三阳川盆地一分为二，形成了一个天然的太极八卦图。

“哇，太壮观了，天然形成的八卦，这是我见过最大的八卦了！在这里好像四肢百骸都畅通了，人也清爽了，怪不得伏羲当年能在这里始绘八卦。若是长长久久待在这里，未尝不是种享受。”

风里希温柔地笑了笑，“你想在这里养老送终也不错啊，躺在天然的八卦中，接引天地之灵气，感悟先祖之胸怀，只是这辈子享受完了，下辈子还得接着找那三分之一个八卦图。”

“干吗说得这么没情调，这里虽好，但我还是想着赶紧完成任务之后娶小月呢。”

莫如月怒嗔道："谁要嫁你，真不要脸。"

要在以前，莫如月早一巴掌拍我后脑勺上了，这次她居然没打我，太难得了。

风里希没说话，只是看向远方，似在远眺着情人，眼神温柔得快要融化一切，他肯定又在想朱焱了。这对苦命的恋人，虽然彼此情深，却不能长相厮守，不像我和莫如月，吵吵闹闹的，总还能整天待在一起。

风里希闭着眼睛深吸一口气，"好了，言归正传。我觉得那三分之一个八卦阵不会在三阳川盆地，应该就在这卦台山上。有了先前伏羲庙的经验，咱们这次还是应该把重点放在动植物身上。"

"话是没错，可满山的花花草草、蝇虫鸟兽，该从哪里下手呢？"

我正丈二和尚摸不着头脑，莫如月把小蛐蛐儿取出来，放在掌心一阵耳语，小蛐蛐一个蹦子跳到了地上，欢快地向前跑，似在给我们带路，我们紧随其后，在一个小地洞处停了下来。莫如月重将它抓回盒子里，比了个手势，意思是就在这个小洞里。

果然不一会儿，一条小青蛇悠闲地爬了出来，这个季节的北方不该有蛇出没，小蛇一定另有玄机，莫如月一把抓住了它。

小蛇紧张地扭了扭身子，眼看逃脱不掉，竟一下盘在莫如月的手腕上，像个手镯一样。

从没见过如此灵性的小蛇，只见它浑身青翠，油光发亮……蛇头上的纹路，正是那三分之一个八卦图。

## 九十七、闯八卦阵

再回到麦积山石窟，正好已经闭园谢客了。我来到万佛堂，"师父，我们回来了，够快吧？"

商鞅在佛像前现形出来，"比我预计的晚了半天，不过还好都没受伤，也算功过相抵了。"

我撇了撇嘴，没敢再吭声，言多必失，在他老人家面前还是少说话为妙。

莫如月从手腕上取下小青蛇，又从小盒中拿出蛐蛐儿，一并交给商鞅。

商鞅左手拿蛐蛐儿，右手拿小蛇，随手一扔，蛐蛐儿和小蛇立即飘浮在半空中，与接引佛的手掌正好呈一个三角形，“我要启动八卦阵了。”

只见接引佛、小蛐蛐、小青蛇处同时飞出三分之一的八卦，在半空中“铛”的一声有力地合在一起，然后又瞬间放大数倍，发着深蓝着的光，看上去神秘而又幽深，似有一股力量要将我们吸入其中。

我们三个身不由已地腾空飞起，往八卦阵中飞。耳畔响起商鞅的声音，“你们进阵以后，要看到真情表演的背后是杀机，切记巽为生，当断不断，反受其乱，切记!”

“师父，我……”话还没说完，我已经被吸入蓝光之中。

强烈的光让我一时睁不开眼，好半天才感觉慢慢适应，睁眼一看，我正坐在一个发着蓝光的八卦阵上，发光就发光呗，还不停地转。

自打上次莫如月冒着灵力透支的风险带着我们连穿三次之后，我便落下了眩晕的毛病，“实在忍不住了，先吐一会儿。”

吐了好一阵，才感觉清醒一些，风里希和莫如月都不在这儿，看来我们被分开了。没关系，虽然头晕得厉害，但《商君书》不是白看的，八卦阵还是应付得来，况且进来时师傅也说了，巽为生。

我强忍着头晕和恶心，摇摇晃晃站起来，《易·说卦》中说“巽为木，为风。”我看到了，巽卦就在我的正对面，我铆足了劲儿，一个鹞子翻身冲出去。

只听“铛”的一声，我的头撞在了一辆旅游大巴车上。

什么情况？好像有很多人围着我指指点点。不管什么情况，就算天塌下来，我此刻都动不了，得先躺着缓缓。

“磁瓷的吧，从哪儿冒出来的？”“估计是碰瓷的，真专业啊，命都不要了。”“碰瓷也好，自杀也罢，这么年轻，太可惜了。”……

在众多的人声当中，我听到了莫如月的声音，“他为什么这么猛，慢慢走出来不就行了？”

又听到风里希说：“他可能因为一时没看到咱们，着急了才猛冲出来。”

我努力睁开一只眼看了看他们，以示我还清醒着，赶紧过来扶我。

“大哥哥，你没事吧？来，喝点水。”一个稚嫩的声音在耳边响起，然后有水流入我嘴里。

我喝了些水感觉好多了，坐起身一看，一个五六岁的小姑娘蹲在我身边，手里抱着一瓶矿泉水，十分担忧地看着我。

看到她不含一丝杂念的大眼睛，清澈得能倒映出我的身形，我心里顿时觉得很温暖，“我没事，谢谢你。”

此时，司机也冲了过来，如释重负般地说：“没事就好，吓死我了，你要真有个三长两短的，我可怎么赔呀。”

莫如月对司机说：“放心，他的头可硬着呢，没那么容易死。”

司机边扶我起身边问：“你们一起的？”

我装作很痛苦，东倒西歪地起身，“是，我女朋友和我哥。”

司机很不好意思地说：“今天这事儿整的，太对不住你们了，要不这样，天也晚了，我免费拉你们下山，咋样？”

我看了看莫如月和风里希，又看了看身边的这个小女孩，说：“好啊，那太谢谢师傅啦！”

“不谢不谢，你不怪我撞了你就谢天谢地了。”转而又对看热闹的游客说，“大家都上车了啊，抓紧时间出发。”

上车后，我和小女孩坐在一起，也许是因为她喂我喝水的缘故，我很喜欢她，“你叫什么名字？”

“我叫李萌。大哥哥，你叫什么名字呢？”

“我叫夏小涛，你几岁了？”

“五岁半了。”

这么小，应该还在上幼儿园，“怎么一个人来麦积山呢？”

“我不是一个人，我是跟妈妈一起来的，咦，我妈妈呢？糟了，妈妈丢了……”小女孩急得大喊，边喊边哭。

一听这话，我也急了，跟着大喊，“司机师傅，快停车，还有人没上车呢。”

司机一个急刹车把车停住。

车上有人不愿意了，“怎么又停车了，我要赶飞机的，还让不让人下山了。”

我不好意思地说：“司机师傅，你们先走，我带孩子去找她妈妈。”

司机有些不放心，又看了看一车的乘客，十分不情愿地说：“你们多加小心，要是回去没找到她妈妈，就赶紧报警。”

“好的，没问题。”

我带着小女孩，和风里希、莫如月一同下车了。小女孩往山上边跑边哭，“妈妈，妈妈……”我的心也跟着纠成一团，暗暗祈祷，一定要找到她的妈妈。

这时，又有一辆旅游大巴车从山上下来，一个女的打开窗户，朝我们这里大喊，“萌萌，妈妈在这里！”

原来她妈妈没赶上我们刚才的那趟车，就上了下一趟。我们跟着萌萌一起往车跟前跑。直到送她上了车，看到她扑到妈妈怀里才总算安心。

车上刚好还有三个空位，但都不在一起，我们三个分别找了个位置坐下。困意袭来，睡吧，睡醒了就到山下了。

不知睡了多久，一觉醒来发现天已经黑了，两边没有路灯，应该还行驶在山路上，我看了看周围，大家都在睡。旅游车上就是这样，上车睡觉，下车尿尿，景点拍照……无事可做，索性还是接着睡吧。

又不知睡了多久，耳边响起风里希的声音，“小涛，醒醒。”

“怎么了？风哥。”

风里希的声音显得有些紧张，“把小月也叫醒，这个车好像不对劲。”

一听这话，我立刻警觉起来，“小月，快醒醒。”

这个车确实不对劲，一车人都在睡，居然没有一个醒着的。我都睡了两觉了，怎么可能还没下山呢。

我大喊道：“师傅，停车。”没人理会我，车继续快速前进着。

我接着喊：“师傅，快停车，我们要下车。”还是没人理会。

我跑过去一看，天哪，司机居然也在睡觉。这是一辆什么车？要带我们前往哪里？

莫如月一看我的脸色不对，立刻明白是怎么回事了，拉开窗户往外一看，傻眼了，这哪里是山路啊，分明就是一条悬在半空中的路，不着天，不挨地，没有起点，没有终点，没有日月，没有光亮，只有两盏车灯照着，在黑暗的道路上不停地行驶着……

我倒抽一口冷气，赶紧去叫李萌她们母女，“萌萌，快醒醒，快醒醒。”

萌萌没有睁眼，只是露出了一丝邪佞的笑意。

莫如月冷哼一声，“别叫了，这一切肯定都是她搞的鬼。”

“呵呵呵……”李萌笑了起来。明明是很稚嫩的声音，听起来却显得格外阴险老辣。

她睁开眼看着我们，原先如一泓清泉似的眼睛，此刻却满是凶狠……更瘆人的是，她的母亲也睁开了眼，和她的表情一模一样。回头再看，这一车的人，男男女女、老老少少，都睁开了眼，都是和她一模一样的表情，她笑，大家一起笑；

她睁眼，大家一起睁眼……

李萌开口说话了，满车的人都随她一起开口，“你们一直这样睡下去不是很好吗？干吗要醒来！”

我突然明白临进阵前商鞅嘱咐“真情表演的背后是杀机”“当断不断，反受其乱”的含义了，商鞅指的就是李萌救我的这出戏，天真无邪、温情无限，让我毫无戒备就上了“贼船”，只可惜，我明白得太晚了，已经铸成大错。

“如果你们乖乖听话，就可以永远活在这辆车上；如果你们对我心存歹意，我会立刻杀了你们。”

师父说对了，这个小丫头片子对我们存有歹意，她就是那枚藏于麦积山石窟中的封印！

回想当初自己设想过封印成精的情形，有长翅膀乱飞的，有变成大嘴咬人的，还有像人参娃一样呆萌可爱的……但就是没想过封印会修成人形，还这么厉害。

“看来你才修成人形没多久，不知道人睡觉是有时间规律的，不像你，睡个千年万年都不成问题。”

按商鞅所说，如果我们要拿到这枚封印，就必须灭了它的灵性，让它回归成一个物件。

李萌发出一声嘶喊，“少废话，既然不想睡，也就没必要留你们性命了，今天不是你死就是我亡。”

说完，满车的人都向我们伸手，凶狠地撕扯着，似要把我们撕成碎片……

## 九十八、逃出生门

这些傀儡很好对付，风里希和莫如月一刀解决一个，他们一死立马就化成灰，然后消失不见。我使出三昧真火，一掌下去解决一片，很快车上只剩下李萌一个了。

几番打斗，大巴车已破烂不堪，本以为会无法行使，我们纷纷从车窗中飞出去，但它依旧吭哧吭哧往前开，不一会儿就开远了……

我们站在狭窄的路面上，准备跟李萌大战一场。李萌却很淡定，“你们有什么招数都使出来吧，不用客气。”

这可是她说的，别怪我们大人欺负小孩，先让她尝尝三昧真火的厉害。我朝她挥出一条火龙，一下吞没了她。

谁知她不怕火，在三昧真火中无动于衷，还专门露出一副如沐春风般享受的表情。

莫如月一个飞身，拔出映月刀割向她的喉管，她眼睛一闭，“尽管来吧。”果然，她的骨和肉比钻石还要硬，莫如月无论怎么砍、怎么割，她都毫发无损。

风里希一连使出两大绝招，李萌也只是踉跄地向后退了几步而已。

这家伙的元神是封印，材质乃元始天尊所造，非金非木、非石非物、刀枪不入、水火不侵，这世间没什么能把它毁灭。

李萌嘲讽地说：“你们三个就这点本事吗？真扫兴！现在轮我出招了吧！”

只见她双手合拢，再慢慢拉开，双手间出现一个蓝色的光球，随着双手越拉开，蓝色光球也越来越大，然后，她猛力向外一推，光球变成千万把光刀向我们飞来。

我们赶紧用灵力撑起一个结界，谁知连子弹都能轻易抵御的结界，却丝毫挡不住李萌发来的光刀。

我们纷纷拔出随身匕首边挡边躲，但还是被刺中，三人立刻成了血人。

这家伙太厉害了，现在特别理解在来麦积山石窟之前商鞅所说的那句“麻烦大了”。

我们的攻击对她来说毫无作用，必须找到她的弱点才行。既然火烧不了，刀伤不了，那就气她，使劲气，能气死她也行。

我从裤裆中取出一枚封印，装作很臭的样子，捂着鼻子对她说：“喂，李萌，这是你兄弟，见了面也不想打个招呼吗？”

她看我居然是从裤裆里取出的封印，一下子激动起来，盛怒地咆哮着，“你个臭不要脸的，休想让我变成这样，我要杀了你们！”

果然激怒她了，但好像只是激怒而已，没把她气死。第二轮、第三轮、第四轮光刀纷纷向我们射来，更多、更猛、更快……

没一会儿工夫，我们已浑身是伤。

李萌看准时机，幻出一把巨大的光剑，如篮球架那么大，似要一下结束我们性命。完了，这把巨剑要是刺穿我，必死无疑……

就在光剑快要刺到我们的时候，突然感到一股温暖的光从身后照来，将光剑化为乌有。

这是七彩光，风里希启动了宝莲灯。

“哼，我们也有撒手锏，就不信在宝莲灯下你还能猖狂。”

果然，在七彩的灯光照耀下，李萌动弹不得，她尖叫着，眼看身上的骨和肉一点点融化。她跪下来，又变回原先那个清纯可爱的小女孩模样，眼泪汪汪地看着我，“大哥哥，别杀我，求求你，我只是想做一个无忧无虑的小女孩，我不想死。”

看到她楚楚可怜的模样，我真的心有不忍，这么一个可爱的孩子，我怎么下得去手啊……

宝莲灯的七彩光弱了一些，我知道是风里希在犹豫。我们要解封封神之力，就要杀她性命，可是对她来说，她何错之有啊，无非就是在灵山宝地修出了人形。

突然，小女孩脸一变，可爱的脸不见了，只剩一张血盆大口，呲着一嘴骇人的獠牙，“嗖”地扑向风里希。我还没反应过来，莫如月已飞身上前，一脚将她踢飞，她还没落地，又反飞回来，目标还是风里希……

我和莫如月同时扑去攻击她，她一手拔下自己嘴里的四颗獠牙掷向我们，两颗飞向我和莫如月，同时还有两颗飞向风里希。

我和莫如月纷纷躲掉獠牙攻击，但风里希正在用宝莲灯作法，没法躲闪，莫如月一下扑过去，挡在风里希身前，一颗獠牙刺中她的背心，就在第二颗獠牙也快刺中她的时候，我又扑过去，挡在了莫如月的身前，獠牙刚好刺中我的背心。

宝莲灯光芒大盛，李萌一声尖叫，插在我们背心的獠牙消失了，李萌身上的皮肉也像被灯光扯去一般，一大块一大块的被撕扯下来，消失在灯光中……最后只剩下一个月牙形的心脏，怦怦跳了两下，便不再跳动了，“咣当”一声掉在地上。

莫如月挥刀砍断风里希和宝莲灯之间的血线，风里希因失血过多虚弱地跌坐在地。我和莫如月也坐在地上喘气休息，幸亏在宝莲灯之下，她的獠牙发挥不了作用，不然，估计这一牙已足够要了我俩性命。

还没喘两口气，便感到这条悬在半空中的路开始颤抖、坍塌……我赶紧一把捡起地上的封印。

此时，刚才那辆破破烂烂的大巴车又从身后驶来了，我们侧身躲过，车继续摇摇晃晃向前开去。

望着远去的车尾灯，莫如月有些惊慌地说："这辆车怎么又回来了？难道这条路是个圆?"

我突然顿悟，连忙问："小月，记得咱们刚被吸进来时那个发光的八卦阵吗，你是从哪个门出来的?"

"你师父说巽为生，我又不懂八卦，不知道哪里是巽，随便挑了一个地方就出来了，还以为自己歪打正着，刚好碰到了巽。"

"这么说咱们刚进来的那个八卦，根本就不是阵，只是一个普通的八卦图形，从哪里都能走出去。真正的八卦阵，其实就是咱们脚下的这条路。"

风里希恢复了些元气，虚弱地说："小涛说得对，咱们脚下的这条路不是个圆，它应该是个八卦阵，就是刚才那个修成灵性的封印布下的，现在封印的灵性没有了，这个阵很快就要坍塌了。"

路面迅速塌陷，瞬间已经七零八落了，我急了，"师父说巽为生，可是用公路布成的八卦阵，要到哪里去找巽门?"

风里希沉了沉气，"别慌了神，一慌神就容易自乱阵脚，先飞起来再说，一定会有办法的。"

我和莫如月架着风里希使劲往天上飞，再往下看时，我们惊呆了。我的天哪！这真的是一个用公路布成的巨大的八卦阵，和我们在卦台山上俯瞰的三阳川盆地差不多大，此时正在快速地瓦解，而那辆大巴车像一辆幽灵车似的，无人驾驶在永无止境的路上，正好前方一处断裂，大巴车毫不畏惧地冲了过去，终于坠落，掉在了无边无际的黑暗之中，只有两盏车灯在黑暗中越来越小，终化虚无……

若再找不到巽门，等八卦阵完全坍塌，我们就会像那辆大巴车一样，永远困在黑暗之中，再也出不去了。

风里希说："巽为木、为风，小涛，为今之计，只有用你的三昧真火来试风口了。"

"明白。"

我拼尽浑身灵力，向八卦阵打出三昧真火。巨大的火焰由半空扑向地面，我想把整个八卦阵都点燃，但是范围够了，纵深不够，火势虽猛却到不了八卦阵。

一股浑厚的灵力自后背传来，是莫如月向我输送灵力，我再一使劲，火力离八卦阵更近了些，但还是差一点。风里希坚持着强行运功，也向我输送灵力。

我大喝一声："拼了！"火焰一下子吞没了整个八卦阵，边燃烧边坍塌，火光之中，我看到了一处火苗在跳动。

“那里有风，生门一定就在那。快走！”

跳动着火苗的路面也开始坍塌下坠了，就在路面下坠的同时，我们追上它，猛力地穿透了它……

“铛”又是一声巨响，是我的头，确切地说是我们三个的头，撞在一辆旅游大巴车上。

惊魂未定的我们顾不得旁人眼光，赶紧坐起来，看天，有太阳；看地，有花草……

“回来了吗？”

“不知道。”

“不确定。”

司机跑下来，警觉又严肃地说：“一车人都看着呢，你们是故意碰瓷儿的，你们身上的伤是碰瓷儿前就有的，不是在我车上撞的，我就是个穷司机，没钱赔你们，要是没什么事就赶快走吧。”

看到司机这么世故的态度，我们应该是回来了。

“喂，你们三个还不走，想继续碰吗？”是商鞅的声音，他就站在我们旁边，从没觉得他像今天这么可爱过。

“回来喽，哈哈哈，终于回来喽……”

我们三个高兴地爬起来，踉踉跄跄地走了。

我边往山下走，边说：“风哥，这枚封印还是由你保管吧，咱们三个一人一个，分别保管，免得被人一窝端了。”

“也好。”

正说着，几辆豪车在我们身边停下，不祥的预感涌上心头。正中间的一辆车窗落下，“夏小涛，风里希，莫如月，好久不见，你们还好吗？”

此人正是姜默。

# 九十九、彻底决裂

“姜，姜总……”

“许久不见都生疏了，一直叫姜哥的，今天怎么改口叫起姜总了。看你们浑身是伤，估计刚执行完一个大任务，都饿了吧，走，去补补。”

怎么办？不去的话就得撕破脸，此时跟他硬拼，我们只有死的份……

商鞅适时地站到我们身前，“子牙老兄，什么风把你吹到麦积山来了？”

“我不是什么子牙老兄，你我若非要以兄弟相称，你还是叫我姜默老弟吧。”

“不管是姜子牙还是姜默，你要请我徒弟吃饭，怎么好避开我这个当师父的呢？多一个人而已，多吃不了你几口饭。”

“既如此，那就一起走吧。”

我们一起上了后面的车，我暗地里问：“师父，姜默这次来，会不会直接翻脸弄死我们？”

商鞅说：“先别考虑那么多，抓紧调息，抓紧恢复灵力。”

一路无话，我们都在闭目调息。再睁眼时，已到了兰州，姜默带我们来到兰州最好的酒店。

饭菜端上来了，我们此时也顾不得形象，师父说过当前的任务就是快速恢复灵力，甩开腮帮子使劲吃吧。

姜默慢条斯理地边吃边说：“你们现在找到了三枚封印，算上夏小涛胳膊上的，共有四枚，还差最后一枚便能解封封神之力了。”

我说：“不是共有七枚吗？就算找到莫高窟中的封印，也只有五枚，还是差两枚啊。”

姜默嘲讽般地说：“亏你还是商鞅的徒弟，你师父没告诉你吗，另外两枚封印不需要找，一枚是天空的上弦月，一枚是地上的月牙泉，再加上你身上的封印，刚好凑齐天、地、人。”

商鞅对我说：“没错，莫高窟中的封印便是咱们要找的最后一枚了。”

风里希一直沉默不语，此时开口，“既然封印是我们找到的，自然归我们所有，留我们所用，不知姜总找我们来有何贵干？”

姜默说：“你们既然已经知道了我的身世，就该明白，我所做的一切都是为了天地正道。”

我打断他，“打住打住，什么叫你都是为了天地正道？你私设幽冥之狱，圈禁灵魂，扰乱生灵秩序叫天地正道？你枉杀无辜叫天地正道？你创立邪法，制作死士，豢养心脏控制心智，也叫天地正道？……这还只是你的其中一小部分罪行，多的还没有说出来呢。”

姜默装作正气凛然，“看来我们之间受人挑拨，你对我心存误会。”

莫如月却咬牙切齿，一字一句都从牙缝里挤出来，“幽冥门杀我全家难道也是受人挑拨，也是误会吗？”

姜默一副无所谓的表情，“莫如月，你是半神，那凡人父母培养不了你，我杀他们也是为了你好，不然你今天一身本事从何而来？”

“你……无耻！”莫如月冲动地站起身，似要与姜默拼命的架势。

商鞅强按下即将发作的莫如月，“小月，听他把话说完，什么是他所谓的天地正道，他到底想干什么？”

姜默淡定地说：“世界的发展本就是推尘出新，推翻一个旧的统治，确立一个新的统治。旧世的那些神，女娲也好，玉帝也罢，虽已前往神界，但还对人间的权力念念不忘、过多干涉，他们难道就是对的吗？是时候确立一个新的统治了，而新的统治，轮也该轮到我了。三千年前，我本该去神界当玉帝的，但他们偏偏独留我在人间，天地诸神大概也是这个意思，要我用三千年的时间去创造一个新的统治，带领人类走向新的未来。”

商鞅说：“哦，说了半天，我听明白了，你不想去神界的原因是想留在人间统治世界，当人神共主，做新的玉帝，对不对？”

姜默边吃边说：“还是商君明白事理，说白了就是这样。但你们想想，我有哪点不配做玉帝？以我的德行，三千年前就该荣登大宝了。你们若扶持我，我保你们寿与天齐、共享人间富贵。”

他狂妄自大，我懒得听，“少说这么多废话了，要想我们跟你合作，先捣毁幽冥之狱，放了我爸妈再说。”

“幽冥之狱是不可能捣毁的，我也不可能现在就放了你爸妈，你与我合作是一方面，听命是另一方面，如果你不听命于我，你爸妈便是我手中的一张王牌。”

“啊呸，亏你是姜子牙转世，说话这么不要脸。”

姜默轻蔑地一笑，“话先别说死，如果你们不想以我为尊，奉我为主，我们至少还是可以合作的，这世间本就没有永恒的敌人与朋友，只有永恒的利益，你我都想解封封神之力，而封神鞭就在我的手上，不如这样，我们先合力解封封神之力，之后再论你我之间到底以谁为尊，如何？”

“你怎么好意思跟我提合作？封神鞭是怎么到你手上的不清楚吗？现在想来，从我们去昆仑山寻万年玄铁，到韩信以灵祭鞭，通通都是你设计好了的！”

“小涛，你这样说就不讲道理了，我派了黑影和高影一路协助你们，又提供了混沌元鼎，你我功劳对半，怎么就成我抢你的了？”

“既然说不过你，我也不跟你啰唆，反正奉你为主不可能，跟你合作我恶心！”

姜默一下变了脸，严肃地说：“我不妨告诉你，幽冥之狱就是为你们三人而设，囚禁你们的岁月，将是我坐享人间繁荣的岁月。你以为你们今天还出得去吗？”

说完，房门“唰”地关上了。

商鞅脸色一变，“你想怎样？”

“我不想怎样，就是想一起合作解封封神之力，如果合作不成，以我的手段照样能做到，天地间谁又能奈我何？”

商鞅说：“你想怎么合作？”

“很简单，你们去莫高窟找到封印，然后由夏小涛一人把四枚封印送来，我在月牙泉等他。”

商鞅形色冷峻地说：“这个要求不过分，我们照做便是。”

“师父，你怎么能答应跟他合作呢……”

商鞅一把将我按在座位上，不让我再多说话。

姜默轻笑一声，愉快地说：“好，那就这么定了，希望你们别耍花招，夏小涛的父母还在我手上，还有那只爱装死的兔子，我动动手指就能弄死它。”

商鞅说：“你有这么大的筹码，我们还能逃过你的手掌心吗？”

“好，哈哈哈，合作愉快。我还有事，暂不奉陪了，你们继续用餐吧。”说完，姜默起身走了。

“欺人太甚。”我拍着桌子嚷嚷道。

商鞅一副云淡风轻、若无其事的样子，“坐下吃饭吧，这么一大桌子菜，别浪费了，心怀天下者才能得天下。”

“我吃不下。”我嘟囔着。

莫如月说：“我也吃不下。”

风里希摇了摇头，没有说话，依旧坐在餐桌前。

我和莫如月刚起身要走，饭店服务员却把我们拦下了。“先生，您的这桌餐还没有买单。”

什么？我感到全身的血液直往头上涌，一下没了底气，“多，多少钱？”

“一共六千零八十三块四，请问您是刷卡还是现金？”

“我去，六、六千多块，我们还没吃完，等会儿再结账吧！”

“好的，祝您就餐愉快。”

我和莫如月一屁股坐回餐桌前。

天哪，姜默居然没买单，我上哪儿去找六千多块啊！

此时，商鞅怕跟他借钱似的适时消失不见。

既然自己买单，先不管从哪弄钱，吃完再说，一片菜叶、一个肉渣都不能放过。我们恨不得把盘子都舔一遍，美美打了个饱嗝之后，我们三个都低头坐着，谁也不吭声。

我看了看他俩，这种僵局还得由我化解，“咋办，六千多块，大家先凑一凑，我有一百三十二块四，你们呢？”我边说边把钱掏出来，连整带零的，一毛一毛数着。

莫如月说：“再凑也凑不出六千多块，要不把我的手链抵了吧。”

“那怎么行？你的手链是你师父留给你的，和你已有灵性，怎么能抵了当饭钱？”

“不然怎么办，让他们报警抓咱们？”

这时，服务员非常恭敬地说：“几位可以离开了，有人帮你们付过费了。”

往外一看，一个红色妖娆的倩影，妩媚地朝我们招了下手。

天降救星，是朱焱姐。

# 一○○、残缺的灵

“女神姐姐，你怎么会在这里？呵呵，好巧……”

商鞅适时地现身，“自然是我请来的，难道要看着你们几个因为吃霸王餐而进公安局吗？”

风里希满脸兴奋，每个眼神都透露着温柔，“这回又麻烦你了，谢谢。”

朱焱掩嘴而笑，“救你们是我分内之事，不必总挂在心上。”

我想没话找话插个嘴，却被莫如月连拉带扯地扯走了。望着风里希和朱焱你侬我侬的背景，脑子里立马浮现出他俩一起颠鸾倒凤的情形，干柴烈火、激情四射，“哦，师父，干吗打我？”

“你说干吗打你，你脑子里在瞎想什么呢？”

我撇撇嘴，跟这古板老头儿没法交流，他哪里懂什么叫望梅止渴、画饼充饥，“哦，师父，我错了。”

“行了，少贫嘴，咱们先离开这儿，为师有话对你们说。”

“是，师父。”商鞅的表情很严肃，莫非又有大事发生。

商鞅一转身化作一缕烟不见了，临走前撂下一句话，“你小子给我快点，再敢磨蹭打断你的腿。”

暴力真的能化腐朽为神奇。为了不挨师父打，我和莫如月像尿急一般冲进厕所，在厕所施法脱身，直追商鞅而去。

一路无话，我们飞出了一百多公里，才在一处小山上落定。

商鞅说：“知道为师为什么要带你们来这里吗？”

“避开姜默的耳目。”

“对，但也不全对，不仅仅是姜默，还有朱焱。”

我吃一惊，“师父，你老糊涂了吧，躲朱焱干吗？”

“我发现这么长时间以来，朱焱一直与你们保持着一段若即若离的距离，虽然从不现身，但也从不走远。”

我着急地替朱焱辩解，“她若不跟着我们，怎么可能每次都那么及时地来救我们？”

“啪！”一记戒尺已毫不留情地打来。

“臭小子，听我把话说完，再敢打断我，抽你五十戒尺。”

“可是……”我还想替朱焱继续辩驳，“噼里啪啦”五十戒尺已经落下。

我师父可真不是一般人，他的严苛在历史上前无古人，后无来者。我为什么偏偏是他的徒弟？苍天啊，你是专门派商鞅来折磨我的吧！

我不服气地梗着脖子、瞪着眼，还想接着说，莫如月一把拉住我，“你这个冒失鬼，少说两句，先听你师父把话说完。”

听莫如月这么说，我刚到嘴边的话又憋了回去，但心里跟明镜似的，早已打定了主意。

莫如月一直暗恋着风里希，而风里希又和朱焱两情相悦，若说莫如月对朱焱没有嫉妒，那是不可能的。虽然刚才我把维护朱焱的话憋回去了，但如果莫如月因为吃醋就跟着商鞅一起污蔑朱焱，我可不干。不能因为一个是我师父，一个是我心爱的女人，就任由他们冤枉恩人，亏了良心。

商鞅接着说：“我是这世间以灵修神的鼻祖，别的事我说得不一定准，但灵的事，我说得绝对准。我与朱焱数次接触，虽然她每次都有意避着我，但这么长时间以来，我也能捕捉到她的一些气息，我敢断定，她体内的元神只是一个残缺的灵。虽然我看不到她的真身，但仅这一个残缺的灵便有如此浑厚的气息，她的真身绝对是上古神祇。”

等等……我的大脑缺氧了。

莫如月显然也很吃惊，“怪不得她敢一个人潜入暗灵分舵和冥火分舵，连姜默都忌惮她几分，原来她是上古神祇的残灵。那她为什么要帮我们开启三兔法阵呢？是为了她能重回神界，还是另有别的目的。”

商鞅说：“她一直有意避着姜默，不让姜默得到她的任何气息和线索，而且幽冥门几次差点杀了你们，也都是她出手相救，从这几点至少可以分析出，她和姜默不是一路人。但法阵开启之后，她是想送神归位，还是另有别的目的，我目前也无法判定。还有一点，她和风里希的关系这么亲密，到底抱着什么目的，咱们也得当心。”

我义正词严地站出来替朱焱说话，“你们太疑神疑鬼了，我相信朱焱是好人，也相信她是真心喜欢风哥……”

话还没说完，戒尺又打来了，“你相信有个屁用！什么是好人？什么是坏人？有定论吗？人性都有好的一面，也都有坏的一面，仁者见仁而已，没有什么是一成不变的。”

我依然理直气壮，“风哥也相信朱淼是好人。就算投票，咱们目前顶多就是二比二平，不能将她列为敌人。”

商鞅说：“谁说她是敌人了？我只是提醒你们，她的身世不清，目的不明，害人之心不可有，防人之心不可无！”

听到这里，我总算放心地舒了一口气，“提醒”嘛，也可以是子虚乌有之事，不疼不痒的。

商鞅无奈地摇了摇头，“唉，我的一世聪明估计得毁在你手上了。你若执意如此认为，我也没办法，将来若真出了事，莫怪为师没有提点过你。”

因白天跟商鞅和莫如月一番争执，晚上怎么也睡不着。虽然嘴上说坚定地相信朱淼，但商鞅的提点也有他的道理，我在心里一点一点理着头绪，她到底是正是邪。

有人用一滴泪，
便可红颜祸水。
有人终日颠沛，
却在夜半伤悲。
有人笑得干脆，
转身已是狼狈。
有人哭到裂肺，
瞬间又在狐媚。
隔着时光的经纬，
你已成了谁的谁。
掐指谋算的是非，
难逃命运的摆尾。
握不住的永远最美，
得不到的叩痛心扉，
看不透的自我沉醉，
放不下的拼命去追，
走不出，命运的轨。
逃不开，心中的累！

……

这世上有那么多陷阱，天天算计着，哪能算得尽？只能始终保持一颗本真善良的心，天若要灭我，就随它吧！

## 一〇一、遇王道士

一大早，风里希来找我们，那神情、那气韵，脸上明显写着四个大字：春宵得意。每一个字都像一把刀，生生戳在单身狗的心里。

正想套一点春帐缠绵的狗粮，却听莫如月生气地催促道："你怎么还磨蹭呢，你师父都已经走半天了，又想挨打吗？"

师父这两个字简直就是我的噩梦，"等等我，我来啦！"

我们一路向西，不到两个小时便飞到了敦煌。这个沙漠中的城市，丝路上的明珠，苍凉中带着盎然生机，古老中透着时尚魅力。

"看，鸣沙山。"

只见在一片戈壁荒漠中，绵延耸立着一座沙石山，东麓的崖壁上修凿了许多洞窟，这便是著名的莫高窟了。景区为了保护壁画，给每个洞窟入口都安装了一道安全门。

"大白天的不太好行动，要不等到晚上了再来找线索？"

莫如月说："既然每个洞窟都有安全门，正好方便咱们行动，凡人不可能直接进来，他们解锁开门的时间刚好够咱们施法躲避，还是直接入窟寻找线索吧。"

风里希也说："莫高窟现存492个洞窟，彩塑2400多尊，壁画4.5万多平方米，这么大的寻找范围，还是别浪费时间了，抓紧寻找线索吧。我建议先去407窟，三兔藻井图就在那里，说不定线索也在那里。"

我们直奔三兔藻井图而去。407窟是一个覆斗顶方形窟，开凿于隋代，但经清代重修。窟室西壁开龛，龛内塑一佛二弟子四菩萨，龛顶便是三兔藻井图。

真不愧是三兔法阵的图腾，画风精美绝伦，虽历时千年，仍明艳动人。

也许是我盯着这幅图看了太长时间的缘故，眼有些花，周围的壁画和塑像全不见了，通通变成了一幅挨着一幅的三兔藻井图……

“风哥，小月，你们在哪？”糟了，是鬼打墙。一定是刚才全神贯注看画的时候，让某个魂魄侵入了我的意识。

用这么低级的手段就想困住我，这个魂魄估计也高明不到哪去。

我集中念力，将两只手的食指对在一起，大喝一声：“破!”

那一幅接一幅的三兔藻井图不见了，洞窟恢复成本来样貌，风里希和莫如月也还站在我身旁。

莫如月气呼呼地大吼一声，“滚出来！一个小小的鬼魂也敢造次，小心我打得你魂飞魄散!”

“姑奶奶饶命，姑奶奶饶命！小的不敢打扰爷爷奶奶们赏画的雅兴，只是想引起你们注意，跟爷爷奶奶说两句话。”

爷爷奶奶？是指我们吗？辈分被陡然抬高，还真有些不习惯。再看说话之人，身影在黑暗中慢慢显现，是一位头发花白的老者，穿着一身道袍却没有一丁点儿仙风道骨的气质，躬着腰、屈着腿、低着头，以最接近下跪的姿势站在我们面前……我第一个印象就是，奴才！

先不论他是谁，仅这一副卑躬屈膝的奴才样儿，已让人瞧之不起。父母生你，天地养你，你有多卑贱，需要叫我们这些小屁孩儿“爷爷奶奶”？不用他自我介绍，我也大概知道他是谁了。

他八成就是那个发现了莫高窟藏经洞，却又将洞中经文贱卖给外国人的道士——王圆箓。

虽然被一个老道士尊称为“爷爷奶奶”，但我一直认为他是民族的罪人，打心底里瞧不起他，没好气地说：“你有话快说，有屁快放，爷爷奶奶们还忙着呢!”

“是，是，我……”

他刚要开口，我又打断了他，就像训孙子一样，“站好了再说！抬头、挺胸、收屁股……”

“是，是……”他稍微整理了一下站姿，但还是卑躬屈膝的样子，好像只要我们一个训斥，他就能以最快的速度跪下……

我还准备继续挑他毛病，莫如月瞪我一眼，意思是让我适可而止，他一个小魂魄敢冒死来找我们，其中必有隐情。

我撇了撇嘴，意犹未尽地说：“行了，行了，赶紧说吧，你找我们所为何事？”

王道士唯唯诺诺地说："贫道名叫王圆箓，生前一直看管着莫高窟。这次冒死打扰爷爷奶奶，是希望您们开启三兔法阵之后，好人做到底，将我一并也送往神界。"

风里希说："你的修行不过百余年，离神界还有很大差距，若强行送你去神界，不合时宜。"

王道士说："我也知道我的修行不够去神界，现在还只是一个鬼魂，但我在人间实在待不下去了。这一百年来，有多少人骂我是狗奴才，是国家的罪人，是民族的败类，甚至恨不得掘了我的坟……我心里委屈啊，所以一直不愿去投胎，到如今积怨越来越深，没法化解，只想求爷爷奶奶们送我去神界，求求你们了。"

他边说，边"扑通"一声跪了下来，对我们直磕头。

"停停停，你别跪我们了，消受不起！你说你心里委屈，知道我怎么想吗？骂你的人骂得还不够狠，你这个历史的罪人还有脸提委屈两个字？你委屈个屁啊！"

"爷爷奶奶们听我说，别人都骂我卖了祖宗卖了娘，但我问心无愧，换作其他任何一个人，不见得会比我做得更好。藏经洞中经文的丢失怎么能赖在我一个人的身上？让我去当时代的替罪羊，我背不起啊！事情的经过其实是这样的：

1892年，我云游至敦煌，登三危山时发现了莫高窟，当时这里无人管护，一片残破，受到了严重的自然和人为破坏，当我看到那些精美绝伦的壁画和塑像时，万分震惊，感慨道：西方极乐世界，乃在斯乎。一种强烈的使命感促使着我自觉自愿担当起了莫高窟的守护人。我四处奔波，苦口劝募，省吃俭用，兢兢业业地守护着莫高窟。当时，许多洞窟几乎都被积沙掩埋，是我一点一滴清理出来，大家都知道藏经洞是在第16窟，可是仅第16窟积沙的清理就花费了近两年的时间。

1900年6月22日，我清楚地记得这一天，在第16窟清理积沙的过程中，我发现墙壁裂开了一个小缝，仿佛有光，用力敲了敲，有回声，证明墙壁后面是空的，我赶紧找人砸碎墙壁，果然，墙壁后面豁然开朗，是另外一个洞窟，里面藏有唐经万卷，古物多件，见者叹为奇观，闻者传为神物。这里便是莫高窟第17窟，震惊世界的藏经洞。当时我想，一定是上天感念我守护莫高窟有功，赐了我一件功德。我深知这些经卷的价值，因此我对藏经洞十分慎重，尽了最大的努力去保护它。

首先，我徒步行走了50公里，赶往县城去找敦煌县令严泽，并奉送了取自于藏经洞的两卷经文，可是这位县令不学无术，只不过把这两卷经文视作两卷发黄的废纸而已，我毫无所获地回到了莫高窟。两年后，敦煌又来了一位新知县汪宗翰，他是位进士，对金石学也很有研究，我又向汪知县报告了藏经洞的情况，汪知县当即带了一批人马，亲自去莫高窟察看，并顺手拣得几卷经文带走，之后，保护莫高窟的事只字不提。两次找知县没有结果，我仍不甘心，又从藏经洞中挑拣了两箱经卷，赶着毛驴奔赴酒泉，风餐露宿，当时我已快60岁了，一路上冒着被狼吃掉和被土匪抢劫的危险，行程800多里，找到了时任安肃兵备道的道台廷栋，这位廷栋大人更是草率，居然最后得出的结论是：经卷上的字不如他的书法好，就此了事。得不到当时政府的重视，保护经文根本无从谈起，我甚至还冒死给当时清政府的慈禧老佛爷写了信，但都成了泥牛入海，杳无音信。

就在清政府对保护莫高窟完全不作为的同时，1907年，英国人斯坦因来了，虽然他只给了我很少的钱，但他是怀着对莫高窟无比虔诚的心来的，并答应我，由他取走的经文一定会完好无损地保护起来。相比懦弱腐败的清政府，我更愿意相信这个信仰虔诚的外国人。

1910年，就在莫高窟经文严重流失的情况下，清政府终于做出决定，把剩余的经卷全部运往北京保存，我轻信了这个决定，才造成了经文的最大一次浩劫，在运送的路途中，每到一处都会失窃一部分，真正运到北京的经文寥寥无几。那么多年来，我保管的经文从未发生过大量散失的事，官方却如此掠夺，又如此贪心，让人怎能不心寒？于是在1914年斯坦因第二次到莫高窟后，我将仅剩的经卷全都卖给了他。

哪怕到了100年后的今天，我都不觉得我做错了，被我卖掉的经卷和壁画，全都完好无损地保存在英、法、俄、日等国的众多公私收藏机构里，而没卖掉的反倒散失了，如果我当时没有卖掉经文，如你们所愿，交给当时的清政府保存，都不知道这些经文还会剩下几张，哪里还有现在的藏经洞，更别提敦煌学了，你们说，我是保护了莫高窟，还是卖掉了祖宗。

而且，当年卖掉经卷和壁画的钱，我全部用来修缮莫高窟，个人从未花费过这里面的一分一厘，可以说如果没有我，你们也看不到今天的莫高窟，你们说，我是保护了莫高窟，还是卖掉了祖宗。

我何罪之有？凭什么百年来要受人指责、被人唾骂？难道我不委屈？”

# 一〇二、入藏经洞

人们对王道士的评价，从来都是骂声一片，如今面对面听了他的倾诉，真实感受了他的历程，我不免也在心中打起了问号，他到底是保护了莫高窟，还是卖掉了祖宗。

如果藏经洞的经文此时不在英、法、俄、日等国的众多公私收藏机构中，又会在哪里，会被当时的清政府完好无损地保管，然后留存至今吗？显然不可能，说不定会与流失的那些经文一样，稀里糊涂不知所踪，最终化为乌有。在这一点上，他或许还真是有功的，不管经文在谁的手里，至少现在是完好无损的，我们仍然能够欣赏和研究它。

这个新的认识几乎颠覆了我以前对他的所有理解。照这么说，一百年来大家对他的谩骂确实有失公允。若能提前送他去神界，也算对他有个交代了，毕竟不管怎样，他对莫高窟多少还是有功的。

我说：“助你去神界也不是不可以，但你要知道，我们若此次送你，至少给你提前了三千年的时间，这个忙也不是白帮的，你拿什么来回报我们？”

王道士一听有希望去神界，满脸堆笑，献媚到了极点，“我自然是要回报各位爷爷奶奶的，我可是世界上最了解莫高窟的人了，没有人比我更熟悉这里。你们不是要找一样东西吗？我虽无法参与，但可以提供信息！”

一听到有封印的线索，我心中暗暗欢喜，“如果你的信息准确无误，送你去神界之事自然好说。但如果你有意诓我们，那就别怪我不客气了，不仅不会送你去神界，还会打得你魂飞魄散，永世不得超生。”

说出这话连我自己都吓了一跳，这个口气跟商鞅如出一辙。

王道士满口答应，“爷爷说的是，虽没领教过你们的本事，但我多少还是听说过的，如果没有十足把握，我也不会冒死出来见你们。”

“既如此，”莫如月拿出她保管的那枚月牙封印，对王道士说，“你可见过这枚封印？藏在莫高窟的什么地方？”

工道上仔仔细细地盯着封印，有些激动地说：“原来这就是封印啊！原来它是这个样子。”

“你没见过？”

“没见过。但我清楚，它就是我一直要守护的东西！”

“什么情况？”

王道士说：“别人都纳闷，我一个道士，为什么会守着莫高窟这个佛教圣地。原因其实很简单，就是因为我当年游历到莫高窟的时候，元始天尊托梦给我，说这里藏着一个我们道家力量非凡的圣物，让我一定要守护好它。我遵从元始天尊的嘱咐，所以才一直守在这里，守了一辈子。”

“封印藏在哪？”

“它藏在另外一个世界，那里是莫高窟壁画的世界。”

“怎么才能进去？”

“它的入口就在藏经洞中，只有持有封印的人才能进入。”

怪不得姜默他们不打莫高窟封印的主意，看来他们早就知道，只有持有封印的人才能进入画中世界。我们三个刚好一人一枚封印，应该都能进去。

“进到画中世界之后都有些什么危险？怎么出来？注意事项是什么？赶快说，别像挤牙膏似的挤一点露一点！”我们边说，边往藏经洞走。

虽然这么问，但自从知道封印藏在画中世界之后，我们心里多少还是有些底的，毕竟在云冈石窟时，有了逃离“江山社稷图”的经验，都是画中世界，估计这次也大同小异。

到了藏经洞，只见在二三十平方米的洞窟中，空空如也，很难想象当年初开洞时，这里经卷满堂的盛况。如今除了墙上的壁画之外，也只有一尊洪辩和尚的塑像安安静静地立着，像是在细诉这里的辉煌与衰败。

王道士说：“请爷爷奶奶做好准备，我这就施法送你们进入壁画世界。”

“等等，先不急，我还要再等一个人。”我拿出手机，打给了商鞅。

莫高窟是这老道士的地盘，一旦我们进入壁画世界，可就不是自己说了算的，他万一对我们有个歹心，给他装孙子事小，出不出得来才事大，必须要有个自己人牵制住他。再说了，我师傅谋略过人，临行前能得他指点一二，必能少吃些苦头。

不知何时起，我对商鞅再也没有排斥，有的只是尊敬、崇拜，还有一点点爱。

突然发现越是动不动就想抽我的人，我好像看得越重；越是使劲抽我的人，我好像越爱，莫如月如此，商鞅也如此。

还没想清楚我是不是有受虐取向，商鞅已经来了，“以为你翅膀长硬了，不再需要师父了。”

“怎么会呢？师父的教诲一生都听不够。”说得这么肉麻，我自己都要吐了。

“得了吧，说得这么肉麻，你不吐，我先要吐了。”

又把师父能读心的事情忘了，在他老人家面前，我感觉自己好像裸奔一样。

王道士恭恭敬敬地行跪拜礼，“贫道王圆箓拜见大神！”

“嗯，你起来吧。”

“谢大神。”

商鞅转身对我们说：“言归正传，你们此番进入壁画世界，凶险万分，对你们的身心都将是前所未有的残酷考验。壁画世界，一幅画就是一个世界，彼此独立，却又彼此相连，就好像树干与树枝一样，封印就在树干处，每个树枝都能看到。所以你们只要有一个人得手，便全都得以解脱，否则，将永远穿梭于壁画世界，消失在现实当中。明白了吗？”

“明白。”

王道士又补充道：“正如商鞅大神所说，壁画世界像棵大树，贫道只能送你们到树干处。你们每次有0.3秒的时间来选择自己想去的壁画，否则系统会随机为你们选择，而且必须在1个小时以内完成故事情节，否则会永远困在这一幅画中。也就是说，完成壁画故事比得到封印更重要，因为如果完成了故事情节而错过了封印，还有下一幅画，还有下一次机会，但如果只拿到了封印而错过了故事情节，就永远都困在壁画中出不来了，还有，封印会在1个小时间之内随机出现，一定要看准时机。祝你们好运。”说完，便运功施起法来。

这老道士，商鞅没来之前怎么不补充呢，商鞅一来，他又是这又是那，而且“爷爷奶奶”也不叫了，一口一个“你们”，看来他早就打好扮猪吃老虎的算盘，既想让我们帮他提前去神界，又记恨我们一开始对他的不尊重，所以对壁画世界的事藏着掖着，露一半掩一半，就是想让我们多吃点苦头。老道士果然不是省油的灯……

还在揣测人情世故，只觉得身体不由自主地腾空，以极快的速度向墙壁狠狠撞去。

总共就二三十平方米的房子，需要这么快的速度吗？

“啊！”我大喊着，进入了一片光的海洋……

# 一〇三、反弹琵琶

感觉身体不再前行了，我睁眼一看，自己仿佛置身于一个球形体的中心，上下左右，里三层外三层，都是一幅一幅的敦煌壁画，大大小小、密密麻麻，像一张一张的扑克牌，毫无章法地直立排列着。乱就乱吧，它还不停地闪，边闪边转，随意调换着排列次序。

我的老毛病又犯了，眩晕，想吐！

还好，风里希和莫如月还在我身边，我们相互点了个头，以示平安，然后他俩神情专注地看画。

有两幅画从众多壁画中凸显出来，他俩随之飞向这两幅画。我也想看画，但是头晕看不清，不知不觉间已经过了0.3秒，我的身体被一股强大的吸力吸着飞了起来，“不会吧，这么快就‘随机’了？”

真是怕什么就来什么，果然“随机”了，头顶一幅画凸显出来，发着刺眼的光芒。为了防止晕到呕吐，我赶紧闭上眼睛……

只听周围响起鼓乐之声，美妙极了，睁眼一看。哇，赚到啦！我置身在一个金碧辉煌的厅堂之上，鎏金镀银，玉石铺地，五颜六色的宝石随处可见。厅堂的顶部盘龙卧凤，底部仙气氤氲。随手捧一把仙气闻闻，好香，仿佛置身于百花之中，顿感浑身舒爽……

堂上坐着一众神佛，我虽不认识，但一看就知道是佛国之人，各个面色红润，面容祥和，带着空灵的微笑。这个笑仿佛能洞穿一切，什么都看淡了；又仿佛能运筹帷幄，一切都尽在掌握之中。

大家悠闲自如地品着茶，欣赏着厅堂中央一位飞天的曼妙舞姿，偶尔交谈几句。

再看厅堂中央的飞天，长得真是美，五官精致饱满，头束圆髻，戴着五珠宝冠，上身半裸，轻薄的细纱裹住丰满的酥胸，露出若隐若现的乳沟，让人垂涎三尺。盈盈一握的细腰上缠着长裙，肩披彩带，伴随着仙乐翩翩起舞，神态悠闲雍容、落落大方，裙带如游龙惊凤，摇曳生姿，手腕和脚踝处的铃铛在空中叮当作响，别具清韵……

太美了，能欣赏一个小时的绝世之舞，也不枉我来这壁画世界里走了一趟。

正在兴头上，仙乐停了，飞天鞠身行礼，大家纷纷鼓掌，我也跟着鼓掌。

坐在主位上的佛端起茶杯饮茶，满座的菩萨、罗汉也纷纷拿起面前的茶杯。等等，主位上的佛手中端着的茶杯好像闪了一下光，我仔细一看，茶杯底座上镶嵌的正是月牙封印。

找到啦！我神情一激动站了起来。

佛看了我一眼，悠悠地开口道："伎乐天神，听说你能反弹琵琶，此等绝技神佛之中无人能及，不知今日可否一睹你的风姿？"

伎乐天神要跳反弹琵琶了？这可是个好机会！

我安安静静地把屁股下沉，刚准备落座。只听旁边的一位尊者悄声对我说，"伎乐天神，佛祖让你跳反弹琵琶呢！"

谁啊？谁是伎乐天神？怎么大家的眼睛都盯着我看？莫非……

我低头看了看自己的打扮，彻底凌乱了！

精美的璎珞披在平平的胸膛上，一条纱质长裤裹着壮硕的腿，裸露的肩上披着长长的彩带……面前正摆着一把金光灿灿的精致琵琶。

我就是他们说的"伎乐天神"。

我伸手摸了摸脸，小眼睛、兔子牙，连喉结都还在……

最后一丝希望破灭了，我不是灵魂出窍附在了伎乐天神的身上，而是换了身衣服，扮演着伎乐天神。

苍天啊！大地啊！对于只跳过课间操的我来说，能跳得了反弹琵琶吗？不如直接杀了我！可如今这地步，不管跳成啥也得跳，豁出去了！

我大步走向厅堂中央，音乐随之响起，琵琶声声，仙乐悠悠……

我嘴里却默念着，"第九套广播体操，现在开始！一二三四，五六七八，二二三四，五六七八……"

全场震惊了！他们悠闲自若的表情通通变成了目瞪口呆……这不能怪我，真的已经尽力了。

我做了两遍广播体操，连佛祖的边都没挨着，更别提他的茶杯了。

得想个办法凑到他身边才行。"呦吼！"我喊叫了一声，跳起了肚皮舞。与其说是肚皮舞，倒不如说是草裙舞，或是四不像的什么舞。

我边抖边走，抖到佛祖身边，端起茶杯敬茶，然后用力地抠底座，居然是平的，我不死心，索性抬起茶杯瞧个仔细。

果然什么都没有，封印这么快就消失了？

机会曾离我这么近，我却没有抓住。没办法，故事还得往下继续，我只能卖力地摇头晃脑扭屁股。人一旦不要脸起来，一切就轻松多了……

突然听到一个遥远的声音传来，这个声音来自厅堂的顶部，龙凤之上，甚至还要遥远，“夏小涛，你是去找封印的，还是去搞笑的？”这回我听出来了，是商鞅的声音，“你再完不成反弹琵琶，就别想出来了，做一辈子的伎乐天神吧。”

我弹，我这就弹。

我飞快地跑回座位拿琵琶，重新郑重地站在厅堂中央，将琵琶置于脑后，一个用力，没够着；再一个用力，还是没够着……

商鞅的声音继续传来，“没时间了，你若再做不到，我可就要强行帮你了。”

我痛苦地在心中呐喊，“师父，反弹琵琶徒儿实在做不到，你帮帮我吧。”

一个巨大的毛笔头落在我们厅堂顶部，随着笔头的挥动，我的四肢像是连了线的木偶，被一股巨大的力量拉扯摆弄，完全不听自己使唤。

它牵扯着我的身体，左胯重心向后提起，右脚跷起，“啊，好痛！”我的腿从没跷过这么高的高度。

狠招还在后面，我的两个胳膊硬生生被掰到脑后，反握住琵琶，每一处关节仿佛都被强行拉开，又被强行重组，勉强定格成反弹琴瑟的造型。痛得我龇牙咧嘴、眼泪直飙，还不忘把我的脸部肌肉往上提，强行拉扯成似笑非笑，悠然自若的神态，然后飞起，360度旋转展示……

掌声雷动，在场之人无不惊羡，“不愧是绝技，绝技啊！”

厅堂中的掌声仍在继续，我只觉得一道强光照向我，让我睁不开眼。等强光暗淡下去，我慢慢睁开眼的时候，已经回到了初来壁画世界时那个球形体的中心，周围还是密密麻麻的壁画，里三层外三层，边闪边转。

这回我可得挑仔细了，再不能选个这么自虐的画面，实在吃不消啊！可刚才被商鞅掰得太狠，现在还是一幅反弹琵琶的造型，胳膊和腿一时放不下来。

“唉，什么情况？”我的身体怎么又飞起来了，不会这么快又“随机”了吧！

果然，头顶一幅画凸显出来，发着刺眼的光芒！

## 一〇四、摩诃萨青

“三弟，你这个动作是什么意思？”

“没什么意思，锻炼身体。”三弟？我又成谁了？

从反弹琵琶的造型中，我缓缓放下快被扭到脑后的胳膊和快被提到胸前的腿，慢慢活动了一下四肢，总算感到四肢又都是我的了。

赶紧低头看自己，一身男装，锦衣华服，一看就是王公贵族，只是不像中国装束，像是印度服饰。只要不再扮演伎乐天神，不再跳反弹琵琶，咋样都行。

“三弟，快走，咱们早点向父王母后告别，早点去打猎，我都等不及要出宫了。”

“是啊，大哥，我的心早都飞到森林里了，真是一刻都不想待在王宫。”

听眼前这两个人的谈话，大个子的应该是我大哥，小个子的应该是我二哥，又说要给父王母后告别，看来我们三个人的身份应该都是王子。

我高兴地说：“我也是啊，整日闷在宫殿里，都快闷出毛病来了，走，向父王母后告别，打猎去！”

我跟着大哥二哥，穿过层层宫殿，来到国王和王后的住处。

传唤官大声喊道：“富那宁、提婆和萨青王子求见。”

殿内传来一声，“宣。”

我边走边想，原来我叫萨青，这个名字好像在哪里听过，挺有名的，就是一时想不起来。

国王没有叮嘱什么，倒是王后显得焦虑和不安，“我还是不想让你们去。”

“母后，没关系的，我们已经长大了，也该出去锻炼锻炼了，更何况只是在附近的树林里打猎而已，您就放心吧。”

王后紧蹙双眉，十分忧虑，“我昨晚做了一个不吉祥的梦。俗语说，鸽子即是孩子，我梦见三只鸽子，最小的那只被老鹰捉去吃掉了，吓得我半夜惊醒。萨青，你别跟哥哥们去好吗？”

我说：“一只鹰岂会是我的对手。母后放心，不会有事的。”

"你既执意如此，要去便去吧，只是千万要小心!"

"知道了，孩儿拜别父王母后，我们这就出发。"

离开了宫殿，我们三个像离了弦的箭一般，互相追赶着，嗖嗖地往前跑。很快，王宫已被我们远远甩在身后。

越跑心里越美，算算时间，已经差不多跑了四十分钟，再加上临出门跟王后啰唆的那些时间，还有十五分钟就可以回去了。

可奇怪的是，故事进行到这里，居然没见到封印的踪迹。

老大说："我有些累了，到前面休息一下吧。"

"好嘞。"

我们把马拴好，拿着弓箭在附近寻找猎物。

"快看，前面有个悬崖，说不定峭壁上会有灵芝呢。"老二边说边往悬崖跟前走。

我对悬崖一点兴趣也没有，但是有光在崖底闪了一下，直觉告诉我，那一定是封印发出来的光。

我急匆匆地跑到悬崖边，纵身一飞，我去，居然没法力，我像倒栽葱一样一头插向崖底，要不是峭壁上有两棵树挡了一下，估计我此时已经摔成八瓣了。

"三弟，三弟，你怎么样?"大哥二哥在悬崖边焦急地喊着。

"呸，呸……"我趴在地上边吐嘴里的泥巴，边说，"没，没事儿。"

封印呢?我记得刚才闪光的地方就是这片草丛。

扒开草丛，正对上一双发红的大眼睛，我倒抽一口冷气，冷静地辨别了一下，与我鼻子对鼻子的正是一只大老虎，确切地说是三只，它的腋下还卧着两只小虎，此时不逃命更待何时?

我轻手轻脚地把草丛合起来，撅着屁股后退，退到十米开外掉头就跑，能跑多快跑多快。空中却传来商鞅的声音，"夏小涛，跑什么跑，赶紧回到老虎身边去。"

回到谁身边?我对着天空翻了个白眼，愣神三秒。商鞅暴戾的声音传来，"你愣什么愣啊，让你干什么就干什么!"

百般无奈之下，我只得再回到老虎身边。但见这只母虎瘦骨嶙峋，趴在地上奄奄一息，好像快要饿死了，想它是百兽之王，威风起来凶狠无比，如今却向饥饿低下了头，残喘着最后一丝生气，挺可怜的，它身旁的两只小虎更可怜，使劲咂着奶，却咂不出半点乳汁，也快要饿死了。

仔细打量着老虎，发现它的爪子有异常，定睛一看，右前爪上其中一个指甲，正是我要找的月牙封印。

苍天啊，你跟我开玩笑的吧，让一个没有法力的人去拔老虎指甲，不等于要我去送死吗？

商鞅说：“小涛，脱衣服！”

“什，什么？师父，就算封印在它身上，就算它是个母老虎，但背叛小月的事我绝对不做！”

“你想哪去了？这种有辱师门的事就算你肯，我还不肯呢！”

只要不是给老虎牺牲色相，脱就脱！

我脱的只剩条内裤，商鞅又说：“吸引它的注意！”

这个好办，刚才反弹琵琶的功力还在，谁知母虎丝毫不为所动，依旧耷拉着脑袋，无精打采地卧着，我接着跳肚皮舞，草裙舞……

商鞅隔空传话，“别跳了，找个树枝把自己脖子割破，然后躺在母虎面前！”

我瞪着眼睛道：“师父，老虎再没力气也是老虎，送到嘴边的肉岂有不吃的道理？”

商鞅打断我，“少啰唆，就是要让它把你吃了。你现在可是摩诃萨青，必须成全他舍身饲虎的事迹！”

我终于想起来了，摩诃萨青是释迦牟尼的前世，赫赫有名的“舍身饲虎”，说的就是他。

据说摩诃萨青从小行为慈善，爱惜一切生命，在一次和兄长打猎的时候，看到饿得快要死去的母虎，便将自己脱光了喂虎，但饿虎太虚弱了，张不开嘴，他就用树枝划破自己的脖子，让虎舐了血以后，凶性大发，张嘴吃了他……

我这是造的什么孽啊，居然到了舍身饲虎的壁画世界里，要想出去，就必须让这只饿虎把我生吃了。

临行前商鞅说壁画世界对我们的身心都将是前所未有的残酷考验，现在终于深刻地体会到了。

我用树枝划破脖子，拖着两条仿佛灌了铅似的腿，无比沉重地走到老虎身边，往地上一倒，“吃吧！小鲜肉一枚，肉肥而不腻，瘦而不柴，味道好极了！”

“三弟，你要干什么？快起来！只要你肯起来，有啥要求哥都满足你。”

“哥，我要喂虎了，它只有吃了我的肉才能活，我也只有被它吃了才能出去！”老虎硕大的头颅凑到我跟前，带着强大的压迫感，狠狠舔了一口我的脖子，当我的血流进它嘴里时，它兴奋地咆哮一声，凶性大发……

我带着对死亡的恐惧，挣扎着想要爬起来逃跑，可一切都晚了，我的血唤回了百兽之王的本性。它一下扑到我身上，一口咬住我的脖子。我挣扎着，却感到力气越来越小，呼吸越来越困难。

“哥，”我有气无力地说，“我确实有个要求。等我死后，估计也不剩啥肉了，请把我的骨头收拾收拾，立个塔……”

恍惚间，它厚大的爪子扒住我的肩，锋利的指甲掐入我的皮肉狠力撕扯，我甚至都能感到那枚月牙封印也一下、两下……掐入我的肉里，它咬掉了我的肩膀和胳膊，大口大口地咀嚼吞咽着……

弥留之际，我用剩下的一只手颤抖地去摸它的指甲，眼看就要摸到月牙封印了，一使劲，终于摸到了，但此时疼痛袭满全身，根本辨别不出它是滚烫的，还是冰凉的……

下次，我一定眼睛放亮，给自己挑一幅快乐的壁画。

随着血液的慢慢流失，我的意识慢慢模糊，终于……

## 一〇五、尸毗国王

终于又回到了圆球体的中心。

当再次看到密密麻麻直立着的壁画时，我激动得热泪盈眶。

我的大脑从没这么高度集中过，数万幅画同时进入我的瞳孔，0.3秒的时间考虑，就那幅吧，好像是个国王。

我纵身飞起，直奔那幅壁画而去。

一座素洁的王宫，我在宽敞平整的床上醒来，仆人伺候我更衣，开启快乐无忧的一天。

我吃过饭，无所事事，去院子里转转，看看这座王宫怎么样，顺便找找封印藏在哪里。

一路上仆人见到我便纷纷行礼，我装腔作势地大摇大摆走过，虚荣心无限膨胀。

此时，天空中传来鹰的唳声，雄壮威猛，声声紧急，划破长空。

我抬头一看，原来是一只雄鹰在追一只鸽子，鸽子吓得“咕咕”直叫。

就在这时，雄鹰的爪子闪了一下。那是封印，它化作雄鹰爪上的一根趾头。机会来之不易，这次不会再错过了。

我纵身一飞，却只在原地跳了一下，居然没有法力。

“来人，把我的弓箭拿来，我要射死这只鹰，取下它的爪子！”

仆人们茫然地面面相觑，“王，您平时从不杀生，也从不让我们在王宫里放武器，所以，宫里没有弓箭。”

啊？连弓箭都没有，它飞那么老高，我怎样才能取下鹰的爪子？

说来也奇怪，正在我苦思冥想之际，那只被鹰追赶的鸽子竟一头扎进我怀里。老鹰虽疾飞猛追，却不敢近我的身，盘旋在半空中等待时机。

我兴致盎然地看着怀里的鸽子。漂亮雪白的羽毛油光锃亮，红红的眼睛楚楚可怜地看着我，模样十分惹人怜爱。我伸出手抚摸着它的羽毛，它乖顺地卧在我怀里，完全依附于我。

天上的老鹰开口说话了，“尊敬的王，平素就听大家议论，说您发了夙愿，要度一切众生，难道我不在一切众生之内吗？”

别看它是一只鹰，逻辑还是挺缜密，“我既然发了夙愿要度一切众生，你当然在众生之内。”

老鹰接着说：“既然如此，为什么你要护着那只鸽子，难道你只觉得鸽子可怜，不觉得我很可怜吗？要知道，它可是我的食物，如果不吃了它，我就饿死了。”

“说了半天，原来你是想吃了这只鸽子啊，那就来吃吧。但是，作为交换，我要取你爪子上的一根趾头，喏，就是那根有点像月牙的趾头。”

“啥情况？”只见鸽子和老鹰一个比一个蒙，“故事不是这样的呀，演了几千年，怎么突然改剧本了？”

我着急地说：“别管剧本改没改了，就问你干还是不干？”

空中传来商鞅暴戾的声音，“也不看看你是谁，尸毗国王，该怎么做你懂了吧？”

我怎么又到尸毗国的壁画里了？这不是自己给自己下套吗？也难怪，莫高窟是佛教圣地，画的最多的自然是有关佛祖的故事。

“懂是懂了，可接下来我该怎么做啊？”

回答我的不是商鞅，而是老鹰，“你接下来的台词是，我曾发愿，若有众生前来投奔归附，必当保护。你需要什么食物尽管说，我也一定满足你的愿。然后我会说，我要新杀热肉。你接着说，这就难了，不杀生，如何取得呢？想我这身躯，身老病死后转瞬即腐败臭烂，既然你需要，就布施给你吧。然后，你命人拿来刀，自己割下大腿的肉给我……”

“等等，等等，我要把自己大腿上的肉割给你吃？”

老鹰一脸不屑，“我的王，你今天是怎么了？演了几千年的角色，就好像今天第一天听说似的。没错，你要把自己大腿上的肉割给我，然后我会说，我要你的肉与鸽子的重量相当。你再命人取来天平，让鸽子停在一端，另一端摆你割下的自己的肉。”

小鸽子扑扇了一下翅膀，补充道：“然后啊，我会越变越重，你割下的肉始终不能与我相平，全身的肉几乎割完了，还是我重。最后，你舍尽全身，奋力挣扎着爬上天平，要把自己全部舍给老鹰吃……记住了吗？”

“记，记住了。”我心里的眼泪决堤而流，这是让我把自己凌迟了。刚被老虎吃成渣渣，现在又要一刀一刀地把自己片了，师父啊，我再也不笑话你被五马分尸了……

“那就继续演，该你说台词了！”

我泪流满面地说：“我曾发愿，若有众生前来投奔归附，必当保护。你需要什么食物尽管说，我也一定满足你的愿。”

“停停停，你这是哭丧呢，尸毗国王能这么演吗？太不专业了！每天都一遍过，今天邪门了，卡好几次！你要是再这么不走心，我们就不演了。”

小鸽子附和着，“对，再这样就不演了！”

“别呀，你们若不演，我还怎么出去。继续演，我好好演还不行吗？”

“那就再给你最后一次机会，重说刚才的台词，表情要到位，要进入角色内心。”

我擦干眼泪，换上佛一般的表情，慈悲、超然地说：“我曾发愿，若有众生前来投奔归附，必当保护。你需要什么食物尽管说，我也一定满足你的愿。”

老鹰说：“我要新杀热肉。”

我摸了摸鸽子，十分不忍地说：“这就难了，不杀生，如何取得新杀热肉呢？想我这身躯，身老病死后转瞬即腐败臭烂，既然你需要，就布施给你吧。”然后对左右仆人说，“拿刀来。”

仆人拿来一把吹毛立断的锋利匕首。我颤抖地接过匕首，深吸两口气，一遍又一遍地告诉自己，割吧，这只是一幅壁画世界，只要完成了割肉喂鹰，就能出去，一切都会恢复如常，腿还是腿，肉还是肉。

“啊！疼疼疼……”连喊带叫割下大腿一片肉，“给，吃吧，肥而不腻、瘦而不柴，鲜美着呢!”

老鹰落在一棵大树上，把树枝压得弯了几弯，看了眼我手中的肉，说：“我要你的肉与鸽子的重量相当。”

我又命左右仆人取来天平，让鸽子停在一端，把自己刚割下来的肉摆在另一端。

老鹰扇了一下翅膀，大叫着：“鸽子重。”

我咬咬牙，狠狠心，再来一刀，“啊!”疼啊！血从我的伤口处奔涌而出，顺着小腿流到脚上，又流到地上。

我把肉放在了天平上，老鹰大叫着：“鸽子重。”

再来，三刀、四刀、五刀……三十刀过去了，两条腿上基本只剩下白骨，不见有什么肉了，老鹰还是大喊着：“鸽子重!”

腿割完了割胳膊，胳膊割完了割肚子，天平上的肉已经高高累起了，老鹰还是大喊着：“鸽子重！鸽子重!”

跟它拼了!

我混身鲜血淋漓，挣扎着爬上天平，连老鹰看了都不忍，“尊敬的王，您这是何苦？鸽子还我不就得了。”

我仿佛感悟到了尸毗国王的境界，坚持悲愿，普度一切苍生。刚才喂老虎时已经死了一遍，现在喂鹰再死一遍又何妨？我徒手攀爬天平，不料一使力，肉尽筋断，刚好跌倒在天平里……

这时，天平终于平了。

老鹰看到这一幕，感动至极，自断一趾，将封印交到我手上。

拿到封印，我竟然有一种不悲不喜的感觉，佛演久了，好像自己也沾了佛的超然，“我割肉血流，不嗔不恼，一心以求佛道者，我身当即平复如故。”

霎时，我的身体完好如初。

我将封印紧握手中，感到有光照在我身上，我寻光而飞，穿过层层光雾，突然眼前一黑，什么也看不清了。

等眼睛适应了暗光，再睁眼时，我已经站在藏经洞里，“师父，我回来了!”

“嗯，一路跌跌撞撞，冒冒失失，总算没让我失望，不仅拿到了封印，还感悟到了佛的悲悯境界，你已突破神道八级，还差最后一级便功德圆满。”

我低头一看，可不是嘛，我的灵力管已经到了神道八级，误打误撞进了两个最惨的壁画世界，却因祸得福，又悟道一层。

祸兮福所倚，福兮祸所伏，世间事便是如此，“师父，风哥和小月呢？”

“他们一会儿就出来了。”

## 一〇六、凑齐封印

不一会儿，风里希和莫如月也纷纷闪现在藏经洞中。风里希说：“我还没有拿到封印怎么就出来了？莫非小涛拿到了？”

我将封印拿出来给他们看，“我也刚从壁画世界里出来。我一共进了三幅画，分别成了三个人，反弹琴瑟的伎乐天神，舍身饲虎的摩诃萨青，还有割肉喂鹰的尸毗国王。”

莫如月一脸狐疑地看着我，“你真把自己喂了老虎，把身上的肉割下来喂老鹰了？”

我自豪地说：“是啊，如假包换。”然后嘚瑟地拿出灵符，“瞧见没？神道八级了，马上就修满了。把自己的命不当命，可真不是那么容易就做到的。这回沾了佛的光，才有这么大的进步。你们呢？都去了哪几幅画？”

莫如月拿出自己的灵符看了看，已经神道九级，修满了。我显摆的气焰立马被打压下去。

风里希说他也进了三幅画，不过没我那么高深的境界，却也足以令他悟道，遂写下了三首诗，第一首是《收割》。

经年风沙吹几番，吹却秋花离恨天。
半世嚣狂逐名笺，难揽恩怨徒悲添。
隐居山水藏刀剑，静守麦黄没夕烟。
功过不求谁来鉴，独享脉脉风月闲。

第二首是《乘虎飞天》。

戎马半生，到头来，不知替谁争天下。狼烟飞沙，怎敌他，泪雨纷纷别话。红唇似血，灯火葳蕤，乱了豪杰英发。酒醒无影，只叹匆匆似烟花。

不如挥剑转身，一袭袈裟，去留无牵挂。琼楼玉宇，起舞纵歌追红霞。十里桃花，多情莫笑我，相思放下。江山如画，任我乘虎游煞！

第三首是《夜半逾城》。

夜半逾城，马驰奔、凌空远眺。踏流云、千层浪滚，群山渐渺。壮志待酬乾坤晓，任凭血泪和风啸。莫徘徊，平步能青云，上九霄。

再回首，月高照；求般若，心向道。鬓微霜，不复狂傲年少。琼楼馔玉轻谈笑，风月花鸟尘缘了。自峥嵘，一步一清莲，何潇潇。

在场的人无不称赞，“好诗啊，好诗。读之仿佛身临画境一般，写尽了你风流潇洒的情怀。”

风里希笑道：“潇洒可以有，风流还是算了，一生一世一心人便可，哈哈哈。”

因为凑齐了封印，大家都兴高采烈，只有莫如月还是一副冷冰冰的表情，看不出她内心的想法。

我凑到莫如月身边，笑眯眯地问：“小月，说说嘛，你去了几幅画？经历了什么呀？”

“我没什么可说的。”冷冷一句话，像一瓢凉水一样泼向我。

小月这是怎么了？虽然平素性格高冷了些，但绝对是个外冷内热的人。她表现得这么反常，在壁画世界里的事绝口不提，无非就是两种可能，一是为风里希刚才的那句“一生一世一心人”吃醋了；二是在壁画世界里看到了她不愿看到的，或是令她伤心的事……

我仍不死心地接着问：“小月，你是不是在壁画世界里看了你不想看到的事？”

她慌乱地说：“才没有！你少管！”

她越是说没有，就越有事。对了，师父一直在外面关注着我们，他一定知道小月身上到底发生了什么。

商鞅好似知道我要问什么，还没等我开口，便说：“你们都能平安的从壁画世界里出来，又成功拿到了封印，这是最好的结果。如今，封印已经齐全，我们也该让它发挥发挥作用了。”

师父是在故意帮小月搪塞我，这其中必有蹊跷。现在不方便问，找机会一定要向师父问明白。

王道士插嘴道："各位，你们已经拿到了想要的东西，不知贫道的服务是否周到贴心？如果你们觉得还满意，请在神门大开之时将贫道顺带送往神界，贫道自当感激不尽。"

风里希说："以你的修为，能帮我们到这个地步已经很尽力了。答应你的事我们自当办到，绝不食言，你且等待召唤吧。"

"谢谢！有你这句话我就放心了。若没别的事，贫道先行告退。"

"好，你退下吧。"

王道士走后，商鞅对我们说："现在四大石窟中的封印已经齐全，剩下三枚月牙分别是天，即天上的上弦月；地，即地上的月牙泉；人，即夏小涛胳膊上的月牙印记。月牙泉和夏小涛这两个封印不用准备，条件成熟，至于这上弦之月，据我推算，明天晚上便会出现，不过，姜默肯定会在明晚之前联系你。"

正说着，手机响了，不是姜默，居然是白延庆，我热情地说："喂，老白，好久不见，干吗呢？"

白延庆却在那边哭喊着："小涛，我在张魁手上，快来救我啊……"

电话似从白延庆手中被抢走，是小兔子的声音，"喂，主人，我也被张魁抓住了，对不起，耽误你正事了……"

电话又被抢走，这回是张魁的声音，"夏小涛，老朋友，好久不见啊，有没有想我？"

"想你奶奶个腿，你赶紧把他们两个放了！"

"放他们容易，你是想活着放，还是死了放？"

"你……"我气急败坏地吼着，"你敢动他们一根指头试试！"

"呦，这么狂，我动他们怎么了？你能拿我怎么样！"

电话中传来老白和小兔子凄惨的叫声，还有求救声，"啊……""求求你，别打了……"

我一下没了底气，"别再欺负他们了，你们需要的人是我，想让我怎样，直说吧！"

"我想怎样你还不清楚吗？你们已经成功拿到了封印，明天晚上八点，乖乖把四枚封印送到月牙泉。记住，只准你一个人来，劝你别跟我玩花样，你最在乎的人和妖都在我手上，否则，他们就是你的替罪羊。"

“好，我照做便是，你把他们好吃好喝伺候着，如果敢把他们怎么样，我就……”

“你就什么？你我力量悬殊，别说是你一个人了，就算你们三个外加那固执的商鞅老头一起，又能将我幽冥门如何？”

一句话竟说得我无言以对，凭我确实能奈他何？既如此，“你也少跟我啰唆了，老子懒得听！”说完，我一下摁掉电话，想象着电话那头蒙圈的张魁，心里稍微舒服了些。

商鞅说：“大家都累了，今天就好好休息，养精蓄锐，明晚说不定还有一场恶仗要打。”

晚上，我和师父一个房间，只要跟这个犟老头一起，我就别想睡觉，只有打坐静修的份儿。

我边打坐，边用余光偷瞄他，挑了个他看似心情不错的时候，小心翼翼地问：“师父，现在可以告诉我了吧，小月在壁画世界里到底遇到了什么？”

商鞅微闭着眼睛说：“她在一幅东王公与西王母的壁画里，看到了自己的未来。我虽具体不知道她看到了什么，但也猜出个八九不离十。这个未来，正是她自己不愿见到的。”

我的心一揪，“我们现在有天机镜，没有什么是不能改变的，既然小月不喜欢这个未来，就去改了它。”

商鞅眼一睁，气呼呼地说：“你傻不傻，她不愿见到的未来，未必也是你不愿见到的。你去改吧，改了别后悔。”

“哈哈哈，谢谢师父，我知道了。”一定是小月看到了她与我的未来，所以满心不高兴。

小月啊，你迟早是我的，你就认命吧。

第二天，我们分头做着各种准备，把武器都擦了个遍，能带在身上的都带在身上，而商鞅拿着我的手机施了一天的法，加了各种符咒。

因为他是灵，要大便大到没有边界，要小便小到没有分量，在手机里随便找个空当就能藏进去，再施以层层符咒，保证姜默发现不了。而风里希和莫如月，只能先留在外面随机应变。

晚上，我带着四枚封印，还有我的神目刀、定沙珠，另外，莫如月把回魂丹也给我装上了。

风沙刚过，新月初升，鸣沙山粗犷地高耸着，却又细腻地勾勒出柔美的线条，时而如风卷波浪般跌宕起伏，时而如无瑕美玉般波澜不惊，深邃神秘、变幻莫测。沙漠腹地的月牙泉，像是天上的弯月坠落凡间，美成了沙漠的眼，清澈而又满含深情，婉约而又充满神秘，让人不敢亵渎。

幽冥门的红色结界将整个月牙泉全部罩在其中。

## 一〇七、封神之力

月牙泉边有一组古朴肃雅、错落有致的建筑群，姜默就在其中一处较宽的平台上，运筹帷幄般悠闲地品着茶。他的身后只跟着张魁。

张魁用一道红光将我罩住，我头顶上方立马出现带着红色光影的四枚封印、神目刀、定沙珠、回魂丹，还有一部手机。

他非常恭敬地对姜默说："主人，就这些了。"

姜默只轻轻应了声"嗯"，然后转过头来对我说，"小涛，愿我们还像从前一样，我是大哥，永远帮助你、引导你，做你的依靠，这样不好吗？"

一听这话，不知怎的，我情绪激动起来，"什么大哥，什么兄弟，都是骗局，都是你演的戏，只为了你能久居人间称霸世界……"

"不是这样的，我们之间有误会，你听我说，我的确想解封封神之力，但我也是真拿你当兄弟，不为别的，只为我胳膊上也有一个月牙印记，这是使用封神鞭的特权，也正是这个特权把你我联在一起，我们是同一种人。你不相信我，难道也不相信封神鞭吗？是它选择了你和我。只要我们解封封神鞭，一切都会好的。"

封神鞭在月光下锃锃发亮，它是我耗尽灵力，用九九八十一天三昧真火炼出来的，它的每一个细节我都了解。

姜默把封神鞭递到我面前，"你看它，多么雄浑厚重，如果你和我一样对它充满感情，对它寄予希望，就应该能听得到它内心的呐喊，那是一种渴望被唤醒的呐喊，也是一种渴望驰骋天地的呼唤……试想一下，当封神鞭解封之后，你我兄弟将共同执掌。你不是想匡扶世间正道吗？你不是想维护世间秩序吗？有了它，通通都能实现，你我将共同主宰天地，永生永世共享世间繁荣，岂不快哉。"

我觉得意识有些模糊了，“我没有那么大的抱负，不想当天地共主，只想让我爸妈回来，再娶小月做老婆，一家人永远在一起……”

姜默把封神鞭交到我手上，一手搭在我的肩上，“可以啊，有了封神鞭，什么都能实现。来吧，兄弟，让我们还像从前一样，快意人生！”

我握着封神鞭，迷迷糊糊被姜默搭着肩，往月牙泉边走。

来到月牙泉边，突然听到手机响起，我在身上摸出手机，正要接通，却被姜默一把拉到身边，给了一个鼓励般的拥抱，“加油，兄弟！”他顺势不留痕迹地把手机打落水中，那可是我刚换的手机，我却麻木得没有任何表情。

“谢谢姜哥，我一定努力。等我好消息！”我好像把手机这件事给忘了，面无表情地看着它的屏幕亮着，来电显示两个字：师父。然后，它慢慢沉入水底。

姜默嘴角露出一抹邪佞的笑意，“那就开始吧，会很辛苦，一定要坚持住，我亲自为你护法。”

待月至中高，一轮弯月与月牙泉刚好形成呼应之势，我抬头看了看天，真奇怪，从没觉得天空和大地如此接近，往常远在天边的月亮，如今看起来特别大，仿佛近在咫尺。

我腾空飞起到月牙泉上方，形成天、地、人三点一线，又取出四枚封印，抛向空中，四枚封印像是得到感应一般，各自在正东、正南、正西、正北方悬于空中。

一条血红色的光线自月牙泉泉心升起，慢慢升到我脚下，穿透我，进入我的血液，我就像过电一样，浑身麻酥酥，我胳膊上带有月牙封印的那层皮一下被冲破，“啊！”我呐喊着，封印瞬间爆发出血红色的光，强烈的红光把半个鸣沙山都照成了血红色……

当红色光线顺着我的血管流向头顶，又从头顶射出时，原先的一条光线陡然变成五条，速度也突然变快，“嗖”的一下射了出去，有四道射向四枚封印，还有一道直抵月亮。

射向封印的四道血红光线在封印中停留了片刻，仿佛是在蓄势待发。“啊！”伴随着我的一声咆哮，那四道光线冲破封印，也向月亮汇聚。

我仿佛成了一个中间枢纽，连接着天与地，与四枚封印。

我的身体由一开始触电般的麻酥酥，到现在仿佛承受了万伏电压，浑身的每一个细胞都在扭曲和膨胀，“啊！”我的身体开始抽搐，快要爆炸了。

我挣扎着、坚持着，传到我身体里的电压丝毫没有减弱之势，反而越来越强，强大到令我绝望。

我努力抬起封神鞭，想一鞭抽死自己，只听下面姜默大喊：“你干什么？别胡来！”

在强烈的电击之下，我清醒了许多，只见他一伸手，划出一道强劲的功法打向我，我以为他是在向我注入内力，没想到他向我挥出的仅仅是一道定身法，将我的四肢牢牢固定住，再也使不出力气了断自己。

我还真差点又相信他了，没想到在他眼里，我只是个解封封神之力的工具。

姜默一双眼睛死死盯着我，就像一个贪婪的农夫死死盯着一只下金蛋的鸡。我也同样看着他，眼神中充满憎恶。

月牙泉边的水里有个东西在闪，那好像，好像是我的手机，什么时候掉下去的，我怎么一点印象都没有。遭了，师父还封在手机里，怎么办……

也许是挂念着师父的安危，多少分散了我的注意力，身上高压电击般的疼痛稍微得以缓解。

那道从月牙泉泉心升起的血红光线越变越粗，向月牙泉边扩散，最后变成与整个月牙泉一般大小的一股光柱，直冲上天，将我和四枚封印通通湮没其中。

光柱触到了月牙泉边，片刻之后，开始慢慢变弱、变淡，待红光消散干净，空中留下了八十四道符印，像八十四只刚出笼的小鸟一样，纷纷惊叫着四散乱飞，飞的速度极快。

姜默丝毫没有要解开我定身法的意思，而是飞到我跟前一把夺走封神鞭，用力挥向就近的一道符印。

“呀！”符印尖叫着，被一鞭打成碎末。随着红光四溅，封神鞭上出现了一道符印。

姜默亲自动手，一张一张打着符印，我也因此稍得喘息。纵然他身手敏捷，八十四道符印也够他打一阵子。

突然我感到自己能动了，耳边响起师父的声音，“你个臭小子，让我好生费劲才出来。你先别动，继续保持被定在半空中的姿势，等我破了他的结界，让风里希和莫如月都进来，你再伺机行动。”

我点了点头，“一切听从师父安排，顺便问一句，师父，你是怎么出来的？”

“自然是不停地打电话，把你手机弄爆炸了才出来的。”

什么？那可是我存了许久的钱刚换的一部新手机，就这么爆炸了？心碎……

只觉得后脑勺一巴掌，“都什么时候了，居然还在心疼你的烂手机！我若不把它弄爆炸了出来，你的小命就没了!”说罢，师父消失不见。

我继续一动不动地看姜默打符印。不一会儿，就剩最后一道符印了。眼看自己的生命就要走到尽头，最后一道符印嚣叫着，格外卖力地飞。张魁欲伸手帮忙，却被姜默一掌击退，“不用你多事!”

张魁虽喷出一口血，却仍一边捂着胸口，一边关切地看着姜默，寻找自己能帮忙的契机。

终于，姜默飞身一鞭挥下，将最后一道符印击碎，“呀!”随着一声刺耳的尖叫，如烟花般的红光消散在漆黑的夜幕之中。

远处，大地在颤抖，把鸣沙山的沙子都晃动得轰轰作响，狂风大作，风卷黄沙嚣张地袭向月牙泉。但幽冥门的结界就像个玻璃罩子一般，把月牙泉罩得严严实实，哪怕外面风沙漫天，月牙泉这隅依旧安宁。

一道天雷径直劈下，不偏不倚刚好劈在了姜默手中的封神鞭上。

紧接着，第二道，第三道……

难得见姜默如此虔诚，只见他双手举鞭，咬紧牙关承受着天雷对封神鞭的洗礼。

看样子，应该也会有八十四道天雷劈下。

## 一〇八、救哪一个

结界外狂风卷着黄沙，似拳头般猛力击打着结界；结界内姜默手举封神鞭，虔诚地承受着八十四道天雷的洗礼。

我装模作样地被定在半空中，焦急地在心里默数着，第八十道，第八十一道……

突然，在一个角落里，我看到有一股细沙吹了进来，虽然只是一小股，像缕轻烟似的，但这足以证明师父成功了，姜默的结界破了。

他现在正全身心地承受天雷，应该是最虚弱的时候，此时不战他，更待何时？我用十成功力准备好一拳，愤恨地飞速冲向姜默，料定了这一拳非要他半条命不可。

姜默听闻我冲来的风声，睁眼看了看，不躲也不闪，依旧闭着眼睛等待天雷。如果不是了解他罪恶滔天的行径，只看眼前的样子，还真以为他是个善良虔诚的信徒。

就在快要击着姜默的时候，张魁突然出现，一挺身挡在了姜默身前，生生挨下了我全力使出的这一拳。

我收回拳头，打算趁机再来第二拳，却刚好与张魁的拳头对上了。

他这力道，正是我刚才全力击出的那一拳。我被打得向后退了几十米，倒在沙子中。

张魁乘胜追击，挥着拳头朝我攻来，风里希一掌挡住，随即便和张魁战到一处。但无论风里希是出拳还是挥掌，张魁都硬生生承受，再以其人之道还治其人之身，通通反击给风里希。

我和莫如月很默契地攻向姜默，就在我们快要接近姜默的时候，第八十四道天雷刚好劈下。

天雷青色的余威尚未散尽，姜默便急举封神鞭打向莫如月。莫如月尚飞在半空中的身体被封神鞭结结实实打了个正着，一下飞落出去，狠狠摔在地上，一口血喷了出来，艰难地爬起来，喘着气。

姜默看到沙地中身受重伤的莫如月，惊诧道："怎么会这样？怎么会这样？"

他慌忙间又打出一鞭，还是打向莫如月，我怎么忍心让小月再挨一鞭，拼命护到她身前，替她挡下一鞭，也喷出一口血来。

姜默歇斯底里地冲到我身边，一把捏住我的脖子，红着眼睛问："你到底对封神鞭做了什么？说！"

"封神鞭自打铸成之后，就一直在你手上，我还能做什么？"

"不说是吧？那先死的就是他俩。"

两个穿黑西装的人拎着被五花大绑的白延庆和小兔子，从古庙之上缓缓飞起。这两个黑衣人一看就是和黑影高影一样的傀儡死士。

其中一个死士撕掉白延庆嘴上的胶布，老白立刻哭喊着："兔子，救救我啊，我不想死，不想死……"

与此同时，小兔子虽然嘴上也有胶布，说不了话，但我能听到他内心的声音，"主人，大局为重，不要因为我们两个，坏了整盘计划。"

他越是这么说，我越觉得过意不去，越想救他们，"你放了他们，我就告诉你封神鞭的密门在哪！"

莫如月急了，“小涛，不能告诉他……”一句话还没说完，一道封印封住了莫如月，让她开不了口。

风里希和张魁此时也不打了，张魁站到姜默身后，风里希扶起莫如月。大家齐刷刷看向我。

万分紧张的时候，我慢慢地、非常郑重地说：“其实，这个封神鞭与之前的那个没有太大不同，大家请看，长三尺六寸五分，共二十一节，应有符印八十四道，实有八十四道，完全符合标准……”

“说重点。”姜默怒吼道，与此同时，白延庆一声惨叫。

“重点就是，第二节的四道符印，其中有一道……”姜默依我所言，赶紧去看第二节。

就在此时，一把戒尺出现，趁其不备一下挑落了姜默手中的封神鞭，我再用一个完美的跃身接住了封神鞭。我想也没想，抓着封神鞭赶紧往天上蹿，边蹿边按下第二节和第三节之间的小按钮，心中默默祈祷，封神鞭兄弟，看你的了。

只见这二十一个关节来来回回错综组合着，发出“叮叮哐哐”的声音，很有重金属的质感。

姜默在后边紧追不舍，速度之快超乎我的想象。天哪，快追上了，封神鞭却还在有条不紊地变着身。

姜默伸手要抓我的腿，封神鞭刚好变完枪托和扳机，我慌了，等不及它变好枪膛，直接朝姜默扣动扳机……与此同时，枪膛完美成型，劲爆地射出一道蓝光，一下子就把姜默伸出的胳膊打掉了。

姜默惊愕地瞪大眼睛，看着自己残缺的胳膊，三千多年来，再也没有谁能这般伤害他，如今，我这个毛头小子居然打掉了他宝贵的右手，只因我手里握着封神枪，而这个封神枪，居然还是他打碎了八十四道符印，承受了八十四道天雷才唤醒的。

他左算右算，怎么也没算到我会在封神鞭上安插一个不起眼的小按钮，而正是这个不起眼的小按钮，毁了他的全盘计划。

屈辱、愤怒充斥在心中，一个猛掉头，他急冲向莫如月，风里希欲抵挡姜默的突然来袭，但他哪里是姜默的对手，只是短短三招便已被姜默狠狠击出百米开外，重重摔在沙地里。

姜默一把捏住莫如月的脖子，“夏小涛，你不是喜欢这个女人吗？她的命就在我手里，你把封神枪给我，否则，不仅是白延庆和装死兔，莫如月也别想活。”

姜默心狠手辣，说得出做得到，此时小月在他手里，再加上老白不停地哭喊，“兔子救我……”我彻底慌乱了。

风里希挣扎着爬起来，悄悄从地上往过爬，打算从后面偷袭姜默，但还是被姜默发现了，他一个旋身踢出一道强劲的红光，正中风里希的胸口。风里希喷出一口血，倒在地上动弹不得。

正在我慌神之际，张魁这厮居然从背后偷袭我，一把握住了封神枪。

我们在天上撕打着，但无论我使出什么招数，他都像嚼过的口香糖一样，牢牢黏住枪身，就是不撒手。

明知道他能吸收我的招式，我还是憋足了十成功力，打出一道三昧真火的火龙，这回总算奏效了，他虽然在吞吃我的火龙，但是依然被我打退了几步，松开了双手。

好不容易争取来的机会岂容错过，你不是能吞吃别人的招式吗，来点狠的，看你消受得起不？

我握着封神枪二话不说，对准他就是一枪，“去死吧！”

张魁刚吞了我的火龙，正欲吐出来，却突然被封神枪打出的蓝光顶回嘴里。

蓝光射进张魁的身体，就像在平静的水上插入了一根针一样，没有引起半点波澜。但片刻之后，张魁连伸脖子带蹬腿，身体开始慢慢膨胀，像正在打气的气球一般越胀越大，终于“嘭”的一声爆炸了，肉末血浆溅了我一身……

恶有恶报，张魁与我之间，与小月之间的血债，总算得以血偿。

姜默对张魁的死并没有表示多少痛惜，“把封神枪交出来，否则我弄死她。”

莫如月虽说不了话，但她一个劲儿地摇头。

姜默加大了手上的力度，一股血从莫如月嘴角流下。

“你还在犹豫吗？”姜默给傀儡死士一个眼神。

“啊！”只有半声惨叫，白延庆的脖子就断了，从半空掉落在沙堆里，不再动弹。

“下一个，是这只装死兔。”

小兔子颤抖着，瑟缩着，既害怕死，又害怕拖我后腿……

我和他共用一魄，能清楚感受到他内心的情感。我的亲人们不能再因我而死了，如果我交出封神枪，他们会不会放了小兔子和莫如月？……

“我没那么多耐心等你！”

莫如月好似看出了我的犹豫，边流泪，边摇头。姜默又使了把劲，更多的血从小月嘴里流出。

“啊!”又是只有半声，小兔子的脖子也断了，变回了兔形，被傀儡死士像扔垃圾一样扔到地上。

“不!……”我彻底崩溃了，“别再杀人了，我给你，封神枪我给你!”

莫如月不可思议地看了我一眼，这一眼充满了失望。

就在我准备把封神枪扔给姜默的时候，我看到莫如月用尽内力，让自己全身的气血倒流，血一股一股从嘴里冒出来，很快，就只有出的气，再没进的气了。

小月，她，自杀了……为了不让我交出封神枪，她竟然选择了自杀!我早该想到，像她这般烈性的女子，怎么可能容忍敌人拿自己作要挟呢!

“不，不……”我的意识仿佛失去了控制，疯狂地拿着封神枪向姜默扫射，向刚才杀了老白和装死兔的傀儡死士扫射，向天向地扫射……

傀儡死士被我打成了蜂窝，姜默左右躲闪，虽然没有射中他，但他也没办法近身攻击我。几圈试探之后，他愤然离去……

## 一〇九、心狠手辣

姜默已经离开半天了，我还在朝他消失的方向射击，“啊，啊……”我要打，打得天地颤抖，打得诸神战栗，打碎一切不公平……

“啊!”商鞅抽了我一耳光。我停止了射击，清醒了一些，看着他扶起风里希，两人一起走到莫如月身边，替她把脉。

难道，小月还活着?

我赶紧冲到小月身边，用颤抖的手去试她的呼吸，什么都没有。

“看来已经死了。”商鞅平静地说，“再去看看那两个。”

不等商鞅去，我先跑过去试，他们都是我至亲至爱之人，我一个都不愿失去!

我知道小兔子已经死了，但还是不愿放弃，跑过去试了试，果然也死了，身体都僵硬了。

我抚摸着他长长的耳朵，茸茸的毛，回想起他死时的心路历程，眼泪不自觉地流了下来。他到死时心里想的还是我啊，可我却什么都不曾为它做过……

我把它抱到莫如月身边，恭恭敬敬地放好……

“你朋友白延庆还活着呢。”商鞅平静地说着。

老白还活着？太好了！我赶紧跑过去试了试，果然还有呼吸。

商鞅给老白把脖子上的骨头接好，又喂他吃了一粒药，他慢慢缓了过来。

我们四个围坐在莫如月和装死兔的尸体旁。太阳慢慢升起，给细软的沙子涂上了金黄色，却给我的心里带不来一丝温暖。

风里希说：“咱们只有一颗回魂丹，现在大家商量一下，莫如月和装死兔，该救谁？”

只有一颗回魂丹，自然是要救莫如月的，风里希之所以这样问，就是要让我从内心放弃小兔子，我怎么会不懂，只是让我放弃一个以命相托的朋友，谈何容易！

商鞅盘腿打坐，一只手放在膝上，一只手托在胸前，手上托着两团火，静静地等我做选择。

我从身上掏出一个小瓶，倒出一粒洁白如玉的丹药，喂莫如月吃下去。

商鞅手中的其中一团火立刻跳进莫如月的身体，片刻之后，只听莫如月狠狠吸了几口气，待呼吸渐渐平稳，她也慢慢转醒。

“小月！”我一把揽她入怀，喜极而泣，“太好了，你回来了……”

她没有挣脱我的怀抱，而是急着问：“封神枪呢？给姜默了吗？”

“没有。”我让她看了看我旁边的封神枪，“你都以命相抗了，我怎能再交出封神枪？”

“那就好。”莫如月看了看小兔子，“回魂丹给我吃了，它怎么办？”

商鞅平静地说：“他的三魂七魄都在我手上，自然是我说怎么办就怎么办。”

我一下松开莫如月，“师父，你什么意思？难道不送他去转世投胎吗？”

“投胎转世？哼，送，这就送。”

说着，他两手禁锢住手心里的那团火，上下左右不停地把玩。看似行云流水般的把玩，却让火团越来越小，不对，他是在打磨它。

师父打磨小火球干吗？这个法术从没见过，其中必有蹊跷。“师父，你不是送它去投胎，你在干什么？”

商鞅没有理我，继续打磨着小火球。我甚至能听到小火球的呐喊，那是小兔子的声音，他好像很疼，疼得撕心裂肺。

“师父，住手，住手！”我喊他不听，只好上前去抓他的手。他一把将我挥开，并用法术定住了我。

我预感对了，他在做对小兔子不利的事情，“风哥，小月，快阻止我师父。”

风里希和莫如月看了我们一眼，虽然表示疑惑不解，但都没有出手。

很快，本就不大的小火球被他磨得只剩一缕小火苗了，他将这一缕小火苗打入我的身体。

我浑身抖了一下，并无异样，“师傅，那团火是小兔子的魂魄，对不对？”

“没错。”

“你把它怎么了？”

商鞅若无其事、云淡风轻地说：“我毁了他的三魂六魄，剩下的一魄，刚注入你的体内。徒弟，你的魂魄现在已经完整了，再也不需要与人共用了，另外，我把他三百年的道行也一并给了你，你感觉一下，看适应不，应该很快就能突破神道九级了，高兴吧？”

我的心一揪，“你怎么能这么做呢？”

“我这么做怎么了？你和他共用一魄，让他怎么去投胎？要给它一个完整的灵魂，你就得少一魄，不痴也傻，又怎么开启三兔法阵？再说了，它这么弱，迟早都会成为你的拖累，它这个时候死，死得其所，死得恰到好处。”

“你毁了他的三魂六魄，就等于世上再也不会有他这个人了，这跟魂飞魄散有什么区别？他何错之有啊？”

商鞅理直气壮地说：“这世上无辜的人多了，你管得过来吗？哪个成功者背后没有几个血淋淋的无辜亡魂？欲成大事者必不拘小节，在我们那个年代，你这就叫妇人之仁。你现在应该想的是怎样突破神道九级，怎样开启三兔法阵，而不是在这种小事上纠结。”

“我现在终于明白了，历史上都评价你残酷暴戾，依我看，你不仅残酷暴戾，更是心狠手辣，为达目的不择手段，不惜牺牲无辜，不惜枉杀亲友，怪不得……

“怪不得什么？”

我本不想说，但看了看小兔子小小的尸体，想到他满怀希望地跟着我，就是想提前成神，没想到不仅没能成神，还因为要抢他一魄而强行散尽了他的三魂六魄……我气不打一处来，怒发冲冠，“怪不得你能发明五马分尸这种酷刑，最后自尝恶果，被五马分尸了！”

风里希和莫如月吓得瞪大了眼睛，“小涛，别说了。”

商鞅气得浑身发抖，然后仰天大笑，“苍天啊，你让我公孙鞅两次背负相同的命运。我一心为强大秦国，然而强大起来的秦国灭了我；我一心为强大我的徒弟，然而强大起来的徒弟侮辱我。何故啊？罢了，罢了，我心已死，去也！”

风里希一看商鞅要走，急忙踉跄着起步，“公孙鞅大神请留步，晚辈有话要说。”

商鞅停下脚步，回头问：“你有何事？”

风里希说：“小涛刚才一番话，我都听在耳里，确实有违为人弟子之道。”

商鞅转过身来，“你接着说。”

“您三番五次救他性命，甚至为了他盗用他人魂魄，他不但不领情，反而恶言相向，视为忘恩；多年来，您对他悉心教导，不仅亲授心血之作《商君书》，大事出谋、小事划策，他的一身本领多数都是承您所教，他却对您不敬，视为忘义；身为您的徒弟，却质疑您的言行，违背您的意愿，视为不孝，如此忘恩负义不孝的徒弟，却是因为背后有一个大恩大义要还。那装死免与他共用一魄，视为对他有大恩；他承诺神门大开之后送他去神界，视为他们之间有大义；他们心灵相融、情感相通，一方死，另一方必定感同身受。试想一下，如果对他这么重要的人死了，他都可以不痛不痒、不管不问，那么，这种品格心性的徒弟，您还指望他有多孝敬？有多成大器？正是夏小涛刚才血性的表现，才符合一个有情有义有担当的男子汉，不仅是您，别人也才敢把心交给他，把重任交给他，对不对？”

我和商鞅都没有吭声，接着听风里希说：“你们师徒磨合的时间尚短，这件事对你们双方来说，又太过尖锐，我们女娲祠的长老们常教育我，情绪激动的时候不要做任何决定，否则定会后悔，我觉得这句话有道理，你们双方都先冷静一下，有什么想法稍后再说。”

## 一一〇、老白之死

大家回到敦煌，找了个酒店休整，我和白延庆一间房。

老白也劝我，“别怪我说你两句，你师父这么做是对的。人不为己，天诛地灭。”

“反正我放不下这件事。因为自己需要，就把别人的抢来，把不需要的部分统统毁掉，只留下自己需要的部分，这跟抢劫然后杀人灭口有什么区别？”

老白接着说：“那你有没有想过，如果不把装死兔的三魂六魄毁了，留在世间又能如何？他不能去投胎转世，只能做个孤魂野鬼在世间游荡，然后看着你用他的魂魄吃香喝辣、逍遥自在，你觉得他不会恨吗？就算一年两年不恨，因为要开启三兔法阵，要送神归位，这是天下大义，他无可厚非，但送神结束之后呢？他还不会恨吗？这种恨会与日俱增、无法化解，除非你死。如果今日不彻底灭了他，就等于在给来日滋养一个恶魔。与其留下这么大的隐患，不如直接把他消灭在萌芽状态，断了这个根，往后也就不会再有麻烦了。”

这番话居然能从老白嘴里说出来，我有些接受不了，“你怎么会这么认为？你不觉得这么做很残酷吗？”

老白明明看出了我的诧异，却仍自顾自地说：“不是残酷，是深有体会，两个人相爱相杀，活在痛恨中的滋味一点都不好过。相信我，你师父这么做，既是帮了你，也是帮了小兔子。”

真没想到老白会有这种想法，这还是我认识的那个老白吗？突然觉得他很陌生。

这么些年，我一直跟风里希和莫如月为送神而奔忙，几乎没再和老白好好聊过，他身上一定发生了什么，不然怎么跟变了个人似的。

我挑了一个轻松的话题，没话找话，“叔叔阿姨还好吗？”

老白一怔，“睡吧，我今天刚从鬼门关上走了一圈，累了，明天再说。”说完，他转身睡了。

虽然他转过身不再说话，但我知道他根本没睡着，他心里有事。此刻，我看得见他，却看不懂他。

连老白都觉得师父是对的，难道我真错了？可小兔子那么善良，那么无辜，不应该得到魂飞魄散的恶果。不是都说善有善报，恶有恶报吗？如果以恶报善，那何以报恶？……想着想着，不知何时睡着了。

再醒来，已是日上三竿，而且是被风里希急匆匆地叫醒，“小涛，快起来，你师父要杀白延庆呢。”

“什么？”我一骨碌爬起来。

师父是不是疯了，接二连三拿我身边的人开刀，先是小兔子，现在又是老白，“他们在哪？”

“在机场附近。”

我慌慌张张连滚带爬跳上云端，戈壁滩上，很容易就看到他们了，果然在机场附近，师父、老白，还有莫如月，老白正跪在地上，低着头。

我一个猛子冲到他身边，伸手把他往起扶，“老白，你没事吧？”

他丝毫不领情，一下甩开了我的手。

我一脸蒙，看了看师父，想开口问他，又因为心里没放下小兔子的事，不想直接跟他说话，就问莫如月，“小月，这是怎么回事？”

莫如月难得露出关切的神情看我，生怕我承受不住似的，小心翼翼地说：“白延庆背叛我们，投靠了幽冥门。”

“不可能。是不是我师父跟你们……”

莫如月打断我，“不是听谁说的，是因为他偷了封神枪，正打算坐飞机离开，被我们抓住了。我和风哥都是见证人，他自己也承认了。”

我不可思议地问老白：“你偷了封神枪，打算拿给幽冥门？”

“是的。”

我的心好像要从喉咙里跳出来了，“为什么？”

老白比我情绪还激动，“你不明白为什么吗？任何关系都是需要经营的，没有一劳永逸的感情，夫妻尚如此，更何况朋友！这么多年你什么都没有给过我，还能奢求我对你怎样？再说，抛开你我之间的感情不论，你有没有想过，因为你和我看似很铁的兄弟关系，幽冥门会怎样对我？会怎样对待我的家人？当年欠的你帮我高考的情，早都还清了，而我却一直间接在受你迫害。”

“我从没想过幽冥门会害你，是我为你考虑得太少了，是我没有保护好你，对不起。”

“哼，”老白冷笑道，“今天才说这句‘对不起’有用吗？你昨天问我父母还好吗？我现在告诉你，他们一点都不好，因为他们已经死了，而且死不瞑目，灵魂被困在幽冥之狱，不能转世投胎，不仅我父母死了，连诗雅也死了，死得惨不忍睹，肚子被两辆车挤破，内脏流一地……通通都是被你害死的！你这个害人精，不但害了自己父母，还害了我父母和我女朋友……”

听到这些噩耗，我已经没了底气，“所以你就要偷封神枪献给幽冥门？祈求他们可怜你的忠心，善待你的家人？”

“没错，只要把封神枪给姜默，我父母和诗雅就可以转世投胎了。”

我深吸两口气，让自己稍微冷静了一下，“怎么能把你亲人的死怪在我身上呢，明明是幽冥门下的狠手，你不去找他们算账，反而屈于淫威与敌为伍，你真是昏头了！”

白延庆说：“你不杀伯仁，伯仁却因你而死。幽冥门为什么要害他们？还不是因为你！你为了救自己的父母，就不管别人的死活，逆势而为总跟他们作对，你以为你是谁，能斗得过幽冥门吗？可你偏偏自以为是，害死了那么多人，谁跟你沾边谁倒霉，你身边的亲人、朋友各个如此，所以我恨你，要不是你，我的亲人也不会死！”

我说：“要知道，不光你的亲人在幽冥之狱，我的亲人也在那里。我们要解救亲人，不能出卖灵魂当狗腿子，而是要彻底捣毁它，彻底解救被困在那里的所有人。你有没有想过，如果封神枪到了姜默手里，他还会让多少人家破人亡？让多少人不得往生？”

看来白延庆已经彻底被幽冥门打垮了，让他滋生了奴性，“哼，说得这么冠冕堂皇，有什么用？所谓的天下大道，人间正义，通通都是狗屁！我只是个普通百姓，管他天王老子是谁，只要我的家人活着就行，姜默要我伺机偷走封神枪，我偷走给他便是，至少，他能让我家人得以解脱。所以我劝你，你师父毁了装死兔的三魂六魄是对的，彻底断了他的根，否则，迟早有一天他会和我一样，对你只有恨！”

听到这里，商鞅打断我们，“我看你该交代的已经交代完了，你今天必须得死，是你自己动手，还是要我亲自动手？不过我提醒你，凡是经我亲手杀了的人，我都会让他魂飞魄散。”

我看着老白颓然地跪在地上，眼神中已了无生气，忍不住还是开口求师父，不管怎样，他都曾真心真意的帮过我，“师父，放他一条生路吧，毕竟他没有造成任何损失。”

商鞅极为冷静地说：“他的灵魂已经被幽冥门征服了，现在就是幽冥门的一条狗，放了他也不会站在我们这边，来日必将酿成大祸。你莫要再妇人之仁，他今日必须得死！”

我还想再去求情，白延庆却突然一把抽出我身上的神目刀，猛力插进自己的心口，“没错，夏小涛，就算你今天放了我，我还是会帮幽冥门的，我怕了，只能顺从，也许我死了，对你我才是种解脱。但愿来世，我再也不会认识你。”

老白死了。我将脸深深地埋入手掌。

这么多年，是我疏忽了老白的感受，他为我承受了那么多，我却什么都不曾为他做过。正如他所说，他只是一个平凡普通的小人物，天下正道于他何干，只要他们一家人能守在一起，过着自己的小日子就足够了，他没有错。一开始，我的确只为救我父母，但现在，我考虑更多的是为了天下苍生，为了人间大道，我要把幽冥门这个世间毒瘤彻底拔掉，还人界一个清明正气、朗朗乾坤，我也没错。

人生如梦怎堪数。
名与禄，尘与土。
百年一瞬，寥寥情难诉。
望尽红颜凋零处，
换不回，人如故。
几阙时光在重复。
春花开，秋草枯。
兴衰荣辱，尝尽人间苦。
纵使年年在迷途，
日已暮，心如初。

老白，无论怎样，我都不会记恨你，既然你的父母和女朋友都被困在幽冥之狱，那就一起解救吧。

幽冥之狱，我们来了！

## 一一一、三神来助

我因为老白的事先跟师父开口了，闹别扭的事也就暂时告一段落。毕竟能跟姜默相抗衡的智慧，我们当中也只有商鞅了，而且最关键的一点，商鞅十分可靠，他全心全意帮我们，绝对不会害我们。仅凭这一点，再大的脾气、再血腥暴戾的性格，我都咬牙忍了。

几年前为了引出秦桧的魂魄，我们去黄泉之路摘彼岸花时，曾闯过暗灵分舵，对那里已十分熟悉，但这次与上次不同，姜默明知我们会去救人，一定会在暗灵分舵布下天罗地网。

我拿着电脑边研究暗灵分舵的地图，边说："姜默回去第一件事，估计就是调兵遣将，抽调手下最强力量，让我们有去无回。三大分舵的舵主自不必说，还有关在冰狱里的喷冰龙，关在火狱里三足鸟，和关在幽冥之狱的混沌兽，另外，他还有一只对他忠心耿耿的神兽四不像。在这四只神兽中，三足鸟对他恨之入骨，不会听他使唤，有可能还会反过来帮我们，但其他三只神兽怎么对付，咱们必须想好万全之策，不能冒失行事。"

商鞅语气轻松，也算给我们双方一个台阶下，"你小子能想到这么多，我总算有点欣慰。不过，以姜默的做派，他不会让我们一个接着一个地去破阵，一只一只地杀神兽，最大的可能性就是利用神兽布下一个大阵，让我们有去无回。他那么精心地准备，咱们四个肯定不行，我又约了几个人，估计马上就到。"

不一会儿，天空闪下三道金光，一个是韩信，一个是李广，还有一个虽然没打过交道，但面容很熟悉。

"在下韩信。"

"在下李广。"

"在下岳飞。"

"愿助各位一臂之力。"

岳飞？原来这位头戴红缨帅盔，身穿紫色蟒袍，目光如炬，英气逼人的将军，就是大名鼎鼎的岳飞。

崇敬之情油然而生，"岳将军，我是您的忠实铁粉，《满江红》简直烂熟于心，请问您怎么评价自己的这部作品？您当时是在怎样的心境下创作的？还有，这么多年，您是否又推出了新的力作？还有还有……"话还没说完，只听"啪"一声清响，后脑勺挨了一戒尺。

商鞅板着一张脸，极不耐烦地说："你哪儿来那么多破事，与任务无关的事稍后再说！"

岳飞也是一脸严肃，"感谢你的支持，但此时请讨论我们接下来的作战方案。"

商鞅对韩信、李广、岳飞说："感谢诸位大神不吝出手，废话就不多说了，直奔主题。首先，我介绍一下此次的任务。大家都知道，幽冥门内设三大分舵，分别是幽水、冥火、暗灵，其中暗灵分舵又下设了三大监狱，分别是冰狱、火狱、幽冥之狱，这三大监狱乃幽冥门私设刑狱，关押了无数无辜的人，尤其是幽冥之狱，无数冤魂被困在那里不得转世，真正乃世间第一炼狱。捣毁幽冥之狱，释放那里的亡灵，也算为匡扶人间正道尽了一己之力。三大监狱分别有三只神兽看管，我们曾与其交过手，很清楚它们的弱点，喷冰龙年纪小，法力弱，比较好对付；三足鸟心性高傲，对幽冥门恨之入骨，早有倒戈之意，基本可以算是我们的力量；混沌兽虽然力大无穷，不死不灭，但智商较低。除了这三只神兽，姜默还有神兽四不像，它就比较难对付了，不知道何时会出现，而且异常聪明，忠心耿耿，咱们只能随机应变……”

韩信说：“与神兽相比，其实我更担心另一种威胁。”

我们三个异口同声地问：“什么威胁？”

“我最担心的莫过于姜默的阵法。要知道，他对阵法的研究，那可是受到了元始天尊的亲传，这世间无人能敌。若论法力，他不见得能拿我怎样，但若论阵法，他高出我们不止一筹，就算我们几个加在一起，也不一定是他的对手。”

商鞅摸着下巴陷入沉思，“他肯定会用阵法分散我们的力量，然后逐一攻破。但对他的阵法，我们没法预测，只能见招拆招了。总之，这将是一次非常危险的行动，若有谁想提前退出，我们都将理解和原谅，可一旦踏进了暗灵分舵，再后悔就来不及了。”

韩信骄傲地一仰头，“我乃司战之神，我不怕。”

李广显得憨厚老实，“我也没啥好怕的，我连天机镜的考验都经得住，还怕区区一个幽冥之狱？再说了，我曾受你们大恩，如今你们需要帮助，我理应义无反顾。”

岳飞则是大义凛然，“我虽与你们没有直接接触过，但你们度了秦桧出劫，也算帮我了却一桩心事，我理应帮你们，况且捣毁幽冥门是天下大义，我岳某义不容辞。”

商鞅高兴地说：“好，既然大家都没有异议，也都愿意全力以赴，那就出发，目的地广州暗灵分舵。”

大家响应号召，纷纷跳上云端。看着大家坚毅的目光和一身凛然的正气，突然胸中豪情万丈，真有一种壮士一去不复返的感觉。

商鞅看了我一眼，飞在我身边说，“壮士此去不会不复返的，看到了吗，莫高窟，那里便是三兔法阵的阵眼所在，我们马上就会回来。”

从云端往下望，只见莫高窟像一颗珍珠般镶嵌在鸣沙山与三危山之间，两边的山体就像三只奔跑的兔子一样，将莫高窟围在中间，三只兔子彼此追逐，却又永远追不上对方……这简直就是一幅天然放大了的三兔共耳图。

来莫高窟数次，从不曾见过如此圣景，原来这才是三兔共耳图的原型所在。

# 一一二、万灵血阵

再来到广州，我们直奔暗灵分舵而去。一座金碧辉煌的宫殿，还是那么亮堂，只是不复往日人头攒动的模样，看着格外冷清，连巡逻兵都没有。

我们走过刀林，穿过箭雨阵，跑过血池，还是不见人影。

我说："好奇怪，幽冥门不曾受过致命打击，不该如此冷清。"

"他们不会是设下了一个空城计，等我们进来之后再瓮中捉鳖吧。"

"有可能，看样子应该是布下了什么阵法，大家小心。"

大家匆匆讨论了两句，已经到了冰狱门外，还是那个雕刻着喷冰龙头像的大门。我们小心翼翼地试探了半天，一步一谨慎，却发现门口根本没有设防。

什么情况？太奇怪了！

进了冰狱，以前铁笼子里关着的"囚犯"如今全都冻成雕像了，每个被冻死的人都是瞪着惊恐的双眼，张大嘴巴，瑟缩在笼子的最角落。

看了一圈，没有一个活口。

从这些"囚犯"的表情可以看出，喷冰龙是一下子把所有人全都冻死的。它为什么要冻死所有人？又为什么下手这么急？

我突然听到窸窸窣窣的声音，预感不对，一个翻身跃起，刚好躲过喷冰龙喷出的冰气。

只见冰气掠过的地面，犹如凭空生成一条冰龙，四周长满又长又尖的冰凌，每一根冰凌都像长矛一般能戳穿人的胸膛。

喷冰龙接二连三地向我们喷着冰气，地上已满是一条一条被冰冻的痕迹，像满是冰刺的丛林一般。

适应了它攻击的节奏，我从背后一把抽出封神枪，"老虎不发威，你当我是病猫啊！让你这个大家伙尝尝什么叫作封神枪！"对准它的獠牙大嘴连发三枪。

它一看形势不对，慌忙躲闪，躲掉了两枪，但有一枪打中了它，直接把它的獠牙大嘴连着大脑袋削掉一半，蓝色的血液倾盆一般，一股脑泻了下来，和着蓝色的脑浆……

它张着仅剩的半张嘴，痛苦地咆哮着，抬起巨大的前腿要踩死我们。

但还不等它完全把腿抬起来，我身边的风里希、莫如月、韩信、李广和岳飞已各自拿着武器，“嗖嗖”冲了过去，以迅雷不及掩耳的速度，卸掉了喷冰龙另外半个大脑袋。

喷冰龙刚刚跃起的身体一下失去了力量，瘫软地倒了下去，砸得地面轰然作响。

不等喷冰龙死彻底，商鞅赶忙飞过去，施法从喷冰龙断裂的脖子处引出一个东西，比篮球稍大些，滴着蓝色的血液，还“扑通扑通”直跳，“这是龙心，吃了它，你就能突破神道九级了。”

“师父，别开玩笑，这么恶心的东西，我怎么吃得下去?”

瞬间，所有人都看向我，用命令的语气，毫无商量的余地，“吃了它!”

在大家的一致要求下，我把龙心捧在手里，还没吃，先“哇”的一口吐了出来。尽管它是龙心，但也是肉啊，生吃实在受不了。

商鞅看到我吐，紧张地说：“幸亏还没吃，这么珍贵的东西千万不能浪费，要是吃了再吐出来，你就给我把吐出来的再吃回去。”

一听这话，我又“哇”的吐了一口，这世上能说出这种话的，除了我师父，也真是没谁了。

“你给我快点吃，哪有那么多时间让你磨蹭。”一戒尺已经打下。

我手捧龙心，拼命往嘴里塞，基本属于生吞，都不敢嚼，生怕把自己嚼恶心了。吞完最后一口，美美打了个饱嗝，还是把刚咽进去的半口肉又打了出来，我一把捂住嘴，没敢让商鞅看着，伸了伸脖子，硬是又咽了回去。

胸前挂的灵符闪了一下光，我低头一看，终于达到了神道九级。

我高兴地摘下灵符亲了一口，一把扔掉，就像高考完扔书一般洒脱，从此，再也不用看它显示了。

“还不错，总算达到神道九级了。”

“恭喜恭喜。”

尽管吃了龙心的恶心劲还没过，但听到大家的鼓励，我的自信心还是得到了极大的膨胀。我帅气地擦了下鼻子，“下一站，火狱，大家小心!”

来到火狱，我感到很亲切，像是在叫老朋友一般叫三足鸟，“大鸟鸟，快出来，看看谁来啦!”

没有人回应我。

“大鸟鸟，我是小涛涛哦。”

还是没有人回应。大家开始四散寻找三足鸟。

没有发现三足鸟的踪迹，却看到了上百具尸体，不是被火烧死的，而是用刀杀死的。

这不是三足鸟的作为。如果是三足鸟，肯定不用刀，一口三昧真火就能把他们烧个精光。

仔细检查这些死人，死相极惨，断了脖子的，流了肠子的，缺胳膊少腿的……这其中，居然还有许多熟悉的面孔，就是当初我们刚从冰狱逃出来，那些个手拿各式武器追杀我们的人。他们可都是暗灵分舵的普通弟子，在自己的地盘上，会是谁杀了他们。

莫非是姜默干的？三足鸟不在火狱，莫非也是姜默把它转移了？如果这些人真的都是姜默所杀，那刚才冰狱里的“囚犯”也应该是姜默下令处死的……

他为什么要这么做？连自己的弟子都不放过？

一股来自幽冥之狱的红色阴风吹来，吹过地上的尸体，尸体慢慢爬起来，张牙舞爪地来抓我们。与普通僵尸不同，他们的眼睛全是红色的，充满了愤恨……

这里虽然没有日月，但红色血风吞天噬地，天地间一片血红，连呼吸的空气都弥漫着血雾，充斥着血腥味……

就在红色血风快要把我们目极之处都染红时，商鞅大叫一声，“糟了，万灵血阵！大家快逃，不然就来不及了！”

我们跟着商鞅往冰狱的方向跑，努力追赶着红色血风蔓延的速度，却最终没能逃出去。

就在最后一块砂岩被红色覆盖的同时，一个红色身影从天而降，刚好站在了马上变红的砂岩上。

谢天谢地，来者正是朱焱。

还来不及问候一声，一双手已从地面冒了出来，刚好抓住了我的脚，我用力一踢，虽然躲掉了，但这双手却拼命扒着外面的沙石，慢慢往外爬，不一会儿，一个红眼睛的僵尸爬了出来，再看周围，地面上，岩石上，包括石头缝里，都在往外爬僵尸，有的全爬出来了，有的刚爬出一半，还有的只露出一双手，正在努力往外爬……

我心里直犯怵，“师父，你不是以灵修神的鼻祖吗？这些亡灵能控制住吗？”

“这是万灵血阵中的怨灵，我控制不住。姜默为了布下这个大阵，不惜自残八百，也要伤敌一千，真可谓煞费苦心了。”

原来，要布万灵血阵，需要四亿八千万个惨死的怨灵，还要有一个惨死的神兽兽灵做阵眼，方可成阵。万灵血阵一旦成阵，能吞噬万物的精血和元神。无论是谁，都会被这里冲天的怨气所感染，最终化成万灵血阵当中的一个怨灵。

原来，姜默一开始设下幽冥之狱时，就有布万灵血阵的打算，他用三千年的时间收集亡灵，就是为了亡灵能够达到四亿八千万，又设下那么多残酷的私刑，增加亡灵的怨气。在我们来之前，估计他是为了凑足数字，才不惜杀害自己门下弟子。

原来，他是故意把喷冰龙留下让我们杀掉的，就是为了用它充满怨气的兽灵做阵眼，促成大阵……

为了达成目的，他真是破釜沉舟了，好狠毒啊，残忍至极！只是想一想他的做法，便让人毛骨悚然！

我们大家各显神通，砍杀着僵尸般的亡灵，可就算动作再快，他们有四亿八千万，如何杀得完？恐怕还没等我们杀完，已经被亡灵的怨气感染，变成其中一个红眼睛的怨灵了。

我拿出封神枪扫射亡灵，一扫一大片，但越扫心越烦，越烦眼睛越红。

风里希拍了一下我的肩，“小涛，振作一点，别慌了阵脚。”

我正在努力控制自己的情绪，却听莫如月慌张地叫我，“小涛，你看那是谁？”

顺着莫如月手指方向，在众多僵尸亡灵中，我看到了两个熟悉的身影。

那不正是我朝思暮想的老爸老妈吗？他们红着眼睛，面无表情，像其他僵尸亡灵一样，麻木地朝我们抓来。

正在此时，韩信高举长剑欲砍向他们，情急之下，我冲过去一把握住韩信的剑，“不许伤害他们，他们是我父母。”

“他们现在没思想，只不过是个怨灵而已，你让开！”

“我不让。”

此时，老爸趴在我肩头狠狠地咬了一口，扯掉我一块肉，老妈也正在啃我的后背，我咬着牙，仍然手握韩信的剑，死死护在他们身前。

“他们现在已经不是你父母了，快让开，否则休怪我无情……”

我就是不松手，“谁都不许碰他们！”我转身对他们说，“老爸，老妈，你们醒一醒，我是你们的儿子啊！”

他们两个还是无动于衷，继续抓我，张着嘴要咬我的肉。

“我韩信的剑可不是谁都能挡的，若不想成为刀下鬼，就马上给我滚开！”

“哼，好狂的口气，我的封神枪还没有杀过神呢，今天就拿你开试！”

我好像已经被这里的怨气影响了，思维时而清醒，时而模糊。在意识清醒的片刻，我看到韩信的眼睛也是时而发黑，时而发红。

## 一一三、化身朱雀

身边的僵尸越聚越多，我们周围的空气也越来越血腥，就在我和韩信准备开战的时候，朱焱飞到我们中间，朝我们一人一掌，把我和韩信分开后，又挥出几道掌风，把我们附近的僵尸全都打成灰，除了我的父母。他们两个麻木地看了看周围，继续向我抓来。

朱焱将一个光球扔在我父母上方，光球立马变成结界，将我父母罩在其中，任他们怎么抠挠打踢，都出不去这个结界。

我想对朱焱道声感谢，嘴巴却不受控制地说了句，“死八婆，要你多管闲事！”

糟了，我快变成怨灵了，真恨不得抽自己一耳光。

我想问师父有没有可以破阵的方法，话一说出口，却变成了，“死老头，你平日不是很能吗？今天怎么不嘚瑟了？”

师父看了我一眼，没有生气，反而鼓励般的对我说：“小涛，坚持住，别被周围的怨气感染了，你能行的。”

我屏住呼吸，让自己少吸一点血腥的空气，然后晃了晃脑袋，终于恢复了点意识，再看大家，除了朱焱，都开始慢慢发生变化了，眼睛时而发黑，时而发红。当他们眼睛发红时，就会变得格外易怒暴躁。

尤其是莫如月，以前长期生活在幽冥门，她心里本就深藏怨气，此刻被周围的环境一影响，勾出了压抑的怨气，已经快要沉沦了。她眼睛发黑的时间越来越短，发红的时间越来越长，看到僵尸不去攻击，反而开始犹豫，好像是在犹豫要不要和僵尸一起来抓我们。

我着急地向莫如月大喊：“小月，屏住呼吸能清醒一点！”

远处的地面上露出一大块凸起，慢慢升高，引起方圆几十公里的僵尸都不动了，他们纷纷看向这个凸起，然后跪地膜拜。

随着凸起越升越高，我看清楚了，这是喷冰龙的背，喷冰龙要从地下爬出来了。

没一会儿，喷冰龙已从地下爬了出来，红着一双眼睛，体型是原来的十倍不止，它冲着我们一声咆哮。

以前它喷出的是白色的冰，现在喷出的全是血凝成的冰，依旧像凭空生出的一条血色冰龙，四周长满又长又尖的血色冰凌。它除了喷冰之外，还喷出了强大的怨气，像一个红色气弹一样打到我们周围。

空气更加浑浊了，在它强大的怨气下，我感到自己的意识又开始模糊了，恨不得跟周围的僵尸一起，对它俯首膜拜。

喷冰龙一步一步朝我们走来，每走一步都震得地动山摇。

此时我感到身体里好像有两个我，一个在说，它是我的神，我想亲近它；另一个在说，它是神的屁，快拿封神枪打它……我的意识快要崩溃了。

朱淼问商鞅："你平素也研究阵法，依你看，怎样才能破此万灵血阵？"

商鞅看了看朱淼，有些绝望地说："要破万灵血阵，这世上只有一种办法，那就是圣灵大阵。要组成圣灵大阵，至少需要七个突破神道的人，咱们刚好七人，且都已突破神道，但是，最关键的一点，要镇住万灵血阵中的神兽兽灵，需要有一个圣兽级别的圣灵做阵眼。普天之下，唯有青龙、白虎、朱雀和玄武四只圣兽，可他们均在神界。姜默早就算到了这一点，认定我们不可能破阵，所以宁愿自损八百，也要把咱们困在这里，变成怨灵。我们这回完了，都出不去了，只是时间问题而已。"

"圣灵大阵？"朱淼冷笑一声，"谁说圣兽都在神界？藏了这么久，也该到我现身的时候了！姜默能算天算地，料他怎么算也算不到，我就是圣兽朱雀。他不是想自残八百，损敌一千吗？我就让他血本无归！"

朱淼一番话说得霸气十足，边说边往天上飞，两只胳膊变成了翅膀，越伸越长……她竟变成一只巨大无比的金色圣兽——朱雀。

巨大的身躯飞在血红色的天上，遮掉了半边天，散发着煜煜金光……

在朱雀的金光照耀下，我的意识也完全恢复了。

此时，我唯一的想法就是，厉害了，我的姐！

我们七人都张大嘴巴，目瞪口呆。

当初，商鞅还说朱淼是一个残缺的灵，因为身世不明，让我们防着他。幸亏，当初没听商鞅的话，没有对朱焱起疑，要是当初惹怒了她，我们估计今天都得变成红眼睛的僵尸。

怪不得她始终一副高傲的姿态，别说我们了，就连商鞅她都不放在眼里，人家可是圣兽朱雀的化身，人家有高傲的资本！

我激动的小眼泪直飙，能不能闯出这个万灵血阵，全仰仗朱焱姐姐了。

朱雀冲着喷冰龙鸣叫一声，声音划破长空，吓得喷冰龙浑身一抖，险些瘫坐地上。

但它随即便向四周咆哮，一声接着一声，好像下命令一般。周围的僵尸纷纷响应号召，往它身上撞。每一个撞在它身上的僵尸，都变成了它的一点血肉。瞬间，它变得比朱雀圣兽还要大。

商鞅大喊一声，“大家随我上天，布北斗七星阵！夏小涛居天枢位，风里希居天璇位，莫如月居天玑位，韩信居天权位，岳飞居玉衡位，李广居开阳位，我居摇光位。”

喷冰龙大又怎么样，还不是一群乌合的怨灵，让你们尝尝什么叫朱雀烈焰！

朱雀朝喷冰龙喷出一道烈焰，那可是世间最强的火，和朱雀烈焰相比，我打出的三昧真火就相当于高射炮与打火机，完全没法比。

生生挨了朱雀烈焰的喷冰龙，像被烧焦了一般，不动了，周身都变成焦黑色，然后，焦黑色的皮一大块一大块地脱落下来，就像脱掉一层厚厚的硬壳一般，露出原本红色的身体，恢复到最初那般大小。它又朝周围咆哮着，周围的僵尸亡灵又纷纷往它身上撞，重新变成了它的血肉，它越变越大，很快，又变得比朱雀圣兽还要大。

我在心里盘算着，一道朱雀烈焰只能打掉喷冰龙的一层厚壳，还不足以让它毙命，但是朱雀连发两次烈焰必须间隔三十秒，而三十秒的时间，足够周围一万个僵尸与喷冰龙重新组合。也就是说，只要我们七个保证喷冰龙周围三十秒内没有僵尸与它合体，朱雀就可以再喷一道烈焰，如果仍没能消灭它，我们就再为它争取三十秒的时间……

第二轮攻击准备开始了，风里希对我说：“小涛，你的封神枪可以派上用场，争取三十秒时间的事交给我们，你和焱儿一起进攻，看它能挨多少枪！”

焱，焱儿？我没听错吧，我抬头看了看这个无比巨大、无比凶猛的朱雀圣兽，她叫焱儿，有那么温柔吗？……

只见风里希祭出宝莲灯，以血为引，宝莲灯发出祥瑞的七彩光。风里希为了配合朱焱的攻击，也是拼了，让自己的血流得像水龙头一样，照得喷冰龙身前一大半的僵尸都动弹不得，就连喷冰龙都行动缓慢了许多。

第二道朱雀烈焰喷下，把喷冰龙周身又烧出一层厚厚的硬壳。

在喷冰龙脱壳之际，莫如月和商鞅、韩信、李广、岳飞，冲进喷冰龙后侧的僵尸群里，一通厮杀，个别僵尸突围成功，粘在喷冰龙身上化为血肉，但也因为数量太少无济于事。

喷冰龙垂死挣扎一般，向着天上的朱雀圣兽喷出一道血冰。

风里希吓得倒抽一口冷气，恨不得要替她挡下这道血冰。我心里不禁好笑，要知道，天上飞的这个大家伙可是圣兽朱雀，即使真挨了一道血冰，估计也没什么事儿吧，更何况还有我。

我手持封神枪，朝着这道血冰“突突突”几枪，直接打成了渣渣，再对准喷冰龙一通射击。

封神枪射出的蓝光尽数打在了喷冰龙身上，而且每一枪都在它的身上射出一个大洞，转眼，已有几十个大洞。

此时，局面已经被我们控制住了，喷冰龙的身躯得不到新的补给，残败不堪。

第三道朱雀烈焰喷下，喷冰龙不动了。

我们都以为它死了，没想到，一层厚厚的硬壳脱落，它还活着，只是变得更小更弱，它朝天空再喷血冰时，已经喷不到天上了，血冰刚到半空就往下落，可我依然不放过，继续抱着封神枪“突突突”。喷冰龙的身上已是千疮百孔，摇摇欲坠了。

第四道朱雀烈焰喷下，喷冰龙被彻底烧成了粉末，连渣都不剩！

结束了吗？我们破了万灵血阵了吗？

## 一一四、暗灵坍塌

风里希因失血过多从半空坠落。我来不及收起封神枪，立马冲下去接他。一道金光从我身边一闪而过，圣兽朱雀又化身朱焱，先我一步接住了风里希，慢慢落地。

朱焱落地的地方最先变回黄色的砂岩，然后，红色慢慢褪去，原本的颜色慢慢呈现。

密密麻麻的僵尸像是模具一般，都不动了，眼睛慢慢由红转黑，恢复了正常。

“我不是已经死了吗？为什么没在阴曹地府？”

“这是哪？我要去投胎！”

……

大家议论纷纷。

我爸妈还罩在朱焱设下的结界里，也恢复了正常，急促拍打着结界，使劲喊着我，我高兴地朝他们跑去。

朱焱一挥手，收了结界，我刚好一把抱住他们。

我终于抱住他们了，为了这一刻，我想了多少年，念了多少年，又付出了多少努力和心血。现在，我们一家三口总算团聚了，虽然阴阳相隔，但足以温暖我。

“老爸，老妈，我来救你们了。”

老爸老妈老泪纵横，“我就知道，你一定会来的。你成功了，儿子，好样的。”

就在这时，天地开始震动。我抬头一看，天空褪去了红色，也正在慢慢褪去蓝色，变成了深海一般的蓝，一个透明的结界之外，居然有鱼在游动。

这里莫非是海底？

果真，暗灵分舵其实就是姜默在海底设下的一个结界，他在结界里又布下三个小的结界，分别设成冰狱、火狱和幽冥之狱，为了布万灵血阵，他把三大炼狱合而为一。

现在万灵血阵已破，海底结界也将倾颓，这里将被海水淹没，不复存在。

“儿子，快走，这里支撑不了多久了。”

“可我还没把你们送去投胎呢！”

老爸说：“没有黑白无常的接引，我们这些鬼魂是找不到阴曹地府的。我们在幽冥之狱待久了，错过了投胎时机，已被冥界算作孤魂野鬼，是不会有人来接我们的。”

我慌了，“不会的，你们肯定能去投胎。我师父是鬼魂头子，所有鬼魂的事，他都能解决。”

"鬼魂头子?"商鞅冷笑着，"这个名号我可不怎么喜欢。"

"师父，都什么时候了，别再计较名号了，快来帮帮我!"我又看了看四周密密麻麻的人群，"同时也帮帮这四亿八千万的无辜亡灵。"

商鞅脸头一仰，讨价还价似的，"我帮你可以，不过，你也得帮我做件事。"

"只要能送我父母和这些无辜亡灵去投胎，别说是帮您做件事了，就算是要我的命，我都不带眨眼的!"

"要命还不至于，喏，把这些传单发给亡灵们!"商鞅边说边递给我一沓纸。

什么东西？我接过来一看，差点吐血，这是一沓小广告啊！上面写着：

如想做聪明的鬼，请入"法"家门，学我《商君书》;

如想做聪明的人，请入"法"家门，学我《商君书》。

一朝入我"法"家门，万世不被人鬼欺!

联系人：夏小涛

联系方式：×××××

"怎么样，广告词写得够接地气吧?"

"够，绝对够。"能想出如此神招的，天地间除了我师父，也真是没谁了。

商鞅问："干不干?"

时间紧迫，为了救我爸妈和四亿八千万个亡灵，拼了，"干!"

我接下商鞅手里的小广告之后，商鞅说："幽冥之狱不是有道黄泉桥可以直通黄泉之路嘛，咱们把亡灵们引过去，只要过了黄泉桥，到了黄泉之路，自然能顺着彼岸花的指引，到达阴曹地府。"

我诧异地问："就这么简单?"

"就这么简单!"

无暇计较太多，我飞起身，用狮吼功对亡灵喊话，"亡灵们，这里快要坍塌了，为了不使你们大批滞留人间，我们要带你们去幽冥之狱，从捷径进入黄泉之路，大家就可以从黄泉之路到达阴曹地府，重新进入轮回了。"

"太好了，太好了，终于可以重新做人了。"

"不管做啥，哪怕做个猫啊狗啊的，只要能重新轮回就行。"

……

韩信把我拉到一边，"这种事情还是让我们来吧!"

也对，指挥千军万马的事，还是交给将军们做吧。

韩信、李广、岳飞齐上阵。

“由于人员众多，时间紧迫，大家排好队听我指令！胳膊上系蓝色方巾的，为韩家军。”

“胳膊上系黄色方巾的，为李家军。”

“胳膊上系红色方巾的，为岳家军。”

“韩家军先上，李家军紧随其后，最后是岳家军，听明白了吗？”

“明白！”回答声震耳欲聋。将军出马果然不同凡响。

老爸老妈朝我点了个头，“去吧，儿子，我们是岳家军，随后就到。”

我和莫如月匆匆跑到前面带队，往幽冥之狱的黄泉桥方向跑。

没有了混沌兽的浊气，我们很快便到了黄泉桥，只是，桥已经开始坍塌了。

我和莫如月跑前跑后地配合韩信指挥，许多亡灵边走边回头，“多谢诸位搭救之恩。”

莫如月说：“别谢了，时间紧迫，赶紧走。”

我捣了她一下，让她别说话，由我来说。我清了清嗓子，“黄泉路上多寂寞，一人拿一张再走，做一个知法、懂法、用法的明白鬼。即使自己不看，也给周围的人看看，或是给阴曹地府里的阎王判官看看，普及法治观念，依法治理阴间！”

莫如月一个劲地朝我翻白眼，但无奈没办法，商鞅正扬扬得意地看着我，并竖起了大拇指。

韩家军顺利通过，桥面已经掉落了一半，李家军再通过时，速度受到了严重影响，已经有人因脚下踩空而坠落浊水，被吞噬在浑浊的急涡中。李广见此情形，在桥面掉落最严重的地方趴下，让亡灵们踩着自己的身体通过。

桥面继续掉落，我们所有人都跑前跑后地维持秩序，眼看速度又慢下来了，韩信、岳飞和风里希也趴在桥上，搭起了人梯。

总算李家军也顺利通过了。

上空的结界开始坍塌，海水稀里哗啦落下来，终于轮到岳家军了。

桥面坍塌得更加严重，掉下浑水的亡灵越来越多，我多想亲眼看着我爸妈平安走过，但是，总不能先让我师父和小月趴下当人梯吧。

二话不说，我趴在了桥上，两手紧紧抓着前面快要掉落的石板，两脚勾着后面细细的横木，手脚中间全是空的。

海水倾盆一般倒在我身上，许多脚在我身上匆匆踩过，踩得我没法抬头，只能靠感觉，有没有一双脚是我父母的。

我感觉踏过身上的脚越来越少，抬头看了看，刚好看到我爸妈，他们再跨一步就出黄泉桥，进入黄泉之路了，而他们脚下踩着的，正是莫如月纤瘦的身躯……

他们朝我挥了挥手，竖了个大拇指，便向黄泉之路跑去了。

我的眼泪再也控制不住，“唰”地流了下来，为这么多年的努力，终于成功救出爸妈而欣慰；为捣毁了幽冥之狱，解救这么多无辜的亡灵而高兴；为此举让幽冥门元气大伤而解恨；更为那个能让我爸妈踩着身体过桥的女人而感动……

这个女人，我要定了！

我和莫如月、韩信、李广、岳飞一个跃起回到桥边，看着桥下浊水中一个又一个的急涡，不禁感慨：这是当初为了不让亡灵偷渡到黄泉之路而设下的，凡有亡灵坠落浊水，必会魂飞魄散。而现在，这道浊水很快将会被大海淹没，消失在茫茫海底，那些为了到达彼岸而魂飞魄散的亡灵终将过去，那些曾经摄人心魄的恐惧终将过去，那些痛苦的号叫也终将过去……人间炼狱敌不过茫茫海水，车水马龙熬不过漫漫时光……只有希望是海水淹不没的，是时光吞不掉的。而我们，就是要把希望带给世间，把公平正义的信号带给世间。

暗灵分舵的结界彻底垮塌了，海水猛落下来，这个支撑了三千多年的海底世界，马上就要回归大海了！

我们猛吸了最后一口幽冥之狱的污浊空气，向上一跃，跃入水中，穿过清澈的海水，又在海面上跃出。

啊，海面上空气清新，阳光灿烂，大家一切安好。

“师父，开启三兔法阵的时机到了吗？”

“到了。”

“终于到了，那就出发！”

## 一一五、最后一议

风里希和朱焱一起走过来。

风里希虽然还有些憔悴，但看上去心情大好，眉眼间都是温柔。

“女神姐姐，现在不用回避啦？”

朱焱高傲地说："不用回避了。我多年的隐忍，就是为了给姜默致命一击，如今目的已经达到了，自然不用再回避。"

姜默打了三千年的算盘，以为自己机关算尽，没想到，一山还比一山高，朱焱这一招釜底抽薪果然狠哪！大伤了幽冥门的元气，让我直想拍手叫爽。

在这之前，商鞅对朱焱设防的态度，风里希也不是不知道，所以在商鞅面前总是规避朱焱的话题，如今朱焱现了真身，以圣灵大阵挫败了姜默的万灵血阵，风里希扬眉吐气，高调秀恩爱。如果说他以前还有些羞涩与避讳，现在就是彻底的名正言顺了，表现出争当"革命好夫妻"的态度，形影不离。

我们八人纷纷飞上云端，边说边玩边闹，从未感到如此轻松过，好像一切都水到渠成，等着瓜熟蒂落一般。却只有商鞅还是一副忧国忧民的表情。

韩信和岳飞来到商鞅身旁，"老兄，幽冥门得此一败，大伤元气，但是百足之虫虽死不僵，更何况姜默本人自始至终都没有露面，咱们还是不能掉以轻心啊。"

商鞅说："没错，才死了一只喷冰龙，毁了一个暗灵分舵，算算姜默的筹码，除了三足乌和混沌兽，他还有忠心耿耿的四不像，还有陈千道、楚廉等几大高手，也许他此刻正在酝酿更大的招数等我们，前方的路还是得小心谨慎为好，不能盲目乐观。"

"老兄说的是。"

从广州往敦煌飞的路上，我看到许多神仙都在往敦煌赶，有的清高冷傲，不稀罕理我们；有的修为颇深，懒得理我们；还有一肚子坏水的，有些怕我们……当然，也有那些热情豪爽自然熟的，这不，有人来打招呼了。

"诸位好啊，为了把俺们送往神界，诸位真是辛苦了！"来者声如巨雷，势如奔马。

"敢问这位大神尊姓大名？"看他豹头环眼，燕颔虎须，不是张飞，就是李魁。

果然，来人大声说道："在下张飞是也，在此谢谢诸位了。"

"不谢不谢，这都是我们应该做的。"

张飞双手作揖行了个礼，然后自行前往敦煌了。

"夏小涛，又见面了。"说话者正是九尾灵狐许晴瑶。

"确实好久不见了，你还好吗？"虽然差点命丧她手，但她总归心眼不坏，也算是位故友了。

“几年的时间对我来说只是眨眼的工夫而已，没什么不同，不过对你可就不一样了。这几年你表现不俗，人间的诸神已有公论，希望在封神之时你也能公平，莫要徇了私情，坏了名声。”

我对她笑了笑，自豪地说：“不会的，我现在是法家传人，正宗的、如假包换的商鞅嫡派弟子，最讲究公平公正了，不信我给你讲讲……”

许晴瑶连忙摆手，“不用了，我只是给你提个醒，莫要说一套做一套，公道自在人心。”

说完，她也离我们而去，自行前往敦煌了。

一时间，天上“嗖嗖”飞过的全是神仙，都往敦煌而去，形成汇聚之势，十分热闹。

再来到敦煌，莫高窟上方，“等等。”我大叫着，大家齐齐看向我，“怎么了?”

“三兔法阵的原型怎么没了?”我给大家连指带比画，“咱们去广州之前，路过莫高窟，我师父说莫高窟就是三兔法阵的阵眼，当时我看得清清楚楚，两边的山体就像三只奔跑的兔子，将莫高窟围在中间，像极了一幅天然放大了的三兔共耳藻井图。可此时，那天然的三只兔子怎么没了?”

朱淼在两掌间汇聚起一个灵力球，抛向莫高窟，灵力球往下坠时，却被一道结界挡住，反复试了几下，撞不破结界，随即化为一个光点，在结界外散开，把结界里面的内容显现得一清二楚。

这个结界果然是姜默布下的，他此刻正坐在下面悠闲自得地品着茶，似乎有意在和我们打招呼一般，仰起头淡淡一笑，然后又接着喝茶。

有些小仙没注意到这里的结界，径直飞了进去，等感觉到此处有些不妥时，再想往外飞，却怎么都飞不出来，一通惨叫，直接化为脓血。姜默没有动手，依然悠闲自得地喝着茶。

我们面面相觑，“他一定在此布下了比万灵血阵更厉害的阵法。我们此刻不能鲁莽行事，先找个地方商议一下再说。”

来时的轻松惬意一扫而空，大家都有些沉重地来到敦煌。

商鞅问韩信：“韩将军破过的阵法最多，可曾见过此阵?”

“未见对方动手已先化为脓血，这种极其凶恶的阵法，韩某确实不曾见过。”

“李广、岳飞二位将军有何高见?”

李广和岳飞互相看了一眼，也纷纷表示，“我们也不曾见过此等阵法。”

商鞅叹了口气，“这可如何是好，我在世间两千多年，也是第一次见这么狠毒的阵法？”

万灵血阵一战，虽未彻底铲除幽冥门，但已伤及根本，姜默若想阻止封神，只能在莫高窟布阵了，若成功，他可以再逍遥三千年；若失败，他就只能灰头土脸去神界了。因此，他一定会赌上血本，布下世间最阴狠的阵法。

“这个阵法该不会是诛仙剑阵吧。”

商鞅震惊地问：“诛仙剑阵？小涛，你见过此阵？”

“没见过，只不过是从小说和电视剧里看到过，都说诛仙剑阵是鸿蒙开辟之后的第一杀阵，乃通天教主所创，元始天尊独自都破不了这个阵。”

我以为大家会骂我小说和电视剧看多了，没想到大家都在认真地听我说话，“怎么停了？接着说啊。”

“小说里还提到世间第一利器是诛仙剑，超级牛，简直可以和我的封神枪有一拼……”

“还有吗？”

“没了，我就知道这么多。”

风里希说：“小说和电视剧里虽然都是胡编的，但也不是没可能，若真有诛仙剑阵，这人世间恐怕也只有姜默能摆布此阵了。”

商鞅摸着下巴回忆着，“我曾经在一本商朝遗留下来的古籍里看到过诛仙剑阵，至于这个阵是谁创立的，书中没有提及，只是清楚记载着此阵凶狠无比，确实乃鸿蒙开辟之后的第一杀阵，所以小涛推测姜默在莫高窟布下诛仙剑阵，完全有可能。”

我着急地问：“师父，如果真是诛仙剑阵，您可有应对的法子？”

“关于诛仙剑阵，古籍上记载得并不多，唯一有籍可查的信息就是，它是由四大凶阵组成，第一阵叫诛仙阵，以诛仙剑为阵眼；第二阵叫陷仙阵，以陷仙剑为阵眼；第三阵叫戮仙阵，以戮仙剑为阵眼；第四阵叫绝仙阵，以绝仙剑为阵眼。其余的，为师就帮不了你了。”

“难道师父不与徒儿一同入阵吗？”

商鞅说：“这世间一物降一物，神也罢，物也罢，每一样东西都有它的克星，没有什么是毁灭不了的，诛仙剑便是神的克星，我们三个，包括朱雀圣兽都不能进去，一旦入了诛仙阵，就会像刚才那个误闯入结界的小仙一样，在诛仙剑的锋芒下化为脓血。因为你们三个是人身，所以也只有你们三个入阵了，能不能破阵，全指望你们三个了。”

诛仙剑阵摆在三兔法阵的阵眼上，此等阴招，也只有姜默能想得出来，若不破阵，就无法开启三兔法阵，那么大开神门，送神归位也都成为枉谈。

我坚定地说：“就我们三人，择日不如撞日，明日入阵。”

风里希随声附和，“好，明日入阵。”

却不见莫如月吭声。

小月怎么了？怕了吗？不应该啊，这么多年几经生死，她何曾眨过眼，虽然有着一幅女神的外表，但绝对是汉子的内心……

她心里肯定有事。

## 一一六、宿命难逃

晚上，我躺上床上翻来覆去睡不着，总设想着诛仙阵中会有哪些危险，我该如何应对，脑子里乱糟糟的，正好有人按门铃，我抓了件睡袍裹在身上，气呼呼地去开门。

“谁啊？大半夜的，啥事不能明天说！”

开门一看，竟然是莫如月，赶紧满脸堆笑，把她让了进来。

她难得温柔地说：“还没睡吧？”

“没睡没睡。”

莫如月望着凌乱的床，笑了笑，“你什么都依着我说，明明睡了，还说没睡。”

我一本正经地说：“只要你肯来，别说让我从睡梦中醒过来了，就算让我从天堂滚回来，我也乖乖地滚回来，绝不爬回来。”

莫如月“扑哧”一声笑了。

说实话，最近总是徘徊在生死线上，已经很久没见小月笑了，大战在即，心里反而感到很坦然，在昏暗的灯光下，看着她笑得那么轻松、那么迷人，心都醉了，“呵呵，呵呵。”我也跟着她傻笑起来。



笑罢，莫如月说：“明天将有一场恶战，也不知道我还能不能活着回来，我就想着，如果真死在诛仙剑下，总得把我的后事交代一番，想来想去，我身边最值得信赖的人只有你和风哥，但风哥有朱焱姐，所以，我也就只能跟你说说了。”

“能做你的备胎，我已经很高兴了，你说吧，说啥我都爱听。”

莫如月说：“从莫高窟的壁画世界出来，你问我为什么闷闷不乐，一句话都不说，我没有告诉你，是因为我看到了我不愿看到的未来。”

“我知道，你不愿在这个未来里看到我。”

“你怎么知道?”

我坦白地说：“我曾背着大家偷看过我们的未来，我们两个结婚了，我天天给你做饭、洗碗、打扫卫生，还总被你打后脑勺，你不愿看到的未来除了这个，还能有啥?”

莫如月露出吃惊的表情，“你看到的未来是这个？“

“是啊！难道你看到不是?”

“如果真如你看到的这样，那我也就放心了。”

咦？此中话中带话，意思是如果我们真在一起了，她不仅不排斥，反而有些期待……当下心中有些许兴奋，“那你看到未来是什么?”

莫如月惶惶不安地说：“当时我在壁画世界，见到了东王公与西王母，王母娘娘有一个净瓶，从净瓶中能看到最近将要发生的事，我看到，我拿着一把剑，刺穿了你的胸膛……所以从壁画世界出来，我始终担惊受怕，明天就要进诛仙阵了，我总有一种不祥的预感，好像这件事就要发生了。”她非常担忧和内疚地望着我。

我一时情起，将她搂在怀里，“傻瓜，那里是画中世界，画里的事哪能算数，我在画里都不知道死了多少遍呢，一会儿舍身饲虎，一会儿又割肉喂鹰，从画里出来不是一切都好好的，一点事也没有。”

莫如月没有推开我，她安静地待在我怀里，“如果是真的呢？我真的拿剑要杀你，你会恨我吗?”

我扳起她的脸，非常认真地说：“如果是真的，你杀我自然有你的理由，肯定是我该杀，再说了，你一直都知道我对你的心意，如果哪天我真死在你手里，那也是心甘情愿，我不会恨你的。”

她乖巧地靠在我怀里，让我紧紧地抱着，幸福来得太突然，我此刻真的好想吻她……

理智是什么东西，滚出我的脑袋！我情不自禁地深情吻上她的唇，她却一把推开我，眼泪夺眶而出，“你对我的心思，我怎能不懂，就算我的心是块石头，也该被你焐热了，可是，宿命让我们不能彼此拥有，我欣赏你、喜欢你、信赖你，千百种感情我都有，但唯独没有爱，我做不到，原谅我……”她哭得双肩耸动。

看到深爱的女人为了我而哭，我叹了一口气，“没关系，我理解的，你拒绝我也好，你要杀了我也罢，我都不怪你，生是你的人，死是你的鬼。就像你常说的宿命一样，我注定是要追着你跑，围着转的。”

莫如月安慰地抱了抱我，转身走了。她今晚来找我，无非就是要告诉我，进入诛仙阵后她可能会杀了我，让我警觉，其实我完全可以趁她对我满怀内疚之时，来个霸王硬上弓，毕竟天知道我有多想得到她，但真的有机会乘小人之威时，我才觉得，她在我眼里并不只是一个美丽的身体，更是一个美丽的灵魂，而我更渴望得到的，也是她的灵魂……

一辈子的时间还长，不急，我慢慢等你。相信总有一天，你也会爱上我的，就像我爱你一样，爱得痴狂。

## 一一七、四大凶阵

莫高窟外，黄沙漫漫，烈日炎炎，太阳炙烤着大地，天上连片云彩都没有，天地间只有蓝色与黄色，再无其他色彩。遒劲的沙峰向世人昭示着它的辽阔与沧桑。

看惯了江南的白墙青瓦、小桥屋檐、流水人家，现在置身于一望无际的荒漠之中，强烈的紫外线照得人睁不开眼，恍惚间，竟有一种恍如隔世的感觉。

姜默一如昨天那般，悠然自得地喝着茶，我和风里希、莫如月淡定地走进结界。

姜默一伸手，做了个请的姿势，示意我们坐他对面。

坐就坐，谁怕谁。

姜默说：“喝茶。”

“不喝，怕你的茶有毒。”

姜默轻蔑地嘲笑道：“喝与不喝，有毒没毒，对你们来说结果都是一样的，正所谓‘诛仙利，戮仙亡，陷仙四处起红光，绝仙变化无穷妙，大罗神仙血染裳。’只要入阵，任谁都逃不过一个‘死’字，只是时间问题而已。你们今天出不去了。”

我说：“好狂的口气，你那支被封神枪打掉的胳膊好了吗？”

姜默不以为意，“区区一只胳膊而已，我手下那么多人，随便砍一个拿来用就是了。怎么，莫不是你觉得一只胳膊能打垮我？还是一个圣灵大阵能打垮我？”

他想跟我要嘴皮子，但我的嘴上功夫也不是吹的，“你是不是被打垮了暂且不知道，但你接二连三的失算却是很明显的。这证明你已经老了，功能都退化了，你想想看，你都三千多岁了，手脚也不灵光了，还想霸占着人间的繁华不放手吗？人间已经不属于你了，应该由新的理念和意识去引领，你就别再留恋了，该走的不走只能是祸患。早点去神界享清福，对你和人界来说，都是最好的结局。”

“哼，”姜默冷笑一声，“你夏小涛不愧拜了商鞅为师，嘴皮子厉害多了。你们都让我给人间一个说法，那谁来给我说法？本该属于我的东西却不给我，这样公平吗？我为了争取自己的东西略施手段，这样有错吗？就算你们非说我错，又是谁错在先？你口口声声说自己是法家传人，只讲法理，不讲人情，难道你觉得诸神这样抛弃我，就是道理，就是公平吗？”

他的执念太深，已经钻进牛角尖里出不来了，我只能尽量表明我们的态度和立场，“人类的记忆只有一世，转世之前，不管能不能放下，都是要喝孟婆汤的，诸神这样安排是有道理的。一个人也好，一个种族也罢，都要往前看，一个阶段有一个阶段的任务，如果在单位时间内解决不了，就要放下，始终沉溺于过去，纠缠于历史的是非功过中，就会像你这样，为过去而活，最终疯魔。你就不该留恋那些陈年往事，睚眦必报，执念太深让你已成魔，是你该到神界去的时候了。”

姜默恼怒了，一把摔掉茶杯，“照这么说，我就应该认命，神为刀俎，我为鱼肉，神想把我怎样就怎样？如果给我应有的待遇，就是我命好，应该感恩神的赐予；如果不给，我也应该忍气吞声、逆来顺受，是吗？我不能反抗，不能拒绝，不能报复，是吗？我偏不！什么是神？我就是神！什么是道？我就是道！什么是真理？我就是真理！”

他边说，身体边膨胀，说话之间，已经变得巨大无比，比两边的山还要高出许多，“自古以来，诛仙阵无人能破，凡入阵者，杀无赦，你们自求多福吧。”说完，他抬起大脚，朝我们踩了下来。

我们赶紧腾云飞起，急匆匆地往上飞，忘了这里有一个强大的结界。

“啊！”我一下碰触到了结界上，像触了高压电一般，浑身抽搐着失去知觉，往下掉。

姜默的大手迅速伸过来抓我，就在快要抓住的瞬间，莫如月飞来接住了我，风里希顺势砍了姜默伸出来抓我的那只大手。

莫如月带着我边躲边说：“你师父说这四大凶阵的阵眼是四大神剑，找到神剑便可破阵。”

刚被风里希砍掉的大手还没掉落，姜默手腕的断裂处瞬间又长出来一只大手。

风里希说：“你们看，这个姜默不是血肉之躯，他根本就不是真的姜默，应该是诛仙剑的剑气所化。他身上一定有某个地方是气门，插着诛仙神剑。只要拔掉它，这个大家伙应该就能消失了。”

我们像是困在了带有高压电的笼子里，上下左右极为受限，猛然间，我发现姜默的左眼好像与右眼不太一样，左眼显得更亮一些，我大喊着，“阵眼在他的左眼里。”

姜默一听我们识破了阵法，急躁地挥舞着大手要来抓我们，我和风里希使了个眼色，在他大手覆下的同时，我们各执武器穿透他的手掌，把他的手掌割出一个大洞，莫如月默契地从这个大洞窜出，趁他还未做出反应之前，已经飞到了他的眼前，从他的左眼中一把抽出诛仙剑。

只听“啊”的一声惨叫，姜默像撒了气的气球一般，越变越小，缩成一堆皱皮，最终化为一摊脓水。

再看莫如月手中的诛仙剑，非铁非钢非石，周身泛着紫气，据说此乃通天教主在须弥境所炼，因煞戾之气天地不容，又没有天地精华的萃取，所以只能吸取戮杀神仙的精血，遂取名诛仙。

可如今此剑在小月手里，看上去也不过如此，并没有传说的那么煞气汹涌，甚至还有些平静温和。

“诛仙阵算是破了？”

“应该算破了！”

我内心一阵狂喜，“没想到参悟了神道九级这么管用，连师傅都觉得无人能破的诛仙阵，我们竟如此轻松就过关了。”

风里希说：“现在说过关还太早，共有四阵，咱们才破了第一阵，还有三阵呢，大家小心为妙。”

小月怎么又不说话了呢，一直盯着诛仙剑看，那眼神惊喜至极，像是找到了失散已久的宝贝，我心里有些犯嘀咕，“小月，诛仙剑虽是神剑，但据说煞气很重，你要当心呢。”

“我知道，这把剑比起我的映月刀，强得不止百倍，要破未来三阵，兴许能用得上。”

总觉得小月有些奇怪，但说不上哪里怪。

我们继续往前走，入第二阵——陷仙阵。

刚一入阵，赤黄的砂岩，火热的感觉，好熟悉啊，这莫非是……

“小涛涛，你终于来啦!”

是三足鸟，这个阵居然是由三足鸟在镇守，我激动得热血沸腾，这等于让我们白白过关嘛，“小鸟鸟，原来你在这里啊，想死你啦!”

接下来的画面就是，我和三足鸟像是久别重逢的恋人，又是拥抱，又是抚摸，又是磨蹭，腻歪了半天。

“兄弟，我盼星星盼月亮，总算把你们盼来了。”

我说：“曾答应你，要救你出幽冥之狱的，我一直记着呢。这次我们捣毁暗灵分舵，本来想借此机会让你重获自由，没想到姜默已经把你转移了。”

“我就知道小涛涛不会食言的。当我得知你们把暗灵分舵毁得连渣都不剩时，高兴坏了，我果真没有信错人啊。“

“话说回来，姜默怎么会让你守陷仙阵呢?”

三足鸟说：“这还得感谢四不像，我经过一番费尽心思地表演，终于让四不像认为我已经放弃神格，死心塌地的追随姜默了，姜默这才派我来守陷仙阵。你们这次破阵，我总算能帮上忙了。如果你们破了诛仙剑阵，就能开启三兔法阵，我就能去神界了。眼看自由在望，我激动得都想唱两嗓子……”

“别，别唱……”

晚了，三足鸟已经唱上了，“我要像梦一样自由，像大地一样宽容，在这艰辛放逐的路上，点亮生命的光芒……”

就知道它一唱歌准没好事，喷出的小火花把我们三个又喷成了炭黑的爆炸头。

“别唱了!”莫如月生气地大声训道，“如今大敌当前，能不能活着出去还是一回事呢，有什么好高兴的。”

三足鸟立马停止了歌唱，很委屈地看着莫如月，我赶紧出来打圆场，“小鸟鸟是因为马上就能重获自由，所以抑制不住雀跃，有些放纵了。”

莫如月犀利地说：“哼，才刚破了第一阵，就得意忘形，不算它这个陷仙阵，后面还有两阵呢，有些狂妄了吧！”

小月怎么突然脾气这么大？有些不对。

三足鸟说：“小月丫头骂得对，一语骂醒梦中人，不笑到最后不算是笑，没有重获自由之前，一切高兴都是自娱自乐。我这就带你们去砍陷仙剑。”

三足鸟带我们来到了一处废弃的洞窟里，在空置的佛龛中，摆着一把和诛仙剑一模一样的宝剑，只是浑身缠绕绿气。

三足鸟说：“这就是陷仙剑，用诛仙剑砍断它，就能双剑合璧，威力倍增。”

莫如月听闻，拿着诛仙剑奋力一砍，只听“哐啷”一声震耳欲聋，陷仙剑断为两截，从断裂处迸发出刺眼的绿光，将诛仙剑层层缠住，随即，诛仙剑周身气息变成了紫绿二气。

三足鸟接着交代：“后面两个阵是戮仙阵和绝仙阵，也要如此，砍断阵眼的神剑，方可过阵。”

莫如月急不可耐地说：“知道了，多谢，就此别过。”

我和风里希面面相觑，虽然小月平日有些清高冷傲，但绝对不是这般凶悍蛮横。这其中必有问题，说不定我们已不知不觉又中了姜默的圈套。

## 一一八、诛仙反噬

三足鸟送我们来到戮仙阵结界，“小涛涛，一定要平安出阵哦，我还等着你送我去神界呢。”

“放心吧，小鸟鸟，就算为了你，我也会努力的……”

话还没说完，莫如月已不耐烦地说：“一人一鸟，你们两个有完没完？要不后面两个阵不去了，我们坐下来看你们俩腻歪？”

“别生气，这就走。”我恋恋不舍地跟三足鸟分开，踏进了戮仙阵的结界，边走边问，“小月，自从你拿了这把诛仙剑，就变得特别暴躁，你有没有觉得你快被这把剑控制了?”

“没有，我没觉得自己暴躁，更没觉得被诛仙剑控制。我觉得自己前所未有得好，与诛仙剑很快就能人剑合一了。我从来没得过如此顺手的宝贝，就好像孙悟空得金箍棒一样，天地造它，就是专为我而造。”

小月说话越来越奇怪了，我心里涌上一阵不祥的预感，“你有没有觉得自己身体哪里不舒服?”

“没有，通体顺畅。”

“那你有没有觉得想起了难过的事，或是伤心的事，或是……”

莫如月的火暴脾气上来了，“没有没有，通通没有。我好得很！你这么啰嗦，到底想说什么?”

“我……”小月一发火，我一下语塞，不知道该说什么了。

风里希及时补台，帮我解释，“小涛是想说，你现在的状态有些不正常，可能跟这把剑有关，诛仙剑煞气太重，你可能被反噬了，咱们三个轮换拿剑，可能会更好些。”

“我没有被反噬，正常得很，现在才是真正的我。你们休要拿走诛仙剑，这把剑是我的!”

她越这样说，证明她越有问题。诛仙剑的煞气是能反噬主人的。怪不得诛仙阵这么容易就破了，原来阵中早有伏笔，狠招还在后面。

很明显小月已经被诛仙剑反噬了，当务之急，就是必须把诛仙剑从小月手里夺下。

“小月，你听我说，你已经被诛仙剑反噬了，风哥说得对，咱们三个分别执剑，一人拿一会儿，分担一些煞气会好一些，你把剑给我。”

“借口。”莫如月猛地打断我，气势汹汹地说，“诛仙剑乃上古第一利器，人人都想得到，现在剑在我的手上，你们休想找理由夺走，我是不会放手的。要想得诛仙剑，先过我这关!”

莫如月手握诛仙剑，摆开阵势，一副要与我们拼个你死我活的架势。

她这个样子太危险了，如果再继续拿着诛仙剑，恐怕会完全被煞气吞没意识，最终沦为剑气的傀儡。

都说诛仙阵乃上古第一杀阵，无人能破，刚才不曾体会，如今看来，果然是我们高兴得太早了，此阵当真杀气腾腾。

我和风里希互看了一眼，一致表示要把诛仙剑夺下来，至少让莫如月暂时远离它。

我们三个刚要动手，只见楚廉冲了出来，疯疯癫癫地说：“原来你们三个在这里，暗灵分舵凝结了我半生的心血，都毁在你们手上了，我要杀了你们!”

楚廉手中握的正是戮仙剑，与诛仙剑如出一辙，周身散发着蓝光。

楚廉乃幽冥门暗灵分舵的舵主，内功深厚，法力高强，如今又有戮仙剑在手，绝对强劲的敌人。

大敌当前，我们抢夺诛仙剑的事只能先就此作罢。

莫如月听闻楚廉张狂的叫嚣，不但不生气，反而气焰更胜楚廉，“我正要寻这把戮仙剑，你就主动送上门来了，真是踏破铁鞋无觅处，得来全不费工夫。既然你一心求死，我也就不吝费力地送你一程了。”

说完，她手握诛仙剑冲了出去。

蓝色剑光与紫绿色剑光铿锵闪烁，攻势咄咄逼人，楚廉竟不是她的对手，天哪，看这招式，我和风里希联手都打不过她。

小月的功力突然精进这么多，一定是诛仙剑作用的结果。此时，万不可让诛仙剑再见到血光，否则，估计小月会被反噬得更厉害。

可莫如月似乎已经杀红了眼，招招毙命，楚廉躲避不及，我和风里希既要护着楚廉，不让莫如月杀了他，又想伺机自己动手杀楚廉，还得防着莫如月的招式，不能伤到她，点到为止……这场仗打得甚是费事，最后竟差点演变成我和风里希帮着楚廉对付莫如月。

风里希看准时机，一剑砍下了楚廉的头，可人头还没落地，莫如月已一剑劈在了戮仙剑上……晚了，一切都晚了。

只见蓝光纷纷从戮仙剑中窜出，像游丝一般缠绕着诛仙剑。

剑身上原本的紫光、绿光和蓝光混合在一起，已看不出什么颜色了，只发着污浊的黑色。而莫如月身上，竟发着跟剑身相同的黑气，看起来活像个“女魔头”。

她大笑着，“啊哈哈哈，诛仙剑在手，我将无敌于天下，区区姜默算得了什么，迟早死在我的剑下，整个世界都将臣服于我!”

“小月，你醒醒啊，不要被诛仙剑控制了。”我脑子里立马想起昨天晚上小月给我说过的话，她会亲手杀了我，当时还觉得不可能，现在看来，没有什么是不可能的。

风里希也大叫着，“小月，诛仙剑煞气太重，你先松开它!”

莫如月魅笑着，“我为什么要松开它，握着诛仙剑，我感到很安全，很舒服，就像我渴望已久的东西终于回到我身边一样。”

她用力挥出一道剑气，将风里希定住，风里希像被钉在十字架上一般，伸展着双臂，动弹不得。

她妖娆万分地走到风里希身边，用手背掠过风里希的脸颊和下巴，痴情地望着他，“这感觉，就像是我渴望已久的你，终于属于我了，令人陶醉、沉迷。”

“小月，你做什么？你疯了吗？”我发疯一般往莫如月身边冲。

莫如月像对付风里希一样，挥来一道剑气将我也定住，我动弹不得，连嘴都张不开。

我急得满头大汗，但依然阻止不了莫如月，她竟然吻上了风里希，像干涸已久的土地吸吮着甘露，更像一头饥饿的狮子终于逮住了小绵羊……她疯狂地吻着他，好像把多年来所有的倾慕，尽在这一吻中宣泄……

而我眼睁睁地看着自己最心爱的女人吻自己最敬重的大哥……世间最残忍的事莫过于此，她心里想的念的爱的，依然只有风里希。

我无助地站在他们面前，心被撕得粉碎，连呼吸都痛……

我们三个果然都逃不出命运的摆布，彼此追逐着，却永远追不到对方，就像三只共耳的兔子。

为什么？如果逃不出命运的枷锁，那我们送神有何意义？不过是被诸神当棋子用了一下，用完便随手丢弃。

我想愤怒地挣脱诛仙剑气的束缚，猛然间感到背上的封神枪在给我注入一股力量，雄浑厚重，生生不息……

这股力量帮我调节呼吸，让我的愤怒慢慢平息下来。

刚才，我竟然也在不知不觉间受到了诛仙剑的反噬，若不是有封神枪护我，估计我早已心神大乱。此刻再看小月吻风里希，还真不能怪她，她现在被诛仙剑的煞气控制，意识不清，做出的行为也不作数，我完全没必要为这件事生气。

我试着伸手动了一下，居然冲破了诛仙剑气。

为了不引起莫如月的注意，我悄悄取下封神枪，瞄准她手中的诛仙剑，射出一枪，诛仙剑立马应声而落。

剑落地的瞬间，风里希也能动了，他一把推开莫如月，然后去抢掉在地上的诛仙剑。

还是莫如月快了一步，提前抢到了诛仙剑。拿起剑，她第一个反应竟是愤怒地朝我刺来。

我想再打落诛仙剑，莫如月却早有防备，左躲右闪，我始终不敢扣动扳机，生怕错伤了她。

看她一副气势汹汹、不杀死我不罢休的样子，我竟释然了。罢了罢了，她在王母娘娘净瓶中看到的未来要应验了，终于要来杀我了。我既舍不得伤她分毫，就随她吧。

我闭上眼睛不做反抗，只听“扑哧”一声，诛仙剑刺穿了我的胸膛。

血流到封神枪上，封神枪光芒大盛，随即爆发出一股力量，将诛仙剑生生逼出我的体内，连同莫如月一起弹出数米开外。

爆发出这股力量之后，我好像突然被抽了筋似的，浑身没了力气，跌坐在地。关键时刻还是封神枪给力。

“小涛，你怎么样了？”风里希大叫着跑过来扶住我。

诛仙剑被封神枪的光芒弹出去后，剑身上诡异的黑气收敛了许多，莫如月也一下清醒了。

“小涛，你怎么样？”她焦急地冲过来，查看我的伤口。

“呵呵，呵呵。”

“你这个家伙，傻笑什么？”

我笑着说：“我被诛仙剑戳穿了都没死，你说我高兴不？”

莫如月边为我止血边问：“刚才你为什么不直接用枪射我？”

“舍不得呗。”

她眼泪“唰”地流了下来，一下扑进我怀里，“傻家伙，你这个傻家伙。”

## 一一九、上古诛仙

封神枪周身的灵气能克制住诛仙剑的煞气，虽不知道能克制它多久，但至少在四剑合璧之前，它的煞气不会影响我的意识，因此，诛仙剑暂时先由我保管。

我喜不自胜，自从莫如月刺了我一剑之后，她对我的态度明显不一样了，有内疚、有感动、有心疼，好像也有了那么一点点爱……

只要有一点爱就行，有了开头，爱就会与日俱增，正所谓日久生情，爱情从来都应该是细水长流的模样。

那一剑，我挨得值了。

进入第四阵——绝仙阵。

一踏入绝仙阵的结界，混沌一片，昏昏暗暗，辨不清东南西北，这种感觉，应该是混沌兽的杰作。

果不其然，混沌兽大摇大摆地走了出来，看到我们，耀武扬威般地咆哮了一声，意思是让我们别再往前走了，再敢多走一步，它就不客气了。在混沌兽身后，有一个圆形祭台，台面上好像有些花纹，但因周身包裹着混沌之气，看不清花纹的内容是什么。祭台上摆着一把剑，浑身散发着污浊的黑气，应该就是绝仙剑了。

风里希说："混沌兽暴躁无比，凶猛异常，又因是上古浑浊之气所化，不死不灭，大家切勿鲁莽行事，惹恼了它会很麻烦。"

我们曾跟它交过手，深知它的厉害，它发起火来有毁天灭地的本事，风里希说得对，还是不要招惹它为妙。

我们都原地不动，静静地看着它，它也看着我们。就这样两两相望了不知多长时间，估计久得足够让互不相识的两个男女生出情愫，我弱弱地问一句，"咱们还要这么深情地看它多久？它头顶有几根毛我都快数清了。"

风里希比了个"嘘"的手势，"应该快了，它已经瞌睡了，眼皮子都快耷拉下来了。"

我打了个哈欠，"它再不瞌睡，我都瞌睡了。"

时间静静地流淌着，混沌兽的眼睛终于从半闭半睁到彻底闭上了。

"行动!"

我们踮起脚，蹑手蹑脚地绕过混沌兽，打算偷走绝仙剑。眼看就快到祭台跟前了，只觉得头顶一湿，一大坨又黏又臭的液体滴在我的头上。

我灵机一个闪身，刚好躲过了混沌兽的扑咬。

"谁能告诉我，流我头上的到底是口水还是鼻涕?"

莫如月边躲避着混沌兽的狂扑猛咬，边说："都什么时候了，你还较这个真，这两者有什么区别吗?"

确实没什么区别!

这家伙，不等我喘口大气，第二次、第三次扑咬……接踵而至。

我拿封神枪射了它，但是效用不大，反而更激怒了它，它像只疯狗一样，咆哮着乱咬一气。

局面彻底失控了，再这样下去，我们不被它咬死吃了，也得活活被它累死。估计姜默此时正在哪里看着我们得意地笑呢！

对了，定沙珠能控制沙子，也许此时正能派上用场。

我拿出定沙珠，脑子里想着要幻化出一只超级厉害的凶兽……

突然，风卷黄沙平地起，沙石堆砌显真身，又一只混沌兽拔地而起，与正在撕咬我们的那只一模一样。

我们三个都屏住了呼吸，等待着混沌兽的反应。只见它一脸蒙，歪着个大脑袋，疑惑地看着那个冒牌货。

而这边沙子幻化出来的混沌兽，也用同样的动作看它。混沌兽抬一下前腿，沙石幻化的混沌兽跟着抬一下前腿；混沌兽扭一下屁股，沙石幻化的混沌兽也跟着扭一下屁股。

见此情形，混沌兽一下高兴起来，热情地围着沙石幻化的混沌兽转起圈来，又是叫又是跳又是摇尾巴，一副欢快小狗的模样。这一招居然歪打正着的管用了。

风里希适时提醒我，“小涛，时机已到，快去劈绝仙剑。”

“好嘞。”

我走到祭台中央，双手紧握诛仙剑，用力一劈，只听“哐啷”一声，绝仙剑断了。

绝仙剑周身的黑色污气一下子缠到诛仙剑上，使诛仙剑周身的剑气更加乌黑浑浊。

按理说，毁了四个凶阵的阵眼就能破阵，可自始至终，既没有标志性器物的毁灭，也没有看到姜默垮台的样子。该不会其中另藏了玄机？

四个阵的结界开始瓦解、崩溃，但一股汹涌澎湃的力量自地底慢慢传来，让人心中升起莫名的忐忑……

商鞅和朱焱、韩信、李广、岳飞率先冲进来。那混沌兽一见朱焱，吓得瑟瑟发抖，一溜烟跑了。

诸神都围了过来，大家兴高采烈地议论，“不愧是商鞅的高徒，就是厉害，连诛仙阵都破得了！”

“太好了，终于可以去神界了！”

三足鸟也来了，“等了这么久，终于等到这一天，小涛涛，谢谢你!”

大家都在等待开启三兔法阵，但我总有种说不出的感觉梗在心头……

摆放着绝仙剑的祭台，慢慢散尽周身污浊之气，现在看清楚了，这个不是普通的祭台，而是莫高窟407窟的窟顶，一幅完完整整的三兔共耳藻井图，这可是三兔法阵的图腾啊！是我们开启三兔法阵的阵眼。

此时，所有的人都愣住了。

我手中四剑合璧之后的诛仙剑突然光芒大盛，跃然飞起，直冲云霄。

云霄之上，正是姜默。他大笑道：“你们以为这样就算破了诛仙剑阵？呵呵，笑话！此阵自古无人能破，既然一众神仙都聚于此，我看大家也就不必去神界了，都在此化为脓血，为诛仙剑阵聚聚煞气吧!”

说罢，诛仙剑摇身一变，变出千万个分身，从云端纷纷刺下。

原来，所谓的诛仙剑阵和诛仙阵不是一回事，诛仙剑阵是由诛仙阵、陷仙阵、戮仙阵、绝仙阵和一副诛仙阵图构成。我们刚破的四大凶阵，只不过是诛仙剑阵的前奏，待四剑合璧之后，才恰恰启动了诛仙剑阵。

姜默明知三足鸟会放我们过关，故意放它去守陷仙阵的。再派个疯疯癫癫，被戮仙剑吞没意识的楚廉去守戮仙阵，故意给我们杀，消除我们的提防。混沌兽虽凶猛，但智商是硬伤，我们三个也能应付。他的如意算盘就是，若我们因为诛仙剑的煞气而产生内讧，则一切就此解决，若我们冲出了四大凶阵，那么刚好启动诛仙剑阵……每一步都是他精心设计好的。

姜默为了破釜沉舟，棋掷险招，竟然将三兔法阵的图腾设为了诛仙剑阵的阵图，也就是说，三兔法阵与诛仙剑阵共用一个阵眼！要破诛仙剑阵，必须先毁了三兔藻井图，而图腾一毁，三兔法阵就再也无法开启了。

难怪姜默胸有成竹地说诛仙剑阵无人能破，难怪他说所有神仙皆无活口，原来他竟将两阵连为一阵……

诛仙剑如雨点般落下，诸神纷纷躲避，避之不及被刺中的，就会化为一摊脓血，模样甚为凄惨。

我握着封神枪，向如雨般落下的诛仙剑射击，被打中的剑立刻化为乌有。仓皇之下，我尽量能打几枪算几枪，能救几人算几人。

看到姜默嚣张的神情，活像个魔王，他用尽浑身法力驱使诛仙剑，我就不信他能不被反噬!

## 一二〇、诸神合力

本来打算先自保，等他彻底疯魔了再还击，但我看了看四周，死伤者已不计其数，哀号声、求救声混成一片……

必须想办法破阵，如果只是一味拖延时间，估计还没等到他被诛仙剑吞没意识，我们这边已寥寥没剩几个人了。

“姜默，你以为你耗尽修为布下诛仙剑阵，就能扭转残败的结局吗？诛仙剑的煞气足以吞没你的意识，让你变成不人不鬼的剑奴。难道对你来说，宁愿当个剑奴，也不愿去神界享清福吗？”

姜默说：“事到如今，我已回不了头，只能拼个鱼死网破。我就不信，在诛仙剑阵下，你们还能撑多久，只要活得比你们长，我就胜了。”

我大笑道：“姜默，你还不懂吗？你大势已去，强弩之末不会再成气候了，就算在诛仙剑阵里的人都熬不过你，还有阵外的人，还有正在赶往敦煌的人，还有一步一步正在勤加修炼的人……你杀得完吗？”

姜默说：“只要你们死了，阵外之人自会向我倒戈，这世上本就是成王败寇，哪怕拼尽毕生法力，只要能换我三千年的王者独尊，也值了。”

“我呸！三千年的王者独尊，你想得美！就算你耗尽毕生法力，换来的也不是三千年，而是十八年，短短的十八年后，我们又是一条好汉。而你呢？到那时只不过是一个重伤未愈的佝偻老头儿，我们再重新来过，你还招架得住吗？”

他大叫着，“闭嘴！”

说到他的痛处了，他最怕的就是轮回的力量，一次轮回就是一次开始，一次轮回就是一次希望，这个希望是他掌控不了的，也是它摧毁不掉的。

姜默一生气，落剑的速度更快了，许多小仙就此丧命，一时间哀叫连连。跟姜默贫嘴归贫嘴，我们当务之急还是得尽快想办法破阵。

我对诛仙剑阵里的众神说：“大家这么各自为战不是办法，应该形成合力，一起破阵，或许还有活着的希望。”

朱焱首先附和，“诛仙剑阵虽厉害，但姜默为了促成此阵，消耗了大量法力，若此时能把诛仙剑夺走，他手中没有厉害的神器，以他此时的法力，应该抵挡不住我朱雀烈焰的攻击。”

我说：“此时他攻势正猛，要把诛仙剑夺走恐怕不太现实，若仅仅是打落还极有可能。只是它分身太多，封神枪的威力还没到诛仙剑的原身，就已被分散了。”

风里希说：“如果仅是打散那些分身，这个好办，我们来做。”

“对，”莫如月附和着，“我们可以率领众神，为你辟出一条无剑的通道，让封神枪直通诛仙剑。”

大家七嘴八舌，商量出了一个好策略。风里希和莫如月边打落身边的剑雨，边向诸神说明我们的作战计划，有三国的诸位英雄，隋唐的许多豪杰，水浒的一百〇八将，还有九尾灵狐、王道士等等一些散神地仙，大家一致同意我们的破阵方案。

为了确保诛仙剑下的这条通道干净无剑，大家一个踩着一个的肩膀，搭起了两座高高的人梯，直达云霄姜默处……

姜默就算聪明绝顶，能算天算地算诛仙，但他算不出团结的力量。这么多人的智慧和力量凝聚在一起，还怕敌不过区区一个他？

我站在两道人梯的中间，这场面我这辈子都不会忘。只见大家一个踩一个，挥舞着各自的神器，发出“乒乒乓乓”声。他们居然真的做到了，为我开辟出一条无剑的通道。

此刻，我与姜默之间一通到底，再无阻碍。

我紧紧握着封神枪，瞄准诛仙剑一通射击，将诛仙剑震飞出去，剑雨立马停止了。

朱焱大喊一声“大家快撤”，然后化身成朱雀圣兽。

姜默见状，自知敌不过朱雀烈焰的攻击，竟一把拉出旁边的陈千道做抵挡。

这么珍贵的朱雀烈焰，用在陈千道身上多可惜，我一枪就把他打成了渣渣。

慌乱中姜默想捡回诛仙剑，但此时的他哪里敌得过朱雀的速度。一道烈焰已经喷出，径直喷在了姜默身上……一切都平静了。

待烈焰冷却后，姜默浑身焦黑，从云端跌落，重重砸在地面上，只留游丝一息。

朱雀想再喷第二道烈焰，彻底解决他，风里希却说：“焱儿，他是我们此番要送走的正神之一，留他一命。”

朱雀听闻，乖乖化为人形，走到风里希的身旁。

莫如月看到浑身焦煳的姜默，如释重负，跪在地上泣不成声，“姜默终于倒了，爸爸，妈妈，小夜，你们的仇，我总算报了！还有高影，黑影，你们都没有枉死，幽冥门终于被我们摧毁了！”

我能体会到小月此时的心情，一路上支撑她千辛万苦走过来的，除了开启三兔法阵这样冠冕堂皇的理由外，其实最关键的还是报仇。报父母的仇，报妹妹的仇，报自己的仇……现在她的恨完结了，她紧绷的神经才得以放松。她虽然在哭，但是哭得释怀。

我轻轻揽她入怀，让她感受我的陪伴，“没事了，都过去了，一切都会好起来的。”

她深吸一口气，“谢谢你，有你真好！”

她的一句话，已经另我心花怒放，仿佛有风吹着桃花瓣撒在我脸上……

商鞅高兴地走过来，拍着我的肩膀说：“你小子总算没让我失望，彻底把幽冥门灭了，现在正如老夫心愿，天下诸神都知道你是我徒弟，都知道是我法家后人送他们前往神界，老夫这心里啊，真是倍儿有面子！”

我皮笑肉不笑地说：“师父您放心，我一定发扬您的优良传统和学术精神，做个学法、知法、懂法、用法的新时代好青年。”

“好！那我就放心了。”他唤出戒尺，我下意识地缩了下脖子，他笑道，“不打你了，看你那熊样，一点都没变。这把戒尺送给你，看到它就像看到我一样。”说着，他竟有些煽情，“从此，我再也不能指点你，再也不能帮你了，什么事都得你独自面对。虽然有些不放心，但看到你们刚才的表现，自信而沉稳，内敛而厚重，已经很成熟了，为师多少有些宽慰，以后的路就靠你自己走了。”

从没见过师父他老人家煽情，这一煽，还真煽到我心里了，“师父，您放心地去吧，我一定会好好的，不让您老人家再操心了。”

我们俩竟难舍难分地哭作一团。

他又拍了拍我的肩，抹了一把老泪，“天下没有不散的筵席，快去开启法阵吧，这么多人都等着呢。”

“好，徒儿这就去。”我转身对莫如月说，“走吧，小月，该开启法阵了。对了，风哥呢？”

## 一二一、开启法阵

人群外，风里希抱着朱焱，“三兔法阵即将开启，神门即将打开，你也会走吗？”

“我的原身还在神界，把我留在人间，就是为了让我助你们开启三兔法阵，我在人间苦等了三千年，终于等到你们这一世，眼看任务就要完成了，我岂有不回归原身的道理？”

风里希把脸埋在她的秀发间，使劲闻着，“你的任务不是已经完成了吗？”

“还没有，不到最后一刻，说完成都太早。”

“好好好，我的焱儿就是谨慎小心。你越是好，我越舍不得让你走。我想要我们的未来，我想和你在一起。为了我，你留下来好吗？”

朱焱欲言又止，“我一点都不好，我不值得你这样待我……”

话还没说完，风里希已经吻住了她的唇，“我不许你说自己坏话。在我心里，你永远都是完美的女神，谁都不能说你不好。”

朱焱一把推开他，“不，我不是女神，我只是一个不全的灵……”

风里希用力抱住她，眼中噙满泪水，心痛地闭上眼睛，深吸一口气，“就算你只是一个不全的灵，我也爱你。从第一次见你时，我就已经深深地爱上了你，别走，求你。”

朱焱第一次回避风里希的吻，“有些人，不是你一眼就能看透的，也许到离开之后，我们不在有交集了，你才能慢慢看清我，到时候只愿你别恨我才好！”

“不要这么绝情，焱儿，就算你要走，也不要贬低自己来伤害我。”

“忘了我吧，我给你的只能是伤害，再无其他。”

“我的心里只有你，就算天塌地陷，我也绝不会忘了你。除了你，我不会再要其他！”

朱焱说：“如果有一天，你发现我骗了你呢？”

尽管朱焱一再拒绝，风里希还是不依不饶地捧着她的脸，温柔地吻着，“你不会骗我的，我有什么值得你骗？你若再贬低自己，我就真生气了。”

朱焱的眼角流下一滴泪，也不去擦拭，任眼泪顺着脸颊流下来，流进风里希的唇边，“但愿这世间，再不会有人如我一般伤你，否则，我定不饶她。”

风里希吻着朱焱的泪，终难自抑，自己的泪也流了下来，两个人的眼泪融在一起。“不会有人伤我的，你不会，别人更不会，此生我只爱你一人，不会再有别的人了。”

朱焱放下顾虑，忘情地回应着风里希的吻，缠绵悱恻，难舍难分。因为下一秒就要分离，他们将所有的思念、激情和牵挂……都化在唇舌的缠绵中。

吻，深得解不开；情，浓得化不开……不得不分开的恋人哪，却因为属于两个不同的世界，必须要分开，而那分别的话，风里希是万万开不了口。

朱焱说：“走吧，是时候了，大家都等着呢。”

“你还会回来看我吗？哪怕托梦也可以。”

朱焱垂下眼帘，淡淡地说：“相信我，过了今天，你是不会再希望见到我的。走吧。”

风里希心中有些委屈，朱焱反复这么说，难道他们的感情在她心里就真的这么不堪吗？

风里希和朱焱回到了祭台处，风里希想牵朱焱的手，朱焱却甩开了。

见他们回来，我也知道他们两个必定难舍难分，但没办法，天下诸神都等着呢，大局已定，必须开启法阵，送神归位了。我看了眼莫如月，意思是她是女孩子，由她开口比较好，就算风里希和朱焱心里不痛快，也不会冲她发火。

莫如月装作没看懂，东张西望地打马虎眼。

没办法，我低头摸枪，摸完这边摸那边，摸完前边摸后边，装聋作哑，我也会。

没想到最先开口的是朱焱，“既然大家都已经准备好了，那就开始吧，也别让诸神等太久。”

我吃惊地看了眼风里希，他红着眼眶，赌气一般地说：“那就开始吧。”

风里希站中间，我和莫如月站两边，恭恭敬敬，满怀虔诚。

风里希大声说道：“诸神周知，自女娲大神缔造神界以来，神门三千年一开，为世间众神前往神界的唯一通道，只有去路，没有来路。自第一次西岐送神之后，三千年已过，又到了神门大开的时候。天下诸神听从神界召唤，纷纷前往敦煌，而今时机成熟，正式开启神门。首先，恭请女娲灵石。”

人群自觉向两边避出一个通道，由女娲祠的大长老恭恭敬敬将灵石捧到风里希面前，单膝跪地，“现将女娲灵石完好交于三百七十二代守护人，风里希。”

虽是灵石，形状却不规则，有五种颜色，闪着五彩的光芒，甚是祥瑞。这五彩光照在身上，便觉得浑身舒畅，身上所有的伤都痊愈了，就连刚被诛仙剑刺的剑伤都不药而愈，连个伤疤血渍都没有。

不愧是补天灵石啊，连天都能补，何况我身上区区一个伤口，真是太神奇了。

风里希双手接过灵石，将灵石放在祭台上三兔藻井的正中心。本以为女娲灵石是个不规则的形状，没想到，它竟有一面是三角形，而且与图中三只兔耳朵连在一起的形状一模一样，大小也刚刚好。

当女娲灵石刚一落座三兔共耳图，那三只兔子居然从画中飘了出来，和灵石一起浮在空中，越飞越高，闪着五彩的光芒。

待三兔和灵石一起飞至空中时，我们三人分别坐在祭台的三个角，对应着头顶的三只兔子。风里希说：“现在大家把灵力注入到头顶上方的那只兔子里，感觉它就是我，我就是它，让它奔跑起来，此阵就算完成了。”

我闭上眼睛，感觉周身的灵力在体内循环，我将灵力汇聚在一起，推送进头顶上方的兔子身上，兔子丝毫没动。

我又将浑身角角落落的灵力都搜罗来，持续不断往兔子身上输送，兔子还是没动。

这是什么意思？是因为我的灵力不够吗？就算我的灵力尚浅，那风里希和莫如月呢，他们所对应的兔子也丝毫没有要动的迹象。莫非？……

我仔细盯着头顶那幅三兔共耳藻井图，脑子里闪现出莫如月常说的那句话，“这就是我们的宿命，彼此追逐，却又永远追不到对方。”

莫非，这个图腾是要告诉我们，轮回是彼此联系，却又各不相干？

我将灵力一分为二，一半继续输送到我头顶的兔子身上，而另一半，我伸手推送给了莫如月。

莫如月先是吃了一惊，但马上明白过来我的用意，随后也像我一样，一手输送灵力，一手将另一半灵力推送给了风里希。

风里希如法炮制，将一半灵力输送到头顶的兔子身上，另一半推送给我……

三兔终于奔跑起来，形成一个五彩光圈，它们越跑越快，光圈也越来越亮，上通天际，下到祭台。

成功了！三兔法阵终于开启了。几年的努力，尽在这一刻。

风里希说："小涛，下面看你的了。"

我点点头，起身对四下的众神说："天有九重，一为中天，二为羡天，三为从天，四为更天，五为晬天，六为廓天，七为咸天，八为沈天，九为成天。诸神可遂我令？"

众神齐答："遂。"

"既如此，凡不遂者，休要怪我封神枪无情。"

这么多神仙，一个一个地念，一个一个地封，挑熟悉的先封，不熟悉的稍后再说，"姜默，八重沈天；商鞅，七重咸天；韩信，六重廓天；李广，五重晬天；岳飞，七重咸天……"

凡我叫到名字的，都站上祭台，从光柱直通神界。

朱焱是要上九重天的，我一直没叫她，就是想让她和风里希再多待一会儿。"九尾灵狐许晴瑶，四重更天；杨玉环，四重更天……"

许晴瑶去神界之前来到我身边，"你小子没有以权谋私，封得还算公平，我服了！"

我得意地说："早都说了我是法家传人，肯定公平。"说完这句话，我甚至都能感到商鞅自豪的神情。

"道士王圆箓，一重中天。"

王道士大叫道："不公平，我对天下有功，凭什么把我放到一重天去？我不去！"

我看了他一眼，"法网恢恢，岂容你说不去就不去！"我拿起封神枪，对准他的胳膊就是一枪。

"啪"的一声，他的一条胳膊瞬间没了。"再不走，下一枪就是你的脑袋。"

"别别别，爷爷饶命，我这就走，这就走！"说完，他抱着受伤的胳膊，心不甘情不愿地站在祭台上，消失在五彩光柱中。

很快，神仙们都纷纷前往应到的天界，刚才还密密麻麻的人群，现在只剩了朱焱一人。

她救我们的种种往事涌上心头，要没有她的鼎力相助，我们早死了不知道多少次，哪还有今天顺顺利利地送神？别说是风里希了，就连我都一万个舍不得。

# 一二二、惊世阴谋

我深吸了一口气，用无可奈何的眼神看了看朱焱，又看了看风里希。这一刻还是来了，哪怕我再想把她拖到最后，再想多留点时间让他们相处，还是阻止不了恋人的离别。既然注定要分离，就不能让她走得牵肠挂肚。

长痛不如短痛，我咬咬牙，大声说道："朱焱，九重成天……"

还不等我说完，只见朱焱双手伸展飞向天空，变身成朱雀圣兽。

它展开巨大的翅膀，鸣叫一声，攒足了劲一下子冲向五彩光柱，然后一头撞在了三兔光圈上。

什么情况？那三兔光圈可是神界大门啊！一切来得太突然，根本不明白朱焱在做什么。

等我们回过神来，一切已经结束了，神门被撞破了。

它是朱雀圣兽，铆足劲地全力一撞，硬生生将三兔光圈撞开一个豁口。

她为什么要撞破神门？难道仅仅因为她和风里希要分开了，发泄一下离别的愤恨，还是撞坏神门，她就不必再回神界，可以和风里希双宿双归……

朱雀虽把神门撞坏，但自身也受了重伤，化成人形跌落地面，头上有血流了下来，顺着那张绝美的脸一滴一滴往下落，凄美得惹人心疼。

"焱儿！"风里希大叫一声，赶紧跑过去扶她，我们也跟了过去。

不管怎么说，多年来几经生死，与朱焱交情颇深，在不明她的目的之前，还是不忍心见到她受伤。

谁知朱焱一把推开风里希，看都不看他，满脸严肃，单膝跪地，对着残缺的三兔光圈说："神门已破，朱雀恭请主人降临。"

我们倒抽一口冷气，感到情况不妙。

没听错吧，她在喊"主人"，能让朱雀喊主人的人，会是谁？难道有人要从神门的这个缺口处重返人间？

只见五彩光柱中，出现一个人影，与其说是一个人，倒不如说是半个人，因为他上半身是人，下半身是蛇，红色的头发，蓝色的皮肤，横眉怒目，样貌十分凶狠。

这般样貌，莫非他是远古神族？

他飞至半空中，深吸了一口气，陶醉地说："啊，人间的味道，久违了。我共工终于又回来了！"

共工？

当初头撞顶天之柱不周山，害得天塌地陷，生灵涂炭，人类将亡的魔神就是共工，难道是他？朱焱叫他主人，难道她效忠的人是……我简直不敢想。

共工伸了个懒腰，"干得不错，小朱雀。不愧是我放在人间的眼线，六千年了，神门都开了两次，这一次，我终于回来了。这个世界本来就不应该有人，都是女娲拿泥捏出来的渣渣，女娲却为了这些渣渣，把神族驱逐到神界。我既然回来了，就要将人类灭个干净，要我神族重登这片土地，一雪当年女娲辱我之仇，光复我神族昔日荣耀！"

"魔尊威武！"朱焱还跪在地上，共工不说"起"，她连站起身的勇气都没有。

共工见她始终跪着，对自己依然毕恭毕敬，言听计从，甚为满意地说："起来吧，为了助我回来，你也辛苦了。"

"谢主人。"

风里希万般不敢相信，他心中的女神竟然叫魔神共工为主人。他失魂落魄地问："焱儿，你为魔神共工效命？"

"没错。"

"你撞破神门，目的就是要放魔神共工重返回人间？"

"没错。"

"这么多年来你对我们的帮助，都是为了法阵开启时能够撞破神门？"

"没错。"

风里希仰天大笑，"你果然是九天之上的朱雀圣兽，深藏不露啊，我竟一点都没想到你是这样的目的，哈哈哈，亏我掏心掏肺地去爱你，我居然爱上了一个效命魔神的人！"他一口血喷了出来，险些站不稳。我和莫如月赶紧扶住他，但他倔强地甩开我们，接着问，"这么多年，你到底有没有爱过我？"

我能想到风里希此刻受了多大的打击，别说风里希了，我都受不了，"朱焱姐，这么多年你帮我们，当真只为了共工重返人间，没有一点我们之间的情义？"

不等朱焱回答，共工已不耐烦了，"在我们远古神族的眼里，凡人只不过是女娲用泥捏出来的渣渣，要不是看你们还有半个神族的血统，我早灭了你们。休要在此啰唆，安静地反省一下，你们该认谁当主人，若还想跟朱雀在一起，就臣服于我！”

他说罢，手一挥，一个蓝色透明的结界从天而降，像个牢笼一般将我们结结实实罩住，再也走不出半步，任我们再怎么喊，怎么叫，怎么骂，连声音都传不出去。

神门中，又出现了两个神影，一个是长着九个脑袋的相柳，全身青色，也是半人半蛇，另一个长得像夜叉，叫作浮游。他们两个一看就是共工的随从，向朱焱打招呼，“真是不付重托啊，小朱雀，我们终于又回来了，这一次定要将那些渣渣清除干净，光复我神族的旧日荣耀。”

朱焱看了看他们，没有接话，接着对共工说：“主人，既然我已经完成了任务，该把原身还给我了吧！”

“好说。”共工伸出手掌，掩出一个光圈，光圈中困着一只金黄色的小朱雀，正在百般焦急地扑扇着翅膀，“去吧，你的元神就在下面。”

困着小朱雀的光圈不见了，它头也不回地径直向朱焱飞去，越飞越快，一下穿进朱焱的身体。朱焱一怔，随即周身光芒大盛，“多谢主人成全。”

结界内，风里希疯了似的击打着结界，但任他怎么击打，一点用都没有。

他歇斯底里地呼喊着：“焱儿，为什么会这样？你为什么会为魔神效命？这么多年，我竟错信了你，错爱了你，为什么……”

他用了十成功力发泄，我和莫如月拦不住他，只能任他发泄，折腾自己。

朱焱这个惊天阴谋藏得好深啊。不仅骗过了我们和天下诸神，就连姜默都骗过了。我真后悔，当初商鞅提醒过我，说她来历不清，目的不明，让我们防着些，我执意要相信她，现在真是自己打自己的脸……

女娲当年为保人类安定，炼石补天，又缔造出神界，将远古的神族都封于神界，人间虽然太平了，但无形中伤害了神族的利益。

以魔神共工为首的一部分远古神族倍感屈辱，这其中，不仅有相柳和浮游，也包括圣兽朱雀。他们一心想回人界，将女娲亲手打造的人类灭个干净。只要人类没有了，就不存在人界与神界之说，他们神族就可以再回到这里，统治这片土地……

人类灾难将至。现在唯一的办法就是请女娲大神降临。除了女娲，恐怕谁也无法阻止这场浩劫。

相柳和浮游谏言道：“现在就动手吧，人类繁衍得太多，杀起来还挺费事。”

共工应允道："想怎么整就怎么整，整得越热闹越好。"

"好嘞，瞧我的！"

相柳和浮游相继作法，"地震、海啸、火山爆发……轮番来！女娲，你不是想让人类世界太平吗？我们偏要这里生灵涂炭。"

看着这帮恶魔在我们的世界上嚣张跋扈、为所欲为，想象着此刻已有不少同胞为此丧命，我急得火冒三丈。

但无奈我们还困在结界里，什么都做不了，只能眼睁睁地看着他们胡作非为。

如何才能把这些告诉女娲大神呢？我们当中与女娲最近的只有风里希，可他此时根本无心应战，一副心如死灰的颓废样，"焱儿，告诉我，你我之间除了利用，你到底有没有爱过我？……"

"风哥，你清醒一点，她效忠的是魔神，你世代生活在女娲祠，又是女娲灵石的守护人，她怎么可能会爱上你呢？你们两个只能是宿敌！"

"不！我要听焱儿亲口对我说！"

朱焱似乎听到了我们的对话，转头看着风里希，不疼不痒地说："你是好人，但我不是，所以我们之间不可能有爱。"

一听这话，风里希又喷出一口血，"不可能有爱，呵呵呵，没错，我们两个是宿敌，你怎么会爱我呢？"

风里希说的每个字都似是带血，他快崩溃了……

莫如月扯了扯我，意思是让我劝两句，别让风里希太难过，但我毫不留情地说："风哥，魔神已经重返人间了，你爱的女人要和魔神一起清除人类，你清醒一点吧，此刻你就算死在她跟前，她都不会多看你一眼。你看看他们，已经开始制造灾难了，地震、海啸、火山爆发……多少无辜的人此刻已经命丧黄泉，你真的不管不顾？别在这儿为她自欺欺人了！九天诸神还不知道这里发生的事，现在只有咱们三个，咱们得振作起来，不能让魔神毁了人类世界。"

莫如月没有吭声，只是担忧地看着风里希。

风里希颓废地瘫坐在地上，面无生机，"小涛说得对，不能让共工再次把人类毁了，虽然此刻只有我们三个，但也要奋力一搏。"

# 一二三、毁天灭地

只要风里希过了心里这道坎儿，我们就能尽快投入战斗。魔神的结界牢固无比，风里希用十成功力都不曾撼动半分，我用封神枪试试，朝结界开了一枪，虽然作用不大，但还是有些效用，结界有些撼动了。我接着射击，虽然结界越变越弱，但就是不破。

莫如月看了看刚才姜默掉在地上的诛仙剑，想要捡起来，风里希却拦住了她，轻轻说一句，“让我来。”

风里希捡起诛仙剑的同时，眼睛泛着魅惑的红光，周身散发着黑气。只见他用力一劈，结界破了，他二话不说直追共工而去，“共工，拿命来!”

共工回头看了眼风里希，不屑地说：“渣渣，敢来挑衅我?”随手一挥，挥出一道强劲的蓝光射向风里希。

风里希挥手将诛仙剑挡在身前，但无奈共工的力量太强大，风里希立刻被蓝光吞没。

我们都为风里希捏了一把汗，就连朱焱都眉间一紧。

待蓝光散尽，只见风里希毫发未伤地站在原地，我们松了口气，朱焱紧皱的双眉也才松开。

这一幕别人没看清，我却全看在眼里，若说她朱焱对风里希没动过真情，无爱无恨，那是假的。

共工看到风里希安然无恙，着实吃了一惊，他转头对朱焱说：“朱雀，去把这个不知天高地厚的半神杀了。”

朱焱没有动。

共工怒瞪一双暴眼，“怎么，你竟敢违抗我的命令？莫非派你下来执行任务，你竟对这个渣渣动了真情?”

说话之间，风里希已经飞到共工身边，相柳往共工身前一挡，高傲地说：“你不过就是个卑贱的半神，也配与魔尊交手？由我送你死都算抬举你了。”

相柳要与风里希交战了。

只见风里希浑身散发着浓重的黑气，他被诛仙剑反噬了心智，此时已经入魔，但是没办法，他必须拖住他们，让他们暂时没有机会制造灾难滥杀无辜。

风里希与相柳随即战到一处，天地变色，雷电交加。

莫如月刚要冲上去帮风里希，我一把拉住了她，“战斗的事交给我们，你现在抓紧时间去找大长老，趁神门大开之际，赶紧去请女娲大神，人类覆灭与否，全在此一举了。”

莫如月迟疑了一下，还是不放心我们，我着急地喊道：“都什么时候了还犹豫，如果能挽救这个世界，我们战死又有何妨！快走！”

莫如月一咬牙，狠狠地说道：“不许战死，等我回来，否则，有你看好！”说完，她转身飞走。

虽然这几个字是她咬牙切齿说出来的，我却感到无比温暖。

浮游见莫如月想跑，将他类似三叉戟的武器掷了过来，我对准三叉戟打了一枪，将武器打落，浮游又冲过来准备去抓莫如月，我向他连发数枪，都被他躲过了。在我的掩护之下，莫如月已经飞远。

浮游见追不上莫如月了，气愤地转而攻击我。

他的速度比枪速还快，我根本打不中他。

转眼，他已到了我身前，朝我胸口猛击一拳，将我打得飞出数十米远，喷出一口血来。

莫如月回头看到我的状况，停了下来，想回来帮我，我却拼命摇头，朝她挥手，“别回来，快走，快走啊！”

说实话，以我们的实力去阻止共工，根本就是以卵击石，我们只不过拿命在拖延时间而已，这种九成九赔命的事，我又怎么舍得拉上小月。

莫如月飞走了，我的心也放了下来。

浮游继续攻击我，封神枪在近身攻击时根本派不上用场，我拔出神目刀，抱着能砍一刀算一刀，砍两刀就算我赚的思想，拼命攻击他。

浮游好似看透了我的心思，我往左砍，他就往左躲，我往右刺，他又往右躲，根本伤不着他，倒是我自己，已经被他左一拳右一脚，打得连亲妈都快认不出来了。

正在我狼狈招架之际，只觉得什么东西敲了一下浮游的头，定睛一看，居然是师父留下来的戒尺。



这把戒尺早已被师父炼得有了灵性，平时最爱收拾我，今天看我被浮游打掉了半条命，终于忍无可忍，冲出来保护我了，“小戒尺，别管我，快躲起来。”

浮游怒气冲冲地看了眼小戒尺，不等它飞，就一把将它抓住，三捏两捏，捏成了粉末。

这可是师父留给我的念想，我气急败坏地怒吼道：“啊！我要杀了你。”却被浮游一记猛拳正中脑门，满眼金星地倒了下来。

很明显我打不过浮游，与其想办法对付他，不如对付一下远处观战的共工，如果能一枪要了他的命，就算我死也值了。

共工此刻正饶有兴致地看风里希和相柳作战。风里希不仅没被相柳打死，两人反而打成了平手，刺激了共工的兴奋点。

我趴在地上，把封神枪对准共工，连扣扳机，枪枪都打在他身上，他却毫无感觉，就好像被蚊子咬了几口一样。

“嗖”的一声，共工已飞到了我面前，“你以为元始天尊的封印能伤得了我吗？我是高贵的原始神族，莫说元始天尊了，就连女娲也不能把我怎样。”他边说，边拿走我的封神枪，像捏土块一样捏成了渣渣。“你们两个半神倒还挺有意思，一个特别能打，竟然和相柳打成平手；一个特别能扛，面目全非、血肉模糊了，竟然还不死。我倒要看看，你能死撑到什么时候？”

他在手中汇聚了一个蓝色光球，且光球越来越大。他可是魔神共工啊，这一个灵力球打下来，我必死无疑。我赶紧跑，跑不动就爬，爬不动就滚……

连滚带爬了一阵，却不见共工的灵力球砸下来，回头一看，朱焱正跪在地上，挡在我的身前。

共工怒道：“朱雀，你今日已有两次忤逆了我的旨意。”

“魔尊息怒。魔尊要消灭人类，我完全赞同，只是还请留着这两个人的性命。他们毕竟是半个神族，再者，正是他们开启的三兔法阵，说起来，也是魔尊回归的有功之人，还望魔尊手下留情。”

共工说：“既然你都为他们求情了，就暂且留他们一命，用这个灵力球让整个大地颤抖吧！”

说罢，他又将灵力球汇聚得更大更亮，用力砸向地面……

另一边，莫如月找到了大长老，要求他立刻、马上、迅速请女娲大神降临。

大长老对着天三跪九叩，才第一跪，就被莫如月提起来，“都什么时候了，人命关天，您就别拘泥礼节了，女娲大神是不会介意的。”

“姑娘说得是，我只是习惯了而已。”

大长老直接步入正题，画符、踏步罡，嘴里念念有词，把共工祸乱人间的事说了个大概。他边踏步罡，边承受着共工毁灭之力的袭击，但他依然坚持，最后一步没来得及踏上，直接倒在了步点上。

莫如月扑上去呼救他，却发现他七窍流血，已经死了。只差一步，不知道仪式算不算完成，也不知道女娲是否听到了我们的祈求，事已至此，一切只能听天由命了。

只觉大地剧烈抖动着，将山河撕裂，裂口处岩浆喷发，一时火光冲天，哀声四起……

风里希被共工突如其来的毁灭一击怔住了，随即被相柳趁机一招击中，跌落云端……

我的家乡，人类的共同家园，就这么毁了吗？我甚至都能听到人们的呼救声，以及生命被吞没前绝望的哭喊声……

我在心里呼唤着，小月啊，你怎么还不回来，晚了，一切都晚了。

## 一二四、神魔大战

一道五彩祥光从天而降，祥光里正是女娲大神。虽与共工一样，也是人身蛇尾，但面容姣好，样貌慈祥。看到她有如看到春日暖阳，让人心生温暖，恨不得匍匐在她脚下忏悔痛哭。

死了那么多人，女娲大神可算来了。

莫如月从女娲大神身后飞出，飞到我身边，看到我被打得血肉模糊，调侃道："总体还算听话，终于忍住没死，等到我回来了。"

我肿着嘴，含糊不清地说："老婆大人不让死，我哪敢擅自死？撑也得撑到你回来。"

莫如月轻笑道："贫嘴，看打！"

"别别别，真的扛不住打，一拳必死。"我拿着莫如月的手在胸口轻轻挨了一下，"瞧，死了。"说完往后一躺。

莫如月呵呵呵地笑着，我的心情也跟着明朗起来。

见到女娲突然降临，共工愤怒地咆哮，“是谁走漏了风声？”

他把周围的人审视了一圈，最后目光落在莫如月身上，隔空狠狠一掌朝莫如月打来，我吓得一个翻身，将莫如月护在身下。咬紧牙，屏住呼吸等死，只听“锴”的一声震耳欲聋。

女娲大神一掌化解了共工的攻击，然后两手合十，幻出一个五色灵力球抛向天空。

山河停止崩裂，岩浆和水火各归其位，灵光所到之处，房屋复原，树木重生。就连刚刚死去的人，身上的伤口也都愈合了，只是，虽然伤没了，却依然躺在地上死气沉沉，不复生机。

共工怒道：“女娲，自盘古开天以来，天地就应该是诸神共有，但你为了你捏出来的渣渣，把神族驱逐于神界。你擅自剥夺众神的权利，我等不服，今日，我等定要将渣渣们清除干净，再次占领这片土地。”

女娲说：“他们虽然是我用泥捏出来的，但我赋予他们生命的同时，也赋予了他们灵魂，他们和神族一样，也有灵性，也能感知天地，能参悟宇宙奥秘，有些时候，他们的灵性甚至超越了我们神族。千万年来，你为什么还是不能接受他们？”

“我更能接受当初那个没有人类，只有神族的世界。”

女娲问：“你非得清除他们不可吗？”

“没错，必须清除渣渣，带领众神重返人间。”

女娲怒道：“既然你一心要战，那便战吧！当初既然能驱逐你一次，现在就还能驱逐你第二次！”

共工似是有些怕了，“哼，阻止我清除人类？恐怕你来晚了一步，就在刚才，我已经向全人类施加了封杀大法，不仅生命没了，就连灵魂都一并散尽，现在这世上，估计没剩几个人了，最多也就他们三个半人而已。想把我再次驱逐到神界？呵呵，我马上会率领众神重新回来！”

女娲一听，原本仙衣飘飘的裙袂，立马换成黄金铠甲，变身成战神一般模样，威严无比。她用手挥出三道祥光，我、风里希，还有莫如月，也立马黄金铠甲上身。我身上的伤全好了，封神枪也回来了，在我手中闪着五彩的祥光，看起来比以前更加犀利威武。莫如月也是，手中的映月刀无比锋芒，而浑身煞气的风里希，也恢复了往常儒雅翩翩的风度，诛仙剑煞气全无，和封神枪一样浑身散发着五彩的祥光。

哇，鸟枪换炮了，感觉超酷！此刻要是有人能给我拍张照片就好了，这应该是我从前乃至以后最帅的时候。

我自信满满地蹭到莫如月身边，“看我，帅吗？”

她浅笑，“帅。”

女娲说：“孩子们，为了人类安宁，你们可愿随我出战？”

“愿意愿意！”我一下子热血澎湃。

能想象到吗？我有生之年居然能和女娲大神并肩作战，而且是为了保护人类与魔神共工大战。若此时能发条微博，我一定是网红他祖宗。

我还是和老对手浮游打，莫如月本该对阵朱焱的，但风里希拉住了，“该面对的总得面对，让我来。”莫如月点了点头，迎战相柳。

不愧是鸟枪换炮，新到手的封神枪，比之前的威力更大，速度也更快了。

我心中默默念叨，“浮游你个小样，刚才专打我的脸，现在统统还给你，打到连亲妈都不认识你。”

浮游虽然速度够快，但十来枪里也总能有一枪打中他，转眼他已面目全非，我还打掉了他的一只胳膊。

莫如月这边也是，她本就身手敏捷，现在更加轻盈，招式如行云流水般连贯自如，一气呵成，三下五除二便割掉了相柳的其中一个脑袋，让他九个脑袋只剩下八个。

再看风里希和朱焱，没有人动手，只是对望。

还是朱焱先开口，“我为了远古神族的利益，效忠共工，参与了清除人类的计划，而且还利用了你，你恨我吗？”

风里希说：“刚开始恨，但现在不恨了。你有你的立场，我想，我恨的应该是你的立场，而不是你这个人。就像很多人，工作中是死对头，生活中却是朋友。对于你的为人，我还是认可的。”

朱焱笑了笑，说：“这个世界本就是矛盾纠缠的世界，你能把我的立场和我的为人分开，我就已经很高兴了。”

风里希说：“只有经历了才能感悟，该分开对待的必须分开，就如我的感情和我的职责一样，我爱你，但是我的职责使命要求我不得不与你为敌……”

正在此时，只觉得天地变色，电闪雷鸣，我们所有人都为之一振，是女娲与共工开战了。一个为保人类安宁，一个为全面清除人类。女娲的五彩光对抗共工的蓝光，每一次短兵相接，都是天雷滚滚，巨大的能量闪烁天际。

朱焱看了一眼天际，落下泪来，“我输了。”

风里希说：“你还没打怎么就认定是你输了？”

朱焱说，“共工是斗不过女娲的，所以无论你我输赢如何，我都注定是失败的，都要被女娲遣送回神界。”

风里希忍了几忍，还是没能忍住，上前一把抱住了朱焱，“我们还会再见面吗？”

“应该不会，事已至此，再见又有何意义呢？况且，我也不会再有机会返回人间了，还不如留下些回忆，永远消失在彼此的世界里。”

果然，共工敌不过女娲，被女娲打回了神界。缺胳膊的浮游和少脑袋的相柳一看形势不对，撇下未进行完的战斗，也一溜烟跑回了神界。

朱焱推开风里希，“我也该走了。若要我回来，除非人类覆灭，神族回归。”

风里希深情地捧着朱焱的脸，“只要有我在，就不会有那么一天的。”

朱焱笑了笑，转身化为朱雀，飞进神门。

该走的都走了，一切慢慢归于平静，就像什么都没有发生过。

此时夕阳西下，落日余晖照着天边云彩，霞光万丈。风里希转头看着晚霞，任风吹干脸上的泪。

我走到风里希身边，搭着他的肩膀问：“风哥，你恨朱焱吗？”

“不恨。为什么要恨呢？这世间善与恶、爱与恨、悲与喜，不过都是一念之差而已……”

“太深奥了，完全不懂！”

他还是一如往常般温柔地笑，没再说话。正如他日后所说：

静看天边云舒卷，
细数繁花开流年。
放不下的执念，
剪不断的思念，
磨不灭的信念，
看不透的悬念，
终是心中一念。
善与恶，一念之间，
爱与恨，划出界线，
悲与喜，分为两断，

我与你，仍在纠缠。
未了的心愿，
来不及相恋，
诉不尽前缘，
道不完再见，
终化作一缕烟，
吹散、飘远。
不如留一瓣桃花作纪念，
随风缱绻，
环绕心间。

## 一二五、道出原委

神界大门此时还开着，而且还豁一块，若不修好，想必诸神还是有机会返回人间，祸乱人类。

女娲来到神门前，从三兔光圈处取出女娲灵石，一分为二，一半交给了风里希，另一半放在豁口处。

只见神门立即将灵石吸收，豁口没有了，神门修复了。

我看了看远处躺在地上的大长老，仍像熟睡一般，没有任何清醒的迹象，也没太当回事。

女娲开口道："你们可知，你们这半神的神力从何而来？"

我们面面相觑，摇头表示不知。

女娲娓娓道来："洪荒之初，世上只有神，没有人，与众神相伴的，只有花草树木、日月星辰，我觉得这世上生命太少了，没有灵气，于是用黄土和水依照自己的样子捏出了小泥人，并给他们配上腿脚。我为了计算总共捏了多少泥人，便每捏一人，从他身上取一粒沙作计。不知不觉，这沙子竟垒成了一块巨大的石头。因这石头每一粒沙都取自人的身体，又经我亲手堆砌，故而相当有灵性，经年累月，竟也修出了法力，我便将它立于西天河畔，封为三生石，象征着前世、今生与来世。你们三人，便是这三生石所化。

三千年前，因要开启神门，这个重任既不能交给凡人，凡人的力量终不敌神族，也不能交给神，毕竟神与人是两个种族，对人类多有偏颇，而你们三个半神半人，正好适合担此重任，因此，千年来一直由你们三个担负着送神的重任。

如今，魔神共工对人类狠下封杀术，我刚才体察了一番，正如他所言，这个世上已经没有活人了。哪怕我再把他们的伤势修复好，他们也因为灵魂缺失，无法苏醒。现在唯一能够唤醒人类的只有你们，你们愿意拯救人类吗？”

“如果我们有这个能力拯救人类，让大家都醒过来，当然好。可是怎么救呢？”

女娲说：“这世上有多少人，就有多少粒沙，只有你们放弃人形，恢复石形，一粒沙便可救一个人。”

放弃人形，恢复石形，那不等于让我们三个挫骨扬灰……

风里希说：“经历了那么多生离死别，看了那么多人心善恶，哪有绝对的人和事。我们一开始相信姜默，认为他是好人，可结果却是他设立了人间炼狱幽冥门；我们又相信朱焱，认为她多次出手相救，又和我们一起捣毁了幽冥门，应该是好人，可结果恰恰是她助共工重返人间；自诩为女娲灵石守护人的我，在拿到诛仙剑的时候，也被煞气反噬心智，险些走火入魔……所以我想，这世间的善与恶、爱与恨、悲与喜，不过都是一念之差而已，放手未必就是失去，死亡也未必就是消失，在自知生命快要终结之前，我反而无比通透，我愿意放弃人身，回归石形，化身沙尘，拯救人类。”

女娲说：“没想到你竟有如此悟性，这世间善恶共存，福祸相倚，正如你所说，放手未必就是失去，死亡也未必就是消失，今日善因，必将种下来日善果。”

莫如月说：“我自小父母便被幽冥门杀害，我和妹妹被掳回幽冥门，在仇人的魔掌中被当成工具一样培养，学的第一个词就是血海深仇。所以我的人生就是不停地战斗，不停地报仇。刚开始是父母的仇，后来又加上妹妹的仇，我一心想铲除幽冥门，为我全家报仇雪恨，但真正把姜默打倒之时，看到他潦倒落寞的模样，我发现其实他也是可怜之人，他也承受过不公的待遇，内心也有过一番痛苦的挣扎，当我终于有能力杀他的时候，却真正下不去手，所以我想，既然爱和恨一样，都能成为人的力量源泉，我的前半生都是活在仇恨当中，那么在我死之前，总该有一次机会是以爱为动力的。既然我本就取自人身，那么救人也是责无旁贷，我愿意放弃人身，回归石形，化身沙尘，拯救人类。”

女娲说："一个人最珍贵的，就是认清自己的内心，你虽然在幽冥门的残酷环境中长大，但内心纯良，坚持自我，惩恶扬善，你有一颗比金子还要坚定的内心，它足以保护你日后不受迷惑。"

到我了？我看了看风里希和莫如月，每个人都得说两句吗？我咋觉得我没啥好说的。

眼看莫如月已对我动心，未来美好幸福的新生活已向我招手，我怎么舍得全都抛弃……

女娲幽幽地问："夏小涛，你怎么想？"

我咕哝着，"我没啥可说的，如果风哥和小月都愿意，我也只能愿意了。不然全天下的人都死了，就剩我一个多没意思。"

"好。既如此，我便施法除去你等人身，恢复石形，化为沙尘，拯救人类。"

虽然我的生命对于人类来说意义重大，但到了生命的尽头，我还是心有不甘，我还年轻，还没有活够，还不想死……我闭上眼睛，流下了一滴泪。

我感到自己在五彩光芒中化入一片混沌，慢慢失去了意识……

## 一二六、化石为沙

敦煌，鸣沙山，沙尘漫天，据说这是从三生石身上吹来的沙子。

风吹过，三生石化为沙尘洒满人间……

大长老在沙尘中睁开眼睛，转头问旁边小哥："好大的沙尘暴啊！敦煌经常有这么大的沙尘暴吗？"

旁边的小哥说："沙尘暴经常有，但这么大的却很少见。赶紧找个地方躲起来吧，看样子一时半会散不了。"

沙尘过后，人间一切恢复如故。

# 尾声

突然，有人拍我的后脑勺，谁啊？我后脑勺跟谁有仇吗？我努力睁开眼一看，居然是我的恶魔主管——田姐。

她满脸油腻地说："夏小涛，你上班时间睡得很香甜嘛，又是打呼噜，又是流口水的，怎么，你以为莫总是你女朋友，我就不敢炒你鱿鱼吗？你敢睡，我就敢炒，不信试试……"

什么情况？我不是已经死了吗？死得连渣都不剩，怎么会在公司里呢？

我飞快地往总经理办公室跑，身后那个中年油腻大婶大声吼道："夏小涛，我话还没说完呢，你给我回来！"

我慌慌张张一脚踢开总经理办公室的门，莫如月正专心致志地办公，看到我进来，抬起头说，"醒了？"

"啥意思？"

"先把门关上，我慢慢告诉你。"

我把门关上，神情紧张地看着她。谁知她竟两手勾住我的脖子，主动送上香吻。

又软又滑的舌头在我嘴里游走，挑逗得我热血沸腾，我狠狠吸住她的舌头，忘情地吸吮着……

片刻，莫如月问我，"你来我办公室干吗？"

我被吻得大脑缺氧，晕晕乎乎，"咱们不是死了吗？放弃人身，恢复石形，化为沙尘，拯救人类……怎么又活了？"

莫如月好笑道："女娲大神只是要咱们去救人，又没让咱们都去死，所以她用黄土重捏了咱们三个，只不过，咱们现在都是凡人，再也没有灵力了，身上的三兔宿命也就解除了，我现在郑重告诉你，我爱上你了，要跟你结婚。"

我一激动，抱起她转了一个圈，"太好了，太好了，只要能和你在一起，管他神仙还是凡人呢，我都愿意。"

莫如月微笑着靠在我怀里……

做回凡人的莫如月，比以前温柔多了，也爱笑多了，真好。

“对了，风哥呢?”

“他回女娲祠了，守着剩下的半块女娲灵石。”

“哦，这是他们世世代代的使命，回去也好。这么说来，咱们三个当中只有我赚了，赚到了一个又漂亮又能干的老婆。”

莫如月边把我往办公室外面推，边说：“是，你赚到了，如果你手里的那个方案下班之前交不出来，就扣你的年终奖。另外，今天晚上我要吃饺子，下班后去我家，包给我吃，顺便把你的衣服和洗漱用品也一起带来，提前帮你省一点房租费。”

我听得面红耳赤，“呃，好好好，你能说得稍微矜持点吗？毕竟这里是公司，人家还是处……”

莫如月已经将我搡出了门口，“情话留着晚上回家再说，赶紧去干活，再啰唆，扣你年终奖。”

“好啦好啦，知道啦。”一扭头，身后一群八卦的眼神，我不好意思地抬手打招呼，“嗨，大家好!”

回到自己的办公室，中年油腻大婶声音刺耳地说：“夏小涛，今天下班前要是交不了方案，我就……”

“就扣我年终奖嘛，我知道了，一定努力。”

我也不知道这是幸福的开始，还是噩梦的开始，在公司是被压榨的小职员，在家里是做饭、洗碗、打扫卫生的长工，在哪都被人欺负和压榨。

但是，日子嘛，就是这样平平淡淡、简简单单，只要能和相爱的人守在一起，活着就好。